KB177262

나스타샤

NASTASHA

나스타샤

개정신판 1쇄 펴냄 2020년 4월 20일

지은이   조지수
펴낸이   정현순
펴낸곳   ㈜북핀
등 록   제2016-000041호(2016. 6. 3)
주 소   서울시 광진구 천호대로 109길 59
전 화   02-6401-5510 / 팩스 02-6969-9737

디자인   이용희

ISBN   979-11-87616-81-8 03810
값   17,000원

나스타샤
NASTASHA

조지수 장편소설

지혜정원

기억 속의 모든 이들에게

차 례

회상

태곳적 북미 인디언들은 그들 세계에 물활론적 관념을 부여했다. 북미의 새벽길을 운전할 때면 그들과 공감한다. 어둠 속의 생명들에 둘러싸인다. 희미하고 검게 보이는 호수, 왼쪽으로 지나친 바위 덩어리, 차를 휘감고 몰려드는 안개, 차창으로 쏟아져 내릴 것 같은 별들. 모든 것이 생명을 지니고 있다. 밤은 사물들의 세계이다. 낮에 잠들었던 것들이 어둠과 함께 깨어난다. 그것들은 어둠에서 생명을 얻고 웅성거린다. 사물과 정령의 축제의 시간이다. 짙게 낀 안개 속에서의 축제.

삼십 분만 더 가면 케빈의 커피숍이다. 그곳에는 문명이 있다. 끝없는 어둠 속에서 불이 밝혀진 섬이 불현듯 나타난다. 자욱한 안개 속에서 희끄무레하게 떠오르는 금빛의 문명. 사물들은 거기에서 다시 잠들고 사람들의 이야기가 시작된다. 나의 이야기도.

목요일 새벽마다 북쪽을 향해 운전하는 것은 왜일까. 나는 수요일 밤 열 시에 출발해서 다섯 시간을 운전한다. 나는 지금 사람이 없는 곳, 여우와 고니와 늑대와 거북이와 물고기의 세계로 향하고 있다. 다섯 시간의 운전 중 쉴 곳은 한 군데밖에 없다. 케빈의 커피숍이다. 자작나무와 삼나무와 트렌트(Trent) 강에 둘러싸인 조촐한 커피숍. 그곳에서 나와 어떤 여자의 사건이 시작된다. 나의 운명에 커다란 권력을 쥘 사건이.

강의 준비를 할 거라면 연구실이나 도서관이 충분히 좋은 장소다. 책을 두 가방에 가득히 넣고, 다섯 끼니의 식량을 준비하고, 자동차 연료를 몇십 리터씩이나 소비하며 피곤한 장시간의 운전을 하는 것은 그 변명거리인 연구 때문은 아니다. 왜 나는 보트를 그 외지고 쓸쓸한 곳에 계류시켜 놓았을까. 누구도 눈길 한번 안 주는 보트. 매연을 뿜어내는 고물 보트. 이십 년 동안 그 보트는 온타리오의 모든 호수를 다녔을 것이다. 내가 모르는 수많은 사람을 태우고.

이 보트는 내 열망의 산물이다. 이 넓은 나라의 외지고 거대한 호숫가에 커티지(cottage)를 지닐 양이라면 보트가 있어야 한다. 근접하는 도로가 없기 때문에 호수 반대편에 차를 주차시킨 다음 계류장에 있는 보트에 짐을 옮겨 싣고 커티지로 가야 한다. 호수에 닿는 유일한 길은 센코비치의 마리나(marina)에 이른다. 비포장도로를 덜컹거리며 삼십 분을 가면 버림받은 듯한 판잣집이 나타난다. 거기가 센코비치의 집이며 사무실이다. 처음에는 센코비치의 워터택시를 이용해서 커티지로 갔다. 그는 폴란드 출신의 이민자다. 그는 아내와 같이 뱁티스트 레이크에서 마리나를 운영한다. 보통 이민자들은 도회에 정착한다. 여기에서 그들은 이색적인 존재들이다.

이민자들은 새로운 생활을 패배자로 시작한다. 신세계에서의 그럴듯한 출발이란 환상에 지나지 않는다. 그들이 그들 국가에서 무엇이었고, 그들에게 어떤 미래가 보장되어 있었는지는 새로운 국가에서 하등의 중요성을 지니지 못한다. 그들은 이 나라에서 이방인이다. 새로 시작해야 한다. 먼저 큰 문제로 다가오는 것은 경제적 고통과 소통의 결여이다. 동구와 서남아시아의 이민자들이 공항에 도착했을 때 수중에 수천 불 정도가 있다면 그들은 부자이다. 이 나라의 한 달 생활비가 그들의 전 재산이다. 조그마한 연고라도 있다면 그것은 자산이다. 최악의 상황은 면하게 된다. 그들 대부분이 동포사회 외에는 스스로를 의탁할 곳이 없다. 만약 충분히 운이 좋고 상당한 준비성이 있었다면 수첩에는 몇 명의 전화번호가 있을 것이다. 공항에서 전화하고 쉬고 잘 곳을 찾아서 낯선 사람을 만나게 된다. 최저 임금조차 안되는 허드렛일이 이 훌륭한 신세계에서 최초의 노동이 된다. 보통은 식당일이다. 좀 더 운이 좋은 사람들은 급료가 그보다는 좋은 건설 현장에서의 막노동으로 생계를 해결해 나간다. 신세계에서 그들의 존재 의의는 단지 노동력일 뿐이다.

이러한 종류의 일은 도회에 있다. 현대사회의 고용 창출은 시골에서는 불가능하다. 시골에서는 농사를 짓거나 목축을 하는 것이 일의 전부이다. 이 일은 대체로 패밀리 비즈니스이다. 이를테면 농촌에서는 거의 대부분이 자영업자인 셈이다. 최초 이주자들의 후손들, 땅을 구획 지어 공짜로 얻은 사람들의 후손들이 농촌 사람들이다. 백인이 아닌 사람들이 먼 시골로 여행을 간다면 시골 아이들의 구경거리 노릇을 각오해야 한다. 이러한 종류의 인종은 시골 아이들에게는 TV나 영화에서나 볼 수 있는 사람들이다. 도회는 다양하지만 시골은 단일하다.

그런 의미에서 검은 아리아인과 결혼한 센코비치가 시골에 산다는 것은 상당히 특이한 경우이다. 할리버튼(Harliburton)의 보트 제조 공장에 취업해 있던 그의 부친의 친구가 센코비치를 그 공장으로 불러들였다. 이 공장에서 이십 년간 일한 노동의 대가가 주유기 두 대, 보트 계류장 한 곳, 침실 두 개짜리 허름한 가옥, 몇 개의 임대용 고물 보트, 보트 수리 작업장과 공구, 창고 가득한 보트 부품, 그리고 아마도 가장 가치 있는 것으로 계산되었을 마리나 영업권과 워터택시용 6인승 보트 한 척이었다.

그의 결혼은 신비이다. 그의 아내는 영어를 완벽하게 구사하는 스리랑카 이민자의 딸이다. 드세고 사나운 여자다. 센코비치는 그녀에게 쩔쩔맨다. 그녀가 이 시골 마리나에 정착하기로 마음먹은 이유는 사랑이었을까? 사랑과 가족이 여자의 전부라 할

지라도 그녀에게는 아닌 것 같다. 교활하고 날카로운 눈매의 그
녀가 돈에 대한 관심만큼 다른 어떤 곳에 관심을 두었다면 그
분야에서도 충분히 성공했을 것이다.

그녀의 말과 행동과 교태의 모든 근거는 돈과 관련되어 있다.
흐리멍덩한 그녀의 눈은 돈과 관련해서만 반짝인다. 그녀의 친
절을 조심해야 한다. 주머니에서 곧 돈이 나간다. 낚시 잡지의
마리나 광고에서 이곳을 알게 되고 몇 번의 통화 끝에 여름 휴
가지로 이곳을 선택하는 가족들은 이제 휴가를 망칠 일만 남게
된다. 그녀는 어떤 도움도 주지 않는다. 단지 보트 임대인과 보
트 임차인의 관계이다. 오전 아홉 시부터 오후 다섯 시까지의
보트 사용, 몇십 리터의 휘발유와 한 통의 리퀴드 오일, 차갑고
사무적인 쌀쌀함과 120불이 교환된다. 그녀의 미소는 120불이
건네지는 그 순간뿐이다.

낚시나 보트 드라이빙을 위해 이 싸구려 보트를 임대했다면
중도에 포기해야 한다. 이 보트는 단지 이동용이다. 이 양철 보
트는 엄청난 소음을 낸다. 보트 안에서 자리를 옮기기 위해 발
을 떼게 되면 양철 밟는 소리가 시끄럽게 난다. 이것을 참고 있
을 물고기는 없다. 물고기는 소음에 예민하다. 이제 보트는 물고
기의 진공 상태 위에 놓여진다. 아무리 캐스팅(casting)을 해도
소용없다. 팔만 아플 뿐이다.

단지 타고 즐기기 위해 보트를 임대했다면 이 보트는 드라이
빙용은 더욱 아니다. 속도가 너무 느리고, 옆 사람의 목소리가

안 들릴 정도로 모터 소리가 시끄럽고, 매연도 상당히 나온다. 거기다 진동도 심해서 멀미가 난다. 제인은 아마도 다섯 시까지 임대한 보트가 아직 기름이 상당히 남아 있는 채로 오후 두 시쯤에 반환되는 것을 즐기고 있을 것이다.

햇볕에 붉게 탄 센코비치와 검은 아리아인인 제인과 반쯤 검고 반쯤 흰 그녀의 아들은 아무리 자주 보아도 질리지 않을 신비이다. 어떻게 센코비치가 제인을 만나게 되었을까. 물었지만 대답이 없다. 이 한적한 시골구석의 호숫가 옆에는 외부 세계와는 별로 소통을 원하지 않는 신비에 쌓인 수전노 가족이 살고 있을 뿐이다.

이상하게도 각각의 호수는 특정한 미끼에 대해 열렬히 반응한다. 고홈 레이크(Go Home Lake)의 물고기들은 지렁이에 대해 예민하다. 월라스톤 레이크(Wollastone Lake)에서는 가재 미끼가 주효하다. 뱁티스트 레이크의 머스키는 개구리 미끼에 관심이 많다. 내일 고홈 레이크에 가려면 오늘쯤에는 주유소에서 지렁이를 여러 상자 사야 한다. 100여 마리는 있어야 한다. 그래야 열댓 마리의 물고기를 잡을 수 있다. 배스나 파이크는 쓸모없다. 먹을 만한 것이 못 된다. 월 아이(Wall Eye)! 모든 낚시꾼들이 열광하는 물고기이다. 이 황금빛 물고기는 먹을 만한 정도를 넘는다. 필레(fillet)를 떠서 튀겨내면 삶의 사치이다. 달콤하고 향기롭다. 모든 호수에는 배스나 파이크나 머스키가 넘쳐난다. 잡고 되돌려주니까. 낚시꾼이 원하는 것은 월아이다.

120마리의 지렁이는 25불이다. 무시할 만한 돈이 아니다. 만약 낮에 비가 왔다면 이것은 좋은 기회이다. 물에 젖은 흙 속에서 지렁이들은 호흡이 힘들다. 밤에 한꺼번에 쏟아져 나온다. 깡통을 들고 나가서 주워 담으면 몇백 마리는 문제없다. 모기에게 몇 번 물릴 각오를 하면 이제 서너 차례의 낚시 미끼는 확보하게 된다. 나무 상자에 톱밥을 가득 담고 거기에 지렁이를 넣어서 지하실에 놓으면 지렁이에게는 몇 주간의 안락과 행복이 보장되고 낚시꾼에게는 예비된 물고기라는 흐뭇함이 보장된다.

내 삶에서 지렁이는 단지 물고기에만 관련된 것이 아니다. 이 환형동물은 내 인생의 몇 년에 걸쳐 중요한 의미를 지니고 있다. 이 동물에는 낚시라는 단지 오락거리만이 아닌, 두 가족과 나의 삶의 미래가 자못 진지하게 얽혀 있기 때문이다.

김유진

나는 그를 길바닥에서 만났다. 캐나다에는 장마철이 없다. 그러나 여름에 한두 시간씩 집중적으로 쏟아지는 비는 때때로 그양이 엄청나다. 시간당 수십 밀리의 강수량은 자주 있는 일이다. 요란한 천둥소리와 함께 하늘은 깜깜해지고 온 천지가 물바다가 된다. 북미의 동부에 이슬비는 없다. 이곳에서는 모든 것이 과장된다. 북미의 참새는 한국의 비둘기만큼 크다. 그러나 한두시간만 지나면 맑아지고 또 한두 시간이 지나면 보도블록이 마른다. 습도가 낮고 햇볕이 강렬하기 때문에 금방 건조해진다. 때때로는 무지개가 나타난다. 파란 하늘과 깨끗하고 하얗고 풍성한 구름과 반대편 마을에 걸쳐진 무지개. 이러한 정경들이 아마도 나를 이 낯설고 외로운 나라에 묶어놓고 있는지도 모르겠다.

나와 그의 인연은 무섭게 퍼붓는 비와 함께 시작된다. 지겨운 금요일 수업이 끝나고 주차장에서 차를 빼내 이제 막 영 스트리트(Young Street)로 좌회전했을 때 비를 맞고 걷고 있는 젊은 학생이 눈에 띄었다. 북미 사람들은 우산을 쓰지 않는다. 대부분 차를 이용해서 이동하기 때문일 것이었다. 그런데 그는 동양인이면서 우산을 안 쓰고 있었다. 그가 한국 사람이 아니었다면 물론 무심코 지나쳤을 것이다. 한국인과 일본인이 아무리 인종적 유사함을 가지고 있다 해도, 성장 과정의 문화 일반의 세례는 그 두 나라 사람의 분위기를 확연히 차이 나게 한다. 이 사람은 분명히 한국인이다. 차를 세우고 큰 소리로 말했다.

"타세요."

어리둥절한 표정과 기쁨의 미소가 순간적으로 교차하더니 차문을 열고 그가 올라탔다. 물이 질질 흐르는 그의 몸이 뭉쳐놓은 빨랫감처럼 보였다. 쌀쌀한 오월 날씨였고 추위에 떨었는지 차창에 하얗게 안개가 서렸다. 우리나라 사람들의 표정은 밝거나 스스럼없지 않다. 도대체 어떤 국가적 분위기와 문화가 우리를 그렇게 성장시키는지는 잘 모르겠지만 대체로 대부분은 미소가 없고 어색해하는 분위기를 지니고 있다. 나를 쳐다보며 호의적이고 자연스러운 미소를 지어주었더라면 내 기분은 한결 나았을 것이다. 저질러진 일이다. 웃지 않는다고 내리라고 할 수는 없다.

"어디 가세요?"

"네, 에글링튼입니다."

나는 놀랐다. 에글링튼은 걸어서 한 시간 거리이다.

"지금 걸어서 가려고요?"

"예, 차가 안 오네요."

캐나다의 대중교통은 형편없다. 삼십 분에 한 대 오는 차가 늦기 일쑤이다. 운전자들은 때때로 커피숍 앞에 차를 주차시키고는 커피를 앞에 놓고 종업원과 한참 동안 수다를 떨다가 다시 출발하곤 한다. 노조가 강력하기 때문이란다. 캐나다의 대중교통은 주 정부가 운영한다. 여기에 속한 공공 노조의 권력은 아마도 수상의 권력보다 클 것이다. 권력은 언제나 횡포를 부린다. 일반 시민들은 모두 이 노조원들의 볼모이다. 언제 사용자가 강력했었는지 기억조차 없단다.

"이민자인가요, 학생인가요?"

"네, 영어 연수입니다."

영어 연수는 도움이 되지 않는다. 이것은 하나의 연수로서의 의미는 있지만 영어 습득의 의미는 별로 없다. 한 교실에 비영어권 학생들이 수십 명 모여서 영어를 배우는 것은 각각 본국에서 영어를 배우는 것보다 비효율적이다. 방송과 통신이 범지구적인 소통의 자유를 주고 있는 이 시대에 영어권과의 접촉이 어려워 영어 배우기가 어렵다고 할 수는 없다. 영어 연수를 위해 태평양을 건널 필요는 없다. 본국에서도 문제없이 영어를 익힐 수 있다. 의지가 중요한 것이지 장소가 중요한 것은 아니다. 바다를 건너 달린다 해도 머리 위의 하늘을 바꿀 뿐이다. 마음을 바꾸는 것이 더 중요하다.

그러나 젊은 시절에 잠깐이나마 외국 생활을 해본다는 것은 그들 인생에서 하나의 즐거움으로서 그리고 하나의 문화에의 접촉으로서 자못 커다란 경험이 되기도 한다. 세계화로의 첫걸음이 된다. 문명은 가치의 상대화에 의한다. 다른 생활양식과 접함으로써 시야가 넓어진다. 또 하나의 중요한 경험은 소위 선진국이 모든 면에서 우월하지는 않다는 것을 알게 되는 것이다. 이 나라들은 동경의 대상에서 이제 여러 국가 중 하나가 된다. 마술이 풀리고 환상은 현실이 된다.

"어느 대학이지요?"

"네, 토론토 대학입니다."

아, 토론토 대학에 부설된 ESL스쿨에 다니고 있다. 대학 ESL스쿨은 학교 재정을 확보하기 위한 중요한 재원이다. 모든 시대, 모든 지역을 통틀어 돈으로부터 자유로운 사람이 없었던 것처럼 공립대학인 캐나다의 대학들도 돈으로부터 자유롭지 않다. 지방 정부의 지원만으로는 부족하다. 못살고 가난한 많은 국가의 학생들이 부자 나라를 더 부유하게 해주려고 캐나다로 몰려든다. 북미 대륙을 영어권으로 만든 그들의 조상들은 후손을 위해 커다란 유산을 물려준 셈이다. 적당한 돌머리들이 사소한 노력만으로도 ESL스쿨의 교사가 되는 것이 가능하다. 그리고 이 교사들을 수출도 한다. 이렇게 쉬운 취업은 없을 것이다.

"자, 잘 가요. 공부 열심히 하고."

"네, 감사합니다."

의례적인 인사를 나누고 나는 십 분간의 운전을 더 해서 집에 도착했다. 나는 토론토 대학에 근무하고 있었지만 그 사실조차 말하지 않았다. 무슨 말인가를 더 한다는 것이 부질없었고 귀찮았다. 인연은 피곤이고 침묵은 금이다.

아무도 없고 아무 세간도 없어서 열쇠조차 필요없는 나의 셋집. 어느 날엔가 열쇠를 잃어버렸고 나는 문을 잠그지 않고 그냥 내버려 두었다. 도둑이 든다면 그에게 안타까운 노릇이다. 그의 긴장과 수고에 보답할 어떤 것도 없으니. 굶주린 도둑이라도 매트리스를 메고 가진 않을 것이다.

내가 그를 다시 만난 것은 바로 그 다음 날 점심시간 때 푸드코트에서였다. 외국 음식의 즐거움은 첫 일 년간이다. 구 년째 외국 생활을 하고 있는 내게 서양 음식은 어떤 도락도 아니다. 단지 휴식과 영양 섭취일 뿐. 샌드위치와 오렌지주스를 사들고 자리에 앉자 누군가 나를 유심히 살펴보는 듯했고, 연이어 인사 소리가 들렸다.

"안녕하세요?"

나는 어떤 생각엔가 잠겨 있었나. 아마도 어제 받은 대학원생의 논문 개요에 대해 생각하고 있었던 것 같다. 양미간을 모으고 한참 보고서야 나는 인사하는 누군가를 찾아냈다. 인식이 감각에 지배받는다는 것은 바보 같은 가설이다. 오히려 때때로 그 반대이다. 감각이 우리 관념에 지배받는다. '아는 만큼 보인다'

는 것은 사람에게도 해당된다. 희끄무레한 성운(星雲) 중에 내가 아는 사람이 반짝거리는 핵이다.

비에 젖었던 그 학생이다. 이번에는 서너 명이 함께였다. 나머지 학생들이 그의 눈길을 따라 동시에 나를 바라보았다. 나는 그들에게 이색적인 존재일 것이다. 대학원생이라기에는 너무 나이가 많고, 보통의 이민자라면 이 시간에 책을 옆에 놓고 대학 구내에서 샌드위치를 먹지는 않을 것이다. 손짓해서 불렀다. 모두 한국인이다. 어떤 다정스러움이 그들을 내 자리로 모으게 했다.

"모두 어학연수?"

"네."

나머지 세 명이 한꺼번에 답했다.

이제 스무 살을 갓 넘긴 호기심에 차고 자신감에 찬 눈빛의 청년들이다. 자기 존재에 대해 세상과 우주에게서 보상을 요구하는 눈빛의 젊음, 삶에서 당연히 받아야 할 것이 있다는 듯한 그 눈빛의 젊음. 나는 그 나이 때에 망설였다. 모든 것에 망설였다. 무엇보다도 앞날에 드리운 불안과 미확정에 망설였다. 최초로 주어진 자율은 행복과 동시에 불안이었다. 살아가는 것도 망설여졌다. 어디로 걸어야 할지 몰랐다. 나이 든 사람들의 편안함과 안정을 부러워했고 동경했다.

나를 유학으로 내몬 충동은 불안과 동요였다. 어딘가에 나 자신을 매몰시키고 싶었다. 열심히 살면 왜 사느냐를 묻지 않을 것 같았고 시간도 빨리 흐를 것 같았다. 그러나 이 넓고 막막한 나라에서 시간은 마치 고무줄처럼 늘어났다. 한참을 살고 한참을 자고 한참을 운전해도 기껏 몇 주가 흘렀다. 나는 천천히 흐르는 시간을 원망했다. 나이 든 사람들의 편안함은 포기와 낙담의 대가이다. 생명의 설렘을 모두 포기한 채로, 삶에서 얻을 수 있는 어떤 궁극적인 지향점도 없다는 근본적 절망에서 나오는 편안함. 그러나 젊음은 존재하지 않는 어떤 것에 그들의 설렘을 건다. 부유하고 망설이고 떨고 고뇌한다. 어느 쪽이 행복일까.

"어려운 점은 무엇이지요?"

이것은 나의 잘난 체하는 질문인가. 그러나 나는 이미 북미에서 구 년을 살았고 오랫동안 그 또래의 학생들을 가르쳐왔다. 대학원 시절부터 학부 학생들을 가르쳐왔다. 등록금을 면제받기 위해서였다. 모두가 골똘히 생각한다. 어려운 점이 없다는 것일까.

"책값이 너무 비쌉니다."

그 빨랫감의 대답이었다. 영어 교재의 판권은 국가 소득에 따라 결정된다. 한국에는 판권이 싸게 공급된다. 그러나 캐나다는 부자다. 미국에서 원본을 직수입한다. 이곳의 책값은 정말 비싸다. 같은 책이 한국에서보다 세 배 정도 비싸다. NTC 토플이 이미 15불을 넘어서고 있었다. 한국에서라면 4,000원 정도였을 것이다. 그러나 이것은 내가 도움을 줄 수 있는 사안이 아니다. 나는 고개를 끄덕거리는 것으로 대답을 대신했다. 그들은 어학

연수 중에 모두 토플 시험을 치르고자 했고, 그러자면 토플 책을 서너 권씩은 공부해야 한다. 100불이라면 그들의 한 달 생활비이다. 정말 비싸다.

어떤 묘안이 머리를 스쳤다. 만약 학생들이 각각 한 권씩의 책을 사서 복사한다면 네 권씩의 토플 책을 확보하는 것이 된다. 대학 사무실에서 복사하면 된다. 문구점의 복사비 역시 비싸니까. 이것은 큰 문제는 아니다. 내게 사무실 키가 있고 또 거기에는 보안이랄 것도 없다. 학교에는 도둑이 탐낼 물건이 없다. 학교가 털렸다는 얘긴 들은 적이 없다. 보안이 허술하다. 복사지와 토너를 들여놓는 날을 디데이로 한다. 다른 교수들과 메기만 퇴근하면 된다. 나는 내 계획을 말했고 학생들은 이 범죄에 적극적으로 가담했다. 적은 내부에 있다. 미안하다, 메기.

먼저 책을 서로 다른 것들로 한 권씩 사도록 했고, 다음으로는 피자 두 판과 핫윙을 한 보따리 사서 차에 싣고 학생들을 태우고는 학교로 갔다. 주차장에서 창문에 불이 꺼지기를 기다리면 된다. 매튜가 버티고 있었다. 이 머리 나쁜 유태인은 항상 연구 중이다. 그래도 일곱 시가 데드라인이다. 그의 아내는 호랑이다. 저녁에는 아마도 머리에 벙거지를 붙인 유태인식의 식사를 해야 할 것이다. 그러나 우리 모두는 난관에 부딪혔다. 매튜가 퇴근을 안 한다! 아마도 아이들과 마누라가 친정에 가고 없는 날인가 보다. 아홉 시가 지나자 우리 모두는 차에서 피자와 핫윙과 콜라를 먹고 마셔댔다. 그리고 열 시가 지나자 몹시 초조했고 열한 시경에는 자포자기 지경에 이르렀다. 매튜의 연구실은 열한 시 삼십 분에 불이 꺼졌다.

우리 사무실에는 세 대의 복사기가 있었다. 메기가 바로 전날 한 달 치의 토너를 사놓았다. 복사가 시작되었다. 한 권이 약 300페이지이니, 권당 900페이지를 복사해야 하고 세 권을 해야 한다. 총 2,700페이지! 새벽 다섯 시가 되었고 마지막에는 토너가 더 이상 없어서 복사물이 희미하게 나왔다. 그래도 카트리지를 꺼내어 다시 흔들어 넣고는 끝까지 다 했다. 이제 집으로 가서 한숨 자야 한다. 두 시간이라도 눈을 붙여야 나도 수업을 하고 학생들도 수업을 들을 수 있다.

메기의 비명 소리와 함께 일과가 시작되었다. 복사지가 거의 안 남아 있고 토너조차 없다. 메기는 경악했다. 이것은 이해할 수 없는 일이었다. 여러 명의 교수 모두에게 의혹에 찬 메기의 눈길이 쏟아졌다. 나는 제일 먼저 혐의에서 벗어났다.

"그는 신사니까……."

메기의 이유였다. 불쌍한 메기. 바로 그 신사가 범인이라네. 그리고 가장 강력한 혐의를 받고 있는 매튜는 사실 열정적인 연구 이외에는 늦게까지 한 일이 없다네. 나의 조교 가브리엘라는 이미 두 시에 퇴근했고 사뮤엘과 제시카는 연애 중이니 아마도 나이아가라나 펍(pub)에 갔을 것이네. 신사는 내가 아니라 그렉이고 캐롤은 상당한 부자이니 도둑 복사를 하지는 않을 것이고.

며칠 후에 만난 그 어학연수생 중에 한 명은 "선생님, 어깨가 결려요"라고 말했다. 가장 열성적인 도둑 복사자였다. 운동장이나 푸드코트나 복도에서 가끔 만나는 그 학생들과 나는 아찔한 죄악에 대한 기억과 공범의식으로 옆 사람들이 이해할 수 없는 야릇한 미소를 지으며 지나치곤 했다.

이 사건만으로도 나의 일 년은 충분히 기괴하고 특이하고 야릇한 한 해가 되었을 터이다. 그러나 나와 그 빨랫감과의 인연은 이상하게 얽혀 들어갔다. 그는 결국 불법체류자로 남게 되었기 때문이다.

모험이 좋은 것은 그것이 하나의 추억으로 오래 남기 때문이다. 그 도둑 복사 사건은 나에게 끊임없는 즐거움의 원천이었다. 침을 뱉으며 투덜거리면서 담배를 피우는 메기, 폐기할 때가 다 되어가는 제록스 복사기들, 더 이상 개방되지 않는 복사지와 토너 창고, 계속 구박을 받는 매튜, 이 사건을 전대미문의 이해 불가능한 사건으로 보는 나의 조교 가브리엘라 등. 심지어 그녀는 과 사무실에 머무르는 유령 얘기도 했다. 밤이면 나타나는 복사 귀신 얘기를. 나는 맞장구를 쳤다.

웰드릭 로드(Weldrick Road)의 웨스틴 프로듀스(Weston Produce)는 이를테면 서민을 위한 슈퍼마켓이다. 현대의 계급은 소비 수준에 의해 결정되고 이것은 식료품에도 엄연히 적용된다. 오렌지가 라브로(Loblaw)에서는 두 개에 1달러지만 웨스틴 프로듀스에서는 네 개에 1달러이다. 동양 식료품의 가격 차이는 더 크다. 배추의 가격은 세 배 차이가 난다. 질의 차이가 있긴 하지만 크진 않다. 심지어는 균일한 참치 통조림도 가격 차이가 난다. 그러므로 나의 식료품은 모두 웨스턴 프로듀스의 것이다. 한 달 치의 월세와 자동차 할부금 그리고 세금을 빼고 나면 내가 쓸 수 있는 돈은 기껏해야 한 달에 500달러 정도였다. 이 돈으로 커티지에도 가고 술도 사고 담배도 사야 했으니 저금은 생각조차 할 수 없었고, 고급 슈퍼마켓에 갈 수도 없었다. 캐나다의 교수는 수지맞는 직업이 아니다. 급료는 적고, 그나마도 삼 년이나 오 년마다 테뉴어(tenure)를 갱신해야 한다.

그가 웨스턴 프로듀스에서 물품을 정리하여 진열장에 채우는 일을 하고 있었다. 나는 유령을 보고 있다고 생각했다. 이제 일 년이 지났으니 그는 귀국하여 복학해야 했다. 여기서 무엇을 하고 있는가. 우리는 한참을 서로 바라보았고 그의 퇴근 시각에 다시 만났다. 나의 질문은 당연하고 단순한 것이었다.

"도대체 어떻게?"

그의 부친은 서울에서 사업을 하고 있었다. 무슨 사업인가를 나는 알고자 하지 않았다. 중요한 것은 그 사업이 실패했고 그의 부친은 지금 구속된 상태이며 가정은 파탄 지경이라는 사실이었다. 그는 귀국을 하지 않았다. 마리화나와 알코올에 절어서 몇 달을 보내고 캐나다에 남아 있기로 했다. 절망적인 상황에 처한 한국에서의 생활을 감당해낼 자신이 없었고, 대학을 졸업해서 취업한다는 것도 그에게는 의미가 없었다. 아마도 그의 월급은 그 가족이 처한 상황에 비추어 의미 없을 정도로 적은 돈일 것이다. 그리고 귀국해서 복학할 수도 없었다. 등록금조차 마련할 길이 없었다. 그가 캐나다에 남은 것은 결정이라기보다는 절망이었다. 자신이 비참한 상황에 처해 있다는 것을 아는 사람이 없는 곳에서 사는 것이 그나마 견딜 수 있는 정도였다. 부유하게 자란 그에게 가난은 모욕이었다. 그것도 가장 큰 모욕이었다. 몰락한 부자의 운명은 폐위된 황제의 운명과 같다.

불법체류자의 신분은 비참하다. 우선 고용주들이 피고용인의 상황을 이용한다. 현금으로 주급을 주지만 최저임금에도 미치지 못한다. 차도 살 수 없고 집도 정식으로 얻지 못하고 무엇보다도 고발에 대한 불안과 두려움으로 떨며 살아간다. 조직화된 시스템 내에서 불법은 아무튼 감당하기 어려운 것이다. 나는 귀국을 권유했지만 그는 완강했다. 내가 해줄 수 있는 것은 아무것도 없었다. 기껏해야 중고 자동차 딜러를 소개해서 차를 내 이름으로 리스해준 것이 전부였다. 웨스턴 프로듀스에서 그를 간혹 만날 때마다 같이 커피를 마시며 그의 근황을 듣곤 했지만 그 만남마저도 끊어졌다. 그가 사라졌다. 다만 그가 캐나다의 어딘가에 살고 있고 또 돈도 벌고 있다는 사실만은 알 수 있었다. 리스를 계속 잘 내고 있었기 때문에.

몇 개월의 시간이 흐른 뒤 한 한국인 목사를 통해 그가 교회의 지하실에 기숙하며 일을 다닌다는 사실을 알게 되었다. 나는 퇴근길에 들러서 그를 다시 만났다. 비참했다. 그곳은 이를테면 불법체류자들의 아지트였다. 그들은 라면 냄새와 김치 냄새가 뒤섞인 지하실에서 숙식을 해결하고 있었다. 그는 이번에는 타코벨에서 시급을 받으며 청소와 주방일을 겸해 하고 있었다. 그리고 놀랍게도 사랑을 하고 있었다! 그보다 두 살 많은 교민 아가씨가 그의 삶의 유일한 보람이었다. 그녀 역시 타코벨에서 일하고 있었다. 다행인 것은 그녀는 캐나다 영주권을 가지고 있다는 사실이었다.

이후에 전개된 일을 나는 지금도 거의 시간대별로 기억하고 있다. 그 둘은 내가 그를 타코벨에서 만난 그날로부터 정확히 보름 후에 혼인신고를 했고, 그는 즉시로 불법체류자의 신분을 벗었으며, 두 사람이 이번에는 정식으로 웨스턴 프로듀스에 취업했고, 두 개의 침실이 있는 반지하를 얻어 들어갔다.

영주권을 가지고 있다는 자못 중요한 사실을 제외하고는 신부의 처지도 훌륭한 것은 아니었다. 그녀는 이혼한 가정의 편모 슬하에서 컸고, 형제도 없었고, 어머니는 재혼하여 연락도 없이 지냈다. 이 드넓은 나라에서 서로만 의지하며 살아야 했다. 누가 결혼 제도를 부정한다 해도 그 두 사람에게 일부일처제의 결혼 제도는 적극적인 수용의 대상이지 부자유와 구속의 대상은 아니었다.

문화 구조물의 출발점은 실천적 계기이다. 그것은 생존의 문제와 맞닿아 있다. 그러나 생존의 양식은 바뀌는 것이고 거기에 맞추어 우리 문화 구조물의 형식도 서서히 변해 나간다. 서구

사회에서 일부일처제는 더 이상 구속력 있는 문화 구조물이 아니다. 그러나 영주권이 필요하고 외로움에 시달리는 이민자에게 결혼 제도의 유지는 생존에 직결된 문제로 남아 있다.

나는 이 부부의 삶의 전개를 즐거운 마음으로 바라볼 수만은 없었다. 막노동이 자산 없는 이민자들의 삶의 양식이라 해도 그에게 슈퍼마켓의 일은 비생산적이고 무가치한 일이었다. 그는 공부를 잘한 사람이었다. 사회적 삶을 살아나가는 데 있어 대학 교육은 사실 중요한 것이 되지 못한다. 나는 어떤 대학에서고 학생들에게 사회에서 요구되는 준비를 잘 시키는 경우를 보지 못했다. 어떤 사람이 대학 학위를 가진 것을 중요하게 따진다면 그것은 그 사람의 평가에 있어 매우 미흡한 것이다. 중요한 것은 대학을 졸업했느냐가 아니라 어떤 대학에 입학했느냐이다. 한국 사회에서는 대학 입학을 위해 학생들 사이에 능력과 성실성이 경주된다. 그러므로 어떤 사람이 대학을 졸업했기 때문에 탁월하기보다는 어떤 대학에 입학했기 때문에 탁월한 것이다. 대학에서 가르치는 것이 별로 없기 때문이다. 한국의 대학들은 상당히 똑똑한 학생들을 사 년 동안에 재기 불능의 파탄상태로 만들어 졸업시킨다. 학생들에게 답변에 이르는 길을 가르치기는커녕 의문조차 품을 이유가 없게 만들어 버린다. 서구 대학에서는 이와는 반대되는 상황이 전개된다. 이쪽은 학점 이수와 졸업에 경쟁이 집중되기 때문에 졸업을 따져야 한다.

학위가 없다 해도 그는 이미 유능하고 영리한 사람이었다. 그것은 그의 대학 입학에 있어 이미 검증되었다. 이 점이 그와 그의 아내의 차이였다. 자연은 무작위여서 지능과 마음은 상관없는 것이다. 차가운 지성과 따스한 마음의 대비가 우리 마음속에 어떤 극적 효과를 준다 해도 지성이 차가운 것도 마음이 따뜻한 것도 아니다. 날카로운 지성과 차가운 마음이 결합하고 희미한 지성과 따스한 마음이 결합하는 것처럼 탁월한 지성과 따스한 마음도 결합하고 희미한 지성과 차가운 마음도 결합한다. 만약 우리가 지성과 인간미를 동시에 지닌 사람을 만난다면 그것은 인생에 더없는 행운이다. 그러나 이 반대는 최악의 만남이다. 특히 그 대상이 배우자일 경우 삶은 악몽으로 변한다. 머리는 단순하고 둔하고 그 마음이 자신이 받아야 하는 존중에 대한 희구로 가득 차 있는 여성은 주위에 고달픔과 역겨움을 흩뿌린다. 그의 아내가 그러한 여성 중 하나라는 사실은 우선 그에게 악몽이었고 그와 나와의 우정을 위협하는 것이었다.

나의 솔직함이 그녀를 기분 나쁘게 만들었고 그녀의 자존심을 손상시켰다. 이러한 유형의 사람들이 가장 못 참는 것 중 하나가 허심탄회함과 솔직함이다. 솔직함이란 언제나 겸손을 전제한다. 겸손은 인간으로서의 우리의 한계와 결여에 대한 인식과 두려움에 기초한다. 우리 스스로가 욕망과 이기심의 노예에 지나지 않고 우리는 시시각각 그 욕망에 잠식되고 있다는 두려움이 우리를 겸손하게 만들고 솔직하게 만든다. 그렇기 때문에 겸손은 그 본질에 있어 문명의 소산이고 오만은 야만의 소산이다. 그 문명이 진정으로 가치 있는 것이라는 전제하에서 그렇다. 문명의 가장 중요한 요건은 자기 인식과 자기반성에 있기 때문이다. 야만적인 중동인들이나 남아메리카인들의 오만함에는 웃음이 나올 지경이다.

그녀는 존중받기를 원했다. 그러나 그 존엄성은 기만적인 것이었고 실제의 자기 자신을 덮는 허구적인 베일이었다. 여성성은 우선 하나의 인간임을 전제한다. 인간이 있고 여성이 있다. 인간으로서의 어떤 사람으로 그녀를 존중한다면 더 이상 특별히 더 존중해야 할 것은 없다. 이것은 여성에게만 해당되는 것은 아니다. 남자 중에도 인간으로서의 존엄성에 남성이라는 부가적 가치를 더하기를 바라는 사람들이 있다. 이러한 남자들이 오히려 더 비겁하고 졸렬한 것은 이상한 노릇이지만 사실이다. 이들이 여성들에게 더 호소력 있는 남자일지 모르지만.

이것은 홀아비의 넋두리이다. 그는 그래도 그녀를 사랑했다. 그와 나는 막역한 낚시 친구가 되었고 그가 쉬는 날이면 새벽녘에 낚시터로 출발하곤 했다. 멀고 쓸쓸한 길을 운전하며 그는 때때로 말했다.

"내 처가 소견이 좁고 짜증이 심하긴 해요. 그래도 이렇게 떨어져서 내 처를 떠올리면 불쌍하고 애달픈 느낌이 들어요. 외로운 곳에서 부모도 없이 성장했으니 무섭고 슬펐을 거예요."

맞다. 사랑은 판단력을 마비시킨다. 사랑은 장님이다. 이것은 사랑 중 가장 자멸적이고 가장 고귀한 종류의 것이다. 측은지심이다. 이 사랑은 많은 희생을 요구한다. 사랑은 관계 속에서보다 마음속에서 자란다. 사랑을 향하는 우리의 마음은 어둠 속에 잠복해서 기회를 노린다. 번식과 종의 유지에 대한 관심이 사랑의 본능이다. 그러나 사랑은 더 멀리 나가고 만다. 어떤 대상이 나타나면 화약에 불꽃이 당겨진다. 그리고 스스로의 정열을 자양분 삼아 감당할 수 없이 커진다. 대상의 가치는 중요성을 잃는다. 우리는 사랑이 대상을 향하고 있다고 생각하지만 대상은 불꽃을 당겼을 뿐이고 폭발하여 타는 화약은 우리 마음이다. 불꽃이 없어지면 사랑도 없어지지만 불꽃이 폭발 자체는 아니다. 배우가 있어야 연극이 진행되지만 배우가 연극 자체는 아니듯이.

그의 마음속에 있는 것은 사실은 그의 아내에 대한 사랑만은 아닐지도 모른다. 그것은 덧없고 외롭고 고통받는 존재 일반에 대한 연민과 공포, 그리고 그 존재 일반 중에서도 스스로의 삶에 대한 연민과 공감일 것이다. 측은지심이 요구하는 자기희생의 정도가 극단에 이르는 이유는 그것이 사실은 스스로의 존재에 대한 연민이기 때문이다. 그는 어떤 대상에 자기 자신을 심어 넣는다. 그리고 그 대상에 대한 안타까움과 연민이 스스로의 마음속에 자라고 있다고 믿는다. 그러나 거기서 자라고 있는 것은 개별자로서의 어떤 대상에 대한 사랑이 아니라 스스로가 그 일부인 존재 일반에 대한 연민이다.

라스콜리니코프가 소냐에게 무릎 꿇는 것이 아니라 인류의 고통에 무릎 꿇었듯이, 행복한 왕자는 마을의 불쌍한 사람들을 위해 몸을 해체한 것 이상으로 스스로의 고통에 자기를 던져 넣었고, 등신불의 주인공은 인간의 고통을 대속하기 위해 자기 자신을 불태웠다.

그들에게 존재 일반은 개별자일 수도 없고, 스스로의 행복이 자기 자신의 것만이 될 수도 없다. 그러나 고통은 스스로만의 것이다. 측은지심을 품고 사는 삶이란 고통스러운 것이다. 그러나 달리 고결한 삶이 있을 수도 없다.

그러므로 그가 고결한 사람이 되기까지는 이제 한 걸음 남은 셈이다. 측은지심의 근거를 스스로 알 때 그리고 그 마음이 단지 그의 불쌍한 처에 대하여뿐만 아니라 존재 일반을 향할 때, 그는 기적을 보이게 된다. 이것은 말 그대로 기적이다. 모두가 예수가 될 수는 없다. 그 한 걸음은 영원만큼이나 먼 한 걸음이다.

"그런데 슈퍼마켓에서 계속 일할 거야?"

"5,000불을 모으면 다운 페이먼트를 하고 빌라를 살 겁니다. 지하실이 딸린 것으로요. 지하실에 낚시 도구를 갖다 놓을 거예요. 그리고 나서 애를 낳아야지요. 앞으로 사 년 일하면 5,000불 정도가 모일 거예요."

무슨 바보 같은 생각인가. 이제 바야흐로 토론토의 주택 가격이 폭등하기 시작했는데. 밀려드는 이민자들과 미국 경제의 호황과 방금 시작된 저금리의 경향은 북미의 주택 가격을 한 달에 5퍼센트씩 올려놓고 있었다. 그 둘은 신문을 보지 않는다. 그리고 TV 프로그램의 경제 섹션을 이해할 수준의 영어가 안 된다.

그의 아내는 영원히 저금리와 집값의 관계를 모르고 죽을 것이다. 나는 그를 채근했다. 한 달에 100불이 아니라 1,000불을 예금할 수 있는 다른 일을 찾아보라고. 가정과 집은 매우 중요한 한 쌍의 개념이다. 심지어 이 둘이 때때로 혼동되어 사용될 정도로 중요한 개념이다. 자기 집에서 살 수 있다면 그것이 삼면만 벽으로 둘러쳐져 있다고 해도 남의 셋집을 전전하는 것보단 낫다.

우리는 운전을 교대하기 위해 케빈의 커피숍에 차를 세웠다. 그 커피숍은 집만큼이나 익숙하고 다정한 곳이다. 북쪽으로 갈 때면 언제나 들러 라지 사이즈의 커피와 서너 개의 도넛을 봉지에 담아 나온다. 몇 시간의 여행 중 쉴 곳은 여기뿐이다. 나는 이 소박하고 조촐한 커피숍이 좋았다. 거기에는 짙은 커피 향과 주인 내외의 다정스러움과 주변 풍광의 아름다움이 있다.

여기에서 한 시간만 더 가면 그가 가장 사랑하는 고홈 레이크이고 세 시간만 더 가면 내가 가장 사랑하는 뱁티스트 레이크이다. 오늘의 목적지는 고홈 레이크이다. 그리고 이제 그의 이름을 밝힌다. 그는 '김유진'이다. 나는 이 이름을 부르거나 생각할 때마다 미국의 극작가 유진 오닐을 떠올렸다. 소외와 절망과 권태를 이야기했던 그 극작가를.

고홈 레이크라는 이상한 이름이 붙어 있는 이 호수는 캐나다의 수천만 개의 호수 중 아마도 가장 아름다운 호수일 것이다.

배를 타고 이 호수의 여기저기를 다닐 양이면 조물주는 세계의 가장 아름다운 것들을 여기에 모아놓은 것 같다는 느낌을 받게 된다. 호수 주변에는 광대한 평원이 펼쳐져 있는가 하면 다른 사면은 깎아지른 듯한 절벽으로 막혀 있고 한쪽에는 폭포가, 다른 곳에서는 작은 강이 이 호수에 물을 대고 있다. 이 호수는 댐으로 막혀 있다. 지방 정부는 조그마한 연못을 댐으로 막아 커다란 호수를 만들었다. 그래서 호수의 여기저기에 죽은 나무들이 그 끝을 조금씩 드러내고 있다. 보트를 운전할 때에는 조심해야 한다. 전속력으로 달리다가 프로펠러가 나무에 닿게 되면 살아서 이 호수를 나갈 수 없다. 보트가 산산조각 나고 아마 탑승자의 몸도 조각날 것이다. 이 호수의 물은 갈색이다. 죽은 나무들이 계속 수액을 내놓고 있고 물은 그 수액이 섞여 갈색을 띠고 있다. 그래서 호수 전체에는 짙은 나무 향이 머문다. 안개가 피어오르는 날에는 이 향기가 더욱 진하다. 댐은 호수의 끝에 있다. 고기는 댐 밑에 가장 많다. 댐에서 떨어지는 물은 용존 산소를 많이 품게 되고, 그에 따라 물은 깨끗해지고 작은 물고기들이 많이 모여들게 된다. 이제 큰 물고기들이 작은 물고기들을 사냥하기 위해 모여들고 먹이사슬이 형성된다.

이 댐까지의 보트 여행은 한 시간여가 걸리고 그 여행은 낚시 이상으로 우리에게 큰 즐거움을 준다. 깎아지른 듯한 두 절벽 사이는 보트 한 대가 가까스로 빠져나갈 정도의 협곡이어서 여기를 지날 때에는 아찔함과 두려움과 경이로움이 교차한다.

그 협곡은 온통 돌출한 바위로 형성되어 있다. 어떤 바람이나 기후의 변덕이 바위를 떨어지게 한다면 우리는 끝장날 것이다. 이 협곡이 1킬로미터 이상 된다. 보트의 속력을 최대한 줄이고 조심스럽고 조용하게 이 절벽을 지나야 한다. 커다란 말소리조차도 위험하다. 바위를 지탱하는 모래 뭉치나 풀 더미가 그대로 있어주어야 한다. 여기를 통과하는 십 분여가 마치 영원처럼 길다. 매년 여기에서 사고가 일어난다. 작년에도 두 명이 죽었다.

어떤 사람이 이 호수의 아름다움에 정신을 잃었다. 그러고는 집에 가는 것조차 잊었다. 실종 신고를 받은 경찰이 그를 찾았을 때에 그는 이미 자연의 일부가 된 듯이 보였다. 얼굴은 온통 수염으로 뒤덮이고 옷은 너덜거리는 채로 땅굴 속에서 살고 있었다. 그는 이 호숫가에서 한 달을 숨어 지냈고 낚시와 사슴 사냥으로 연명하고 있었다. 그러나 그는 문명의 일부로서 너무 오랜 세월을 살아왔다. 그는 집으로 되돌려졌고 다시 성향에 맞지 않는 회사 생활이 계속되었다. 그러나 자기가 궁극적으로 속할 곳을 찾은 사람이 문명 속에 계속 살 수는 없다. 사회 속에서 이방인이기 때문이다. 일요일 밤에 오겠다고 금요일에 나간 그가 그 다음 주 내내 나타나지 않았다. 그의 아내는 다시 헌 빈 실종 신고를 냈으나 그는 아마도 호수 기슭 어딘가에 숨어버린 듯했다. 기껏 찾은 것은 그의 차뿐이었다.

문명에 대해 유난히 거부감을 보이는 사람이 있다. 그들은 선악과를 따먹고는 자연에 이별을 고한 태초의 그 신화의 주인공들에 대해 원망을 품고 살아갈 것이다. 그들은 지성보다는 본능을 더 중요시하고 개념보다는 사물 자체에 친근감을 느낀다. 이 호수 기슭 어딘가로 사라진 그는 이러한 사람들 중 한 명이었을 것이다. 문명에 대해 충분히 값을 치렀고 그의 가족에 대해서도 상당한 빚을 갚았다고 생각했을 터이다.

그의 아내는 마지막 수단에 호소하기로 했다. 경비행기를 렌트하여 거기에 '톰, 집으로 돌아가(Tom, Go Home)'라고 커다랗게 쓴 플래카드를 매달게 하고는 호수 주위를 수시로 선회하게 했다. 우리는 그의 그 후의 운명도, 그 플래카드의 효과에 대하여도 모른다. 단지 그 플래카드는 이 호수에 'Go Home'이라는 이름을 남겨주었다는 사실만을 알 뿐이다.

출발하기 전날, 고홈 마리나에 보트를 예약해두었다. 우리가 어슴푸레한 새벽에 도착했을 때, 예약한 보트는 키가 꽂힌 채로 그리고 기름이 가득 채워진 채로 워터 프런트에 계류되어 있었다. 20불의 추가 비용을 내고 새벽부터 사용하기로 했다. 역시 양철로 만들어진 싸구려 보트였다. 댐까지 가는 중에 호수 위에는 안개가 짙게 깔려 있었다. 시계(視界)가 5미터도 안 됐다. 절벽 밑을 통과하는 중에 등골이 서늘해지며 손바닥에 식은땀이 흘렀다. 댐에 무사히 도착했을 때 우리는 크게 한숨을 내쉬었다. 돌아갈 때에는 안개가 걷힐 것이다.

낚시는 여느 때와 마찬가지로 자못 즐거웠다. 댐 밑으로 플라이를 캐스팅하여 스스로 흘러가도록 잠시 놓아둔다. 왼손으로 줄을 살며시 쥐고 모든 신경을 왼손 엄지에 집중한다. 순간적으로 약하지만 경련적인 어떤 떨림이 전해오면 이제 스트라이크다. 진정한 낚시꾼은 이 순간을 놓치는 법이 없다. 낚아채는 순간이 늦어지면 물고기는 낚싯바늘을 삼켜버린다. 그러면 결국은 다 죽어가는 물고기를 낚아 올리게 된다. 실랑이하는 동안에 배 안의 낚싯바늘은 송어의 내장을 발기발기 찢어 놓는다. 바늘을 꺼내기 위해서는 송어의 배를 갈라야 하고 그 송어는 먹거나 버리는 수밖에 없다. 그러나 먹을 만한 물고기는 언제라도 잡을 수 있고 한 마리면 족하다. 타이밍이 늦은 저킹(jerking)은 자신의 능력의 미흡함에 대한 탄식과 물고기들에 대한 미안함을 배가시키고 하루의 낚시를 망쳐버린다. 집중과 밸런스와 타이밍은 효과적인 플라이 피싱에서 중요하다. 그러나 더욱 중요한 것은 감각적 날카로움이다.

송어 낚시에서 뜰채를 사용한다면 그는 이류이다. 훌륭한 낚시꾼이라면 가벼운 장비(light tackle), 즉 낚싯대 하나만으로 도전에 나서야 한다. 멋진 낚시꾼은 가뜬하다. 2파운드짜리 낚싯대와 2파운드의 인장강도를 지닌 낚싯줄로 7파운드가 넘는 대형 송어나 연어를 바로 발밑까지 끌고 온다. 풀어주고 다시 감는 수십 번의 실랑이를 통해 물고기를 지치게 하고, 돌아서는 타이밍을 빼앗고, 자기 발 앞에 끌고 와서 오른손으로 꼬리지느러미를 들어 올리고, 입에서 바늘을 빼내주면 된다. 낚시꾼은 용감했던 저항에 대한 찬사와 함께 물고기를 놓아준다. 송어는 다시 자유를 얻는다. 이제 한 번의 캐치 앤드 릴리즈(catch and release)가 끝난다.

송어는 가장 용감하고 근성 있는 물고기일 것이다. 보통의 물고기들은 그렇게까지 저항하지 않는다. 송어는 자기 힘이 다할 때까지 저항한다. 엄청난 스피드를 지니고 있다. 낚싯바늘에 걸린 송어는 눈 깜짝할 새에 수십 미터씩을 헤엄치며 저항한다. 화살과 같은 속도로 헤엄치며 바늘을 털어내기 위해 수십 번의 점핑을 한다. 어떤 경우 이 점프가 1미터도 넘는다. 멋진 은빛의 물고기가 꼬리지느러미에서 물을 흩뿌리며 금빛 태양을 배경으로 힘차게 뛰어오를 때의 그 아름다움은 이루 형언할 수 없을 정도다. 하늘에 순간적으로 무지개가 생겼다 사라진다.

이런 물고기와 힘으로 대결하게 되면 당연히 줄이 끊어진다. 송어 낚시꾼들이 입는 네오프렌 소재의 웨이더는 줄을 잡아끄는 송어를 물속으로 쫓아다니기 위해서도 필요하다. 10파운드가 넘는 송어의 경우에는 이십여 분 이상의 실랑이를 각오해야 한다. 보통 49미터의 줄이 모두 풀려나갈 때까지도 저항하고, 어떤 경우에는 더 이상 풀어줄 낚싯줄도 남아 있지 않게 된다. 이제 낚시꾼은 운에 맡기고 스풀을 강제로 감아야 한다. 4파운드 이상의 인장강도를 가진 낚싯줄은 송어 낚시에서는 전혀 쓸모가 없다. 사실 3파운드의 줄조차도 두껍다. 2파운드가 훨씬 바람직하다. 송어는 예민한 물고기여서 그 이상의 두께를 지닌

줄은 금방 알아챈다. 이제 그 송어에게 2파운드 이상의 힘이 남아 있지 않기만을 바라야 한다. 그러나 십중팔구는 줄이 끊어져 나간다. 낚시꾼은 다음을 기약하며 새로운 테이퍼(taper)를 묶는다.

정성스런 점심식사는 송어 낚시꾼과 관계없다. 점심식사를 조리해 먹기에는 시간도 아깝고 번거롭고 짐도 많아진다. 송어 낚시의 기쁨은 단지 낚시에만 있는 것은 아니다. 낚시터 자체가 태곳적의 신선함을 간직한 아름답고 깨끗한 곳이다. 송어는 깨끗한 환경에서만 서식한다. 이러한 곳에 불을 피우고 음식 냄새를 풍기는 것은 미안한 일이다. 우리가 낚시하는 이곳은 아마도 우리만의 낚시터일 것이다. 하류의 범람을 막기 위해 댐을 만들었고 더 이상 인간의 흔적은 없다. 낚시 역시도 문명의 부스러기이다. 이러한 신비스럽고 장엄하고 숨이 막히도록 아름다운 자연에 문명의 흔적은 없을수록 좋다. 낚시채비는 간결할수록 좋다. 문명의 증거 중 하나는 불이다. 어쩌면 가장 커다란 증거이다. 보통의 송어 낚시꾼은 샌드위치와 음료수 하나로 점심을 해결한다. 그것도 매우 만족스럽게 해결한다. 불을 피워서는 안 된다.

그렉

내게는 몇 명의 다정한 낚시 친구들이 있다. 먼저 그렉 파머, 이 친구는 수학과 교수 출신이지만 수리철학을 전공했기 때문에 인문대학 쪽에서 근무하고 있다. 그는 노바스코샤의 아주 외진 시골 출신이다. 자연은 공평한 것이어서 어디에서고 어린 왕자를 태어나게 한다. 그의 어린 시절은 왕자님이었을 것이다. 캐나다 전체를 떠들썩하게 만든 수학의 천재였으니까. 그러나 조숙이 궁극적인 천재성으로 연결되는 경우는 기적에 가까울 정도로 적다.

때 이른 재능은 때때로 천박이다. 형식만으로 전개되는 예술이나 학문은 조숙한 천재들의 영역이긴 하다. 음악이나 수학의 공통점은 기호하고만 관련한다는 것이다. 그 문화 구조물들은 우리의 경험에 호소하는 바가 없다는 점에서 매우 귀족적이고 고귀한 영역이다. 거기에는 재현적이거나 구상적 요소가 없다. 그 영역에 있어 능란해지기 위해 오랜 수련 기간이 필요한 것도 아니다. 어린 모차르트나 어린 가우스가 탁월한 창조자가 될 수 있었던 이유는 그 영역의 이러한 특징에 기인한다. 어린 시절 천재적 작곡가나 수학자가 아닌 사람이 나이 들어 천재적 작곡가나 수학자가 될 수는 없다. 이 형식 유희의 영역은 어린 친구들의 놀이터인 것이다.

나의 친구 그렉은 무언가가 될 듯하다가 그만둔 경우였다. 그는 아마도 제시된 수학적 난제들을 해결해 나가는 데 있어 천재적인 재능을 발휘했던 것 같다. 1973년의 노바 스코샤의 지역 신문과 1974년의 〈토론토 스타(Toronto Star)〉지는 어린 수학 천재에 대해 말하고 있다. 그는 열네 살에 이미 리만 기하학을 이해하고 있었고 열다섯 살 즈음에 페르마의 최종 정리를 수학적 귀납법으로 거의 해결해 나가고 있었다.

진정한 천재라면 새로운 세계를 도입해야 한다. 창조적이어야 한다. 그러나 그는 수학의 새로운 지평을 열지는 못했다. 제시된 문제의 해결에는 능란했지만 결국 데카르트나 라이프니츠는 아니었다. 대학을 졸업할 즈음에는 그냥 평범한 수학과 학생이었다.

그는 수학에서 잃은 점수를 철학에서 만회하고자 했고 이제 수학에 더해 논리학과 철학을 공부하기로 했다. 본래 학문 간의 연계란 자기 전공에서 한계를 느낀 사람들이 뭔가 할 일을 찾아

헤맬 때 생겨나게 된다. 뛰어난 사람은 전공만으로도 시간이 부족하다. 그러나 철학이야말로 창조성과 심원함이 요구되는 분야였고 그는 여기에서도 평범한 논문을 써서 평범한 학위를 받는 데 그쳤다. 빛나던 천재 소년은 이제 박사 학위를 두 개 가진 평범한 대학교수가 되었다.

본래 순수 학문 분야의 대학교수직은 착실한 성품과 둔한 두뇌의 결합에 의해 임용되는 직책이다. 쓸모없고 기만적인 일이 범람하는 이 세상에서도 인문대학은 독보적이다. 전문대학은 필요하다. 배관, 미용, 회계 등의 직종을 위해 이 년을 더 배운다는 것은 요긴한 일이다. 공학이나 경영, 의학을 몇 년 배우는 것도 요긴한 일이다. 그러나 인문과학이나 자연과학은 그렇지 않다. 교양 과정으로 일 년을 보내고 쓸모없는 변설과 지식에 삼 년을 더 보낸다는 것은 인생과 돈의 낭비이다. 만약 스스로의 지적 성장과 교양의 습득이 삶의 목적이라면 이것은 생산적 노동에 참여하지 않아도 되는 유한계급의 이야기이다. 철학이나 물리학이 지적 성장에 도움이 되는지도 사실 의심스럽지만. 순수 학문의 존재 이유는 기득권자들의 밥벌이지 전공자의 밥벌이는 아니다. 스스로의 생계와 가족의 생계를 책임져야 하는 경우에는 취업을 위한 것이 아닌 다른 전공을 선택해서는 안 된다. 자기 밥벌이부터 해결해야 한다.

대학은 너무 많은 인문과학 전공자들과 자연과학 전공자들을 배출하고 있다. 이들은 졸업에 즈음해 어리둥절한다. 열심히 공부했는데 당장 생계를 꾸려 나갈 길이 없다. 이들 대부분은 단지 좋아서 그것을 전공으로 택했을 것이다. 그러나 좋아하는 것과 재능이 있는 것은 전적으로 다르다. 아무리 애써도 타고난 재능이 없으면 소용없다. 재능은 하나의 기적이다. 기적은 흔치 않다.

순수 학문은 기생적 문화이다. 사회가 충분한 생산성을 가져야만 이 문화들이 기생할 수 있다. 현대사회는 이 순수한 사람들을 모두 감당할 수 없다. 생산성이 나빠서가 아니라 전공자들이 너무 많기 때문이다. 누군가가 순수 학문을 하고 싶다면 먼저 돈이 많아야 한다. 그리고 자기 파멸적 고통을 겪어 나갈 자신이 있는지, 또 자신의 재능은 그 고통에 상응하는 역량을 가지고 있는지를 스스로에게 물어야 한다. 만약 아니라면 지원을 포기해야 한다. 좋은 결과를 위한 나쁜 수단이 용인되지 않는다면 나쁜 결과를 맞게 될 좋은 동기도 용인되지 않는다. 어떤 순수함이 인생의 파산을 감당할 수 있단 말인가.

대학교수가 되기 위해서는 대학의 담 안에서 학위를 계속 갱신해야 한다. 그러나 '언어는 관념을 배반하고 문자는 정신을 죽인다'. 학문이 지니는 매혹적 감동과 가치는 일단 학위라는 틀에 갇히면 화석화되고 무미건조해진다. 피렌체의 화가들과 그 후원자들과의 관계에 대한 논문이 요구될 때 피렌체 화가들의 심미적 역동성은 사라진다. 둔한 머리를 가진 사람들은 이러한 일들을 해낸다. 만약 총명하고 심오하다면 이 같은 연구의 무의미와 무가치를 견뎌내지 못한다. 많은 천재들이 대학에서 성공하지 못하는 것은 이 이유이다. 그러나 둔하고 착실한 사람은 학위를 갱신해내는 데 있어 절대로 유리하다. 이들은 무미건조함에 지치지 않는다. 이 답답한 사람들은 자기가 탐구하고 있는 일이 어떤 우회로를 돌아도 결국 자기 삶에 닿을 수는 없다는 사실을, 자기가 매진하고 있는 일이 말라비틀어지고 어디에도 생명력은 없는 무의미라는 사실을 모른다.

천재들이 포기하는 시점에서 둔재들은 전진해간다. 무의미를 견디는 데에 있어서는 아둔한 사람들이 유리하다. 교수들은 둔재의 경연장에서 살아남은 사람들이다. 본래 아카데미의 담 안에 학문은 없다. 거기에는 강의실, 교수, 연구실, 식당, 도서관 등 실로 많은 것이 있다. 그러나 학문은 없다. 대학은 학생들에게 먹고살 길이나 가르칠 노릇이다. '학문의 아름다움' 운운은 하나의 사기이다. 아니면 감상(sentiment)이든지.

비극은 여기에서 그치지 않는다. 학자들은 물성화의 노예이다. 학위가 자기의 우월성과 지성과 가치를 보증해준다고 믿는다. 학위가 없다는 것이 그 사람의 어리석음을 말해주지 않는 것처럼 학위가 있다는 것이 그 사람의 현명함을 말해주지 않는다는 사실을 가장 잘 아는 사람은 자기 자신이다. 스스로를 냉정하게 바라보며 학위가 없었을 때의 자신과 학위를 받은 자신이 무엇이 다른지를 가늠해보면 충분하다. 무엇이 다르겠는가.

자갈은 아무리 닦아도 자갈이다. 스스로를 객관적으로 바라보며 자신이 무엇을 알고 있는지, 자신이 모르고 있는 사실은 무엇인지, 무엇보다도 학문이 자기 삶의 근원적 의문에 대해 어떻게 답변하고 있는지를 모른다면 그는 학위와 관계없이 어리석은 사람이다. 뼛속까지 모른다면 사실은 표면조차 모르는 것이다. 적당한 지식이란 없다. 지식과 무지가 있을 뿐이다. 중간지대는 정치에나 있다.

우리의 지성은 만약 그것이 진정한 것이라면 아무리 공허하고 동떨어진 느낌을 준다 해도 우회로를 돌아 우리 삶에 대해 무엇인가를 말한다. 이것이 우리 삶에 대하여 어떻게 말하고 있는지를 그가 모른다거나, 도대체 그것이 자기 삶에 호소하는 바가 전혀 없다면, 그의 두뇌가 아무리 많은 양의 지식을 축적했다 해도 그의 영혼은 사실은 무지이다. 이 점에 있어 대부분의 순수 학문 교수들은 무지한 사람들이다. 그냥 무지한 것이 아니라 오만하게 무지한 사람들이다. 지성은 결국 가치의 문제이고 영혼의 문제이다. 지식과 학위의 문제가 아니다.

그렉이 지니고 있는 근본적인 문제는 여기에 더해 어린 시절의 천재성이 그에게 깊은 상처를 남겼다는 것이다. 우월감의 가장 큰 피해자는 자기 자신이다. 오만이 우리에게 주는 고통은 우리 삶에서 가장 중요한 것을 잃게 만든다는 것이다. 그것은 다른 사람과의 소통을 방해한다. 어린 소년은 비범하기보다는 평범한 것이 그의 행복을 위해 훨씬 좋다. 탁월함에 대한 주위의 감탄과 찬사는 그가 다른 사람의 감정을 보살피고 타인의 행불행을 사려 깊게 살필 기회를 박탈한다. 자신의 행복이 주위 사람들에게 달려 있다고 느끼고 사는 것이 주위 사람들의 행불행이 자신에게 달려 있다고 믿고 사는 것보다 행복하다. 이 덧없고 외로운 삶에서 우리 삶을 지탱하기 위해 가장 먼저 구해야 하는 것은 어쩌면 공감과 이해다. 무한한 공간과 영원한 침묵 이외에 아무것도 아닌 이 막막한 무기물의 우주에서, 영혼과 마음은 기적으로 존재하게 되었고 이것은 소통과 이해와 공감에 의해 그 존재 의의를 지탱해 나간다. 기적의 존재 의의는 서로 간의 사랑이다.

찬사와 환호 속에 사는 천재들의 불행은 다른 사람의 마음을 이해하고 그들과 동일한 체온과 호흡을 느끼는 기회를 갖지 못한다는 데 있다. 타인의 환호와 천재들의 자살은 근접해 있다. 그들은 다른 사람에게 무엇인가를 줄 기회를 갖지 못했기 때문에 베풀 줄 모르는 사람이 된다. 천재의 마음의 비수는 결국 되돌아서 그를 향하게 되고 생은 종종 비극으로 끝나게 된다. 어떤 천재에게도 공허는 찾아오며 또한 평범한 성인으로 변해가는 천재는 이 범용함을 참기 힘들어한다. 천재는 자의식과 열등감과 우월감이 복합된 매우 이상한 사람이 되거나 자기 파멸 속에서 생을 일찍 끝마치게 된다.

천재는 우리의 재화, 아마도 인류의 가장 큰 재화가 아닐까. 그러나 그는 찬사를 받는 천재여서는 안 된다. 인식되지 않은 채로, 주위의 어둠에 의해 가려진 채로, 그리고 유산에 의하여만 그 가치가 알려지는 천재여야 한다. 찬사와 환호는 천재의 결과이지 원인은 아니다. 찬사에 휩싸인 천재는 더 이상 천재가 아니다. 그의 천재성은 이미 빛을 발했고 이제 그 결과를 누리는 평범한 사람이 된다. 그러므로 우리는 어린 재간꾼들에게 지나친 칭찬을 해서는 안 된다. 재능은 언제나 묻힌 데에서 솟구친다. 평범한 둔재들을 위해 칭찬을 유보해놓아야 한다. 칭찬은 그들의 몫이다. 천재는 그의 빛나는 역량 자체가 이미 보상이다. 황금의 영혼을 가진 사람이 지상의 찬사를 구해서는 안 된다.

그렉의 삶은 안타깝게도 일찍 배우고 알았어야 할 어떤 것들, 즉 타인에 대한 이해와 공감을 뒤늦게 배워야 하는 매우 어려운 것이었다. 그는 매우 차분하고 조용하고 냉정한 사람이었지만 그 이면에는 언제라도 오만과 우월감이 터져 나올 수 있는 커다란 활화산을 지니고 있었다. 그는 항상 일말의 분노를 품고 살았다. 잘난 체하고 세상을 떠들썩하게 만드는 데에서 오는 기쁨이 어떠한 것인지 알고 있었고 어린 시절부터 거기에 익숙해 있었기 때문에 그렇지 못한 현재의 자신이 미운 것이었다. 이러한 사람들은 자기주장이 매우 강하다. 도대체 나른 사람의 말을 경청하려 하지 않는다. 내 말은 그와 부딪쳐 언제나 반 토막이 되었다. 내가 아직 부사구를 말하고 있고 간신히 주어가 나올까 말까 하는 순간에 그렉은 마치 내가 어떤 말을 왜 하려하는지 알고 있다는 듯이 자기 생각부터 말한다. 그러나 그의 생각은 기실 심오함과 함축성을 가장한 허식적 진부함이 전부이다.

나는 언젠가 그렉에게 조심스럽게 그에 대한 나의 생각을 말한 적이 있다. 나는 그와 더불어 온타리오 주의 거의 모든 호수를 휩쓸고 다녔고, 알곤킨 파크에서는 길을 잃어 나흘 동안 물만 마신 채로 숲 속을 헤맸고, 호수 가운데에서 폭풍을 만나 목숨이 경각에 달하기도 했었다. 그리고 수많은 밤을 그의 코 고는 소리에 시달리며 텐트 속에서 같이 잠을 잤다. 그에 대한 내 마음속 안타까움을 언제까지 감출 수는 없었다.

그는 '여호와의 증인' 신자였다. 그리고 소수파에 속한 종교인이 항상 그렇듯이 어떻게든 나를 신자로 만들려고 애를 썼다. 그가 그 종교와 관련하여 나에게 가져다준 책이 이미 수십 권을 넘어서고 있었다. 나는 불성실한 친구가 되기 싫은 마음이 한편으로 있었고, 다른 한편으로 그 낯선 종교에 대한 호기심이 있었기 때문에 그가 가져다준 책을 꾸역꾸역 읽어 나갔다. 다수파에 속하지 않은 사람들은 먼저 스스로가 왜 그 다수파에 속하지 않는가를 설득력 있게 밝혀야 한다. 나는 먼저 이것이 알고 싶었다. 내가 알아낸 것은 단지 그들은 병역과 수혈을 거부한다는 것, 일반적인 기독교인보다 훨씬 더 도덕적이라고 스스로에 대해 말하고 있다는 정도였다. 그렉은 단호하게 말했다. "종교적 가치는 그 과실에 의해 알 수 있다"라고. 이 말은 초기 기독교가 박해받을 때 그 교부들이 로마 황제에게 탄원하며 한 말과 같은 말이다. 그러나 좀 더 도덕적이 되기 위해 새로운 종교가 필요한 것은 아니다. 그 종교 내에서 얼마든지 더 도덕적일 수 있다. 중요한 것은 신학적 원칙이고 교리이다. 그것이 달라야 한다. 소수파에 속한 교파는 더 도덕적이다. 이단의 혐의로부터 자유롭기 위해서는 이것이 필요하다. 거기에 새로운 것은 없다.

지금은 제목조차 기억나지 않는다. 단지 얇고 빨간색 가죽 정장이 된 자못 고급스러운 어떤 책인가가 여호와의 증인의 첫 번째 교리는 삼위일체의 부정이라고 말하고 있었다. 발견했다. 이것이 이 종교의 독특한 측면이다. 그러나 공간적 독특성이 역사적 독특성을 말하지는 않는다. 사실 이 종교는 저 먼 초대 교회 시대부터 있어온 한 교파의 후계자들일 뿐이다. 아리우스파, 네스토리우스파, 알비파 등.

이단은 논리의 궁극이다. 신앙의 태초의 교리를 논리적으로 끝까지 밀고 나갈 경우 언제나 이단이 된다. 모세의 십계는 우상을 섬기지 말라고 하지 않았던가. 신은 단지 말씀이어야 하지 않는가. 그러나 예수는 육화된 신이다. 신이 인간의 형상을 하고 나타났다. 이것은 우상이다. 삼위일체 위에 기초한 기독교는 사실상 모세의 율법에 입각했을 때 이단이다. 신의 형상이 우상이기 때문에 교회를 성상으로 장식하는 것이 위험한 것이라면 인간으로서의 예수는 신의 형상이 아니라고 말할 수 있는 것인가. 만약 모세의 율법대로라면 신은 인간으로 나타날 수 없고 또 나타나지도 않을 것이다. 우리가 믿어야 하는 것은 눈에 보이는 신의 형상보다는 눈에 보이지 않는 신의 말씀이어야 하지 않는가.

이것이 이단의 교리이다. 그러므로 역사적 이단은, 그것이 의미 있는 것일 경우 예수를 단지 오랜 예언자의 계보에 넣기를 원한다. 기독교는 삼위일체를 통해 예수를 신으로 만들었다. 이것은 우상숭배일 뿐이다. 이단은 하나의 근본주의이다. 그리고 근본주의적 입장에서 삼위일체는 용납할 수 없는 일이다. 신이 육화되어서는 안 된다. 신은 무한자이다. 무한은 유한에게 손을 내밀어선 안 된다. 내미는 순간 무한자이기를 그치게 된다. 현실이 꿈의 세계에 손대는 순간 꿈이 사라지듯이.

결국 역사적 이단자들이 믿는 것은 혁신되고 보편화된 유태교이다. 그러나 로마 황제와 초기 교부들은 예수를 신으로 만들기를 원했다. 그들은 그들 종교의 기원이 어떤 것인지를 알고 있었지만 예수를 통해 새로운 종교를 만들기를 원했고, 로마 황제는 새로운 종교적 이념하에 제국을 결속시키기를 원했다. 이단 박해의 잔인함과 집요함이 이와 동시에 시작되었다. 기독교는 출발부터 이미 미신이었다.

현실 교회는 언제나 하나님의 것과 가이사(Caesar)의 것 사이의 조정과 타협과 균형의 정치 위에 기초한다. 그러나 이단자들은 가이사의 것을 인정하지 않는다. 그들이 진정으로 원하는 것은 하나님의 율법하에 그들의 모든 사회·정치적 삶이 영위되는 제정일치의 국가이다. 타협하는 교회는 종교적 무관심과 제정 분리의 기초이다. 타협적인 기독교는 예수 숭배만으로 부족해서 성모 숭배까지도 끌어들인다. 그리고 여기에서 종교적 파산과 세속화까지는 한 걸음이다. 신앙을 갖지 않든가, 여호와의 증인의 교도가 되든가이다. 아직도 제정일치를 꿈꾸며 소요와 혁명과 반란을 일으키는 이슬람교도가 그러하고 2천 년 전에 그 국가가 지구상에서 사라졌던 유태인들이 그러하듯이 이 이단자들의 숙명은 현실적으로 죽음 이외에는 없다. 만약 이들이 죽지 않는다면 우리는 모두 중동의 근본주의자들의 지배를 받고 살아야 한다.

결국 그렉도 한 명의 근본주의자이다. 그렉은 스스로에 대한 불만을 종교적 근본주의로 해소하고 있다. 현실 생활에서 불행한 많은 사람들이 근본주의자가 되듯이 그렉도 자신의 삶 속에서 행복하지 않다. 내가 말해주고 싶은 것은 이것이었다. 그렉은 모순 없는 여호와의 증인의 교리가 우월하다고 생각하고 있다. 그러나 그가 이렇게 생각할 때 사실은 스스로의 우월성을 주장하고 있을 뿐이다. 모순이나 무모순이나 모두 우리 두뇌 안에 존재할 뿐이고 천상에 존재하는 무모순이란 우리의 환각에 지나지 않기 때문이다.

근본주의자들의 신념은 하나의 오만이다. 신의 뜻에 입각하여 삶이 영위되기를 바란다면 이것은 먼저 신의 뜻을 알아야 한다는 것을 의미한다. 누가 신을 아는가? 유한한 우리가 어떤 수단을 동원한다해도 그 무한자의 의지를 알 수는 없다. 신의 의지를 안다고 말하는 사람들은 기만자이거나 오만한 사람들이다. 믿음이란 연속적인 파산의 과정이다. 신을 알 수 없기 때문이다. 파산하고 있지 않는 사람들은 사이비 신앙인이다. 그들의 신앙은 오만이거나 야만적 미신이다. 정통 기독교는 이미 미신이 되었다는 데에 문제가 있고 이단자들은 오만한 근본주의자가 되어가고 있다는 데에 문제가 있다. 그러나 근본주의도 결국 미신이다. 신의 의지를 안다고 생각하는 모든 종교는 미신이다. 기독교는 유치한 미신이고 여호와의 증인은 과격한 미신일 뿐이다.

나는 정말이지 조심스럽게 그리고 정말이지 오랜 시간을 들여 이와 같은 내용을 그렉에게 말했다. 말하고 있을 때 내 마음의 한구석은 계속 나에게 다른 말을 하고 있었다. '집어치워, 그렉은 화낼 거야. 아니면 억지를 부리든가.' 그러나 나는 그렉과 이야기를 하고 싶었다. 만약 그렉의 가장 큰 관심사가 그의 신앙이라면 어쩌면 그것을 통해 그렉은 자신에 대해 좀 더 잘 알 수 있을 것이다. 놀랍게도 그렉은 한마디도 하지 않았다. 단지 약간은 화를 내는 듯한 눈빛으로 나를 몇 번 쳐다보았을 뿐이다.

모든 독신가들은 이교도보다는 차라리 무신론자를 좀 더 가깝게 느낀다. 무신론자는 그들에게 있어 적성국가와 완충지대를 형성하는, 이를테면 영세중립국이 되기 때문이다. 이 영세중립국은 지금 자기의 역할을 다하고 있는 것일까. 몰라서가 아니라 알고 있지만, 믿어지지 않기 때문에 믿지 않을 뿐이고, 신앙을 가져야만 소외와 무의미를 이겨낼 수 있는 우리 운명에 대해 안타까운 관용을 가지고 있지만, 스스로는 그냥 절망 속에서 살기를 원하는 이 낚시 친구를 그는 이해해주었을까? 많은 별들이 매일 밤 떠오를 때, 그를 그리워하며 커티지의 공허한 창 속을 들여다보는 것은 견디기 어려운 고통일 것이다. 이미 일 년의 세월을 함께 지냈고 앞으로 몇 배의 세월을 함께하기를 나는 원했다. 그러나 이해하고 이해받으며 지내기를 원했고, 그가 더 이상 어린 시절의 영광 때문에 오늘을 망치는 것을 보지 않으며 지내기를 원했다.

나는 그가 그 자신이 되기를 원했다. 왜 스스로가 아닌 다른 어떤 존재가 되어 스스로를 괴롭혀야 한단 말인가. 나는, 그에게 있어 중요한 신앙에 대해 이야기를 시작함으로써 그에 대해 진지하게 말할 수 있게 되기를 원했고, 그와 내가 서로에게 행복을 줄 수 있는 사람들이 되기를 원했다. 왜 우리 사이에는 야유와 냉소와 침묵과 존중만이 있어야 하는가. 사랑과 이해와 우정과 농담이 있으면 왜 안 되는가. 왜 스스럼없는 사이가 될 수 없는가.

"그렉, 자부심과 행복 중 어느 쪽이 더 중요해?"

나는 본론으로 들어갔다. 그렉은 아연한 눈으로 이 느닷없는 질문에 당황스러워했다.

"그렉, 다시 말하겠어. 어떤 사람이 스스로에 대한 자부심 때문에 불행하다면, 버려야 할 것은 자부심이야, 아니면 행복이야?"

그렉의 눈이 마침내 반짝였다. 알아들었다. 각성은 시간상의 문제가 아니다. 공간상의 문제이다. 이해는 한꺼번에 온다. 지성은 직관을 해명하기 위한 도구일 뿐이다. 지성의 축적에 의해 깨달음이 오는 것은 아니다.

견딜 수 없는 침묵, 완전한 원시의 숲, 어슴푸레 물안개가 피어오르는 호숫가, 메아리치는 짐승의 울음. 태곳적부터 있었을 이 어둠속에서 문명의 부스러기인 두 사람이 완전한 긴장 가운데 자연에 동화되고 있었다. 이 침묵의 결과는 무엇이 될까. 나는 긴장하고 있었다. 큰 획을 하나 그었다. 바로크 화가들이 그러했듯이. 세밀화는 그리지 않았다. 단 한 개의 질문을 두 번 했을 뿐이다.

어느 순간엔가 차라리 질문을 안 했더라면 좋았을 거란 생각이 들었다. 내가 실수를 했다. 내 말은 "너는 더 이상 네 자부심에 걸맞은 천재는 아니야"라고 말한 것과 무엇이 다른가. "네 신앙은 네 고집스런 자부심이야"라고 말한 것과 무엇이 다른가. 나는 내 마음이 전달되기를 원했다. 내가 원한 것은 그렉의 행복이었고 그 행복 가운데에서의 나의 기쁨이었다. 나는 이 사람에게 진정한 우정을 느끼고 있었다. 이 소심하고 거만한 사람에게. 그러나 나는 말을 참았다. 그렉이 이겨내야 하는 것은 내가 아니라 스스로이다.

그렉은 커티지 밖으로 주섬주섬 걸어 나갔다. 그는 지금 무엇을 생각하고 있을가. 그의 자부심이 역겨워 내가 그런 말을 했다고 생각하는 것은 아닐까. 아니면 그의 오랜 문제에 정면으로 맞닥뜨리고 있는 것일까. 두 시간은 영원처럼 길었다. 일 초 일 초가 고무줄을 당기듯이 늘어나고 있었다. 돌아온 그렉은 수년이 늙어버린 것처럼 초췌했다. 그는 단 한마디를 던졌다.

"자야겠어."

나를 바라보던 그때의 눈빛을 나는 지금도 잊지 못한다. 그것을 생각할 때면 지금도 미소와 감동이 나의 얼굴과 가슴을 물들인다. 언제 그렉이 그렇게 부드럽고 조용한 눈길로 나와 눈을 마주친 적이 있었던가. 그날 밤이 처음이었다. 그렉은 항상 나의 눈길을 피했다. 아니, 모두의 눈길을 피했다. 나는 그렉의 눈이 푸르고 아름답다는 것을 그때 처음으로 알게 되었다. 그리고 서른세 살인 그때까지도 매우 순수한 표정을 지니고 있다는 것도. 우리의 우정이 그날 밤에 그렇게 시작되었다.

그렉과 나는 가난했다. 그렉은 자기 월급의 반을 선교 단체에 지원하고 있었고 그의 아내 베시는 회계 사무실에서 서기로 일하며 생활비를 벌었다. 놀라운 것은 베시의 부친이 엄청난 부자라는 사실이었다. 그는 대만 사람이었고 보식 노매로 부자가 된 뒤 중국의 침략이 무서워 캐나다로 이민 온 사람이었다. 그러나 부자로 캐나다에 이민 온 사람은 캐나다적 생활양식을 견디기 어려워한다. 본국에서의 그의 삶과 기쁨은 그의 부가 보증한다. 커다란 집에 수시로 사람들을 초대하고, 고급 식당과 백화점을 드나들며 종업원들에게 대접 받고, 기사 딸린 벤츠를 타고 다니며 많은 사람들의 부러움을 사는 본국의 생활은 캐나다에서는 불가능하다. 여기서의 부는 안락과 풍요의 문제이지 누가 알아주고 그렇지 않고의 문제가 아니다. 안전을 구해 찾아온 나라가 무료함과 따분함의 나라가 된다. 부자의 즐거움은 허영의 충족에 있다. 그러나 그것은 자국에서나 가능하다. 여기에서는 말도 안 통한다. 베시의 부친은 귀국해버렸다. 단지 일 년에 한두 달만 캐나다에 있을 뿐이었다. 캐나다의 7월은 천국의 한 조각이므로.

그는 그렉에게 집을 사주려 했다. 그렉은 거부했다. 이 거절은 그가 고결해서가 아니었다. 관리비와 세금을 감당할 수 없었다. 그렉은 자존심이 세기도 했고 또 가난을 두려워하지도 않았다. 궁핍할 때마다 그는 중얼거리곤 했다.

"내 고향에서는 감자하고 빵만 먹고 살았어."

그는 장인이 소유한 큰 임대 아파트 빌딩의 침실 하나짜리 집에 살았다. 그와 베시가 아파트들을 관리해주는 대가로 임대료는 면제 받았다. 그러나 그들은 여전히 가난했다. 나는 베시의 구멍 난 스타킹을 안타깝게 바라보곤 했다. 그 부잣집 딸도 남편을 따라 여호와의 증인이 되었고 이제 물질적 안락은 그녀에게 큰 의미가 없게 되었다. 그렉의 고물차는 수시로 고장 났고 그때마다 그는 장인의 어마어마한 세단을 몰고 나와 교수진을 놀래주었다. 그렉을 모르는 사람들에게 이 벤츠는 전대미문의 사건이었다. 며칠 지나면 그렉의 차는 다시 칠 년째 쓰고 있는 도요타 터셀이 되었다.

가난한 우리들이 큰일을 내고 말았다. 그렉과 나는 우리의 보트를 갖고 싶었다. 송어와 연어 낚시는 일 년 중 제한된 계절에만 가능하다. 송어는 3월 말부터 5월 초, 연어는 8월 말부터 9월 말이 시즌이다. 송어와 연어 시즌이 아닌 경우에는 여름이면 보트를 타고 배스, 파이크, 머스키, 월아이 등을 잡고, 겨울이면 얼음 위에서 옐로퍼치나 화이트피시를 잡는다. 그러므로 보트가 있어야 한다. 렌털 보트는 양철이라 호수 낚시에는 전혀 쓸모가 없었고, 또한 추가 사용료를 주지 않는 한, 오전 아홉 시에 빌려 오후 다섯 시에 반납해야 했다. 호수의 물고기들에게는 해 뜰 즈음과 해 질 즈음이 이른바 바이팅 타임(biting time)이다. 이 시간이 아니면 먹이 활동을 안 한다. 그러므로 렌털 보트로 우리가 낚는 물고기는 아주 게걸스러운 놈이거나 아마도 아침식사를 거른 놈 정도이다. 새벽부터 저녁 늦게까지 사용할 수 있는 우리의 자가용 보트라면 캐나다의 물고기들을 모조리 잡을 수 있을 것 같았다.

보트에 대한 캐나다인의 열광은 이해할 수 없을 정도이다. 매년 열리는 보트 전시쇼는 일 년 전에 예약하지 않으면 관람이 불가능하다. 월세를 살면서도 보트는 산다. 캐나다인들에게 보트는 사치품이 아니라 필수품이다. 담수호가 모든 곳에 있기 때문에 보트 타는 즐거움을 쉽게 누릴 수 있다. 바람이 없는 날 미끄러지듯이 호수 위를 다녀본 사람은 비단 같은 부드러움이 무엇인지 안다.

낚시를 위해서도 보트는 필요하다. 모든 캐나다인은 낚시꾼이라고 해도 과언이 아니다. 낚시를 하려면 매년 갱신되는 낚시 라이선스를 사야 한다. 이때 팔리는 라이선스가 일 년에 약 900만 장이다. 미성년자는 라이선스 없이 낚시할 수 있다. 캐나다의 성인 남자가 약 850만이었다. 다른 말로 하면 아마도 750만 정도의 성인 남자와 100만 명 정도의 성인 여성이 낚시꾼인 셈이다. 캐나다 인구가 3천5백만이라는 것을 생각하면 낚시꾼의 비율이 얼마나 높은지를 알 수 있다. 송어 낚시터나 얼음 낚시터에서 아름답고 젊은 여성 낚시꾼을 만나는 것은 캐나다에서는 일상적인 일이다. 매우 세련되고 자신만만한 태도로 송어나 연어를 낚아 올리는 여성 낚시꾼은 캐나다의 매우 이채로운 모습 중 하나이다. 연어 낚시는 밤에도 가능하다. 우리는 여성 낚시꾼과 같이 밤낚시를 하며 즐거워한 적도 있었다. 그렉은 그때 낚싯대를 부러뜨렸다. 밸런스가 무너졌다. 어디에 정신을 팔고 있었을까. 아무튼 엄청나게 큰 소리를 네 번이나 내며 그렉의 낚싯대가 산산조각 나고 말았다. 연어 낚시에서는 각도가 조금만 지나쳐도 낚싯대가 부러진다. 15파운드가 넘는 놈들이다.

기적 같은 일이 일어났다. 그렉이 운전하고 내가 옆자리에 탄

채 퇴근하는 길이었다. 우리는 어느 집 앞에 'FOR SALE'이라는 딱지가 붙은 아름다운 보트를 발견했다. 그러나 보트가 환상적이라는 사실은 부차적인 중요성밖에 못 가진다. 'FOR SALE' 밑에 그보다도 더 크게 '2,000 BUCKS'라고 붙은 태그가 일차적인 중요성을 지니고 있다. 2,000불짜리 보트이다. 더구나 양철 보트가 아니라 파이버 보트이다. 그리고 80HP짜리 야마하 엔진을 달고 있었다. 우리는 순식간에 보트를 샅샅이 검사하고 있었다. 놀랍게도 이 보트는 깨끗한 신형 배수펌프를 갖추고 있었고, 윤이 나는 프로펠러를 달고 있었으며, 트레일러까지도 갖추고 있었다. 그리고 이 트레일러는 일렬로 된(tandem) 바퀴를 달고 있었다. 그렇다면 보트를 계류시키기가 훨씬 편하다.

확실히 그렉은 촌놈다웠다. 이 와중에도 가격을 깎아보겠다고 나선다. 아니, 이것은 거의 공짜가 아닌가. 그렉은 문을 열고 들어갔고 훈련되지 않은 옐로 리트리버에게 혼쭐이 나고 있었다. 그 보트 주인은 이미 술이 거나하게 취해 있었고 그렉은 보트의 트집을 잡기에 바빴다. 그 보트는 상당히 관리가 잘 되어 있다고 해도 이미 십오 년이 지난 것이었고 엔진은 2,300시간 이상을 사용한 것이었다. 보트의 모터는 주행거리기 아니라 사용 시간으로 따진다. 2천 시간이 지나면 사실상 퇴물이다. 그렉이 "우리가 쓰레기를 사고 있지 않느냐"라고 주인에게 말하면, 주인은 "그럼 그냥 가쇼"라고 대답하는 형식으로 십 분이 넘는 대화를 하고 있었다. 내가 만약 주인이라면 보트의 헐(hull)

은 연식과 본래 관계없는 것이고 엔진은 다시 산다 해도 500불 정도밖에 안 된다고 말했을 것이다. 그러나 이미 술이 거나해진 보트 주인은 계속 손만 내젓고 있었다.

"빨리 가쇼."

그 주인이 내놓은 가격은 아마도 마음먹고 붙인 것이었던 모양이다. 거기에다 그 보트 주인은 알코올이 들어가면 더욱 고집스러워지는 종류의 사람이었다. 그렉은 돌아섰고 나는 얼어붙었다. '이 고집불통 촌놈아!' 내 마음은 그렇게 소리치며 그렉을 노려보았다. 그러나 그렉은 개의치 않고 도로로 나오고 있었다.

이때 두 번째 기적이 발생했다. 주인과 길손의 언쟁에 긴장하고 있던 그 리트리버가 퇴각하는 적수를 향해 돌진했고 그의 바지를 물어버렸다. 그렉은 날렵하고 건장한 사람이다. 종아리를 물고 늘어지는 개를 간단히 털어버리고는 유심히 바짓단을 살피다가 갑자기 환호성을 질렀다. 리트리버는 좋은 견종이다. 순간적으로 바지에 구멍을 냈다. 개와 바지에 축복이 있을 것이다. 그렉은 돌아서서 회심의 미소를 지으며 주인을 야유조로 바라보았다.

1,700불에 샀다. 그렉의 양복이 300불짜리였다. 우리는 내 고물차를 끌고 정비소에 갔다. 차 뒤에 트레일러를 매달 수 있게 하기 위해서였다. 그렉의 차는 1,600cc밖에 안 되어 도저히 보트를 매달고 갈 수가 없었다. 시속 50킬로미터 정도는 가능하지만 이 속도라면 고홈 레이크까지는 다섯 시간, 뱁티스트 레이

크까지는 열 시간이 걸린다. 그래도 내 고물차는 2,200cc였다. 우리는 그날 밤에 보트에서 잤다. 집 앞에 차를 주차시키고는 보트 안에서 수다를 떨다가 침낭과 이불을 가지고 나와서 그 안에서 잠들었다. 보트 소유주로서의 기쁨을 만끽하며. 밤하늘이 참으로 아름다웠다.

우리의 향후 몇 년간의 삶은 이 보트와 뗄 수 없는 관계가 있다. 이를테면 이 보트는 우리의 분신이었다. 지나치게 헐어서 금방 망가질 것 같았던 엔진도 거뜬히 버텨주었다. 우리가 일본인을 아무리 미워하고 또 그 옹졸함을 아무리 비웃어도 아무튼 엔진은 잘 만드는 민족이다. 약간의 문제라면 이 엔진이 2행정이었기 때문에 반드시 비싼 리퀴드 오일을 섞어줘야 하고, 엔진 소음과 매연이 심했다는 것이다. 게다가 열효율도 나빠서 연료도 좀 많이 먹는 편이었다. 그러나 1,700불짜리 보트에 무엇을 더 바라겠는가. 사실 1,700불도 아니고 1,200불이다. 트레일러 값이 500불이었으니까.

우리는 이 보트를 나의 커티지가 있는 뱁티스트 레이크에 계류시켜 놓기로 했다. 뱁티스트 레이크는 우리 집에서 북쪽으로 약 다섯 시간 정도 운전하면 닿는 호수로 엘리펀트 레이크와 잇닿아 있었다. 이 장엄한 스케일의 호수는 할리버튼 지역의 북쪽에 위치해 있었으며 완전한 원시림에 둘러싸여 있었다. 그 호수는 너비가 10킬로미터 정도였고 길이가 엘리펀트 레이크까지 합쳐 30킬로미터 정도였다. 이 호수에 닿기 위해서는 간선도로에서 빠져나와 약 삼십 분간의 비포장도로를 운전해야 했다. 이 길은 좁고 어두웠다. 수풀 사이로 억지로 난 듯한 길을 운전할 때 가장 신경이 쓰이는 것은 동물이었다. 사슴이나 너구리, 오소리, 거북이 등이 언제라도 나타날 수 있었다. 이 동물들과 부딪치면 동물이 죽는 것은 물론 차가 파손되고 운전자도 때때로 위험해진다. 대형 사슴과 고속에서 충돌하면 차도 튕겨나간다. 시속 30킬로미터 정도로 서행해야 했다.

그렇게 삼십 분 정도를 가면 센코비치의 마리나가 나타난다. 센코비치는 멍하니 쳐다보고 있고 그의 아내 제인은 낭패스런 표정을 짓는다. 우리와 관련하여 워터택시 영업은 이제 끝났다. 그러나 센코비치는 표정을 되돌린다. 어쨌든 마리나 사용권이나마 받을 수 있고 겨울이면 윈터 스토리지(winter storage) 비용도 받을 수 있으니까. 이 계약은 일 년 단위로 이루어진다. 나는 이 교섭을 그렉에게 맡길 것이다. 보트 매입 이후로 그렉에 대한 나의 신뢰는 무한해졌다. 내가 관찰한 바 교활한 제인도 잘생긴 그렉에게는 적수가 되지 못했다. 혼자 왔을 때에는 30불을 내고 워터택시를 탔지만 그렉과 같이 오면 언제나 25불이었다. 천적이라는 것은 언제나 신비이다. 누구도 당할 수 없을 것 같이 강인한 사람에게도 천적은 존재한다. 그녀의 천적은 그렉이었다. 왜냐하면 그렉은 더 강인했으니까. 그리고 이제 와서 고백하겠다. 소심한 내가 그렉의 천적이 된 이유를 모르겠다고. 어쨌든 나는 그렉을 이겼다. 그 황소고집도 나에게는 꺾였다. 그렉은 내게 불만을 털어놓곤 했다. 왜 너는 모든 사람에게 쩔쩔매면서 자기한테는 소리를 지르냐고. 그러나 이 질문은 소용없는 것이다. 나 자신도 이유를 모르니까.

나의 커티지는 350불짜리였다. 믿지 못할 이 가격은 내 커티지의 하고 있는 꼴과 캐나다의 땅값을 고려하면 전혀 놀랄 가격이 아니다. 그 커티지는 사실 판잣집이었다. 그것도 지은 지 삼십 년이 지난 판잣집이었다. 그 집은 우리가 보통 사과 상자로 사용하는 나무 상자를 크게 확대시켜 놓은 것이라고 보면 된다. 차이는 그 널빤지들이 삼십 년쯤 지나면 거무스름한 흑색으로 바래서 여간 보기 싫은 게 아니라는 사실이다. 그리고 그 나무 상자 안에 문도 없이 칸막이만 질러놓은 방이 하나 있었고 나머지 공간은 그냥 거실이라고 보면 된다.

그렉과 나는 어쨌든 여기에 두 개의 침대를 만들었다. 그렉은 내가 보기에 수학의 연산보다는 전기톱을 사용하는 데 훨씬 능란했다. 그는 여름방학 중에 주위의 나무를 베어 이 커티지를 살 만한 곳으로 만들어 놓았다. 일주일 만에 간단하게 해치웠다. 우리는 굿 윌(Good Will)이라는 중고품 가게에서 두 개의 매트리스를 사서 침대 위에 올려놓았다. 커티지에서 삼 분쯤 걸어가면 호수로 흘러드는 시냇물이 있었다. 우리는 거기에서 씻었고 화장실은 거기로부터 다시 일 분쯤 걸어간 곳에 하나 만들었다. 화장실이라고 해봐야 별것이 아니었다. 큰 정화조를 하나 묻고 그 위에 변기만 올려놓았다. 땅을 파던 그렉이 좌절에 빠졌다. 암반

층에 부딪혔다. 우리는 정화조를 반만 묻기로 했다. 이것은 정말 가관이었다. 반쯤 묻히다만 푸른색 정화조 위에 스테인리스 변기가 있고, 우리는 거기로 올라가서 볼일을 보았다. 그렉이 나무 사다리를 만들었다. 그렉의 번쩍이는 엉덩이가 커티지에서도 보였다. 위치가 높으니 주위의 경관이 그만이었다. 우리는 한가롭게 볼일을 봤다. 물새도 보이고 수달도 보였다. 컨스터블이나 터너가 보았더라면 훌륭한 풍경화가 나왔을 것이다. 황제폐하도 그런 경관을 누리며 생리작용을 치르지는 못했을 터이다.

가브리엘라와 캐롤이 가보고 싶다고 나섰을 때 그렉은 도망가 버렸고 나는 펄펄 뛰며 거절했다. 북미의 여자들은 드세다. 하겠다면 하고 만다. 도망간다고 해서 해결될 일이 아니다. 나는 절대 안 된다고 했다. 우리의 원초적인 삶은 우리끼리로 족했다. 캐롤은 심각한 얼굴로 혹시 둘이 동성연애를 하는 것은 아니냐고 물었다. 해결책이 떠올랐다. 우리의 화장실을 설명했다. 당신이 볼일을 볼 때 뱁티스트 레이크의 모든 동물들이 당신 엉덩이를 즐겁게 감상하게 될 것이라고. 이렇게 해서 우리 커티지는 그 신비를 계속 유지하게 되었다.

발전소

자연에 대한 우리의 동경은 무엇 때문일까? 여름의 금요일 오후 네 시경에는 토론토에서 북쪽으로 가는 길은 북새통이 된다. 토론토 광역시의 거의 모든 차량이 400번 도로를 메운다. 토론토 사람들은 말한다. "모든 것이 토론토 북쪽에 있다(Everything is in the north of Toronto)." 모여 살기를 좋아하는 도시민들이 이번에는 혼자 되기 위해 호수와 강과 숲과 공원을 향한다.

캐나다인들은 이를테면 얼리 버드(early bird)이다. 그들은 업무를 여덟 시경 시작해서 늦어도 네 시경 끝낸다. 특별히 정해진 점심시간은 없다. 샌드위치를 왼손에 들고 오른손으로 컴퓨터 자판을 두드리며 계속 일한다. 그러면 퇴근을 앞당길 수 있다. 미국 대학의 수업은 보통 아홉 시나 아홉 시 반에 시작하지만 캐나다 대학은 대부분 여덟 시나 여덟 시 반에 시작한다. 이러한 점에서 보자면 캐나다인들이 미국인들보다 더욱 정통적인 영국인의 후손들이다. 앵글로색슨인들은 라틴인만큼 밤을 즐기지 않는다. 새벽 두 시까지 나보나 광장(Piazza Navona)을 메우는 이탈리아인들과 열 시면 이미 레스터 스퀘어를 떠나는 영국인들은 좋은 대조가 된다.

우리 인식의 선명함은 깊은 잠의 대가이다. 우리의 잠은 죽음처럼 깊다. 인간이 동물 가운데에서 가진 독특성은, 이 새로운 동물은 본능으로부터 아주 멀리 떨어져 나왔다는 점이다. 우리 조상은 역사의 어느 순간엔가 그들이 의존해왔던 본능에 작별을 고하고 지성에 의존하기로 결정했다. 직립과 지성과 섬세한 손과 정교한 언어는 아마도 한꺼번에 생겼을 터이다. 이것들이 제각각 발생하여 우리에게 차례로 더해지지는 않았을 것이다. 이중 하나가 없는 나머지는 생존을 위해 어떤 도움도 되지 않기 때문이다. 네안데르탈인들은 모든 것을 가졌지만 언어가 없었다고 추정된다. 언어가 정교하지 않다면 협동 작업은 물 건너간다. 그들은 크로마뇽인들에게 밀렸고 몰락했다. 인간적 특징의 모든 것이 동시에 발생하지 않는다면 인간은 생존경쟁의 전쟁터에서 매우 취약한 대상에 지나지 않는다.

그러나 이러한 인간적 특성은 반대급부를 요구한다. 식물이 항상 깨어 있지만 동시에 자고 있듯이, 물고기들도 인식이 그렇게 선명하지도 않고 잠도 그렇게 깊은 것이 아니다. 한밤중 호숫가에서 랜턴을 켜고 물속을 가만히 들여다보면 물고기들이 꼬리지느러미를 느리게 저으며 조용히 유영하고 있다. 이것이 물고기의 수면이다. 그러나 포유동물에 이르면 상대적으로 각성과 수면이 구분된다. 그들에게 활동과 수면은 분리된 두 개의 활동이다. 진화는 언제나 동질성과 미분화로부터 이질성과 분화로 나아간다. 그렇다 해도 동물은 인간에 비해 각성과 수면이 덜 구분된다. 잠든 강아지들은 조그마한 소리에도 불현듯 깬다. 이 분화는 인간에게 이르러서야 각각이 하나의 확정된 개념이 될 만큼 이질화된다. 애완견들은 깨어 있을 때도 그렇게까지 지성적이지는 않고 잠을 잘 때도 인간만큼 깊게 무의식 속으로 들어가지 않는다. 잠든 인간은 야생에서는 완전한 무방비이다. 인간에게 있어 수면은 일시적인 죽음이다.

문명은 지성의 소산이다. 그 반대급부가 자연에의 동경이고 그것이 예술에 적용되었을 때 낭만주의가 된다. 낭만주의는 우리가 지성으로부터 퇴각하기를 요구한다. 우리의 문명, 우리의 각성, 우리의 수학은 낭만주의자들에게는 경멸과 회피의 대상이다. 삶에 대한 의지기 동시에 죽음에 대한 의지를 반대급부로 가지듯이 문명에 대한 의지는 자연에의 회귀를 그 반대급부로 요구한다. 태곳적에 우리의 조상들은 스스로의 행운을 찾아 동물에게 작별을 고하고 신세계를 찾아 나섰고 뜻하지 않은 성공을 거두었다. 그러나 그 성공은 정신적 피로와 높은 긴장도를 요구하는 종류의 것이었다. 우리 모두는 자연 속에서 스스로를 이완시키고 자연의 일부가 되기를 간헐적으로 원하고 지성과 각성의 전면적인 죽음을 원한다.

가능했다면 우리는 손으로 물고기를 잡았을 것이다. 피시마 켓에 널려 있는 값이 헐한 생선을 사기보다는 어떻게든 스스로 의 힘으로 포획한 물고기를 맛보고자 하는 것이 낚시의 목적이 다. 낚시 역시 원시와 자연에의 동경이다. 그렇다면 궁극적으로 는 우리의 유기물적 도구, 즉 신체만으로 물고기를 잡아야 한다. 그러나 이것은 불가능하다. 물속에서 송어나 연어는 화살의 속 도로 움직인다. 이제 타협해야 한다. 최소한의 도구를 사용하기 로. 그러므로 중장비를 하고 낚시에 나서는 것은 본질을 흐리는 것이다. 경장비(light tackle)이어야 한다. 플라이 낚시가 가장 우 아하고 본질적인 이유는 가장 경장비이기 때문이다. 몇 개의 실 이 감긴 낚싯바늘과 낚싯대, 릴과 줄이 장비의 전부이다. 모두 합쳐도 그 무게가 2파운드도 채 되지 않는다.

그렉과 내가 다섯 시간씩이나 운전하고 삼십 분이나 보트를 타고 커티지로 향하는 것은 문명을 최소화하고 완전한 침묵 속 에서 자연과 일부가 되기를 원했기 때문이다. 그러나 우리는 곧 모순에 부딪힌다.

해질녘의 캐나다 모기는 거의 벌 떼와 같다. 한꺼번에 수백 마리가 얼굴로 덤벼든다. 이때는 또다시 문명의 부스러기를 사 용해야 한다. 얼굴에 망사를 뒤집어쓰거나 리펠러를 노출된 부위에 도포해야 한다. 이런 식으로 자연으로부터 오는 불편을 덜기 위해 다시 문명이 스스로의 필요성을 주장하며 나타나기 시작한다.

그해 여름에 우리는 중대한 결단을 내려야 했다. 전기 문제를 해결해야 했다. 우리는 어쨌든 명색이 교수였다. 강의 준비와 연구 논문이 없다면 다음 테뉴어는 물 건너간다. 우리는 십여 개의 건전지를 집에서 미리 충전해 와서 각각의 랜턴을 켜고 책을 들여다보았다. 우리의 연구는 충전된 건전지들이 모두 방전되는 순간 끝났다. 불편은 여기에 그치지 않았다. 취사 문제도 적지 않은 골칫거리였다. 캐나다의 공산품은 만만치 않게 비쌌다. 가스버너는 불편했고 화력도 약했다. 그리고 깡통가스 값이 많이 비쌌다. 그러나 이것이 불편의 끝은 아니었다.

우리는 10월 중순까지 커티지 생활을 하기로 했는데 캐나다의 8월 말은 이미 가을이다. 저녁이면 몹시 추웠다. 영상 5도까지 떨어지는 밤도 있었다. 그러나 난방까지 할 수는 없었다. 우리는 심각한 고민에 빠졌다. 침낭 속에서 공부하는 것은 학창 시절로 끝내고 싶었다. 나는 침낭 안에 들어가서 손만 밖으로 내놓고 한겨울 공부를 하곤 했나. 마치 곰 같은 형상을 하고서. 그러나 나는 곰도 아니고 더 이상 학생도 아니다.

이 고민이 플랜트 건설 수준의 야심적인 프로젝트로 진행될 줄은 나도 그렉도 몰랐다. 우리는 공구상에 가는 것을 즐겼다. 호모 파베르(homo faber)라는 말은 우리에게 어울리는 것이었다. 둘은 휴식 삼아 캐네디언 타이어에 놀러 가곤 했다. 캐네디언 타이어는 캐나다의 가장 큰 공구 체인이다. 여기에 가보면 모든 종류의 공구가 있다. 수요만이 공급을 창출하지 않는다. 우리는 어디에 사용되는지 모르는 공구가 나타나면 설명서도 읽어보고 종업원을 불러 물어보기도 했다. 그러면 우리에게 갑자기 필요가 생겨났다. "아, 그런 데 쓰이는구나. 사야겠다." 공급이 수요를 만드는 순간이다.

나와 그렉과 베시가 함께 저녁식사를 간이로 해결하기 위해 리치먼드 힐의 케네디언 타이어의 카페테리아에 모였다. 여기에 올 경우 우리 둘은 베시가 싫어하는 일을 하곤 했다. 드넓은 케네디언 타이어는 이를테면 철부지 남자들의 놀이터인 셈이다. 우리는 이마를 찌푸리고 눈을 가늘게 뜨고 심각한 표정을 지으며 진열대를 살핀다. 그날도 마찬가지였다. 그런데 그렉의 눈이 어느 한 곳에 못 박혔다. 야수가 먹이를 발견했다.

그렉은 자연과학을 전공하기보다는 공학을 해야 했다. 이 순간만은 우주의 운행이 멈추고, 신경세포가 한 곳에 모아지고, 엄청난 양의 엔도르핀이 쏟아지는 순간이다. 어떤 몹쓸 운명이 이 훌륭한 기술자를 자연과학자가 되게 하였는가. 나는 이 분야에 있어 그렉의 탁월함과 우월성을 기꺼이 인정하고 그 역량을 찬사해 마지않는다. 덕분에 나는 훌륭한 메카닉(mechanic)을 옆에 두고 있는 셈이다. 도움이 되는 미덕은 질투의 대상이 아니다. 다른 어떤 성향이 타고나는 것인 것처럼 기계와 공구에 대한 사랑도 타고난다. 어떤 사람들은 기계를 보는 순간 그 작동 메커니즘에 즉시로 관심을 가진다. 설계도를 확인하고 회로를 확인하고 스스로 해체해보고 조립해본다. 그러나 사랑과 역량은 별개의 문제이다. 여자에 대한 아무리 많은 사랑을 가지고 있어도 소용없다. 역량을 갖추어야 여자를 유혹할 수 있다. 나는 기계에 대한 사랑을 지니고 있었지만 역량은 없었다. 이것이 나와 그렉의 차이였다.

내가 라디오나 시계를 해체했다 조립하면 반드시 몇 개의 부품이 남았다. 그리고 코드를 꽂으면 때때로 연기가 폴폴 나거나 불꽃이 일었다. 어떤 경우에는 작은 폭발도 있었다. 나중에는 숨어서 전기코드를 연결했다. 폭발이 무서웠다. 그러다가 점점 포기하게 되었다. 우리는 열심히 하지 않기 때문에 무엇인가에 무능하다고 생각하지만 사실은 무능하기 때문에 열심히 안 하게 된다. 공학자로서의 나의 꿈은 이때 날아갔다. 600볼트 내압의 콘덴서가 몇 번 폭발하는 꼴을 경험했다면 누구라도 공학도의 길을 포기할 것이다.

인간이라는 종은 자신의 가능성의 궁극을 기계를 통해 실현했다. 기계야말로 인간이 전적으로 특수한 종임을 보여주는 동시에 그 종의 가장 커다란 특징은 수학적 지성이라는 것을 보여주는 증거이다. 지성은 텅 빈 공간에 상상의 소산을 설계한다. 우리가 자연에서 무엇인가를 얻고자 할 때, 우리는 기계라는 우회로를 통하고자 하며 이 우회로는 미래를 위해 현재를 희생한다. 이 새로운 종은 직접 얻기보다는 상상과 계획과 노고를 통해 간접적으로 더 많이 얻기를 원한다. 우리의 상상력은 공간상에 계획의 거미줄을 친다. 그 거미줄들이 딱딱한 금속이나 유형의 나무로 변할 때 하나의 지성은 그 빛을 거두어들인다. 이제 프로젝트가 끝났다.

그렉이 코를 벌렁거리며 뚫어지게 바라보고 있는 것은 수력발전기 키트였다. 거기에 '하이드로 파워 플랜트 DIY(hydro power plant DIY)'라고 씌어 있었다. 발견은 예비된 사람에게만 가능하다. 거기에 그 기계들은 몇 년 동안 있었을 것이다. 그러나 우리가 전기 문제에 대해 고민을 하고 있을 때에야 그것이 발견되었다. 이것이 과수원 주인이 만유인력의 법칙과 인연이 없는 이유이다. 우리 관념은 감각의 먹이만은 아니다. 오히려 우리의 관념은 우리 감각에 목적과 방향을 미리 정해준다. 빛을 내며 나의 눈에 들어오는 인물은 내가 사랑하는 바로 그 사람이 아닌가. 수많은 사람들 사이의 유일한 그 사람. 나의 행복, 나의 희망, 나의 사랑, 나의 과거, 나의 미래, 이 모든 것에 책임이 있는 바로 그 사람.

만만치 않았다. 규모가 어마어마했다. 코일과 프로펠러와 파이프와 삼상교류축전지와 기타 부품들이 총 쉰여덟 개였다. 조립만으로 문제가 끝나지 않는다. 댐을 건설해야 한다. 그리고 낙차가 있는 개울을 만들어야 한다. 우리의 커티지에서 70~80미터쯤 되는 거리에 개울 하나가 호수로 흘러들고 있었다. 그러나 낙차가 없었다. 이렇게 되면 상류에 댐을 쌓고 댐 밑을 상당한 깊이로 파내야 한다. 2미터의 낙차를 만드는 것은 상당한 중노동이 될 것이다.

그렉은 침착하고 신중한 사람이다. 그는 아마도 소음인일 것이다. 그와 골프를 하게 되면 짜증이 난다. 어드레스에 3박 4일이 걸린다. 그는 물건을 살 때 적어도 가게 안을 몇 번이나 돌며 생각에 잠기고 신중에 신중을 기한다. 그러나 이번에는 빠르고 단호했다. 당장 카트를 가지러 갔다. 그렉의 머릿속에는 기다리고 있는 베시보다는 아마도 백배쯤 더 크게 그가 건설할 수력발전소가 자리 잡고 있었을 것이다. 불쌍한 베시. 일반적인 캐나다 남자들은 가정적이다. 그 많은 남자를 제쳐두고 "멋집니다!(Gorgeous!)"라는 찬사 한마디에 바보같이 그렉에게 넘어와서 이 냉대를 당하고 있다. 우리는 수력발전소에 800불을 치렀다. 시멘트 값과 기타 비용이 그만큼 더 들어야 하는지는 그 당시에는 몰랐다. 우리의 파산이 다가오고 있었다.

나와 그렉은 두근거리는 마음으로 금요일을 기다렸다. 그리고 매일 퇴근 때마다 설계도를 그려가며 입씨름을 했다. 수요일에는 도서관에 가서 수력발전에 대한 책을 대여했다. 정보는 많아야 하고 실수는 용납되지 않는다. 실수는 곧 비용의 증가로이어진다. 내 신용카드는 이미 한도액에 다다르고 있었다. 결국댐 건설이 가장 중요한 문제였다. 우리는 2미터 너비의 댐을 건설하기로 했다. 상당한 양의 철근과 시멘트와 모래가 필요하다.

그리고 물길을 먼저 다른 곳으로 돌려놓아야 한다.

이번에는 그렉과 나의 차 모두로 출발했다. 베시도 데려가기로 했다. 베시는 부지런하고 영리하므로 도움이 될 것 같았다. 아무튼 그렉이 좋은 남편도 아니었고 나도 좋은 친구는 아니었다. 여름이면 베시는 주말을 거의 혼자 지낼 수밖에 없었다. 그렉과 나는 퇴근과 동시에 거의 번개의 속도로 북쪽으로 도망가 버렸다. 그리고 베시는 샤워 문제에 있어 까다로웠다. 따뜻한 물이 없는 커티지를 싫어했다. 그래도 나와 그렉은 주중에는 베시에게 최선을 다했다. 나는 국수나 치킨 바비큐, 김치찌개를 만들어서 베시와 그렉을 초대했다. 둘 다 한국 음식을 좋아했다. 나는 언젠가 베시에게 섭섭한 일이 있어서 앙갚음하는 심정으로 청국장을 끓였다. 그러나 앙갚음이 되지 못했다. 그 둘은 즐거운 마음으로 청국장을 먹어 치웠다. 그리고 건강에 좋을 거라고 흡족해했다. 그 후 자주 청국장을 해달라고 졸라댔다. 희한한 부부이다.

차가 속도를 내지 못할 정도로 짐이 많았다. 발전설비, 시멘트, 모래, 철근, 삽, 곡괭이 등을 실은 차는 힘들어하며 간신히 시속 80킬로미터의 속도를 냈다. 내 트렁크는 물론 뒷자석 모두가 짐으로 가득했다. 캐나다에서는 보통 크루즈 컨트롤(cruise control)을 시속 100킬로미터에 맞춰놓는다. 도로에 차가 별로 없으므로 이 상태로 두 발을 쉬며 계속 가면 된다. 그런데 이날은 도대체 컨트롤이 걸리지 않았다. 80킬로미터밖에 낼 수 없었기 때문이다.

마리나에 도착했을 때는 이미 늦은 시각이었다. 우리는 커티지에 가서 일단 잠부터 잤다. 나와 베시가 각각의 침대를 차지했고 그렉이 바닥에서 자게 되었다. 그렉은 집에서도 침대 없이 매트리스만 깔고 잔다. 한 방이나 한 텐트에서 그렉과 같이 자는 것은 사실 고역이다. 그렉은 잠꼬대를 심하게 하고 코도 심하게 골고 이리저리 굴러다니며 잔다. 이것은 아마도 각성 시 그의 소심함의 대가일 터이다. 그의 의식세계는 얌전하지만 무의식은 소란스럽다. 각성 시에 억눌렸던 욕구가 꿈속에서 폭발하나 보다.

침대에서 자는 것은 그렉에게는 모험이다. 자다가 적어도 한 번은 떨어진다. 바닥에서 허리나 엉덩이를 부여잡고 낑낑댈 때는 침대에서 떨어진 때이다. 한번은 떨어지며 철제 캐비닛에 부딪혔다. 정말 큰 소리가 났다. 나는 포탄이 터졌다고 생각했다. 깜짝 놀라 잠이 깬 나는 어리둥절했다. 그렉이 바닥에 크게 뻗어 있었다. 그는 비명도 못 지를 정도로 아파했다. 너무 아파하니 원망할 수도 없었다.

그렉은 호텔에 가도 매트리스를 바닥에 내려놓고 그 위에서 잔다. 언젠가 셋이 밴쿠버 여행을 갔을 때 돈을 아끼려고 두 개의 침대가 있는 방을 하나만 빌렸다. 나와 베시가 몇 번이나 그렉을 발로 차야 했다. 그러면 코골이가 잠시 멈추게 되고 그 사이에 우리는 얼른 잠들어야 했다. 그날 밤에 그렉은 두 번 떨어졌다.

그렉의 잠버릇과 관련해서는 평생 잊지 못할 사건이 있다. 한 번은 노스베이(North Bay)의 강으로 낚시를 갔다. 월아이가 많이 잡히는 곳이다. 토론토에서 북쪽으로 네 시간쯤 가면 프렌치 리버에 닿는다. 이 강의 상류에는 다양한 물고기들이 서식한다. 우리는 도착하자마자 나무를 베어 불부터 피웠다. 추운 가을 날씨였다. 이렇게 불을 미리 피워두면 좋은 점이 있다. 낚시하다 추우면 불을 쬘 수 있고, 통나무가 불꽃만 남아 있을 때 석쇠 위에 고기를 얹어놓으면 훌륭한 바비큐가 된다. 그렉은 그때 이미 삼겹살과 김치말이의 즐거움을 알고 있을 때였다. 낚시 여행을 가게 되면 그렉은 내 아이스박스를 흘끔거렸다. 삼겹살과 김치를 찾는다. 우리는 송어 낚시터에서는 불 피우기를 꺼리지만 이곳에서는 마음껏 불을 피웠다. 여기는 다른 낚시꾼들도 오고 또 그들도 여기에서 불을 피우고 취사를 했기 때문이다. 노스베이에 가는 날이면 그렉은 항상 삼겹살을 기대했다. 그러나 삼겹살은 비쌌다. 쇠고기보다 두 배는 비쌌다. 먹는 법을 가르치지 말았어야 했다.

낮에 고기를 구우면 밤에 위험하다. 음식 냄새를 맡은 야생동물들이 텐트 주위를 흘끔거린다. 여기에 곰은 없다. 기껏해야 오소리나 너구리 정도이다. 한데 곰 못지않게 무서운 동물이 있다는 것을 그 밤에 처음 알았다. 그날 밤에는 이상하게도 그렉이 조용히 잠들었다. 상습적인 코골이들도 어떤 밤에는 조용히 자는 고마운 경우가 있는데 그렉이 그날 밤에 그랬다. 나는 행복한 마음으로 잠들었다.

텐트에서 잘 때는 자주 잠을 깬다. 자연이 조용하다는 것은 거짓말이거나 무지이다. 숲 속은 시끄럽다. 물 흐르는 소리가 요란하고 낮에 숨어 있던 동물들 모두가 활동을 한다. 우선 새가 많이 울고 수달이 물속에서 텀벙거리고 사슴들도 바스락거리는 소리를 많이 낸다. 그리고 무스의 경우에는 말 달리는 소리를 낸다. 무스는 위험하기도 하다. 달리는 무스가 간혹 텐트를 짓밟고 지나가는 경우가 있는데, 얼굴이 밟히면 무조건 병원으로 가야 한다. 코가 주저앉거나 이빨이 부러지거나이다.

무엇인가가 텐트 안에서 부스럭거리는 소리에 잠이 깼다. 하얀색 줄무늬가 있는 스컹크였다. 어젯밤에 별을 구경하다가 텐트를 열어 놓은 채로 잠들었다. 야영 시에 절대 하지 말아야 할 실수를 했다. 캐나다에 와서야 하늘에 별이 그렇게 많다는 것을 처음으로 알았다. 하늘에 진공은 없다. 창백하지만 뚜렷이 빛나는 흰색과 붉은색과 푸른색의 별로 하늘은 꽉 찬다. 텐트에 누워 하늘을 바라보면 많은 별들이 쏟아져 내릴 것 같고 한꺼번에 서너 개의 유성이 붉은 꼬리를 내며 하늘에 선을 긋는다.

스컹크는 못생긴 동물이 아니다. 음흉하게 생기기는 했지만 그래도 봐줄 만하다. 문제는 그놈의 엉덩이에 있다. 스컹크가 집 안으로 들어오면 골치 아프다. 소리를 지르거나 발로 차면 한

방을 날린다. 그러면 그 집 가족은 적어도 일주일간은 모텔 신세를 져야 하고 입고 있던 모든 옷을 세탁해야 한다. 세탁소는 그런 옷은 거절하기 때문에 집에서 해야 한다. 물빨래가 안 되는 옷은 버리게 된다. 방귀가 가정 경제에 파국을 불러온다. 그래도 냄새가 없어지지는 않는다.

스컹크의 방귀는 사실은 기체가 아니다. 옅은 액체이다. 그 방귀는 방사선 형태로 뿌려진 물처럼 사방으로 날린다. 그러므로 엄밀히 말하면 그것은 방귀가 아니라 그냥 똥이다. 여기에 한 방 얻어맞은 인생은 사람들로부터 당분간 기피 대상이 된다. 똥이 그 동물의 생존 양식이다. 후각이 예민한 포식자가 한 번이라도 그 냄새를 경험했다면 자손 대대로 교훈을 줄 것이다. 그동물은 무조건 피하라는 교훈을. 반면에 스컹크는 누구도 피하지 않는다. 자못 거만하고 도도하다. 장착한 화학무기에 대한 자신감이 있는 듯하다. 천적이 없을 것이다. 그 냄새는 지독하기도하지만 씻어도 소용없을 정도로 오래간다. 사랑하는 남녀를 헤어지게 하려면 둘 중 하나에게 스컹크를 선물하면 된다. 지독한 사랑도 스컹크의 똥에는 못 견딘다. 911전화 중 스컹크 때문에 걸려오는 것이 제법 된다고 한다.

스컹크가 조용히 나가줘야 한다. 자극하면 안 된다. 텐트와 같이 좁은 공간에서 얻어맞으면 그 결과는 상상할 필요조차 없다. 나는 텐트의 지퍼를 모두 열고 밖으로 나와 아이스박스를 열었다. 먹이를 주며 유혹해야 한다. 모든 것이 잘 되어 나갔다. 스컹크는 내가 흔드는 고깃덩어리에 관심을 보였다. 그러나 모든 노력이 물거품이 됐다. 바로 그 순간 얌전히 자던 그렉이 엄청나게 큰 콧소리를 내며 동시에 팔을 휘저었다. 그 팔에 차라리 내가 맞았어야 했다. 그랬더라면 더 행복했을 것이다. 스컹크가 맞았고 그 엉덩이에서 한 방이 날아갔고 그렉이 뛰쳐나왔다.

잊을 수 없는 밤이다. 우리는 잠이 깨어 모든 것을 불태웠다. 텐트, 매트리스, 침낭, 옷, 신발 등등. 그리고 차가운 호수 속으로 뛰어 들어가 몇 번을 씻었다. 그래도 소용없다는 것을 알고 있었지만 씻고 있는 동안에는 마음의 위안이나마 되었다. 특히 머리를 잘 감아야 한다. 나는 앞으로 한참 동안 그렉과 같이 텐트 안에서 잘 수는 없을 것이고 베시와 그렉은 보름간은 사이가 별로 안 좋을 것이다. 좁은 텐트 안에서 스컹크에서 직격탄을 맞았다. 이것은 캐나다적 생활양식의 최악의 국면이다. 그 뒤로는 텐트의 문단속을 철저히 했다.

다음 날 우리는 새벽에 잠이 깼다. 댐 설치 장소를 물색하는 일이 먼저다. 그렉과 나는 개울을 거슬러 올라가다 우리의 행운을 축하했다. 약 5미터의 길이로 2미터 정도의 낙차가 가능한 곳이 우리 커티지에서 기껏해야 100미터 정도 거리에 있었다. 수력발전소는 다 된거나 마찬가지다. 우리 둘은 얼싸안고 기뻐했다. 가장 큰 걱정거리가 해결되었다고 생각했다. 전문가가 보았다면 비웃었을 것이다. 왜냐하면 이제 지독한 고생이 시작되고 있었기 때문이다.

댐 건설은 여태까지 우리가 저질러 온 철부지 장난질과는 차원이 다른 문제였다. 우선 수로를 옆으로 내서 개울물을 잠시 딴 곳으로 흐르게 하는 것이 상당한 노력이 요구되는 일이었다. 이 일을 끝마친 우리는 불길한 생각을 품기 시작했다. 그렉은 농사일보다 어렵다고 투덜거리고 있었고 나는 완전히 뻗어서 하늘을 쳐다보고 있었다. 새벽에 시작한 일이 오후 네 시가 되어서야 겨우 끝이 났다. 베시는 샌드위치와 스테이크를 요리했고 심지어는 돌을 이리저리 치우는 일까지 했다. '베시'는 캐나다 목축업자들이 그들 암소를 총칭해서 일컫는 이름이다. 아무 암소나 모두 베시라고 부른다. 그날 우리의 불쌍한 베시는 정말 암소처럼 일했다. 캐나다의 여름은 밤 아홉 시까지도 아직 밝다. 위도가 높아서 해가 늦게까지 떠 있다. 뼛골 빠지게 일한다는 것이 무엇인지 알게 됐다. 보트로 네 번이나 왕복해서야 겨우 댐 장비와 시멘트 등을 모두 옮길 수 있었다. 내일이 오지 않기를 바랐다. 내일은 댐 바닥을 준설하고 거기에 시멘트 콘크리트를 쳐야 한다.

일요일 저녁이 되어서야 겨우 댐 바닥을 골랐다. 우리는 바위가 드러날 때까지 흙을 파내고 철근을 깔고 콘크리트를 쳤다. 너무 피로해서 도저히 운전을 할 수가 없었다. 우리는 월요일 새벽에 출발하기로 했다. 내 강의는 여덟 시 삼십 분에 시작되고 그렉의 수업은 아홉 시 삼십 분이다. 그러니 적어도 새벽 세 시쯤에는 출발해야 한다. 아마 베시가 운전하고 그렉은 잘 것이다. 내 차는 여기에 그냥 두고 모두 베시가 운전하는 차를 타기로 했다. 우리 모두는 너무 피로해서 정신이 몽롱한 상태였다. 나는 이날 세 시간의 수업을 횡설수설로 마쳤다. 온몸이 쑤셨고 누울 자리만 보였다.

나는 이쯤에서 우리의 실수를 인정하자고 했다.

"그렉, 바보짓이야. 그만두자. 나는 아무래도 죽을 거 같아."

그렉의 얼굴에 약간 망설이는 표정이 비쳤다. 나는 그만둘 줄 알았다. 그러나 그렉은 고집불통이다.

"아니야, 마저 하겠어. 여름 내내 시간이 든다 해도 하겠어. 힘들면 너는 하지 마. 나하고 베시하고 할 테니까."

살인 충동을 느꼈다. 베시까지 끌어들여 나를 협박하는 태도가 가증했다. 때려죽이고 싶었다. 이 만만한 놈이 고집을 부리려 들면 황소고집이다. 그의 마누라가 암소이긴 하다. 나는 째려보아야 소용없다는 것을 알았고 꼬리를 내렸다.

"알았어. 같이하자. 그런데 베시는 쉬게 하자. 베시에겐 너무 힘들다. 오늘 출근도 못했잖아."

이렇게 3주가 흘렀고 어쨌든 수차를 설치하고 파이프도 묻었다. 사실 댐 자체가 가장 힘들었다. 나무 패널을 만들어서 사이에 철근을 꽂고 모래와 시멘트를 섞어 잘 이긴 다음 일일이 삽으로 퍼 넣었다. 그렉의 손과 내 손 모두에 물집이 잡혔고 입 안이 헐었다. 건설 중장비와 건설 노무자들에게 감사해야 할 노릇이다. 건축 공사는 그것이 아무리 간단해 보여도 육체노동이 들고 노동의 강도가 매우 세다. 나무 몇 그루만 심어도 허리가 아프다.

그날의 감동을 잊지 못한다. 발전기를 축전지에 연결하고 축전지에서 전기를 뽑아서 전등을 켰다. 감동적이었다. 밤을 정복했다. 이제 밤은 동물들과 사물들만의 세계가 아니다. 우리의 공간에서는 우리의 세계가 되었다. 인간의 감각 중 가장 중요하고 결정적인 것은 시각이다. 모든 불구 중 눈이 안 보이는 장애가 가장 불편할 터이다. 동물들은 대체로 시각보다 다른 감각이 더 유용한 경우가 많다. 개의 경우도 귀와 코가 매우 예민하다. 어떤 때에는 너무도 소리를 잘 들어서 말 그대로 귀로 보는 듯한 느낌이 든다. 그러나 인간은 시각 이외에 다른 감각은 상대적으로 무디다. 우리 감각 중 가장 섬세하고 날카롭고 재빠른 것이 시각이다. '보는 것이 믿는 것'이다. 문명을 피해 커티지로 들어온 우리는 다시 문명을 끌어들이며 기뻐하고 있었다. 그날 밤 우리는 우리의 시간이 밤까지 연장된 것을 자축했다.

우리는 중고 전자제품 가게를 돌아다니며 전기 오븐을 구했다. 상태가 좋은 놈을 운 좋게 구할 수 있었다. 취사와 난방도 걱정 없다. 가을밤에는 오븐을 계속 켜놓으면 된다. 문명이 얼마나 좋은 것인가. 그러나 이렇게 문명을 즐길 양이면 차라리 집에 있는 것이 낫지 않은가.

센코비치는 석유를 태우는 발전기를 사용하고 있었다. 이놈은 몹시 시끄럽고 기름 값도 만만치 않았다. 센코비치와 제인의 눈은 놀라움과 부러움과 질투로 불타올랐다. 그것이 화력발전소와 수력발전소의 차이다. 우리 시스템이 뱁티스트 레이크에서는 우월했다. 그러나 센코비치의 마리나 주변에는 댐을 건설할 만한 개울이 없다. 여기 이 오지에서 우리는 특권적인 위치에 있게 됐다.

축전지에서는 시간당 최대 800와트까지 끌어 쓸 수 있었다. 우리 수차는 우리가 없는 동안에도 계속 돌면서 축전지에 전기를 저축하고 있었다. 시간당 800와트라면 오븐의 작은 히터를 완전히 가동시킬 수 있을 정도의 화력이다. 에너지는 정말 좋은 것이다. 미국이 중동에서 자꾸 전쟁을 일으키는 이유를 알겠다. 우리는 베시를 위해 전기 온수기도 설치하기로 했다. 이 부잣집 아가씨는 단지 그렉의 푸른 눈 때문에 믿지 않아도 될 종교를 믿고 있고 하지 않아도 될 고생을 하고 있다. 따뜻한 물이 김을 내며 나오자 베시는 환호성을 질렀다. 샤워에 대한 여자의 열망은 생각보다 크다.

플라이 피싱

그렉은 나의 낚시 스승이다. 송어 낚시에는 제법 기량이 필요
하다. 내가 송어 낚시를 배우고자 했던 것은 단지 봄과 가을에
는 그것들밖에 잡을 물고기가 별로 없었고 또한 민물고기 중 먹
을 만한 것은 기껏해야 송어와 연어, 월아이와 옐로퍼치뿐이기
때문이었다. 그러나 이 까다로운 물고기는 추와 미끼를 매단 릴
낚시로는 낚기가 불가능하다. 제법 치밀한 준비와 감각이 필요
하다. 플라이 피싱(fly fishing)이어야 한다.

송어와 연어, 곤들매기 등을 총칭해서 샐모노이드
(salmonoid)라고 부른다. 이 고기들은 여러 고귀한 특징을 지니
고 있다. 우선 오염되지 않은 깨끗한 물에서만 산다. 샐모노이드
의 부화에는 많은 용존산소가 요구된다. 하상에 모래와 자갈이
깔려 있어야 용존산소량이 늘어난다. 진흙 바닥이 있는 물에서

는 부화가 안 된다. 용존산소가 많으면 녹조류와 플랑크톤이 상대적으로 덜 번식하므로 물이 깨끗해진다.

두 번째로는, 이들은 반드시 냉수대(cold stream)에서만 서식한다는 것이다. 본래 샐모노이드는 북극 출신이다. 캐나다의 강의 수원은 크게 두 가지이다. 하나는 눈과 얼음이 녹아서 흘러내리는 물이고, 다른 하나는 샘에 의해서 만들어진 강이다. 보통 샘에 의해 만들어지는 강은 물이 따뜻하고 이 경우 송어나 연어는 거기를 거슬러 오르지는 않는다. 그런데 차가운 흐름에는 플랑크톤이 상대적으로 적게 서식하고 녹조류도 거의 없다. 그래서 더욱 깨끗한 느낌을 준다. 물속의 자갈들이 훤히 들여다보인다. 이들은 녹조류가 없는 깨끗한 곳에 서식한다. 계류에서 낚시를 할 때에는 송어나 연어 무리를 훤히 보면서 하는 것이 된다. 20~30미터 떨어진 곳에서 송어나 연어가 상류를 향하여 헤엄치고 있고 낚시꾼은 바로 그 앞에 캐스팅을 해야 한다.

플라이 피싱은 우선 캐스팅 연습으로 시작한다. 보통의 낚시는 추와 미끼의 무게로 캐스팅을 한다. 릴을 열고 힘껏 던지면 추와 미끼가 줄을 끌고 나간다. 이러한 낚시에는 연습이나 숙련이 필요 없다. 그러나 플라이 피싱은 단지 낚싯줄 끝에 털실을 둘러친 곤충으로 위장된 낚싯바늘 하나에 의존해야 한다. 대신 낚싯대의 탄성이 훨씬 좋고 낚싯줄이 제법 두껍고 무게가 있는 비닐로 된 것이다. 플라이 낚시꾼(fly angler)은 탄성과 밸런스만으로 낚싯줄을 수십 미터 멀리로 캐스팅해야 한다. 여기에는 낚시꾼의 균형 감각과 유연함이 요구된다. 이 비닐 낚싯줄 끝에 8파운드, 6파운드, 4파운드, 2파운드순으로 낚싯줄을 엮어 나간다. 이 가늘어지는 낚싯줄 부분을 테이퍼(taper)라고 부른다. 테이퍼는 보통 5미터이지만 경우에 따라 9미터까지도 된다. 테이퍼가 길면 낚싯줄 다루기가 힘들지만 스트라이크의 기회가 더 많다. 송어는 짧은 테이퍼는 곧 알아챈다. 긴 테이퍼를 쓸 경우 비닐 낚싯줄이 보통 40미터니까 총 49미터의 길이가 되는 것을 사용하게 된다.

테이퍼 부분에서는 매듭이 중요하다. 간결하고 단단해야 한다. 고기가 물고 늘어지면 오히려 더욱 단단하게 죄어지는 매듭을 사용하게 된다. 이 경우 보통 끊어지는 것은 줄이 아니라 매듭 부분이다. 그래서 매듭에는 약간의 오일을 바른다. 송어 낚시꾼에게는 이 매듭이 매우 중요하다. 야무지고 신속하게 매듭을 지을 줄 알아야 한다. 테이퍼 부분은 소모품이기 때문이다. 송어와 씨름하다가 끊어지는 일은 다반사이고 바위에 쓸리거나 물속의 나무에 걸리면 끊어줘야 한다. 이 경우 얼른 물 밖으로 나와서 신속하게 새로운 매듭을 지어야 한다. 신속하지 못하면 하루 종일 매듭과 씨름하게 된다. 플라이 피싱에서는 그날의 상황에 따라 다양한 매듭을 짓게 된다. 보통 낚시꾼은 열 가지 정도의 매듭법을 익히게 된다.

매듭을 능란하게 잘 짓고 캐스팅을 부드럽고 정확하게 할 수 있다면 초보적인 송어 낚시꾼이라 할 만하다. 송어의 미끼는 그날의 낚시 현장에서의 곤충이다. 송어는 지렁이나 루어에는 반응을 안 한다. 물 위에서 죽어가는 날벌레나 물속의 잠자리 유충이나 기타 유충에만 관심을 보인다. 송어 낚시꾼이 낚시터에 도착했을 때 제일 먼저 살펴야 하는 것은 그 부근의 곤충들이다. 이 곤충들과 유사한 플라이를 사용해야 한다. 낚싯바늘에 여러 형태와 여러 색깔의 실을 이리저리 묶어 곤충으로 위장한다. 송어 낚시꾼은 이것을 플라이라고 부르고 이러한 작업을 플라이 타이잉(tying)이라고 부른다. 만약 어떤 낚시꾼이 플라이 타이잉을 할 줄 안다면 그는 이제 숙련된 송어 낚시꾼이다. 초보적인 캐스팅에서 플라이 타이잉까지는 보통 두 시즌이 걸린다. 이 년 정도는 송어 낚시를 해야 숙련된다. 운전이나 요리보다는 어려운 기술이다.

송어나 연어는 산란기가 되면 강어귀에서 몇 주를 머무른다. 그 어귀가 호수이건 바다이건 이때 송어나 연어의 식성은 왕성하다. 눈앞의 무엇이든 먹어 치운다. 먹고자 하지 않는 물고기는 눈앞에 빤히 보여도 잡지 못한다. 그러나 식욕이 왕성한 물고기를 잡는 것은 매우 쉬운 일이다. 어떤 낚시꾼들은 오히려 이때를 시즌으로 본다. 보트를 타고 강어귀를 휘젓고 다니며 줄을 깊게 내려 송어나 연어를 낚아 올린다. 이때에는 적어도 50미터 아래로 줄을 내려야 하기 때문에 다운 리거(down rigger)라는 장비를 사용해야 하고 추도 300그램 이상의 무거운 것을 써야 하며 낚싯대도 굵고 튼튼한 것을 사용해야 한다. 한마디로 중장비(heavy tackle)이다. 그렉은 이러한 낚시꾼들을 비웃었다. 노바스코샤의 가난한 동네에서 보트도 없이 간단한 채비만으로 송어나 연어를 낚아 올렸던 그에게는 이 어마어마한 준비물들이 스콜라 철학의 쓸모없는 복잡함 정도로만 비쳐졌다. 그는 낚시에서 가장 중요한 것은 간결함이라고 누누이 말했다.

"이봐, 간결이 지혜의 요체이고, 존재는 쓸모없이 증가되어서는 안 되네. 저런 중장비로 송어를 잡는 것은 스스로에게 창피한 노릇이고 송어에게는 불쌍한 노릇이네. 부끄럽네, 부끄러워."

인간과 동물의 차이점 중 하나는 인간은 계획과 신호에 의해 약속된 행위를 하지만 동물의 경우는 어떤 지배적인 느낌에 의해 단체 행동을 해나간다는 것이다. 어떤 개체인가가 먼저 행동에 나서서 물을 거슬러 오르기 시작한다. 그러나 전체적인 호응이 없으면 되돌아선다. 이러한 시도와 무대응의 신호가 몇 번이나 발생한 다음에 어떤 기분인가가 전체를 전염시킨다. 그러고는 모두가 일제히 물을 거슬러 오르기 시작한다. 이 단위는 적어도 몇백만이다. 자연계에서 드물게 보는 장관이 펼쳐진다.

이들에게 남은 것은 생식과 죽음이다. 삶의 전성기에 죽음이 찾아오게 된다. 대부분의 동물에게 생식의 끝은 삶의 끝이다. 각 개체가 스스로의 완결성에 대해 어떤 생각을 품고 있든지 간에 자연이 이들을 창조한 목적은 종의 유지이다. 개체는 종의 유지를 위한 염색체의 전달자 이외에 다른 의미가 없다. 이것이 생물학적 진실이다. 우리가 사랑하는 애완견들도 생식이 가능하지 않을 정도로 늙은 바로 그 순간이 죽음의 순간이다. 인간만이 예외이다. 인간은 그만큼은 문화적 동물이나. 인간은 생식이 끝나고도 삼십여 년 이상을 더 산다. 이 삼십 년이 바로 문명일 터이다.

인간은 죽음을 두려워한다. 너무 많이 개체화되었다. 생식의 결과가 죽음이라면 누가 아이를 낳으려 시도하겠는가. 차라리 아이 없이 영생을 누리고자 할 것이다. 그러나 본능의 끈에 묶인 동물들에게는 선택의 여지도 없고 망설임의 여지도 없다. 어떤 분별도 없이, 자신이 개체라기보다는 한갓 종의 수단이라는 운명에 복종한다. 어떤 송어나 연어는 이 무리에서 이탈하여 계속 바다에 머무른다. 이것은 아마도 일종의 교란이 일어난 경우일 것이다. 이 경우 그 개체들은 이 년을 더 산다. 그리고 다시 물을 거슬러 오르게 된다. 생식이 끝나지 않았으므로 죽음이 유예되었다. 생식을 하지 않으면 좀 더 살 수 있다.

인간의 경우 생식은 육체적 죽음은 아닐지라도 정신적 죽음을 의미한다. 우리 모두는 스스로의 완결성을 원했다. 우리에게 중요한 것은 시간적 영생보다는 공산적 완성이었다. 많은 사람들이 알고자 원하고 느끼고자 원하고 사랑을 원한다. 스스로가 소우주이다. 그러나 완결성을 향한 우리의 희구 가운데 자연은 속임수를 예비해둔다. 적은 우리 자신에게 있다. 생식세포가 있다. 아이가 생긴다. 이제 더 이상 개체적 완성을 위해 애쓸 필요가 없게 되었다. 노력한다 할지라도 필사적인 것이 되지는 않는다. 완성을 유예시켰다. 공간적 완성을 포기하고 시간적 연장을 보증받았다. 후손에게 자기 완성의 임무를 떠넘겼다. 이 순간 인간은 신이 되려는 시도를 거두고 동물적 본능을 자각하게 된다. 스스로도 종의 유지를 위한 염색체의 전달자였다. 만약 스스로의 완성이 정신적 삶이라면 그 삶은 그만큼 죽음에게 자리를 양보한다.

행동을 개시한 연어나 송어는 길고 긴 여행을 시작한다. 우리는 그 길목을 지키고 이 필사적인 물고기들과 승부를 벌인다. 일단 물을 거슬러 오르기 시작한 물고기들은 먹이 활동을 하지 않는다. 금식에 들어간다. 생식의 긴장도가 그만큼 높다. 그들은 도저히 극복 못할 것으로 보이는 폭포도 뛰어넘는다. 아주 우연히 그리고 아주 가끔 먹이를 먹는 경우가 있는데 우리가 노리는 것은 기껏 이것이었다.

더욱 유효한 것은 물고기의 반사 행동이다. 우리 눈앞에 무엇인가가 갑자기 나타나면 우리가 손으로 그것을 쳐내듯이 물고기도 눈앞에 무엇인가가 나타나면 입으로 문다. 우리의 손이 그들의 입이다. 그러므로 캐스팅이 정확해야 한다. 먹이를 먹는다해도 아주 드문 일이기 때문에 물고기가 쫓아와서 미끼를 물지는 않는다. 따라서 물고기의 바로 눈앞에 무엇인가를 떨어뜨려반사 행동을 유도하는 쪽이 물고기를 잡을 확률을 높인다. 송어 낚시꾼의 목표는 2인치의 오차이다. 멀리 앞쪽에 미끼를 떨어뜨리고 그것이 아주 자연스럽게 흘러 바로 2인치의 오차 이내로 송어 앞에 도달해야 한다. 여기에는 숙련된 송어 낚시꾼의 경우에도 수십 번 이상의 캐스팅이 요구된다. 이것이 스포츠 피싱인 이유는 수없는 캐스팅을 해야 하기 때문이다. 이것이 성공했을 때 우리는 승리라고 불렀고 실패했을 때 패배라고 불렀다. 이 어려운 낚시에서는 낚시꾼의 기량 차이가 뚜렷이 드러난다. 능란한 낚시꾼의 솜씨는 예술적이다. 캐스팅의 거리와 부드러움과 타이밍, 밸런스, 정확함 등에서 확실히 두드러진다. 낚싯줄을 거둬들여 앞뒤로 흔들며 거리를 가늠한 후에 부드럽게 던지고 줄을 이리저리 조정해서 자연스럽게 송어 앞으로 흘러가도록 만든다. 정확하다. 바로 원하는 송어 눈앞에 가 닿는다.

그렉은 확실히 탁월했다. 어떤 상황에서도 물고기를 잡았다. 그리고 그가 탁월했던 것은 그의 아름다움이었다. 플라이 피싱과 관련해서는 모든 것이 가뜬했고 우아했고 부드럽고 민첩했다. 그의 동작은 볼쇼이 발레단의 수석 무용수만큼 아름다웠다. 그렉이 캐스팅을 할 때에는 옷깃 스치는 소리조차 나지 않았다. 나는 이십여 년이 지난 지금도 그렉의 낚싯줄이 아름다운 선을 그리며 푸른 하늘과 뭉게구름을 배경으로 날아가듯이 우리 머리 위를 선회하던 것을 기억한다. 그렉은 그 귀족적이고 우아한 물고기에 대한 자격이 있었다. 낚시터에서 그는 진정으로 아름다운 사람이었다.

그는 낚싯줄을 젖힐 때에도 매우 가뿐해서 물을 튀기는 소리조차 내지 않았다. 부유하는 낚싯줄을 살며시 들어 올려 뒤로 보낸 후 공중을 선회시켜 물 위에 착륙시켰다. 그런 부드러움과 더불어 그는 무려 20미터씩을 던졌다. 플라이 피싱에서는 대단한 거리이다. 이것은 보통의 낚시꾼에게는 상상도 못할 거리이다. 주변의 낚시꾼들은 입을 다물지 못했다. 나는 기껏해야 12미터였다. 만약 뒤쪽에 나무가 있어 캐스팅이 힘들면 그렉은 낚싯줄을 물 위에서 감아 던졌다. 이것을 롤 캐스팅(roll casting)이라고 하는데 가장 어려운 것이었다. 그렉은 여기에서도 능란했다.

그는 '자연스럽게(naturally)'를 입에 달고 살았다. 그러나 이 자연스러움은 불가능한 사람에게는 전혀 자연스럽게 되는 것이 아니었다. 알고 있다고 생각한 것들이 어느 순간 모르는 사실이었다는 것을 알 때가 있다. 어느 순간엔가 섬광처럼 우리 가슴을 때리며 어떤 포괄적인 인식이 다가온다. 이때 우리는 그것을 배경으로 여러 단편적 지식들을 체계적으로 폐기 시작하고 하나의 인식체계를 구성하게 된다. 갑자기 눈앞이 밝아지며 모든 것이 확연해지고 쉬워지고 자연스러워지고 당연해진다.

그렉이 말하는 자연스러움이 그러했다. 나는 열심히 배웠고 나름대로 잘하고 있다고 생각했다. 그러나 그렉은 불만이었다. 물론 말로는 잘하고 있다고 했지만 무언가 석연치 않았다. 그의 눈은 그렇지 않다고 말하고 있었다. 내게도 때가 왔다. 어느 순간인가 '이것이구나' 하는 느낌이 왔다. 그렉의 표정이 편해졌다. 나는 자연스럽게 캐스팅을 하고 있었고 이전의 쓸모없는 동작이 모두 사라지고 없었다. 아마도 낚시터에서 수십 시간을 보낸 후의 일일 것이다. 그렉은 감탄하며 소리쳤다.

"아름답다, 아름답다(Beautiful, beautiful)."

송어 시즌이나 연어 시즌이 우리를 흥분시키는 이유는 또 있다. 이 연어과의 물고기들은 예민하고 빠르고 용감하다. 대부분의 물고기들은 줄이 굵어도 문다. 그러나 연어과의 물고기들은 즉시로 알아챈다. 미끼 쪽으로 다가오다 획 돌아서는 경우는 무엇인가 미심쩍음을 느꼈을 경우이고 이것은 아마도 미끼를 달고 있는 줄을 발견했기 때문일 것이다. 줄이 끊어지는 상황에 자주 부딪쳐도 우리가 2파운드짜리 테이퍼를 고집하는 것은 송어의 예민함 때문이다. 이 예민함은 낚시꾼들을 즐겁게 하는 요소가 있다. 모든 것이 완벽해야 한다. 플라이 피싱으로 산란기의 송어를 잡았다는 것은 기량의 완벽함을 보증해주는 것이 된다. 연어과의 물고기들은 그 아름다움에 상응하는 까다로움을 가지고 있다.

또한 이 물고기들의 속도는 엄청나다. 속도가 빠르다는 것은 그만큼 힘이 강력하다는 것이다. 뉴턴의 세1법칙이 말하는 바와 같이 속도가 곧 힘이다. 7파운드짜리 송어는 15파운드짜리 파이크나 머스키보다 훨씬 강력한 느낌을 준다. 송어가 미끼를 무는 것으로 송어 낚시의 가장 중요한 일이 끝나는 것은 아니다. 본론으로 들어간다. 송어는 낚시꾼이 거의 정신을 못 차릴 정도로 줄을 끌고 다니며 점프를 한다. 테이퍼는 2파운드짜리다. 스풀을 느슨하게 해주어야 한다. 그러나 줄이 다 풀릴 때까지 풀어줄 수는 없다. 송어가 조금이라도 힘들어하는 느낌이 전해지면 이제 저항을 무릅쓰고 감아야 한다. 이때가 매우 위험한 순간이다. 팽팽한 긴장 가운데 줄이 다반사로 끊어진다. 그래서 낚시꾼들은 웨이더를 입고 이리저리 송어를 쫓아다니게 된다. 위풍당당한 태도로 뻣뻣하게 서서 힘과 힘으로 대결하는 것은 이 연어과의 물고기들과는 관계가 없다. 여기는 힘자랑할 곳이 아니다. 그것은 보트 낚시나 바다낚시에서의 문제이다.

연어과의 물고기들은 굴복이 없고 기개가 대단하다. 죽을 때까지 저항한다. 우리는 먹을 만한 물고기를 잡으면 웅덩이에 넣어두곤 했다. 그러나 송어나 연어는 웅덩이가 필요 없었다. 송어나 연어는 잡아 올릴 때 이미 죽은 것이나 다름없다. 자유에 있어 매우 오만한 자부심을 갖고 있는 이 물고기들은 낚싯줄이 그들을 구속할 때 이미 죽기 시작한다. 그러므로 먹을 것이 아니라면 뜰채를 사용하는 것은 위험하다. 그 물고기들을 바로 발아래까지 끌고 와서 쪼그리고 앉아 입에서 바늘을 조심스럽게 빼내줘야 한다. 그래야 다시 상류로 올라가서 산란을 할 수 있다.

정부에서는 낚싯바늘에 물린 적이 있는 연어가 상류로 가서 산란을 할 수 있는가를 수산청에 연구 의뢰했고 대부분은 산란 가능하다는 연구 결과를 얻었다. 거칠게 다루지만 않으면 된다. 뜰채를 사용하게 되면 그 안에서 마구 퍼덕거리게 되고 이 경우

뜰채의 끈들에 의해 큰 손상을 입는다. 비늘이 벗겨지고 바늘에 입이 헌다. 산란기의 연어과 물고기들은 이미 저항력이 없어서 몸의 여기저기에 곰팡이가 슬기 시작한다. 여기에 상처까지 입혀놓으면 송어에게는 커다란 위험이 된다. 산란 터에 도착하기 전에 죽는다. 송어 낚시꾼들은 이 물고기들을 어느 정도 존중한다. 자기 기량의 극단까지 끄집어내야 겨우 이겨낼 수 있는 적수가 어찌 존경스럽지 않겠는가. 그렉은 송어를 거칠게 다루는 낚시꾼을 경멸했다. 낚시꾼들에게 이 물고기는 단지 사냥감만은 아니다. 게임의 상대편이다. 우리는 가끔 이 물고기들을 친구라고 불렀다. 토테미즘이 이렇게 기원했을 터이다.

나는 그렉이 낚싯대를 부러뜨리는 것을 두 번 목격했다. 나는 수없이 부러뜨렸다. 열 번 이상 부러뜨린 것 같다.

토론토에서 서북쪽으로 두 시간쯤 가면 손베리(Thornbury)라는 곳에 닿는다. 이곳에는 9월 중순부터 연어가 산란을 위해 올라오기 시작한다. 송어나 연어는 본래 바다로 나갔다가 강으로 회귀한다. 그러나 어떤 경우에는 바다까지 가지 않고 그냥 머물기도 한다. 우리가 보통 산천어라고 부르는 물고기들은 바다로 가지 않고 태어난 곳에 머무는 송어다. 연어과의 물고기들이 바다로 가는 것은 먹이를 찾기 위해서다. 그들이 태어난 민물은 좁고 빈약하다. 바다로 나가야 먹이가 풍부하다. 거기라야만 한껏 자랄 수 있다. 그런데 어떤 개체의 경우 머무른다. 비겁한 놈들이다. 먼 곳으로 갈 용기가 없는 것이다. 이 경우 상대적으로 높은 생존율을 보장받지만 체격도 왜소하고 속도도 느리다. 자기 가능성을 희생시키는 놈들이다. 우리는 이것을 '땅에 갇힌(landlocked)'이라고 부른다.

우리가 손베리에서 잡고자 한 것은 이렇게 휴런(Huron) 호수에 갇힌 시눅새먼(Chinook Salmon)이었다. 이 경우는 본격적인 낚시는 아니다. 본격적인 낚시는 역시 '바다에서 올라오는(sea-run)' 놈들을 잡는 것이다. 이날은 하루밖에 시간을 낼 수 없어서 가까운 곳으로 가기로 했다. 베시는 생리가 시작되어서 몹시 신경이 날카로워져 있었다. 그렉이 외박을 할 수 없었다. 베시는 착하고 사려 깊은 여자지만 신경이 예민했다. 생리 때는 혼자 못 잤다. 아무래도 호수 연어는 힘도 별로 없고 크기도 작다. 거센 조류를 넘나들며 한껏 자라는 바다 연어와는 비교도 안 된다. 대체로 10파운드 내외이다. 그리고 바다에서 올라오는 놈들만큼 힘이 세지도 않다. 우리는 이렇게 생각했고 이 낚시를 만만한 소일거리로 생각했다. 그렉은 8파운드의 강도를 가진 낚싯대와 2파운드의 강도를 가진 테이퍼를 준비했다. 나는 15파운드의 낚싯대와 2파운드의 테이퍼를 준비했다. 내게는 그렉만큼 다양한 낚싯대나 테이퍼가 없었다. 이것이 다행이었다.

웬일인지 엄청나게 덩치가 크고 힘이 넘치는 놈들이 덤벼들었다. 그렉은 당황했다. 그러나 자신의 기량을 믿었다. 낚싯대의 탄성은 매우 중요한 요소이다. 그것이 물고기를 힘들게 하고 낚시꾼을 돕는다. 또 탄성이 뛰어나야 부러지지 않는다. 만약 탄성이 떨어지는 낚싯대를 사용한다면 낚시꾼 스스로가 팔과 몸을 많이 써서 그 탄성을 보완해주어야 한다. 그렉은 연어가 점프할 때마다 몸을 숙여가며 잘 해나가고 있었다. 낚싯대를 드는 각도를 조심해야 한다. 너무 낮게 하면 줄이 끊어지고 너무 높게 하면 낚싯대가 부러진다. 그날 그렉은 너무 높았다. 낚싯대가 부러질 때에는 끝만 부러지지 않는다. 일단 끝이 부러지면 탄성이 없어지기 때문에 손잡이까지 차례로 부러져 나간다. 나는 부러지는 소리를 네 번이나 들은 것 같다.

"따, 따, 따, 딱."

낚싯대는 차례로 부러져 나갔고 그렉은 손잡이만 들고 있었다.

그렉은 훌륭한 낚시꾼이었다. 아니, 훌륭하다는 표현을 넘어 위대하다고 해야 했다. 그 상태에서도 기어코 연어를 발아래까지 끌고 왔다. 건너편의 낚시꾼들은 아연해서 쳐다보고 있었다. 믿지 못할 사실이었다. 15파운드가 넘는 연어를 단지 릴만으로 잡아냈다. 그렉은 화가 나 있었다. 연어에 대해 화가 났는지 스스로에 대해 화가 났는지 모르겠다. 아무튼 연어를 살려주지 않았다. 발로 이리저리 굴려서 그 연어를 제방으로 올리더니 돌멩이를 들어 머리를 내리쳤다. 그래야 즉시로 죽일 수 있다. 연어의 머리뼈 부서지는 소리가 물소리를 뚫고 들렸다. 이 연어는 이제 며칠을 두고 우리의 스테이크가 될 것이었다.

다른 한번은 사우스 햄턴(South Hampton)에서의 밤낚시 때였다. 우리는 행운을 잡았다. 젊은 아가씨 둘이 밴을 몰고 나타났다. 우리는 오후 두 시부터 낚시를 하고 있었고 해가 떨어지면 텐트 속으로 기어들 작정이었다. 우리는 계획을 바꿨다. 누가 먼저 말을 꺼냈는지 모르겠지만 아무튼 별 의견 교환 없이 뜻이 통했다. 자정까지 하자! 이 아가씨 둘은 상당한 경력을 가진 낚시꾼이었다. 우리는 여자들이 남자들보다 더 섬세하고 예민하다고 생각한다. 이것은 사실이 아니다. 남녀 모두 선택적으로 상대편 성보다 더 섬세할 수 있다. 낚시에 있어서는 남자가 더 섬세하다. 여자가 아무리 낚시터에 오래 있었다 해도 그 캐스팅 동작의 부드러움과 정확성은 남자를 따르지 못한다. 남자의 캐스팅은 마치 자연의 일부인 것처럼 조화롭게 보이지만 여성의 동작은 어딘가 뻣뻣하고 부자연스럽고 거칠다. 당연히 스트라이크도 남자 쪽이 빈번하다. 그러나 여기의 두 아가씨는 어느 남자 못지않게 멋진 캐스팅을 하고 있었다. 여자들이 능란하게 캐스팅과 저킹을 할 경우 동작의 리듬감과 우아함은 어느 남자의 동작보다도 아름답다. 이 두 아가씨의 경우가 그랬다.

왜 어떤 아가씨들은 그들의 휴식 장소로 나이트클럽이나 극장을 선택하지 않고 낚시터를 선택할까. 그렉과 나는 낚시보다 도심의 유흥가를 좋아하는 젊은이들을 비웃었다. "저치들은 사냥 본능이 없는 거야. 또 불편한 걸 못 참는 거지. 남자라면 사냥 본능은 뼛속에 있어야 되는 거야"라고 뇌까리곤 했다. 그러나 도대체 낚시가 사냥 본능과 관련이 있긴 있는 건가? 있다면 여성에게는 사냥 본능이 본래 없다고 해야 하나?

경험상 나는 많은 여성 낚시꾼들이 낚시를 좋아한다고 말할 수 있다. 확실히 여성이 낚시터에 많이 오지는 않는다. 이것은 기회가 없었기 때문일 것이다. 대다수의 여성 낚시꾼들은 아버지나 남자 친구를 따라 낚시의 첫 경험을 한다. 이중 어느 여성인가는 스스로가 낚싯바늘에 걸려들고 만다. 광적인 낚시꾼이 되는 것이다. 플라이 피싱을 한다면 그 사람은 이미 대부분의 낚시를 해봤다는 것을 의미한다. 낚시의 꽃에 접근해 있다. 베시 역시 훌륭한 플라이 앵글러(angler)였다. 캐스팅 길이가 좀 짧다 뿐이지 우리 누구 못지않은 낚시의 예술가였다. 그러나 그녀는 광적이지는 않았다. 그녀에게 낚시는 음악이나 영화나 독서와 같은 여러 취미 가운데 하나였을 뿐이다. 베시는 특히 밤낚시는 질색을 했다. 밤낚시는 여러 가지로 불편하고 피곤하다. 늘어져서 TV를 보거나 잠을 잘 시간에 낚시를 하는 것은 광적인 낚시꾼만이 하는 짓이다.

우리가 만난 그 두 여성은 매우 이색적인 여성들인 셈이다. 이상하게 플라이 낚시꾼들은 과묵하다. 낚시라는 취미 자체가 매우 독립적이며 외로운 종류의 것이다. 그 두 여성 역시도 우리에게 눈인사만 하고는 곧 낚시에 몰두했다. 그렉과 나도 낚시터까지 운전해 가는 내내 수다를 떨지만 일단 낚시터에 도착하면 조용해진다. 아마도 대화보다 가슴을 적시는 무엇인가가 거기에 있기 때문일 것이다. 낚시터에서 우리 모두는 명상에 잠긴다. 우리는 문명을 벗어나서 자연의 세계 속에 있기를 원한다. 여기에서 우리를 감동시키는 것은 예술이나 철학이나 과학이 아니다. 뭉게구름, 황금빛 태양, 투명한 시냇물, 바닥의 자갈과 모래, 떼를 지어 있는 송어나 연어. 이러한 것들이 감상과 감동의 대상이다.

여기에선 언어가 불필요하다. 결국 우리의 지성과 문명은 언어에 다름 아니다. 우리 문명은 사물과 사유의 개념화에 있는 것이고 이것은 우리에게 언어로 알려져 있다. 결국 언어의 끝이 세계의 끝이다. 그러나 그 세계는 문명이 말하는 세계이다. 여기 다른 하나의 세계가 있다. 전혀 개념화를 기다리지 않고 모든 것이 연속해 있으며 어떤 하나도 다른 하나 없이는 존재할 수 없는 듯한 종합화된 세계가 우리 앞에 펼쳐져 있다. 우리를 스치고 지나가면서 갈대에서 살랑거리는 소리를 자아내는 산들바람조차도 이 세계의 뺄 수 없는 일부이다. 여기에서 우리는 언어를 벗어난다. 우리 자신이 본능과 직관에만 의존하며 한 마리의 동물, 한 그루의 소나무가 된다.

그렉은 그녀들을 흘끔거렸다. 그렉은 신사이다. 자기 것이 아닌 한 어느 여성에게도 눈길 한번 주지 않는다. 그러나 이 여성 낚시꾼들에게는 대단한 관심을 보였다. 자기와 같은 류의 사람이라는 것일까. 문명에 싫증을 느끼기 때문에 거기에서 등을 돌리기를 원하는 사람, 생명에의 의지 이상으로 죽음의 의지를 지닌 사람, 지성을 포기하고 자연의 일부가 되기를 원하는 사람. 그렉은 웃어도 주고 매듭을 가르쳐주기도 했다. 베시가 보았더라면 맞아 죽을 노릇이다. 나는 괜히 무서웠다.

그렉의 친근감과 동질감의 결과는 부러진 낚싯대가 되었다. 낚시터에 여러 명의 낚시꾼들이 동시에 낚시를 하고 있을 때는 물고기가 물었을 경우 큰 소리로 "피시 온(fish on)!"이라고 소리친다. 이제 물고기와 낚시꾼 사이에 실랑이가 벌어질 것이고 다른 낚시꾼들은 낚시를 거둬들인다. 줄이 엉키면 안 되기 때문이다. 그러나 그렉은 그날 오만했다. 태연자약하게 연어와 승부를 겨뤘다. 움직이지 않은 채로 오로지 낚싯대와 릴과 자기 기량만으로 멋지게 걸어 올릴 심산이었다. 여성 낚시꾼들이 낚싯줄을 거둬들이는 수고를 하게 만드는 것은 신사의 도리가 아니라고 생각했을 것이다. 몸동작과 낚싯대의 각도가 매우 중요하다. 연어가 뛰어오를 때 거의 동시에 몸을 숙여 줘야 하고 낚싯대도 수평 각도를 유지해야 한다. 그리고 연어가 물속으로 치고 들어갈 때에는 낚싯대를 적절한 각도로 세우면서 연어에게 압박을 가해야 한다. 그렉은 조바심을 내며 서둘렀다. 너무 예리하게 각도를 잡았고 낚싯대는 순식간에 부러져 나갔다. 그렉은 또다시 손잡이만 쥐게 되었다. 이번에는 지난번과 같은 행운은 없었다. 엄청난 속도로 치고 나간 연어는 낚싯줄 모두를 몸에 두르고는 호수 깊숙이 사라져버렸다. 우리는 아홉 시에 철수했다. 아가씨들 덕분에 베시가 행복해졌다.

웰드릭 로드

유진이 나에게 먼저 전화를 한 것은 이번이 처음이었다. 그는 중대한 결정을 내리고자 했다. 슈퍼마켓에서 일하며 많은 사람을 사귀게 되었다. 그에게 있어 사람을 사귄다는 것은 사람들이 먹고사는 양식을 알아보는 것이었다. 그는 한 가지를 장래성 있는 평생의 직업으로 삼고자 했다.

알버타는 축복받은 주이다. 석유를 포함한 엄청난 양의 천연 자원을 소유하고 있고 또한 광활한 면적의 목초지를 가지고 있다. 알버타의 목초는 질이 좋기로 유명하다. 토론토의 슈퍼마켓 대부분은 자체 내에 소를 해체하고 포장해서 파는 정육점 코너를 운영한다. 정육점에서 알버타 주의 쇠고기는 가장 비싸게 팔린다. 다른 주의 쇠고기보다 거의 두 배 가까운 가격이다. 유진이 하고자 한 것은 냉동차를 사서 도축된 알버타 소를 정육점에

파는 비프 딜러(beef dealer)였다.

"1만 불은 벌어요."

1만 불을 번다면 거기에는 숙식 비용과 차량의 감가상각 등이 포함된 것인가? 토론토에서 알버타 왕복은 아무리 부지런히 오간다 해도 일주일이다. 모텔에서 자고 모텔 식당에서 식사를 해야 한다. 그는 아직 어렸다. 비용을 묻자 어리둥절해했다. 나는 재차 물었다.

"1만 불이라는 정보는 어떻게 알아낸 거지?"

딜러들이 그렇게 말했다고 한다. 온타리오 주나 서스캐처원 주에서도 물론 목축을 한다. 그러나 알버타 쇠고기가 다른 주의 쇠고기보다 많이 비싸다. 어차피 고비용의 고가 냉동 차량을 운영할 것이라면 부가가치가 높은 물품을 다루는 것이 낫긴 하다.

"나도 한번 알아보지."

내가 사는 동네는 이를테면 조촐한 중산층이 사는 곳이었다. 캐나다는 빈부 격차가 심하지 않은 나라이다. 높은 담세율로 누구도 부자가 되기를 꿈꾸기 힘든 한편, 세금이 높은 나라들이 공통적으로 직면해 있는 문제, 곧 고학력 실업률이 높은 나라이다. 높은 세금은 투자를 꺼리게 만들고 투자가 없으니 고용 창출이 안 된다. 대졸 실업률이 20퍼센트를 상회하고 국가의 전체적인 실업률이 거의 10퍼센트에 이른다. 반면에 취업된 상태에 있는 사람들은 높은 담세율에 시달린다. 급료가 낮은 경우에

40퍼센트, 5만 불이 넘는 경우에는 무려 55퍼센트에 이른다. 국가가 전체적으로 활기가 없고 성장은 정체 상태에 있다. 그러나 이러한 국가 시스템의 좋은 점은 빈부 격차가 심하지 않다는 것이다. 가난한 사람들은 그렇게까지 비참해지지 않고 고소득자는 그렇게까지 많은 돈을 저축할 수 없다.

당시의 토론토의 평균적인 주택 가격은 20만 불이었다. 가장 좋은 지역의 집값은 보통 30~40만 불이었고 열악한 지역은 10만 불 정도였다. 나는 빌라에 살고 있었고 건너편에는 단독주택이 있었는데 주택의 경우가 20만 불 정도였다. 주택 가격에 있어 빈부 격차가 심하지 않았다. 캐나다는 부에 의해 계층이 예리하게 갈라지는 나라는 아니다. 또한 소유하고 있는 주택의 평수에 의해 사회적 지위가 평가되는 나라도 아니다.

교외 지역의 공동사회는 상당히 인간적이고 친근한, 한마디로 비교적 공동체적 성격을 가지고 있었다. 날씨가 좋은 날이면 많은 사람들이 자기 집 앞마당에 몰려나와 서로 바라보며 수다를 떨거나 주말 바비큐 파티를 계획하곤 했다. 특히 빌라는 상당히 넓은 지역에 걸쳐 있었는데 재미있게도 옥상 전체가 이어져 있었다. 햇볕이 좋은 주말에는 북쪽으로 가지 않은 사람들이 각자가 먹을 것을 들고는 점심식사를 옥상에서 같이하곤 했다. 그러면 건너편의 주택 사람들도 몰려와 어울렸고 옥상 위는 사람들로 웅성웅성했다. 주민 중 한 명이 토론토 필하모니의 바이올린 주자였는데 때때로 그녀가 옥상 연주를 했다. 우리는 얼이 빠져 무반주 바이올린 곡들을 감상하곤 했다. 이들은 새로 이사 오는 사람들도 자기네 공동사회에 가입시키려는 노력을 했다. 구성원들을 모두 알고 사는 것이 웰드릭의 원칙이었다.

토론토 대학에 임용되어 이곳을 살 곳으로 정했을 때 나는 공부하고 살았던 미국의 조촐한 교외 마을을 떠올리며 '그때의 생활이 계속되겠구나'라고 생각했다. 당시에 나는 캐나다에 오래 있을 것 같지는 않았다. 이렇게 정체되고 활기가 없는 나라에 계속 살면 나 자신도 정체될 것 같았다. 캐나다를 선택한 것은 단지 미국이 싫어서였고 일자리가 여기에 생겼기 때문이었다. 나는 미국 대학엔 임용지원조차 하지 않았다. 미국에 더 산다는 것은 생각만으로도 끔찍했다. 아마도 미국인처럼 자신만만한 사람도 없을 것이다. 그리고 그들처럼 슬픔―억압과 고통과 절망에 의한 본질적인 슬픔―에 대한 경험이 없는 사람들도 없을 것이다.

오랜 역사는 한편으로 고통과 절망이 무엇인지 가르쳐주고 다른 한편으로 겸허와 관용을 가르쳐준다. 반면에 신흥국가는 자신감과 규율과 질서와 결의를 지닌다. 자기반성과 삶에의 통찰을 키우며 세월을 보낸 노인들이 그렇듯이, 오랜 역사를 가진 나라들은 인간의 가능성을 그렇게까지 높게 보지도 않고 인간의 악덕을 그렇게까지 비난하지도 않는다. 삶이 대단한 것도 아니었고, 살아가며 분투해야 할 이유도 없었다. 삶이란 별것 아니었다. 인간의 노력으로 바꿀 수 있는 것이 많은 것도 아니었다.

안타깝게 애썼던 대부분이 분투와는 상관없이 진행될 것이었다.

노인들이 안타까워하는 것은 하나이다. "그때 좀 더 행복했어야 하지 않았는가. 모든 것이 노년과 죽음으로 이어지고, 내가 했던 것과 하지 못했던 것 모두가 그렇게까지 의미가 있는 것도 아니었는데, 삶을 희생하며 내가 했던 분투는 무슨 의미가 있는가. 포기했던 아름다운 아가씨는 내가 놓친 삶이 아니었던가."

포기와 관용은 한 쌍의 상관적인 개념이 된다. 누구도 포기할 수 없는 문제에 대해 관용하지는 않는다. 자신이 포기할 수밖에 없는 문제에 대해서만 관용한다. 이제 많이 늙어서 많은 것을 포기하게 될 때 많은 것을 관용하게 된다. 이것이 구교가 개신교보다 더욱 인간적이고 미신적이고 관용적인 이유다. 개신교는 엄격하다. 언제라도 싸울 태세가 되어 있고, 용서할 수 없는 문제가 많고, 정립해야 하고 준수해야 하는 원칙이 너무도 많다. 개신교는 젊은 종교이다. 구교는 한때 보편적 영광을 누렸지만, 많은 전쟁에서 패배했고 많은 영토를 개신교에 넘겨줘야 했고 또한 스스로의 악덕 때문에 많이 몰락했다. 포기를 배워 나가게 되었다.

남녀 간의 문제에 있어 가장 보수적이며 가장 엄격한 여성은 이제 처음 성인으로 진입한 아가씨들일 터이다. 성에 대한 엄격성에 있어서의 그녀들의 경직된 관념은 누구도 더듬어내기 힘든 태곳적의 기원을 지닌다. 최초의 호모 아파렌시스들이 자연에 작별 인사를 하고 스스로의 유기적 신체가 아닌 무기적 도구를 사용하기로 결정했을 때, 그들은 지성과 빛과 독립을 선언했고, 본능과 자연과 어둠을 저버렸다. 더 이상 자연은 그들의 어머니가 아니었다. 자연은 단지 극복해야 하고 이용해야 할 대상이 되었다. 자연에 순응해 그 리듬에 스스로를 맡기기보다 스스로가 독립적으로 구성한 계획표를 제시했고 자연을 거기에 맞추어 나갔다. 스스로가 신이 되기를 원한 것이고 낙원 추방은 자발적인 것이었다. 호모 사피엔스는 어설픈 신이 되었다.

그들은 스스로가 신이 아니라는 여러 증거들을 감추고자 했다. 이것이 터부이다. 결국 모든 터부는 우리의 동물적 기원을 암시하는 것이기 때문이다. 죽음과 성(性)은 감추어야 하는 어떤 것이 된다. 이것은 스스로가 신이 아니라는, 결국 인간도 자연계의 일부에 지나지 않는다는 가장 강력한 증거이다. 고전주의 연극에서 죽음과 성을 무대에서 배제시키듯이, 인류는 마찬가지로 그들의 공적 삶에서 그것들을 배제시키고자 한다.

성에 대한 부끄러움, 감춰진 채 내밀하게 진행되어야 마땅한 남녀 간의 성적 교섭의 기원은 이러한 것이다. 결국 성을 감추고자 하는 것은 하나의 오만이다. 신이 아닌 인간이 그 증거를 감추고자 하고 스스로가 자연계의 일부에 지나지 않는다는 커다란 증거를 감추고자 한다. 진보된 문명일수록 성은 덜 터부시되고 개방화된다. 진보된 문명은, 신으로서의 인간의 존엄성에 중심을 놓기보다는 동물로서의 스스로의 한계에 대해 솔직하고 겸허하다. 야만적 문명일수록 성에 대한 터부가 강한 것은 야만적 문명은 오만하고 겸허를 모르기 때문이다. 성에 대한 결벽증을 가진 여성은 사실은 이러한 야만적 오만함을 지니고 있는 것이고, 젊은 처녀의 결벽증은 오만에 초심자의 환상을 더하기 때문이다. 그들의 환상은 슬프고 우습다. 이것은 오만이지 순결이 아니다.

신흥국가들은 이러한 오만함을 가지고 있다. 아테네와 로마 공화정이 그러했듯이, 미국이라는 강력한 신흥국가는 이러한 오만함을 가지고 있다. 청교도 국가이다. 그러나 모든 오만은 위선이라는 이름에 다름 아니다. 억제된 인간의 동물성은 언제라도 그 분출구를 원한다. 외면적 터부에 부딪혀서 이 욕망은 거짓과 허위의식 밑에서 번성하게 된다. 가장된 고결성과 그 이면의 위선은 결국 같다. 거기에 더해 미국은 진정한 고통과 슬픔을 겪지 않았다. 영국과의 전쟁에서 승리했고 내란을 통해 신흥국가의 조건을 갖추었으며 양차 세계대전을 통해 가장 강력한 국가가 되어 나갔다. 국가가 전쟁터가 된 적이 있었다 해도 전체적인 피폐함은 없었고 본토가 점령당하거나 국민이 적국에 의해 대량 학살된 적도 없었다.

독일이 삼십 년 전쟁 후에 초토화되고, 영국이 여러 차례의 피점령을 통해 여러 민족의 식민지가 되고, 프랑스가 끊임없는 전쟁과 기근에 시달리며 그들의 역사를 이어온 것과 같은 경험이 미국에는 없다. 헤밍웨이나 피츠제럴드의 주인공들의 비극은 권태와 무의미이다. 생존이라는 가장 두렵고 본질적인 문제가 그들에게는 있어본 적이 없다. 그들은 피상적 총명성, 경박함, 오만 등으로 특징 지어진 사람들이다. 스스로를 신으로 알며 세상의 모든 정의를 독점하고 있다고 주장하는.

캐나다는 같은 신흥국가라 해도 미국과는 많이 달랐다. 세계 최강의 국가 옆에 붙어 있으며 그 나라로부터 온갖 멸시와 무시를 당하는 가운데 스스로는 매우 겸손하고 예의바르고 소심한 나라가 될 수밖에 없었다. 부모의 카리스마에 주눅 든 아이들이 소심해지듯이. 미국에 대한 캐나다의 태도는 이중적이다. 캐나다인에게 미국은 공식적으로는 선린이지만 내면적으로는 싫어하는 국가이다.

캐나다로 이사할 즈음에는 나의 외국 생활이 이미 구 년째에 이르고 있었고 외로움과 회의는 내 삶과 영혼을 거의 파탄 상태로 만들어가고 있었다. 다시 썰렁하고 낯선 곳에서 나 혼자뿐인 삶을 살아나가게 될 것이었다. 이때 거의 자포자기적인 상태였다. 취하지 않은 채로 잠든 적이 거의 없었다. 여섯 병의 맥주가 잠동무였다. 외로움은 일종의 좌절이며 유형이고 죄 없는 징벌이었다. 외로움이 나를 학문과 연구로 이끌었다 해도 구 년은 너무 긴 세월이었다. 더 이상 버틸 자신이 없어져가고 있었다.

리치먼드 힐의 웰드릭으로 이사한 며칠 후 나는 어떤 아름다운 여성의 방문을 받았다. 문을 열었을 때 먼저 부딪친 것은 그 여성이 가까스로 들고 있는 커다란 상자였다. 캐나다에서 낯선 사람을 바라볼 때는 호의적이고 궁금한 듯한 미소를 띠게 된다. 이 촌스럽고 수줍어하고 과묵한 사람들을 다른 눈으로 바라보면 몹시 당황해하고 얼굴이 빨개진다. 나는 그녀를 거실로 안내했다. 고맙게도 그녀는 거실을 살피지 않았고 나의 가난한 살림살이에는 눈길도 주지 않았다. 식당에 딸린 딱딱한 나무 스툴에 둘은 나란히 앉았다. 소파라도 있었어야 했다. 아름다움에 대하여는 보상이 있어야 하지 않는가. 급히 커피를 내렸고 어쨌든 그녀는 말을 시작했다.

예기치 않은 것이었다. 그녀는 'Welcome Wagon'이라고 쓰인 카드를 먼저 꺼냈다. 그리고 여러 개의 카드를 차례로 꺼냈다. 재화와 호사와 기쁨과 감동의 세례였다. 오일 교환권 한 장, 3파운드의 그라운드 비프 교환권 한 장, 존슨 앤 존슨 크림 두 통, 동네 미용실 사용권 두 장 등등. 그리고 이어서 나온 것은 더욱 감동적인 것이었다. 전화번호부였다. 30페이지쯤 될까. 거기에는 '같이 아침식사할 수 있는 모임', '컬링 클럽 가입신청 전화번호', '같이 커피 마실 수 있는 모임' 등과 동네의 자세한 지도가 들어 있었다. 그들은 새로운 사람을 그들 사회의 일부로 받아들이고자 애쓰고 있었다.

사람들은 내가 매우 냉소적이고 차가운 사람이라고 말하곤 했다. 그러나 나는 그렇지 않았다. "시베리아와 코카서스의 모든 눈을 다 갖다 뿌려도 내 가슴의 불길은 꺼지지 않아"라고 속으로 뇌까리곤 했다. 그만 이 불길이 터져 나왔다. 왜 눈물이 나왔는지 모르겠다. 너무 외로웠을까. 사실 외로웠다. 너무 오래 외국 생활을 하고 있었고 이렇다 할 친구도 애인도 사귄 적이 없었다. 해야 할 일이 너무 많았고 걱정도 많았다. 귀국은 불가능했다. 어디에서고 임용될 가능성은 없었다.

나의 몸은 외국에 있으면서도 나의 가슴은 조국을 향해 있었다. 나의 나라, 나의 도시, 나의 거리, 나의 가족, 나의 친구. 그러나 공부와 직장을 따라 움직일 수밖에 없었고 실업자가 되는 것은 외로움보다 더 무서웠다. 그런데 낯선 곳에서 사람들이 손을 내밀고 있었다. 그녀는 웰드릭을 설명하고 있었다. 조용해서 마치 속삭임 같은 느낌을 주는 다정스런 말투로. 그녀는 공동체에 편입되는 사람에게 손을 내밀고 있었다. 이것은 내가 혼자가 아니라는 신호였고 우정과 따스함의 기회를 주는 것이었다.

이곳은 더 이상 강철과 돌과 유리로만 만들어진 마을은 아니라는 것, 얼음은 녹아 있고 바람은 따스한 곳이라는 사실을 말하고 있었다. 이곳은 내가 정착할 수 있는 곳이며 다시금 고향으로 삼을 만한 곳이고 어쩌면 그들 가족의 한 구성원이 될 수도 있는 곳이라는 사실을 말하고 있었다.

나는 수많은 밤을 거리를 헤매다 잠들곤 했었다. 모두가 각자의 템포를 가지고 우주와 운행을 함께하지만 나만 홀로 떨어져 나와 길을 잃고 헤매고 있다는 느낌, 한밤중에 잠에서 깨었을 때 주위에 아무도 없는 공포, 태연한 며칠 후 불현듯 나타나서 나를 질식시키던 외로움, 새벽녘의 안개와 같이 전혀 눈치 채지 못하게 어디로부턴가 스며 나와 나를 그 안에 가두고 질식시키던 낯섦, 고통이 잠든 며칠조차도 예비된 공포로 나를 떨게 했던 외로움, 보살펴지지 않은 해안이 침식되듯 나를 침식시키고 나를 몰락시키고 나의 낮조차도 어둠으로 가리려 했던 어두운 바닷물.

나는 자기 연민을 경계했다. 감상에 젖게 되면 삶은 완전히 망가지게 된다. 그것은 역겨운 것이었다. 비겁함, 이기심, 자기보호, 자기변명, 시큼한 키치(Kitsch), 태연하고 의연하고 강하고 초연하려 했다. 그러나 갑옷은 딱딱하다 해도 내부는 갑각류의 살만큼이나 취약한 것이었다. 손이 다가온 그 순간 갑옷은 부서졌고 나는 어린애처럼 그 여성의 어깨에 얼굴을 묻고 울고 있었다. 이러면 안 된다고 몇 번이나 말하면서도 울음을 멈출 수 없었다.

벽을 장식하지 않는 사람들이 있다. 이들은 상대를 있는 그대로 보아준다. 그들은 말해주지 않는 한 캐내려 하지 않는다. 기다릴 뿐이다. 기다림에 대한 대가가 없다 해도 조용히 포기한다. 그 여성은 궁금했을 것이다. 그러나 그녀는 아무것도 묻지 않았다. 단지 따스하고 아름다운 눈으로 내 얼굴을 바라보며 안타까운 표정을 지을 뿐이었다. 연민과 보호와 이해와 공감을 담아서. 그 어깨는 따뜻했다. 대지의 여신의 어깨였다.

베시는 웰드릭을 유난스런 동네라고 말하곤 했다.

"조지, 서로가 너무 잘 알고 사는 것은 별로 좋은 거 아니에요. 나도 그런 마을에서 살아봤지만 정말 불편해요. 인사하다 보면 목이 다 아프다니까요."

그러나 베시에게는 남편도 가족도 있었다. 나는 아무도 없었고. 역지사지를 하기에는 베시는 아직 젊었다. 그러나 이것은 내가 웰드릭에 정착하고 한참이 흐른 후의 이야기이다. 만약 내가 그때 그렉과 베시라도 알고 있었다면 그렇게 울지는 않았을 것이다.

웰드릭에는 다양한 사람들이 모여 살았다. 중장비 기사, 치과의사, 은행원, 자동차 딜러, 국회의원, 자영업자, 교사 등등. 모두가 모두를 알고 지냈다. 웨스턴 프로듀스 옆에는 백스탑(Back Stop)이라는 리치먼드 힐에서 가장 큰 술집이 있었다. 저녁 무렵 그곳에 가면 동네 사람들을 다 만날 수 있었다. 그 안에도 온갖 종류의 취미 클럽이 있었다. 다트(dart) 클럽을 형성한 몇 명은 술집의 한쪽 벽에 매달려 있고, 밴드를 결성한 몇 명은 도저히 들어주지 못할 음악을 연주하고 있고, 몇 명은 토너먼트 체스게임을 하고 있었다. 그 술집에는 미성년자도 출입했다. 단지 술을 마시지 못할 뿐이었다. 한 가족이 모두 몰려나와 어린아이들은 전자 오락기에 붙어 있고, 여자들은 그들끼리 깔깔거리며 수다를 떨고, 남자들은 맥주잔을 손에 들고 이리저리 사교에 열중했다. 도대체 앉아 있는 사람이 없었다. 거기에다 밴드가 노래까지 불러대면 술집 안은 완전히 북새통이 된다.

이 술집의 주인은 터키에서 이민 온 노인(Noin)이었다. 그는 능청스럽고 유머 감각이 대단하고 부지런하고 친절한 사람이었다. 내가 터키인과 이탈리아인이 같은 인종 아니냐고 했더니 주방에 들어가서 칼을 들고 나왔다. 나는 그의 민족적 자부심이 재미있었다. 늦은 밤까지도 내가 맥주잔을 홀짝거리면 그는 한 잔 따라서 내 자리로 오곤 했다. 내가 불쌍했던 것이다. 그러면 우리는 새벽 두 시까지 이야기하며 마셔대곤 했다. 노인은 가끔 선언한다.

"자, 지금부터 마시는 술은 모두 공짜."

그러면 남아 있는 사람들은 환호성을 지른다.

누가 알겠는가, 저세상에도 술집이 있을지. 누가 알겠는가, 우리가 다시 만날 수 있을지.

나는 이 시절의 행복을 아직도 선명히 기억한다. 내가 우리 옆집의 수줍어하던 사뮈엘의 그 구레나룻을 선명히 기억하고 있듯이, 거기에서 만난 모든 사람들과 거기에서 벌어졌던 모든 사건들을 선명하게 기억하고 있다. 결국 행복은 사람의 문제였다. 내 관심을 요구하고 내게 관심을 기울이는 사람들이 존재한다는 것이 행복의 첫 번째 요건이었다.

내게 어깨를 빌려줬던 그 아가씨는 웰드릭 상공회의소장의 딸이었다. 나는 그녀를 백스탑에서 자주 만났다. 내가 정신없이 옆 사람과 수다를 떨며 맥주를 들이켜고 있거나 핫윙을 빨아대고 있을 때면, 가까이 다가와서 어깨를 내 얼굴 쪽에 슬며시 들이대며 살짝 웃곤 했다. '내 어깨를 기억하고 항상 감사하라'가 그녀가 내게 내린 지침인 셈이다.

그녀는 물었다.

"조지, 결혼은 한국 여자랑 할 거야?"

나는 미안한 웃음을 지을 수밖에 없었다.

"아마도."

그러나 우리가 친구는 될 수 있었을 것이다. 그 따뜻하고 아름다웠던 미소는 그녀가 몬트리올의 대학원에 진학할 때까지 나의 마음을 환히 밝혀주었다. 나는 갓 학위를 받고 이를테면 세상으로 처음 나온 것이었고 그때까지도 결혼은 내게 커다란 문제로 다가오고 있지 않았다.

내게 3파운드의 햄버거용 그라운드 비프 상품권을 선물한 사람은 웰드릭 정육업자 닉스였다. 난 고기를 가지러 그곳을 방문했다가 캐나다 정육도매업의 규모에 입이 쩍 벌어졌다. 냉장고 안이 마치 항공기 격납고같이 컸다. 거기에서 사람들은 두툼한 옷을 입고 일관 작업대에 앉아 소를 부위별로 분해하고 있었다.

닉스는 성격 급한 호인이었다. 캐나다인늘이 대체로 온순하고 조용하고 말이 느린 편인데 닉스는 도대체 알아들을 수 없을 정도로 말이 빨랐다. 내가 그의 부인에게 닉스가 정말 말을 빨리한다고 말했더니 그 부인은 자신도 반만 알아듣는다고 나를 위로했다. 게다가 닉스는 혀가 짧았다. 그에게서는 모든 's' 발음이 'th'로 변하는 것이었다. 닉스는 커피를 마시며 한참 동안 캐나다 정육업의 미래에 대해서 떠들더니 한 시간쯤 지나서야 용무를 물었다. 캐나다인들은 절대로 "왜 왔냐?(What brought you here?)"라고 묻지 않는다. 그러기에는 그들은 너무 소심하고 친절하다. 눈썹을 약간 찌푸리며 궁금한 표정을 짓는 것으로 충분하다. 나는 유진의 포부에 대해 털어놓았다. '사건의 본질로 들어가라'라는 것은 호메로스만의 금언은 아니었다. 그는 곧장 본론으로 들어갔다.

"조지, 자동차가 15만 불이야. 그 차를 십오 년 동안 쓸 수 있으니까 연 감가상각이 1만 불이야. 월 단위로는 1,000불로 봐야 해. 거기에다 정비 비용과 오일 교환 비용, 타이어, 브레이크 교환 등을 생각하면 월 1,200불 정도는 들어가지. 그런데 소 한 마리를 알버타에서 싣고 오면 우리는 100불 정도를 얹어주지. 15만 불짜리 냉동차는 약 40마리를 실을 수 있어. 4,000불 정도가 되지. 그런데 알버타까지 한 달에 세 번 정도 왕복한다면 1만 2,000불이야. 거기에서 휘발유 값과 숙식비용을 3,000불은 잡아야 해. 그런데 목돈이 없어서 차를 할부로 사게 되면 할부 차 값이 2,500불이니까 월 3,800불의 차량 비용이 발생하지. 그러니까 사고 없이 건강하게 한 달을 일한다면 5,000불에서 6,000불은 벌 수 있어."

김유진, 1만 불은 꿈이었네. 아니면 한 달에 알버타를 휴식 없이 네 번 왕복하거나. 당시 그 부부는 한 달에 3,000불 정도를 벌고 있었다. 그러나 소득 이상으로 문제가 되는 것은 일 자체가 상당한 격무였고, 그의 아내가 몸이 매우 약하다는 것이었다. 나는 이 일을 권했다. 그는 성실하고 진취적인 사람이었다. 그의 마음은 이미 온타리오 주와 서스캐처원 주를 종횡으로 누비며 모텔의 냄새 나는 구리 침대에 누워 잠드는 꿈에 젖기 시작했다. 그러나 할부 보증금 1만 불이 문제였다. 그가 모은 돈은 2,000불 정도였다. 우리는 융자를 받기로 했다. 다음 문제는 그가 이 거대한 차량을 모는 방법을 배우는 것이었다. 그래도 어쨌든 계획은 섰다. 나도 알버타 쇠고기를 맛볼 수 있을 것이다.

그의 꿈은 그러나 즉시로 좌절되고 말았다. 그때까지 진행되던 양상을 호의적으로 바라보던 그의 아내가 갑자기 생각을 바꿨다. 전면적이고 강력한 반대였다. 심지어는 눈물로 호소하기까지 했다. 혼자 잠들 수 없다는 것이 이유였다. 계획이 구체적인 것으로 드러나기 시작하자 그의 아내는 그때서야 미래를 상상했다. 우리의 수고와 준비는 '허공에 색칠하기'가 되고 말았다. 나는 사람들에게 좀 더 치밀하고 계획적이기를 권한다. 여태껏 벌어들일 돈만 생각하고 그 반대급부는 상상조차 하지 않았단 말인가. 그의 아내의 말도 옳다. 확실히 내일의 인생만 인생인 것은 아니다. 오늘도 살아야 하고 오늘의 행복도 중요하다. 그러나 3,000불짜리 오늘은 내일을 담보로 한다. 가난은 불운의 탓이기도 하지만 안일의 탓이기도 하다. 그들은 집도 살 수 없고 아기도 가질 수 없고 여행도 갈 수 없을 것이다. 1,000불의 월세를 내고 300불의 차량 할부금을 내고 200불의 공과금을 내면 저축은 상상조차 못한다. 더 큰 문제는 나이 들어서 이 일을 할 수는 없다는 것이다. 그의 아내는 이미 거의 일을 못하고 있었고 가계소득은 2,000불 수준까지 떨어져 있었다. 다른 대안이 있단 말인가.

나는 할 말이 없었다. 그의 장래가 암담했다. 그는 이제 겨우 스물여섯이었지만 마치 서른은 되어 보였다. 격무에 시달리고 있다. 동양인이 체력으로 캐나다인과 대등할 수는 없다. 캐나다인들은 소파도 번쩍 들 정도로 힘이 세고 몇 시간의 중노동도 개의치 않을 정도로 강인하다. 그러나 동양인은 우선 뼈가 약하다. 앞에서 어떤 캐나다인이 뛰어오면 나는 얼른 피했다. 한번은 캐나다 여성과 부딪친 적이 있었는데 정말이지 아팠다. 죽을 것같이 아팠다. 나는 한참을 쓰러져 있었다. 끙끙대면서. 그들은 뼈가 단단하다. 황인종이 가장 먼저 인간으로 진화했다. 당연히 육체적으로 취약하다. 우리는 머리를 쓰고 살아야 경쟁력이 있다. 몸을 쓰는 일에서 백인들을 당할 수는 없다. 유진은 그들과 대등하게 일하고 있었다. 그의 아내의 눈물은 남편에 대한 사랑이었는지 아니면 이기심이었는지 나는 모르겠다.

지렁이

캐나다에서 지렁이는 하나의 사업이다. 낮 동안 비가 내린 날 밤에는 지렁이들이 온통 지상으로 나온다. 모든 곳에 지렁이가 있는 것은 아니다. 어떤 특정한 땅에서만 지렁이가 서식한다. 이 사람들은 그러한 곳을 '지렁이 밭(worm field)'이라고 불렀다. 낮에 비가 오면 땅에 물이 차고 지렁이의 호흡이 곤란해진다. 그것들은 밤에 지상으로 나온다. 여기서 교미가 시작된다. 비 온 날 밤의 지렁이 밭은 이를테면 지렁이들의 사교장이며 무도회장이다.

이때가 되면 지렁이 밭에 대형 차량들이 도착한다. 여기에서 수십 명의 사람들이 쏟아져 나온다. 이 차량의 화물칸은 서랍처럼 되어 있다. 화물칸은 냉장고이기도 하다. 지렁이는 온도가 내려가면 동면에 들어간다. 이 상태로 지렁이는 국경을 넘어 미국으로 이동하여 제약회사와 화장품회사 등에 납품된다. 지렁이를 잡는 사람들은 가난한 이민자들이다. 이 직업은 이민의 순서대로 대를 잇는다. 70년대에는 한국인이, 80년대에는 베트남인이, 90년대에는 동구권 사람들이 지렁이를 잡았다. 이마에 랜턴을 달고 그 랜턴을 붉은색 셀로판지로 가리면 지렁이는 그 빛을 의식하지 못한다. 사냥꾼들은 거의 쓸듯이 지렁이를 잡아 봉투에 넣고 그것을 무게로 달아 급료를 받는다.

그렉과 나와 유진은 때때로 이들과 어울려 지렁이를 잡곤 했다. 보트 낚시의 미끼로는 지렁이나 가재, 개구리 등이 사용되었는데, 그중 지렁이는 대체로 모든 호수에서 통했다. 한 시간 정도 잡으면 커다란 피클 깡통을 가득 채울 수 있었다. 여기에 톱밥과 흙을 일부 담고 헝겊으로 막아 지하실에 가져다 놓으면 몇 번의 낚시는 걱정 없었다. 낚시용품점과 주유소에서 지렁이를 팔긴 했지만 비쌌다.

문제는 오랫동안 비가 안 오는 경우였다. 이때는 지렁이를 구할 수 없었다. 어찌어찌해서 구한다 해도 별 쓸모가 없었다. 잡힌 지 오래된 지렁이는 활기가 없고 이 무기력한 지렁이는 물속에서 고기의 주의를 끌지 못한다. 지렁이도 야윈다. 실처럼 가늘어진 지렁이는 먹음직한 미끼가 되지는 못할 것이었다. 축 늘어지고 말라비틀어진 지렁이는 낚시꾼들에게는 쓸모없는 것이다. 이때는 물고기 새끼(미노라고 부른다)나 기타 미끼를 사용해야하는데 이것은 잡기도 번거롭고 운반도 불편하다. 뱁티스트 레이크의 제인은 개구리를 잡아서 미끼로 팔았는데 두 마리에 1불을 받았다. 어쩌다 물고기들이 미끼를 물면 우리는 물고기 입에서 개구리를 빼내기에 바빴다. 개구리가 죽기 전에 얼른 꺼내야 했다. 그래야 다시 사용할 수 있으니까.

겨울에는 얼음낚시를 한다. 텐트와 버너와 얼음 톱을 들고 호수로 향한다. 이때 꼭 필요한 것은 피시 파인더(fish finder)이다. 차를 몰고 호수 위를 이리저리 다니다가 그럴듯한 장소의 얼음을 톱으로 도려낸다. 거기에 피시 파인더를 담그고 물고기가 있는지 확인한다. 물고기들은 겨울에 반 수면 상태에 들어가기 때문에 한곳에 머무른다. 물고기가 와서 미끼를 물지는 않는다. 코앞에 미끼를 늘어뜨려야 하고 그러기 위해서는 피시 파인더가 필수이다. 우리가 얼음낚시에 흥분하는 이유는 옐로퍼치 때문이었다. 이 물고기처럼 맛이 좋은 생선은 없다. 월아이도 옐로퍼치에는 못 미친다. 옐로퍼치는 살이 단단하고 향긋하며 비린내가 전혀 없다. 크기도 적당해서 프라이팬에 딱 들어간다. 이놈은 찬물에 서식하기 때문에 미국에는 없는 어종이고 물이 완전히 얼때쯤이면 미국인들이 단지 퍼치를 잡기 위해 몇백 킬로씩을 운전해서 캐나다 호수로 찾아온다. 심지어는 플로리다나 뉴멕시코의 번호판을 단 차량들도 눈에 띈다. 퍼치는 제한된 호수에만 서식하고 제한된 시기에만 잡힌다. 상업적 포획이 불가능하다.

겨울에는 미노(minnow) 이외에는 다른 미끼가 없다. 우리가 루어(lure)라고 부르는 인조 미끼가 있긴 하지만 거의 쓸모가 없다. 겨울 물고기들의 먹이 활동은 매우 소극적이기 때문에 살아 있는 미끼에만 겨우 관심을 보일 뿐이다. 어쨌든 우리는 낚시 갈 때마다 한 양동이씩을 잡곤 했다. 피시 파인더가 고기 떼를 발견하면 우리는 얼음을 크게 도려내고 그 위에 텐트를 치고 버너를 켰다. 작은 접이식 의자에 앉아 가끔씩 라면을 끓여 먹고, 군것질도 하고, 맥주도 한 잔씩 하고, 어떤 때에는 잠도 대충 자면서 퍼치를 낚아 올린다. 많이 잡았을 경우에는 불운한 이웃 낚시꾼에게 나눠주기도 하면서.

한겨울에 지하실을 청소하다가 헝겊에 덮힌 지렁이 깡통을 발견한 나는 내 실수를 한탄했다. 겨울이 오기 전에 마당에 풀어 줬어야 했다. 모두 죽었겠구나 생각하며 헝겊을 연 나는 깜짝 놀랐다. 따뜻한 지하실의 세탁기 뒤에 숨겨져 있던 지렁이들은 동면 상태에서 모두 싱싱하게 살아 있었다. 얼음낚시의 미끼로 써보기로 했다. 대성공이었다. 역시 민물낚시에서는 지렁이만 한 것이 없다. 그렉과 나는 한 마리씩을 사용하기가 아까워서 한 마리를 세 토막 내어 사용했다. 상관없었다. 물고기들에게는 이를테면 한겨울의 성찬이었을 것이다. 우리는 한 시간 만에 양동이를 다 채웠다. 이후로 우리는 관용어를 하나 만들었다. '겨울 지렁이(winter crawler)'는 매우 유효한 수단을 일컫는 우리만의 암호가 되었다. 가령 이런 식이었다. "캐롤에게는 라자냐가 겨울 지렁이야." 이 말은 캐롤은 라자냐만 사주면 무슨 부탁이든 들어준다는 뜻이었다.

나는 유진에게 지렁이 양식을 권했다. 이것은 당시 캐나다에서는 상상도 못할 일이었다. 누구도 시도조차 하지 않았다. 그러나 성공한다면 그 보상은 엄청날 것이었다. 수요는 무한했다. 제약회사, 화장품회사, 낚시꾼 등. 그리고 여름에 비가 안 온다 해도 꾸준히 공급할 수 있고 또 심지어는 겨울에도 계속 공급할수 있을 것이었다. 유진은 정말 한심하다는 표정으로 나를 바라보았다. "못해요." 왜 못한다는 것일까? "막연해요." 이건 정말바보 같은 이유이다. 판로가 확보되어 있는데 뭐가 문제인가. 어느 경우에나 판로가 없어서 문제이지 생산이 문제될 것이 무엇이 있나. 어쨌든 성공하면 되지 않는가.

도서목록을 아무리 찾아보아도 지렁이 양식에 관한 참고자료는 없었다. 한국의 동생에게 부탁했다. 뜻이 있는 곳에 길이 있다. 촌스럽게 도안된 빨간 표지의 지렁이 양식 교본을 손에 쥐게 되었다. 이 사업이 그렇게까지 어려울 것 같지는 않았다. 물론 난관이 없지는 않다. 우선 톱밥을 꾸준히 공급받고 지렁이 배설물을 처리하는 일이 큰일이다. 겨울 난방과 단열 공사도 문제이다. 캐나다 동부의 겨울은 길고 혹독하다. 11월 중순이면이미 눈이 쌓이기 시작하고 4월 중순이나 되어야 눈이 녹는다. 그리고 5월에 들어서야 새가 울기 시작한다. 그러나 5월의 밤날씨는 여전히 춥고 8월 말이면 벌써 저녁에 스웨터를 입어야한다. 양식을 시도할 거라면 겨울에도 잠을 재우기보다는 계속성장시키고 번식시키는 일이 나을 것이다. 책에서도 그렇게 말하고 있었다.

그즈음 나는 매우 바빠지고 있었다. 우선 예비 논문 제출일이 다가오고 있었다. 나는 '허수와 추상형식주의'라는 거창한 주제의 논문 제출과 주당 아홉 시간의 수업, 그리고 세 명의 대학원생의 논문 지도를 대가로 삼 년간의 테뉴어를 받고 있었다. 거기에 더해 출판사와 '바로크 예술의 이념적 배경'이라는 제목의 책 저술을 계약한 상태였다. 이것이 전부가 아니었다. 나는 '웰컴 왜곤'의 게스트에서 호스트가 되어 있었다. 새로 전입해오는 사람들이나 홀로 사는 사람들과의 정기적인 커피타임이나 산책을 해야 했고 또한 닉스가 주장으로 있는 컬링팀의 리드(lead)였다. 화요일이면 네 시까지 퇴근하여 커피타임을 갖고 다섯 시 삼십 분까지 지역 빙상장으로 뛰어가서 옷을 갈아입고 얼음판을 쓸어야 했다. 논문과 저술은 주로 주말에 커티지에 가서 해야 했다. 바쁘게 살아야 했다. 외로움을 털어내기 위해.

그렉 역시도 '수학의 역사'에 관한 책을 저술하기로 교과서협회와 계약이 되어 있었다. 그렉은 훌륭한 기술자이고 수학자이고 농사꾼이고 낚시꾼이긴 했지만 인문적 소양은 별로 없었다. 그렉이 이리저리 감추었지만 아무튼 나는 몰래 훔쳐보았고 배를 쥐고 뒹굴며 웃었다. 그렇게도 어설프고 그렇게도 미숙한 솜씨로 철학적 주제의 책을 쓰겠다고 계약한 배짱이 대단했다. 그렉도 도와주어야 했다.

나는 시간 단위로 하던 일주일 계획을 분 단위로 해야 했고,

일주일 일정표가 적힌 수첩을 들고 다녀야했다. 그래도 가끔 가브리엘라의 짜증을 들었다. 연구실 앞에서 기다리는 학생 보기가 민망했던 것이다. 나는 약속을 새까맣게 잊어버리고는 빙상장이나 백스탑에 가 있곤 했다. 거기에 더해 자연사박물관에서 고미술품에 대한 감정을 의뢰해오면 거의 정신이 돌 지경이 되었다. 고고학자들 두 명과 함께 내가 해야 할 일은 양식에 입각하여 대체적인 제작 시기와 장소를 밝혀야 하는 것이었다. 이 일은 내 파산을 막기 위해 출장료를 받기로 하고 계약한 것이다. 그러나 이 일의 긴장도는 엄청났다. 어떤 일이 자료와 측정기에 의한 것일 경우 상대적으로 긴장도는 덜하다. 고고학자들의 일은 이것이었다. 그러나 과거 예술품에 대한 기억과 상상력만으로 작업을 한다는 것은 쉽지 않았다. 거기에 더해 나의 추정이 탄소 동위원소에 입각한 연대 추정과 일치해야 하는 것이었다.

유진과 지령이 양식에 대한 계획을 세워 나갈 때가 바로 이 시점이었다. 나는 결단을 촉구했다. 그러나 그의 부인의 우유부단함과 경계심이 문제였다. 어린 시절부터 행복해본 적이 별로 없었고, 누구의 무조건적 사랑도 받아본 적 없이 불우하게 자란 그녀는 마음속에 불신과 의심과 공포와 이기심만을 지니고 있었다. 성장기의 상황은 만약 그 조건이 지나치게 나쁘지 않다면 대체로는 가치중립적이다. 교육을 잘 받은 교양이 풍부하고 관용적인 부모 밑에서 자란 아이는 그들 부모만큼 좋은 사람이 될 수도 있지만 오히려 안락하고 편안한 가운데 유약하고 나태한 어른으로 자랄 수 있다. 마찬가지로 그 반대되는 상황에서도 지적이고 자애로운 성인으로 성장할 수 있는 아이가 있다.

일반적으로는 성장기에 충분한 사랑을 받고 자란 아이가 적극적이고 낙관적인 어른이 된다. 이러한 사람들이 비관적이고 소극적인 사람보다 사회적 삶에서 성공할 가능성이 더 많다. 비관적 전망이 낙관적 전망보다 맞는 경우가 더 많긴 하다. 그러나 뭔가를 해내는 사람들은 낙관적인 사람들이다.

삶에 있어서 부정적인 사고는 스스로의 삶 그 자체를 심리적으로 망가뜨리기도 하지만 다른 한편으로 사회적·경제적 삶조차도 망가뜨린다. 행복과 성공은 행복할 줄 아는 마음만이 불러들일 수 있다. 불운에 의해 한순간에 몰락한 사람은 재기할 수 있고 종종 재기한다. 그러나 서서히 몰락해가는 사람은 재기 불능이다. 스스로의 무기력과 포기에 의해 하루하루를 실패해 나감에 따라 한순간에 실패한 사람보다 수십 배 여러 번 몰락하는 것이기 때문이다. 실패와 몰락이 숙명이 되고 떨쳐 일어나기보다는 공포 속에 은신하며 패배자가 되어간다. 행복할 줄 모르는 사람들의 운명은 이렇게 전개된다.

당시 유진 부분의 상황은 이와 같은 것이었다. 나는 안타까웠지만 포기하려 했고 잊으려 했다. 나의 마지막 제안은 다음과 같은 것이었다.

"일단 지하실에 아주 조그마한 규모로 양식을 시도하자. 하나의 시뮬레이션으로 생각하자. 일단 수요가 있으니 어쨌든 번식만 되면 되지 않는가."

우리는 유진이 일하는 슈퍼마켓에서 과일 상자를 구한 다음 동네 목공소의 톱밥으로 상자를 채웠다. 그리고 주유소에서 스물네 마리의 지렁이를 사서 집어넣었다. 시험 기간은 2주일이다. 캐나다 연립 주택의 지하실은 대부분 '개방된(walk-out)' 지하실이다. 즉 지하에 묻혀 있다기보다는 한쪽 벽면은 완전히 개방되어 뒷마당을 향해 열려 있다. 그러므로 거기도 하나의 생활 공간이고 또 지하실과 1층은 계단으로 연결되어 있다. 거기에 세탁기를 들여놓고 마루를 놓고 난방 시설을 하여 보통 서재로 쓰거나 오락실이나 영화관으로 사용한다. 유진의 부인은 지렁이와 한집에서 동거를 한다는 사실에 질색했다. 기껏해야 보름이라고 얘기했더니 펄쩍 뛰었다. 2주일이라고 하지 않았냐고 하면서. 자기는 남편이 이중으로 고생하는 것이 싫다는 것이었다.

여러 종류의 사랑이 있다. 진정한 사랑도 있고, 거짓 사랑도 있고, 지혜로운 사랑도 있고, 무분별한 사랑도 있다. 그러나 그의 부인의 이러한 사랑은—그것을 사랑이라고 할 수 있다면— 전적으로 새로운 종류의 것이었다. 서기에는 많은 인간 악덕이 들어 있었다. 이기심, 어리석음, 허영, 감상, 고집, 불안, 공포 등등. 어떠한 종류의 사랑이건 지혜로움이 없다면 차라리 사랑이 없는 것이 낫다. 그것은 사랑의 가면을 쓰고 있지만 사실은 이기심과 탐욕과 소유욕과 횡포에 지나지 않는다. 사랑은 다른 어떤 대의명분만큼이나 인간에게 잔인한 짓을 해왔다. 얼마나 많은 잔인한 우행들이 사랑의 이름으로 진행되어 왔는가. 모든 종교전쟁과 마녀사냥의 명분도 신의 사랑이 아니었던가.

유진의 회의와 그녀의 냉소에도 불구하고 시뮬레이션은 대성공이었다. 아흔일곱 마리였고 모두 체격이 당당했다. 야생 지렁이와는 길이와 굵기가 달랐다. 훨씬 길고 통통했다. 걱정했던 것은 혹시 악취가 심하지 않을까였는데 지렁이 배설물은 의외로 냄새가 없었다. 아마도 뱃속에서 발효된 상태로 배출되는 모양이었다. 사실 지렁이는 악취 나는 쓰레기를 향긋한 배설물로 바꿔놓는다. 지렁이가 있는 두엄더미는 더욱 빠르게 발효되고 악취도 더 빨리 사라진다. 유진은 심각해졌다. 결단에 대한 부정적인 요소는 사라졌다. 그는 해보겠다고 했다.

투자 금액을 마련해야 했다. 나와 그렉과 베시가 머리를 맞대고 자금을 마련하기 위한 토론에 들어갔다. 땅값으로 3만 불이 든다고 가정하고 그린하우스를 짓고, 상하수도와 난방 시설을 하는 데에 최소한 5만 불은 예상해야 했다. 땅이 넓어야 했다. 왜냐하면 끊임없이 나오는 지렁이 배설물을 처리하려면 차라리 밭이 하나 있는 편이 나았기 때문이다. 지렁이 배설물은 매우 좋은 유기질 비료라고 책에 써 있었다. 이 부분은 그렉이 책임져야 했다. 그는 농사에 대해 잘 알고 있었다. 우리는 10만 불을 계상했다. 그리고 각자가 자기 스스로를 담보로 하여 5만 불씩을 융자받기로 했다. 그러나 베시의 반응이 시큰둥했다. 우리 의

논에 적극적으로 개입하며 의견을 제시하던 그녀는 자금 이야기가 나오자 쏙 들어가고 말았다. 언제나 제1원칙은 돈이다. 돈이 해결되어야 모든 것이 해결된다. 베시의 생각으로는 유진의 부인이 문제였다.

계층이 갈라지는 가장 큰 요소 중의 하나가 교육이다. 베시는 유진의 부인과 친해질 수 있는 요소가 많이 있었다. 우선 같은 동양계이고, 나이가 동갑이었고, 또 캐나다에서 살아온 기간도 비슷했다. 그러나 세 가족이 같이 모일 경우 베시와 유진의 부인은 거의 한마디도 나누지 않았다. 식사 준비를 하거나 설거지를 같이할 경우에도 둘 사이에는 냉랭한 침묵만 흘렀다. 베시는 유진의 부인의 지적 수준에 대하여는 한마디도 하지 않았다. 단지 '그녀는 매사에 너무 부정적이고 짜증이 심하다(She is negative for everything and too nervous)'라고만 말했다. 사실 이것이 친해지기 어려운 요소였을 것이다. 유진의 부인은 '캐나다 놈들이 어떤 놈들인데'를 입에 달고 살았고 베시의 능란한 영어에 대해서는 '코쟁이랑 몇 년을 살았는데'라고 말하곤 했다.

어떤 한 민족이 그들만의 언어로 외국인 앞에서 빈정거리는 것은 어떻게 본다 해도 큰 실례이나. 그들은 얼른 알아차린다. 이것은 좋은 말이 아니라는 것을. 그리고 알아듣지 못하는 언어는 그것이 부정적인 뉘앙스를 풍길 경우 듣는 사람을 더욱 기분 나쁘게 만들고 오해의 골을 깊게 한다. 나는 그렉 부부가 있는 한 유진의 부부와 절대로 한국어로 말하지 않았다. 한국어에 대한 사랑에 있어서는 나도 그들과 충분히 경쟁할 수 있었다. 그러나 여기에는 3개국 사람이 모여 있다. 다국적 모임인데 왜 지방어를 쓰는가. 그러나 둘은 마음 놓고 한국어로 떠들어댔다. 유진도 자기 마누라를 닮아갔다. 그때마다 상황을 그렉 부부에게 통역해주기도 지겨웠다. 유진의 부인이 하는 행태는 무식 이외에 아무것도 아니었다. 베시는 이것을 싫어했다. 영어라고 해봐야 기껏 브로큰 잉글리시(broken English)를 마구잡이로 쏟아내는 사람과 완벽하고 세련된 영어를 구사하는 사람과는 어울리기 힘든 요소가 있었다.

통신과 교통이 원활하고 모든 것이 세계화의 상황에 있는 오늘날은 마치 로마제국 내의 소아시아와 같이 여러 민족이 뒤섞여 살게 되고 각 계층의 교육 수준과 경제적 이해관계가 동질성의 큰 요소가 된다. 이제는 민족이 결합하는 이상으로 각 국가의 동일한 계층이 연대한다. 세계노동자대회 등이 개최되고 세계화 토론장에 세계 여러 나라의 농민들이 연대해 참여하는 것은 더 이상 낯선 광경이 아니다. 마찬가지로 어떤 민족의 잘 교육받은 계층은 동일한 민족 내의 교육받지 못한 계층보다는, 다른 민족의 교육받은 계층과 훨씬 더 많은 동질감을 누린다. 우리는 십 수년을 교육받는 바, 그 교육의 내용은 전 세계적으로 비슷하다. 따라서 교육받은 사람들은 그 지적 배경이 비슷해지게 된다.

우리는 베시를 설득했다. 이것은 유진 부부만의 사업은 아니다. 물론 대부분의 일은 그가 하겠지만 우리는 단지 투자자로서 일정 지분의 주식을 갖고 있는 것이나 마찬가지다. 사업에 감정을 개입시키지는 말자. 베시의 투자 지분은 철저히 보호해주겠다. 우리도 끊임없이 신경 쓰겠다. 앞으로 가급적 세 가족이 함께 모이지는 않겠다 등등. 암소 고집이었다. 그동안 쌓여온 감정이 큰 모양이었다. 중국인들은 우리처럼 감정의 기복이 심하지 않다. 항상 시끄럽고 항상 들떠 있다. 일본인들은 항상 조용하고 항상 차분한 상태로 감정의 기복이 없다면 중국인들은 그 반대로 감정의 기복이 없다. 일관되게 시끄럽고 자기주장이 강하고 고집이 세다. 시끄러운 고집인 것이다. 이 두 민족 모두 사람에 대해 쉽게 실망하지 않지만 일단 실망하면 마음을 되돌리기가 어렵다. 대만인들은 선량하고 착하다. 대체로 친절하고 잘 웃고 온순하다. 그래도 어쨌든 중국인이었다. 우리는 두 시간을 설득했고 마침내 베시는 자기 대안을 내놓았다.

베시는 자신의 아버지에게 얘기해서 투자 금액 전체를 내놓도록 하겠다고 말했다. 그러나 같이 일하는 조건으로 내게 5퍼센트, 그렉에게 15퍼센트, 그리고 자신의 부친에게 51퍼센트의 지분을 주고 나머지 부분은 진직으로 일에 매달린다는 조건으로 유진에게 주겠다는 것이다. 유진의 부인에게는 한 푼의 지분도 없다. 우리들에게 전부를 맡기면 아마도 모든 것이 유진 부인의 것이 될 거라고 했다. 자신이 소유주의 권리를 행사하겠다, 적어도 의사결정은 자신이 할 것이고 정기적인 감사도 자신이

할 것이다 등등의 조건을 내놓았다. 우리는 대안이 없었고 또 반대할 이유가 없었다. 5퍼센트의 대가로 내가 맡은 일이란 기껏해야 판로를 확보하는 것이었고 이것은 내 마음속에 이미 확보되어 있었다. 전화통에 매달려서 잠시 수고만 하면 될 것이었다. 하지만 나는 너무 쉽게 생각한 대가를 곧 치르게 된다. 역시 마케팅이 사업의 가장 어려운 국면이었다.

베시는 경영학을 전공했다. 서류 작성과 변호사 공증과 사업자 등록을 일사천리로 해치웠다. 베시는 친절하게도 공증된 한국어 번역서까지도 하나 첨부해놓았다. 우리는 모였고 이제 서명이 남았다. 유진의 부인에게도 대안은 없었다. 오히려 흐뭇해했다. 자신들은 한 푼의 돈도 투자하지 않아도 되고 또 최초의 이익이 발생할 때까지의 3개월치의 생활비 5,000불도 베시는 확보해주었다. 아마도 그녀의 마음속에는 '실패해도 우리 손해는 없다'는 사실이 기쁨으로 메아리 치고 있었을 것이다.

우리의 사업은 이렇게 어설프게 시작되었고 상황은 나의 예견과는 다르게 전개되기 시작했다. 새로운 공급자에게 가장 어려운 일은 수요자의 과거의 공급자를 이겨내는 것이다. 모든 지렁이의 수요처는 공급자를 바꾸기를 꺼렸다. 어쨌든 기존의 공급자와 사업을 해왔고, 이익을 내왔으며, 신뢰를 유지해온 것이었다. 그리고 그들은 도대체 지렁이가 날씨나 계절과 상관없이 꾸준히 공급될 수 있다는 사실을 믿지 않았고 지렁이 양식의 가능성 자체를 믿지 않았다. 역시 경영에서 가장 어려운 일은 마케팅이었다. 나는 사업의 개시와 더불어 수요자들과 서류상의 양해 각서를 체결하고 싶었다. 그러나 누구도 호응해주지 않았다. 다음 주에 토지 매입 계약을 한다. 한 군데의 수요자도 확보하지 못했다. 초조감은 이루 말할 수 없었다. 이 모든 것이 나의 계획이었다. 수요는 걱정 말라고 큰소리를 쳐왔다. 그러나 수요자들 모두는 콧방귀도 안 뀌었다. 이 상황을 누구에게도 말할 수 없었다. 내가 흔들리면 사업은 개시도 못해보고 무산될 것이었다.

리배런(Le Baron)이라는 아웃도어 용품점은 토론토뿐만 아니라 캐나다 전체에서도 가장 많은 고객을 확보하고 있었다. 어마어마한 규모의 그 상점은 낚시용품, 보트류, 사냥용품, 캠핑용품, 등산용품, 트레킹용품 등의 모든 아웃도어 상품을 다루고 있었다. 여기에선 회원권을 발행했는데 300불을 주고 회원권을 사면 일 년간 모든 용품을 7퍼센트 할인받을 수 있었다. 그 상점은 회원권만 일 년에 20만장을 팔았다. 광역 토론토의 전체 인구가 기껏 350만이라는 사실에 비추어 이것은 대단한 규모였다. 나 역시 여기의 회원권을 가지고 있었다. 그리고 우리 모두는 내 회원권을 이용하여 7퍼센트씩 할인받을 수 있었다. 그곳은 토론토 내의 지렁이 도매업도 겸하고 있었다. 그러나 일단 가뭄이 들면 그곳조차도 지렁이를 확보하지 못했다. 나는 여기를 공략해보기로 했다.

열 번이 넘는 전화와 네댓 번의 서한, 그리고 서너 번의 방문

끝에 간신히 사장을 만날 수 있었다. 유태인이었다. 만약 자신만의 이익을 위해 유태인을 사업의 상대편으로 삼는다면 악몽 외에는 남는 것이 없다. 지구상에 그 사람들보다 돈과 이익에 예민한 사람들도 없다. 그러나 만약 그들에게 이익을 줄 수 있다면 이쪽이 악마라 할지라도 그들은 받아들인다. 그는 각서를 요구했다. 좋다. 당신의 사업은 타당성이 있어 보인다. 그러나 과거의 공급자에게 결별 선언을 한다는 것은 우리로서는 모험이다. 그러므로 제때 공급하지 못했을 때에 입을 손해를 보상한다는 것을 법적으로 명확히 하자. 이것이 그의 주장이었다. 나는 매튜만 지독한 유태인인 줄 알았는데 이 사람은 더 지독했다. 연 5만 불! 실패했을 경우 내가 보상해야 하는 돈이었다.

이것은 내가 짊어질 책임이 아니다. 생산자의 책임이다. 나는 이 각서에의 서명 여부를 베시에게 물었다. 베시는 자기의 변호사를 대동하고 나타났다. 보상액이 3만 불로 줄어든 채로 베시가 서명했다. 짧은 곱슬머리와 땅땅한 체구를 하고 있는 이 중동인은 그래도 변호사를 존중할 줄은 알았다. 변호사가 손해액의 정확한 산정을 요구하자 2만 불만큼 물러났다.

우리가 땅을 마련한 곳은 토론토에서 북쪽으로 삼십 분쯤 간 곳에 있는, 덤불과 말 사육장으로 둘러싸인 실버스트림(Silver Stream)이라는 곳이었다. 지명 그대로 거기에는 작은 개울이 흐르고 있었다. 베시는 5만 불을 주고 20에이커의 땅을 샀다. 20에이커는 약 2만 5천 평으로 우리나라의 고등학교 두 개쯤을

합친 넓이이다. 그곳은 매우 기름진 땅이었고, 이미 '지렁이 밭'
이었다. 비 온 날 저녁에는 말 그대로 지렁이가 쏟아져 나왔다.
나는 교본에 있는 그대로를 번역해주었다.

우선 나무 기둥을 촘촘히 박아야 한다. 지렁이가 땅속에서 도
망갈 수 있기 때문이다. 다음으로 나무 기둥 위에 그린하우스
를 짓는다. 이것은 한국 책의 내용을 그대로 따를 수 없는 문제
이다. 왜냐하면 캐나다에는 엄청난 눈이 내리기 때문이다. 비닐
하우스는 눈의 무게를 견딜 수가 없다. 그렇다고 아크릴 소재를
쓰게 되면 이번에는 자외선과 적외선이 차단되어 토양에 곰팡
이가 기생한다. 유리여야 했다. 그러나 유리로 커다란 그린하우
스를 짓는 데에는 결정적인 장애가 있었다. 무게였다. 유리 지붕
은 하중이 크기 때문에 넓은 면적을 짓기보다는 좁고 길게 지어
야 했다. 그리고 나무 기둥을 따라 온수 배관을 묻고 기름 보일
러를 설치했다. 그린하우스 내의 온도가 한겨울에도 25도를 넘
어야 지렁이가 번식을 한다. 우리는 벽을 가운데가 진공인 페어
글라스(pair glass)로 하기로 했다. 단열을 위한 것이었다.

땅을 고르고 기둥을 박고 그린하우스를 완성하는 데만 꼬박
한 달이 걸렸고 이제 6월로 접어들고 있었다. 우리는 매일 낮에
말 사육장에서 물을 끌어 밭에 뿌렸다. 밤에 지렁이가 나오도록
하기 위해서였다. 그리고 그렉은 제재소 몇 곳과 계약을 했다.
톱밥을 계속 공급받아야 했기 때문이다. 캐나다에서 제일 싼 것
이 아마 목재일 것이다. 톱밥은 거의 공짜나 다름없었다. 우리는

부지런히 지렁이를 잡아 넣었다. 아홉 시쯤 되어야 해가 졌고 지렁이는 열 시쯤 되어야 나왔다. 우리는 새벽 두 시까지 일했다. 모기가 엄청나게 덤벼들었지만 개의치 않았다. 우리는 젊었고 나는 큰 보트를 사고 싶었다. 이제 남은 문제는 지렁이의 폐사를 막는 일이었고 이것은 적당량의 항생제를 토양에 뿌려주는 것으로 마무리했다. 이제 지켜볼 일이다.

유진이 할 일 중 하나는 트랙터로 밭을 가는 것이었다. 우리는 할부로 트랙터를 마련했다. 지렁이는 계속 배설물을 내놓았고 그는 이것을 리어카로 실어 밭에 뿌린 후에 트랙터로 밭을 한 번씩 뒤집어 주었다. 여름부터는 땅의 일부에 농사를 지을 것이었고 거기에 동양 무와 배추와 파를 심어 동양 식료품점에 공급할 예정이었다. 캐나다 내에서 동양 채소에 대한 수요는 날로 증가하고 있었다. 특히 한국 무(radish)와 배추(nappa)는 공급이 수요를 못 따르고 있었다. 나는 한국 무와 배추의 유통 경로를 알아보았다. 캘리포니아의 나파밸리(Nappa Valley)였다. 거기서부터 약 4,000킬로미터를 달려 뉴욕에 도착하여 경매를 거친 후 토론토에 공급되었다. 그래도 저렴한 편이었다. 무와 배추 모두 세 포기에 1달러 정도 했다. 미국 농업의 경쟁력을 실감하는 순간이었다. 그들과 경쟁하기 위해서는 우리의 경우 세 포기에 50센트 이하여야 한다. 그것을 넘어서면 승산이 없다.

무와 배추 모두 그 질은 그것들이 얼마만큼 단단한가에 달려 있다. 무는 손톱이 안 들어갈 정도로 딱딱하면 1등품이고 배추는 손에 쥐었을 때 단단하고 무게가 느껴지면 상품이라고 할 수 있었다. 우리는 점점 농사꾼이 되어가고 있었다. 우리는 전체 토지를 둘로 나눠 한 곳에는 농사를 짓고 다른 한 곳에는 계속 지렁이 배설물을 섞어주는 일을 격년으로 하기로 정했다. 이것은 누가 가르쳐준 것은 아니었고 그냥 그렇게 하면 될 것 같다고 의견 일치를 보았다. 중세의 삼포농업이 기근을 해결하지 않았는가. 그리고 그린하우스에, 모종을 만들기 위해 씨를 뿌려서 키우는 곳으로 70평방미터를 잘라두었다.

유진은 정말 열심히 일했다. 사흘에 한 번씩은 전체 사육장을 체를 쳐서 지렁이를 새로운 톱밥에 넣어주고 배설물을 리어카에 실어 밭으로 날라야 했다. 이 일은 쉽지 않았다. 대형 체를 허리 높이에 매달아두고 거기에 플라스틱 삽으로 지렁이와 배설물의 혼합물을 넣고는 체를 쳤다. 그러면 체에 지렁이만 남게 되고 그는 그것을 다시 톱밥에 가져다 놓고 배설물은 따로 치워두는 식이었다. 전체 사육장은 약 200평방미터 정도 되었으니까 하루 종일 일해야 간신히 그날의 일을 마무리할 수 있었다.

나는 7월 17일을 우리만의 기념일로 하자고 제안했다. 그날 우리는 처음으로 리배런에 지렁이 75킬로그램을 납품했고 1만 2,000불을 받았다. 킬로그램당 160불이면 쇠고기의 스무 배 정도 되는 가격이다. 나 자신도 놀랐다. 그리고 바로 그 다음 날 다시 50킬로그램을 납품했다. 한 달 만에 첫 수확을 했다. 리배런의 사장은 깜짝 놀랐다. 자기는 이렇게 큰 지렁이는 처음 봤단다. 그래도 우리에게 남은 지렁이는 수백 킬로그램은 됐다. 새로운 판로가 필요했고 이것은 내가 할 일이었다. 어쨌건 우리는 2만 불을 벌었다. 나와 그렉은 백스탑으로 몰려가서 큰소리쳤다.

"노인, 오늘은 전부 우리 둘이 살 거야."

조지의 지렁이 양식은 웰드릭의 관심사였다. 모두가 기뻐했다. 이날 술값으로 1,300불이 나갔다. 다음 날 우리 둘은 베시의 사나운 눈초리 밑에서 벌벌 떨었다.

나는 때가 되었다고 생각했다. 자신 있게 P&G사의 문을 두드릴 것이었다. 몇 번의 서한과 비서와의 통화, 팩시밀리 등이 모두 다 한 번의 답신도 받지 못하는 허무한 일이 되고 말았다. 그러나 방학이었다. 어쨌건 내 논문과 집필은 그럭저럭 되어 가고 있었고 나의 자신감은 하늘을 찌를 듯했다. 나는 매일 아침 P&G사의 토론토 지사로 출근해서 끊임없이 사장과의 면담을 요청했다. 그리고 승용차에서 내리는 사장과 몇 번이나 얼굴을 마주쳤다. 그래도 사장은 바빴고 나의 면담 요청은 거부되었다. 나는 상자 가득히 지렁이를 담았다. 아주 굵고 혈색 좋은 놈으로만 수백 마리를 담아서 다시 출근했다. 첫날은 사장이 출근하지 않았다. 아마도 출장이었던 것 같다. 다음 날도 마찬가지였다. 그러나 사흘째 되는 날 마침내 마주쳤다. 사장도 이제 내 얼굴을 알았을 텐데 눈길 한 번 안 주고 지나치려 했다. 나는 사장에게 뛰어가서 얼른 상자 뚜껑을 열고는 지렁이를 손가락으로 걸어 올렸다.

"자, 사장, 나는 이것을 무한대로 공급할 수 있어."

지렁이 양식과 관련하여 이것이 이야기의 전부는 아니다. 모든 이야기의 절반도 안 된다. 결과적으로 모두가 부자가 되었다. 나는 5퍼센트의 지분을 팔아 나의 집을 마련했다. 내가 살던 집이 매물로 나왔다고 부동산 브로커가 말했을 때 나는 5퍼센트의 지분을 유진에게 20만 불에 팔았다. 그 집을 영원한 나의 숙소로 정하기 위해서였다. 집에도 동네에도 정이 들었다. 나는 아직은 연구를 하고 싶었고 집필을 하고 싶었다. 사업은 내가 할 일이 아니었다. 이제 매달 나가는 1,000불의 월세 대신에 130불의 재산세만 내면 되었다. 5퍼센트의 지분은 장차 그 열 배의 돈을 벌어들일 것이었다. 그러나 내게도 돈이 필요하게 될 줄은 당시에는 몰랐다.

멜리사

　돈이라는 문제가 우리에게 진정으로 절박하게 다가오는 때는 결혼과 출산의 순간에 이르러이다. 결혼을 하여 부양의 의무를 지게 되면 가난이 갑자기 인생의 커다란 짐으로 우리를 누른다. 나 홀로 산다면 가난에도 익숙해질 수 있고 또 그것이 그렇게 모욕적으로 느껴지지도 않는다. 가난한 사람은 가난한 사람끼리 모여 살면 된다. 가난과 부는 서로 비교하며 질시와 오만을 드러내지 않는 한 가난이 그렇게 고통스러운 것도 아니고 부가 그렇게 자랑할 만한 것도 아니다. 돈이 우리를 부자유스럽게 한다 해도 결국은 나의 부자유일 뿐이다.

　삶에는 돈을 보상할 수 있는 여러 계기가 있다. 자연이 주는 즐거움, 음악과 그림과 소설과 시와 여인의 미소가 주는 즐거움 등은 돈 못지않게 커다란 행복을 우리에게 선사한다. 행복은 상당한 정도로 내면적 역량에 달려 있다. 예술이 있다면 돈 없이 살 수 있고, 아름다운 여인의 다정한 미소는 나의 가난을 잊게 해준다. 휘발유 살 돈조차 없어서 주말을 집 안에서 보낸다고 해도 나의 옥상은 캐나다의 하늘을 바라볼 수 있게 해주고, 나의 계단은 이웃의 미소를 즐길 수 있게 해준다. 하숙비조차 없어 공원에서 며칠을 지낸다 해도 벤치는 내 등의 피로를 잊게 해주고 나의 침낭 안은 고향만큼이나 편안하다.

나는 어떤 가난한 가족이 햄버거 몇 개를 나눠 먹는 것을 본 적이 있다. 그들은 정말이지 가난했다. 아마도 동구권에서 온 이민자들일 것이다. 피어슨(Pearson) 공항에서는 언제나 동부 유럽의 이민자들의 모습을 볼 수 있다. 그들은 캐나다가 얼마나 추운지 모르고 적당한 스웨터 하나만 입은 채로 공항에 착륙했다. 공항 맥도날드에서 햄버거 하나를 사이에 두고 앉은 부부는 한참을 서로 얼굴만 바라보고 있다. 아이들은 자기 햄버거 앞에 앉아 아빠와 엄마를 바라본다. 남자는 연신 권하고 여자는 고개를 숙이고 눈물을 글썽이며 남자와 햄버거를 한 번씩 바라본다. 그러고는 햄버거를 집어 들고 한 입 베어 문다. 그것이 끝이다. 여자는 더 이상 먹지 못한다. 자신들의 비참함, 남자에 대한 연민, 고향을 떠났다는 두려움, 이제 더 이상 부모 형제를 못 볼지도 모른다는 공포스러운 가정 등에 여자는 한없이 눈물을 떨구고, 남자는 눈물을 글썽이지만 해줄 수 있는 것은 없다.

그들에게는 기회가 없었다. 누가 어떻게 그를 이토록 비참한 상황으로 내몰았는지는 알지만 누가 어떻게 그를 이 상황에서 구원할지는 모른다. 이 강인하고 성실한 남자를 춥고 황량하고 낯선 나라로 내몬 사람은 그 볼셰비키의 공산주의자들이었다. 어린 시절부터 익숙해 있어서 아마도 눈을 감고도 걸어갈 수 있었던 프라하의 뒷골목 계단들, 굶주리고 가난했지만 라드 한 조각이면 즐거운 식사일 수 있었던 고향 마을의 식사, 여름이면 언제라도 전찻길을 건너다 마주칠 수 있었던 그의 친구들, 가난과 굶주림으로 빨리 늙었지만 그 주름살 하나하나를 마음에 새길 수 있었던 그의 부모. 그에게선 이 모든 것이 박탈된 것이고 이제 세련되었지만 낯설고 차가운 땅에서 새로운 생활을 시작해야 한다. 많은 밤을 낯섦에 대한 두려움과 고향에 대한 그리움으로 지새울 것이다. 이 넓고 추운 나라에 오로지 자신이 부양해야 할 가족밖에 없다는 사실이 불현듯이 그 부부를 잠 못들게 할 것이다.

그 둘은 아마도 아름다운 사랑을 했을 것이다. 그때는 가난이 문제되지 않았을 것이다. 그들은 결혼했고 가정을 꾸렸다. 가난이 너무도 비참하게 느껴지고 돈과 부가 절실하게 필요한 시간이 되었다. 아이들마저 가난 속에서 키울 수는 없다. 아이들에게는 기회를 주고 싶다. 이것이 그들로 하여금 고향을 떠나 이 외롭고 추운 나라로 오게 한 동기였을 것이다.

나는 그 추웠던 겨울날 아침에 진심으로 기원했다. 부디 오늘이 그들 인생의 행복한 출발점이 되기를. 부디 그들이 추웠던 오늘을 미소로써 기억할 수 있게 되기를. 오늘이 그들이 쌓아갈 수많은 날들 중 즐거운 마음으로 회상할 수 있는 하루가 되기를. 그리고 그녀의 눈물이 가난 때문이 아니라 고향에 대한 그리움 때문이었기를. 남편에 대한 안타까움 때문이었기를.

아마 그랬을 것이다. 그녀에게 가난은 문제되지 않았을 것이다. 남자가 이민을 결심했고 그녀는 사랑을 따랐을 것이다. 그녀가 돈에 가치를 두었다면 이 풍요로운 기회의 나라에서의 새 출발을 그렇게까지 슬퍼하지는 않았을 터이다.

부에 대한 경멸은 젊음의 특권이다. 젊은 시절부터 자기 삶 전부를 돈에 거는 사람들은 젊음의 특권을 포기한 사람들이다. 이 사람들은 비참하고 불쌍한 사람들이다. 물질적 충족이 삶의 모든 것이라고 믿는 젊음만큼 자신의 가능성을 저버리는 것도 없기 때문이다.

그러나 부에 대한 경멸과 살아갈 준비를 하는 것은 다르다. 부를 경멸하기 위해서는 스스로의 물질적 삶을 꾸려갈 수 있어야 한다. 자기 몫의 물질적 공헌을 이 세상에 해야 한다. 물질이 생존의 조건 중 하나이다. 그러나 그것은 진정한 삶을 위한 최소한의 필요조건이기 때문이지 그 자체가 목적이기 때문은 아니다. 희박한 공기는 오히려 깨끗하다. 로키산맥 정상은 숨 쉬기 힘들 만큼 산소가 희박하지만 더없이 깨끗한 공기가 흐른다. 부와 풍요에 대한 경멸과 자신감은 희박한 공기만으로도 얼마든지 살아갈 수 있게 해준다. 만약 그것이 혼자만의 삶이라면.

　돈을 경멸하는 사람들은 부자가 될 수 없다. 우리가 돈을 경멸한다 해도 돈이 우리를 존중해주지 않는다. 우리가 돈을 경멸하면 이번에는 돈이 우리를 경멸한다. 우리 아닌 다른 모든 사람에게서 돈은 존경을 구할 수 있기 때문이다. 돈으로부터 오는 경멸이 뼈아프게 느껴지는 때는 결혼을 하고 아이를 낳았을 때이다. 물질적 결여를 내가 사랑하는 사람들에게까지 부과할 수는 없다. 왜냐하면 그것은 나의 인생이 아니라 내가 사랑하는 사람들의 인생이기 때문이다. 그러나 경멸받은 돈은 그에게 미소 짓지 않는다. 그가 돈으로부터 미소를 얻기 위해서는 먼저 돈을 존중해주어야 한다. 이제 두 부류로 갈라진다. 돈을 존중하기로 마음먹은 사람은 과거의 자신을 배신한다. 그러나 계속해서 돈을 경멸하는 사람들은 스스로와 가족을 고통과 모멸 속에 가둔다. 제3의 길은 없다. 있다면 위선이거나 허위의식일 따름이다.

　나는 결혼이 두려웠다. 돈을 그 자체의 목적으로서 존경하기는 싫었다. 내게 돈은 구체적이고 현실적인 문제였지 저금된 숫자는 아니었다. 좀 더 좋은 보트를 사고 싶었고 스티어링 휠이 자꾸 오른쪽으로 기우는 나의 차도 바꾸고 싶었다. 그러나 어쨌든 우리의 보트는 나를 물 위로 실어 날랐고 나의 차도 못 가는 곳이 없었다. 나는 만족했고 조촐함 가운데에도 많은 즐거움이 있었다. 나의 마음은 가난했다. 그러나 아마도 나의 가상적인 아내와 아이는 이것을 못 참을 것이고, 나는 쓰기 싫은 책도 계약해야 했을 것이고, 맡지 말아야 할 강의도 맡게 될 것이다. 그대로 살기로 결정했다.

상공회의소장 딸의 미소는 아름다웠다. '멜리사―그녀의 이름이었다―의 아름다운 갈색 눈과 섬세한 목과 부드러운 미소는 나 같은 사람을 위해서가 아니라 좀 더 나은 사람을 위해서 준비된 거야. 나는 자격 없어. 멜리사는 내 것이 되기 위해 내 곁에 온 게 아니라 내게 기쁨을 주기 위해 내 옆에 온 거야. 내게 기쁨이 필요 없었더라면 오지 않았을 거야. 저 교태와 아양과 찡그리며 바라보는 눈매는 기쁨이 필요한 모든 사람을 위한 거야. 나는 보고 즐길 권리만 갖고 있는 거지.'

나는 그렇게 멜리사를 떠나보냈다. 나의 가난이 그녀에 대한 나의 사랑을 막았을까. 혹시 멜리사가 누리는 구김살 없는 행복이 두려웠던 것은 아니었을까. 그 행복이 슬픈 미소로 바뀌는 것을 두려워한 것은 아니었을까. 멜리사를 만나고 싶지 않았다고 해도 만날 수밖에 없었다. 우리 모두는 백스탑에서 만났기 때문이다. 그녀는 모든 사람에게 스스럼없이 대했다. 노인은 내게 뺨을 비비는 터키시 인사를 했다. 그것을 본 그녀도 내 뺨에 자기 얼굴을 비벼댔다. 스스로도 그런 권리를 누리겠다며. 귀걸이로 나의 얼굴을 마구 찔러대면서.

나는 어제였던 것처럼 기억한다. 차갑고 반짝였던 그녀의 뺨을. 향긋했던 라일락 향을, 내 귀를 간질였던 머리카락, 아름다운 갈색 머리카락을.

멜리사는 백스탑의 종업원들이 정신없이 바쁘면 스스로 앞치마를 걸치고 뛰어다녔다. 그녀는 모든 동작에 있어 가뿐했고, 뛰어다닐 때에는 춤추는 것 같은 아름다운 동작을 했다. 산들바람이 잠깐 부는 듯한 느낌과 함께 그녀는 이미 메모지와 볼펜을 들고 우리 앞에 서 있다. "신사분들, 원하는 것이 뭐죠?" 그렉과 나는 미리 짜고는 합창한다. "숙녀분, 그대의 입맞춤이요." 그녀는 가당찮은 농담에 싫증도 안 내고 대답한다. "어림없는 소리 말아요. 웃어는 주겠어요." 아아, 나는 더 이상 원하는 것이 없다. 이 사랑스러움만으로 충분하다. 무엇을 더 원하겠는가. 그렉은 맥주 한 잔을 더 원하지만.

사랑스러움은 사랑받은 사람에게서만 나온다. 사랑하는 것도 배워야 하는 것처럼 사랑받는 것도 배워야 한다. 그리고 이 배움은 경험에 의해서만 가능한 종류이다. 많이 사랑받으며 어린 시절을 보낸 사람은 사랑스러움을 간직한다. 절제와 훈육이 함께한다면 사랑은 클수록 좋다. 어린아이는 자랄 때 그들이 본질적으로 사랑받는다는 느낌을 가져야 한다. 이렇게 자란 사람들은 유년 시절에는 그 사랑스러운 애교로 우리 보살핌에 보답하고 성인이 되었을 때에는 이제 다른 사람을 사랑함에 의해 우리 사랑에 보답한다. 멜리사가 그러했다. 그녀는 애교와 아양으로 우리의 더없는 사랑을 받았지만 스스로의 사랑으로 고달픈 사람들을 위로하며 자기가 받은 사랑을 보답했다.

내게 상공회의소에서 통보가 왔다. 화요일에 새로운 전입자와 저녁식사를 함께해야 한다. 화요일은 세 시에 수업이 끝난다. 나는 먼저 컬링 클럽에 들러서 장비를 점검하고 정돈해놓은 다음 닉스에게 전화했다. 오늘은 나갈 수 없으니 후보 선수를 준비시키라고. 나는 몇 번 얼음을 지친 후에 리치먼드 힐의 커피숍 '팀 호튼(Tim Horton's)'으로 향했다. 이상한 느낌이 들긴 했다. 웰드릭에서 만나면 될 텐데 왜 리치먼드 힐에서 만나자고 했을까. 리치먼드 힐은 웰드릭에서 차로 오 분 정도 가야 한다. 차량 정체가 거의 없는 이 지역에서 오 분 정도의 운전은 상당한 거리다.

거기에 들어선 나는 행복감에 가슴이 벅찼다. '멜리사도 여기에서 약속이 있었구나. 다른 전입자 역시도 멜리사를 호스트로 정했구나. 새로 전입한 이민자 일행이 여기에 사나 보다'라고 나는 생각했다. 전입자 두 가족과 나와 멜리사는 즐거운 저녁을 보낼 수 있겠다. 아니었다. 내게 통보를 보낸 사람은 멜리사였다.

"멜리사, 오늘 특별한 날이야? 집으로 오지 그랬어."

멜리사는 나의 집을 좋아했다. 나는 싸구려 진공관 앰프와 빈티지 스피커와 턴테이블을 가지고 있었고 멜리사는 모차르트를 좋아했다. 4번 바이올린 협주곡의 느린 악장을 좋아했다. "정말 아름다워요"라고 감탄하면서.

멜리사는 태연하려 애썼다. 그녀는 평상시의 그 장난스러운 미소를 유지하려 애쓰고 있었다. 그러나 얼굴은 점점 더 심각하고 심란해져 갔다.

"멜리사, 답답해. 무슨 일이야?"

나는 멜리사가 대학원 준비를 하는 것을 알고 있었고 추천서도 써주었다. 멜리사가 원한 대학은 몬트리올의 맥길(McGill) 대학이었다. 내가 알기로는 입학허가서와 스칼라십을 받았다. 무엇이 문제인가? 나는 방금 컬링 클럽의 장비를 점검하고 왔고 또 신나게 스케이팅을 하고 왔다. 들떠 있었고 멜리사의 기분에 공감하지 못하고 있었다.

멜리사가 일어났다. '레드 스내퍼(Red Snapper)'에 가자고 한다. 거기는 해산물 스테이크 전문점이다. 조용한 곳이다. 나는 초조하고 불안하고 두려워지기 시작했다. 무엇인가 암울한 것이 다가오고 있었다. 확실히 그랬다. 그렇지 않으면 나의 심장이 이렇게 불안으로 요동치지 않을 것이다.

천천히, 아주 천천히 멜리사는 물었다.

"조지, 결혼은 한국 여자하고 할 거야?"

운명의 순간이었다. 내가 가장 듣고자 하지 않았던, 어쩌면 이제 다시는 그녀를 보지 못할 수도 있는, 내가 세상에서 들은 가장 공포스런 질문이었다. 그 질문은 그 안에 우주 전체를 품고 있는 것만큼이나 많은 것을 품고 있었다. 오랜 시간의 망설임, 자기 마음의 확인, 미래에 대한 희망, 먼저 구혼해야 하는 상황에 의해 입은 마음의 손상, 이제 더 이상 낯설게 느껴지지 않는 이 동양 남자, 몬트리올로의 예비된 도피, 고향에 머무를 수도 있는 가능성 등등. 주사위는 던져졌다. 나는 알고 있었다. 나의 갈등 자체가 그녀에게 두 번째 타격을 가할 것이라는 사실을. 나는 어떻게든 상황을 되돌리고 싶었다.

멜리사를 볼 수 없다는 것은 내 마음속의 별이 하나 사라지는 것이었다. 그 별이 태양이었더라면 나는 그녀를 평생 볼 수 있었을 것이다. 내게도 태양이 가능하다는 사실은 그 후 한참이 지나서야 알게 되었다. 그녀를 떠나보낼 수 없다. 우리는 친구이다. 여름방학이면 볼 수 있지 않은가. 그러나 이것은 승부수가 될 수 없었다. 떠나보내든가 결혼하든가였다. 사실 우리는 데이트도 한 적이 없지 않은가. 이것이 의미하는 바는 무엇인가.

나는 웃으려고 노력하며 간신히 그리고 조심스럽게 대답했다.

"아마도(Maybe)."

멜리사는 이 대답을 예견하고 있었다. 왜냐하면 곧바로 다음 질문을 했기 때문이다.

"조지, 나는 인종이 다른 당신에게 구혼하고 있어. 그런데 당신이 당신네 민족하고만 결혼하겠다는 이유는 뭐지?"

나는 이미 구 년째 조국을 떠나 있었다. 그리고 내가 그들과 다른 민족이고 다른 인종이라는 사실을 인식하지 못한 채로 살아가고 있었다. 아마 그들 역시도 그러했을 것이다.

그들은 나를 같은 국적을 가진 같은 민족으로 보고 있었다. 친근감과 생활은 쉽게 피부색을 잊게 만든다. 감각도 관념의 산물이다. 같은 관념을 공유하면 서로를 같은 눈으로 바라보게 된다. 구 년 전에 나는 갑자기 미국인들의 삶 속에 뛰어들었고 그 후로는 교민들과의 접촉의 기회조차도 갖지 못했다. 이것이 나를 외롭게 하고 고통스럽게 했다. 그러나 나는 웰드릭에서 구원을 얻었다. 서서히 그들 세계의 일원이 되어가고 있었고 캐나다인이 되어가고 있었다.

캐나다는 다민족 국가이다. 민족 사이의 소통도 용이하다. 갓 진입한 소수 인종들이 주류 인종과의 접촉이 없다면 그것은 시스템의 문제가 아니라 소수 인종이 그것을 원하지 않기 때문이다. 그들 고유의 생활양식과 전통과 언어가 다른 사람들과의 접촉을 불편하게 느끼도록 만든다. 웰컴 왜곤 프로그램의 가입자는 사실 전입자의 반도 안 된다. 전입자들은 영어가 능란하지 못하고 이것이 타인종과의 소통을 막는다. 전입자들의 전체 우주는 그들 가족과 교민 사회가 된다. 스스로 폐쇄되기를 원하는 것이다.

내게는 가족도 없고 소통을 하는 교민 사회도 없다. 바빴다. 보통의 경우 교민과의 접촉은 교회가 유일한 창구이다. 나는 기독교도가 아니었다. 멜리사의 눈에는 옆집의 사뮤엘, 그 옆집의 허츠, 앞집의 헌트 씨, 친구 그렉과 베시 등과 스스럼없이 어울리는 내가 교민 사회에 틀어박힌 한국인으로 보이지는 않았을 것이다. 홀로 터키에서 이민 온 노인은 그들 동족에 개의치 않고 웰드릭의 백인 여자와 결혼했고, 필리핀 여성 코니는 편의점 주인이며 이 마을 토박이인 스티브와 결혼했다.

멜리사는 정확한 답변을 원했다. 인종적인 문제는 그녀의 경험과 나의 생활양식에 비추어 이유가 되지 않는다. 자, 좀 더 솔직하게 이야기해달라. 그래야 당신을 나의 인생에서 지울 수 있지 않겠는가. 그래야 고통의 시간이 기약되지 않겠는가. 사랑의 색깔은 스펙트럼처럼 갈라진다. 이때 멜리사의 가슴을 물들인 것은 붉은빛의 사랑이었다.

"조지, 사람들은 우리가 결혼할 거라고 생각해. 내가 맥길로 가겠다고 하자 누군가는 당신이 맥길 대학에 근무하게 되었냐고 물어. 나는 당신에게 많은 것을 배웠어. 당신과의 대화는 즐거웠고. 나는 당신 학교 도서관에서 당신이 쓴 책과 논문을 대여했어. 그것이 내가 당신을 더 가까이 느끼게 만들 거라고 생각했어."

나는 대답해야 했다.

"멜리사, 그 책이나 논문은 어쩌면 내가 미혼이었기 때문에 쓸 수 있었을 거야. 행복한 사람은 글을 쓸 수 없어. 가정적 행복은 학자의 죽음이야. 멜리사, 아직은 더 써야 해. 당신과 행복한 채로 어떻게 책을 써? 나는 가족을 부양할 만큼 벌고 있지도 않아. 교수는 준실업자야. 테뉴어를 못 받으면 실업수당을 받아야 해. 멜리사, 맞아. 나는 당신네 나라 사람과 결혼을 안 하겠다는 것이 아니야. 사실은 누구와도 결혼을 생각하고 있지 않아. 나는 가난과 외로움을 견디며 공부해왔어. 그러나 가족은 가난을 견딜 수 없어. 가난이 대문으로 들어오면 사랑은 창문으로 달아날 거야. 멜리사, 나는 학자로 살고 싶어. 의미 없지만, 그게 내 운명이야."

이렇게 나와 멜리사는 헤어졌고 그 이후 만나지 못했다. 과거의 기억은 선택적으로 다가온다. 이십 년이 흘렀고 나의 웰드릭에서의 삶의 광경 중에 마음속에 맺히는 몇 개의 쓸쓸한 영상들이 있다. 이 날의 광경도 그중 하나이다. 우리의 대화가 내가 말하는 바와 같이 진행되었는지 잘 모르겠다. 내 마음속에 상상되는 사실만을 이야기 했는지도 모르겠다. 그러나 멜리사가 한국 여성과 결혼하겠냐고 물어본 것은 사실이었던 것 같다. 왜냐하면 나는 그 후에 내가 그렇게 마음먹고 있지 않다는 사실을 확인하고는 먼저 멜리사를 떠올렸으니까. 멜리사가 울지 않으려고 애쓰며 일어섰을 때의 광경도 기억하고 있다. 멜리사가 입었던 푸른 블라우스와 하얀 바지가 지금도 선명하게 기억난다. 나는 그 블라우스 위에 걸쳐진 카디건에 얼굴을 묻고 울었었다.

그녀는 내게 데메테르 여신이며 이시스 여신이었다. 나보다 여섯 살 어렸지만 언제나 어른스러웠고 관대했고 푸근했다. 나는 어떤 앵글로색슨인과 켈트인이 결합하여 그녀를 만들었건 그들을 경하했다. 그녀는 그날 내가 흘린 눈물에 대해 묻지 않았다. 아니, 스스로가 호스트로 내 집에 왔던 사실도 말한 적이 없었다. 그녀는 비밀을 궁금해하지 않을 만큼 품위 있었고 먼저 말하지 않는 한 묻지 않을 만큼 속이 깊었다. 단지 눈썹을 갸웃거리고 약간의 웃음 띤 눈으로 나를 조용히 바라보았을 뿐이었다. 깊고 우아하고 매력적인 갈색 눈으로. 그러면서도 그녀는 발랄하고 재치 있는 어린애였다. 머리 위에 황금빛 태양을 얹고 다니는 가벼운 걸음걸이의 어린아이였다.

멜리사가 그때 내게 보여주었던 것은 사랑이었을까? 그렇다면 내가 보여줄 사랑은 없었을까? 만약 사랑이 마술이라면 내가 보여줄 사랑은 없었다. 그러나 사랑이 세월이라면 나의 마음도 사랑이었다. 물리적인 시간이 아니라 사건과 추억으로 빼곡히 들어찬 그러한 세월이 사랑이고, 기대되는 행복이 오지 않았다는 사실 때문에 슬프기보다 익숙해 있는 행복이 사라지는 것이 더욱 가슴 아프게 느껴지는 것이 사랑이라면 나의 마음은 사랑이었다.

나의 눈길이 미치는 웰드릭의 어디에도 그녀의 자취가 없는 곳은 없었다. 그녀의 미소는 웰드릭의 모든 곳을 아름답게 만들었다. 그녀의 낡은 혼다 시빅은 황금빛에 싸여 나의 마음을 행복으로 채우며 웰드릭의 여기저기를 돌아다녔다. 먼지에 싸인 채로, 그녀가 거기에 있다는 것을 암시하며 굿윌이나 백스탑 앞에 주차되어 있었고, 온통 분해된 채로, 이마를 찌푸린 멜리사를 배경으로 정비소에 견인되어 있기도 했다. 쿠션이 완전히 꺼져 있어서 멜리사는 나무판을 의자에 깔고 다녔다. 엉덩이가 계속 납작해져 가고 있다고 불평하면서. 그러나 그 자동차는 재화이고 보물이고 기적이고 그 출현은 예비된 행복이었다.

몬트리올까지는 다섯 시간이다. 그녀는 그 시빅을 끌고 갈 것이고 그 황금빛 차는 이제 웰드릭에서 사라질 것이다. 내 마음을 밝혔던 낡고 다정한 차는. 나는 그녀가 더 이상 길을 잃은 행성이 되지 않기를 바랐고 사랑 때문에 두 번 고통을 겪지 않기를 바랐다. 그리고 미소와 춤추는 걸음걸이와 관용과 시원스러움이 그녀와 영원히 함께하기를 바랐다. 중앙도서관의 불빛이 춤추듯이 떨고 있었다.

매튜

캐나다의 신문과 방송이 연일 시끄러웠다. 아직도 캐나다에서는 나치의 유태인 학살이 진행형이었다. 오십 년을 숨어 살던 나치가 토론토 외곽 키치너에서 포착되었다. 그곳은 아미시교도 마을 가까이 있는 독일 이주자들의 집단 거주지이다. 누군가 고발을 했다. 그는 즉시 체포되고 구금되었다. 이제는 완전한 노인이었고 노안으로 잘 보지도 못했다. 기자와 리포터의 계속된 질문에 횡설수설 답하고 있는 그는 제정신이 아니었다. 치매였다. 신문 지면의 거의 반이 이 문제를 다루고 있었다. 학살과 죄악과 질병의 문제에 대해 잘난 사람들이 다 한마디씩 하고 있었다.

정의가 신성불가침의 원칙이라거나, 선험적이고 보편타당한 원칙이라거나, 정의는 실현되어야 한다는 등의 멋진 말들이 신문과 방송을 주름잡았다. 어떤 원칙도 어떤 선험성도 존재하지 않는 이 시대에 언론만이 촌스럽게 유치한 단어들을 휘둘러대고 있었다. 가식적이고 촌스럽고 선동적이라는 점에 있어서 언론은 나라를 구분하지 않는다. 거기에다 유식하고 세련되어 보이려는 허위의식까지 있다는 점에 있어서도 모든 언론이 똑같다.

문제는, 캐나다는 입헌국가라는 것이다. 법률에 의하면 그 전직 나치는 석방되어야 한다. 그러나 신문과 방송과 법률은 유태인들에 의해 장악되고 있었다. 정의는 강자의 이익이고 그 이익은 법률에 의해 보증된다. 그러나 이 강자의 이익이 오히려 강자의 뜻을 거스르고 있었다. 유태인들은 그를 총살시키기를 원했다. 캐나다에 총살형은 없는데도 불구하고. 그들의 분노는 광기에 가까웠다. 나치에 의해 희생된 부모를 가졌던 유태인들은 연일 방송에 나와 그들이 겪었던 수난과 고통과 부당함에 대해 말하며 치매 노인의 구금과 재판을 주장했다. 이 사람들은 지금 무법자였다. 스스로만 그것을 모르고 있었다. 이 사안은 명백했다. 자각 능력이 없는 범죄인은 더 이상 범죄인이 아니고 동물에 지나지 않는다는 법률의 취지는 분명한 것이었다. 유태인들은 이 법률을 무시하고 있었다.

그들은 바로 그러한 정열 때문에 나라 잃은 민족이 되어 수천 수백 년을 유랑했다. 종교적 정열은 그들 국가를 제정일치의 신정국가로 만들기를 원했고 이것은 로마제국이 받아들일 수 없는 요구였다. 어느 이슬람 지도자가 TV 리포터에게 말한다. "우리의 요구는 단순하다. 우리는 단지 우리 국가가 이슬람의 신성한 율법에 의해 다스려지기를 원할 뿐이다." 그러나 이것은 단순한 요구가 아니다. 전 국가를 수도원으로 만들어야 만족하는 요구이기 때문이다. 이슬람 국가들은 중세적 세계를 원하고 있다. 그들은 신이 죽은 사실을 모르고 있다. 고대의 유태인들이 현재의 이슬람인들과 다르지 않았다. 이슬람 국가들은 몰락과 해체를 기다리고 있다. 언젠가는 현재의 유태인들이 그러하듯 고난 속에서 세속 국가와 타협하게 될 것이다.

매튜가 종이를 내밀었다.

"서명해주게."

갑자기 유태인들의 정의에 동조해야 하는 상황이 되었다. 그 치매에 걸린 노인네를 처벌해야 한다고 주장하는, 정의를 수호하는 한 사람이 되기를 요구받고 있었다.

매튜는 많은 유태인이 그렇듯 경박하고 건방진 배금주의자였다. 경박한 사람들은 일반적으로 그들의 실제 가치보다 평가절하된다. 이들에게 세계는 단순하고 그들의 삶 역시도 단순하다. 그들은 대체로 물질주의자들이다. 물질주의를 삶의 지침으로 받아들이는 순간 우주는 갑자기 단순해지며 삶의 이유와 목적도 분명해진다. 그들에게 생명과 영혼은 물리·화학적 현상에 지나지 않고, 우리 존재는 우연에 지나지 않으며, 삶의 목적은 번영과 안락과 향락일 뿐이다. 로코코의 유미주의자들에게 그렇듯이 인간은 동물과 다를 바가 없다. 인간만이 지녔다고 믿어지는 영혼은 물리적 생명 현상의 한 잔류물에 지나지 않기 때문이다. 이들에게는 물질적 충족이 행복의 전체 조건이다. 그것이면 충분하다.

이것은 절망을 배경으로 한 행복이다. 유태교와 기독교의 큰 차이 중 하나는 유태교가 오로지 현세적 삶에 대하여만 말하고 있고 그 신 역시도 현세적 행복을 보증하기 위해 존재한다고 믿는 데에 있는 반면, 기독교는 저세상에 대하여 말하고 있고 우리의 현세적 삶 이상으로 영원한 영혼의 구원을 위해 신이 존재한다고 믿는 데에 있다. 유태교는 조악한 미신이다. 물질주의자들의 자신감은, 한편으로 자신들이 삶의 메커니즘을 이해하고 있다고 믿는 데에 있고 다른 한 편으로 영혼이나 구원 없이도 살 수 있다는 오만함에 기초한다. 그러나 이것도 한 종류의 절망이다. 그러므로 경박한 물질주의자들이 경멸받을 이유는 없다. 그들에게는 적어도 위선과 허위의식은 없다. 그들은 경박하고 오만할망정 속물은 아니다. 속물은 자기기만적이지만 물질주의자들은 솔직하다. 만약 그들이 원칙적인 물질주의자이고 일관된 물질주의자라면.

진지하고 심각한 사람들은 그 경박성에 의해 상처받는다고 느낀다. 자신의 영혼이 너무도 소중해서, 그것을 무덤 넘어서까지 유지하고자 하는 열망이 지극히 큰 사람들은. 그러나 이것도 하나의 탐욕이며 욕심이다. '모든 생명은 들의 풀과 같고, 모든 영광은 풀의 꽃과 같다'고 복음사가가 말할 때 물질주의들은 다른 양식으로 여기에 동의할 것이다. 그들은 바로 그러하기 때문에 풀과 꽃이 소중한 전체라고 말한다. 그들은 이것으로 충분하다. 물질주의자들은 더 이상 나가지 않는다. 더 나가면 이제 영혼의 문제가 대두되고, 거기는 언어가 멈추는 지점이다.

기독교도들은 물질주의자들을 경멸한다. 그들은 물질주의자야말로 오만한 사람들이라고 느낀다. 구원의 호소 없이 살겠다는 태도야말로 오만인 것이라고 생각하기 때문이다. 진정한 의미에서 오만은 어느 쪽일까? 우리 세계의 한계를 벗어난 무엇인가에 대하여 말할 것이 있다고 주장하는 데에 있어서 기독교는 오만하다. 그러나 신이나 구원 없이 살 수 있다고 주장하는 데에 있어서는 물질주의자들이 오만하다.

유태인들의 현세적 태도는 전공과 직업을 택하는 데에 있어서 확연히 드러난다. 그들은 법대와 경영대와 의대 대학원을 많이 선택한다. 그들의 신이 진정으로 가치 있는 신이라면 유태인은 일단 사회적 성공을 거두어야 한다. 유태인들이 사회·경제적 성공에 많은 가치를 두는 것이 그들 신의 존재를 입증하기 위하여인지 혹은 그들 신이 죽음을 넘어선 구원에 대해 어떤 것도 말하지 않았기 때문인지에 대하여는 잘 모르겠다. 아무튼 유태인들은 대부분 잘살아야 한다는 의지가 강했고 실제로 잘살았다.

매튜도 변호사 출신이었다. 그는 이민법을 전문으로 하는 변호사였고 동구권과 중국의 개방에 의해 밀려드는 이민자들로부터 상당한 돈을 벌었다. 그러면서도 그는 법철학을 전공한 대학교수이기도 했다. 겸임 교수로 근무하다 변호사 사무실을 동생에게 물려주고 전업 교수로 눌러앉았다. 돈은 충분히 벌었고 제법 큰 주유소도 경영하고 있었다. 대학은 단지 그가 생각하기에 품위 있고 편안한 놀이터였을 뿐이다. 그는 자기가 어린 시절 매우 가난했다고 말하곤 했다. 그의 부친은 좋게 말해 앤티크 딜러였지만 사실상 고물상이었다. 시골 마을을 여기저기 돌아다니거나 주말의 개러지(garage) 세일이나 굿 윌의 경매장을 기웃거리며 쓸 만한 물건을 주워다 팔았다고 한다. 그렇게 해서 두 명의 아들을 법과 대학원에 진학시켜 변호사를 만들었다. 매튜는 자신이 현재 부자라는 사실을 한편으로 신기해하고 다른 한편으로 자랑스러워했다. 그는 자신의 부를 거리낌 없이 드러냈다.

조상으로부터 부를 물려받은 부자는 자기 자신을 과시하는 데 있어 조심스럽다. 그의 부는 우연과 행운에 의해 가능한 것이었다. 은수저를 입에 물고 태어난 것이다. 그는 돈이 만들어지는 메커니즘에 대해서는 모르지만 부에 대한 다른 사람들의 질시에 대해서는 예민하다. 부의 메커니즘에 능란하고 또 실제로 그 능란함을 이용하여 부자가 된 사람들은 질시 따위를 두려워하지 않는다. 그들은 계속 이겨왔기 때문에 자신만만하다. 그러나 타고난 부자는 대체로 수줍어하거나 무기력하다. 그는 다른 사람의 분노와 질투를 불편하게 느낀다. 자수성가한 사람들이 다른 사람의 질시를 어느 정도 즐기는 반면에 부자 조상을 둔 사람들은 그것을 태연하게 이겨내지 못한다. 그들은 부가 주는 안락함에 다른 사람의 사랑까지 더하기를 바란다. 이것이 그들이 부를 노골적으로 드러내지 않는 첫 번째 이유이다.

그들이 부를 과시하지 않는 또 하나의 이유가 있다. 어떠한 노력도 없이 주어진 부가 다른 사람들에게 미안한 노릇이지만 그러나 그에게 부는 자연스럽고 당연한 것이다. 동일한 우연으로 다른 집안, 다른 상황에서 태어났을 수도 있다고 생각하는 도련님들은 거의 없다. 그는 조건 없이 부자로 태어났다. 그러므로 과시할 필요조차도 못 느낀다. 당연한 것을 왜 과시하는가? 누군가 자신이 조상 전래의 부자라고 하며 동시에 스스로의 부를 자랑스러워한다면 그는 거짓말을 하고 있다. 그는 사실은 벼락부자일 것이다. 그것이 아니라면 기껏해야 그의 아버지나 할아버지가 벼락부자일 것이다. 조상 전래의 부자는 부를 드러내지 않는다.

매튜는 자신의 부를 과시하는 데 있어 마치 철없는 어린아이와 같았다. 자신과 그의 아내가 벤츠와 랜드로버를 놓고 실랑이를 벌였다는 둥, 이제 자기 집값이 70만 불을 넘어설 정도로 주택 경기가 호황이라는 둥, 심지어는 자신이 입고 있는 재킷이 1,700불짜리라는 둥. 때때로 주머니 가득 20불짜리 지폐를 마치 서류 뭉치처럼 가져와서 학생들에게 한 장씩 나눠주기도 했다. 푸드 코트에서 제일 비싼 음식을 사 먹으라고 큰소리치며. 그는 돈에 자유로운 자신이 대견하고 신기했던 것이다. 그러나 사람들은 이마를 찌푸렸다.

사람들은 매튜를 싫어했다. 특히 그렉이 싫어했다. 심지어 "히틀러가 이해될 때도 있어"라고 혼잣말을 중얼거렸다. 때때로 그는 나를 붙들고 매튜에 대한 험담을 늘어놓았다. 나는 동조하지 않았다. 가난의 모멸 속에 유년 시절을 보냈고 대학 때는 한 해씩 쉬어가며 돈을 벌었고, 유태인 기념일마다 동족들에게 고개를 숙이고 장학금을 간청했던 한 사람을 생각해볼 노릇이다. 그는 쓰레기더미에서 폐차들을 장난감 삼아 유년 시절을 보냈다. 겨울의 가족 스키 여행이나 여름의 유럽 연수는 그에게는 꿈조차 꿀 수 없는 사치였다. 그러니 이제 보상을 받아도 된다. 그 보상이 비록 경박하고 천박한 종류의 자기만족적 자부심이긴 했지만. 나는 이 사실을 그렉과 메기에게 말하곤 했다.

"너희들은 시골 농사꾼의 자식이라고 해도 사실 유산계급이었어. 농토와 농기구와 집을 가지고 있었고 끼니를 걱정하진 않았잖아. 매튜는 자신이 가난을 벗어난 걸 축하하고 즐기는 것뿐이야."

'악덕도 무지의 탓'인 것처럼 증오도 때때로는 무지의 탓이다. 경멸스러운 사람들이 있다. 그러나 그의 역겨운 행동이나 사고의 이면과 배경과 역사를 살펴보면 대부분의 부정적인 요소들이 이해될 때가 있다. 동일한 조건하에서 선량하고 겸허한 사람이 나올 수도 있다는 것을 생각하면 많은 악덕이 그 자신의 탓이긴 할 테지만 우리가 증오하는 만큼은 아니다. 어떤 사람을 비난한다면 그 동기는 그의 개선에 놓여져야 한다. 악덕에 의해 가장 피해를 보고 가장 비참한 상황에 놓이는 사람은 자기 자신이다. 죽기 전에 스스로의 문제점을 파악하고 자신을 개선한다는 것은 모두를 위하여 행복한 노릇이지만 무엇보다 자기 자신이 가장 행복해지는 일이다. 그러므로 우리의 비난은 그의 행동의 동기에 대한 지식과 이해를 바탕으로 해야 한다. 그래야만 단순한 증오가 아닌 개선을 위한 비난이 될 수 있다.

누군가가 증오의 대상이 된다면 그 누군가는 스스로를 이해시키지 못했다는 점에 있어 일차적으로 실패했고 또 그의 행위가 보편적 규준에 맞지 않았다는 점에 있어 이차적으로 실패한 것이다. 그에게도 문제가 있다. 그렇다 해도 증오는 그것을 가하는 사람도 손상시킨다. 미움도 하나의 습관이고 갈등도 하나의 습관이다. 이해와 역지사지는 행복해지기 위해 우리에게도 필요하다. 행복의 첫 번째 조건은 '이해와 관용'이다.

서부 유럽인들과 북미 사람들은 본래 신사라기보다는 신사의 조건을 조상으로부터 물려받았다. 사회적으로 유리한 입장에 있을 때 신사가 되기는 쉽다. 조직적인 민족국가를 먼저 성립시켰고 한 프랑스인에 의해 기계론적 세계관을 주입받은 서부 유럽인들은 커다란 성공을 거두었고 지구상에서 가장 유리한 입장에 있게 되었다. 너그러움과 관용은 풍요와 권력을 누리는 사람들에게 가능한 도덕이다. 현대의 도덕은 과거의 기사도이다. 그러나 기사도는 말 그대로 기사의 것이지 농노의 것은 아니다. 이들은 유태인의 고난을 이해할 수 없고 또 그 고난에 기인하는 악덕도 이해할 수 없다. 돈키호테가 산초 판차의 야비함을 이해할 수 없듯이.

사실 매튜는 순진하고 단순하고 착한 사람이었다. 그는 영화를 보다가도 눈물을 흘렸고, 대화 중에도 종종 울었고, 지하도의 불쌍한 노숙자 때문에도 울었다. 그러나 그는 심오하고 심각해질 수 없는 사람이었다. 눈물에 대응하는 깊은 사고가 없었다. 나는 가끔 매튜를 대놓고 비웃었다. "가벼워, 그리고 얇아. 울지를 말든지 웃지를 말든지." 그는 돌아서면 언제 눈시울이 빨개졌느냐는 듯이 뺀질거리며 까불어댔다. 이러한 사람이 철학을 했다니 믿을 수가 없었다. 철학교수가 되기 위해 철학자가 될 필요가 없는 것은 평론가가 되기 위해 소설가가 될 필요가 없는 것과 마찬가지이고, 교수가 되기 위해 학자가 될 필요가 없는 것과 마찬가지이다.

나는 가끔 그에게 질문하곤 했다.

"매튜, 베르그송의 철학에 입각하면 법의 정신은 어떠한 것이 되어야 하지? 우리 지성과 관념을 버리게 되면 그러한 세상에서 법은 어떠한 것이 되어야 해?"

매튜는 빙글거리며 대답한다.

"조지, 내가 하는 건 그런 게 아니야. 내가 하는 건 아주 기술적인 문제야. 나는 이를테면 '법률 기술자'야. 법률에 대한 전문적인 장사꾼이지. 법철학은 아주 간단한 거야. 법을 잘 지키는 철학을 심어주는 거지."

다시 묻는다.

"그럼 그 준법정신의 철학은 뭐야?"

매튜는 정말이지 경박한 사람이다.

"감옥이 얼마나 공포스러운 곳인지 가르치는 거야."

매튜는 다음 테뉴어를 받기는 틀린 것 같다.

경박함이 논의의 가치가 없을 정도로 무의미하다고 말해서는 안 된다. 바로크 예술의 장엄한 심각성은 로코코 예술의 가벼움에 몰락한다. 바흐가 위대하다면 모차르트도 위대하다. 그리고 비극 못지않게 희극도 중요하다. 《헛소동》은 《햄릿》만큼 위대한 드라마이다.

매튜는 자신의 무용담을 자주 얘기하곤 했다.

"내가 이민법 전문가가 된 것은 동구권에 가본 경험 때문이야. 동독과 폴란드를 여행했는데 모두 캐나다에 살고 싶다고 하는 거야. 이건 돈이다 싶었어. 나는 그때까지 형사소송법 전문가였는데 캐나다 사람들은 범죄를 저지르지 않아. 배심원 앞에서 설치고 싶었지만 의뢰인이 없는 거야. 돈벌이가 정말 시원찮아서 차라리 부동산법 전문가가 되어 등기 이전이나 해서 먹고살까 했는데 눈이 뜨인 거지. 그런데 사실 돈은 중국인한테서 많이 벌었어. 월요일마다 이민 서류가 밴으로 한 대씩 오는 거야.

한 가족을 처리하면 1,200불이야. 돈이 마치 휴지 같았어. 세금만 일 년에 250만 불씩 냈다고. 중국인들이 가난하다고 하지만 인구를 생각해봐. 그 인구의 상위 1퍼센트만 해도 한 국가의 인구야. 무한정이더라고."

스틸(Steele)이라는 노스요크(North York) 지역의 간선도로에 접해 있는 센터포인트 몰(Centerpoint Mall)은 어마어마한 규모의 상가였다. 그리고 그 지역 주민들은 캐나다에서 가장 구매력이 높은 계층이었다. 그 몰이 매튜의 것이었다. 그리고 그 길 건너편의 타이어 주유소도 그의 것이었다. 한마디로 그는 억만장자였다. 이민 상담만으로 5천만 불 정도는 벌었다고 말했다. 그리고 부동산 투자로 그 두 배를 벌었다. 그는 학교 로비에 앉아 매우 편안한 표정으로 뇌까리곤 했다.

"이것이 인생이야."

나는 그 당시 그가 말하는 돈이 얼마만큼 큰돈인지 몰랐다. 그리고 부럽지도, 존경스럽지도 않았다. 나는 돈으로 얻은 행복을 원하지 않았다. 구석기인들의 회화와 조각을 가만히 들여다보며 그 사람들의 세계상에 조금씩 접근해가는 것이 호사스러운 행복이었고 퍼셀의 경축 음악이나 바흐의 조곡들이 감동적인 기쁨이었다. 나는 몇 권의 책을 쓸 예정이었고 이것이 끝난 후에 나의 인생은 아무렇게나 되어도 좋았다. 나는 사치스러운 집이 없어도 좋았고, 내 차가 렉서스가 아니어도 괜찮았고, 내 보트가 계속 매연을 내뿜어도 괜찮았다. 교수진 중에 유일하게 매튜에게 귀를 기울여주는 사람은 나뿐이었지만 매튜가 이룬 일이 얼마만큼 대단한 것인지 모르는 사람도, 그리고 매튜가 쥐고 있는 권력이 얼마만큼 큰 것인지 모르는 사람도 나뿐이었다. 나는 자신에게 사로잡혀 있었다.

"매튜, 서명운동은 후진국에서나 하는 거야. 캐나다에서는 법률 시스템이 잘 작동되고 있잖아. 법대로 하면 돼. 내 생각엔 이건 불필요할 것 같은데."

나는 매튜가 내미는 종이를 다시 그에게 밀어놓으며 말했다. 매튜는 놀라고 당황했다. 그리고 그 지겨운 설교가 쏟아져 나왔다. 몇 명이 어디서 어떻게 얼마나 이유 없이 학살당했는지 모른다면서. 나는 보고 있던 악보를 옆으로 밀어놓았다.

"앉아, 매튜. 다리 안 아파?"

나는 이 중년의 철부지에게 무엇인가 할 말이 있었던 것일까? 내가 매튜에게 말한 것은 매튜를 위한 것이었을까, 나를 위한 것이었을까? 나를 위해서였던 것 같다. 왜냐하면 나는 매튜가 변할 것이라는 기대는 하지 않았으니까.

"매튜, 한국과 일본이라는 나라에 대해서 알아? 안다면 얼마나 알아?"

매튜는 혼다와 도요타와 삼성과 현대와 김치에 대하여 말하기 시작했다.

"매튜, 집어치워. 내가 무엇에 대해 묻고 있는지 알잖아?"

매튜는 다시 까불기 시작했지만 나는 심각해져 가고 있었다.

"매튜, 위안부라는 말 들어봤어? 아니면 천황폐하나 대일본 제국이라는 말은 들어봤어? 매튜, 일본은 한국을 점령했고 만주를 점령했어. 일본군들은 민간인들을 대량 학살했고 징병, 징용으로 끌고 갔어. 여자들을 강제로 끌고 가서 군인들의 하수구로 삼았어. 하수구, 무슨 말인지 알겠어? 그런데 그 천황은 영광 속에 제 수명을 다 살았고 그 전범자들은 처벌받지 않았어. 지금 일본의 주도적 정치가들은 대부분 그들의 후손들이야. 독일은 나치들을 스스로의 국가와 민족에 대한 반역자로 보았지만 일본인들은 그들을 영웅 대접하고 있어. 당신네 민족이 더 크게 상처받았다고 말하지 마. 일본인들은 아직도 스스로를 정당화하고 있어. 왜 이런 차이가 발생했다고 생각해?

매튜, 일본인들은 스스로의 개선보다는 스스로의 자부심을 더 소중히 여기는 사람들이야. 그들은 자동차는 개선시키지만 그들의 개 같은 인간성의 개선에는 관심 없어. 아니, 개 같다고 하면 오히려 개를 모욕하는 거야. 독일인들은 나치를 처벌했고 스스로는 사과했어. 독일인들은 진정한 자부심은 반성과 자기 개선을 통해 가능하다고 생각하니까. 그러나 일본인들은 스스로의 치부를 드러내는 것보다는 차라리 잔인하고 야비한 민족으로 남기로 한 거야. 매튜, 당신네 민족의 대량 학살자가 일본인이 아니라 독일인이라서 다행이야. 물론 어떤 대량 학살조차 없었다면 더욱 좋았겠지만. 그런데 이제 완전히 늙어서 좌우도 구분 못하는 나치 한 명 처벌하는 게 그렇게 중요해? 매튜, 관용을 베풀게."

매튜는 좀 놀랐다. 그는 건방진 사람이었고 경박한 사람이었다. 그리고 커다란 몰과 주유소의 소유주로서 이를테면 작은 왕국의 영주였다. 그는 자수성가한 사람답게 모든 사람을 우습게 봤고 학문과 예술을 경시했다. 나는 그가 단 한 권의 문학작품에서나마 감동을 느꼈을까 궁금했다. 싸구려 눈물이 아닌 진정한 감동을. 그는 이때에도 나를 무시했다. 어깨를 움찔하고는 "또 보세" 하고 나가버렸다. 이런 매튜가 나의 인생에서 가장 절박하고 중요한 시기에 결정적인 도움이 된다.

메리 브라운

    온타리오 호수와 뉴마켓(Newmarket)이라는 소도시를 잇는 404번 도로는 우리가 심코 호수(Lake Simcoe)나 알곤킨 공원으로 여행할 때 자주 이용하는 도로였다. 뉴마켓은 온타리오 호수에서 북쪽으로 약 한 시간 정도 자동차를 달리면 나오는 인구 3만의 소도시였다. 그러나 이것을 소도시라고 한다면 캐나다 기준으로는 올바르게 말하는 것은 아니다. 인구 3천 명만 되어도 캐나다 지도에 비교적 큰 글씨로 지명이 표기된다. 그러므로 뉴마켓은 캐나다 기준으로는 꽤 큰 도시이다. 온타리오 호수를 동서로 가로지르는 가드너 익스프레스웨이(Gardner Expressway)가 돈벨리 파크웨이(Don Valley Parkway)로 바뀌고 이 도로가 다시 404번 도로가 되어 뉴마켓에 이른다. 뉴마켓에서 고속도로는 끝나고 지방도로로 이어진다. 여기서 지방도로를 따라 이십 분쯤 가면 심코 호수이다.

심코 호수는 나와 그렉이 자주 낚시를 가는 곳이었다. 이 호수의 크기는 우리나라의 충청도 정도 된다. 이 정도 크기면 해가 질 때 수평선 너머로 지게 된다. 우리가 몇 시간여밖에 시간을 낼 수 없을 때 이 호수를 자주 이용했고 겨울에 얼음 낚시터로 자주 이용했다. 이 호수는 맛이 아주 좋은 옐로퍼치와 캐나다인들이 열광하는 화이트 피시로 유명했다.

문제는 토론토에 가깝다 보니 주말이면 보트 계류장이 항상 붐빈다는 것이었다. 어떤 경우에는 한 시간을 기다려서 간신히 보트를 띄울 수 있었다. 트레일러를 뒤로 돌려 서서히 후진해서 트레일러를 완전히 물속에 잠그고 보트를 띄운 다음, 보트를 묶은 줄을 풀고 다시 트레일러를 앞으로 끌어내면 계류가 끝나게 된다. 이 작업에는 상당한 숙련이 필요하다. 우선 보트를 뒤로 매단 채로 U턴을 하는 것이 힘들고 적절한 깊이까지 차를 후진시키기도 힘들다. 한번은 너무 서두르다가 지나치게 호수 쪽으로 후진하는 바람에 차까지 물속에 빠뜨린 적이 있었다. 시동이 꺼졌고 다른 차가 간신히 견인해주었다. 캐나다인의 장점 중 하나는 느긋하게 기다릴 줄 안다는 것이고 실수에 대해 관대하다는 것이다. 그러나 나는 내가 끼친 피해에 미안해서 어쩔 줄을 몰라 했다. 다른 보트들이 계속 기다려야 했다.

베시의 생리가 주말에 걸쳐지면 우리는 심코 호수나 손베리에 가야 했다. 베시의 신경이 예민해져 있기 때문에 그렉뿐 아니라 나까지도 가끔은 베시의 짜증에 먹이가 되곤 했다. 착한 베시가 이상하게 변한다. 이럴 때면 나는 보통 혼자서 커티지에 가곤 했는데 그러면 그렉이 애를 태웠다. 옥외 활동을 좋아한 다는 점에 있어서 그는 전형적인 캐나다인이었다. 그렉은 항상 '나의 베시'라고 부르지 않고 '우리의 베시(our Bessy)'라고 불렀다. 아마도 베시를 배려하고 건사하는 책임이 우리 공동의 것 이라는 사실을 암시하려 애쓴 것 같다. 아무튼 '우리의 베시'는 대체로는 명랑하고 착하고 똑똑하고 소박했다. 그러나 솔직히 '고저스(gorgeous)'하지는 않았다. 나는 그렉의 친구들과 그렉을 베시보다 먼저 알았다. 그들은 모두 베시를 고저스하다고 표현했다. 나는 도대체 얼마나 멋진 여성이기에 이 말을 베시의 형용사로 쓰는가 궁금했다. 그리고 곧 실망했다. 베시가 고저스하다면 한국의 모든 여자가 다 고저스했다. '캐나다 남자들은 저렇게 생긴 동양 여성을 아름답다고 느끼는구나'라고 생각했다. 아니면 그들이 그녀에 대한 그렉의 사랑을 대견하게 여겼거나.

베시의 기분이 아주 좋았고 아침부터 태양이 강렬했다. 우리 셋은 알곤킨 공원으로 캠핑을 가기로 했다. 나는 논문 개요를 제출했고 그렉은 나를 이리저리 들볶으며 책 저술을 해나가고 있었다. 알곤킨 공원은 토론토에서 네 시간쯤 떨어진 거의 남한 면적에 육박하는 주립 공원이다. 완전한 원시림과 호수와 강으로 이루어진 이 공원은 거의 신비감이 들 정도로 고즈넉했고 신비스러웠다. 셋이 캠핑을 가게 되면 나는 언제나 행복했다.

그렉은 베시와 잘 것이었고 나는 내 텐트에서 혼자 자면 된다. 그렉의 코 고는 소리 때문에 고통받을 사람은 내가 아니라 베시이다. 그렉의 그 길고 날카롭게 솟은 콧날에서 나오는 콧김 소리는 대단했다. 숲은 고유의 소리를 지닌다. 밤의 숲은 부엉이 울음소리, 늑대가 울부짖는 소리, 수달의 텀벙거리는 소리 등으로 조용하지 않다. 그러나 그렉의 코 고는 소리는 어떤 소리 못지않게 컸다. 새벽 무렵 코고는 소리에 잠이 깬 나는 텐트 밖을 서성이기도 했다. 텐트 밖에서 들었을 때 그렉의 코 고는 소리는 숲의 모든 소리를 압도하고 있었다. 더 겁나는 것은 그의 잠꼬대였다. 어떤 밤에는 아예 위상수학 강의를 했다. 이때는 그렉이 미웠다. 아무 일도 없었다는 듯이 태연하게 잠이 깨는 그렉을 나는 가끔 미워했다.

보통 코를 고는 사람들은 자세가 바뀌면 잠시 숨을 고른다. 보통의 코골이들은 코를 심하게 골고 있을 때 옆구리를 찔러서 뒤척이게 만들면 반대편으로 누우며 잠시 조용해진다. 그러나 그렉은 그렇지 않았다. 삼 초도 안 걸려 다시 드르렁거렸다. 그렉의 코골이는 자세와도 상관없었다. 우리는 함께 식탁에서 다음 날의 강의 준비를 하거나 자료 조사를 하거나 집필하곤 했다. 그때 옆에서 천둥소리가 나면 그렉이 코를 고는 것이었다. 앉아서 턱을 괴고 자면서. 텐트 안에서는 도피의 길이 없다. 그럴 때는 아예 그렉을 깨워놓았다.

"그렉, 일어나. 내가 잠들 때까지 자지 마."

베시는 베개를 귀에 대고 잔다고 했다. 베시가 따로 자자고 제안했다가 그렉의 분노에 사흘을 시달렸다. 그렉은 혼자 못 자는 사람이었다.

우리는 404번 도로의 종단에서 점심식사를 하기로 했다. 그곳에는 캐나다의 유명한 프라이드 치킨 체인인 '메리 브라운 (Mary Brown's)'이 있다. 우리는 그 곁을 지나치며 '저기에서 언젠가는 점심을 먹게 되겠구나'라고 생각했고 오늘이 그날이었다. 카운터에 서 있는 아주머니가 아무래도 한국인인 것 같았다. 70년대 한국의 틀어 올린 머리를 하고 서 있는 아주머니는 다른 나라 사람일 수가 없었다.

70년대 초반에 우리나라 사람들의 캐나다 이민 물결이 있었다. 우리나라 인력의 해외 진출 중 가장 커다란 규모는 독일로 간 간호사와 광부들이었다. 그들은 계약 기간이 끝나고 대부분 캐나다나 미국으로 이민을 떠났다. 당시까지도 한국은 가난한 나라였고 그들은 선진국에서 살기를 택했다. 그래서 70년대 이민자 중에는 간호사와 광부 출신 부부가 많았다.

본래 이민자들은 이를테면 패배자들이었다. 지중해 유역에 많은 식민지를 건설한 그리스인들은 아테네에서의 생존 경쟁에서 밀려난 사람들이었고, 서부 프랑스에 노르망디를 건설한 노르만인들은 장남에게 밀린 차남들이었고, 미국으로 이민 온 서부 유럽인들 역시 본국에서의 가난을 견딜 수 없었던 사람들이었다.

그러나 한국에서 북미로 이민 온 사람들은 패배자들이 아니었다. 그들은 당시에 승리자들이었다. 그때는 미국이나 캐나다로의 이민은 잘 교육받고 좋은 기회를 잡은 사람들에게만 가능한 것이었다. 이 좋은 인력들이 새로운 국가에서는 막노동 외에할 일이 없었다. 이것은 비극의 끝이 아니라 시작이었다. 한국인들이 북미의 주류 사회에 진입하는 것은 매우 힘든 노릇이다. 인종 문제는, 저들이 먼저 차별하든 우리가 먼저 의식하든 동양인들이 극복하기 어렵다. 그들의 2세 역시도 이방인으로 살아가게 된다.

북미의 모든 한국인 거리는 한국의 70년대의 모습을 그대로옮겨 놓은 것 같다. 이민자들의 비극은, 그들이 새로운 국가의흐름에 편입되지도 못하면서 조국의 변화와도 관련이 없어진다는 점이다. 시간은 이민을 떠난 순간에 정지되어 있다. 시간의진공상태에 놓이게 되는 것이다. 집 안 단장을 비롯해 상점이나간판이나 상품의 디스플레이 등이 어처구니없을 정도로 시대착오적이 되고 만다. 이것만이 전부가 아니다. 문화와 시대는 우리의 표정과 태도와 말투도 바꾼다. 70년대 이민자들은 그 웃는모습과 인사하는 모습, 말투 등이 완전히 70년대에 고착되어 있다. 나는 이 모습에 부딪힐 때마다 그들이 처한 입장이 안타까웠다. 그들은 가난의 고통과 전쟁의 공포에도 불구하고 고국에서 우리와 운명을 같이했어야 했다.

그들은 매우 강한 자부심을 가지고 있었다. 70년대에 그들의 입장은 우월한 것이었다. 그러나 현재는 외국에서의 우월적 지위도 누리지 못하면서 고국의 발전상에도 미치지 못하고 있다. 많은 교민들이 열심히 살고 있고 만족스런 삶을 살아간다고 해도 결국 미국과 캐나다에서 그들은 이방인이다. 내면적 자부심과 외면적 초라함은 일말의 분노를 부른다.

그들의 삶은 지렁이 잡이에서 시작하여 편의점, 세탁소, 한국 식당 운영으로 끝난다. 조국이 역동적인 발전을 통해 지구상에서 잘사는 나라 중 하나에 편입되어 나가는 과정을 바라보며 그들은 스스로의 선택에 대해 회의하게 된다. 조국의 관광객들이나 유학생, 갓 이민 온 가족들은 초기의 이민자들에게는 심리적 고통이며 질투와 분노의 대상이기도 하다. 가난과 전쟁의 위협을 견뎌온 조국이 이제 역동적인 나라가 되었다. 많은 이민자들이 조국의 경제에 기생하고 있다. 교민들의 사업 대상은 결국 한국이기 때문이다. 그리하여 초기 이민자들은 새로운 편입자들에 대해 이중적인 감정을 지니게 된다. 그들은 경제적 시혜자이긴 하지만 질시의 대상이기도 한 것이다.

새로운 이민자들에게도 문제가 있다. 이 사람들은 벼락부자가 된 무식꾼들의 모든 행태를 다 지니고 있다. 새로운 이민자들은 70년대 이민자들을 향해 오만과 과시와 멸시 등을 서슴없이 드러내 보인다.

그 아주머니는 아마 70년대 이민자인 것 같았다. 모든 것이 그 시대에 고착되어 있는. 그녀는 안쪽을 향해 힘차게 소리 질렀다.

"여보, 나와 봐."

예순 살쯤 되어 보이는 남자가 나타났다. 그는 묘한 분위기를 지니고 있었다. 흰머리와 이마의 주름은 그가 나이 들었다는 것을 말하고 있었지만 반짝이는 눈과 생생한 표정과 뺨의 홍조는 젊은이의 그것이었다. 나의 삶에서 큰 비중을 차지하고, 죽을 때까지도 잊을 수 없는 많은 추억을 공유할 사람과의 만남은 이렇게 시작되었다.

그는 의자를 가리켰다. 뉴마켓과 같은 외곽 도시에서 한국인을 만난다는 것은 드문 일이다. 이제 조국의 최근 소식 등을 나누며 차를 한 잔 할 양이었다. 그러나 나는 최근의 이민자가 아니었다. 이미 구 년 전에 조국을 떠나 유랑 생활을 하고 있는 사람이었다. 나는 우리가 알곤킨에 가는 길이고 점심식사를 하러 들렀으며 앞으로 지나가는 길에 들르겠다고 말했다.

그는 정색을 했다.

"헌츠빌(Huntsville) 쪽으로 갈 거요?"

그랬다. 우리는 헌츠빌을 지나쳐 갈 예정이었다. 헌츠빌은 조그마한 도시로 도시 전체가 호수에 싸여 있는 요양지이다.

"거기 호수에 요즘 화이트피시가 많이 잡힌다는데."

이 사람도 낚시꾼이었다. 우리는 반색을 했다.

"챙겨 나오세요."

그는 부인의 눈치를 살폈다. 그러고는 급히 전화기를 집어 들었다. 아들을 불러내는 것이었다. 그렉을 몰아내고 이 사람과 오늘 밤을 보내게 될 것이다. 그는 침낭을 겨드랑이에 끼고 박스 안에 프라이드치킨을 마구 집어넣었다. 동작이 민첩했다. 우리는 오늘 점심뿐 아니라 저녁도 프라이드치킨과 감자튀김을 먹게 될 것이다.

정착하지 못하는 사람들이 있다. 그들은 언제라도 새로운 곳에서 새로운 삶을 시작한다. 익숙함과 안락함을 저버리는 충동을 마음속에 품고 사는 사람들이다. 문명이 정착과 경작을 요구할 때 이들은 문명을 부정한다. 그들을 가두기에는 문명은 너무 협소하고 너무 딱딱하다. 생명력은 총류탄처럼 폭발한다. 그 파편이 어느 곳에 닿을지 모른다. 소속과 질서와 규율과 규범은 좋은 삶을 위한 전제가 되지 못한다. 반복되는 일상과 반복되는 만남은 편안함과 친근함이기보다는 권태와 무의미이다. 탈색된 기와지붕, 연탄 냄새 나는 동네의 소로들, 이리저리 골목길에 주차된 차량들, 거실의 벽 장식, 가족의 익숙한 모습 등. 이러한 것들은 그에게 정감을 주기보다는 탈출하고 싶다는 충동을 준다. 자기가 한때 애써 이룩한 것들—가족과 친구와 집과 가구와 직장과 자동차 등—은 사실은 그의 삶을 무겁게 한 것이었다.

이런 것들이 모두 필요한 것이었을까? 안락한 삶이 진정한 삶일까? 변화와 새로움이 진짜 삶 아닌가? 익숙한 것들이 낯설게 다가오기 시작하는 순간이 있다. 꿈에 그리는 세상으로 가기 위하여가 아니다. 그가 꿈꾸는 세상은 없다. 오히려 그는 그러한 세상의 존재 자체를 믿지 않는다. 단지 계속 다가오는 새로움만이 그에게 살아 있다는 느낌을 준다. 돌진과 창조가 진실이다. 친근감은 권태를 의미한다.

그는 낯선 세계에서 알아들을 수 없는 언어에 둘러싸이기를 원한다. 어리둥절함이 오히려 다정하다. 아스팔트와 시멘트의 이 도시는 감옥이 되고, 술집에 마주 앉은 친구들 사이에서 그의 표정은 공허하고 낯선 것이 되어간다. 분별은 그에게 의미 없다. 피가 뜨거워지기 시작한다. 긴 비행을 앞둔 철새들처럼.

그의 삶에는 몰락이 예정되어 있다. 책임만이 안전을 준다. 그는 책임지지 않는다. 에콰도르나 아르헨티나의 어떤 시끄러운 도시의 시장 골목에서 비참한 생활을 영위한다. 그리고 어떤 황량한 들판에서 거지로 죽어갈 것이다. 우주 어딘가에 그가 원하는 장소가 있었다면 그는 방황하지 않았을 것이다. 유랑의 이유는 그것 자체이고 탈출만이 유일한 해결책이다. "이 삶을 이대로 계속할 수는 없어"라는 것이 마음의 외침이다. 모두에게 두려운 삶이 그에게 가능한 유일한 삶이다. 충분히 휴식했다. 날아오를 시간이다.

이것이 진화이리라. 어떤 개체인가가 물속 세상을 지겨워하며 탈출을 꿈꾸었다. 대기(大氣)를 원한다. 나무와 숲과 창공으로 이끌린다. 모두가 몰락한다. 그러나 몇몇 개체가 성공한다. 이제 공기만으로 호흡할 수 있게 되었다. 새로운 종(種)의 탄생은 이러한 방랑과 유랑의 충동 덕분이다. 핏속에서 힘차게 뛰는 생명의 분출이 진화의 단서이다. 인간이라는 종은 무책임한 개체들에게 빚지고 있다. 그들이 최초의 에렉투스(erectus)이다.

그는 네 개의 국적과 두 개의 영주권을 가지고 있었다. 콜롬비아, 에콰도르, 베네수엘라, 한국의 국적과 미국과 캐나다의 영주권을 가지고 있었다. 그는 때때로 웃으며 한 묶음의 여권 뭉치를 내놓곤 했다.

"남미가 살기 좋지. 스페니시가 배우기 쉽고. 여긴 답답해. 여기 놈들은 너무 고지식해. 창살 없는 감옥이야."

머리를 흔들며 그는 종종 말하곤 했다. 나의 대학 선배이며 수의학을 전공한 이 사람은 방랑자의 낙천주의를 지니고 있었고, 이야기꾼이었으며, 훌륭한 낚시꾼이자 등반가였다. 나는 그의 다채로운 경험을 즐겁게 들었고 그 대부분을 그렉과 베시에게 통역해주었다.

"월남전에 참전했지. 그때부터 시작이야. 이 돌아다니는 버릇이. 그래도 졸업하고 직장을 몇 년 잘 다녔어. 결혼도 하고 애도 하나 낳고. 막 대리로 진급했는데 온몸이 근질거리는 거야. 마누라는 펄쩍 뛰었지. 마누라는 학교 선생이었어. 국어를 가르쳤지. 자기 생활이 좋았던 거야. 남편은 월급 잘 받아오고 자기는 선생질 재밌게 하고. 그런데 남편이 남미로 가자고 하니까 좋다고 따라오겠어? 나는 죽겠더라고. 나 혼자 가겠다고 했어. 내가 그만큼 먹여 살렸으니 이제 너희 둘이 알아서 잘 살라고. 계속 있으면 미쳐서 죽든지 가슴이 터져서 죽든지 둘 중 하나야. 나가야겠다는 생각밖에는 없었어. 먹어도 먹는 게 아니고 자도 자는 게 아니야. 어떤 때는 뜬눈으로 밤을 새웠어. 야자수하고 아가씨들이 눈앞에 왔다 갔다 하는 거야. 월남 아가씨들이 예쁘거든."

결국 부인과 처갓집 식구들이 모여서 의논을 했고 굿을 하는 것으로 결론이 났다. 선배야 펄쩍 뛰었지만 처가 사람들은 절박했다. 자기 딸이 한순간에 과부가 되고 외손주가 아비 없는 자식으로 성장하게 될지도 모를 일이었던 것이다.

굿을 하자는 결론은 내가 보기에 적절한 것이었다. 이것은 질병이다. 이를테면 피에 열이 오르는 질병이다. 그러나 이 병은 의사가 고칠 수 없다. 그의 내면에서 무엇인가 벌레가 자라듯이 커 나가다가 어느 순간 폭발을 일으키는 질병이다.

"도망 나왔어. 마침 우리 차장하고 대판 싸웠어. 지금은 생각도 안 나. 왜 싸웠는지. 아무튼 그 다음 날 도저히 출근을 못하겠더라고. 출근길에 공항으로 갔어. 미국 비자가 있었으니까. 일단 LA로 가야겠다고 생각했어. 당시에 출국자의 외환 보유 한도가 200불이었는데 지금 돈으로 백만 원쯤 될까. 아무튼 공항에 내리니까 막막했지. 그런데 온통 한국인인 거야. 거기서 버스를 타고 코리아타운으로 갔어. 다음 날부터 일을 했지. 슈퍼마켓에서 생선 배를 따는 일이었는데 힘들더라고. 그렇게 한 달을 보내고 는 그만뒀어. '내가 겨우 여기 있으려고 마누라 팽개치고 나온 건 아니야' 하는 생각도 들고. 나는 번잡한 동네를 싫어했어. 야 자수 있는 나라로 갈 작정이었지."

그는 에콰도르로 가게 된다. 당시 에콰도르는 바나나 생산량 만으로도 한국의 GDP를 능가했다고 한다. 그의 눈에 에콰도르 는 천국이었다. 적도의 고지대에 위치하여 햇볕은 따갑지만 습 도는 낮고, 온도는 적절하고, 사람들은 느긋하고 게으르고……. 모든 조건이 그가 원하는 조건과 맞았다. 그는 농장에서 바나나 정리하는 일로 시작했지만 3개월도 안 되어 경리가 될 수 있었 다. 그의 산수 실력이 도움이 되었다. 한국인은 어딜 가나 한국 인이다. 엄청난 양의 바나나를 분류하고 송출하고 송금받는 일 이 그의 일이었다. 그런데 여기서 그는 인생의 전환기를 맞는다.

그는 어린 시절부터 침구술에 관심이 많았다. 고등학교 때 벌 써 가방에 침을 넣어가지고 다니면서 배 아픈 친구, 두통 앓는 친구, 치통 앓는 선생님 등을 치료했다. 그는 에콰도르 바나나 농장에서도 침구사로 활약하기 시작했다. '범 없는 굴'인 셈이 었다. 그곳에는 별다른 의료시설이 없었고 어쨌든 그는 수의과 대학을 육 년 다녔다. 침구 실력과 동물 치료 실력이 결합되어 그는 이제 의사가 되어 있었다. 그는 살아 있는 모든 것을 치료 했다. 노새, 당나귀, 개, 말, 소, 사람 등등.

"한 번 치료하는 데 바나나 한 상자야. 바나나 한 상자면 당시에 US달러로 1불이었다고. 우리나라 GNP가 200불이 채 안 됐을 때였지. 그런데 환자가 하루에 백 명 이상씩 덤벼드는 거야. 우리나라에서 일 년 벌 돈을 이틀 만에 버는 거지. 의사 겸 수의사로 나섰어. 돈은 아예 부대로 벌었고 거기에다 존경도 받았어. 에콰도르 대통령도 치료했어. 믿기지 않겠지만. 아무튼 허리가 삐끗하면 수술받든지 침 맞든지 아냐. 그때 대통령이 허리가 안 좋았거든. 매일같이 대통령 궁에 갔다 온 다음에 내 환자를 받았지. 에콰도르 의사들이 기분 나빠 했지만 나는 어쨌거나 대통령 허리를 고쳤잖아. 돈이 벌리니까 가족 생각이 나는 거야. 영주권을 신청했고 가족을 초청했어. 에콰도르의 부자 가족이 된 거지."

그런데 그의 질병은 고질적인 것이었다. 이 생활에도 싫증이 나기 시작했다. 그는 오 년간의 의사 생활 끝에 가족은 에콰도르에 남겨 두고 콜롬비아로 떠난다. 거기에서 그는 의류업을 시작했다. 아예 봉제 공장까지 차리고 미국에 수출하는 청바지를 만드는 사업을 시작한 것이다. 여기에서도 그는 성공한다. 그는 신들린 사람이었고 열에 들뜬 사람이었다.

"나는 새로운 일을 시작하면 잠도 안 자고 밥도 안 먹어. 생각이 없어져. 24시간 그 일만 생각하는 거지. 아무든 징사가 너무 잘 돼서 보고타에 건물을 짓고 1층엔 매장을 냈다고. 다시 가족을 불렀지. 에콰도르에 있던 가족을 콜롬비아로 불렀어. 그리고 아들을 하나 낳았어. 아들만 둘이 된 거야. 마누라를 별로 예뻐하지도 않았는데 애가 금방 생기더라고. 우리 마누라는 남자 바지 곁에만 가도 애를 만드는 사람이야. 그렇게 보고타에서 삼 년 살았어.

하루는 가족들과 차를 몰고 여행을 떠났는데 한적한 길에서 총격전이 벌어지고 있었어. 마약 판매상들이 한 판 붙은 거야. 얼마나 쏴대는지 도로 표지판이 아예 벌집이 되더라고. '안 되겠다. 떠나겠다. 여기서 애들은 못 키우겠다.' 다시 베네수엘라로 갔어. 당시에 베네수엘라는 중남미에서 제일 잘사는 나라였지. 1인당 GNP가 한국의 일곱 배였으니까. 그리고 석유 나는 나라에 살고 싶었고. 거기서는 별로 재미를 못 봤어. 베네수엘라에선 개업 자체가 안 되더라고. 그 나라에선 사람들이 먹고살 만하니까 봉제 공장 같은 데서 일하려고도 안 하고. 돈 좀 털어먹고 나니까 갑자기 애들이 눈에 띄는 거야."

그의 나이는 이미 마흔셋이었고 큰아이는 열세 살이 되고 있었다. 그의 관심사는 아이들 교육으로 바뀌었다. 그의 가족은 미국으로 가게 된다. 그는 미국에서 주유소 겸 세차장을 개업한다. 그가 남미에서 번 돈은 커다란 부지를 차지하고 있는 미국의 주유소와 세차장을 살 수 있을 만큼 큰돈이었다. 여기에서 그의 큰아들은 고등학교를 졸업하게 된다. 그러나 그는 곧 싫증을 내게 된다. 매일 카운터 앞에 서 있기도 지겹고, 세차장 기계들이 하루 건너 고장 나는 것도 지겨웠다고 한다. 그에게 오 년은 다른 사람의 십오 년만큼 긴 세월이었다. 그러나 내 생각에 이것들은 모두 핑계였던 것 같다. 역시 동기는 그의 질병이었다.

그는 주유소에서 판매하고 있는 캐나다 지도들을 매일같이 들여다보았다. 광활한 영토, 도로조차 없는 황무지, 엄청난 숫자의 호수 등이 그의 가슴을 설레게 했다. 그는 캐나다를 횡단해서 로키산맥으로 들어가고 있는 자신을 꿈꾸었다. 어느 날 마침내 임계점을 넘어 섰다. 그는 가족에게 선택을 요구했다. 알래스카로 가든지 캐나다로 가든지. 가족들은 지긋지긋해했다. 특히아이들은 또다시 낯선 환경, 낯선 사람들 사이에서 새로운 생활을 시작하는 걸 반대했고 미국에서 어렵게 사귄 친구들과 헤어지는 것도 싫어했다. 그러나 혼자 떠나기에는 너무 늙은 나이였다. 이제 오십이 가까워오고 있었다. 나이가 들어감에 따라 좋아지는 점이 하나 있다. 타협이라는 정치적 지혜가 생긴다는 것. 그는 타협했다. 좋다, 그렇다면 캐나다와 미국의 국경에 살자.

나이아가라의 캐나다 쪽에 살기로 결정했다. 또다시 캐나다 영주권을 받고 나이아가라에 모텔을 샀다. 팔자에 없이 호텔업을 하게 된 것이다. 이 업종은 그에게 가장 안 맞는 것이었다. 그는 매우 열정적이고 근면한 사람이었지만 서비스업에는 별로소질이 없었다. 섬세하고 친절한 사람이어야 서비스업에 맞는다. 그는 마음이 고운 사람이긴 했지만 남의 마음을 미리 헤아려주는 배려는 없었다. 이런 상황에서 그의 집안에 큰 불상사가발생했다. 큰아들이 백혈병 판정을 받은 것이다. 그는 절망했다. 아마도 그의 삶에서 가장 큰 비극이었을 터이다. 큰아들을 공동묘지에 묻은 그 가을날 그는 사라져버렸다. 아무것도 가지고 나가지 않았다. 심지어는 지갑도 집 안에 던져놓고 사라졌다.

"그냥 돌아다녔지. 캐나다 동부에는 안 가본 데가 없어. 프린스에드워드 아일랜드, 노바스코샤, 뉴브런즈윅, 뉴펀들랜드까지. 농장에서 먹고 자고 일하다가 돈이 좀 모이면 버스를 타고 아무 데로나 갔지. 감자는 지긋지긋하게 캤어. 벌목도 많이 했고. 과일나무 가지 치기도 하고. 일이 없는 겨울에는 구걸하고 노숙자 생활을 했어. 그래도 슬픔이 사라지지 않더라고. '차라리 죽는 게 낫지 않은가' 하는 생각도 들고."

그는 이미 백만장자였다. 그러나 그에게 돈은 본래 의미가 없었다. 그는 탐욕스런 사람이 아니었다. 단지 어딘가에 열정을 쏟아야 했고 돈을 버는 것 외에 다른 대안이 없었기 때문에 그의 열정을 돈에 담았을 뿐이었다. 열정이 자식에게 옮겨간 그 순간에 그가 가장 사랑하던 큰아들이 사라진 것이었고 그의 사랑은 갑자기 대상과 방향을 잃게 된 것이었다.

"어느 날 길에서 구걸을 하고 있는데 조그마한 아이가 걸어오더니 손에 5달러를 쥐어주는 거야. 부모가 시킨 거지. 그런데 그 부모의 나이가 꽤 들어 보이더라고. 나는 언뜻 생각했어. 내 나이가 오십이고 마누라가 마흔둘이다. 어쩌면 아직 생산이 가능할지도 모르겠다. 부리나케 집으로 돌아왔지. 아무튼 할리팩스에서 보름이 걸려서 나이아가라에 온 거야. 차비가 떨어질 때마다 이리저리 구걸을 하느라고 하루 이틀을 보내야 했으니까.

전화번호도 잊어버리고, 집 주소도 잊어버리고, 안 잊어버렸다고 해도 전화 걸 용기도 없었어. 사실 여자들이 아이들을 더 사랑하잖아. 애가 죽으면 누가 더 슬프겠어? 그런데 내가 도망가버렸으니. 집에 도착해서 다시 보니 내 마누라가 이제 할망구가 다 되어가더라고. 같이 살 땐 몰랐는데 삼 년 만에 보니까 완전히 늙어 있더라고. 저래서 애는 낳겠나 싶었지. 다짜고짜 그것부터 물어봤어. 당신 아직 생산할 수 있냐고 말이야."

그 둘은 새로운 아들 둘을 얻었다. 내가 메리 브라운에서 그를 처음 만났을 때 그는 예순세 살이었고, 에콰도르에서 낳은 아이는 이미 토론토 대학을 졸업했고 둘째, 셋째가 각각 열한 살, 아홉 살이었다. 물론 여기까지도 많은 이야기가 있다. 모텔을 청산하고 오타와로 이사 간 것, 오타와가 너무 추워서 다시 토론토로 온 것, 좋은 학교를 찾아서 뉴마켓으로 다시 이사 온 것 등. 난민이 아니고서야 그렇게 이사를 자주 하지는 않을 것이다. '방황하는 한국인들'이었다.

우리는 그해 여름방학을 이 선배와 더불어 보냈다. 유진은 지렁이 양식과 농장일로 바빴고, 그의 부인은 교민 사회를 돌아다니며 사교에 열심이었다. 우리는 이를테면 그를 새로 영입한 셈이었다. 이 사람의 낚시는 우악스러운 것이었다. 질보다 양이었다. 물고기의 가치는 크기로 결정된다는 것이 그의 일반론이었고, 정부의 지침과 관계없이 무조건 수십 마리를 잡아와야 직성이 풀렸다. 낚시꾼들이 몇 마리를 낚든 간에 가져갈 수 있는 물고기 수에는 제한이 있었다. 연어는 두 마리였고, 화이트피시는 세 마리, 파이크는 한 마리였고, 월 아이는 네 마리였다. 그러나 그는 막무가내였다. 잡히는 대로 모두 가져오려고 했다. 그리고 실제로 그렇게 했다.

그는 늦게 얻은 아이들을 사랑하긴 했지만 떠받들진 않았다. 그의 교육관은 간단했다. 사랑스런 아이일수록 두들겨 패야 한다는 것이었다. 그리고 부모의 권위는 절대적으로 존중받아야 한다는 것이었다. 그는 아이들의 한국어 교육에 열성이었다. 일주일에 두 번씩 한국어 과외를 시켰고 주말에는 아예 교회에 부설된 한국어 학교에 하루 종일 보냈다. 그것도 부족해서 여름방학 때는 한국의 대학 부설 어학당에 보냈다. 아이들은 그럭저럭 어설프게나마 한국어를 할 수 있었다. 그는 말했다.

"저 정도 만드는 데 수천만 원이 들었어."

그가 한국어를 가르치는 이유는 간단했다. 한국어로 대화해야 부모의 권위가 유지된다는 것이었다. 사실 그의 영어는 어설펐다. 나이 오십에 시작한 영어가 제대로 될 리가 없었다.

"하루는 큰놈을 데리고 농장에 감자를 사러 갔어. 농장 주인하고 실랑이를 하고 있는데 큰놈이 배를 잡고 웃는 거야. 아빠 영어를 저 사람이 알아듣는 게 신기하다며. 나는 자존심이 상했어. 몹시 기분이 나빴지."

그는 자신이 스페인어를 얼마나 잘하는가를 보여주기 위한 목적만으로 아이들을 남미로 데리고 가서 한 달을 여행하고 왔다.

"어떠냐, 아빠 스페니시 잘하지?"

그는 어린 두 아들을 전부 가게로 불러내서 일을 시켰다. 막내가 앞치마를 두르고 열심히 설거지를 하고 그 위의 아이 역시 앞치마를 두르고 감자를 튀겨냈다. 이것도 그의 교육관이었다. 아이들을 귀하게 키우면 안 된다는 것이 그의 좌우명이었다. 사실 그의 아이들은 모두 탁월한 우등생들이었다. 큰아들은 뛰어난 펀드 매니저였고 밑의 두 아들은 뉴마켓 초등학교에서 이미 수재로 알려져 있었다. 나는 얼마 전에 막내아들이 워털루 공대에 교수로 임용되었다는 소식을 들었고 둘째 아들이 의사로 개업했다는 얘기를 들었다. 사흘 건너로 아빠에게 얻어맞고 매일같이 가게에 나와서 혹사당한 결과가 이러한 성공이다. 가게는 장남이 이어받았다. 결국 소수 인종이 캐나다 회사에서 크는 데에는 한계가 있었다. 큰아들은 아버지를 닮았다. 직장보다는 사업이 낫단다. 이제 다 늙어버린 그는 타슈겐트와 우즈베키스탄 등지를 여행한다.

우리는 그와 잊을 수 없는 수많은 추억들을 쌓았다. 그는 뛰어난 이야기꾼이었다. 내가 운전하고 그렉이 옆에 앉고 그와 그의 막내아들이 뒤에 앉은 채로 트레킹이나 낚시 여행을 가곤 했다. 그는 학교 교육을 우습게 알았다. 여행할 일이 생기면 막내는 무조건 결석이었다. 그는 해줄 이야기가 많았다. 다양한 나라에서 다양한 일을 겪은 그는, 그의 경험을 꾸밈없이 담담하게 말했다. 우리 모두는 그의 이야기를 즐겼다. 나는 통역하느라 바빴다. 그의 아들은 겨우겨우 한국어로 이야기를 했지만 아빠가 잠들면 세 명이 영어로 수다를 떨곤 했다. 그러면서도 그 꼬마는 아빠를 자주 살폈다. 같이 있을 때 영어를 말하다 걸리면 건지도 못할 만큼 얻어맞는다는 것이었다.

캐나다에서는 어떤 이유로도 아이들을 체벌하는 것이 불법이다. 이 문화적 차이는 때때로 문제가 된다. 아이들이 부모에게 맞은 것으로 생각되는 흔적이 있으면 교사들은 사실을 확인하고 경찰에 고발한다. 부모는 즉시 체포되고 재판받게 된다. 그러나 그의 아들들은 아빠에 대한 의리를 지켰다. "내가 가번먼트(goverment)로는 캐나다 사람이지만 핏줄(blood)로는 한국인이에요"라고. 아마도 그가 세뇌시켰을 것이다.

9월 말이 되자 우리는 연어 낚시로 가슴이 설레었다. 밴쿠버에서는 4월과 9월에 연어 시즌이 시작되지만 온타리오는 일 년에 9월 한 달만이 연어 시즌이었다. 연어가 여행과 생식으로 들뜰 때 우리는 낚시로 들뜬다. 수세인트마리(Sault Saint Marie)로 가기로 했다. 북쪽으로 아홉 시간 운전해야 갈 수 있는 곳이다. 휴런호와 슈페리어호 사이에는 세인트마리 강이 흐른다. 산란기가 되면 두 호수의 연어들이 일제히 이 강으로 몰려든다. 강은 너비가 2킬로미터 정도 되지만 수심은 깊어야 어른 가슴 정도밖에 안 된다. 강 바닥에는 깨끗한 자갈과 모래가 깔려 있고 바닥이 훤히 보일 정도로 물이 맑다. 헤밍웨이도 감탄한 플라이 피싱의 천국이었다. 새벽녘에 연어 떼가 올라올 때의 광경은 장관이었다. 등지느러미를 물 밖으로 내놓은 채로 엄청난 수의 연어들이 몰려들었다.

멤버는 그대로였다. 나와 그렉과 메리 브라운의 두 식구는 트렁크에 아이스박스와 텐트, 침낭, 식량과 프라이드치킨, 낚시 도구와 취사도구 등을 집어넣고 여행길에 올랐다. 운전은 그렉과 내가 교대로 했다. 캐나다 고속도록 운전은 편하다. 크루즈 컨트롤을 시속 100킬로미터나 110킬로미터에 고정시켜 놓고 마냥 가면 된다. 어차피 도로에 차가 별로 없다. 전용도로 같다.

뒤에 앉은 부자는 가끔 티격태격하며 싸웠다. 아들이 아빠를 시험한다. "아빠 '시간'의 스펠링 대봐." 아빠는 머뭇거린다. "오, 유, 알(o, u, r)이지." 이제 큰일 났다. 아들은 즉시 공격한다. "그것도 몰라? 에이치는 빼먹어?" 이제 아빠가 우긴다. "나 '에이치'라고 했어. 네가 못 들었지." 대체로 이러한 것들이 싸움의 주제다. "아빠, 'canal'의 강세가 어디에 있어?" 아빠는 나의 눈치를 살핀다. 내가 백기사로 나선다. "뒤의 'a'에 있지. 아빠도 아서."

우리는 정오에 도착해서 강 옆에 차를 세우고 취사장으로 갔다. 식사를 순식간에 해치웠다. 낚시꾼들의 마음은 이미 연어에게 가 있었다. 그는 플라이 피싱에는 관심 없었다. 이 섬세한 낚시는 그의 성향과는 맞지 않았다. 그는 두꺼운 낚싯줄에 쇠스랑처럼 생긴 낚시바늘을 대여섯 개 달아서 강 바닥을 이리저리 훑었다. 운 나쁜 연어들이 이 무지막지한 낚싯바늘에 걸려든다. 어떤 놈은 배가 꿰이고 어떤 놈은 턱이 꿰이고. 우리는 기가 막혔다. 이건 낚시가 아니라 학살이었다.

그는 개의치 않았다. 낚시는 그에게 도락인 이상으로 식량 확보였다. 일단 많이 잡아야 한다. 그는 오히려 우리 낚시를 비웃음으로 바라보았다. 그렇게 실랑이를 오래해서야 하루에 몇 마리나 잡겠냐고. 그는 배고프고 가난한 어린 시절을 보냈다. 그 시절을 통과한 대부분의 한국인들처럼 중요한 것은 질보다 양이었고, 물고기는 식량이었지 도락의 대상이 아니었다. 그렉은 이해하지 못했지만 나는 이해할 수 있었다. 그는 냉동실이 가득 차야 자기 삶이 편안하고 안심되었다. 이렇게 잡은 물고기를 주위 사람들에게 나눠주었다. 주변의 플라자에 있는 대부분의 사람들은 그에게서 물고기를 선물받았다. 그는 베풀며 행복해하는 사람이었다.

나와 꼬마는 그날 밤 혼쭐이 났다. 기온이 급격히 떨어졌다. 그런데 나와 꼬마가 얇은 매트리스 위에서 잤다. 우리는 한편으로 코 고는 소리에, 다른 한편으로 추위에 잠을 이룰 수가 없었다. 그도 만만치 않았다. 이를테면 이중주로 코를 골아댔다. 그렉은 트럼펫 소리를 냈고 그는 호른 소리를 냈다. 꼬마와 나는 결국 텐트에서 나와 차로 들어갔다. 쪼그리고 자서인지 아침에 일어나자 온몸이 쑤셨다.

그는 현장에서 물고기를 다듬었다. 머리와 내장을 제거하고 살코기만 아이스박스에 담았다. 대형 아이스박스가 다 차자 이제 비닐백에 얼음을 사다 채운 다음 수십 마리를 다시 담았다. 한 마리가 10파운드가 넘는 연어를 쉰 마리 이상 잡았다. 이렇게 되면 크루즈 컨트롤을 걸긴 틀렸다. 오르막에서는 아마 저절로 풀릴 것이다. 어쨌든 우리는 이틀간의 낚시를 끝내고 귀환했다. 그는 매우 흡족해했다. 그의 아들은 물고기를 잡는 아버지를 내내 촬영했다. 이것을 리플레이하며 그 부자는 차의 뒷좌석에서 티격태격했다.

"야, 물고기만 찍으면 어떡해? 나를 찍었어야지. 아, 물고기도 찍고 나도 찍고 했어야지."

이 귀환 길에 우리는 끔찍한 광경을 목격하게 된다. 고속도로에 접어든 지 얼마 안 되었을 때 사슴 한 마리가 껑충거리며 길을 건너다 건너편에서 달려오던 밴에 정면으로 충돌했다. 사슴은 도로 아래로 튕겨져 나갔고 차는 앞부분이 반파되었다. 뒤에서 난리가 났다.

"세워, 세워."

나는 비위가 약했다. 끔찍한 광경을 보면 토한다. 또 계속 그 광경이 눈에 아른거린다. 악몽에 시달리느라 잠도 제대로 못 잔다. 마땅치 않았지만 어쨌든 고속도로변에 차를 세웠다. 그는 트렁크를 열고 칼부터 챙겼다. 사슴은 임신 상태였다. 배가 꽤 불러 있었다. 입에서 피를 흘리며 눈을 뜬 채로 죽어 있었다. 불쌍했다. 캐나다 도로에서 동물의 시체를 보는 일은 다반사였다. 나는 그럴 때면 얼른 지나쳤다. 어떤 경우에는 나 역시도 동물과 충돌하기도 했다. 그러나 운 좋게도 기껏해야 토끼 정도였다. 그리고 알곤킨에서 대형 무스와 아슬아슬하게 비켜 지나간 적이 있었다. 토끼와 부딪쳐도 그 느낌은 매우 불쾌하다. 무엇인가 쿵하고 차에 부딪치는 느낌이 들고 4, 5미터 앞으로 토끼가 튕겨져 나간다. 죽음은 기분 나쁘다. 며칠간은 운전하기가 싫어진다.

그의 전공은 수의학이었다. 그는 가끔 말했다.

"나는 어쨌든 전공을 살렸어. 닭 잡고 있잖아."

그는 거침없이 사슴의 뒷다리를 잘라내고 있었다. 아들은 그것을 촬영하고 있고. 보신 식품에 대한 관심이 대단하다는 점에 있어서 그는 전형적인 한국인이었다. 캐나다의 도로에는 기러기나 고니 등의 날짐승들이 떼를 지어 다닌다. 한국인들의 눈에 띄는 모든 새로운 동물은 일단 보신 식품의 가치를 지닌다. 그는 일부러 충돌해서 잡아다 먹곤 했다.

"다 먹어봤어. 좀 질겨."

그는 이렇게 마련한 음식을 준비했다가 만나면 권하곤 했다. 나는 그를 만족시킬 수 없었다.

완연한 가을이 되었다. 캐나다의 가을 풍경은 세계에서 가장 아름다울 것이다. 일교차가 크다. 아침 온도는 3, 4도까지 떨어졌다가 낮에는 22, 23도까지 오른다. 단풍의 색깔이 선명해진다. 그렉과 나와 베시는 오렌지 빌에 놀러 가곤 했다. 오렌지 빌은 토론토에서 한 시간 거리이다. 그곳은 '그림 같은 드라이브 길(scenic drive way)'로 유명하다. 개울을 끼고 드라이브하는 삼십여 분간 좌우에 단풍이 절경이다. 그리고 맑고 얕은 개울에는 민물 가재가 많다. 나에게는 어느 가을날 거기에서 찍은, 이제 빛이 바래기 시작한 사진이 몇 장 남아 있다. 베시는 내가 개울에서 가재를 잡고 있는 모습을 찍었다. 우리는 단풍을 배경으로 몇 장을 찍었고, 차에 기댄 채로 몇 장을 찍었다. 베시는 만족스런 표정이고, 나는 멍해 있고, 그렉은 딴전 피우고 있다.

우리는 헤어진 친구를 오랜 시간 후에 만나면 그가 변하지 않았다고 느낀다. 많은 세월을 같이 보내고 많은 사건을 같이 겪은 나의 친구는 우리가 다정했던 그 시간 속에 고정된다. 늙은 그를 만나도 우리 눈은 우리 관념에 따르고 만다. 그에게서 같이했던 순간들을 찾아내게 된다. 그는 우리 마음속에 영원히 젊고 계속해서 아름다운 채로 남아 있다.

귀하고 아름다워서 마치 기적이라고 생각되는 존재들이 있다. 자연이 열정과 공을 들여 만든 것 같은 존재들. 아름다운 자대의 사슴들, 익연하고 당당한 모습의 경주마들, 다정하고 충성스럽고 순박한 리트리버, 그리고 내가 사랑했던 사람들. 이러한 것들은 영원히 변치 않고 계속해서 아름다우리라. 그러나 자연은 잔인하다. 아름다운 것들을 무심코 부숴버린다. 세월은 자연의 집행자이다. 그러나 내 마음속의 기억은 여기에 저항한다. 마지막 순간까지도 나는 그들이 아직도 젊고 아름답다고 느낀다. 운명의 순간, 그들의 무겁게 닫히는 눈망울에 내가 맺히는 그 순간까지도.

나는 이제 늙어가는 그렉과 베시에게서 사진 속의 이날을 본다. 그들이 존재하는 것은 내 마음속에서다. 삶은 사건은 아니다. 오히려 그것에 대한 나의 느낌과 기억일 뿐이다. 돌이키면 삶은 모두 단순하다. 삶이 풍부해지는 것은 그것에 대한 우리의 느낌과 추억에 의해서이다. 우리는 어찌어찌 힘들게 젊은 시절을 빠져나온다. 열정과 불안과 동요는 거칠게 우리를 휘둘렀고 우리를 고통스럽게 만들었다. 행복한 젊음이란 없다. 단지 행복한 젊은이들만이 있을 뿐이다. 이 젊은이들은 그의 삶에 많은 흔적을 남기지는 않는다. 이해하지 못하는 것이 오히려 오래 기억되듯, 불행한 젊은 시절이 우리의 삶에 어떤 흔적을 멀리까지 남겨준다.

우리 모두는 늙어간다. 정념과 불안으로부터 자유로워지고 남은 삶이 회상과 추억에 의해 아름다워질 때, 젊은 시절의 방황은 우리에게 무엇인가를 준다. 어떤 느낌인가를. 우리를 고통스럽게 했던 그 방황은. 어두운 창밖을 내다보면 수많은 영혼들이 나에게 말을 건다. 나는 속삭인다.

"그렇다. 우리는 힘겨웠다. 모두가 무엇인가를 위해 애썼다. 그러나 그것들은 중요하지 않다. 적어도 우리에게 중요하지 않았다. 우리가 함께했다는 것, 서로 사랑했다는 것, 그리고 그 추억으로 나의 삶이 행복하다는 것—이것들이 중요하다."

베시가 임신했다. 여기 캐나다에 나의 조카가 생기게 되었다. 나는 그렉에게 너의 아이가 나를 '작은 아버지(younger father)' 혹은 'YF'라고 불러야 한다고 말해주었다. 그렉은 나보다 한 살 위였다. 이 어린아이같이 단순한 사람이 사실은 나의 형이었다. 그렉은 가정적이 되어갔다. 나는 그렉을 베시에게 넘겨주어야 했다. 집필에 전념할 때가 되었다.

커피숍

가을 학기에 접어들자 강의 시간이 세 시간 줄어 여섯 시간이 되었다. 세 시간의 강의가 줄었다는 것은 사실은 아홉 시간의 일이 더 줄었다는 것을 의미한다. 강의 준비를 안 해도 되기 때문이다. 강의는 월요일과 수요일 오전에 있었다. 나는 수요일 오후면 뱁티스트 레이크로 떠났다. 오랜 시간을 혼자 운전하는 것이 그렇게 나쁜 것은 아니다. 생각할 것이 많았다.

나의 머릿속은 코페르니쿠스와 데카르트와 몬테베르디와 페르골레지, 프란츠 할스와 베르메르 등으로 매우 복잡했다. 이 동시대를 살아간 사람들, 동일한 양식의 세계관을 구현한 사람들이 나의 집필의 주제였다. 이들의 세계관에 대한 공감적 일치만이 글을 가능하게 한다. 생각에 지치면 음악을 들었다. 테이프에 음악을 녹음해서 차에서 들었다. 할리버튼으로 가는 길에 나는 온통 음악을 흩뿌려놓았다. 유시 뵈링의 담담하고 아름다운 목소리, 글렌 굴드의 낭만적인 바흐 파르티타, 테레사 베르간자의 따뜻하고 정열적인 이탈리아 가곡, 그리고 내가 많이 사랑했던 커크비의 이탈리아 칸타타.

세 번째 주의 수요일은 자연사박물관에서 회의가 있었다. 모든 회의가 그렇듯 이 회의도 어떤 중요한 주제나 의미 있는 의사 결정을 위한 것은 아니었다. 정기 간행물의 기고 내용, 내년도의 예산 청구, 필요 없는 물건의 민간 불하 등이 중요 의제였다. 나는 보통 이 따분한 회의를 담배 피우는 것으로 보낸다. 재떨이에 담배꽁초 네 개 정도가 쌓이면 회의가 끝난다. 그러나 이날 회의는 질질 끌었다. 우선 시의원이 한 시간 삼십 분이나 늦게 왔고 더구나 20퍼센트의 삭감된 예산안을 들이밀었다. 회의장에는 싸늘한 침묵이 흘렀다. 예산 청구를 다시 해야 했고, 회의는 아홉 시가 되어서야 끝났다. 나는 열 시가 되어서야 뱁티스트 레이크를 향해 출발할 수 있었다.

밤은 온통 안개의 세상이다. 빙하기가 끝나고 캐나다 순상지에 남아 있던 모든 빙하가 호수로 변했다. 캐나다 사람들은 "캐나다에는 우리 인구수만큼 호수가 있다"라고 말하곤 한다. 과장이겠지만 사실 어디에나 담수호가 많았다. 그리고 거기로부터 피어오르는 밤안개는 온타리오 주 전체를 덮고 있는 것 같다. 안개가 짙게 끼는 날에는 상향등을 켜도 전방이 안 보인다.

속도를 늦추고 조심조심 운전해야 한다. 두껍고 짙게 끼어 있는 안개는 바람에 이리저리 흔들리다가 차에 휘감겨든다. 회오리 치며 차에 휘감겨오는 안개의 모습은 장관이긴 했지만 매우 위험했다. 시야를 완전히 가린다. 특히 사슴을 조심해야 한다. 사슴이나 무스는 아무 때나 튀어 나올 수 있다. 앞이 안 보이니 미리 제동하는 것이 불가능하다. 충돌하면 차가 도로 밖으로 튕겨 나가게 되거나 운전대를 놓치게 된다. 이때의 운전은 몹시 피로하다. 신경을 전방에만 집중하고 발은 언제라도 브레이크를 밟을 준비를 해야 한다.

두 시간을 운전했고 삼십 분 정도만 가면 단골 커피숍이다. 저녁을 먹지 못했다. 커피를 큰 컵으로 마시고 도넛을 먹고 다시 큰 컵의 커피를 사서 운전을 계속하면 새벽 네 시쯤 호수에 닿을 것이다. 잠깐 눈을 붙이고 아홉 시쯤 일어나서 식사와 샤워를 하고 자료를 다시 들여다볼 작정이다. 이 시간이면 보통 케빈이 나와 있을 것이다.

케빈은 네덜란드 이민자의 아들이다. 이곳에는 네덜란드 이민자들이 집단으로 모여 살았다. 그들은 능란한 농사꾼이며 뛰어난 목축업자이다. 그들은 태어나면서부터 농장일을 배운다. 다른 모든 민족의 농사꾼들이 자식들이 전문직 종사자가 되기를 바라지만 그들은 그렇지 않았다. 그 사람들은 농장 경영을 매우 실속 있고 품위 있는 일로 생각했다. 그리고 그들의 먼 조상인 노르만인들이 그랬듯이 장자 상속제를 유지하고 있었다.

케빈은 밀려난 차남이었다. 그는 도로변에 '커피와 도넛(Coffee and Donut)' 체인을 유치했고 24시간 영업을 택했다. 여기의 주요한 고객들은 여행객들과 낚시꾼들, 화물차 운전사들 그리고 네덜란드 거주지(Holland Landing) 지역 사람들이었다. 그는 보통 오후에 출근하여 새벽 두 시까지 일을 했고, 그 다음부터 열 시까지는 보통 그의 부인이 자리를 지켰고, 열 시부터 케빈이 출근할 때까지는 종업원 사라가 근무했다.

나와 그렉은 이들 모두를 알고 지냈다. 나나 그렉이나 모두 여기를 그냥 지나치지 않았다. 우리는 거의 한 주도 거르지 않고 여기에 들렀다. 문을 열고 들어섰을 때의 아득하고 향긋한 커피 냄새는 매혹적이었다. 몇 시간의 여행 중에 문명은 여기에만 존재했다. 숲과 강과 어둠으로 둘러싸인 캐나다의 숲 속에 이곳에만 불이 밝혀져 있었다. 우리는 가끔은 한 시간이 넘도록 케빈과 수다를 떨곤 했다. 케빈은 다정하고 재치 있는 사람이었다.

'네덜란드인들은 타산적'이라는 영국인의 평가는 대체로 맞는 말이다. 그들은 실리적이고 계산적인 사람들이다. 이것은 악덕이 아니다. 누구도 물질적 충족 없이 삶을 살아갈 수 없다. 네덜란드인들은 이 점에 있어서 좀 더 직접적이고 솔직할 뿐이다. 개신교를 가장 먼저 받아들인 그들은 근면하고 소박한 전통을 지니고 있었다. 최초의 근대 자본주의는 그들에게서 시작되었다. 그들은 바로 이러한 기질로 스페인과의 독립전쟁에서도 승리했고, 유럽에서 가장 먼저 중산층의 시민사회를 건설하기도 했다. 영국의회의 성립을 공고히 해준 오렌지공도 이 나라 출신이고, 스페인에서 쫓겨난 유태인들이 갈 곳을 몰라 망설일 때 그들을 받아준 나라도 네덜란드였다. 상업적인 역량을 갖춘 사람들을 이들은 환영했다. 네덜란드인과의 거래는 믿을 만하고 용이하다. 이들은 정확히 주고받는다. 이들은 돈이 없을 때의 고통과 불편이 어떠한 것인가에 대하여 잘 알고 있었고, 돈이 있을 때 이들에게 무엇이 가능한가에 대하여도 잘 알고 있었다.

케빈은 서비스 정신이 투철한 사람이었다. 그는 사람들이 단지 커피만을 마시려고 이곳에 들르지는 않는다는 것을 마음에 새기고 있었다. 인간이 사회적 동물이라는 사실을 잘 알고 있었고, 고객이 사람을 만나고 싶어 이곳에 들른다는 사실을 잘 알고 있었다. 이곳은 외지고 쓸쓸한 곳이었으므로.

그는 고객들과 허물없이 지냈다. 처음 들르는 고객에게도 친근감을 표시하며 대화를 이끌어냈다. 이웃과 우호적 관계를 유지하려는 시도에 의해 우리는 문명화된다. 우리는 같은 목적을 지니고 삶을 살아가고 있고, 협조와 우호에 의해 그 목적이 더욱 용이하게 달성된다. 아무런 이해관계가 없는 두 사람이라도 어쨌든 행복한 삶이라는 공통의 목적을 지니고 있다. 그리고 이 행복은 친교에 의해 증진된다. 먼 시대에서 기원한 족외혼도 선진과 우호를 목적으로 한 것이었듯이. 이런 면에서 케빈은 문명화된 사람이었다.

문을 열고 들어섰을 때 뭔가 이상했다. 나는 멍해졌다. 일단 들어서면 나는 "안녕, 케빈(Hi, Kevin)."이라고 소리치고 이마를 찌푸리며 도넛을 골라야 했다. 그런데 바에 서 있는 사람은 케빈이 아니었다. 케빈의 아내도 아니었고 종업원 사라도 아니었다. 거기에는 낯선 여자가 긴장된 표정으로 서 있었다. 이 시간에 여기 커피숍에 그녀와 나밖에 없었다.

나는 싱겁게 웃으며 물었다.

"케빈은 어디 있죠?"

그녀는 대답 없이 내 얼굴만 빤히 바라보았다. 나는 당황했다. 그녀 역시도 점점 당혹스런 표정으로 바뀌어가고 있었다. 나는 천천히 그리고 조용히 물었다.

"케빈은 여기 없나 보지요?"

그녀는 억지로 말했다. 러시아인 특유의 그 거칠고 성대를 긁는 듯한 기분 나쁜 발음으로.

"나는 영어를 못해요."

나는 바에 있는 큰 컵을 집어 들었다. 그리고 도넛 몇 개를 골랐다. 도대체 어떻게 된 사건인가? 케빈이 근무할 시간에 러시아 여자라니. 캐나다가 러시아에 점령당했고 커피숍이 러시아 민간인에게 불하된 건가? 커피숍이 갑자기 낯선 곳이 되었다. 낯선 장소란 낯선 사람이다. 아프리카의 어느 커피숍에라도 케빈이 있었다면 친근했을 터이다. 나는 곧 잊었다. 길에는 여전히 안개가 많았고, 갈 길이 멀었고, 피로했고, 계획도 많았다.

모든 동물들의 식욕이 가장 왕성한 계절이다. 보트를 몰고 커티지에 가는 동안에 물고기들이 이리저리 물 밖으로 튀어 올랐다. 물고기가 포식자에게 쫓기고 있다. 파이크나 송어나 머스키가 겨울 준비를 하고 있을 것이다. 지방층을 두껍게 만들어야 캐나다의 겨울을 이겨낼 수 있다. 그들은 5개월 동안 잠든다.

나는 낚시에 흥미를 잃어가고 있었다. 할 일이 많았고, 그렉도 바빴고, 겨울이 다가오고 있었다. 날씨가 차가워지면서 나의 피도 점점 식어가고 있었다. 수력발전소는 여전히 제 기능을 다하고 있었다. 커티지에 들어가면서 오븐을 켰다. 취사도구로 난방을 한다. 그렇게 덥힌 방에서 잠이 들었다.

꼼짝 않고 일에 열중했다. 보통은 낮에 두세 시간은 낚시나 산책을 했지만 이번에는 쓰는 데에만 열중했다. 어려운 작업이었다. 끝이 없을 것같이 변주되는 골드베르크 연습곡과 빛을 따라 급격히 펼쳐지는 렘브란트의 야경이 동일한 이념적 배경을 지니고 있다는 것을 밝히는. 나흘에 걸쳐 30페이지를 더 쓸 수 있었다. 다음 주면 본격적인 집필은 끝난다. 첨삭을 하고 출판사로 넘겨주면 끝이다. 나머지는 편집자의 일이다.

겨울에는 현대예술에 집중할 참이다. 다음 테뉴어는 모더니즘으로 받을 작정이니까. 일요일 오전에 집필을 끝내고 오후에는 발전소를 점검했다. 수문을 열어 물을 빼내고, 파이프 필터의 풀과 나뭇잎 등을 털어내고, 바닥의 모래를 준설했다. 출발할 때에는 이미 어두워져 있었다. 두 주 정도만 더 오게 될 것이다. 한 달 후면 캐나다의 겨울이 시작된다. 길고 혹독하고 차가운 눈과 얼음의 계절이. 나의 커티지와 발전소는 내년 4월까지 잠들어 있을 것이다. 뱁티스트의 모든 나무들과 동물들과 더불어.

"케빈, 누구였어?"

케빈은 금방 알아차린다.

"아내가 임신했네."

캐나다에 발정기라도 시작된 것인가. 여기저기서 임신이다. 제시카도 임신 중이다. 사뮤엘과 제시카의 관계는 깨졌다. 사랑의 열렬함은 못 믿을 노릇이다. 사뮤엘이 스페인 출신의 교환 교수에게 한눈을 팔았다. 제시카는 미혼모가 되겠다고 한다. 사뮤엘에게 복수하겠다는 생각도 있는 것 같다. 그녀는 공주님이다. 고집도 세다. 사뮤엘은 죽었다.

이제 케빈의 커피숍은 정상적으로는 두 명의 종업원을 써야 한다. 그런데 엎친 데 덮친 격으로 사라마저 결혼을 해서 선더 베이로 가버렸다. 케빈은 아마 사라에게는 안심하고 있었을 것이다. 짚신도 짝이 있다.

보통 오전 중에 커피 공급과 도넛의 준비가 끝나야 한다. 이 일은 케빈 아내의 몫이었으나 케빈이 하게 되었다. 케빈이 여덟 시에 출근하여 오후 여덟 시까지 일하고 그때부터 그 러시아 여자가 아침 여덟 시까지 일하는 시스템으로 바뀌었다. 2교대는 격무이다. 나는 걱정되었다.

"영어를 못하던데."

케빈은 방법이 없었다고 말한다. 구인 광고를 낸 지 한 달 동안 한 명의 지원자도 없었단다. 너무 외진 곳이었다. 유일한 인력은 네덜란드 거주지에서 와야 하는데 젊은이 대부분은 모두 도회로 나갔고 또 남아 있는 젊은이가 있다 해도 박봉의 커피숍에서 일하려고 하지 않았다.

"하루는 이민국에서 전화가 왔네. 이제 소련에서 온 지 한 달된 여자를 쓰겠냐고. 대안이 없었어. 커피숍에서 영어를 잘할 필요는 없네. 단순 작업이지. 다행히 이 여자는 영리하네. 자국에서 교육을 잘 받은 사람이라고 이민국에서 말해줬네. 영어도 늘고 있지."

이것은 문제가 심각하다. 출퇴근이 문제가 될 터이다. 그 아가씨에게는 운전면허증도 차도 없을 것이기 때문이다. 그러나 내 문제는 아니었다. '케빈과 그 러시아 아가씨가 잘 해결하겠지'라고 생각하며 커피숍을 나왔다.

나스타샤

사흘 동안 책의 결론을 생각하며 지냈다. 중요한 이야기는 다 했다. 바로크 이념이 로코코로 이행해 나가는 동기와 과정을 기술하면 끝난다. 완연한 가을이다. 커티지로 가는 길은 붉게 물든 단풍나무와 황금빛의 활엽수 잎으로 아름다웠다. 며칠 있으면 저 잎들도 모두 떨어지고 앙상한 정경이 도로변에 펼쳐질 것이다. 그러면 또 한 해를 북미에서 보낸 것이 된다.

이날은 모처럼 베시가 입덧을 안 했다. 우리 셋은 월남 국수 집에 들어가 엄청나게 먹어댔다. 베시와 그렉은 국수를 좋아했다. 특히 한국식 국수를 좋아했다. 마른 멸치와 새우로 국물을 내고 간장으로 간을 한 국수를 그렉은 세 그릇씩 먹었고 국물까지 모두 마셨다. 베시도 두 그릇은 먹었다. 그러나 이날은 음식 하기가 싫었다.

가을에 접어들며 내 기분은 가라앉고 있었고, 매사에 의욕을 잃어가고 있었다. 그동안 열심히 살아왔다. 열심히 공부했고, 열심히 연구했고, 열심히 놀았다. 그러나 모든 것이 권태로워졌다. 자꾸 혼자 있고 싶어졌고 마음이 우울해졌다. 담배는 하루에 한 갑씩을 피우고 있었고 술도 자주 마셨다. 나는 가을을 탔다. 빛이 줄면서 아마도 세로토닌도 줄어드는 듯했다. 그렉은 베시의 모처럼의 외출에 그녀를 기쁘게 해주고 싶어 했다. 백스탑에 가자고 했지만 담배 연기가 베시와 아이에게 좋을 것 같지 않았다. 우리는 지렁이 농장으로 가기로 했다.

무와 배추의 가을걷이가 한창이었다. 단 두 달 만에 수확이 가능할 정도로 자랐다. 캐나다의 토양은 비옥하다. 북미의 대평원은 나무와 초원으로 가득 찼었다. 여기에서 계속 풀과 그 뿌리가 축적되어 푹신거리는 검은 프레리(prairie)토를 형성했다. 토양이 비옥하고 일조량이 많으면 식물은 빠르게 성장한다. 캐나다의 여름은 짧았지만 날씨는 맑았고 태양은 따가웠다. 거기에 지렁이 배설물까지 깔아 놓았다. 토양이 비옥하기 때문에 거기에서 자라는 무와 배추와 파는 모두 단단하고 질이 좋았다. 판매는 이미 계약되었고 유진은 자못 거만해져 가고 있었다. 정말이지 이런 종류의 벼락부자도 있다. '지렁이 부자'라고나 할까. 그러나 현재의 부는 앞으로 다가올 부에 비하면 아무것도 아니었다. 이번 겨울에는 엄청난 소득이 있을 것이다. P&G사에 공급하는 것만도 한 달에 5만 불을 넘어서고 있었다. 그리고 여분의 지렁이 배설물도 판매하기로 계약이 되어 있었다.

내가 무를 뽑아서 껍질을 벗기고 그냥 먹자 그렉과 베시도 얼른 따라했다. 먹는 데 있어서 터부가 없는 부부이다. 못 먹는 게 없다. 무는 달고 향긋했다. 성공한 것 같다. 고지식한 그렉은 이 사업은 자기와는 상관없고 자기 장인과 유진의 것이라고 말했다. 유진의 눈이 날카롭게 빛났다. 그렉의 지분 15퍼센트를 사고 싶어 한다. 부는 탐욕을 부채질한다. 참견할 필요가 없었다. 입덧으로 몸이 쇠약해져 있었지만 베시는 아직도 강력한 그렉의 매니저였다.

"안 돼요."

끝이었다.

결국 이날도 아홉 시가 다 되어서야 출발할 수 있었다. 그렉은 자기 책과 관련하여 온통 근심 걱정에 싸여 있었다. 단 한 줄도 쓰지 못하고 있었다. 그러나 베시는 책 따위보다는 뱃속의 아이에게 관심을 보이고 있었다. 그렉이 실직했다 해도 눈 하나 꿈쩍하지 않았을 것이다. 임신한 베시는 눈에 뵈는 게 없었다.

타인종과의 결혼이 행복한 결론으로 끝나기는 사실 어렵다. 같은 민족 내의 결혼도 이혼율이 50퍼센트에 이르는 상황에서 문화적 차이가 있는 타인종과의 결혼은 결국 이혼으로 끝나기 쉽다. 이민족이 결혼하여 해로할 확률은 길거리에서 원자탄 맞을 확률보다 적다. 그러나 아이가 있게 되면 상황은 나아진다. 완결된 가족이 된다. 아이는 이를테면 가족 간의 접착제인 셈이다. 베시 부친의 딸의 장래에 대한 걱정은 임신으로 많이 해소되었다. 장인이 그렉에게도 자주 전화를 하고 있었다. 그러나 그렉의 마음은 아직도 뱁티스트 레이크와 커티지와 발전소에 가 있었다.

일주일 만에 만난 러시아 아가씨는 나를 기억하고 있었다. 고개를 조금 숙이며 아주 서투른 영어로 "케빈은 집에 있어"라고 말했다. 나는 묻지 않았지만 이 여자는 준비하고 있었다. 연습했나 보다. 나는 이름을 물었다. 그 여자는 알아듣지 못했다. 나는 다시 말했다. 내 가슴을 가리키며 "나는 조지야"라고. 이어서 그녀를 가리키며 다시 물었다. "당신 이름은?" 아, 알아들었다. 그녀는 웃었다.

웃음은 많은 것을 말한다. 페루지노나 라파엘로의 모델이 됨직한 아름다운 아가씨들이 이탈리아에는 실제로 있다. 그러나 이 아름다움은 그녀들의 웃음에 의해 쉽게 붕괴된다. 아름다움을 구성하는 중요한 요소는 고결함과 품위이다. 그것이 없는 인품은 용모가 아무리 아름답다고 해도 웃음에 의해 스스로의 가치 없음을 쉽게 드러낸다. 웃음이 품위의 하나의 지표이다. 우리는 예쁘고 품위 없는 여성들의 세례 속에 살고 있다. TV나 영화에 수없이 나오는 여자들. 그 여자들은 입을 다물고 있거나 무표정하게 있으면 차라리 낫다. 벙어리 역을 맡은 어떤 여배우는 제법 예뻐 보였다.

그녀는 웃음에 의해 한층 아름다운 모습이 되었다. 나는 그렇게 아름다운 웃음을 본 적이 없었다. 이 여자는 자기 자신이 될 줄 안다. 표정만 웃는 모습은 아름답지 않다. 미소에 의해 자신의 전 인격이 웃을 때 거기에는 아름다움을 넘어선 고결함까지 있다. 티 없는 웃음은 따스함과 친근감을 불러온다. 스스로가 될 줄 아는 사람만이 그런 웃음을 짓는다. 그러한 사람은 순수하고 선량하고 솔직하다.

그녀가 자기 이름을 무어라고 이야기했지만 나는 알아들을 수 없었다. 나는 곤혹스런 웃음을 지으며 이마를 찌푸렸다. 그리고 같이 커다랗게 웃음을 터뜨렸다. 어떤 사람이 자기 이름을 말할 때에는 항상 빠르게 지나치듯이 말한다. 이것도 일종의 겸허이다. 자기 이름은 새겨서 발음할 만큼 비중 있지 않다는 것을 암묵적으로 말하는 것이다. 그러므로 우리가 이미 알고 있는 여러 이름 중에 그것이 있어야만 우리는 이름을 알아들을 수 있다. 그러나 이 여자의 이름은 내가 모르는 언어의 내가 모르는 이름이다. 같이 웃음을 터뜨림에 의해 그 여자는 경계심을 풀었다. 나는 그 여자의 이름이 네 음절이라는 것만 알 수 있었다.

"나스타샤 어때? 나스타샤. 나스타샤로 부르면 되겠어?"

이 이름은 사실 매튜 아내의 이름이다. 그녀의 아버지는 소련에서 이스라엘로, 이스라엘에서 다시 미국으로 이민했다. 매튜의 아내는 이렇게 되어 러시아식 이름을 갖게 되었다. 그녀는 얼른 고개를 끄덕였다. 그리고 러시아말로 뭐라고 말했다. 나는 머리를 저었다. 어쨌든 나는 앞으로 그녀를 나스타샤로 부를 것이다. 우리 둘은 이름을 놓고 이렇게 합의했다. 나는 이 커피숍에 자주 온다. 이름을 부를 수 있어야 한다.

전화벨이 요란하게 울렸다. 그녀는 깜짝 놀랐다. 그녀의 얼굴에는 순간적으로 엄청난 긴장과 공포가 서렸다. 나는 이 과도한 반응에 오히려 놀랐다. 언어가 자유롭지 않을 때 전화벨은 고민스럽다. 받으면 알아들을 수 없는 말이 쏟아져 나오고 받지 않으면 무엇인가 중요한 일을 놓치는 것 같고. 그러나 그녀의 공포는 이 수준을 넘어섰다. 나는 얼른 전화기를 집어 들었다. 누군가가 케빈을 찾고 있었다. 나는 케빈 집 전화번호를 가르쳐주고 그리로 전화하라고 말해주었다.

커피를 따르며 그녀는 손을 떨고 있었다. 가늘게 떠는 것이 아니라 와들와들 떨고 있었다. 커피가 손과 바닥으로 마구 흐르고 있었다.

"나스타샤, 진정해. 진정해. 자, 여기에 앉아."

나는 의자를 끌어와서 그녀를 앉혔다. 트렁크에 위스키와 맥주가 있을 것이다. 그녀는 조금 진정되었다. 이때 화물차가 주차장으로 서서히 들어오고 있었다.

그날 밤 커피숍 종업원 역할을 할 수밖에 없었다. 나는 얽히고 말았다. 나스타샤의 다리는 후들거렸고 일어설 수조차 없게 되었다. 911에 전화했지만 그런 증세 때문에 출발할 수 없다는 답변만 들었다. 그녀도 이겨내려 애썼지만 손이 계속 떨렸다. 나는 그녀의 가슴을 가리키며 뒤로 쓰러지는 흉내를 내 보였다. 심장이 혹시 좋지 않은가를 물은 것이었고 그녀는 알아들었다. 머리를 저었다. 다행이다. 구급차가 올 필요는 없겠다.

케빈을 불러내고 싶었지만 아마도 케빈은 자고 있을 것이다. 그리고 나는 이 여자가 불쌍했다. 이러한 증세를 보이는 종업원을 계속 채용하는 업주는 없다. 나는 커피와 도넛을 팔며 나스타샤의 눈치를 살폈다. 조금씩 진정되어 가고 있었다. 이 러시아 여자가 드러낸 것은 공포였다. 그것도 엄청난 공포였다. 그것은 전화벨 소리에 의해 촉발되었다. 나는 물었다.

"나스타샤, 괜찮겠어?"

나스타샤는 고개를 끄덕였다. 희미하게 웃으면서. 나는 아침에 케빈이 출근해서야 커티지로 출발할 수 있었다. 피곤했고 머리가 멍멍했다.

토요일 늦게까지 일했고 이제 결론이 다 써졌다. 나는 망설였다. 보통의 경우라면 나는 일요일 오전 중에 출발할 것이었다. 그러나 그 여자가 궁금했다. 주섬주섬 짐을 챙겼다.

니스타샤는 안정되어 있었다. 그녀는 영어를 또 하나 배웠다. "난 괜찮아(I'm OK)." 나스타샤는 사전을 옆에 두고 있었다. 반은 러 · 영, 다른 반은 영 · 러로 되어 있는 얇은 사전이 이를테면 그녀의 교육기관인 셈이었다. 이런 식으로 영어를 익혀 나가는 것은 소용없다. 아마도 그 여자는 죽을 때까지 신문을 읽지 못할 것이고, 변변하고 깔끔한 대화도 못할 것이다. 그리고 영어가 미숙하고 자본조차 없는 사람은 단순노동 외에 할 일이 없을 것이다. 그러나 둘 사이의 대화는 가능해졌다. 나는 내가 의미하는 영어 단어를 사전에서 찾아주었다. 그 여자는 영리했고 민감했다.

나는 그 여자가 어디서 자는지 궁금했다. 나는 두 단어를 보여줄 셈이었다. '어디서(where)'와 '잠(sleep)'을 찾아 보여주었다. 그녀는 웃으며 바 뒤의 조그마한 문을 열었다. 살짝 열린 문틈으로 소파가 보였다. 창고에 소파만 놓고 잠을 잤다. 다시 '샤워(shower)'를 찾아주자 그녀는 예의 그 쉭쉭거리는 슬라브식 억양으로 그 단어를 되풀이한 다음 손으로 화장실을 가리켰다. 내가 '배운다(learn)'와 '영어(English)'와 '체계적으로 (systematically)'를 차례로 찾아 보여주자 그녀의 표정은 어두워졌다. 그녀 역시도 의식하고 있었다. 이 나라에서 이렇게 살면 제대로 된 언어를 익힐 수 없다는 것을.

보통의 캐나다 이민자들은 영어를 배우는 데 있어 제한이 없다. 도심의 모든 곳에 YMCA 부설 무료 영어 교육기관이 있고, 대학 부설 ESL도 영주권이 있는 사람에게는 할인을 해준다. 그러나 이것은 도심의 주민들에게만 해당된다. 이런 시골에서는 그러한 기회를 가질 수 없다. 보통의 이민자라면 도심에 정착한다. 그들의 동포 사회도 도심에 형성되어 있다. 이민자들의 고용은 도회에만 있다. 토론토의 어느 곳에나 러시아인들이 많았다.

동구권이 붕괴되고 있었고 폴란드, 체코, 우크라이나, 소련 등에서 수많은 이민자들이 쏟아져 들어왔다. 그런데 나스타샤는 왜 이런 외진 곳까지 오게 되었을까? 왜 이민국에서 스스로 나서서 그녀를 이리로 보냈을까?

캐나다에서 운전면허가 없거나 차가 없는 사람들은 도심에 살 수밖에 없다. 인구는 매우 희박하게 분산되어 있고 영토는 넓다. 대중교통은 이것을 다 감당할 수 없다. 대중교통은 도심과 그 가까운 광역시까지만 미친다. 나스타샤는 이를테면 그 커피숍 안에 갇힌 것이었다. 보통 사람에게 끝없는 방랑이 유형이라면 어떤 사람에게는 한 곳에 갇혀 있는 것이 유형이다. 이곳에는 대중교통이라고는 기차가 일주일에 한 번 다니는 것뿐인데 그나마도 여기에 정차하지는 않는다.

케빈은 이민국 사무실에서 그녀를 직접 이리로 데려왔고 그 후로 그녀는 이곳에 갇혀 있는 것이나 마찬가지이다. 자발적인 것이긴 하지만. 더 심각한 문제는 나스타샤의 미래였다. 지금과 같은 상황이라면 그녀가 이곳을 벗어날 가능성은 없다. 보통의 이민자라면 도심의 동포 사회 가운데에서 첫 직업을 구하고 저녁이면 영어를 배우러 다닌다. 만약 약간의 돈과 행운이 있다면 다시 지역 대학(community college)을 수료해서 좀 더 나은 직업을 구할 수 있다. 토론토의 미용사 중에는 동구권 출신들이 많았다. 자국에서 미용사로 일했거나 여기 와서 지역 대학을 졸업한 경우였다. 왜 나스타샤는 그러한 경로를 밟지 않았을까?

내가 일어서자 그 여자는 불안해했다. 얼굴에 외로움과 불안과 동요가 여실히 나타났다. 내가 나간다면 그녀는 밤을 혼자 지내게 될 것이다. 그녀는 전화벨 공포에서는 벗어나 있었다. 전화벨이 울리면 나는 얼른 전화를 받았다. 그녀가 그때와 같은 증세를 보일까 봐 두려웠다. 그때와 같은 발작은 없었다. 나는 망설였다. 머문다면 이것은 과도한 친절이다. 밤을 새웠던 그때도 관심을 기울인 책임이 따른 것이었다.

그 순간 내가 캐나다에 첫발을 디뎠을 때의 외로움이 갑자기 떠올랐다. 나는 당시 웰드릭 주민들에 의해 구원받았다. 그들이 손을 내밀지 않았더라면 나는 어떻게 되었을까? 버티지 못했을 것이다. 동일한 친절을 베풀어줄 의무가 있다. 머무르기로 했다. 하룻밤만 있어 주자. 잠은 아무 때라도 잘 수 있다. 그녀의 얼굴은 갑자기 밝아졌고 몸의 긴장이 풀어지고 있었다. 머무르기를 잘했다. 이제 책도 다 썼고 월요일 수업 준비는 일요일 저녁으로 충분할 것이다.

왜 나스타샤는 내게 안심하는 것일까? 나스타샤는 다른 사람들의 눈길을 피했다. 그녀는 주문을 받고 서브를 할 정도의 영어는 했다. 그러나 고개를 숙이고 눈길을 피했다. 그러나 나의 눈은 똑바로 바라보았고 입가에는 미소를 띠었다. 나는 그때까지 그렇게 아름답고 깊고 깨끗한 눈을 보지 못했다. 평범하고 무표정하고 담담한 듯한 얼굴이었지만 주의를 기울이거나 웃을 때는 더없이 아름다웠다. 아니, 아름다움 이상이었다. 깊이가 있었고 서글펐고 쓸쓸했다.

나는 자리에 앉아서 신문도 읽고 원고도 다시 정리하고 손님이 없을 때는 나스타샤와 예의 그 사전을 통한 대화를 계속했다. 그리고 말했다.

"좋아, 나스타샤. 다음 주 수요일에 다시 오겠어."

나는 내 수첩의 달력을 보여주며 말했다. 수요일 날짜에 볼펜을 꾹 찌르고 다섯 시라고 쓰면서. 그녀는 웃으며 미안해했다. 그녀는 내가 친절을 베푼다고 생각하나 보다.

그녀는 사흘 내내 내 마음을 떠나지 않았다. 그 미소와 눈매 이상으로 내 마음을 차지한 것은 나스타샤의 발작과 그녀의 미래였다. 그리고 더욱 내 마음을 떠나지 않은 것은 내 마음 그 자체였다. 지금 내 마음속에 무엇인가가 자라고 있다. 내가 나스타샤의 신상에 대해 관심을 가지는 것은 어떤 위장된 다른 마음을 숨기기 위해서일지도 모른다. 나스타샤에 대한 의문 역시도 내 마음의 일부를 차지하고 있었다. 왜 그녀는 거기까지 갔을까? 왜 이민국이 그녀의 거처와 취업에까지도 힘을 썼을까?

나는 그녀에게 일말의 관심을 쏟고 있다. 어떤 여성에게 이러한 관심을 보이는 것은 처음 있는 일이다. 첫눈에 반한다는 것이 실제로 있을 수 있는 일인가? 처음 보는 낯선 러시아 여자에게 갖는 이 관심은 무엇일까? 단지 미소와 분위기에 매혹될 수 있는가?

학교에서 만난 그렉은 커티지와 발전소와 보트에 대하여 계속 물었지만 나는 관심이 없었다. 나스타샤의 얘기를 그렉에게 하지 않았다. 그때까지는 그녀가 내 삶에 커다란 자리를 차지할 것으로는 보이지 않았다. 이러다가 말겠지, 라고 생각했다. 그렉은 내가 10월에 접어들어서까지도 커티지에 계속 다닌다는 사실에 흐뭇해했다. 그는 자부심에 찬 미소를 지으며 말했다.

"월동(winterized)도 가능해."

이번에는 수업이 끝나자마자 출발했다. 수업 종료는 공식적으로 열한 시 삼십 분이었지만 나는 삼십 분 일찍 끝내고 출발했다. 주제가 끝나기도 했다. 오늘은 케빈을 만나야겠다. 케빈이 그녀의 신상에 대해 알고 있는 바를 전부 알고 싶었고 내가 할 수 있는 것이 있는가에 대하여도 알고 싶었다.

케빈은 몇 명의 목재 운반차 운전사들과 수다를 떨고 있었다. 커피숍 안은 담배 연기로 가득했고, 운전사들은 왼손에 도넛을, 오른손에 담배를 들고 번갈아가며 먹고 피우고 있었다. 탁자 위는 담뱃갑, 재떨이, 여기저기 흩어진 담뱃재와 도넛 가루 등으로 지저분했다. 토론토의 커피숍은 흡연석과 금연석을 엄격히 구분했다. 그러나 여기까지는 그러한 행정 지도력이 미치고 있지 않았다. 캐나다 사람들은 온순하다. 그들은 때때로 스스로가 매우 터프한 사람으로 비치길 원하지만 거친 사람은 거의 없다. 그러나 나는 이 광경이 가슴에 걸렸다. 나스타샤가 이러한 환경에서 근무해야 하는 것이 마음 아팠다. 내 마음속에서 무엇인가가 자라고 있는 것은 분명했다. 이러한 생각에 나는 순간적으로 당황했다. 내가 한 번도 경험해보지 못한 어떤 감정이 나의 가슴을 조이며 지나갔다. 나는 그녀와 이틀 밤을 같이 지냈다. 그 이틀이 어떤 것을 자라게 할 수 있을까? 단 두 밤이.

케빈은 물론 내가 가진 특별한 목적을 모르고 있었다. 그는 예의 그 사람 좋고 아무 생각 없는 듯한 미소를 지으며 "커피? 큰 것으로?"라고 물었다. 나는 머리를 끄덕였다. 그러나 나의 얼굴은 아마도 심각한 표정을 짓고 있었을 것이다.

"케빈, 한가하다면 얘기 좀 할 수 있어?"

나는 오만한 사람은 아니었지만 누구에게 쉽게 친근감을 표시하는 사람도 아니었다. 이민족 사이에서의 오랜 생활은 나를 방어적으로 만들었다. 케빈은 놀란 눈으로 나를 바라본다.

"케빈, 나스타샤에 대해 모든 것을 말해주게."

케빈은 어리둥절한 표정으로 나를 바라보며 말했다.

"조지, 나스타샤는 누군가? 메첸체바를 말하나? 내가 메첸체바에 대해 아는 모든 건 지금 저 뒤의 소파에서 자고 있다는 것뿐일세."

케빈도 나와 마찬가지였다.

"조지, 메첸체바는 영어를 전혀 못하네. '예스'와 '노'밖에 몰라. 그녀는 청소도 열심히 하고 정리 정돈도 열심히 하네. 내가 그녀에 대해 아는 건 이것이 전부네. 정부에 세금 신고를 할 때 여권을 보았지만 나는 복사해서 정부에 보내주었을 뿐이야. 그녀 이름이 메첸체바 가일로프이고 나이가 서른둘이라는 것, 이 것이 세금 신고를 통해서 내가 알게 된 전부네. 그녀의 사회보장 카드에 그렇게 적혀 있었네."

왁자지껄하게 몇 명의 여행객이 한꺼번에 들어왔다. 이 계절에 여기를 지나치는 여행객은 별로 없다. 캐나다는 바야흐로 침묵과 어둠의 세계로 들어가는 계절에 접근하고 있다. 암울한 구름이 덮이고, 태양빛은 거의 사라지고, 코끝을 쨍하게 만드는 매서운 추위의 계절이 다가오고 있었다. 만약 내가 겨울에도 여기를 다닌다면 자동차를 몰고 얼음 위를 달려 커티지에 가게 될 것이고 이제 곧 센코비치에게 보트의 겨울 보관(winter storage)을 시켜야 할 것이다. 이 여행객들은 아마도 올해의 마지막 트레킹을 하러 왔을 것이다. 그리고 12월에 다시 스키 여행을 하게 될 것이고. 케빈은 멍하니 앉아 있는 나를 놔두고 주문을 받고 있었다. 이 사람들은 들떠 있었고 시끄러웠다.

이때 바의 옆을 지나며 나스타샤가 내게 미소 지었다. 시끄러운 소리에 잠이 깼나 보다. 나는 순간적으로 정신을 잃었다. 부스스한 모습과 헝클어진 머리, 아직 잠이 덜 깬 듯한 몽롱해하는 모습, 약간은 멋쩍은 듯 미안해하며 짓는 미소는 내가 여기 온 이유를 설득력 있게 말하고 있었다. 그녀는 아름다웠다. 아름답게 보이려 하지 않았기 때문에 오히려 아름다웠다. 그녀는 화장실로 들어갔다. 그곳이 그녀가 씻고 화장하는 장소일 터이다.

지금 잠을 깨면 나스타샤는 저녁 여덟 시까지 무엇을 하고 지낼까? 여기 이 커피숍에는 나스타샤가 긴장을 풀고 휴식을 취할 만한 곳이 없다. TV가 있는 것도 아니고 음악이 나오지도 않는다. 한쪽에 밖을 향해 소파가 놓여 있다. 나스타샤는 거기에 앉아 있을 것 같다. 그 소파는 트렌트세번 수로(Trent-Severn Waterway)를 내려다보고 있다. 이 수로는 휴런호와 온타리오호를 잇는 장대한 길이의 강과 운하이다. 수천 킬로에 이른다. 그곳에는 물새들과 수달들이 많이 서식하고 있다. 나스타샤는 자기 근무가 시작될 여덟 시까지 그것들을 구경할지도 모르겠다. 지금부터 여섯 시간을.

모든 것은 의미 부여에 의해 생명을 얻는다. 창조적 상황이나 번거로움조차도 거기에 의미를 부여하지 않는 순간 죽은 사실들이 된다. 그러나 반복되는 작업조차도 거기에 의미를 부여하면 생명을 얻는다. 나스타샤는 여기 이 커피숍에 들어오는 사람들에게서 흥미로움과 새로움을 느낄까? 그녀는 여기 상황에 의미를 부여하고 있을까? 케빈은 이 일을 좋아한다. 그는 여기에서 즐거움을 얻는다. 그러나 나스타샤는 그렇지 않은 것 같다. 나스타샤는 사람들과 눈조차 마주치려 하지 않는다. 이러한 태도는 아마도 케빈에게 불만스러운 상황일 수 있다. 이 일은 호스트의 심적 태도가 중요한 직업이다. 그러나 이 소파에 앉아 강을 내려다보는 나스타샤는 조금 더 안정되고 행복할 수도 있을 것 같았다. 나는 이유 없이 그렇게 짐작했다.

나스타샤는 2달러 지폐를 케빈에게 주고 커피와 샌드위치를 집어 들고 그 소파로 갔다. 짐작은 맞았다. 거기가 나스타샤의 자리이다. 그녀는 사람들을 마주 보고자 하지 않을 것이다. 나스타샤는 저 자리에 쓸쓸히 앉아 커피와 샌드위치와 도넛으로 끼니를 해결해 나간다. 이렇게 한 달을 살아왔다. 특별한 일이 없다면 그녀는 앞으로도 한참 동안을 그렇게 살아야 할 것이다. 커피숍의 급료로 이 생활을 벗어날 길은 없다. 평생 동안 갇혀 있게 되지나 않을까? 이런 생활보다는 차라리 토론토의 노숙자 생활이 나을 것이다. 거기에는 적어도 자유와 동료가 있다. 인간 존엄성의 중요한 요건 중 하나는 친구와 가족이다. 친구가 있는 노숙자의 삶은 버림받은 부자의 삶보다 훨씬 존엄하다. 부자는 자기가 버림받았다는 사실을 모르지만.

그녀는 지금 무심히 식사를 하고 있다. 한 입 베어 물고 강을 내려다보고 다시 커피를 한 모금 마시고. 먹고 있다는 사실에는 전혀 관심도 없이. 즐거움과 담소와 만족감이 함께하지 않는다면 그것은 식사라기보다는 섭취이다. 나도 저런 식사를 십여 년 해오고 있다. 나는 메이플 도넛과 커피를 집어 들고 소파로 다가갔다. 나스타샤는 올려다보며 미소를 지었다. 나는 눈으로 소파의 한쪽 구석을 가리켰다. 나스타샤는 고개를 끄덕이며 다시 빙긋 웃었다. 마음이 설렜다.

그녀는 지금 내가 여기 있는 것이 자기 때문이라는 사실을 모른다. 어떤 충동이 이 슬라브 여자에게 관심을 기울이게 했고, 세 시간을 운전해서 여기 버림받은 듯한 커피숍에 앉아 있게 했다. 나는 자신에게 이유를 묻는 것을 포기하고 있다. 먼 태초에 심어진 어떤 유전인자가 나를 이 여자에게 다가서게 하고 있다. 나는 그 유전인자의 정체를 모르겠다.

나는 도넛을 내려놓고 나스타샤의 샌드위치를 빼앗아 내려놓았다. 케빈은 바에 걸터 서서 지역 신문을 읽고 있다.

"케빈, 내가 이 숙녀에게 식사를 대접하고 싶네. 이 여자분은 아마도 스테이크를 먹어본 지 오래일 것 같네."

케빈은 놀란 눈으로 잠시 바라보더니 어깨를 들썩거렸다.

"일곱 시까지 데려다주겠네. 할리버튼에 가서 식사를 하고 오지."

케빈은 의아했을 것이다.

케빈은 농사꾼의 아들이고 할리버튼에서 고등학교를 졸업했다. 그가 받은 학교 교육은 그것이 전부이다. 그러나 그는 무식하지 않았다. 그는 지적이고 영리했다. 도심의 고졸과 시골의 고졸은 다르다. 농사와 목축을 위해 대학에 갈 필요는 없다. 그러나 도심의 직업은 학력에 의해 결정된다. 학교 교육은 어떤 사람을 지혜롭게 만드는 데 있어서 그렇게 절대적이지 않다. 외로움과 독학이 유능한 사람에게는 훨씬 효율적이다. 시골에는 같이 정치와 예술을 논할 수 있는 영리한 고졸자들이 많이 있다. 도심의 고졸자들은 패배자들이지만 시골의 고졸자들은 자발적으로 대학을 가지 않은 사람들이다. 그들에게 필요한 것은 고등학교 교육만으로 충분하기 때문이다.

무지는 지식의 결여는 아니다. 무지는 좀 더 본질적인 문제이다. 무지는 기질과 성향과 태도의 문제이다. 성향과 기질과 세계관에 있어서 무지한 사람들이 있다. 실천적 요구에 부응하지 못하는 노력이나 지성이나 예술을 경멸하고 비웃는 오만함이 본질적 무지이다. 이것은 단지 학위와 직업의 문제는 아니다. 오히려 그 사람이 행복을 느끼는 영역에서의 문제이다.

부와 그것이 주는 향락과 과시에서 많은 속물들이 행복을 느낀다. 이러한 사람들에게 음악은 값비싼 R석 티켓 외에 아무것도 아니고 예술은 싸구려 작가들의 서명이 있는 거짓된 그림 이외에 아무것도 아니다. 이 사람들에게 학문과 예술은 우리 삶을 변화시킬 수 있는 어떤 것이 될 수 없다. 이러한 문화 구조물은 단지 비웃음의 대상이거나 허위의식의 대상일 뿐이다. 이들은 건방진 물질주의자이거나 허위의식으로 가득 찬 예술 애호가들이다. 아니면 둘 다이든지. 아무리 좋은 대학을 졸업했고 아무리 많은 학위를 가지고 있다고 해도 이들은 근본적으로 무식한 사람들이다. 무식과 유식은 내면의 희구가 취하는 방향에 따른다.

나는 때때로 여유로운 주말을 보낼 수 있었고 그때는 이 렘브란트의 후손과 암스테르담과 오렌지공 윌리엄과 릭스 박물관과 에라스무스에 대해 긴 얘기를 하곤 했다. 나는 언젠가 그에게 《우신예찬》을 선물했고 그는 "너무 웃어서 배가 다 아팠네"라고 말했다. 이것은 나의 선물에 대한 충분한 답례이다. 그의 선조 중에는 위대한 인문주의자가 있는 것이다. 그는 지적 즐거움에 응분의 가치를 부여했다. 그리고 독서를 좋아했다. 내가 베르메르의 복제품을 그에게 선물한 것은 사실 나 자신을 위한 것이었다. 나는 이 커피숍에 들어올 때마다 내가 가장 사랑하는 색조를 볼 수 있게 되었다. 그는 취한 듯이 바라봤다. "마음이 따스해지네"라고 말하며.

그렉과 베시도 이 남자를 좋아했다. 그렉은 자못 오만했다. 특히 시골 사람들에게는 말도 잘 걸지 않았다. 그러나 케빈에게는 예외였다. "케빈, 대학을 가지 그랬어. 자네는 훌륭한 은행원이 되었을 거야." 그러나 이 실제적인 네덜란드인은 봉급 생활을 비웃었다. "지금 수입이 나은걸"하며.

케빈은 생각했을 것이다. '이 사람은 푸른 눈의 키 큰 남자와 이 커피숍을 드나드는 토론토 대학의 미술사 교수이다. 자못 냉정하고 조용한 이 수줍은 동양인이 지금 이상한 행동을 하고 있다. 그것도 별로 두드러질 것도 없고 영어조차 못하는 러시아 여자에 대해. 아마도 옥시토신 때문일 것이다.'

나는 나스타샤의 손을 잡고 일으켰다. 나스타샤의 야윈 몸이 손의 감촉을 통해 느껴졌다. 나는 왼손으로 포크를 집고 오른손으로 무엇인가를 써는 흉내를 냈다. 그녀는 이마를 찌푸렸다. 이해를 못하고 있다. 아무튼 어딘가로 외출하려 하는 것은 알고 있었다. 얼굴에 망설임과 기쁨이 교차하더니 갑자기 온몸 전체가 들뜬 환희를 나타냈다. 민감하다. 짧은 순간에 마음의 움직임이 순간적으로 변해버린다. 얼굴이 환해지며 얼굴 가득한 주근깨조차도 하나하나가 생명을 얻을 만큼 활기가 넘쳤다. 여성의 미소 때문에 가슴이 두근거리는 경험을 나는 처음 하고 있다.

스스로의 기쁨으로 주위 전체를 밝게 하는 여자들이 있다. 기뻐할 때에는 모든 의아심과 우려를 털어버리고 기쁨 이외에 다른 어떤 것도 없다는 듯한 마음 상태에 들어간다. 행복 그 자체가 되고 만다. 이런 여자들은 아마도 본능적으로 인생은 덧없고 짧다는 사실을 느끼고 있을 터이다. 기쁨과 슬픔은 언제나 교차하는 것이고 기쁠 때는 스스로를 거기에 던져 넣고 티 없이 기뻐한다. 이 단순함은 우리를 행복하게도 하고 두렵게도 한다. 이 가냘픈 생명은 우주에 대면하기보다는 스스로가 우주의 일부가 된다. 멍하고 아름다운 눈으로 우리를 바라보는 강아지들처럼. 이런 사람들은 준비 없이 운명을 맞는다. 순박하고 애처롭게도.

할리버튼까지는 한 시간이다. 안전벨트를 채워주니 한 뼘이나 남았다. 그렇도 살집이 좋은 사람은 아니었는데. 우리는 다시 마주 보고 웃었다. 너무 말랐다. 그러나 이 여자에게는 그것조차도 웃음의 대상이다. 나는 중얼거렸다.

"당신, 살 좀 쪄야겠어."

알아들었다. 웃으며 고개를 끄덕거린다. 할리버튼까지의 길은 아름답다. 몇 개의 호수 위를 지나고 몇 개의 강을 지나고 아름답게 지어진 시골집들도 지나게 된다. 호수 위에 걸쳐진 다리를 지날 때마다 나스탸샤는 창으로 머리를 길게 빼고 바라본다. 그녀는 이곳에 살면서도 이곳이 얼마나 아름다운지 모르고 있다. 이곳은 외로움의 보상을 아름다움으로 한다. 외로움에도 중독될 수 있다. 아름다운 정경이 함께한다면. 그녀는 더 이상 커피숍에 머물면 안 될 것 같다. 그녀는 캐나다의 자유민이다. 원하기만 한다면 어디에서도 살 수 있다.

이 여자에게 절박했던 것은 그럴듯한 식사는 아니었던 모양이다. 나스타샤는 반도 먹지 않고 포크를 내려놓았다. 그녀가 원했던 것은 바깥 공기와 자유로움이었던 것 같다. 우리는 창가에 앉아 있었고 지나가는 사람들과 건너편 가게를 환하게 볼 수 있었다. 부모는 다정하게 팔짱을 끼고 걸어가고 있었고 이제 갓 초등학교에 입학했음직한 아들이 자꾸 둘 사이에 끼어들고 있었다. 아빠는 계속 웃으며 계속 아이를 밀어냈다. 장난스러운 아빠이다. 아빠만 없었더라면 엄마는 송두리째 아이 것이었다. 이때 나스타샤의 눈이 갑자기 긴장하더니 아이에게 고정됐다. 아이가 부모 뒤를 쫓아서 길 끝에서 사라질 때까지 나스타샤는 입을 굳게 다물고 아이를 바라보고 있었다.

나스타샤에게는 아이가 있다. 그녀는 서른둘이다. 슬라브인들은 결혼이 빠르고 혼인율도 높다. 나스타샤에게 아이가 없다면 그런 눈으로 아이를 바라볼 수 없다. 나스타샤는 지금 자기가 어느 나라에 있는지, 누구와 함께 있는지조차 고려할 수 없을 정도로 자기 자신에게 집중하고 있다. 그 집중의 대상은 그녀의 아이다. 아이만이 여자에게서 그러한 집중을 이끌어낼 수 있다. 그녀는 이제 자기에게 더 이상 가능하지 않은 어떤 행복을 부러워하고 있다.

길 건너편에 골동품상(antique shop)이 있었다. 캐나다의 시골 읍에는 어디에나 골동품상이 하나씩 있다. 거기를 둘러보는 것은 캐나다 생활의 즐거움 중 하나이다. 낡은 웨지우드와 로얄 덜튼, 스프링이 헐거워진 휘발유 라이터, 50~60년대의 LP레코드, 주석으로 만들어진 컵과 식기류, 플라이 피싱 릴 등 온갖 것이 다 있다. 나는 오래된 것을 좋아했다. 녹슨 주석 컵이나 모형 신발 등은 거기에 서린 오랜 세월과 숱한 사람들의 애착을 느끼게 해준다. 낡은 채로 오랜 세월을 이겨온 물건들에는 낡았다는 사실만으로도 무엇인가 기품이 있다.

아름다움과 품격과 실용성에 있어서 앞선 세대들은 우리보다 더 나은 식견을 가지고 있었다. 그 아날로그 세대들은 새것으로 자기 것을 교체하기보다는 정든 물품들을 수리해 쓰는 쪽을 택했다. 아마도 물건 값이 현재의 규격화된 대량 생산품보다 훨씬 비싼 탓도 있었을 것이다. 어떤 물품의 경우에는 그 기능조차도 현대에 만들어진 것보다 뛰어난 것이 있다. 30년대부터 60년대 사이에 만들어진 고급 오디오들을 빈티지 오디오라고 하는데, 이 오디오가 재생해내는 소리에는 현대의 어떤 기술로도 따를 수 없는 아름다움이 있다. 나는 시간이 날 때마다 골동품상에 들러서 턴테이블이나 톤암이나 카트리지나 진공관 등을 살폈고, 나의 오디오는 이렇게 마련된 것이었다.

나는 나스타샤를 데리고 골동품점에 들렀다. 그곳에는 60년대의 코카콜라 광고판, 낡은 식탁, 식기류, 아이들 모형 완구류 등이 발을 들여놓을 수 없을 정도로 어지럽게 널려 있었다. 한쪽 벽에는 자물쇠가 채워진 유리장이 있었고 거기에는 리모주 브로치와 카메오, 다이아몬드 반지, 낡은 금시계, 로얄 알버트 인형 등의 비교적 값비싼 물품들이 들어 있었다. 나스타샤는 중고 의류에 관심이 있었다. 그녀는 항상 같은 재킷만 입고 있었다. 하우스 체크무늬가 있는, 팔꿈치에 가죽을 댄 갈색의 아주 흔한 유럽의 정장이었다. 그리고 치마 역시도 같은 옷이었다.

북미의 여자 옷은 유럽의 여자 옷에 비해 색상이 확실히 밝다. 나는 스코틀랜드와 프랑스와 이탈리아에 머문 적이 있었다. 그때마다 여자 옷이 어둡다는 느낌을 가졌다. 이것은 특히 음악 공연장에서 더욱 실감하게 된다. 파리의 국립 오페라극장과 토론토의 로이 톰슨 홀이나 뉴욕의 카네기홀은 우선 여성들이 입고 있는 옷의 색상과 명도에 있어 대조적이다. 북미인들은 비극이 무엇인지 모른다. 겪은 적이 없다. 밝고 행복하게 살아온 사람들이다. 옷의 색조도 거기에 따른다.

나는 지갑을 꺼내 카드를 빼냈다. 그리고 먼저 나스타샤에게 카드를 보여준 다음 계속 고개를 끄덕거리며 주인에게 계산하는 시늉을 했다. 주인은 아마도 우리가 수화를 한다고 생각했나 보다. 내가 "나스타샤, 우리는 원하는 걸 모두 살 수 있어(Nastasha, we can buy everything we want)."라고 말하자 주인의 눈이 갑자기 커졌다. 나스타샤는 고개를 저었다. "나스타샤,

어서 어서(Nastasha, come on, come on)."하며 재촉했다. 결국 나스타샤는 회색 스웨터 두 벌과 짙은 청색의 스커트를 샀다. 유럽 여자다. 어두운 색을 좋아한다. 나는 신발 있는 데로 끌고 갔다. 나스타샤가 돌아섰지만 나는 돌려세웠다. 나는 마음으로 말했다.

"나스타샤, 당신이 준 즐거움과 미소는 이런 푼돈으로는 계산할 수 없는 거야. 나는 적선하는 것도 동정하는 것도 아니야. 고마움을 표시하고 있는 거야."

우리는 결국 스웨터 두 벌과 스커트 한 벌, 구두 한 켤레와 리모주 브로치를 샀다. 돌아오는 길에 나스타샤는 다시 슬픈 분위기로 되돌아갔다. 예민함은 당사자의 기질 문제 이상으로 대상의 문제이다. 나는 거의 일 년 동안이나 멜리사가 나를 사랑하는 것을 몰랐다. 어떻게 그렇게 몰랐을까? 같이 찍은 사진 속의 표정이 그것을 말하고 있는데. 지금 나스타샤는 이제 이 사람이 떠날 것이라는 사실에 마음이 무겁다. 나는 그녀에게서는 이것을 느끼고 있었다.

나스타샤와 나의 데이트는 이렇게 진행되었다. 나는 10월 한 달 동안 내내 커티지에 갈 때와 올 때 나스타샤를 데리고 나가 점심식사를 하고 할리버튼의 몇 개 안 되는 상점을 돌아다녔다. 그녀는 항상 영·러 사전을 지참했다. 그녀는 계속 영어단어를 외워 나가고 있었다. 주로 내가 말을 많이 했다. 중요한 것은 캐나다적 생활양식을 빨리 익히는 것이다. 나는 세금 신고와 사회 보장제도와 의료제도 등에 대한 설명을 주로 했던 것 같다. 그녀는 캐나다에 대한 정보가 거의 없었다. 이것은 기회의 문제가 아니다. 그녀는 관심이 없었다. 이 삶이 그녀에게 진짜 삶이 아닌 듯했다.

나는 그녀의 신상에 대하여는 한 번도 묻지 않았고 그녀 역시도 말하려 하지 않았다. 나는 상대편이 자기 자신에 대해 말하지 않는 한 그 사람의 신상에 대해 묻지 않는다. 궁금해하지도 않는다. 말로 드러내는 스스로는 의미 없다. 그것이 무엇이 중요한가. 이 여자는 절망한 채로 캐나다에 발을 디딘 것 같고 자기의 사연을 말하려 하지 않는다. 모든 사람에게 각자의 사연이 있다. 나 역시 파탄 상태로 캐나다에 왔었다. 그런 것을 말해 무엇하는가. 부질없다.

우리의 대화는 느리고 답답한 것이었다. 그러나 언어가 불편하다고 해서 소통을 포기하지는 않았다. 오히려 그렇기 때문에 상대편을 많이 살피게 되고 둘 사이의 친근감이 증진되었다. 그녀와 나는 러시아 작가에 대해 많은 이야기를 했다. 사실 달리 나눌 화제가 없었다. 이 대화는 충분히 즐거운 것이었다. 문학에 대한 그녀의 심미안은 놀라웠다. 음악만 국경이 없지는 않다. 신기하게도 대화가 이루어졌다. 러시아 작가들의 이름을 그 나라 발음대로 가르친 한국의 교육제도가 고마웠다. 우리는 고골리를 얘기하며 많이 웃었던 것 같다. 이 여자는 단지 영어가 서툴

뿐이다.

재미있었던 것은 나스타샤와 내 생일이 같다는 사실이다. 우리는 서로의 사회보장 카드를 꺼내놓고는 마주 보며 웃었다. 엄밀히 말하면 내가 하루 먼저 태어났다. 그녀가 태어난 오전 여덟 시가 우리나라에서는 그 전날 오후이므로. 내가 그녀보다 일년 몇 시간을 더 살았다. 어쨌든 내년 봄 캐나다의 같은 날이 우리 둘의 생일일 터였다. 유학 이후로는 내 생일을 새긴 적이 없었다. 다른 사람의 생일로 내 생일이 생각났다.

나는 그녀와의 데이트를 기대했고 그녀도 기다리고 있었다. 나는 글을 쓰다 말고 멍하니 그녀의 모습을 떠올리곤 했다. 그녀의 외모는 평범했다. 그러나 그녀의 물결치는 고수머리와 갈색 눈은 아름답고 표현적이었다. 그녀가 보여주는 분위기는 약간 어둡고 암담한 것이었지만 미소 지을 때에는 온몸 전체가 웃는 듯이 밝고 아름다웠다.

남녀 관계는 신비 중의 신비이다. 나는 멜리사에게는 한 번도 개인적인 만남을 제의해본 적이 없었다. 나와 멜리사는 고작 웰드릭의 식당에서 같이 식사하는 정도가 개인적인 만남의 전부였다. 그나마도 식사가 끝나면 나는 얼른 일어섰다. 바빴다. 그때마다 멜리사는 헤어지기 아쉽다고 말했지만 난 농담인 줄 알았다. 멜리사와 나는 처음부터 친구였고 결국 친구로서 헤어졌다. 멜리사의 화사하고 밝은 아름다움은 바라보기에 좋았지만 개인적 친근감을 불러오지는 않았다. 그러나 지금 나는 이 러시아 여자에게서 강렬한 여성적 매력을 느끼고 있었다.

어느덧 11월로 접어들고 있었다. 벌써 11월 둘째 주이다. 수요일에 퇴근한 나는 언제나처럼 나스타샤와 같이 점심식사를 하고 앤티크 숍에서 주석 팔찌를 하나 샀다. 그리고 그녀를 커피숍에 내려놓고 커티지로 향했다.

나스타샤에게 언제 다시 온다는 말을 하지 않았다. 깜빡 잊었다. 토요일에 다시 간다는 것은 내 마음속의 생각일 뿐이었다. 나는 센코비치의 마리나에 들어가서 전화를 했다. 제인은 예의 그 쥐눈을 굴리며 장거리 전화 비용을 계산하고 있었다.

"케빈, 나스타샤에게 토요일 오후 두 시에 갈 거라고 말해주게."

나는 제인에게 2달러를 쥐어주며 이 내용을 케빈이 어떻게 전할지 생각하며 웃음 지었다. 달력의 토요일을 손가락으로 누르고 다시 메모지에 2라고 쓸 것이다. 무엇과 관련되어 있는 시간이라는 것은 어떻게 전할까? 수화로 이 동양인을 어떻게 설명할지. 내 명함을 빼 들지도 모르겠다.

나는 저기톱으로 커티지 주변의 나무 몇 그루를 베어냈다. 겨울에도 여기에 올 거라면 땔감이 있어야 한다. 베시가 강짜를 부리더라도 그렉이 여기에 한 번쯤 와야겠다. 캐네디언 타이어에서는 모든 종류의 난로를 판다. 한겨울의 할리버튼은 영하 30도까지 떨어지는 것은 보통이다. 모든 곳이 얼어붙는다. 우리의 수력발전소는 11월 15일경까지만 유효하다. 그때부터는 얼음과 눈의 계절이다. 다음 주말에는 그렉과 난로를 사서 여기에 설치해야 한다. 덕트를 이어 연통을 내는 것은 작은 일이 아니다. 주말 내내 여기서 일하게 될 것 같다. 문제는 화장실과 샤워이다. 북미의 겨울은 단지 기온만의 문제가 아니다. 엄청난 바람이 불고 일 년에 몇 번은 블리자드(blizzard)가 온다. 이때는 눈이 몇 미터씩 쌓이는 것은 보통이고 화이트아웃이 될 정도로 천지가 눈이다. 북극에서 불어오는 이 눈보라는 온 천지를 눈으로 뒤덮는다. 개방된 화장실은 이런 추위를 생각했을 때 말도 안 된다. 그렉은 무슨 생각으로 여기서 월동이 가능하다고 한 걸까?

이런저런 생각을 하다 나는 전기톱을 내던졌다. 월동은 불가능하다. 간선도로에서 뱁티스트 레이크에 이르는 비포장도로는 완전히 눈으로 덮인다. 도무지 호수로의 접근이 가능하지 않다. 센코비치조차도 겨울에는 가족을 데리고 어디론가 사라진다. 자기 아버지 집에 머무를 것이다.

갑자기 날리기 시작한 눈이 나의 암울한 마음을 한층 더 비관적으로 만들었다. 지금 오는 눈은 골칫거리이다. 만약 오늘 저녁에 기온이 떨어진다면 절망적이다. 아직 온기가 있는 차에 내린 눈은 녹으면서 얼음으로 변한다. 이 얼음은 창에 두껍게 끼어 적어도 몇 시간은 시동을 걸어야 녹는다. 그나마 차 문이 열린다는 전제하에 그렇다. 문고리가 얼면 상황은 끔찍해진다. 이런 일로 보험회사가 사람을 보내지는 않는다. 헤어드라이어를 들고 한 시간은 붙어 있어야 간신히 차 문을 열 수 있다. 나는 발전소 가동을 정지시켰다. 그러고는 보트를 몰고 센코비치에게 날아갔다.

"센코비치, 월동시켜 주게. 얼만가?"

센코비치는 또 망설인다. 그는 200불이 적당하다고 생각했을 것이다. 그러나 그렇게 하면 제인에게 바보 소리를 들을 것이다.

"250불. 됐지?"

나는 센코비치에게 250불과 명함을 건네주었다. 봄이 와서 다시 시즌이 시작되면 나에게 전화할 것이다. 11월 초에 내리는 이 정도의 눈은 이번 겨울의 추위가 혹심할 것을 예고하고 있다. 이것은 북미의 동부에 구 년을 살아본 경험으로 확실히 예견할 수 있는 사실이다. 차창에 벌써 얼음이 얼고 있었다.

이런 날씨가 시작되면 캐나다인은 방문객에게 인사한다. "Welcome to Canada." 그러나 나스타샤에게는 이것이 별로 새로울 것이 없을 것이다. 혹심한 추위와 눈에 관한 한 러시아가 더할 것이다. 수평으로 날리기 시작한 눈을 뚫고 커피숍에 들어서자 나스타샤는 멍한 표정을 짓다가 또다시 온몸으로 번지는 기쁨을 드러냈다. 오늘은 아직 수요일이다. 우리는 오늘 낮에 할리버튼에 갔었다. 나는 치킨 로스트를 먹었고 나스타샤는 리조또를 먹었다. 그리고 쇼핑을 했다. 그런데 밤에 다시 만나고 있다. 오늘 밤에는 아마도 나스타샤가 매우 바쁠 것이다. 잠깐 동안에 눈이 10센티미터는 쌓였다. 눈이 이렇게 많이 내린 날은 운전의 피로가 훨씬 심하다. 많은 화물차 기사들이 여기 들어와서 커피를 마시고 쉬고 잡담하고 졸다가 떠날 것이다. 나스타샤는 내 팔에 손가락을 얹고는 무엇인가를 말하려 한다. 나는 알고 있다. "토요일에 온다고 하지 않았냐"고.

그렇게 말했다. 나스타샤. 그런데 월동이 불가능하다는 사실을 알게 됐다. 이번 주말에 거기 있을 이유가 없어졌다. 장작 마련을 포기했고 발전소 가동도 정지시켰고 축전지도 커티지에 집어넣었다. 그리고 갑자기 눈이 내렸다. 나스타샤, 나는 철수하기로 했다. 이를테면 계획을 바꾸었다. 이번 겨울도 역시 웰드릭의 내 집에서 보내기로. 그런데 나스타샤, 이것은 어쩌면 여기에 다시 오고 싶어서였을거야. 토요일까지 기다릴 수 없었으니까. 토요일이라면 우리는 다시 이틀을 보지 못하는 거야. 나스타샤, 이제 이틀은 나에게 긴 시간이 되었어. 그래, 당신은 지금 내 팔에 손을 얹고 무엇인가를 말하려 하고 있어. 당신이 영어를 못하는 게 문제될 것은 없어. 나는 알아듣고 있으니까. 나스타샤, 당신의 모국어로 말해도 나는 알아들을 것 같아. 당신의 눈과 당신의 표정과 당신의 몸짓은 언어를 쓸모없는 것으로 만들고 있어. 이제 모든 것을 말해줘, 나스타샤. 어찌하여 여기에 오게 되었는지. 왜 당신의 가족은 없는지. 왜 전화벨 소리에 그런 발작을 했는지. 그리고 어째서 그렇게 슬프고도 쓸쓸한 표정을 짓고 있는지.

과거의 모든 시간으로 내 기억을 향하게 했을 때, 이날 밤처럼 슬프고 안타깝고 충격적인 사건의 시작은 없었다. 이것은 사건이었다. 나의 전체 운명이 얽혀들고 나의 모든 행복과 고통이 머무르게 될 하나의 사건이었다.

우리는 다시 그 사전을 꺼내 들었다. 나스타샤는 러시아 여자가 아니었다. 그녀는 키에프 출신이었다. 나스타샤는 거기서 나고 자랐고 키에프 국립대학을 졸업했다. 나스타샤가 대학에서 공부한 것은 역사였다. 그녀의 논문은 1917년의 볼셰비키 혁명의 재정적 현황이었다. 즉 혁명가들의 군자금이 그녀가 연구한 주제였다. 그러고는 이 년간의 연수를 거쳐 고등학교 교사로 근무하게 되었다.

그녀의 사랑은 대학 시절에 시작되었다. 그녀가 사랑한 사람은 프랑스 문학을 공부하는 보리스 가일로프였다. 그녀는 예의 그녀의 숙소로 들어가 가족의 사진을 들고 나왔다. 거기에는 이제 조금씩 중년으로 접어드는 호리호리하고 곱슬머리를 한 곱게 생긴 남자와 무표정하지만 어딘가 나스타샤의 분위기를 지니고 있는 그녀의 아들이 있었다. 그녀는 손가락 여섯 개를 펼쳐 보인다. 사진상의 그녀의 아들은 여섯 살이 되어 보이지는 않았다. 아마 지금 나이가 그렇다는 뜻일 게다.

그녀의 남편은 반체제 인사였다. 처음에는 적극적인 활동을 하지는 않았다. 나스타샤는 미소 지으며, 자기 남편은 소심했다고 말한다. 남편은 공산당의 부패에 진저리를 내고 있었고 자유

세계가 그의 꿈이었다. 그에게 있어 자유세계는 풍요와 멋과 사치의 의미였다. 그는 일찍 서방으로 탈출하지 않은 그의 할아버지를 원망했다. 그러나 그의 할아버지는 공산당원이었다. 혁명 전의 지독한 가난이 공산주의에 대한 그의 신념을 키웠고 그에게 자유는 이념만큼 중요한 것은 아니었다. 보리스가 6개월간 페테르부르크의 가정교사에게 불어를 배울 수 있었던 것은 그나마 그의 할아버지 덕분이었다. 그의 할아버지는 의사였고 키에프에서 근무하다 거기서 은퇴했다. 나스타샤 가족은 보리스의 할아버지와 같이 살았다. 나스타샤는 집이 없었다. 그녀는 이 사람의 얘기를 하며 고개를 가로저었다. 보리스는 그의 할아버지와 자주 언쟁을 벌였다고 한다. 주로 정치적인 언쟁이었고 이 때는 보리스의 신경이 이루 말할 수 없이 날카로워졌으며 심지어는 나스타샤에게 손찌검도 했다.

평범한 공장 노동자였던 나스타샤의 시부모들은 오데사에 살고 있었고 나스타샤는 방학 때면 남편과 아이와 함께 그곳에 가 있었다. 나스타샤는 서투른 영어로 "Good man"이라고 말한다. 그녀의 시아버지를 가리키는 것이다. 오데사에 있을 때는 날카로웠던 보리스의 신경이 가라앉았고 나스타샤와 아들에게 좀 더 관심을 기울여주었다. 나스타샤는 오데사가 좋았다고 말한다. 거기는 따뜻했고 여름에는 항상 호수 낚시를 할 수 있었다. 나스타샤는 철갑상어(sturgeon)라는 단어를 찾아주었다.

결혼한 지 사 년째 되던 해에 고르바초프가 당서기장이 되었다. 그는 현명한 사람이었고 결단력 있는 정치가였다. 이 체제로는 결국 자멸과 붕괴만이 소연방에 남아 있는 미래였다. 생산성이 극도로 떨어진 공산 체제하에서 미국과의 군비 경쟁은 모든 면에 있어 국가의 파탄을 부르고 있었다. 북한식의 폐쇄적인 철권통치거나 국가의 해체를 각오한 개방 외에 다른 대안이 없었다. 고르바초프는 자신의 권력보다는 국가와 국민의 미래를 생각했다. 혹은 자신의 권력과 개방의 공존이 가능하다고 생각했을지도 모른다. 그는 껍데기뿐인 소련의 권위를 포기했다. 그리고 볼셰비키 혁명의 궁극적인 실패를 선언했다. 페레스트로이카와 글라스노스트, 즉 개혁과 개방이 시작되었다. 그러나 한 체제에서 다른 체제로의 이행은 혼란과 고통을 수반한다. 수술의 고통은 무엇을 위한 것이건 일단 커다란 아픔이다. 이것이 반동에 화약을 공급한다.

보리스는 그의 이념의 궁극적인 승리를 환호했다. 그는 새로운 이념의 전파자를 자처했다. 퇴근 때나 휴일에는 키에프 독립광장에서 우크라이나의 독립과 자유 체제로의 이행을 연설했다. 소연방을 묶는 이념은 약화되고 있었고 민족국가로의 이행 외에 남은 대안이 없어 보였다. 그러나 보리스는 자본주의자는 아니었다. 자본주의자를 공언하기에는 그 해악과 부도덕에 대해 너무 많은 교육을 받아왔고 또 어쩌면 스스로도 자본주의 체제하의 자유 경쟁에 대한 개인적 우월성을 자신할 수도 없었기 때문이다.

이상주의적 젊은이들은 자유주의와 사회주의가 공존할 수 있을 거라고 믿는다. 그들은 자유주의 자체가 자본주의의 산물이라는 것을 모른다. 모든 자유 중 경제적 자유가 가장 근본적인 것이며, 모든 자유의 궁극적인 목적 역시도 그것이다. 실제적이고 솔직했던 영국민들이 대의제를 통한 자유주의로 자연스럽게 이행해 나간 반면에 이상주의적이고 형이상학적인 프랑스인들이 결국 피를 부르는 혁명을 통해 자유주의로 이행해 나간 이유는, 자유의 근본적 동기에 대한 이해에 있어 영국민들은 그 경제적 측면을 일찍 파악해냈던 반면 프랑스인들은 그렇지 못했기 때문이었다.

보리스는 단지 열렬한 분리독립주의자이며 낭만적인 자유주의자였을 뿐이다. 전형적인 프랑스적 사고의 특징은 매우 공허하며 관념적이고 낭만적이라는 것이다. 프랑스의 권리장전은 온갖 형이상학으로 가득 차 있다. 그것들은 아름답다. 매혹적일 만큼 아름답다. 신들의 정치적 신념이다. 그러나 공허하다.

프랑스 혁명의 당통과 마라와 생쥐스트가 보리스에게 혁명의 낭만을 가르쳤을 것이다. 보리스의 비극이 서유럽과 미국을 제외한 대부분 국가의 젊은이들의 비극이다. 중산층의 성장과 정치적 대의제와 산업혁명은 서부 유럽에서 사회주의 정치 실험을 무산시켰으나, 이러한 발전이 없었던 소련과 동구는 볼셰비키 혁명에 의해, 독일은 나치즘의 대두에 의해 비극을 겪는다. 산업혁명과 자유주의 혁명은 근대 국가로의 이행의 초등학교

과정이다. 여기에 월반은 없다. 어느 혁명이 먼저 오느냐의 문제일 뿐 두 혁명은 동전의 양면이다. 결국 보리스도 정치·산업적 후진국가의 젊은이가 겪는 혼란과 모순을 겪었다. 자본주의 없는 자유주의는 환상이라는 사실을 몰랐다.

보리스는 성급했다. 고르바초프는 소연방의 개혁과 개방을 원했지 민족국가로의 해체를 원한 것은 아니었다. 독립 광장에는 비밀경찰들의 눈이 번뜩이기 시작했다. 그러나 보리스는 더욱 열렬해져 갔다. 그는 학교의 인쇄기로 우크라이나 독립의 필요성과 당위성을 역설한 팸플릿을 찍어서 배포했다. 나름대로의 비밀결사가 조직되어 있었고 나스타샤 역시 그 일원이었다. 나스타샤가 맡은 일은 교정과 편집과 인쇄였다.

나는 나스타샤에게 물었다.

"나스타샤, 당신은 분리독립주의자였어?"

나스타샤는 고개를 젓는다. 나스타샤는 단지 남편을 사랑했을 뿐이다. 그녀는 가족이 안전하고 행복하면 어떤 체제라도 좋았다. 보리스는 분리독립주의자였고 자신도 분리독립주의자가 되면 남편의 웃는 모습을 매일 볼 수 있었다. 그것이면 충분했다. 보리스가 자기를 안아주고, 자기가 아들을 안아줄 수 있다면 세상에 어떤 격변이 일어난다 해도 그녀에게 의미 있는 것은 아니었다.

날이 밝아오고 있었다. 두껍게 덮인 눈 위의 어둠이 푸른 빛깔을 띠기 시작했다. 동이 트고 있었고 우리는 어려운 대화를 이어가고 있었다. 그날 밤에는 온타리오의 모든 화물차들이 여기 이 조그만 커피숍에 몰려든 것 같았다. 나는 아예 같이 서서 커피를 걸러내고 금전등록기를 두드렸다. 그리고 그 사전을 이리저리 넘기며 나스타샤의 이야기를 정확히 이해하려 애썼다. 이제 두 시간만 있으면 케빈이 출근할 것이다. 몹시 피곤했다. 나무망치 같은 것이 나의 왼쪽 머리를 계속 때리는 것처럼 머릿속에서 무엇인가가 지끈거렸다.

"나스타샤, 가야겠어. 당신도 자야 하고 나도 자러 가야 해. 이따 밤에 다시 오겠어."

나는 수첩의 목요일을 가리키며 "오늘 밤"을 반복했다. 나스타샤도 지쳐 있었다. 지쳐 있으니 이제 서른두 살의 나이가 얼굴에 나타났다. 그녀는 내가 매일 학교에서 보는 학생들보다 열 살은 더 먹은 사람이다. 그러나 '오늘 밤'으로 인해 그녀의 얼굴은 다시 환해졌다. 아마도 보리스가 구혼한 이유였던 그 아름다운 미소를 지으며.

운전을 계속할 수 없었다. 눈이 감기며 길이 아득하게 보였다. 피로와 졸음이 엄습했다. 오른쪽으로 나 있는 조그마한 비포장도로에 차를 주차시켰다. 거기에는 눈이 깊게 쌓여 있었고 동물의 발자국들이 이리저리 나 있었다. 트렁크에서 침낭을 꺼내 뒷좌석으로 갔다. 깊은 잠에 빠져들었다. 복잡하고 어지러운 꿈을 꾸고 있을 때, 누군가가 창문을 두드리는 것 같았다. 지역 보안관이었다. 그는 지나쳤다가 후진했을 것이다. 캐나다에서는 이와 같은 상황에서 가끔 동사자가 발생한다. 어지러웠다. 커피를 너무 많이 마셨고 신경을 곤두세우며 대화에 열중했었다. 그리고 꼬박 24시간을 자지 못했다. 나는 가까스로 침낭에서 빠져나왔다.

"술 마신 거요?"

보안관이 묻는다. 나는 고개를 저었다. 보안관은 면허증을 요구했다. 면허증을 받아 든 보안관은 무전 조회를 하고는 "운전할 수 있겠소?"하고 물었다. 나는 고개를 끄덕였다.

"집으로 가는 길이오?"

나는 다시 고개를 끄덕였다. 나는 손을 내밀고 면허증을 달라는 몸짓을 했다. 보안관은 내 눈과 얼굴을 주의 깊게 살피면서 면허증을 건네주었다.

"이제 두 시간이오. 두 시간만 운전하면 당신 집이오."

나는 고개를 끄덕이며 물었다.

"보안관님, 가도 됩니까?"

집에 도착해서 자동응답기를 켜니 무려 열입곱 개의 메시지가 와 있었다. 우선 CBC홀에서 발행하는 잡지의 11월분 원고를 요청하는 왓슨 부인의 메시지가 와 있었다. 그리고 그것을 다시 독촉하는 해롤드의 메시지가 있었다. 그러고 보면 어제가 마감일이었다. 써놓고는 보내는 것을 잊고 있었다. 다음으로는 닉스가 난리를 치고 있었다. 매켄지와 붙어서 참패를 당했다, 리드 없이 시합을 했으니 이길 수 있었겠냐, 도대체 우리는 한 번도 버튼(button)을 점유하지 못했다 등등. 그리고 대학원생들의 몇 개의 메시지와 가브리엘라의 소득세 증빙원을 제출해달라는 메시지가 와 있었고, 매튜의 자기 딸의 콜롬비아 대학 조기 입학 추천서를 부탁하는 메시지가 와 있었고, 요금을 안 내면 끊을 수밖에 없다는 지역 전화국의 협박 전화가 와 있었다. 어쩌다 요금 내는 것을 잊었다. 나는 메시지를 듣고 있다가 얼굴을 팔에 묻고 깜빡 잠이 들었다.

사진 속의 보리스가 토론토 시청 앞에서 팔을 흔들며 열렬히 연설하고 있었고 나스타샤는 불안한 표정으로 그것을 바라보고 있었다. 그때 누군가가 총을 들고 나타나서 보리스에게 덤벼들었다. 나는 깜짝 놀라 잠이 깨었다. 머리가 또다시 쿵쿵거리며 아프기 시작했다. 냉장고에서 맥주를 꺼내 들었다. 타이레놀 한 알과 맥주 한 컵을 같이 마시면 숙면을 취할 수 있다. 불면에 시달리던 나의 비법이었다. 그것이 간에 무리를 준다는 것은 한참이 지나서야 알게 됐다. 나는 위층에서 이불을 가지고 내려와 소파에 누웠다. 그리고 다시 깊은 잠에 빠져들었다.

전화벨이 요란하게 울렸다. 나는 잠이 깨어 멍하니 전화기를 바라보았다. 정신이 몽롱했고 일어설 수가 없었다. 수신 상태가 자동응답기로 돌아갔다. 그렉이었다.

"조지, 아직 커티지에 있나? 돌아오면 전화해줘. 급한 일이

야. 비상 상황이야. 행복한 비상 상황이야. 디트록스에 납품이
야……."

"그렉, 날세."

나는 나의 지분을 모두 팔았다. 이제 나는 그 농장과 관련 없
다. 자축은 그들끼리로 충분했다.

"조지, 집으로 갈게. 베시와 갈게."

그는 다짜고짜 전화를 끊었다. 시계를 보니 두 시였다. 겨우
한 시간 잤다. 나는 그렉이 올 때까지 꾸벅꾸벅 졸았다.

나는 문을 잠그지 않고 살았다. 어느 날엔가 키를 찾을 수 없
었다. 시간이 없어서 그날은 그냥 출근했다. 퇴근해서 관리인
(superintendent)에게 물어보니 키를 다시 만든다는 것이 매우
복잡한 일이었다. 내가 소유주이며 거주인임을 증명하는 서류
를 들고 변호사 사무실에 찾아가서 서명을 받고, 그 서명을 가
지고 자물쇠공에게 출장을 부탁하고……. 관리인은 말했다.

"안 잠그고 다녀도 별일 없습니다."

키 없이 벌써 5개월을 살고 있다. 그렉은 생전 초인종을 누르
는 법이 없다. 계단을 올라오며 이름을 부른다. 나는 계속 소파
에서 부엌 식탁에 머리를 기대고 앉아 있었다. 피곤하고 졸리고
귀찮았다.

"베시, 잘 들어봐. 문제는 다른 사람들도 지렁이 양식을 시작
할 거라는 거야. 특히 제약회사는 자체적으로 양식장을 운영할
수도 있어. 우리가 쉽게 성공했다는 것은 절대 좋은 일이 아니

야. 누구라도 양식장을 한번 들여다보기만 해도 쉽게 모방할 수 있어. 두고 봐. 내년만 되어도 지렁이 양식을 시작하는 사람들이 생길 거야. 특히 베트남인들이나 중국인들이 눈독을 들일 거야. 적극적으로 열심인 사람들이니까.

리배런과는 내년 3월로 계약이 끝나고, P&G와는 계약도 없이 지렁이를 공급하고 있어. 중요한 건 계약 기간이야. 디트록스사에서 연락이 왔다면 최소한 삼 년간의 공급 계약을 맺어야 해. 그리고 리배런에게는 오 년간의 계약 연장을 요구해야 해. P&G사에는 디트록스사를 들먹이면서 만약 디트록스와 장기 계약을 맺게 되면 모든 물량을 그리로 보낼 거라고 말해줘. 당신네들이 먼저 계약을 맺으면 일단 당신네 요구를 맞춰주고 남는 한도 내에서 디트록스에 납품한다고 말해. 장기 계약을 맺으면 가격인하를 해줘야 해. 그쪽에도 인센티브를 줘야 하니까. 오년 계약이면 킬로그램당 120불 정도가 적절할 거야. 삼 년 계약이면 140불 정도. 장기 계약을 거부하면 당장 납품을 중단해버려. 거기에 미련 갖기보다는 장기 공급을 맺을 수 있는 다른 거래처를 확보해야 돼. 팩스와 서한을 보내고 결정 시한을 정해줘. 디트록스사에도 똑같이 말해. 우리가 원하는 것은 장기 계약이라고. 장기일수록 우선권을 준다고. 중요한 것은 기간이야. 자, 급해. 당장 시작하는 게 바람직해."

그렉과 베시는 앉아보지도 못하고 돌아섰다. 이 사업은 나의 제안이었다. 할 수 있는 건 해줘야 한다.

이 조언은 효과가 있었다. 리배런과는 칠 년의 계약을 끌어냈고, 디트록스사와는 오 년, P&G사와는 삼 년의 계약을 끌어냈다. 베시는 대단한 사업가다. 가능한 최장기 계약을 맺었다. 디트록스사가 선수를 쳤다. P&G사는 계약과 상관없이 자체적으로 양식을 시도했지만 대량 폐사로 끝나게 된다. 객토를 하기 전에 항생제를 뿌려주는 것을 몰랐던 것 같다. 유감이었던 것은 베시가 새로운 거래처를 확보하지는 못했다는 것이다. 그랬더라면 기업화시킬 수도 있었을 것이다. 그 다음 해에 한국인들이 선수를 쳤고 이어서 모든 동남아시아인들이 양식에 덤벼들었다. 리배런사는 소송을 했고 베시는 이겼다. 디트록스사와의 계약이 끝날 시점에는 모두가 엄청난 부자가 되어 있었다. 유진은 로열오차드에 거의 한 블록의 땅을 사서 플라자와 몰을 지었다. 어설프게 시작한 일이 황당한 성공을 거두었고 그때 이후로 나는 유진 부부를 만나지 못했다.

나는 전화기 코드를 뽑고 커튼을 내리고 다시 잠을 청했다. 계속 방해받은 잠은 편치가 않았다. 온갖 꿈에 시달렸지만 어쨌든 두어 시간은 잔 것 같았다. 나는 기듯이 위층으로 올라가서 욕조에 누웠다. 다섯 시쯤 출발하면 된다. 그렉이 돈에 관심이 생긴 건가? 이제 아기가 생길 터이니 욕심이 생길 만도 하다. 그들 부부 역시도 아이에게 뛰어놀 마당과 헤엄칠 수영장이 딸린 집을 선물하고 싶을 것이다. 그 아이는 은수저를 입에 물고 태어난다.

나는 마음이 복잡해졌다. 나는 왜 여전히 결혼할 생각도, 아이를 가질 생각도 안 하는 걸까? 가끔 만나는 멜리사의 아버지는 나에게 고마워했다. 그녀의 부모는 우리 결혼이 심히 걱정이었을 것이다. 어떤 부모라도 동족과의 결혼을 원한다. 딸이 이탈리아인과 결혼한다고 해도 당황하는 사람들이 캐나다 부모이다. 하물며 인종이 다른 사위는 그들에게 매우 곤혹스러운 일이었을 것이다. 멜리사의 아버지는 공공연히 "사위는 잃었지만 친구는 얻었다"고 말하고 다녔다. 자기 딴에는 아마도 문학적인 표현이라고 생각했을 것이다. 맞는 말이긴 했다. 우리는 여전히 친하게 지냈다. 딸이 없어진 지금 그녀의 아버지는 백스탑에서 내 옆구리를 찌르기도 하고 백립(back rib)을 먹여주기도 하면서 친근하게 대했으니까.

나는 멜리사와 똑같은 그녀의 아버지를 즐거운 마음으로 바라보았다. 머트 씨는 체격이 크고 당당하고 다부진 미남이다. 아마 멜리사도 나이를 먹으면 저렇게 당당한 체격의 아름다운 중년 여인이 될 터이다. 멜리사가 있는 동안에는 그녀가 그렇게 아버지를 닮았는지도 몰랐고 그녀의 아버지가 그렇게 유쾌하고 호방한 사람인지도 몰랐다. 내 눈에 들어오는 것은 멜리사뿐이었으니까.

나는 외롭게 늙어가다 비참하게 죽는 나의 모습을 상상했다. 끔찍하고 무서웠다. 여기 웰드릭이 독신자에게 주는 문제는 이

곳이 그들의 천국이라는 것이다. 친구들이 생기자 이제 나는 배은망덕의 죄를 짓고 있었다. 독신자가 살기에 안성맞춤이기 때문에 결혼을 안 하게 된다고 웰드릭 공동사회를 원망하고 있었으니까. 사실상 웰드릭의 독신자는 몇 명 되지 않았다. 사람들은 오히려 여기 웰드릭에서 행복한 가정생활을 하고 있었다.

나는 책을 쓰기 위해 독신을 선택하고 있다고 멜리사에게 말했었다. 사실일까? 결혼을 두려워하고 있는 것은 아닐까? 그렇다면 왜 나는 결혼을 두려워하고 있을까? 생각해보면 결혼만을 두려워하고 있는 것은 아니었다. 모든 책임과 부담을 두려워하고 있었다. 내가 나스타샤에게 보여주는 적극성은 새로운 것이었다. 나스타샤도 두려워하고 있는가? 이때 갑자기 나의 투통의 원인을 알았다. 그것이었다. 나스타샤를 두려워하고 있는 것이다.

나는 하룻밤쯤 지새우는 일은 다반사인 삶을 살아왔다. 논문을 쓸 때는 일주일에 열 몇 시간을 자는 것으로도 충분했다. 원형탈모증이 생기고 입 안이 너덜거릴 정도로 헐어도 정신이 약간 몽롱할 뿐 두통이 오지는 않았다. 낚시나 트레킹을 갈 때나 암벽등반을 위해 로키에 들러붙었을 때도 하룻밤쯤 새우는 것은 문제가 아니었다. 지금 투통의 원인을 수면 부족에 돌리고 있지만 사실은 두려움이 문제였다. 오늘 타이레놀을 두 알째 먹었지만 두통은 그치지 않고 있다. 나는 내 안에 웅크리고 살아왔고, 상처 입지 않기 위해 누구도 사랑하지 않았고, 모두에게

선의를 보여주는 듯하지만 언제라도 도망갈 준비가 되어 있고, 가슴을 태우는 여자에게 책임이 없다고 자위했다. 나는 위선자였다. 그리고 겁쟁이이며 도망자였다! 나는 그렉에게 미안했고 멜리사에게 미안했다. 진심으로 대하지 않은 것은 그렉이 아니라 나였다. 그러면서 그렉에게 진심과 행복을 촉구했다. 멜리사에게는 학문과 예술을 들이대며 나의 비겁을 숨겼다. 나는 두통 가운데 눈물이 솟구쳤다.

나의 인생은 실패였고 계속해서 실패해가고 있다. 행복할 줄 모르고 사랑할 줄 모르는 사람은 바로 나였다. 살기보다는 관찰하려 했고, 느끼기보다는 느낌을 이해하려 했을 뿐이다. 사람들에게 진실과 겸허와 소박함을 촉구했지만 먼저 나 자신에게 그것을 촉구했어야 했다. 어디에서부터 문제가 생겼을까? 왜 나는 이런 이상한 사람이 되고 말았을까? 그러고 보면 나에게는 진심으로 행복했던 순간이 없었다. 행복과 기쁨조차도 두려워했다.

여섯 시가 넘어서 출발했다. 웨스턴 프로듀스에 들러 대합 수프(calm chowder)와 로스트 비프와 샐러드를 샀다. 나는 아침부터 굶고 있었으나 먹고 싶은 생각이 없었다. 그녀는 너무 야위었다. 사진 속의 그녀는 그렇게 말라 보이지 않았다. 여기 캐나다에 와서 야위었을 것이다. 이 풍요의 나라에서. 그리움과 외로움 때문에. 남편과 아이는 어찌 된 것일까?

내가 도착했을 때 케빈은 아직 퇴근을 못하고 있었다. 그는 몹시 피곤한 얼굴로 뒤쪽 나스타샤의 숙소를 눈으로 가리켰다. 나는 다짜고짜 그리로 들어갔다. 처음으로 그곳을 자세히 보았다. 사람이 잘 수 있는 곳이 아니었다. 사방이 완전히 막혀 있었고 겨우 3인용 소파 하나만 전체 자리를 차지하고 있었다. 나스타샤는 거기에 배를 깔고 누워 있었다. 케빈은 나스타샤의 허리에 문제가 있다고 말했다. 나스타샤는 거의 움직일 수조차 없는 상황이었다.

나는 위쪽에서부터 차례로 눌러가며 어디가 아픈가를 물었다. 손이 골반 위에 닿자 나스타샤는 비명을 질렀다. 골반이 틀어져 있다. 나의 할머니가 그랬었다. 우리 형제들의 숙제 중 하나는 할머니의 허리와 골반을 마사지하는 것이었다. 나는 왼쪽 무릎으로 나스타샤의 허리를 지탱하며 계속 골반을 잡아당겼다. 나스타샤의 이마는 땀으로 범벅이 되었다. 비명이 조금씩 잦아들었다. 너무 많은 시간을 서 있었고 또 쿠션이 심한 소파에서 잔 것이 문제일 것이다. 그녀는 잠깐 잠이 들었다. 통증으로 계속 잠을 못 잤을 것이다. 골반이 틀어지면 골반뿐만 아니라 허리에도 격심한 통증이 온다. 나의 할머니는 때때로 우셨다. 견딜 수 없이 아픈 것이다.

"케빈, 퇴근하게. 내가 일을 하지."

케빈은 머리를 흔들었다.

"조지, 나는 겨울에 문을 닫을 걸세. 4월이면 아내가 해산을 하지. 그때 다시 영업을 시작하려고 하네. 그리고 가게도 너무 낡았어. 지방 정부에서 리모델링 지침이 내려왔네. 문제는 메첸체바일세. 어떻게 해야 할지 모르겠네."

나는 순간적으로 멍해졌다. 이건 작은 문제가 아니다. 결단이 요구되고 있다. 용기를 보여줘야 한다. 더 이상 비겁하면 안 된다.

"케빈, 내가 숙소를 제공하겠네. 지금 내 집은 두 방과 두 화장실과 지하가 모두 비어 있네. 자네가 다시 영업을 시작하게 되면 그때 전화하게. 내가 나스타샤에게 말하지."

나는 내가 무엇을 하고 있는지를 생각하지 않으려 애썼다. 숙고가 나를 망쳐왔다. 행동해야 한다.

나스타샤를 깨웠다. 통증에 시달려서 얼굴은 초췌했고, 머리는 헝클어졌고, 몸에서는 슬라브인 특유의 땀 냄새와 체취가 섞여 나왔다. 그래도 그녀는 아름다웠다. 아니, 아름답게 보였다. 나는 그녀를 부축해 나가며 케빈에게 짐을 좀 챙겨달라고 부탁했다. 그녀를 뒷자리에 눕히니 너무도 작고 초라해 보였다. 옆으로 웅크리고 누운 그녀는 지금 지구상에서 가장 외로운 사람일 것이다. 불쌍했다. 그녀의 조국에서라면 저렇게 흐트러진 모습을 낯선 사람들에게 보이지는 않았을 것이다. 나는 십여 번의 만남으로 생전 처음 사랑을 하고 있는지도 모르겠다.

그녀의 짐은 겨우 트렁크 하나였다. 그녀는 우리가 골동품점에서 산 그 중고 옷을 입고 있었다. 그것 외에 정장 한 벌만이 그녀 옷의 전부였다. 이렇게 소박한 인생도 있다. 나는 그녀의 이마에 맺혀 있는 땀을 손으로 훔치며 몇 번을 말했다.

"나의 집, 나의 집."

그녀는 내 손을 잡았다. 아마도 그녀가 의탁할 유일한 손을. 그러고는 눈을 감았다. 그녀는 조용히 잠들었다.

어떤 운명이 떠돌이별을 나의 궤도에 던져 넣었다. 길을 잃고 헤매던 어떤 행성이 나의 궤도에 들어왔고 이제 내가 그녀를 보살피게 되었다. 한 번도 누구를 보살핀 적이 없었던 내가. 그녀는 나의 궤도에서 평온과 안식을 찾아야 한다. 쓸쓸하고 슬픈 미소가 환한 웃음으로 바뀌어야 한다. 그러나 여기에 특별한 의미는 없다. 단지 보살핌일 뿐이다. 멜리사가 나를 보살폈듯이.

나에게 안식처를 제공했던 웰드릭은 다시 한 번 이 낯선 여인에게 고향이 되어야 한다. 외로움과 절망 가운데 피폐해졌던 나의 영혼을 위로했고, 행복과 기쁨을 잃고 살던 나의 마음에 다시 한 번 삶을 주었던 웰드릭은.

내 마음은 사랑일까? 나는 나스타샤를 잘 모른다. 같이 지낸 시간도 짧았다. 이 우크라이나 여자에게 강렬한 매력을 느끼고 있는 것은 사실이다. 표정과 미소와 눈매는 매혹적이고 말과 태도는 품위있다. 이 여자가 사전으로 찾아주는 단어는 추상적이고 서정적인 것들이다. 그리고 중앙아시아인 특유의 동방적 분위기에는 전형적인 앵글로색슨족이나 켈트인의 완전히 낯선 분위기와는 다른 어떤 친근감이 있다. 그러나 이 여자가 때때로 드러내는 절망적인 분위기에는 나를 쉽게 다가서지 못하게 하는 무엇인가가 있다. 이 여자는 커다란 불행과 슬픔을 겪은 것 같다. 우크라이나에서의 반체제 운동이 그녀 운명에 어떤 파국을 불러온 것일까? 내 마음은 아마 사랑은 아닐 것이다. 나는 사랑이 무엇인지 모른다. 더구나 낯섦이 동반될 때 그것이 사랑은 아닐 터이다.

그렇다면 동정일까? 나는 지금 한 사람, 그것도 격심한 통증을 호소하는 한 사람에 대한 책임을 떠맡게 되었다. 떠맡을 수밖에 없는 상황이었다. 커피숍에 버려둘 수는 없다. 이 여자는 외로움에 떨고 있고 고통받고 있다. 이 여자가 애처롭고 불쌍하다. 친구나 가족 없이 낯선 외국인들 사이를 서성인다는 것이 어떠한 것인지 나는 안다. 웃음과 포근함 없이 하루하루를 지낸다는 것이 어떠한 것인지. 어둠에 덮인 채로 살아간다는 것이 어떠한 것인지. 이러한 삶이 영원하다면 차라리 죽음이 낫다. 나는 같은 상황에 있는 이 여자에게서 나 자신을 발견한 것인가? 운명이 어떤 우연이 나를 이 낯선 도시로 데려왔듯이 같은 우연이 그녀를 이 낯선 곳으로 데리고 온 것일까? 내가 나 자신을 불쌍히 여기듯이 이 우크라이나 여자를 불쌍히 여기고 있는 것인가?

사랑과 동정은 어떻게 다른 것일까? 이 두 개는 서로 교차한다. 사랑은 종종 동정으로 변한다. 연인을 향한 동정은 사랑의 한 변용이다. 살아간다는 고통을 같이 겪는 연인을 향한 동정은. 공감과 측은지심이 같은 인간 조건에 묶인 연인을 향한다. 지친 채로 나이 들어가는 그는 내가 사랑했던 사람이 아니라면 눈조차 마주치지 않으며 지나쳐 갈 사람이다. 젊었던 시절의 나의 사랑이 아니었더라면. 그러나 동정은 사랑의 결과이고 파편이다. 동정이 사랑은 아니다. 사랑에는 그것 이상의 어떤 것이 있다. 질투가 사랑이 아니듯이 동정도 사랑은 아니다.

동정도 때때로 사랑으로 변한다. 생명에 대한 안타까운 애처로움이 사랑으로 변한다. 자기가 보호하고 보살펴야 하는 애처로움에 사랑의 열정이 더해진다. 그것도 강렬하고 지속적인 열정이. 멜리사가 내게 품었던 것은 이러한 사랑이었을 것이다. 이 사랑은 사랑하는 사람을 족쇄로 묶는다. 자신도 모르게 자라나는 사랑. 자신은 연민과 공감과 이해를 품고 있다고 생각하지만 어느 순간 사랑에 묶여 있는 스스로를 발견하고 놀란다. 너무 늦었다. 사랑의 마음에 제어와 절도를 부여할 수 없었다. 사랑은 동정의 외피 속에서 비밀리에 자라났다. 애벌레가 나비로 부화하듯이. 숨어서 몰래 자란 애벌레가.

나스타샤는 매력적인 여자이고 가치 있는 여자이다. 그녀는 잘 알려고 애쓰는 사람이고 아름다움에 감동하는 심미안을 가진 사람이다. 그녀에 대한 나의 마음은 동정만은 아닐 것이다. 우리는 고골리와 도스토예프스키와 체호프에 대해 이야기를 나누었다. 나는 그 대화를 즐겼다. 사전을 통해 힘들게 대화를 나누면서도 힘든 줄 몰랐다. 예술은 낯선 두 사람을 묶고 있었다. 살아오며 대화를 그렇게 즐긴 적이 없었다. 나스타샤에게는 진실이 있다. 그녀에게 문학은 단지 지식과 허영은 아니다. 나는 《가난한 연인》이나 《외투》에 대한 그녀의 감동에 놀랐다. 같이 이야기하다 보면 몇 시간이 순식간에 지나가 버렸다. 얘기를 나눌 때 나스타샤는 절망적인 분위기를 벗어나 있었다. 그녀는 특히 체호프의 드라마를 좋아했다. 그녀는 말했다.

"나도 그 세 자매와 똑같았다. 삶이 이렇게 지속되어서는 안 된다고 느끼는 데 있어서."

이 말을 나는 충격적으로 들었다. 그녀가 몇 시간이나 사전과 씨름하며 자신의 느낌을 전달했을 때 내 가슴은 떨리고 있었다. 이 여자는 어쩌면 나와 같은 종류의 사람이다. 무의미한 삶을 견딜 수 없어 했다는 점에서. 아니, 그 이상으로 삶의 대부분의 행로를 무의미로 보고 있다는 점에서. 구하는 것이 무엇인지 몰랐지만 구하지 않고 사는 오늘의 삶을 견딜 수 없어 했다는 점에서. 그 말을 할 때 그녀는 너무도 진지하고 안타까운 표정을 하고 있어서 나의 마음은 순식간에 상념으로 가득 찼다. 동일한 의문으로 낯선 해변에 멍하니 서 있었고, 동일한 절망으로 낯선 도시의 골목길을 떠돌았던 나의 20대가 거기에 있었다. 내가 무슨 말을 해줄 수 있었겠는가? 나는 그녀의 눈을 덧없이 바라볼 뿐이었다. 멜리사가 그랬던 것과 똑같이. 그러나 나의 안타까움에는 일말의 안도와 두근거림이 섞여 있었다. 공감과 이해가 가능한 두 사람이 만난 것은 아니었을까?

몽고인은 키에프에 공국을 건설했다. 우리는 아주 인연이 없는 사람들은 아닐지도 모른다. 그녀의 피 속에는 100만 분의 1일지 모르지만 나와 같은 피가 흐를지도 모른다. 나는 우주의 영원하고 무한한 침묵을 생각한다. 이 광대무변한 우주에서 100만 분의 1의 확률은 무한대이다. 이 황량한 무기물의 우주에서.

그녀는 나와 생일이 같다. 점성술사들은 그녀와 내가 같은 운명을 겪는다고 말한다. 이것은 두렵지 않다. 사랑이 두려운 것이지 운명이 두려운 것은 아니다. 내 마음의 안타까움이 두려운 것이지 운명이 두려운 것은 아니다. 운명의 끝은 죽음 이외에 무엇이겠는가? 한 번의 결단, 한 번의 손놀림 이외에 무엇이겠는가?

통증

먼저 통증을 없애야 한다. 통증은 그 자체로서 괴롭고 인간 존엄성을 앗아간다. 의연함과 초연함에 의해 우리는 존엄성을 유지한다. 통증은 우리를 이리저리 휘둘리는 노예로 만든다. 이 순간에는 우리 역시도 한낱 생물, 그것도 공포에 질린 생물에 지나지 않게 된다. 비명을 지르는 육체에는 영혼조차 머무르지 않는다. 통증이 질병과 치료의 어쩔 수 없는 일부분이라 할지라도 좋은 의사는 먼저 통증을 완화시켜 가며 환자를 치료하려 애쓴다. 이것은 의사가 우리에게 보여주는 인간 존엄성에 대한 존중이다. 삶이 그렇게 긴 것도 아니고 삶에서 모을 수 있는 장미 꽃잎이 그렇게 많은 것도 아니다. 고통과 인내가 무엇을 위한 것이건 육체적 통증은 피폐 이외에 아무것도 아니다. 통증을 견디라고 해서는 안 된다. 없애주어야 한다. 무엇을 위해 통증을 견뎌야 하는가. 통증은 우리가 패배했다는 증거이다. 어떤 질병인가가 우리를 엄습했고 우리는 패배했다. 그러나 패배자에게는 패배자의 존엄성이 있다. 패배와 굴욕을 동시에 안겨주면 안된다.

사람마다 통증에 견디는 정도가 다르다. 나스타샤는 통증에 매우 취약했다. 그녀는 창고의 서랍 안에 무심코 손을 집어넣었다가 못에 찔린 적이 있다. 못이 손톱 밑을 파고들었다. 보통의 경우에는 그것은 매우 기분 나쁘게 찌르는 듯한 통증에 지나지 않는다. 그러나 나스타샤는 졸도했다. 나는 큰일 난 줄 알았다. 손톱 밑에서 피가 조금 나왔을 뿐이었다. 이것은 엄살은 아니다. 단지 통증을 느끼는 정도가 사람마다 다를 뿐이다.

우스운 것은 나스타샤는 자신이 그렇게 통증에 취약한데도 겁이 없다는 것이었다. 무슨 일을 해도 소리와 동작이 크고 부주의했다. 보트를 탈 때는 구명조끼도 걸치지 않은 채 선수 갑판에 털썩 주저앉았다. 만약 보트가 요동친다면 그대로 호수 속에 빠져버린다. 그래도 나스타샤는 그 자리에 아무 생각 없이 태연자약한 표정으로 앉아서 수다를 떨었다. 내가 주의를 줘도 그때뿐이었다. 캐나다의 호숫물은 한여름에도 매우 차다. 호수에 빠지게 되면 익사하기 전에 이미 심장마비에 걸린다. 이것을 누누이 말해도 소용없었다.

집 안에서 걸어 다닐 때는 바닥에 있는 모든 것을 발로 차고 다녔다. 복사기, 팩시밀리, 심지어는 식탁의자 등을 발로 찼고 그때에는 발가락을 부여잡고 낑낑댔다. 그러나 접시는 문제가 달랐다. 나스타샤에게 설거지를 맡기면 아주 위험했다. 접시를 자주 떨어뜨렸다. 접시는 의외로 위험하다. 떨어지는 접시에 발가락이 부러지는 사고까지도 있다. 나스타샤는 두 달 동안에 접시를 한 개, 컵을 두 개 깼다. 나스타샤가 설거지를 할 때마다 신경이 곤두섰다. 나는 이 여자가 아파할 때마다 가슴이 아팠다.

데이비드에게 전화했다. 그는 하이웨이 세븐(highway 7)에서 척추 교정원을 운영하고 있다. 하이웨이 세븐은 웰드릭 바로 아래 블록에 있는 도로 이름이다. 거기에는 상업 시설이 밀집해 있다. 데이비드는 웰드릭에 살고 있고 우리 컬링 클럽 단원이다. 그는 체격이 단단한 캐나다 사람 중에서도 두드러질 정도로 야무진 체구를 하고 있었다. 고등학교 시절에는 아이스하키와 미식축구 선수였다. 그는 무려 일곱 군데의 대학 아이스하키팀으로부터 입학 제안을 받고 있었는데 그중 피츠버그 대학의 제안이 가장 마음에 들었다. 졸업 후에 피츠버그 펭귄스가 드레프트 1순위로 지명해주겠다는 약속이 있었기 때문이다.

그는 문제를 안고 있었다. 데이비드는 고질적인 허리 통증을 감추고 있었다. 그 통증은 중학교 시절부터 그를 괴롭히고 있었다. 그것이 화근이었다. 대학 연맹전에서 상대편의 체킹에 빙판에 누웠고 그의 선수 생활은 그것으로 끝이 났다. 두 군데서 요추탈골이 진행되고 있었다.

"대학의 신체검사는 프로만큼 철저하지 않아요. 토론토 메이플 리프(Maple Leaf)팀에 입단해야 했어요. 신체검사에서 요추 탈골이 나타났겠지요. 그때 치료했더라면 선수 생활을 할 수 있었을 거예요. 대학으로 간 게 잘못이지요."

그의 방황은 웰드릭에서 유명하다. 매일 밤 술에 만취해서 백 스탑의 노인을 괴롭히고, 음주 운전으로 수없이 적발되고, 상가 창문을 부수고, 말리는 경찰을 폭행하고, 마약 단속에 두 번이나 걸리고, 수십 번 경찰서에 유치되고, 네 번의 재판을 받고 2개월 간의 감방 생활을 했다.

"그때는 죽고 싶었어요. 정신이 멀쩡하면 관중석의 환호가 내 귓가를 떠나지 않는 거예요. 상대편을 벽에 밀어붙이고 턱을 어깨로 미는 환상에 시달리기도 하고요. 내가 밀면 모두 누웠지요. 이를테면 삼손이었어요. 저는 피가 뜨거웠어요. 시합을 해야 제 피가 식었어요. 못 뛰게 되자 제가 약간 미친 거지요. 남의 피하고 바꾸고 싶었어요. 온순하고 얌전한 피로 말이에요."

그가 사고를 칠 때마다 웰드릭의 보안관은 무조건 경찰서 유치장에 그를 가뒀다. 네 명이 들러붙어야 그를 끌고 올 수 있었다고 한다. 모두가 적어도 서너 대의 주먹을 각오해야 했다. 그러나 웰드릭 주민들은 그들의 영웅이 지방법원에 끌려가는 것을 보고자 하지 않았다. 어느 경찰도 사건을 이첩하지 않았고 지역 상공회의소는 그들의 갹출로 파손된 기물의 비용 및 다친 사람의 치료비와 위로금을 처리했다.

그는 이미 열네 살 때부터 웰드릭에서는 그들 국가의 수상보다 더 중요하고 자랑스러운 인물이었다. 그는 오랫동안 주민들에게 기쁨을 주었다. 그가 공격수로 있는 캐나다 주니어 대표팀은 미국 주니어 대표팀을 사 년간이나 연거푸 격파했다. 이것은 캐나다 역사상 유례가 없는 일이었다. 그때까지 캐나다팀은 미국팀에 대하여 82패 5승을 거두었을 뿐이었다. 그가 주니어 대표팀에 차출된 건 열네 살 때였다. 열네 살의 선수가 열일곱 살의 상대편 선수를 빙판에서 졸도시킨다. 한 시합에서는 그의 체킹으로 두 명이 부상을 입고 나머지 시합을 포기해야 했다. 그가 다가서면 상대편 선수는 이미 겁을 먹었다. 그는 빠르고 강력한 공격수였고 날카롭고 감각적인 골잡이였다.

이 방황이 이 년을 끌었다고 한다. 그는 허리 치료를 소홀히 했고 결국 재수술을 받아야 했다.

"마취에서 깨니 어머니가 내려다보고 있는 거예요. 통증으로 괴로워하고 있으니까 어머니는 눈물을 흘리셨지요. 그때 어머니는 겨우 마흔다섯이었어요. 그런데 할머니가 다 되었더라고요. 육십은 되어 보였어요. 어머니가 불쌍했어요. 아버지는 제가 어렸을 때 떠났지요. 어머니는 나 하나만 믿고 살아오신 거예요. 그때 이를 꽉 물었어요. 이제 끝내자. 다시 살자. 어머니를 위해서 살자. 그렇게 결심했지요."

그는 직업학교에 입학해서 척추교정을 배운다. 그리고 그가 피해를 끼친 웰드릭 주민들의 목과 허리와 골반을 보살피며 살고 있다.

우리는 데이비드를 사랑했다. 그는 사실 얌전했고 우직했고 수줍음을 많이 타는 사람이었다. 거기에 더해 우습게도 학문을 숭상하는 경향이 있었다. 그는 많이 배운 사람들을 무조건 존경했다. 나는 그의 이런 태도가 불편하고 부담스러웠다. "데이비드, 너는 운동을 잘했잖아"라고 말하면 "아니에요, 운동은 아무나 하는 거예요. 나는 앉아 있질 못해요. 공부하기가 어렵지요"라고 대답하곤 했다. 나는 반대로 운동이 어렵고 공부는 아무나 할 수 있다고 생각했다. 사실 아무나 대학을 다니지 않는가. 학위가 쓰레기만큼이나 흔한 세상이다.

데이비드의 결심은 굳건했다. 나는 그가 단 한 잔의 술도 마시는 것을 보지 못했다. 그러나 술과 관련해서 그는 웰드릭의 모든 기록을 가지고 있었다. 전설적인 기록이었다. 예를 들면 500밀리리터짜리 크라운 로얄을 일 분 삼십 초 만에 마셨다거나, 20리터짜리 맥주통을 수도꼭지를 빼버리고 한꺼번에 마셨다거나 등등. 그러나 그는 백스탑에서 콜라만 마셨다. "노인, 콜라 컵으로 바꿔줘요"라고 말하며.

아이스하키의 왕자가 컬링에서는 매우 무능했다. 무슨 역할을 맡겨도 제대로 해내질 못했다. 아이스하키가 동적이라면 컬링은 정적인 경기이다. 그는 힘은 장사였고 동작은 민첩했지만 섬세한 사람은 아니었다. 닉스는 그를 여러 가지로 부려먹으며 조금 심하게 구박했다. "너 때문에 또 졌다" 아니면 "너 때문에 또 지겠다"라고 하면서. 그는 열심이었다. 우직하고 꾸준하게 열심히 했다. 그러나 한계가 왔다. 닉스가 하도 구박하니까 그가 탈퇴하겠다고 말했다. 여러 가지로 피해를 끼쳐 미안하다고 하면서. 우리 세 명은 그를 붙잡고 늘어졌다. 우리는 닉스를 비난했다. 결국 닉스의 눈물 덕분으로 그는 팀에 남아 있게 되었다. 계속 장비를 들고 다니면서.

"조지, 허리에 문제가 있어요?"

그의 목소리는 달콤하고 믿음직한 바리톤이다.

"아닐세. 내가 아니고 다른 사람이야. 어떤 숙녀분이지."

아무 말도 없다. 그는 지금 당황하고 있다. 조지의 집에 '허리 통증이 있는 숙녀분'이 있다. 허리 통증만 있거나 숙녀분만 있어도 놀랄 판인데 '허리 통증이 있는 숙녀분'이라니.

"퇴근할 때 와주게. 데리고 가고 싶지만 걸을 수 없는 정도네. 몇 시에 퇴근인가?"

웰드릭에 소요가 일어날지 모른다. 베시가 걱정한 것이 이것이다. 일단 데이비드는 그의 어머니에게 나스타샤와 조지에 대해 말하고, 그의 어머니는 두 명의 동네 사람에게 그것을 말하고, 그 두 명은 다시 네 명에게 말할 것이다. 웰드릭에서 이 정도 사안은 사건이다. 나는 결국 나스타샤를 백스탑으로 데리고 가야 할 것이다. 그러나 뭐라고 소개할 것인가. 그녀는 영어를 알아듣지도 못하고 말할 줄도 모른다. 스스로를 어떻게 소개할 것인가. 아무 일도 없는 것처럼 지낼 수는 없다. 여기 사람들은 섭섭해할 것이다. 나스타샤가 동양 사람이라면 친척이라고 말할 수 있을 텐데.

이 궁리, 저 궁리 하던 중에 계단 올라오는 소리가 들렸다. 조지가 열쇠도 없이 문을 열어놓고 산다는 것은 이제 웰드릭 전체가 안다. 캐나다인들은 보통 문을 열어놓고 지낸다. 이것이 미국과의 차이다. 그러나 문을 안 잠근 채로 집을 비우지는 않는다. 그러나 내 집은 24시간 열려 있다.

얼마 전 퇴근했을 때는 신발장이 깨끗이 청소되어 있었고 거실이 정돈되어 있었다. 나는 기절초풍했다. 어떤 방식으로 설명한다 해도 이것은 이해가 안 되는 사건이었다. 이러한 유령의 선심이 몇 번인가 있었다. 어느 날엔가 내가 출근을 안 하고 거실에 앉아 있는데 정오쯤에 문이 열리고 신발장이 달그덕거리는 소리가 들렸다. 떨리는 가슴을 진정시키며 조심조심 내려가 보았다. 웬 할머니가 쪼그리고 앉아 걸레로 바닥을 닦고 계셨다. 나는 놀라지 않도록 조용히 물었다. "무슨 일이지요, 아주머니?(What's up, Ma'am?)" 오히려 할머니가 되물었다. "당신 누구요?"

치매에 걸린 할머니였다. 그녀의 후퇴해 들어가는 기억 속에 아마 여기쯤 살고 있는 아들이 남아 있었던 것 같다. 이제 호스피스 하우스에 살고 있는 어머니에게 그 아들은 매정했나 보다. 아들은 어머니를 만나러 오지 않았다. 어머니는 시간 날 때마다 아들의 집이라 생각되는 집을 두드렸다. 그러나 어디에도 아들은 살고 있지 않았다. 한 집의 문이 열렸다. 아들의 집이다. 집은 비어 있었다. 그 어머니는 아들을 위한 마지막 봉사를 시작했다. 집 안 청소를 해주기로 한 것이다.

나는 호스피스 하우스에 전화했다. 호스피스 하우스의 간호사는 할머니를 태워가기 위해 대기하고 있었지만 할머니는 원하는 만큼의 청소를 하고 싶어 했다. 여기가 아들의 집은 아니다. 그게 뭐 그리 중요한가? 모든 것은 관념에 있다. 마음이 그렇다고 하면 사실은 물러가야 한다.

나는 침대를 쓰지 않았다. 사실 살림살이가 없었다. 매트리스가 잠자리였다. 나스타샤가 매트리스 위에 배를 깔고 엎드려서 신음하고 있었다.

"데이비드, 그 숙녀는 우크라이나 여자일세. 영어를 못하네."

데이비드는 무릎을 구부리고 목부터 짚어 내려가기 시작했다. 모든 신경을 손끝에 모으며. 데이비드의 얼굴은 마치 성자와 같았다. 진지하고 성스럽고 조용하고 조심스러웠다. 골반이 틀어진 것이 맞았다.

"심하게 어긋났습니다."

골반을 짚으며 데이비드가 말했다.

"데이비드, 어떤 조치를 취해야 하나?"

"병원에 가야 합니다. 먼저 정밀진단을 받아야 하겠는데요."

캐나다의 의료체제는 문제를 안고 있다. 진료 신청을 해서 한

두달을 기다리는 것은 보통이다. 캐나다의 다른 체제도 그렇지만 의료 체제의 원칙은 사회주의이다. 캐나다에는 의료비가 없다. 의료 보험금도 징수되지 않는다. 그러나 의료의 질이 떨어진다. 사회주의 의료체제의 문제점은 상시적인 의료 인력의 부족과 병실 부족이다. 캐나다 의대를 졸업한 수많은 우수한 의사들이 미국으로 빠져나간다. 지금 나스타샤가 진료 신청을 하면 아마도 내년에나 진료를 받을 수 있을 것이다. 나는 막연한 표정으로 데이비드의 얼굴을 쳐다보았다.

"데이비드, 지금 내가 숙녀분의 유일한 보호자일세. 대안은 없나? 지금 몹시 아파하고 있지 않나?"

데이비드는 팔짱을 끼고 생각에 잠겼다. 그러나 그에게 뾰족한 수가 있을 리 없다.

"좋아, 데이비드. 부탁할 일이 있으면 전화하겠네. 살펴서 가게."

데이비드는 계속 나스타샤를 내려다보고 있다. 이 가련한 여자를. 무서운 통증을 겪으며 신음하고 땀 흘리면서 자기의 운명을 모르는 사람들에게 내맡긴 이 가련한 피조물을.

"제가 할 수 있는 것을 해보겠습니다."

데이비드는 그녀를 조심스럽게 들었다. 비명소리가 집 안 전체에 울렸다. 그는 밴을 사용하고 있다.

옆집 사뮤엘이 개를 끌고 산책하러 나가고 있었다. 나는 웃어주려 노력했지만 잘 되지 않았다. 사뮤엘이 어떤 표정으로 바라보는지도 관심 없었다. 나중에 사뮤엘이 말했다.

"조지, 나는 귀신들이 나오는 줄 알았네. 두 사람은 아는 귀신. 한 사람은 모르는 귀신. 그리고 그 모르는 귀신은 비명을 지르고 있었네."

나스타샤의 가늘게 새어 나오는 비명이 나의 가슴을 날카롭게 찌르고 있었다. 그러나 내가 할 수 있는 일은 아무것도 없었다.

이 육체적 고통에 대하여는 소크라테스 이래의 전체 철학 체계도, 알타미라 동굴 이래의 모든 예술도 아무 소용이 없었다. 나는 죽음도 두렵지 않았었다. 호수에서는 기어를 끝까지 밀어 올렸고 로키에서는 강풍 속에서도 암벽등반을 계속했다. 그렉은 거의 울음 섞인 목소리로 철수하자고 애원했지만 나는 듣지 않았다. 죽음이 대가라면 그렇게 비싼 것은 아니라고 생각했다. 나보다 덜 소중하지 않았을 수많은 때 이른 젊은 죽음들이 우리 역사에 널려 있고 우리 주변에 널려 있지 않은가. 내가 죽는다고 해서 그것이 무슨 대수인가. 삶이 죽음보다 더 소중할 이유가 어디에 있는가. 안다면 설명해달라. 그러나 나는 처음으로 육체가 주는 고통이 어떠한 것인가를 경험하고 있었다. 육체가 얼마만큼 우리를 지배하고 있는가도.

데이비드는 자기 주머니를 턱으로 가리켰다. 나는 그의 주머니에서 키를 꺼내 사무실 문을 열었다. 불을 켜니 몇 개의 가죽 침대가 보였다. 수많은 영혼들이 그 위에서 통증을 호소하며 비명을 질렀을 것이다. 데이비드의 마사지는 이미 두 시간을 넘기고 있었다. 이제 그 곰도 숨을 헐떡이며 벽에 등을 기댔다.

"조지, 사실 병원에 가도 별수 없어요. 이리저리 끌고 다니며 온갖 사진만 찍어대지요. 그러고는 결국 수술을 하게 됩니다. 그런데 골반은 예후가 안 좋아요. 관절을 절제해내고 인공관절을 심지요. 그렇게 되면 인생은 볼장 다 보는 거예요. 아마 애도 낳을 수 없을 거예요. 그리고 곧 재발해요. 카이로프랙틱밖에는 방법이 없어요. 이 여자분의 문제는 아마 염증도 이미 생겼을 거라는 거예요. 염증은 정밀하게 검진받고 치료받아야 해요. 미스터 쳉에게 가보세요. 이틀에 한 번씩 마사지를 받으러 오면서 쳉에게 처방전을 받으세요."

미스터 쳉은 리치먼드 힐에서 개업하고 있는 중국 출신의 의사이다. 개인 개업의는 접근이 쉽다. 나는 당장 그의 집으로 전화했다. 그리고 데이비드를 바꿔주었다. 둘이 이야기하고 있는 중에 내가 끼어 들었다.

"당장 안 오면 내일 병원을 폭파시켜 버린다고 해."

쳉은 성질 급한 호인이다. 씻는 것을 싫어한다. 옷에서 중국 음식 고유의 냄새만 풍기지 않는다면 모두가 좋아했을 것이다.

나스타샤의 비명소리는 더 이상 들리지 않았다. 그리고 앉을 수 있게 되었다. 나는 물었다.

"나스타샤, 걸을 수 있겠어?"

못 알아듣는다. 나는 이리저리 걷는 시늉을 하며 다시 물었다.

"걸을 수 있겠냐고?"

하루 만에 나스타샤의 웃는 모습을 다시 보게 되었다. 나스타샤는 고개를 갸웃거리다가 끄덕이다가를 몇 번 한다. 스스로도 잘 모르겠는 모양이다.

"나스타샤, 내려와 보겠어?"

데이비드는 서 있는 것 자체는 골반과 상관없다고 말했다. 오히려 산책이 골반에는 좋단다. 그런데 나쁜 자세로 계속 서 있거나 나쁜 자세로 잠을 자는 것이 문제라고 말한다. 나는 나스타샤의 손과 허리를 안아서 바닥에 세웠다.

"자, 데이비드. 어떻게 걸어야 하는지 자세를 가르쳐주게."

쳉이 진료 가방을 열었다. 그리고는 레이저 빛을 내는 무슨 기계인가를 집어 들었다. 통증 탐지기(pain detector)란다. 염증 부위를 정확히 짚어내기 위해 필요하다고 말한다. 쳉은 처방전을 써서 팩시밀리로 보내주겠다고 말했다. 나스타샤의 통증은 많이 가라앉았고 쳉은 걱정 말라고 한다. 폭풍이 지나간 것 같다. 긴장이 풀리며 머리가 어질어질했다. 어떤 안도감이 가슴을 채웠다.

나스타샤는 저녁식사를 하고 있다. 내가 대합 수프와 로스트비프와 샐러드를 산 건 어제였고 그때는 오늘의 상황을 전혀 예견하지 못했었다. 이제 내 집에서 그녀가 대합을 씹으며 저녁식사를 하고 있다. 이렇게 긴 24시간도 있었다.

"나스타샤, 씻을 수 있겠어?"

샤워하는 흉내를 내며 물었다. 이제 나스타샤에게서는 도저히 참아줄 수 없는 냄새가 나고 있었다. 매캐하고 야릇한 코카서스 인종 특유의 냄새가. 나는 샤워 소리를 들으며 행복했다.

"그래, 나스타샤. 열심히 치료받고 빨리 낫자. 로열 오차드까지 산책하는 거야. 컬링도 하고. 겨울에는 이니스필에 가자. 하루 종일 스케이트를 타자. 햄버거를 씹으며."

나스타샤의 골반은 부러진 적이 있었다. 그것도 세 조각으로. 나는 이 사실을 나중에 알게 된다. 나스타샤가 어떤 사람들인가를 무서워하고 전화벨에 대해 발작을 하고 나에 대해서는 안심했던 모든 상황들이 그녀의 부러졌던 골반과 관계 있었다. 나스타샤는 몇 번의 엑스레이를 찍었고 의사는 제대로 치료되지 않은 그 골반이 염증의 원인이라고 말했다. 골반이 약간 비틀어진 채로 다시 붙었고 그것이 자세를 불안정하게 만들고 염증과 통증을 준다는 것이었다.

"수술을 한다고 해도 완전히 고치기가 어렵습니다. 그리고 그 수술 자체가 엄청난 것이지요. 이러한 종류의 수술은 우선순위가 밀립니다. 지금 신청해도 일 년은 기다려야 합니다. 예후가 좋다는 것도 보장할 수 없습니다. 재발의 위험도 있고요. 지금의 관절을 뜯어내야 합니다. 인공관절을 심게 되지요. 여기서부터는 의료보험이 적용되지 않습니다."

이것과 관련한 결정은 나 혼자만의 문제가 아니다. 나스타샤가 결정해야 한다. 그러나 이 상황을 말할 수 없었다. 큰 수술에 대한 결정은 당사자의 마음을 무겁게 하고 공포스럽게 한다. 그리고 나스타샤는 좋아지고 있었다. 거기에 더해 나는, 그녀의 골반이 부러졌던 과거에 대해 내가 먼저 말을 꺼내서는 안 된다는 생각을 했다. 때가 되면 그녀 스스로 말할 것이다. 비극과 고통은 묻어버리고 싶을 터이다. 물론 묻히지는 않겠지만. 의사는 사고에 의해 골반이 그렇게 부러지지는 않는다고 말했다. 그러고는 더 이상의 말은 하지 않았다. 그래도 나는 수술 신청을 했다. 어차피 일 년 후이다. 안 하게 된다면 그건 행운이다. 그때 취소하면 된다.

웰드릭에서는 개인적 비밀은 터부이다. 나스타샤는 나와 같이 손을 잡고 산책했고, 웨스턴 프로듀스에서 장을 보았으며, 빙상장에 와서 우리가 컬링에 열중하는 것을 재미있게 바라보았다. 누구도 나스타샤에 대해 묻지 않았다. 그러나 나는 주민들의 섭섭함의 수위가 점점 높아지고 있다는 것을 느끼고 있었다. 전과 같이 격의 없이 대하고 있었지만 이제 그것은 노력에 의한 것이지 자발적인 것은 아니라는 분위기가 경계하는 듯한 눈초리 속에 들어 있었다. 이러한 상황을 이대로 유지할 수는 없었다. 나는 데이비드에게조차도 나스타샤에 대해, 또 나스타샤에게 품고 있는 내 마음에 대해, 그리고 나와 나스타샤와의 만남과 관계에 대해 어떤 말도 하지 않고 있었다. 결정적인 것은 지역 신문이었다. 새로운 전입자로, 신원이 불분명한 우크라이나 출신의 한 여자에 대해 싣고 있었다. 이만큼의 정보는 아마도 데이비드의 엄마에게서 나갔을 것이다. 그러나 가장 고민스런 문제는 나 자신도 나스타샤와 나의 관계를 모른다는 것이었다. 나는 나스타샤의 남편과 아이의 현재에 대해 모른다.

어느 날엔가 나스타샤는 사전을 들고 매우 진지하고 단호한 표정으로 식탁에서 나와 마주 앉았다. 그날의 이야기를 끝내려 한다. 그러나 나는 머리를 저었다.

"나스타샤, 지금은 그 얘기를 할 때가 아니야. 언어는 영혼이야. 언어 일반은 지성이지만 각자의 언어는 각자의 영혼이야. 나스타샤의 모국어를 내가 이해한다면 당신의 영혼을 내가 좀 더 잘 알 수 있었을 거야. 그러나 여기는 우크라이나가 아니고 내가 당신네 언어를 이해하지도 못해. 나스타샤, 영어를 배워. 그리고 사전 없이 당신의 얘기를 해줘. 용기를 내봐. 충분히 할 수 있어."

나는 머리를 저으며 이렇게 중얼거렸다. 나스타샤는 물론 못 알아 듣는다.

나스타샤는 손 잡는 걸 좋아했다. 어딘가를 산책하자고 하면 나스타샤의 얼굴은 금방 환해진다. 그리고 내 눈을 똑바로 쳐다보며 빙글거리고 웃는다. 손을 잡고 걸으면 불편하다. 나는 주머니에 손 넣는 습관이 있었다. 그러나 나스타샤의 손은 주머니까지 쫓아 들어왔다. 나는 기껏 이렇게 생각했다. '남편이 여기 캐나다 어딘가에 있고 또 그 결혼 생활이 유지될 것이라면 나스타샤가 이렇게 스스럼없이 내 손을 잡지는 않을 것이다. 보리스와는 완전히 헤어진 것일까?' 그러나 나는 알고자 하지 않았다. 듣기 위해서는 내게도 마음의 준비와 용기가 필요했다. 나스타샤는 떠나야 할지도 모른다. 그러나 그 사실은 떠나는 그날 알게 되어도 충분하다. 중요한 것은 나스타샤가 지금 내 집에서 자고 있고, 또 웃음 짓고 있다는 사실이다.

나는 모든 것을 당시의 상황 속에 고정시키고 싶었다. 나스타샤가 환자인 것이 차라리 다행이었다. 나는 나스타샤에 대해 어떤 다른 마음도 품지 않았고 이것은 나스타샤와 나 모두 안심할 수 있는 상황일 것이었다. 그녀에게는 휴식과 치료가 필요했고 나에게는 일이 있었다. 우리 사이는 내가 나스타샤를 집에 데리고 온 바로 그날과 같은 관계가 계속되었다. 그것으로 충분했다. 그러나 이 상황을 어떻게 웰드릭 사람들에게 말할 것인가? 나는 나스타샤를 소개하는 시나리오를 만들어봤다. 모든 것을 내가 아는 바의 사실대로 말하는 것이었다. 그러나 이 모든 사실은 나스타샤를 너무 초라하고 비참한 사람으로 만드는 것이었다.

"우크라이나에서 캐나다로 이민 와서, 할리버튼의 외곽 커피숍에서 몇 달을 일했고, 여기 캐나다에는 아무 연고도 없으며, 영어는 거의 알아들을 수도 말할 수도 없고, 커피숍이 휴업하는 동안 내 집에서 지내고, 골반이 틀어져서 엄청난 고생을 겪고……."

이것은 너무 비참한 노릇이다. 그리고 이 말대로라면 나스타샤가 내게 보여주는 다정한 태도란 무엇이란 말인가?

나스타샤를 내가 사랑하는 여자라고 소개한다면 웰드릭 사람들의 호기심은 더욱 커져갈 것이다. 나스타샤가 응분의 존중을 받긴 하겠지만 웰드릭 사람들은 다른 호기심으로 또 나를 귀찮게 할 것이다. 이제 그들의 관심은 우리의 만남과 교제, 나스타샤의 과거 등으로 미칠 것이다. 엄밀히 말하면 내가 나스타샤를 사랑한다고 해도 나는 나스타샤의 마음을 모를 뿐만 아니라 우리 둘은 일반적으로 말하는 연인 사이는 아니었다. 나스타샤는 자기가 내년 봄에 다시 할리버튼으로 갈 것으로 알고 있었다.

나는 결국 우리 사이를 연인으로 밝혔다. 어쩔 수 없었다. 다음은 당시에 내가 웰드릭의 지역 신문 알림난에 나스타샤를 소개한 내용이다.

"우리 웰드릭은 키에프 출신의 여성분을 우리 가족의 일원으로 받아들이게 되었습니다. 그녀의 이름은 메첸체바 가일로프이고 애칭은 나스타샤입니다. 숙녀분들은 나이 밝히기를 일반적으로 꺼린다는 사실을 고려하여 나이에 대한 호기심은 참아주시기 바랍니다. 저는 어떤 우연으로 이 숙녀분을 만나게 되었고 사랑하게 되었습니다. 그러나 아직은 여자 친구의 단계입니다. 그녀는 캐나다에 이민 온지 다섯 달밖에 되지 않았고 캐나다에 연고가 없습니다. 이를테면 외로운 신참자입니다. 그리고 소련과 미국과의 오랜 갈등은 그녀로 하여금 영어를 익힐 기회를 주지 않았습니다. 여러분이 캐나다에 거처를 정한 외로운 저를 가족으로 받아주셨듯이 이 숙녀분에게도 웰드릭의 일원이 될 기회를 주시기 바랍니다."

갑자기 데이비드가 바빠졌다. 백스탑의 사람들은 데이비드에게 나스타샤에 대한 질문을 퍼부었다. 이제 금기는 풀렸고, 누구라도 자유롭게 나스타샤에 대해 말하고, 또 나스타샤에게 관심을 표시하고, 나스타샤와 친구가 되려는 시도를 할 수 있게 되었다. 정기적으로 나스타샤를 치료해온 데이비드만이 나스타샤를 개인적으로 알고 있었다. 그러나 그 곰은 고지식한 사람이다.

"업무로 알게 된 고객의 신상에 대해 밝히는 것은 우리 직무상 불법입니다."

그러나 사실 나스타샤에 대해 아는 바가 없기는 그도 마찬가지였다.

나는 그렉에게 전화했다. 나는 장난스럽게 시작했다. 너희가 지렁이를 키우는 동안 나는 사랑을 키웠다고. 그렉은 손힐 (Thornhill)의 존 스트리트에 살고 있었다. 거기서 웰드릭까지는 자동차로 이십 분 거리이다. 그러나 그렉과 베시가 대문을 열어젖힌 건 내가 전화한지 십 분도 안 돼서였다. 엄청나게 거슬리는 제동 소리가 들리고 자동차는 드라이브웨이와 잔디밭에 반반씩 걸쳐져서 주차되었다. 그렉은 헐떡거리며 대문을 열었다. 나는 그때 막 나스타샤와 머리를 맞대고 식탁에 앉아 주말 계획을 짜고 있었다. 그렉은 계단을 올라와서는 그 자리에 딱 고정되었다. 눈을 의심하고 있다. 나는 그에게 지역 신문을 내밀었다. 그는 그때까지 나스타샤에게 실례를 범하고 있었다. 인사도 하지 않았고 심지어는 눈도 마주치지 않았다.

지역 신문을 읽은 그렉은 나스타샤에게 조심스럽게 손을 내밀었다. 나스타샤가 나와 그 사이의 우정에 상당한 권력을 쥐게 될 것이라는 사실을 이제 감지했다.

"만나게 되어 반갑습니다. 조지와 우리 부부는 친구입니다."

그가 더듬거리며 간신히 말한 사항이었다. 나는 나스타샤에게 'colleague'라는 단어를 찾아주었다. 그리고 베시를 가리키고는 "그의 아내"라고 말했다. 이때 나스타샤의 얼굴이 환해졌다. 이것은 단순히 반가움 때문은 아니고 더구나 친근감 때문은 아니다. 다른 인종 사이의 결합에 대한 걱정이 해소된 것은 아니었을까.

그렉은 나스타샤가 내 집에 머문 지 이미 한 달이 넘었다는 사실에 몹시 섭섭해했다. 자기가 웰드릭 주민들보다도 더 늦게 나스타샤를 소개받았다는 사실에는 더욱 섭섭해했다. 그러나 그렉의 섭섭함은 베시의 것에 비할 바가 아니었다. 베시의 눈은 사납게 찢어져 올라갔고 심지어는 나를 노려보기까지 했다. 중국 여자의 비위를 거스르면 안 된다. 그녀들은 절대 온순하지 않다. 베시는 분노를 억누르며 간신히 말했다.

"좀 더 일찍 소개할 수도 있었잖아."

때가 되었다. 나 역시 그들에 대해 쌓인 것이 꽤 있었다. 이제 걸려 들었다. 나도 오늘을 기다렸다. 내가 나스타샤에 대해 아무 말도 안 해준 것이 섭섭하단 말이지.

"베시, 내게 전화한 것이 언제였지? 최근에 말이야."

베시는 멈칫한다.

"베시, 한 달이 넘었어. 우리가 디트록스 건으로 여기서 만난 게 우리 대화의 마지막이었어. 내가 전화해서 메시지를 남겨놓았을 때도 너희는 내게 전화하지 않았어. 물론 그렉과 나는 학교에서 만나긴 했지만. 그런데 두 달 전을 생각해봐. 우린 매일 전화했었어. 지렁이와 아이가 생긴 이후로 나는 너희에게 존재하지 않는 사람이 됐어. 그리고 나스타샤에 대해 말하자면, 그녀가 얼마나 오랫동안 내 집에 머무르게 될지 몰랐어. 그녀는 환자야. 골반이 틀어져 있지. 내 집에 머무르며 치료받았어. 나스타샤는 일단 내년 4월까지는 여기에 있게 될 거야. 이제 소개할 수 있게 된 거지."

공격이 최선의 방어이다. 그렉과 베시는 어쩔 줄을 몰라 했다. 나는 이해하고 있었다. 사람은 누구나 이기적이다. 우리의 모든 행동과 도덕과 심지어는 사해동포주의조차도 그 근원은 이기심이다. 이것은 아주 한참 전에 독일의 한 철학자가 이미 밝혀놓았다. 그러나 그렉과 베시의 이기심은 좀 더 지혜로웠어야 했다. 내 마음속의 섭섭함은 그러므로 그들의 마음에 대해서는 아니었다. 결혼한 지 오 년이 넘어서 아기를 갖기로 결정했고, 일 년간의 노력 끝에 마침내 아이가 생겼다. 그들은 스스로의 행복감에 도취되어 있었고, 처음 만났을 때처럼 사랑이 불타올랐다. 행복은 그들 부부만을 덮는 베일을 만들었다. 베일 밖 세계에는 관심이 없었다.

"우리가 전화 통화라도 좀 더 자주 해야 한다는 거야."

나는 웃으면서 말했다. 베시와 그렉은 나에게 부담을 가지게 될 것이다. 즐거움을 위해 전화했던 그들이 어느 정도는 의무로서 전화해야 한다.

나와 나스타샤는 우리 주말 계획 중에 그들과의 저녁식사를 끼워 넣었다. 마크햄에 있는 메모리 오브 재팬에서 우리 다국적 인사들은 연어 스테이크를 먹게 될 것이다. 우리는 이어서 나스타샤의 영어에 대해 의논하기 시작했다. 베시는 임신한 이후로 조금 시끄러워진 것 같다. 한 눈으로 나스타샤의 눈치를 살피며 다른 눈으로는 나와 그렉을 번갈아보며 계속 떠들어댔다.

토론토 대학 부설의 ESL스쿨에는 초급 과정이 없다는 것이 문제였다. 그렇다면 조지 브라운이나 세네카로 가야 하는데 그곳은 대중 교통편이 아주 불편했다. 삼십 분에 한 대씩 오는 버스를 두 번 갈아타야 한다. 그리고 계절도 이미 겨울이었다. 겨울의 토론토 기온은 영하 20도 정도는 보통이고 바람도 심하게 분다. 동부의 겨울 강풍은 악몽이다. 손에 든 커피잔이 날아갈 정도다. 이런 날씨에 서서 버스를 기다린다는 것은 큰 고역이다.

우리는 요크 대학으로 결정했다. 그곳은 집에서 비교적 가깝다. 버스를 한 번만 갈아타면 된다. 거기에도 초급 과정은 없었지만 일단 한 달은 가정교사를 쓰기로 했다. 베시에게는 나스타샤를 가르칠 몇 명의 친구들이 있다. 이 논의가 진행되는 중에 그렉과 베시가 심란해하는 분위기를 간간이 보였다. 말을 멈추고 가는 한숨을 쉬었다. 그들은 나의 선택을 의문스러워하고 있었다. 그러나 이것은 선택이 아니었다.

사랑을 여러 가지로 서술할 수 있지만 선택이라고 말할 수는 없다. 여기에 판단은 개입할 수 없기 때문이다. 나스타샤가 가야할 길은 멀다. 하나의 언어를 배운다는 것이 쉬운 일은 아니다. 그리고 나스타샤는 이미 서른두 살이다. 새로운 언어와 새로운 생활양식을 배우기에는 너무 늦은 나이다. 신세계에서의 새로운 삶은 구세계에서의 익숙한 삶보다 쉽지 않다. 더구나 그녀는 서구와는 체제가 반대인 소련연방에서 살아왔다. 그렇더라도 나스타샤는 커피만 팔면서 늙어갈 수는 없다. 운전면허도 필요하다. 이 신세계에서는 가볼 만한 곳이 참으로 많다. 그녀도 언젠가는 뉴욕에도 가보고, 마이애미에도 가보고, 밴쿠버에도 가봐야 하지 않는가.

나스타샤의 갈 길이 멀다면 내가 가야 할 길도 멀다. 만약 그녀와 나의 운명이 누군가의 죽음에까지 이를 정도로 영원한 것이라면 나와 그녀는 함께 갈 길이 멀다. 이것도 나쁜 것은 아니다. 여러 종류의 삶이 있다. 우리의 삶은 단지 남보다 조금 많이 걸을 뿐이다. 삶은 목적지를 향하는 것은 아니다. 걷는 것이 삶이다. 삶 끝에 도달할 곳은 죽음뿐이다. 많이 걷는 것이 낫다.

나는 나스타샤에게 6개월 과정을 추천했다. 나스타샤는 갸웃거렸다. 의문과 숙고가 잠시 스치는 듯하더니 얼굴이 환해졌다. 그녀의 눈은 세상의 모든 기쁨을 다 담고 있는 듯했다. 나는 무표정하려 애썼다. 6개월 과정은 여러 선택 중에 하나라는 듯이 말했다. 나의 마음은 떨리고 있었다. 그녀는 여기 머물 것이다. 나의 모험은 성공했다. 그녀는 봄에 케빈에게 가지 않는 것은 물론 앞으로 6개월간은 누구에게도 가지 않을 것이다.

크리스마스 휴가가 시작되면서 심코 호수가 얼었다는 소식이 전해졌다. 그렉과 베시는 멕시코로 여행을 갔다. 아마 지금쯤 칸쿤의 라군에 몸을 담그고 있을 것이다. 나는 그때까지 도락을 위해 해외를 여행한 적은 없었다. 유럽을 몇 번 다녀왔지만 공부와 연구를 위해서였다. 나는 로마에 보름을 머무는 동안 매일같이 바티칸 박물관과 갈레리아 보르게제에 출근했다. 나폴리가 좋은 여행지라고 했지만 관심도 가지 않았다. 프랑스에 몇 달간 있을 때도 정기권을 끊어서 매일같이 루브르에 갔다. 루브르는 당시 리모델링 공사 중이었다. 먼지와 소음 속에 한 시간씩 줄을 서서 기다렸고, 점심은 지하에서 프렌치프라이와 핫초코 한 잔으로 때우곤 했다. 암스테르담과 그로닝겐에 몇 주 머물렀지만 다닌 곳은 기껏 릭스 박물관과 스멜링크 기념관이었다. 나는 풍차마을이 어디에 있는지조차 모른다. 로테르담에 가고 싶었다. 나는 에라스무스를 좋아했다. 그러나 시간도 돈도 없었다.

유학생에게 여행 경비까지 보내주기에는 당시의 우리나라는 매우 가난했다. 프랑스 서민 가족의 한 달 평균 생활비가 이미 100만 원을 넘어서고 있을 때 우리나라 회사원의 평균 봉급은 기껏해야 20만원이었다. 최대한으로 아껴야 간신히 지탱해 나갈 수 있는 유학 생활이었다. 가능하다 해도 여행을 하지는 못했을 것이다. 아마도 돈을 아껴서 악보나 테이프나 도판을 하나 더 샀을 것이다. 나는 그때 바흐의 칸타타전집을 사고 싶었었다.

"나스타샤, 가보고 싶은 나라가 있어?"

내가 묻자 그녀는 고개를 저었다.

"나스타샤, 원하면 잠시 따뜻한 곳에 갈 수도 있어. 하와이나 마이애미에 갈 수 있다고."

그녀는 고개를 저으며 영어 교재를 가리켰다. 그녀는 다시 학생이 되었고 공부할 양이 많아졌다. 나하고는 입장이 다르다.

"좋아, 나스타샤. 하루 정도는 시간을 낼 수 있지? 심코에 낚시하러 가자."

나는 메리 브라운에 전화해서 남자 주인(male owner)을 바꿔 달라고 했다.

"아, 얼마나 기다렸는지 몰라. 이제 얼었어. 가자고. 언제? 난 아무 때나 좋아."

내가 짐을 챙기기 위해 지하로 내려가자 나스타샤는 금방 책 속으로 얼굴을 묻었다. 나스타샤는 영리하고 성실한 학생이다.

그녀는 십 년 전에 대학을 졸업했다. 공부는 정신력이고 습관이다. 습관이 십 년간 잠들어 있었다. 그러나 다시 불이 붙자 공부에 대한 그녀의 열의는 대단해졌다. 항상 노트를 들고 다녔고 심지어는 점심식사를 할 때도 왼손에 노트를 들고 흘끔거렸다. 오늘 점심은 그 선배가 마련할 것이다. 나스타샤가 먹을 것은 내가 준비해야 하나? 그때 그에게 실례를 하고 있다는 생각이 들었다. 나스타샤에 대해 말하지 않았고 오늘 낚시에 동행한다는 언질도 주지 않았다. 다시 전화했다.

그는 갑자기 심각해졌다. 그의 아들이 곧 결혼해야 할 나이에 가까워지고 있었다.

"이놈이 옆집 미용사하고 친하게 지내. 없어지면 거기에 가 있고. 이거 어떻게 해야 할지 몰라."

그는 유랑 생활의 대가를 치러야 한다. 그의 아들은 이미 한국인이 아니다. 교민 자녀의 큰 문제 중 하나는 정체성과 관련되어 있다. 그들은 인종적으로 동양인이지만 문화적으로는 캐나다인이고 한국 친구들보다는 캐나다 친구들과 더불어 성장한다. 그러나 대학에 들어가고 성인이 되면서 혼란이 온다. 그들과의 인종적 차이를 의식하게 되고 스스로의 정체성을 궁금해하기 시작한다. 이때부터 갑자기 캐나다 친구를 멀리하고 한국 친구를 찾는다. 그러나 소용없다. 그들 역시도 토종 한국인이 아니긴 마찬가지다. 캐나다의 교민 자녀 전체가 혼란에 빠져 있다.

인종과 민족은 인간의 가장 큰 숙명 중 하나이다. 이것은 부정할 수도 없고 또 부정되지도 않는다. 문제는 교민 자녀 대부분이 한국어를 못한다는 것이다. 언어만큼 배타성이 큰 문화 구조물은 없다. 한국어를 못한다면 그는 한국인은 아니다. 그들은 한 국가에서는 언어에 의해, 다른 한 국가에서는 인종에 의해 낯선 사람들이 되어간다. 캐나다의 한국 부모들은 그들 자녀가 한국인과 결혼하기를 원한다. 그들은 본토 출신의 사위나 며느리를 보기 원한다. 전통을 유지하고 싶은 것이다. 그러나 이것은 쉽지 않은 노릇이다. 기회를 갖기도 어렵고 언어의 장벽도 크다. 또 한국인의 입장에서 교민과의 결혼은 언제나 큰 모험이다. 낯선 땅을 여행하기는 누구나 좋아하지만 거기서 결혼으로 새로운 삶을 시작하기는 대부분 꺼려 한다. 선선하게 교민과 결혼할 한국 본토 사람은 많지 않다.

그 선배는 정말이지 단순한 사람이다. 나스타샤가 외국인 며느리를 떠올리게 했고 듣고 있는 나는 전혀 개의치 않은 채 자식 걱정을 하고 있는 것이다. 나는 짜증을 냈다.

"선배님, 그럼 나는 뭐예요."

갑자기 조용해진 그는 "자네가 내 아들 같으니까 그러는 거야"라고 말했다. 그러고 보면 이 선배는 나의 아버지와 동년배이다.

"마르셀라는 좋은 여자예요. 아마 메리 브라운에서 일 잘할걸요."

마르셀라는 루마니아에서 이민 왔다. 그녀는 퀘벡에 정착했고 그곳에서 직업교육을 받은 뒤 미용사가 되었다. 당시 퀘벡은 분리독립의 물결 속에 경제 상황이 날로 악화되고 있었다. 외국인 투자자들이 철수하면서 고용이 악화되어 갔고, 몬트리올은 유령의 도시같이 낡아갔다. 재정을 확보하지 못하면서 도시 재개발이 정지되었고 도심의 사무실과 상가는 비어갔다. 나는 맥길과 컨커디어 대학 학회에 몇 번인가 참석했고 그때마다 퀘벡이 몰락해가고 있다는 느낌을 받았다. 퀘벡은 캐나다에서 가장 가난한 주가 되어가고 있었다. 경제적 활력이 정치적 이유로 완전히 소진되었다. 마르셀라는 온타리오로 이주했고 여기 뉴마켓의 미용실에 취직했다. 그녀는 라틴 혈통 특유의 가벼움과 단순함과 낙관주의를 가지고 있었다. 그리고 예뻤고 육감적이었다. 메리 브라운의 작은 사장님은 성적 호소력이 있는 여성에게 끌리고 있었다.

우리가 도착하자 아예 그 집 여주인까지 홀로 나와서 테이블에 앉았다. 그녀는 손짓하여 우리를 테이블에 앉혔다.

"자, 낚시는 조금 있다 하고."

종업원이 큰 컵에 커피를 담아 왔다. 이리저리 마구 흘리면서. 이 사람들은 캐나다인도 아니고 더구나 웬드릭 사람도 아니다. 캐나다 사람들은 사적 문제에 대한 질문을 삼간다. 그러나 우리 민족은 그렇지 않다. 마구잡이로 파고든다. 나는 웬드릭 주민들에게 했고, 베시에게 했던 설명을 또 해야 했다. 친교와 우정은 공짜가 아니다. 값을 치러야 한다. 나는 나스타샤가 알아듣지 못하는 언어로 그녀와 나에 대해 말하고 있는 것이 미안했다. 삼 분도 안 걸려서 나스타샤에 대한 설명을 끝마쳤다. 계산 착오였다. 의문만 더욱 증폭시켰다. 여주인님은 노골적으로 한심하다는 표정을 지어 보였다. 계속 혀를 차며. 나스타샤가 잠시 화장실에 다녀오는 순간에 그녀는 순식간에 다섯 개의 질문을 퍼부었다. "그래서 지금 같이 살고 있어?" "결혼할 거야?" "약해 보이는데 어디 아파?" "나이가 좀 들어 보이는데?" "키에프가 도대체 어디야?" 등등.

화장실에서 나오는 나스타샤를 바라보던 선배의 눈이 조금씩 가늘어져 갔다. 유심히 바라보고 있다. 그는 날카롭게 물었다.

"혹시 허리가 좋지 않아?"

나는 그가 남미에서 사이비 의사 노릇을 했다는 사실을 까맣게 잊고 있었다. 그는 침구사 노릇을 오래했고 특히 허리 통증을 주로 다뤘었다.

"골반이 틀어졌다네요."

"거기가 거기지."

골반이 허리라니 도대체 무슨 말인가. 결국 그는 나스타샤를 주방으로 끌고 들어갔다. 내가 커피를 거의 다 마실 때까지도 나스타샤는 풀려나지 못했다. 한참이 지난 후에 그는 나스타샤를 앞세우고 득의만만한 표정을 지으며 나왔다. 먹이를 찾았다.

"낚시가 문제가 아니야. 사람 죽겠어. 보통 문제가 아니야. 보통 문제가."

우리는 모두 그의 집으로 몰려갔다. 그의 집은 가게에서 십 분쯤 떨어진 블루밍데일에 있었다. 그가 서랍에서 꺼내 드는 몇 개의 침을 본 나스타샤는 거의 공포에 질렸다. 이것은 침이 아니라 아예 공구가게에서 파는 송곳이었다. 나는 그렇게 큰 침을 그때 처음 보았다. 그의 아내가 커다랗고 편하게 생긴 치마를 나스타샤에게 건네주며 화장실을 가리켰다. 갈아입고 나오라는 것이다. 나는 물었다.

"아픈가요?"

그는 피식 웃었다.

"아프긴. 조금 뻐근하지."

나스타샤는 계속 비명을 질렀다. 침이 처음 들어가는 순간에는 거의 자지러지며 정신이 나가는 듯했다. 그는 커다란 송곳 세 개를 골반에 꽂고 다시 가는 침 다섯 개를 차례로 허리에 찔러 넣었다. 나스타샤는 숨을 헐떡이며 참고 있었다.

"이렇게 하고 어떻게 살았을까. 사람이 참 독하긴 독해."

그는 혀를 찼다. 나스타샤가 걸을 때 내 손을 잡는 것은 허리가 아픈 것도 한 이유였다. 체중을 내 쪽으로 보내면서 본능적으로 허리와 골반에 하중을 덜 주려는 것이었다. 그녀가 손이 아니라 내 팔을 잡을 때에는 통증이 좀 더 심한 날이었다. 그런 날에는 내 팔을 붙잡고 매달리듯이 걸었다.

나스타샤의 치료는 한 시간 삼십 분이나 계속되었다. 그는 이번에는 침을 모두 빼내고 그 자리에 뜸을 뜨겠다고 선언했다.

뜸을 뜨면 엉덩이에 화상 자국이 남는 게 문제라고 하면서. 화
상 자국이 얼마만큼 되냐고 묻자 동전 크기보다 좀 작다고 한
다. 그러나 염증을 없애는 데는 뜸이 최고라고 한다. 나는 나스
타샤에게 설명했다. 나스타샤는 내 얼굴을 빤히 쳐다보았다. 한
참을 쳐다본 그녀는 말했다.

"조지, 당신이 결정해. 나는 상관없어. 당신이 결정해."

왜 내가 결정해야 하는가? 나는 재촉했다.

"나스타샤, 당신 몸이야. 당신이 결정해."

나스타샤는 내 얼굴을 빤히 바라보았다. 걱정과 웃음을 반씩
섞은 표정으로. 그러고는 서투른 영어로 말했다.

"조지, 당신과도 관계 있어."

나는 지금도 그 말을 하던 나스타샤의 표정을 기억한다. 나스
타샤는 눈을 내리뜨고 입매를 야무지게 하면서 단호하게 말했
다. "당신과도 관계 있어(It is also related to you)." 어쩌면 나는
나스타샤의 사랑의 표현을 막아왔을 것이다. 나는 나스타샤의
부담이 걱정이었다. 베푸는 나는 유리한 입장에 있다. 나스타샤
는 불리하고 불편한 상황에 처해 있다. 나는 지금 수입과 지출
을 면밀히 관리해야 하는 시점에 있다. 우선 나스타샤의 수업료
와 치료비가 월 1,000불을 넘어서고 있었다. 스키와 스케이트와
두꺼운 방한복이 없는 캐나다인은 없다. 모든 것을 사야 했다.
그리고 운전면허 교습소의 비용도 이번 달에 들어갔다. 나는 지
역 대학에서 '그림 보기(how to see a picture)' 강좌의 강사직을

제안받고 있었다. 이것은 가외의 수입을 가능하게 했다. 출판사에 선인세를 부탁했고 이것으로는 좀 더 큰 차를 사야 했다. 나는 아무래도 좋았지만 나스타샤에게는 발을 펼 수 있는 차가 필요했다. 허리가 아프기 때문이었다.

나는 우리 삶이 돈에 지배받는 것이 싫었다. 아직 젊은 이상주의자였던 나는 돈이 우리 삶에 갖는 영향력을 의도적으로 무시하고 있었다. 쓸 돈이 있으면 쓰면 되고, 없으면 같이 굶으면 될 것이었다. 돈은 모으기 위해서가 아니라 쓰기 위해서 필요할 뿐이었다. 지금 돈이 더 필요하니 일을 더 하면 됐다. 나스타샤는 이것을 의식하고 있을 것이다. 그녀는 서른두 살이다. 재정과 가정경제에 대해 무심할 나이가 아니다. 자선을 받는 입장에 처하게 되면 운명은 그에게서 인간다움의 반은 이미 앗아가 버린다. 이것을 자선이 아니라고 한다면 그것은 사랑 이외에는 없다. 그렇지만 이 사랑은 상대편의 사랑을 강요하는 종류의 것이다.

나스타샤가 그날 고백한 사랑은 그러나 초연하고 의연한 것이었다. 나스타샤는 이를테면 자연의 딸이었다. 언제나 솔직하고 투명했다. 나스타샤는 자기의 현재 입장과 자기의 사랑을 순간적으로 분리했다. 그 사랑은 사랑 그 자체 외에 다른 것은 아니었다. 나스타샤는 어떤 불안이나 두려움 없이 자기를 내게 의탁한 것이다. 헌신과 신뢰와 자기 포기의 사랑. 그러나 이 사랑에 의해 족쇄가 채워지는 사람은 그녀가 아니다. 본래 운명이 그녀의 지배자였다. 스스로 할 수 있는 것은 아무것도 없었다.

족쇄는 오히려 그러한 사랑을 받는 사람에게 새롭게 채워진다. 그 사랑은 무조건적 사랑이므로.

빨리 가야 했다. 이미 세 시다. 겨울의 캐나다는 다섯 시면 완전히 어두워진다. 밤에 얼음을 도려낼 수는 없다. 피시 파인더가 제 기능을 하지 못한다. 물고기가 있는 포인트를 겨냥해서 얼음을 잘라내는 것은 해가 떨어지기 전에 해야 한다. 블루밍데일에서 심코까지는 이십 분이다. 빨리 가면 서너 군데의 포인트는 점검이 가능하다. 동네를 지나치며 과속을 했다. 캐나다의 국도에서는 마을을 통과할 때 시속 40킬로미터로 속도를 줄여야 한다. 나는 내처 70킬로미터로 갔고 교통 경찰관이 정차를 명령했다. 이상한 노릇이었다. 여기에서 경찰관을 발견한 것은 생전 처음이었다. 경찰관은 한참 동안 잔소리를 했다. "사고라도 났으면 어쩔 뻔했냐, 지금 벌금이 250불이다……."

나는 무조건 머리를 조아렸다.

"죄송합니다. 경찰관님."

다행히 그는 관용적이었다. 겨우 벌금을 면제받고 또다시 몇 십 분이 늦어졌다. 우리는 두 군데만 점검했다. 이미 어두워지고 있었다. 우리는 그냥 한 곳에 텐트를 쳤다. 못 잡아도 어쩔 수 없다. 그러나 사정은 달랐다. 거의 횡재였다. '겨울 지렁이'는 정말 위력적이었다. 심코에 살고 있는 물고기 전부가 우리 얼음 구멍 밑에 모인 것 같았다.

블리자드

블리자드는 북극에서 불어오는 눈 폭풍이다. 이 폭풍이 자주 오지는 않는다. 한 해 겨울에 많아야 서너 차례이다. 그러나 어느 해도 블리자드 없이 지나가지는 않는다. 이때 미국과 캐나다의 북동부는 완전히 마비 상태에 들어간다. 모든 업무는 정지되고 학교 역시 문을 닫는다. 문제는 이 폭풍이 기습적으로 올 때이다. 어느 경우에는 일상적으로 내리던 눈이 갑자기 블리자드로 바뀌기도 한다. 그러면 운행 중인 차들은 속수무책인 상태가 된다. 정부는 운행 중인 차량을 그 자리에 놓고 가장 가까운 대피처로 피할 것을 권고한다. 이런 상황이 닥치면 호텔이나 모텔은 침대 수만큼 사람을 수용한다. 갑작스런 눈 폭풍이 낯선 사람들을 잠시의 친구로 만든다. 커피숍과 레스토랑과 관공서는 24시간 개방되며 공무원들은 모두 비상 상태에서 대기한다.

어느 나라나 그렇듯이 캐나다에도 나쁜 점이 많다. 그러나 위급 상황에 대처하는 캐나다 국민의 태도는 그들이 영국의 기품을 이어 받고 있다는 것을 보여준다. 다른 사람의 곤경을 이용해서 돈을 버는 것을 캐나다인은 매우 경멸한다. 아무리 많은 사람이 밀어닥쳐도 모텔과 호텔은 정해진 숙박료만 받는다. 그들은 삼 년마다 한 번씩 숙박료를 고시한다. 비수기와 성수기로 나뉘어 요금이 다르게 적용된다. 일단 이렇게 정해진 요금은 변동이 없다. 이것은 업계 내의 약속이며 동시에 고객에 대한 약속이다. 그들은 이 약속을 어기는 것을 수치로 여긴다. 캐나다인들은 자못 명예심이 강하다.

그들은 하나의 물품 가격이 장소와 시간에 따라 다르게 적용되는 것을 이해하지 못한다. 내가 있었을 당시 길에서 파는 번(bun)에 싸인 핫도그와 탄산음료수(pop)가 1달러 50센트였다. 엄청나게 번잡한 축제에서도 1달러 50센트이고, 다운타운에서도 그 가격이고, 학교 내에서도 그 가격이다. 그들은 가격에 대해 중세적 사고방식을 가지고 있었다. 그들은 경제학 교과서가 뭐라고 말하든 간에 가격이 수요와 공급에 의해 정해진다고 생각하기보다는 자기가 거기에 들인 노력과 원자재 값에 달려 있다고 믿고 있었다.

외곽 도로에 위치한 민간인 주택 역시도 블리자드가 불면 문을 두드리는 대피자들에게 집을 개방한다. 블리자드는 일종의 재앙이다. 하지만 한 나라의 국민이 얼마나 인간적일 수 있으며 얼마나 따뜻할 수 있는가를 보여주는 재앙이다.

블리자드가 불면 모든 것이 하늘로 날린다. 눈이 하늘에서 내리는 것이 아니고 지상의 눈이 하늘로 올라가는 듯하다. 강풍이 눈을 이리저리 휩쓸고 다닌다. 나는 블리자드가 부는 가운데 잠시 걸었던 적이 있다. 담배를 사야 했다. 웰드릭에서 웨스턴 프로듀스까지 십 분쯤 걸었을 것이다. 웨스턴 프로듀스에 도착해서 눈을 털자 몸의 모든 구멍에서 눈이 나왔다. 옷의 모든 주머니에 눈이 가득 들어 있었고 콧구멍과 귓구멍에도 눈이 가득 차 있었다. 영하 20도의 강추위 속에서 몰아치는 블리자드는 엄청난 것이다. 이때는 2미터나 3미터의 눈이 내리는 것은 보통이다. 집의 문이 열리지 않는다. 눈이 대문을 막고 있다. 911에 전화하는 수밖에 없다.

나는 월요일과 수요일에는 나스타샤를 대학에 내려주고 출근했다. 나스타샤의 수업은 여덟 시 삼십 분에 시작해서 오후 네 시까지 진행된다. 나는 그녀에게 '집중 강좌(intensive course)'를 권했다. 이 강좌는 월요일부터 토요일까지 강도 높게 진행된다. 그리고 수요일과 금요일 저녁에는 내가 강좌를 맡고 있는 지역 대학에서 작문을 배우도록 했다. 나는 그녀가 세련되고 우아한 문장으로 다른 사람들과 서한을 주고받게 되기를 바랐다. 나스타샤는 열성이었고 또 영리했다. 처음 몇 주는 꽤 힘들어 하는 것 같았다. 그러나 이제는 제법 영어를 말할 수 있게 되었다. 그녀에게는 타고난 언어 감각이 있었다. 그녀는 거의 열에 들떠 공부했다.

"나스타샤, 사람들은 엉터리 영어(broken English)라도 일단 용기 있게 말하라고 권할 거야. 맞는 말이야. 그러나 중요한 것은 제대로 된 고유의 영어를 쓰도록 동시에 노력해야 한다는 거야. 좋은 언어는 나스타샤의 삶을 풍요롭게 할 거야. 언제고 당신은 제임스 조이스도 읽어야 하고 윌리엄 포크너도 읽어야 해. 그것들은 나스타샤에게 큰 즐거움이 될 거야. 영어는 다른 어떤 언어만큼이나 풍요로운 문학을 산출했어. 특히 영시는 아름답지. 산다는 것은 그런 거야. 행복을 누린다는 것. 나는 나스타샤가 그러한 곳에서 행복을 누리기 바라."

내 직업이 무엇인가를 그대로 드러냈다.

나는 나스타샤가 더 이상 허리 통증 때문에 시달리게 하고 싶지 않았다. 일요일 오후와 화요일 저녁에는 나스타샤를 데리고 뉴마켓에 갔다. 침은 효과가 있었다. 쳉은 그녀의 염증이 없어졌다고 말했다. 자기가 내린 처방전의 효과에 득의만만해하며. 사실은 쳉의 약은 한 번 먹고 다시는 먹지 않았다. 부작용이 심했다. 소화가 안 되고 구토를 하고 졸려워했다. 염증이 치료된 것은 메리 브라운 선배의 침과 뜸의 덕이었다. 그는 말했다.

"중요한 것은 염증 부위에 이르는 혈관을 활성화시키는 거야. 침으로 경혈에 자극을 주고 뜸으로 혈관을 자극하면 염증 난 부위에 건강한 피가 가게 되고 염증은 스스로 없어지는 거지."

그는 나스타샤의 골반 옆쪽에 세 군데의 위치를 정해 쑥을 올려놓고 태웠다.

"요즘은 기계를 사용해서 좀 덜 뜨겁게 하지. 쑥도 호일에 싸서 태우고. 그러면 화상도 안 입고 좋지만 효과는 떨어져."

나는 선배가 에콰도르에서 명의로 알려져 있었다고 자랑할 때 긴가민가했다. 이제는 그가 그렇게 많은 돈을 번 사실이 납득됐다. 에콰도르인들도 바보는 아닐 터이다. 나는 선배가 고마웠다. 선배는 다른 것을 요구하지 않았다. 그는 천진했다. 단지 감탄과 존경만을 요구했다. 눈을 크게 뜨고 감탄하는 표정만 지으면 됐다. 그는 자기 침술에 대한 자부심이 대단했다. 나스타샤도 그 눈치는 있었다. 치료받을 때마다 "굉장해!(Great!)"라고 감탄하곤 했다. 그는 자못 인간적인 사람이었다.

나스타샤의 골반에는 동전 크기만 한 화상 자국이 생겼다. 그녀는 거기에 많이 신경 쓴다. 나는 나스타샤에게 산책을 권했다. 데이비드는 좋은 자세로 많이 걷는 것이 중요하다고 항상 말해 왔다. 그러나 나스타샤도 만만치 않게 바빠졌다. 어떤 날은 새벽 두 시까지 숙제와 복습을 했다.

나스타샤가 집에 처음 왔을 때는 완전히 탈진 상태였다. 커피숍에서는, 우선 통증에 시달렸고 밤을 새우는 근무가 격무였고 낮의 잠도 편한 것이 아니었다. 나스타샤는 무엇인가 집안일을 하려 했지만 도로 주저앉거나 누웠다. 긴장이 풀린 것이다. 나중에 나는 그 긴장이 매우 오래전부터의 긴장이었다는 사실을 알게 된다. 그 긴장이 더 계속되었더라면 아마도 나스타샤는 병원에 입원해야 했을 것이다. 그것도 911에 실려서. 나스타샤가 학교에 다니기 시작했을 때까지도 내가 아침식사를 준비하고 그녀를 깨워야 했다. 그녀의 육체는 탕진되어 있었다. 그러나 저녁 일은 그녀가 했다. 이틀에 한 번씩 집 안 전체에 분말 세제를 뿌려놓고 진공청소기로 한 바퀴 돌리면 나의 일은 끝난다. 이제 나스타샤가 저녁을 준비했다. 그녀는 간신히 이 일만을 했다. 이 시간이 우리가 편히 자기 얘기를 하는 유일한 시간이었다. 그러고는 각자가 자기 방에 들어가서 자기 일을 했다. 저녁 식사가 끝나면 우리는 잘 자라고 하면서 헤어졌다. 내일 아침에 보게 될 것이다.

나는 거실에 테이블을 놓고 거기에서 작업을 했었다. 그러나 나스타샤가 온 후 테이블을 방으로 옮겼다. 거실은 공통의 공간이었고, 또 내가 TV를 들였기 때문이었다. TV 뉴스는 영어 학습에 도움이 된다. 나는 자고 있는 나스타샤를 일곱 시에 깨웠다. 그때부터 삼십 분간 〈Good morning, America〉가 방영된다. 나는 TV를 보며 내용을 계속 설명해야 했다. 동부 유럽의 뉴스가 나오면 나스타샤는 얼굴을 돌리며 TV를 껐다. 단호한 표정으로 고개를 흔들면서.

나는, 나스타샤와 내가 같이 기숙사에 있는 학생들로 상황을 상정했다. 대학원 시절에 나는 기숙사 생활을 했었다. 우리 기숙사는 남녀의 방이 나뉘어 있긴 했지만 서로간의 출입이 자유로웠다. 같이 식사하고, 같이 TV를 시청하고, 같이 공부했지만,

자기 방은 각자의 성역이었다. 나스타샤는 내가 우리 둘 사이의 관계를 어떻게 이끌고 나가려 하는지, 집 안 내에 있어서의 각자의 역할은 무엇인지 등에 대해 완전히 무심했다. 그녀는 목표 지향적이었고 대범했다. 나 역시도 나스타샤는 "우선 네가 할 일은 영어와 허리 치료"라고 말해두었다. 나스타샤는 TV 시청을 할 때는 내 곁에 붙어 앉았다. 머리는 내 어깨에 기대고 반쯤 졸면서 코 먹은 소리를 냈다. 그러다가 내가 말을 시키면 놀라 깨곤 했다.

나스타샤는 이제 그렇게까지 야위어 있지는 않았다. 그녀는 돼지 비계를 좋아했다. 웨스턴 프로듀스에서 소금에 절인 돼지 비계(라드)를 사 와서는 마치 프랑스인들이 치즈를 먹듯이 심심풀이로 먹어댔다. 문화적 차이를 존중한다 해도 이건 아니었다.

"나스타샤, 그건 정말 안 좋아. 나스타샤는 마흔도 되기 전에 뇌경색에 걸리거나 당뇨에 걸릴 거야. 그리고 그걸 먹은 날에는 몸에서 싫은 냄새가 나."

마지막 말은 사실이 아니었다. 그러나 그 말이 효과가 있었다. 어떤 종류의 냄새인가를 끈질기게 물어대더니 결국 라드를 베이컨으로 바꾸었다. 이 지독한 음식은 아마도 소련인들이 동구권에 준 최악의 원조물품일 것이다. 가난과 궁핍 속에서 사람들을 비만으로 만든.

당시에 왜 나스타샤에게 성적 매력을 느끼지 못했을까? 나는 정말이지 나스타샤를 사랑했다. 그것은 나스타샤도 확신하고 있었다. 나스타샤는 눈을 맞추기를 좋아했다. 나는 좀 수줍어하는 편이었는데 나스타샤는 이것을 알고 잘 이용했다. 내가 눈을 피하면 얼굴을 들이대고 눈을 좇아다녔다. 장난스럽게 빙글빙글 웃으며 눈을 빤히 바라볼 때는 내가 그때까지 누구에게서도 느껴보지 못했던 사랑스러움을 느꼈다. "나스타샤, 어린애 같아" 하면 나스타샤는 더욱 어리광을 피웠다. 내 팔을 옆으로 올린 뒤 가슴에 안겼다. 나스타샤는 가슴에 안겨 내 심장 박동 소리에 맞춰 가슴을 두드렸다. 그러고는 몸무게를 더욱 실어 밀어버렸다. "나스타샤, 무거워" 하면 이번에는 아예 무릎 위에 올라갔다. 나스타샤는 점점 무거워지고 있었다. 나는 그것이 좋았다. 나는 야윈 나스타샤에게서 외로움과 슬픔을 보았었다. 나는 야윈 사람을 좋아하지 않았다. 그런데 왜 야윈 나스타샤에게 그렇게도 깊고 강렬한 사랑을 느꼈을까? 나는 나스타샤의 광대뼈에 손가락을 올려놓는다. 그리고 눈과 눈썹을 쓰다듬는다. 이 눈이 무엇인가에 놀라 공포에 질려 있었고 나를 바라볼 때는 평온과 고요를 보여주었었다.

"나스타샤, 내려가. 무릎 아파. 공부해야 해."

나는 나스타샤의 남편을 의식하고 있었던 것 같다. 나스타샤의 남편과 아이가 현재 어디에 있는지 모른다. 그녀는 남편의 사진을 가리키며 'husband'를 찾아주었었다. 나는 나스타샤가 남편을 사랑하고 있는지 아닌지에 대하여도 모르고 있다. 그녀의 남편이 캐나다나 미국에 있다면 안심하고 나스타샤를 사랑할 수 있다. 그러나 아직 우크라이나에 있다면 아마도 내 사랑이 치러야 하는 대가는 깊은 상처와 고통일 것이다. 나는 그 이야기를 듣고자 하지 않는다. 나는 무서워하고 있었다. 남편과 골반의 골절과 캐나다로의 이주는 모두 관련이 있는 사건일까?

수업을 하는 중에 메기가 올라왔다. 블리자드 비상이 포고되었다는 방송이 있었다. 빨리 요크 대학으로 가야 한다. 블리자드가 시작되기 전에 나스타샤를 만나야 한다. 그러나 주차장을 나서고 보니 블리자드는 이미 시작되고 있었다. 광풍과 눈보라가 몰아치기 시작했다. 미처 치우지 못한 입간판들이 이리저리 날리고 있었다. 저기에 얻어맞으면 차창은 가루가 된다. 그러나 그것들을 살피고 있을 수 없었다. 학생들이 강의실에 갇혀 있을 것이다. 대학 ESL 과정에는 어학연수생들이 등록한다. 그들은 홈스테이나 자취를 하고 있고 대학 가까운 곳에 숙소를 정하고 있다. 집이 가까운 학생들은 폭풍을 무릅쓰고 걸어갈 것이다. 문제는 집이 먼 곳에 있는 학생들이다. 그들은 기숙사에 수용될 것이다.

나는 나스타샤를 데려가고 싶었다. 나스타샤가 집에 온 이래 우리는 한 번도 밖에서 잔 적이 없다. 그녀는 지금 나를 걱정하고 있을 것이다. 만약 차가 더 이상 운행할 수 없으면 가까운 곳에 베스트 웨스턴 호텔이 있다. 그런데 잠옷이 없다. 나스타샤는 전부 벗어 던지고 팬티만 입고 잘 것이고 수줍어하지도 않을 것이다. 오히려 수줍어하는 나에게 온갖 못된 장난을 할 것이다. 그 뻔뻔스러운 여자는 도대체 내게 부끄러운 것이 없다.

폭풍은 점점 더 심해지고 있고 길에는 차가 하나 둘 주차를 시작했다. 이제 로즈데일이다. 이십 분만 가면 된다. 나는 가까 스로 운전을 하고 있었다. 차창에 쌓이는 눈의 속도가 하도 빨 라서 이미 와이퍼가 듣지 않고 있었다. 그래도 가고 싶었다. 하 루라도 나스타샤와 떨어지기 싫었고 또 더 이상 혼자 자고 싶지 않았다. 그것은 이제 과거의 잊어버리고 싶은 삶이다. 몇 번을 내려서 눈을 치우고 와이퍼를 다시 작동시켰다. 핀치에 도착했 다. 다음 블록이다. 좌회전을 하자 좀 나아졌다. 북쪽으로 가는 길은 블리자드를 정면으로 맞게 된다. 이제 서쪽 방향이다. 교 문을 들어서자 나아갈 수가 없었다. 거기는 눈이 쌓이는 방향이 었다. 바람이 회오리를 그리고 있었고 그 회오리에 의해 엄청난 눈이 쌓여 있었다. 나는 차를 세워놓고 뛰어 들어갔다. 강의실을 찾아가는 길에 누군가가 인사를 했다. 아마도 나에게 배웠던 학 생일 것이다. 얼른 답례를 하고 3층으로 뛰어 올라갔다.

학생들은 창문에 모여서 밖을 바라보고 있었고 캐나다인 강 사는 놀라고 있는 학생들을 웃는 표정으로 바라보고 있었다. 이 장엄하고 스릴 넘치는 광경이 캐나다의 진면목이라고 속으로 말하고 있을 것이다. 이 유치하고 장난스러운 캐나다 촌놈이. 어 깨를 두드리자 나스타샤는 기뻐했다. 그 기쁨은 환호는 아니었 다. 안심되었다는 표정이었다. 나스타샤는 걱정하고 있었다. 그녀는 눈물을 글썽이며 내 손을 꽉 잡았다. 그녀는 이 폭풍이 둘 사이를 갈라놓고 있다는 생각을 했었나 보다. 불안과 공포의 흔적 가운데 웃으려고 애쓰고 있었다.

"나스타샤, 보고 싶었어. 데려가려고 왔어. 집으로 가자."

나는 쓰레기통을 뒤져 두꺼운 골판지 두 장을 찾아냈다. 차창에 덮이는 눈을 계속 쓸어내야 한다. 다행히 바람이 좀 잦아들고 있었다. 눈이 날리지만 않으면 화이트아웃이 되지는 않는다. 시야를 확보하는 것이 중요하다. 만약 베이뷰(Bayview) 가나 레슬리(Leslie) 가로 가게 되면 도중에 조그마한 연못들을 많이 지나치게 된다. 여름에 이 연못들은 아름다운 정경을 이룬다. 이 경치에 반한 나는 일부러 그 길들로 출퇴근을 하곤 했다. 길게 늘어진 나뭇가지들이 연못에 반사되는 모습은 고즈넉하고 아름다웠다. 레슬리 가에는 특히 연못이 많다. 아마도 열서너 개가 넘을 것이다. 그러나 블리자드가 부는 지금은 위험한 곳들이다. 거기로 미끄러져 들어가면 다시 나올 수 없다. 날리는 눈은 낮은 곳에 쌓인다. 연못 위나 도로변 개울에 눈이 쌓이면 도로와 구분이 힘들어진다. 차가 거기에 박히게 되면 우리는 얼어 죽을 것이다. 주변에 민가도 없다. 바람이 잦아들어야 한다.

나는 왜 군이 나스타샤를 데려가려 애쓰고 있을까? 블리자드가 부는 날에는 자기가 있는 곳에서 가장 가까운 곳에 숙소를 잡는 것이 바람직하다. 특히 오늘 블리자드처럼 그 위력이 무시무시할 때에는. 지금 길에는 운행 중인 차가 거의 없다. 나스타샤는 대학 기숙사에 있게 될 것이고 나는 교수 기숙사나 연구실에 머무르면 된다. 그러나 나스타샤를 데려가고 싶었다. 혼자 내버려두기에는 그녀가 너무 애처로웠다. 내게는 케빈의 커피숍에서 외로웠던 나스타샤가 각인되어 있었다. 이 넓은 나라에 그녀는 친척이나 친구를 한 명도 가지고 있지 않다. 나는 커피숍에서 보았던 쓸쓸하고 외로운 나스타샤를 다시 생각하기 싫었다.

나를 위해서도 나스타샤를 데려가고 싶었다. 나는 나스타샤와 내가 비슷한 사람인 것을 안다. 그녀는 외로움을 힘들어 하고 있고 절망을 이겨내려 애쓰고 있다. 그녀의 외로움은 나의 외로움과 같은 것이고 그녀의 혼란과 불안도 나의 그것과 같은 것이다. 그녀는 내게 특별한 사람이 되어가고 있다. 나스타샤와 무슨 말인가를 더 나누어야 한다.

나는 절망하는 나 자신과 관련하여 외로웠고, 삶과 세계가 주는 혼돈을 견딜 수 없어 했다. 삶은 무의미였다. 누군가가 좀 더 일찍 삶이란 본래 그런 것이라고 말해주었어야 했다. 나는 얼마나 많이 나의 과거의 교수들을 원망했는지 모른다. 왜 그들은 내게 한마디도 해주지 않았는가. 내가 얼마나 절박하게 구하고 있었는가. 그들은 그들 세계 속에서 어떻게 그렇게 기만적 만족을 누렸는가. 나는 구원의 호소 없이 살아왔고 위안과 공감 없이 살아왔다. 그러나 이제 나스타샤에게 모든 것을 털어놓고 있고 모든 것을 의탁하고 있다. 내가 나스타샤를 보살피고 있다고 해도 나는 그녀 덕분에 살고 있었다. 그녀의 깊고 다정스러운 눈빛과 이해와 미소가 오히려 나를 보살피고 있었다.

　나를 힘들게 한 것은 환상과 희망과 무지였다. 나는 무의미에서 의미를 찾으려 하는 헛된 시도 가운데 불행했다. 누군가 가르쳐주었어야 했다. 삶이란 살아가고 있는 너 자신 외에 아무것도 아니라고. 구원은 없고 구원을 추구하는 너만 있을 뿐이라고. 죽음은 없고 죽어가는 네가 있을 뿐이라고. 내가 이것을 이 우크라이나의 낯선 여자에게 말해줄 수 있을까? 이 여자는 절망을 저항 없이 받아들일 수 있을까? 폐허 위에서 새로운 건설로 나아갈 수 있을까? 그녀는 감당할 수 있을까? 단지 건설을 위한 건설 외에는 아무것도 아닌 노역을.

　진지한 대화는 무의미였다. 지식과 학식처럼 무의미하고 덧없는 것도 없다. 내가 그렉과 매튜에게 무엇인가를 말한 것은 내 삶에서 매우 예외적인 사건이었다. 이 두 사람에게서 느끼는 친근감과 우정이 컸다. 우정이 대화를 가능하게 했다. 대화가 우정을 가능하게 하지는 않았다. 나는 나스타샤에게 무엇인가를 말해주려 애쓰고 있다. 주근깨와 광대뼈조차도 아름다운 이 여자에게. 나는 성장 배경이나 삶의 배경에 있어 나와 유사한 어떤 사람에게서도 발견하지 못했던 공감과 동질감을 낯선 나라의 낯선 삶의 배경을 가진 한 여자에게서 발견하고 있었다. 나는 이 여자를 존중하고 있었다. 이 여자는 천성에 있어 나와 같은 사람이었다. 불쌍했다. 모두가 스스로를 불쌍히 여긴다고 하지 않는가.

평소에는 이십 분 걸리던 거리였다. 그러나 우리가 집에 도착한 것은 네 시가 되어가고 있을 때였다. 세 시간이 걸렸다. 길에 주차되어 있는 차들 때문에 나아가기가 힘들었다. 간선도로를 빠져나와 베이뷰 가로 들어갔다. 거기도 이미 주차된 차가 길을 막고 있었다. 다시 한 블록 동쪽의 레슬리 가로 진입했다. 거기에는 차들이 없었다. 레슬리 가에는 연못이 많다. 조심해야 한다. 나는 일 분마다 한 번씩 내려서 차의 눈을 털어내고 길을 살피고는 다시 출발했다. 나스타샤는 태연히 잠들어 있었다. 그녀는 차만 타면 잔다. 그녀는 이제 두려울 것이 없다. 아마 차가 호수 속으로 가라앉고 있다고 해도 걱정하지 않았을 것 같다. 이런 날씨에는 드라이브웨이에 차를 주차시켜서는 안 된다. 차고에 넣어야 한다. 나는 나스타샤를 깨웠다. 차가 차고 안에 주차되어 있는 것을 보자 나스타샤는 안고 올라가 달라고 애원이다.

"안 돼. 이제 못 들어. 당신, 지난달에 2킬로나 늘었어."

나스타샤는 고양이 소리를 내며 툴툴거린다.

우리 둘은 각자의 욕조 속으로 들어갔다. 휴교령이 내렸고 나스타샤는 이틀 동안 쉴 수 있겠다. 둘이 같이 붙어 있을 수 있겠구나. 눈에 갇혔으니. 영어 공부를 좀 시켜볼까, 아니면 이번엔 좀 쉽게 내버려둘까. 이런저런 생각을 하다 깜빡 잠이 들었다. 긴장이 풀리니 정신을 차릴 수가 없다. 나스타샤가 눈 속에 가라앉고 있었다. 나는 뛰어갔지만 미끄러지며 넘어지기만 하고 있었다. 내 마음은 필사적이 되어갔지만 그 자연의 딸은 자연의 일부가 될 작정인가 보다. 저항도 없이 조용히 눈 속으로 내려 가고 있었다. 큰 소리가 났고 나는 잠을 깼다. 나스타샤가 문을 두드리고 있다. 꿈이었구나. 그 짧은 순간에도 꿈을 꾸는구나.

"조지, 무슨 일이야?"

내가 소리를 질렀나 보다.

"곧 나갈게. 아무 일 아니야."

나스타샤는 팬티 위에 스웨터만 걸친 채로 소파에서 TV를 보고 있다.

"나스타샤, 옷 좀 입을 수 없어?"

나스타샤는 눈썹만 까딱한 채로 나를 무시한다. 날씬하고 매끈한 종아리가 눈부시다. 나는 블라인드를 걷어 올렸다.

"나스타샤, 저 앞집 다락방에서 보면 나스타샤 엉덩이에 있는 까만 점까지도 보일걸."

블라인드를 올리고 바라보는 바깥 풍경이 아름다웠다. 눈은 길과 드라이브웨이와 잔디밭을 완전히 덮고 있었고 건너편 집의 다락방 밑 베란다는 눈으로 가득 차서 눈을 통해 보이는 창의 불빛이 금빛과 에메랄드가 섞인 듯한 빛이 되어 있었다. 바람은 좀 잦아들었지만 눈은 아직도 엄청나게 내리고 있었다. 내일까지 계속 내린다면 토론토 광역시는 비상사태를 선언할 것이고 공무원과 경찰, 군인들의 총동원령이 내릴 것이다. 북부 온타리오 마을에는 이미 수도가 끊겼을 테고 이런 식으로 며칠간 계속 눈이 온다면 정전 사태가 올 것이다. 이미 강풍으로 많은 전봇대가 쓰러졌을 것이고 상당한 지역이 정전 사태를 겪고 있을 것이다. 뉴스에서는 계속해서 피해 상황을 내보내고 있었다. 이때 가장 큰 위험을 겪는 사람들은 노인들이다. 그들은 정전된 집 안에서 곧잘 동사한다. 나스타샤는 나를 가만히 쳐다본다. 뉴스에서는 이웃 노인들에게 주의를 기울여줄 것을 계속 권고하고 있다.

"조지, 나는 당신하고 같이 늙는다면 저렇게 죽어도 좋아. 당신을 꼭 안고 당신 품에서 죽을 거야."

"나스타샤, 프란츠 하이든을 좋아해? 현악 사중주와 교향곡으로 유명한 오스트리아의 거장 말이야. 그는 뛰어난 협주곡도 많이 작곡했어. 바이올린이나 첼로 협주곡의 느린 악장은 아름다워. 마치 노래 부르는 것 같지. 어떤 음악 학자는 모차르트 사후에 작곡된 하이든의 곡들이 전기 작품들보다 탁월하다고 말하지만 이상한 평가야. 20대의 하이든은 이미 독보적인 거장이야. 그 시절의 곡들도 마찬가지로 아름다워. 간결하고 순수해. 작품번호 1번의 사중주곡들은 얼마나 아름다운지……."

나스타샤는 눈을 마주치려 하지 않는다. 그녀는 울고 있다. 감동이 그녀를 울게 하고 말았다. 아름다움에서 밀려드는 감동이. 밖에는 더 이상 강풍이 불고 있지 않았고 아득하게 눈만 내리고 있었다. 건너편 헌트 씨네 지붕에 쌓인 눈은 어슴푸레한 어둠 속에서 검푸른 색을 띠고 있었고 눈은 가로등 불빛 속으로 뛰어

들고 있었다. 마치 거기에만 눈이 내리는 듯이. 이 고요와 아름다움 속에 하이든의 느린 악장은 슬프고도 아름다운 선율을 노래하듯이 엮어가고 있었다. 한숨을 쉬는 듯한 서정적인 선율을.

나는 나스타샤를 가만히 안았다. 머릿속이 텅 빈 듯하다. 아무 생각도 나지 않는다. 손을 아래로 내리니 나스타샤의 뜸 자국이 만져졌다. 나는 골반을 손으로 누르며 물었다.

"괜찮아?"

그 골반을 숱하게 보아왔고 여러 번 마사지했지만 만지는 건 처음이었다. 매끈한 허리 밑으로 골반 뼈가 만져졌다. 이제 나스타샤가 조금씩 살이 찌는구나. 훨씬 아름다워지고 부드러워지고 있구나. 나스타샤의 가슴은 몹시 뛰고 있었다. 우주가 운행하는 박동과 같았다.

"조지, 아무렇지 않아. 이제 아픈 데는 없어."

2킬로그램이나 늘었다 해도 많이 가벼웠다. 무릎에 앉히니 솜털같이 가뿐했다.

"조지, 방으로 가자."

과거

"보리스는 루스(Rus) 독립연맹에 가입했어. 그 연맹은 과격한 분리독립주의자들의 모임이야. 고르바초프가 집권하기 전에는 비밀결사였는데 이제 드러내놓고 활동하기 시작한 거지. 스스로를 밝히며 포고문을 내고, 벽보를 붙이고, 연설을 하고, 심지어는 비밀경찰을 구타하기도 했어. 나는 보리스가 여기에 가입하는 걸 반대했어. 그들은 비밀경찰보다 나을 게 없는 사람들이야. 그리고 보리스가 가입하기 전에 그 단원 세 명이 살해당했어. 그들은 무력으로 모스크바와 싸워야 한다고 주장하는 사람들이었어. 나는 보리스를 따라 그 모임에 간 적이 있었어. 그들의 주장과 태도는 끔찍했지. 살기등등했고 거칠었어. 나는 보리스에게 누누이 말했어. 당신은 여기에 어울리지 않는다고. 내 의견은 묵살당했어."

나스타샤는 오래 준비해온 것 같다. 노트와 사전을 들고 이야기하고 있다. 노트에는 영어와 러시아어로 무엇인가를 몇 페이지에 걸쳐 빽빽이 써놓았다. 오늘 아침의 나스타샤는 단호했다.

"조지, 나는 모든 것을 이야기하고 싶어. 당신은 알 권리가 있어. 나는 말해야 할 의무가 있고."

나는 그래도 두려웠다. 내가 모든 사실을 알고 나면 무엇인가 변화가 있을지도 모른다는 생각이 들었고 또 그 사실을 받아들일 내 마음에도 변화가 있을지 모른다는 생각이 들었다. 모든 것을 유예시키고 싶었다. 그냥 이대로 지내도 되지 않는가. 그러나 나스타샤는 입을 꾹 다물고 나의 눈을 똑바로 바라보며 말하고 있다.

나는 톤암을 내려놓았다. 엘리 아멜링의 모차르트를 듣고 있었다. 나는 약간 들떠 있었고 어안이 벙벙해져 있었다. 둘 사이의 관계가 변한 것이다. 모차르트가 더욱 아름답게 들리고 있었다. 나는 아직도 어렸던 것 같다. 진지해져야 한다. 마음을 단단히 먹고 이제 나스타샤의 나머지 이야기를 들어야 한다. 공산국가에서 나고 자라고 폭압적 정치하에서 고통을 겪은 한 가족의 이야기를. 나는 식탁 의자에 앉았다. 나스타샤는 이미 심각해져 있었다. 나스타샤가 밤에 몇 번을 뒤척였던 것 같다. 그때마다 나는 나스타샤의 머리를 안았다. 매캐하고 향긋하고 달콤한 냄새. 그 머스크 향.

"나는 분리독립이고 러시아연맹이고 간에 관심이 없었어. 내

아들 이름은 아니카였어. 할아버지가 그렇게 불렀지. 아니카는
몸이 약했어. 홍역과 백일해를 심하게 앓았지. 그리고 일 년이면
서너 번씩 감기에 걸렸어. 몸이 약한 건 나를 닮았어. 보리스는
생전 아프지 않았지. 스스로 자기 몸을 잘 보살피기도 했고. 둘
중 하나가 감기에 걸리면 결국은 같이 앓게 되는 거야. 그래도
보리스는 문제없었어. 우리 둘이 아파서 끙끙대면 신경질을 냈
지. 건강한 사람은 아픈 사람이 엄살을 부린다고 생각해.

나는 무슨 일이 있어도 일곱 시까지는 집에 가고 싶었어. 아
니카가 걱정되기도 하고 또 보리스의 할아버지와 아니카는 내
가 집에 가기 전에는 식사를 안 했어. 습관이 그렇게 들었던 거
지. 인쇄하다가 그냥 팽개치고 집에 가곤 했는데 어느 날엔가
보리스가 엄청나게 화를 내는 거야. 나는 내 마음을 다 얘기했
어. 당신이 하고 있는 모든 일에 나는 관심이 없다고. 당신네들
도 그 사람들과 다르다는 생각을 하지 않는다고. 결국은 모두
권력욕 때문이 아니냐고. 당신네들이 더 도덕적이고 순수하고
애국적이라고 생각하지 말라고. 오히려 위장된 권력욕이 더 역
겹다고. 그날 아니카는 식은땀을 흘리며 비명을 질러댔어. 홍역
에 걸린 거야. 나는 신경이 날카로웠고 아니카를 들여다보지도
않는 보리스에게 화가 났던 거야.

보리스는 좋은 사람이야. 부드럽고 순수한 사람이야. 나는 그
사람을 사랑했어. 그 사람은 가끔 스탕달이나 플로베르를 번역
해서 읽어주기도 했어. 그런데 그 사람이 내 뺨을 때린 거야. 그

러고는 나가버렸어. 나는 무서웠어. 보리스가 나에게 손찌검을 했다는 사실이 무서웠던 게 아니야. 보리스가 다시 돌아오지 않을까 봐 무서웠어. 보리스가 없으면 살 수 없다는 생각이 들었어. 보리스와 아니카는 내 삶의 전부였어. 절망적인 밤이었지. 아니카의 상태는 점점 나빠지고 있었고. 보리스의 할아버지는 의사였지만 이미 정신이 없을 정도로 늙어가고 있었어. 보리스와 싸울 때만 겨우 멀쩡해지는 사람이야.

그런데 내가 그 연맹을 싫어하는 딴 이유도 있었어. 그 연맹의 키에프 대학 지부장이 우리 서양사 강사였어. 나는 그 사람을 싫어했어. 눈이 무서웠어. 그 사람은 오만하고 자신만만한 극단주의자였고 권력욕에 눈이 먼 사람이었어. 대학 2학년 때 이미 대학 학생대표가 되었고 3학년 때는 우크라이나 대학 총연맹의 대표가 되었지. 그 사람의 여자 관계는 구토가 올라올 정도로 문란했어. 두 명의 여학생을 임신시켰고 두 명의 여학생과는 동시에 동거하고 있었어. 그런데 이 사람들이 모두 독립연맹에 가입해 있었어. 그 사람들은 스스로를 민족주의자라고 얘기했고 모스크바에 대한 도덕적 우월성을 이야기했어. 그런데 연맹 내부의 남녀관계는 이루 말할 수 없을 정도로 문란했어. 나는 그들의 도덕적 우월성과 그 방탕함이 어떻게 조화를 이룰 수 있는지 이해할 수 없었어.

그들 중 한 여학생이 보리스에게 관심을 가지고 있었던 거야. 보리스는 이미 서른일곱 살이었어. 그런데 열아홉 살의 여학생과 보리스가 어울리는 거지. 나는 보리스가 그 집회에 참석하는 날에는 피가 마르는 것 같았어. 한 달 동안에 2킬로가 빠지기도 했어. 아니카와 함께 죽을까 하는 생각도 들었고. 머리 위의 하늘이 흔들리는 것 같았어.

그때 전화가 왔어. 보리스가 전화한 거야. 이야기하고 싶으니 연맹 지부 사무실로 와달라는 거였어. 나는 하느님에게 감사했어. 보리스를 데리고 올 수 있겠구나. 뛰어나가서 자전거를 탔어. 사무실에 보리스는 없었고, 몇 명이 앉아서 술을 마시며 카드를 하고 있었어. 보리스를 찾으니 그들은 머리를 흔드는 거야. 보리스는 오늘 안 왔다고. 나는 앉아서 기다렸어. 보리스가 이리로 오고 있구나 생각하면서. 한 시간이 지나자 아니카가 걱정되기 시작했어. 아니카에게 계속 물을 적셔서 열을 내려줘야 하는데. 두 시간이 지나자 나는 일어섰어.

집에 도착하니 뭔가 이상했어. 보리스의 할아버지가 문 앞에 나와서 울고 있는 거야. 뛰어 들어가 보니 아니카가 없었어. 보리스가 안고 나간 거야. 심장이 터지는 것 같았어. 내가 가장 사랑하는 두 사람이 하룻밤 사이에 없어진 거야. 시간은 이미 자정을 넘었고. 나는 경찰소로 뛰어가서 아니카의 실종을 신고했어. 경찰들은 시큰둥하게 사건을 접수했지. 이건 사건이 아니라고 하면서. 아버지가 아들을 데리고 나간 게 무슨 문제냐고. 나는 오데사에 전화했어. 시아버지는 나를 예뻐한 것만큼 아니카를 귀여워했어. 시어머니는 마구 우시는 거야. 내가 자초지종을 모두 말하자 아니카가 걱정되기보다는 분리독립주의자인 아들이 걱정되셨던 거지."

남자들은 아이들이 여자에게 어떤 의미를 지니는지 완전히 알지는 못한다. 남자들은 문명의 소산이고 여자는 자연의 소산이다. 아이는 남자들에게는 자기 유전인자의 존속이고 자기 유산의 계승자이지만 여자에게는 세상 전부이다. 아이가 남자에게 갖는 의미는 사회적이지만 여자에게 갖는 이유는 본능적이고 생물적이다. 여자가 언제라도 성적 보상을 하는 것은 보호가 없이는 생존이 불가능한 아이에 대한 사랑에서 기원한다. 아이가 독립할 수 있도록 충분히 자랄 때까지 자신은 아이의 보호자가 되어 남자에게 자기와 아이의 보호를 요청한다. 성적 보상을 대가로.

그런 식으로, 아이가 남녀에게 갖는 비중은 엄청나게 차이가 크다. 정자와 난자의 차이만큼 크다. 흔하고 싸구려인 정자는 귀하고 값비싼 난자에 비해 아무것도 아니다. 남자들은 때때로 아이를 통해 여자에게 보복한다. 친권을 양도하지 않겠다는 것은 이혼을 요구하는 여자에게는 가장 악랄하고 야비한 보복이다. 그러한 쓰레기들이 이 세상에는 넘쳐난다. 임신을 촉발시키는 외에는 아무 기능도 없는 정자가 난자의 소산을 미끼로 난자의 주인에게 보복한다. 그러나 아이의 주인은 난자이다.

"보리스는 학교에 출근하지 않았어. 나는 모든 사람에게 연락했어. 아니카를 찾아달라고. 그러나 두 사람과 그 여학생이 같이 사라진 거야. 이때 연맹지부가 KGB에 기습당했어. 모두 체포되었고 모스크바로 압송되었지. KGB가 위험을 감지했던 거야. 고르바초프와 KGB는 갈등하고 있었어. 개방에 대한 가장 큰 반대자가 KGB였던 거지. 반동이 시작되고 있었던 거야. 키에프에는 폭력과 체포가 난무했어. 고르바초프가 반동 세력에 밀리고 있었고. 나는 내가 알고 있는 보리스의 친구들을 찾아다녔어. 아무것도 먹을 수 없었고 심지어는 마실 수도 없었어. 입술은 타들어가고 정신은 몽롱해져 갔어. 나는 독립광장에 하루 종일 서 있기도 했어. 아니카와 보리스가 어디에선가 나타날지도 모른다는 기대에. 그렇게 보름이 흘렀지.

어느 날 아홉 시쯤 집에 들어왔는데 누군가가 골목 어귀에서 나를 감시하고 있는 것 같았어. 집에 들어오고 일 분도 안 되어 비밀경찰들이 덤벼들었어. 나는 순순히 응했어. 그들은 차에 태우자마자 눈을 가리고 어디론가 데려갔어. 두 시간 이상 갔던 것 같아. 북쪽으로 가고 있다는 느낌만 들었어. 이대로 모스크바로 데려가나 보다고 생각했지. 아니었어. 우크라이나 북부의 어느 숲 속이었던 것 같아. 나무 냄새가 났고 발에 낙엽이 밟힌다는 느낌이 들었어. 그들은 사방이 시멘트로 막힌 곳에 나를 데려다 놓고 눈가리개를 풀어주었어.

조지, 끔찍했어. 바닥에는 아직 피가 마르지 않았고 사방 벽이 온통 피투성이였어. 그날 낮에 거기에서 누군가가 죽어 나갔던 것 같아. 그래도 죽음이 공포스럽진 않았어. 아니카를 찾아다니는 동안 너무 지쳤던 거야. 너무 지치면 자포자기하게 돼. 죽음 조차도 실감나지 않는 거지. 나는 단지 그 피가 보리스와 아니카의 것이 아니기만을 빌었어.

그들은 보리스의 행방에 대해 물었어. 나는 안심했어. 보리스는 무사하구나. 제발 어디론가 깊이 숨어라. 평생 만날 수 없다고 해도 괜찮다. 보리스, 제발 어디론가 깊이 숨어라. 가능하다면 몰도바나 루마니아로 도망가라.

첫 번째 주먹만 아팠어. 그 다음에는 감각이 없었어. 그들은 인쇄물을 눈앞에 흔들며 뭐라고 소리쳤어. 내가 인쇄했던 것들이야. 나는 그 일들을 모두 내가 했다고 얘기했어. 그렇지만 그 여자 이름은 대지 않았어. 그 여자를 추적하면 보리스가 잡힐 거라고 생각했으니까. 몇 시간을 맞았는지 몰라. 주로 주먹으로 얼굴을 치는 거였지. 이빨이 부러져 나갔고 몇 번을 졸도했어. 그리고 그들이 교대했어.

조지, 이제 지옥이 시작되었어. 교대된 사람들은 경찰이 아니었어. 우크라이나의 개였지. KGB에 협력하는 우크라이나의 개들 말이야. 그들은 내 옷을 모두 벗겼어. 그리고 차례로 강간했지. 강간이 끝나자 바닥에 누워 있는 나를 마구 밟았고 얼굴을 마구 찼어. 나는 보리스의 거처를 대겠다고 말했어. 죽더라도 옷을 입고 싶었어. 내가 옷을 입고 싶다고 말하자 그들은 웃으며 옷을 던져주었어. 나는 의자에 다시 앉아서 두 놈의 얼굴을 차례로 보며 말했어. 나는 보리스가 어디에 있는지 모른다고. 지옥에서 만나자고. 먼저 가서 기다리겠다고. 엄청난 타격이 먼저 얼굴에 왔고 옆으로 쓰러진 나를 아마도 의자를 들어서 내리친 것 같아. 나는 정신을 잃었어. 이미 죽은 거나 마찬가지였어. 그들이 계속 깨웠지만 깨어날 수가 없었어.

그런데 진짜 죽는 것이 낫겠다는 생각이 든 건 누군가가 남편이 마침내 잡혔다는 말을 할 때였어. 그중 한 명이 내 귀에 얼굴을 바싹대고 비웃듯이 말했지. 나는 이제 모든 것이 끝났구나, 라고 생각했어. 이 백정들에게 걸리면 살아 나갈 길은 없다는 생각이 들었어. 죽여달라고 소리쳤던 것까지는 기억나. 그놈이 나를 걷어찼고 다시 정신을 잃었어.

나는 드니에프르 강 상류의 강변에서 어떤 농부에게 발견되었고 병원으로 이송되었어. 갈빗대가 거의 부러져 있었고 골반 뼈는 세 조각으로 박살이 났지. 부러진 갈빗대가 폐를 파고들어 폐에 염증이 생기고 있었어. 3개월을 병원에 누워 있었어. 네 번의 수술을 받았고. 그동안 비밀경찰이 두 번을 왔다 갔는데 그때마다 내 퇴원 일자를 묻는 거야. 그런데 정작 무서웠던 것은 그들이 아니야. 전화벨이 무서웠어. 전화벨이 울리고 보리스가 아이를 데려간 거야. 나는 보리스를 원망할 수 없었어. 나는 단지 전화벨이 없었더라면 아니카가 없어지지는 않았을 거라고 생각했나 봐. 병원에서 전화벨이 울릴 때마다 몸서리가 쳐졌어."

전화벨과 부러진 골반과 보리스는 서로 관계가 있었다. 나는 나스타샤의 손을 가만히 쥐었다. 나스타샤는 끔찍한 일을 겪었고 드니에프르 강에서 다시 살아났다. 범죄자만 폭력과 살인을 저지르지 않는다. 국가 권력도 폭력을 저지른다. 그것도 엄청난 폭력을. 이것은 전제에 시달린 모든 사람들이 겪은 사실이다. 나는 인간의 마음속에 폭력에 이르는 길이 있다는 사실이 끔찍했다. 인간이 이룩한 학문과 예술의 이면에 이러한 폭력과 살인이 잠재해 있다는 사실이 끔찍했다. 인간은 '우주의 영광이며 버러지'다. 어떤 사람에게 폭력으로 위해를 가한다는 것은 생각처럼 간단하지 않다. 평범한 사람에게는 폭력으로 이르는 길이 멀다. 주먹으로 누구를 친다는 것은 생각하기 어려운 일이다. 도대체 이렇게도 극단적인 폭력을 저지르는 사람들은 어떻게 생겨먹은 사람들인가.

"비밀경찰들은 나를 모스크바로 압송할 예정이었어. 그들은 내가 다시 살아났다는 것을 믿을 수 없어 했어. 두 번이나 내 사진을 들고 와서 신원을 확인하는 거야. 나는 보리스와 아니카에 대하여 물었지만 그들은 자기들도 모른다고 말했어. 두 달이 지나서 의사들이 걷는 연습을 시키기 시작했는데 뭔가 잘못되었다는 것을 느꼈어. 발을 옮길 때마다 왼쪽 골반과 허리에 심한 통증이 오는 거야. 그러나 KGB는 계속 의사들을 독촉하고 있었어.

입원한 지 세 달이 지난 어느 날 밤에 나를 수술한 젊은 의사가 병실로 들어왔어. 그때는 다른 환자들이 퇴원을 해서 병실에 일시적으로 나 혼자 있을 때였지. 그는 청바지와 스웨터를 들고 있었어. 던져 주면서 빨리 입으라는 거야. 비밀경찰이 내일 나를 압송한다는 전화를 했대. 그 의사는 자기가 입고 있던 옷들을 벗어준 거야. 바지를 세 번이나 접어 올렸어. 의사는 돈과 지도를 주며 교통편을 가르쳐주었어. 꼭 살아서 남편과 아들을 찾으라고. 나는 언제고 기회가 된다면 이 사람에게 은혜를 갚아야 해."

나스타샤는 다시 흐느낀다. 그녀는 남편과 아이의 얘기를 할 때마다 울었다. 이 가련한 생명은 남편과 아이를 스스로보다 훨씬 사랑했다. 나는 어젯밤에 놀랐었다.

"조지, 나는 예쁜 여자가 아니라는 걸 알아. 그런데 내 가슴도 이렇게 상처투성이야. 조지, 미리 말해주고 싶어. 내가 이렇게 흉측한 상처를 가지고 있다는걸."

그녀는 그녀의 육체가 내 관심사가 아니라는 걸 모르고 있다. 나의 방에는 나와 멜리사와 그렉이 백스탑에서 머리를 맞대고 찍은 사진이 조그마한 액자에 있다. 나는 그것을 창틀에 올려놓았었다.

"조지, 결혼했었어?"

나는 터지려는 웃음을 간신히 참았다.

"애인이라고 할 것까지도 없었어."

나스타샤는 그러나 슬픈 표정을 지었다. 멜리사의 목은 매끈하고 아름다웠다.

"그렉, 베시, 사뮤엘, 데이비드, 멜리사 등등은 모두 친구야.

그냥 친구. 백스탑에서 당신에게 백립을 선물했던 미스터 머트가 그녀의 아빠야. 멜리사는 내가 웰드릭에 처음 왔을 때 내 호스트였어. 여기는 외로운 사람들에게는 호스트가 딸려. 당신의 호스트는 이를테면 나지. 사실은 애인(lover)이지만."

나는 그때 처음으로 애인이라는 말을 입에 올렸다. 나는 여러 번 사랑한다고 나스타샤에게 말했다. 나스타샤가 처음 그 말을 들었을 때는 그녀가 내 차에서 자고 있을 때였다. 내가 혼잣말로 중얼거렸다. 그리고 나스타샤가 처음으로 ESL스쿨에 나가던 날 그녀를 내려 놓으며 그 말을 했던 것 같다. 그녀는 그 자리에 못 박혔다. 나는 얼른 태연하게 웃었다. 상투적인 말로 만들려고. 사실 상투적으로 쓰이고 있는 말이다. 자유세계의 인플레이션은 언어에서 가장 크다. 그 후로 나스타샤는 그 말에 시큰둥했다. 그러나 애인이라는 말에는 예민하게 반응했다. 얼굴이 상기될 정도로 좋아했다.

"나는 먼저 오데사로 갔어. 보리스와 아니카가 살아 있다면 그리로 올 것 같았거든. 내가 살던 집은 이미 정부에 환수되었고 보리스의 할아버지는 요양소로 들어갔어. 이제 우리의 연고라고는 오데사의 그의 부모 집뿐이었지. 나는 가겠다고 전화를 하고 버스를 탔어. 버스에서 내리는데 여행 가방을 든 시아버지가 서 있는 거야. 그는 공포에 질려 있었어. 나를 데리고 어디론가 가는 거야. 식당이었어. 그 식당 주인이 아마 시부모님의 친구였던 거 같아. 비밀경찰이 다녀간 거야. 시아버지는 소심한 사람이야. 이빨이 딱딱 부딪칠 정도로 떨면서 도망가라고 말씀하셨지. 그는 가방을 건네주었어. 당신이 보았던 가족사진은 거기 들어 있던 거야. 나는 그 자리에서 도망쳐 나왔어. 조지, 몰도바와 루마니아를 거쳐 오스트리아까지 걸었어. 허리와 골반의 통증이 엄청났어. 내 골반의 치료는 잘못되었어. 아마 수술을 했어야 했을 테지만 엄두가 안 났을 거야. 그들은 캐스팅만 해두었던 거야. 뼈가 붙긴 했지만 틀어진 상태로 붙은 거지. 조지, 내가 만약 당신의 아기를 낳으려면 수술을 해야 할 거야."

데이비드의 말과는 반대로 의사들은 수술을 해야 한다고 말하고 있다. 이것은 관절의 문제가 아니다. 붙은 부분을 다시 절개하고 거기에 쇠를 박고 다시 접합을 시킨다고 했다. 그러나 이 모든 것이 아이와 무슨 상관이 있는가? 나는 생각조차 안 하고 있었다.

"조지, 난 아이가 없다면 살 수가 없어. 당신이 그것을 허락한다면 나는 당신의 노예가 되도 좋아. 그렇지 않다면 나는 나갈 거야. 아이가 없다면 난 결국 쓸모없는 사람이 될 거야. 아이를 가졌던 모든 여자는 나를 이해해. 아이를 키우다 잃은 모든 여자들 말이야."

나는 당황했다. 나는 아이를 좋아하긴 했다. 식당이나 웨스턴 프로듀스에서 아이를 바라보는 것은 큰 즐거움이었다. 그러나 내 아이는 한 번도 생각해본 적이 없었다. 나의 가정과 나의 아이는 내게 너무도 막연한 것이었다. 나스타샤의 요구는 부당하다. 그녀는 지금 의논이나 타협의 여지조차 주지 않고 있다. 아이가 없으면 나가겠다니, 그렇다면 우리 관계는 무엇이란 말인가? 생식을 위한 관계인가? 그러나 난 비겁했다. 이 요구에 대해 달래듯이 회피해 나갔다.

"나스타샤, 당신의 수술은 지금 신청되어 있는 상태야. 앞으로 10개월을 기다려야 하지. 그리고 당신은 영어도 좀 더 익혀야 해. 아이들은 영어가 금방 늘어. 그런데 엄마가 영어가 미숙하면 아이에게 무시당하지. 나는 아이에게 한국어도 가르칠 거야. 그러면 당신은 한국어도 배워야 해. 나스타샤, 당신에게는 준비가 좀 더 필요해. 앞으로 한참."

나스타샤는 이 말을 허락으로 알아들었다. 펄쩍 뛰며 덤벼들었다. 사랑한다고 소리치며. 그러나 나의 이 비겁은 그 후에 한참 동안 나스타샤에게 시달릴 빌미가 된다. 나스타샤는 제법 고집이 센 여자이고 우직하고 순진한 여자이다.

"조지, 3개월을 걸었어. 잘못된 골반으로 말이야. 루마니아의 국경을 넘을 때는 다행히 어떤 사람의 도움을 받았어. 국경을 오가며 밀무역을 하는 사람이었어. 그런데 그가 내 몸을 요구하는 거야. 웃옷을 벗고 상처를 보여줬어. KGB가 이렇게 만들었다고 얘기했지. 그 사람은 조용히 물러났어. 조지, 어젯밤 혐오스럽지 않았어? 나는 당신과 자는 게 사실 무서웠어. 내려다보면 나도 역겨워. 당신은 아무렇지 않았어? 정말 괜찮아?"

여성의 육체적 아름다움은 중요하다. 그것이 남성들에게 호소하는 첫 번째 동기이다. 그러나 어떤 여성이 무엇인가를 가지고 있다면—그 무엇을 나는 잘 모르겠다—용모의 아름다움은 부차적인 것이 된다. 어떤 여성들은 아우라(aura)를 가진다. 이 여성들은 인간적 미추를 뛰어넘는 무엇인가를 지닌다. '슬픔의 아테나(Athena Pensive)'나 '동굴의 성모'가 육체적 아름다움을 떠오르게 하지는 않는다. 나스타샤가 눈을 옆으로 내리깔고 슬픈 표정을 지을 때는 동굴의 성모가 생각난다. 존재 일반의 숙명과, 자기 아들의 고통과 죽음, 그리고 스스로가 겪을 운명에 대한 슬픔과 공감과 수긍이 그 눈매와 표정에 모두 들어 있다. 그때의 나스타샤의 모습을 단 한 번 보았다고 해도 나는 영원히 그 모습을 잊지 못했을 것이다. 그러나 나스타샤 본인은 그것을 모르고 있다. 여신이 인간적 아름다움을 구하고 있다.

"나는 오스트리아의 캐나다 대사관으로 들어갔어. 망명 신청을 했고. 그런데 문제가 있는 거야. 캐나다와 러시아 사이에 문제가 생길 여지가 있는 거지. 캐나다는 오스트리아 정부와 협력했고 나의 문제를 비밀리에 처리했지. 나의 이름은 사실 만들어진 거야. 내 이름은 메첸체바가 아니라 갈리나야. 지금은 버려진 이름이지. 그런데 메첸체바가 된 후에 좋은 일이 많이 생겼어. 조지 당신도 만났고. 당신은 온순하고 지적이고 성실해. 좋은 남편이 될 거야. 나를 사랑해준다면 하느님처럼 떠받들게. 나만의 하느님 말이야. 당신이 나스타샤라고 불러주는 것도 좋아. 처음에는 낯설게 느껴졌는데 지금은 아주 좋아.

캐나다 이민국에 머무르고 있을 때 문제가 발생했어. 여기 토론토에서 살인사건이 일어난 거야. 어떤 우크라이나인이 살해당했어. 로렌스(Lawrence)라는 거리에서 칼에 찔려 죽은 거지. 수사를 해나가던 캐나다 경찰은 그것이 본국에서 시작된 원한의 결과라는 것을 추정해냈어. 바로 나와 같은 꼴을 겪은 사람이 비밀경찰의 끄나풀을 살해한 거야. 캐나다 이민국은 내 문제를 고민했어. 살해당할 수도 있고 살인을 할 수도 있다고 생각한 거야. 내가 그렇게 멀고 으슥한 커피숍으로 가게 된 건 동족을 피해서였어. 나는 우크라이나 동포사회에 접근하면 안 돼."

캐나다에서는 가끔 이런 사건이 발생하고 당국은 이것을 '동족살인(affinity murder)'이라고 부른다. 대부분의 캐나다인들은 여기에 관심 없다. 이러한 사건은 폐쇄된 공동체의 문제로 끝나고 만다. 범인이 잡히는 경우는 거의 없다. 보복을 두려워하는 그들은 경찰 앞에서 완전히 함구한다. 경찰은 속수무책이다.

"그래서 나스타샤, 당신 지금 위험한 거야?"

나스타샤는 크게 웃는다.

"조지, 걱정하지 마. 사실 캐나다 당국이 너무 지나친 거지. 문제없어. 어쨌든 우크라이나인들과 접촉은 안 할 테지만, 가끔 우크라이나인들처럼 생긴 남자들을 보면 무서울 때가 있어. 그 비밀경찰의 개가 생각나는 거지. 나를 강간한 악마들 말이야. 눈조차 마주치는 것이 두려워. 당신이 동양인인 게 다행이야."

피가로의 결혼

눈은 이틀을 더 내렸다. 침실의 박공과 창틀이 눈으로 메워졌다. 아침에도 방 안이 침침하고 어둡다. 늦게까지 내처 잠을 자게 되고 밖에 나갈 수 없으니 무료하고 권태로워지고 게을러진다. 나스타샤는 이틀 동안 양말을 한 번도 안 신었다. 그 엄살꾼이 추위는 잘 견딘다. 나는 박공과 창틀의 눈을 털어내기로 했다. 집이 너무 어두웠다. 창문을 열고 눈을 바깥쪽으로 밀어낸 뒤 창틀을 빗자루로 털어내면 끝이다. 눈을 털어내고 있는데 건너편의 헌트 씨가 창문을 열고 소리친다.

"조지, 카드 할까?"

나는 별로 좋아하지 않는다. 계속 이기기도 지겹다. 보통은 보스턴이나 휘스트를 하는데 솜씨들이 형편없다. 억지로 져줄 수도 없는 노릇이고. 계속 이기면 짜증을 낸다.

"미스터 헌트, 백스탑 열었어요?"

헌트 씨는 고개를 젓는다. 이때 나스타샤가 무릎으로 기어서 다가온다. 역시 팬티만 입은 채로. 나는 손을 저으며 계속 나스타샤를 밀어냈다.

헌트 씨는 보수적이고 까다로운 사람이다. 흉볼 것이다. 그는 아일랜드 이민자로 카이저수염을 멋지게 기르고 있고 항상 머리에 기름을 바르고 있다. 마치 기름독에서 방금 나온 형상이다. 스스로를 멋쟁이로 의식하고 있지만 내가 아는 바 여성들에게 인기가 있는 편은 아니다. 얼마 전엔가 마리아의 강아지에게 큰 관심을 기울인 적이 있었다. 마리아가 그녀의 슈나우저를 끌고 산책하는 중에 쪼그리고 앉아 계속 강아지를 쓰다듬으며 마리아에게 말을 걸었다. 마리아는 폴란드 출신의 이민자이고 현재 독신이다. 그러나 마리아는 빨리 놓여나고 싶어 했다. 귀찮은 것이다. 헌트 씨가 시도해보지 않은 여성은 웰드릭에 없을 것이다. 멜리사는 크게 웃으며 그 얘기를 해준 적이 있다. 웰드릭 여성봉사회에서였단다.

"사람들이 헌트 씨를 불쌍하다고 하는 거야. 내가 왜 그러냐고 물었더니, 그분 의욕이 예전 같지 않다는 거야. 헌트 씨에 대해 얘기를 하던 중에 모두가 그에게 구혼받았다는 사실을 안 거야. 그런데 전부 거절한 거지. 이제는 아무에게도 구혼 안 한대. 아마 지친 거 같다고 다들 불쌍해하더라고."

대체로 열렬히 결혼하고 싶어 하는 남자는 결국 결혼한다. 여자의 경우 이것이 뜻대로 되지 않지만 남자들은 어쨌든 하고 만다. 남자의 경우 원하지 않는 독신 생활은 대체로 경제적 이유이다. 헌트 씨처럼 그럭저럭 살면서 독신인 경우는 드물다.

헌트 씨에게는 문제가 있다. 고지식하고 답답하고 보수적이다. 그리고 머리가 좀 나쁘고 관용이 없다. 그가 백스탑에 나타나면 모두가 조심해야 한다. 행동이 조심스럽지 않거나 농담이 심하면 그는 당장 나서서 호되게 나무란다. 경직된 도덕 교과서다. 그는 웰드릭 같이 관용적인 동네에서도 기피 대상이다. 자기 자신만 그 사실을 모른다. 본래 머리 나쁜 보수주의자가 제일 무서운 사람이다.

그의 이름은 존스턴(Johnstone)인데 누구도 그를 이름으로 부르지 않는다. 깍듯이 헌트 씨(Mr. Hunt)라고 불러야 한다. 본인이 그렇게 불리기를 원한다. 그는 여름에 잔디를 깎을 때도 넥타이를 맨다. 마치 퇴근하자마자 마누라에게 볶여 옷도 못 갈아입고 나온 것처럼.

그러므로 그가 인종 간의 결합을 눈감아주고 있다는 사실은 세상이 뒤집힐 만큼 커다란 관용이다. 한번은 나와 나스타샤가 은행에서 헌트 씨를 만난 적이 있다. 헌트 씨는 자꾸 눈을 피하고 헛기침을 했다. 여러 사람 앞에서 이 다국적 연인을 알고 있다는 사실을 알리길 싫어하는 것 같다.

백스탑에는 퀴즈 게임이 있다. 이것은 북미의 모든 술집이 케이블로 연결되어 있는 퀴즈 게임이다. 참가자는 버튼이 있는 키보드를 하나씩 받는다. 문제는 모니터로 출제된다. 그러면 우리는 문제의 요구에 맞춰, 객관식은 번호를 누르고 주관식은 키보드로 답안을 보낸다. 그 결과는 모니터에 실시간으로 나타나고 일정 점수를 따지 못하면 차례로 탈락한다. 한 달에 두 번은 예술 및 고전과 관련된 주제가 출제된다. 나는 키보드를 받아 쥐고 노인이 공짜로 나눠주는 땅콩을 한 보울 받아서 퀴즈 게임을 개시했다. 그런데 헌트 씨도 굳이 나선다. 그러나 그는 스스로에 대해 어떻게 생각하건 무식한 사람이다. 예술과 고전은 그 사람의 영역이 아니다. 단 오 분 만에 탈락했다. 그는 키보드를 내던지듯이 노인에게 주고 화를 내며 나가버렸다. 노인은 유쾌하고 친절한 사람이다. 그는 누구에게나 웃음 짓는다. 노인의 당황하는 모습에 오히려 내가 화가 났다. 성질 급한 마크가 '개새끼'라고 낮게 중얼거렸다.

그와 카드 게임을 한 적이 있었는데 악몽이었다. 질 때마다 신경질을 냈다. 나와 사뮤엘은 질려버렸다. 아슬아슬하게 게임을 해나갔다. 사뮤엘의 아내 아니타는 성질이 불같은 여자이다. 그녀는 사뮤엘보다 일곱 살이나 연상이고 여장부이다. 그녀는 카드를 바닥에 내던지고 나가버렸다. 헌트 씨에게 마구 퍼부어대면서. 헌트 씨도 같이 일어나서 서로 얼굴을 맞대고 소리를 질러댔다. 나는 그 후 다시는 그와 카드 게임을 하지 않았다.

한국인은 어떤 일에서고 남에게 뒤지지 않는다. 특히 연산 능력이 필요한 곳에서는 단연 발군이다. 우리는 간단한 암산을 민첩하게 해치운다. 우리는 아주 어린 시절부터 사칙연산을 암기로 하도록 훈련받기 때문이다. 이런 나라는 세계적으로 없을 것이다. 인디아나 중국도 고등학교 때부터는 계산기를 사용한다. 미국이나 캐나다에서는 정전 사태가 일어나서 금전등록기가 고장나면 가장 먼저 가게가 문을 닫는다. 계산이 불가능해지기 때문이다. 만약 그것이 분수 계산이라면 더구나 캐나다인은 속수무책이 된다. 나는 살고 있는 집을 월세로 살다가 매입했다. 내가 등기 이전을 한 시점은 17일이었다. 월세는 말일 날 계산한다. 나는 3개월 17일치의 월세를 800(3+17/30)이라고 계산해서 제시했다. 그때 사람들은 이것을 무슨 마야 문자를 보는 듯한 표정을 하고 내려다봤다.

브리지와 휘스트는 경우의 수에 대한 날카로운 계산 능력만 있다면 언제라도 이길 수 있는 게임이다. 재미있는 것은 동양의 게임은 대체로 그날의 운에 지배받지만 카드 게임은 운보다는 연산 능력에 지배받는다는 사실이다. 카드 게임이 벌어지면 모든 참가자들이 나를 자기편으로 끌어들이려 했다. 이 동양의 계산기는 쓸모가 많다. 나는 운에 좀 더 지배받는 포커 게임은 싫어했다. 그리고 자주 졌다. 내가 운이 좋은 사람은 아닌 듯하다. 그러나 계산이 필요한 게임은 좋아했고 주로 이겼다. 헌트 씨는 그것을 감지하지 못했다. 머리가 아둔하다고 믿기보다는 운이 나쁘다고 믿는 게 편하다.

나스타샤는 이틀 동안 150개의 단어를 외웠고 헤밍웨이를 40페이지 읽었다고 말한다. 오늘 아침에 벌써 세 번째 말하고 있다. 인도-유러피언 언어를 사용하는 사람들은 영어를 빨리 익힌다. 아마도 인도-유러피언 계열의 언어 중 영어가 가장 단순한 문법 구조를 가지고 있을 것이다. 기껏해야 몇십 페이지만 영문법을 익히면 영어를 읽고 말하는 데 제약이 없다. 그러나 영어의 난점은 문법 구조에 있는 것이 아니라 그 적용에 있다. 문법이 단순하기 때문에 문장은 애매해진다. 성, 수, 격이나 시제가 덜 세분화되어 있기 때문이다. 영어가 시문학에 있어서 탁월했던 것은 어느 정도 영어가 지닌 이러한 애매함 덕분이다. 영어는 그 문법을 익혔다고 해서 금방 영어 원전을 읽을 수 있는 언어가 아니다. 이것은 오랜 시간 동안의 독서와 훈련이 필요한 부분이다. 전체 내용에 대한 선행되는 예측이 없으면 영어 강독은 불가능하다.

고대 그리스어는 이와는 반대이다. 문법이 가장 치밀하고 분석적인 언어가 고전 그리스어일 것이다. 이 경우에는 문장 해석을 잘못할 여지가 없다. 모든 것이 분명하다. 문법을 철저히 익히고 나면 사전만 손에 들어도 플라톤이나 호메로스를 읽을 수 있다. 그러나 그 문법은 악몽이다. 익혀야 할 것이 많다. 그러므로 독서 경험이 풍부한 사람이 영어 독서에는 확실히 유리하다. 문법이 세밀하지 않으므로 내용 전체를 다각도로 이해할 수 있는 경험이 필요하다.

나스타샤는 고전을 좋아한다. 충분한 독서를 해온 듯하다. 영어 느는 속도가 놀랍다. 그녀는 또한 풍부한 문학적 감수성을 가지고 있다. 아름다운 문학적 표현이나 시구에 부딪히면 도취되어 얼이 빠진다. 나는 노튼 선집(Norton Anthology)에서 몇 편의 시를 복사해주었다. 그녀는 그 시들을 모두 외웠다. 그것들은 그녀에게 보물이었다.

"나스타샤, 헤밍웨이를 공부로 읽은 거야? 그건 재미로 읽는 거잖아."

그러나 나스타샤는 막무가내다. 지금 갑갑하고 따분하다. 나는 지금도 시간만 나면 글을 쓰거나 책을 본다. 나스타샤는 나를 방해하고 있다.

머트 씨가 전화했다. 지금 백스탑에 모여서 웰드릭의 제설과 피해 복구에 대한 회의를 하고자 하니 올 수 있는 사람은 출두해달라는 상공회의소의 요청이었다. 웰드릭의 동쪽에는 캐나다 국립철도(CN)가 지나가고 있고 그 주변은 지대가 낮다. 아마 그곳에 피해가 발생했을 것이다.

나스타샤는 이미 옷을 입고 있다.

"나스타샤, 나 혼자 갈 건데."

나스타샤는 털썩 주저앉는다.

"아니야, 농담이야. 나가자."

문이 열리지 않았다. 블리자드가 불면 눈은 막혀 있는 곳에 집중적으로 쌓인다. 나의 집과 사뮤엘의 집 대문은 서로 마주

보고 있고 그 사이는 벽으로 막혀 있다. 뒷집의 벽이다. 그 공간이 눈으로 막혀 있다. 문을 막은 눈은 문틈에서 나오는 공기에 조금씩 녹는다. 그리고 다시 강추위가 오면 얼어버린다. 이런 식으로 얼음과 눈에 의해 문이 열리지 않는다.

2층의 창문을 열었다. 잔디밭으로 뛰어내린 다음 차고로 들어가서 삽을 가져와야 한다. 삽으로 문의 눈을 치우면 그럭저럭 출입하게 만들 수 있다. 2층에서 뛰어내린다고 해도 걱정은 없다. 눈 위에 떨어지게 되니까.

건너편에서 헌트 씨가 큰 소리로 무슨 일이냐고 묻는다. 백스탑에 모이기로 하지 않았냐고 되물었다. 그에게 전화를 안 했거나 아니면 그가 전화벨 소리를 무시했을 것이다. 그의 집은 남향이다. 현관에 눈이 쌓여 있지 않았다. 창문에서 얼굴이 사라지더니 금세 현관문을 열고 나온다. 그러나 여기에서 백스탑까지의 거리는 1킬로미터는 충분히 된다. 거기까지 걸어갈 일이 걱정이다.

우리는 삽을 들고 출발했다. 대충 발 디딜 곳만 만들며 나아간다. 나스타샤는 신이 났다.

"나스타샤, 이제 서른세 살이야. 철 좀 들어."

나스타샤는 더욱 어린애 목소리를 흉내내며 말한다.

"아니야, 열세 살이야."

나는 헌트 씨의 눈치를 살핀다. 속으로 흉보고 있을 것이다. 온몸이 땀으로 젖어서 간신히 도착했다. 다행히 몰 주변은 제설이 되어 있었다. 그리고 간선도로(Yonge Street)에서는 대규모 제설작업이 시작되고 있었다.

백스탑에는 이미 여러 사람이 와 있었다. 몰 옆의 콘도미니엄 주민들이 먼저 와 있었다. 사실 그 주민들은 행정구역상 웰드릭에 속하지 않는다. 오늘 제설과 피해복구는 이 구역 전체의 문제이기 때문에 모였을 것이다. 큰 도로는 중앙정부와 지방정부가 책임을 떠맡고 있다. 문제는 지역 운동장과 좁은 산책길들이다. 그대로 두면 빙하처럼 딱딱해진다. 이 눈이 4월에나 녹는다. 그렇게 되면 몇 달 동안 산책조차 못한다.

제설 구역의 할당이 끝났다. 오늘이 목요일이니까 모레부터 시작하게 된다. 모인 사람들은 제각각 흩어지거나 여기저기 모여 술을 마시기 시작했다. 맥주가 더 이상 남아 있지 않았다. 블리자드로 주류 수송 차량이 올 수 없었다. 이것이 화근이었다. 일부의 사람들이 위스키와 럼을 마시기 시작했다. 며칠간 갇혀 있던 사람들은 집에 들어가기가 싫다. 술집 주인은 지나치게 취한 사람에게는 술을 팔지 않을 권리가 있다. 그러나 헌트 씨 일행은 난폭하게 술을 요구하고 있다. 소심한 노인은 그들의 기세에 어쩔 줄 몰라 한다. 마크와 데이비드가 그들을 노려보고 있다. 빨리 되돌아가야 한다. 만약 강추위가 오면 되돌아가는 길이 매우 어렵다. 노인도 초조해했다. 노인의 집은 멀다. 오늘도 두 시간을 걸어서 간신히 출근했다. 멜리사의 아버지도 몇 번이나 손뼉을 쳤다. 다들 집으로 가라고.

헌트 씨를 비롯한 아일랜드 출신의 일당들이 고집을 부렸다. 아일랜드인들 중에는 주당이 많다. 술집에서 제법 말썽을 부리는 사람들이다. 그들을 제외한 우리 모두는 다 같이 해산하기를 원했다. 날씨가 좋다면 술주정꾼들이 문제될 것은 없다. 지역 보안관을 부르면 금방 연행된다. 그는 보안관 사무실의 철창 안에서 하루를 자고 나오게 되고 약식 재판을 받게 된다. 그러나 이 날은 상황이 달랐다. 우선 노인도 퇴근해야 한다. 그리고 이 날씨에는 보안관이 여기에 온다 해도 아마 내일 아침에나 도착할 것이다.

그나마 내가 헌트 씨와 그중 잘 지내고 있었다. 내가 나섰다.

"헌트 씨, 같이 집으로 가세요."

헌트 씨는 자리에서 일어났다. 그러고는 나를 향해 짖어대기 시작했다.

"이 노란 놈아, 네까짓 게 뭔데 가라 마라 하는 거야. 너희 중국놈들은 캐나다 천지에 너무 많아. 너희 나라로 돌아가."

심지어 그는 팔꿈치로 내 가슴을 밀어제쳤다. 나는 얼이 나갔다. 이때 나스타샤가 얼른 끼어들었다. 그리고 나를 문 쪽으로 밀며 나가자고 말했다. 헌트 씨는 그때 더 큰 폭언을 했다.

"러시아 화냥년, 그 노란 놈하고 그 짓 하려고 캐나다 왔어?"

그는 태연히 제자리에 앉았다.

백스탑 안에 침묵이 흘렀다. 나는 모욕감에 정신을 잃을 지경이었다. 공기가 차갑게 얼어붙었다. 캐나다의 원칙이며 웰드릭의 원칙인 다문화주의가 시험받게 되었다. 웰드릭 주민은 여기 상공회의소에 속한 일부의 자영업자들 빼고는 거의 모두 이민 자이다. 그 자영업자들의 번성은 이민자들에게 달려 있었다. 몰 안에서 구둣방을 운영하는 헌트는 스스로도 아일랜드 이민자이 다. 그리고 인종차별주의자이다. 술이 그가 처한 입장을 잊게 만 들었고, 그의 속마음을 드러내게 했다. 이 폭언은 아마 용서받지 못할 것이다. 한쪽 구석에서 팔짱을 끼고 있던 치과 의사 마크 가 짐승 같은 소리를 내며 덤벼들었다.

"이 개새끼들."

그러나 멜리사의 아버지가 말렸다.

"헌트 씨, 그 아일랜드의 개새끼들과 지금 당장 나가."

그런 다음 멜리사의 아버지는 나와 나스타샤를 번갈아 바라 보며 물었다.

"고소하겠나?"

나는 고개를 저었다. 멜리사의 아버지는 매우 건장한 사람이 다. 그의 목 두께는 날씬한 처녀 허리만큼 굵었다.

"데이비드, 이리 오게. 나와 저 쓰레기들을 치우지."

그는 양손으로 한 명씩의 목덜미를 움켜쥐었다. 백스탑 안에 비명이 메아리쳤다. 데이비드는 각각의 멱살을 쥐고는 멜리사 의 아버지를 따라나섰다. 마크는 얼른 문을 열어주었다. 둘은 몰 의 바닥에 그 아일랜드 쓰레기들을 내다버렸다.

인종차별은 무식한 사람들의 전유물이다. 자기네 민족 가운데에서의 패배자들이 다른 인종을 향해 열등감을 해소하는 것이 인종차별이다. 교육받은 사람들은 두 가지 이유로 인종차별을 하지 않는다. 하나의 이유는 바로 교육의 효과와 결과에 대한 경험 때문이다. 그들은 교육이 얼마만큼 사람을 변화시키는지 잘 알고 있다. 그리고 교육받지 않았을 때의 인간이 얼마만큼 평준화되어 있는가도 잘 알고 있다. 그들은 지성과 교양은 인종을 선택하지는 않는다는 것을 안다. 그들에게는 인종보다는 지성이 더 중요하다.

두 번째 이유는, 교육받은 사람들은 교육을 통해 절도와 자제를 배우기 때문이다. 그들도 인종차별적 사고를 가진다. 그러나 잘 감춘다. 그것을 드러내는 순간 자기에게 파멸적인 결과가 온다는 것을 알기 때문이다. 사실상 차별은 어디에나 있다. 오른손잡이 위주로 되어 있는 생활의 편의 시설들도 왼손잡이에게는 차별적인 것이고, 모두가 시각을 갖고 있다는 전제하에 만들어진 문명도 장님에게는 차별적이다. 언제나 다수는 소수에게 차별적이다. 문제는 명백히 부당한 차별이다. 교육받은 사람들은 차이와 차별을 잘 구분한다. 인종차별은 더 이상 가능하지 않다. 차별하는 사람에게 불리한 결과가 나오기 때문이다.

언제나 신참자들이 문제이다. 그들은 개종자의 정열을 가지고는 그들의 우월성을 과시한다. 북미의 전형적인 영국인 후손들은 대체로 인종차별을 하지 않는다. 방금 그들 사회에 편입된 사람들이 차별을 한다. 아마도 세계에서 인종차별을 가장 심하게 하는 민족은 북미의 유태인들일 것이다. 이 중동인들은 스스로가 백인 사회의 일부가 되었다고 믿는다. 그러고는 돌아서서 소수 인종을 멸시한다. 그러나 그들은 모르고 있다. 소수 인종의 고유성을 지켜 나가는 사람들이 그들보다 낫다는 것을. 아일랜드인들도 이 점에 있어 유태인과 비슷하다. 이 경박하고, 술 좋아하고, 수다스럽고, 거짓말 잘하는 성 패트릭의 민족들은 상당히 인종차별적이다. 그날 헌트 씨와 같이 모여 있던 작자들은 모두 아일랜드인들이었다. 프랑스 혁명은 전통적인 귀족들의 특권보다는 이제 갓 귀족 사회에 편입한 법복귀족들의 특권 수호와 우월감이 원인이었다.

캐나다 사회는 술주정에 대해 관대하지 않다. 그리고 사안은 술주정이 아니라 인종차별이다. 헌트 씨가 내뱉은 노골적인 인종차별적 발언은 형사처벌을 받는다. 이것은 심지어 친고죄도 아니다. 누구라도 고발할 수 있다. 웰드릭에서는 누구도 고발 따위는 하지 않는다. 그러나 웰드릭 주민회의는 굉장한 구속력을 가지고 있다. 주민회의가 소집될 사안이라는 것이 헌트 씨 사태의 심각성을 말하는 것이었다.

주민들의 의결은 다음과 같았다. 헌트 씨가 고발을 피하는 길은 하나밖에 없다. 가로 1미터, 세로 50센티미터의 널빤지에 '인종차별주의자의 집'이라고 써서 그의 집과 가게에 이것을 건다. 만약 이것을 거부하면 주민 전체의 서명으로 고발한다. 그리고 주민 모두는 헌트 씨와 그 일당에게 먼저 말을 걸지 않는다. 이 기간은 6개월이다.

이 의견은 179대 3으로 가결되었다. 압도적인 가결에도 불구하고 사람들은 세 명의 반대자에 대하여 놀라고 있었다. 만약 부결된다면 나는 고소할 작정이었다. 매튜가 활약할 터이다. 헌트 씨는 내게 악수를 청했지만 나는 싸늘하게 쳐다보며 거절했다. 인종차별은 타협할 수 있는 사안도, 화해할 수 있는 사안도 아니다. 대가를 치러야 한다.

"조지, 내가 결혼한 사람이라고 말했어?"

나스타샤는 매우 시무룩해 있다. 나는 피곤했고 약간 짜증이 났다. 그러나 이 문제는 집안 내에서도 해결할 성격의 것이다.

"나스타샤, 잘 들어. 나는 나스타샤에 대해 지역 신문에 쓴 내용 외에는 아무것도 말하지 않았어. 그리고 그 아일랜드 주정뱅이가 뭐라고 했건 그건 마음에 새길 가치도 없는 거야. 나스타샤, 캐나다가 천국이 아닌 건 우크라이나가 천국이 아닌 것과 같아. 우크라이나에 미친개들이 있다면 여기에도 있어. 신경 쓸 필요 없어."

나스타샤는 웃지 않는다.

"조지, 나는 어떤 소리를 들어도 좋아. 난 결혼한 여자야. 그런데 당신하고 살고 있어. 나한테 화냥년이라고 해도 어쩔 수 없어. 그렇지만 당신이 그런 소리를 들으면 안 돼. 당신은 존경받을 자격이 있어."

웰드릭 주민들의 몇 명이 지역 대학에서 내 강좌를 듣고 있다. 그리고 내 집에서 음악을 듣곤 한다. 미술의 이해를 위해서는 동시대에 같이 진행된 음악에 대한 경험이 많은 도움이 된다. 나는 렘브란트에 대한 수업이 있으면 그 주의 주말에 바흐의 음악을 들려주곤 했다. 나는 응분의 존경을 받고 있다. 길에서 마주치거나 슈퍼에서 마주친 나의 학생들은 깍듯하다. 무엇을 더 바란단 말인가.

"나스타샤, 난 과분할 정도의 존경을 받고 있어."

나스타샤는 섬세하고 세밀한 사람은 아니었다. 약간은 무심하고 대범하고 덜렁거렸다. 나스타샤가 세 달 동안 저지른 이런저런 실수를 나열하면 몇십 개 항목은 될 것이다. 버스를 반대 방향으로 타서 공항에 가 있기도 하고, 남의 집 대문을 열고 들어가기도 하고, 커피에 소금을 집어넣기도 하고, 오븐 속 음식을 새까맣게 태워서 온 집 안을 연기로 가득 채우기도 했다. 이때는 리치먼드 힐의 소방차가 네 대나 출동했다. 캐나다는 집 안에 연기가 차면 화재 사이렌이 울린다. 천장의 센서가 구획 전체와 소방서에 연결되어 있어서 마을 주민들은 밖으로 대피한다. 나스타샤는 다락방으로 숨어버렸다. 미안하고 창피하다고. 양말을 짝짝이로 신고 가는 일은 다반사였고 심지어는 신발도 가끔 짝짝이로 신고 갔다. 왼발엔 검은 구두, 오른발엔 갈색 단화. 잦은 실수는 같이 사는 사람을 힘들게 하지만 타고난 성격을 어떻게 할 수는 없다. 그리고 나는 그 성격을 사랑했다.

나스타샤는 잔소리나 짜증이 전혀 없었다. 자기 실수에 대해서는 큰 소리로 웃어넘겼고 피곤하거나 복잡한 상황은 스트레스 안 받고 그럭저럭 처리해 나갔다. 그리고 그녀의 장점은 지적이고 심미적인 데 있어서의 뛰어난 열성이었다. 서른두 살에 시작한 공부가 쉽지는 않다. 그녀에게는 십여 년의 공백이 있다. 그러나 단 몇 달 만에 좋은 학생이 되어 있었다. 그녀는 이런저런 소설을 흥미 있게 읽었다. 나는 퇴근길에 그녀를 태우고 서점에 가곤 했다.

"조지, 읽을 만한 책 좀 골라봐."

나는 나스타샤가 대견하고 사랑스러웠다. 그녀가 학문과 예술에 부여하는 흥미와 존경은 대단했다.

"조지, 영어를 배울 때 제일 기대되는 게 뭔지 알아? 첫 번째, 당신하고 대화할 수 있다는 것, 두 번째, 소설을 읽을 수 있다는 것. 하하."

나는 그녀에게 셰익스피어를 읽어야 한다고 말했다. 아직은 안 되지만 언제고 읽어야 한다고. 이 말이 그녀에게 각인되고 말았다. 일주일에 서너 번씩 졸라댔다. 지금은 읽을 수 없냐고. 나는 《로미오와 줄리엣》을 같이 읽어 나갔다. 그러나 아직은 아니었다. 나스타샤도 머리를 흔들었다. 책을 노려보며 입을 꾹 다문다. 나는 언젠가 그녀와 내가 셰익스피어를 같이 즐길 수 있을 거라고 생각한다. 그녀는 성실하고 적극적이고 심미적이다. 이런 사람은 문학적 흥미를 평생 가지고 간다.

"나스타샤, 발레와 오페라 중 어느 쪽을 더 좋아해?"

나스타샤는 고민에 빠졌다. 나는 하나만 갈 수 있다고 말했다. CBC홀과 로이톰슨홀은 매달 간행물을 내놓고 나는 거기에 원고를 기고하고 있다. 원고료가 나오긴 했지만 적은 돈이었고, 내 관심은 그들이 무료로 주는 공연 티켓이었다. 그들은 한 달에 한 번 내가 원하는 공연의 티켓을 우송해주었다. 내가 좋아하는 두 공연이 3월 말에 한꺼번에 예정되어 있었다. 〈지젤〉과 〈피가로의 결혼〉이었다. 나스타샤는 기다려달라고 말했다.

"〈지젤〉은 한 번 본 적이 있어. 키로프 발레단이 오데사의 오페라 홀에서 공연했을 때 보리스와 함께 갔지."

오데사는 음악의 도시이다. 오이스트라흐도 그곳 출신이고 아이작 스턴도 그곳 출신이다. 나는 오이스트라흐의 바흐 조곡을 좋아했고 스턴의 모차르트 협주곡을 좋아했다. 그 우크라이나 연주자들은 깊이 있고 우아했고 서정적이었다.

"〈피가로의 결혼〉은 본 적이 없어. 음악도 들은 적이 없어. 어떤 오페라야?"

뭐라고 말해야 하나. 이 아름답고 호사스러운 오페라에 대해 내가 말할 수 있는 것은 무엇일까? 그 음악에 대한 설명은 언어로는 불가능하다. 그 오페라를 작곡할 때 음악가는 신이었을 것이다. 아니면 신의 사랑받는 도구였던지. 나는 백작부인과 스잔나의 이중창에 넋이 나가곤 했었고 가슴을 조이며 밀려드는 전율로 얼어붙곤 했었다. 인간은 이렇게까지도 위대할 수 있다.

"모든 예술이고 모든 음악이야. 모든 기쁨이고."

나스타샤는 이마를 찌푸리며 무슨 말이냐고 묻는다. 나는 무엇을 말해야 할지 모르겠다. 그 오페라를 어떤 오페라라고 말할 수 있을까? 이 위대한 음악가 앞에서는 모든 형용사가 빛을 잃는다. 이 오페라는 내 젊은 시절에 큰 위안이었다. 덧없음 가운데 커다란 기쁨이었다.

"내 말은, 거기에는 모든 예술과 모든 음악이 다 들어 있다는 거야. 뛰어난 음악일 뿐만 아니라 위대한 문화적 업적이라는 얘기지. 나스타샤, 〈피가로의 결혼〉을 즐기지 않으면서 음악을 좋아한다고 말할 수는 없어. 거기에는 음악과 삶의 모든 것이 다 들어 있어."

나스타샤는 오페라로 결정했다.

우리는 힐크레스트 몰에서 쇼핑을 할 때 나스타샤의 정장을 산 적이 있다. 아마도 캐나다의 여성복처럼 투박하고 거칠게 만들어진 옷도 없을 것이다. 예쁘거나 섬세한 옷은 거의 없다. 그러나 나스타샤가 탈의실에서 입고 나왔을 때 나는 놀랐다. 평범하고 투박한 옷이 아름다운 옷으로 바뀌어 있었다. 이 슬라브 여성은 연극적 기질이 있다. 웃으며 이리저리 포즈를 취한다.

"나스타샤, 살을 더 찌울 거야? 이제 더 찌면 안 돼. 더 이상

날씬하지는 않게 될걸. 그리고 옷도 다시 사야 하고."

나스타샤는 긴장한다.

사실 내가 이 말을 한 건 계산속도 있었다. 음식을 한식으로 바꾸고 싶었다. 적절한 기회를 잡았다. 예쁜 옷을 못 입을지도 모른다는 건 여성들에게 약간의 두려움이다. 심지어 할머니들에게까지도. 톰슨홀엔 이 옷을 입고 가면 된다.

"나스타샤, 오페라는 음악회는 아니야. 오페라는 동시에 연극이야. 〈피가로의 결혼〉은 원래 프랑스의 희곡이었어. 보마르셰의 3부작 중 하나야. 음악만 듣고 있으면 안 돼. 연기도 보아야지. 이를테면 음악은 이미 익숙한 것이 되어 있어야 해. 그러니까 음악을 먼저 들어야 돼. 그 오페라는 세 시간에 가까워. 난 생처음 접하는 음악을 세 시간이나 듣는다는 건 고역이야. 먼저 음악에 익숙해져야 오페라 전체를 즐길 수 있어."

나는 LP를 테이프에 복사했다. 그녀는 어학 실습용으로 소형 카세트를 가지고 다녔다.

"자, 이제 수십 번 들어야 돼. 매우 아름답고 깊이 있는 아리아들이 있어. 즐길 수 있을 거야."

나스타샤는 대답한다.

"네, 알겠습니다, 선생님."

나스타샤는 열성이다. 식탁을 차리면서 〈편지의 이중창〉을 흥얼거린다. 나는 리브레토를 내줬다. "대사까지도 알고 보면 좋지" 하고는. 그녀는 읽으며 계속 웃는다. "나쁜 놈" 하면서. 에스

파니아의 백작님은 이 우크라이나 여성에게 욕을 얻어먹는다.

"조지, 이 오페라는 대단해. 아리아들이 정말 아름다워. 〈보이 케사페테(Voi che sapete)〉는 알고 있던 곡이야. 학교에서 배웠어. 그 곡이 이 오페라에 들어 있는지는 몰랐어. 내가 제일 좋아하는 곡은 〈편지의 이중창〉이야. 아름다워."

나스타샤는 테이프가 늘어질 정도로 들었다.

그녀는 음악을 좋아한다. 그녀에게는 좀 더 많은 기회가 있어야 했다. 서방세계에서는 너무도 범람하기 때문에 무관심의 대상인 모차르트가 동구권 출신의 이 여성에게는 황금의 영혼이다. 가치가 사랑을 부르지는 않는다. 손만 내밀면 주어지는 가치에 우리는 무심하다.

"조지, 고마워. 나에게 생명을 준 건 부모님이야. 그런데 삶은 당신이 줬어. 나는 당신을 알기 전에는 삶이 이런 건지 몰랐어. 내가 행복하지 않았던 건 아니야. 단지 행복이 뭔지 몰랐을 뿐이야. 이제 행복이 뭔지 알아. 행복은 진실이고 아름다움이야."

슬라브 여성은 정열적이다. 쉽게 감동한다. 나스타샤는 행복도 심미적으로 바라본다.

나는 나스타샤의 삶 속에 고통이 있는 것을 안다. 그녀의 진정한 사랑 역시도 보리스와 아니카를 향해 있는 것도 나는 안다. 그리고 지금의 그녀의 삶이 완전한 행복이 아니라는 것도. 언젠가 이 문제를 해결해야 한다. 내가 진정으로 나스타샤를 사랑한다면 보리스와 아니카를 찾아줘야 한다. 만약 그들이 어딘

가에 살아 있다면. 그리고 나는 동방적 포기와 극기를 배워야
한다. 우리의 조상들이 삶의 고통 속에서 수천 년을 쌓아온 그
포기와 극기를.

　로이톰슨홀의 홍보 출판팀에서 전화가 와 있었다. 해롤드이
다. 그는 홍보팀장이며 수석 편집인이다. 팸플릿 작성자가 잠적
했단다. 나는 이들의 고충을 알고 있다. 대부분의 사람들에게 글
을 쓴다는 것은 부담이다. 정해진 날짜까지 원고를 마감해달라
는 왓슨 부인의 전화는 큰 압박감을 준다. 더구나 그 글이 저자
의 식견과 이념 위에 써져야 할 경우에는 그 부담감이 거의 무
한대로 늘어난다. 이것은 과장이 아니다. 어떤 경우에는 원형탈
모가 생겨서 머리털이 날아가기도 하고, 어떤 경우에는 입 안이
헐어서 식사를 못 할 경우도 있다. 저자는 자기의 역량을 넘어서
는 원고 청탁을 받아서는 안 되지만 써보기 전까지는 모른다.
잠적한 그 사람은 자포자기적인 아노미 상태에서 어디론가 도
망갔을 것이다. 집에 돌아와서 자동응답기를 켰을 때 들려오는
편집자의 목소리는 지옥에서 온 사자의 목소리이다.
　새로 부임한 톰슨홀의 사장은 교수 출신인데 사나운 사람이
었다. 그는 서술식의 팸플릿 작성을 싫어했다. 도대체 베토벤이
나 바흐가 누군지도 모르고 음악회에 오는 사람이 있느냐는 것
이고, 음악 사전만 펼쳐보면 누구나 찾을 수 있는 정보를 원고
료 받아가며 베껴오는 것이 말이 되냐는 것이었다. 틀린 말은

아니다. 해롤드는 사장이 내던지는 원고에 몇 번이나 얼굴을 얻어맞았다고 하소연이다.

그러나 사장이 요구하는 팸플릿 역시도 적절한 것은 아니다. 팸플릿을 읽는 청중들은 막이 올라가는 것을 무거운 마음으로 지켜보게 된다. 〈카르멘〉을 감상하기 위해 낭만주의의 형이상학적 이념까지 알아야 한다는 것은 이번에는 청중들에게 부담이 된다. 기고자가 부담을 느끼며 쓴 글이 다시 청중들에게 부담을 주게 된다. 지식은 만약 그것이 의미 있는 것이라면 완전히 알거나 전혀 모르거나이다. 적당히 안다는 것은 사실은 모른다는 것이다. 그러나 사장이 요구하는 것은 이것이었다. 예술에 대한 이념적 이해는 매우 어려운 것이다. 베르그송과 마르셀 프루스트와 마네를 연결시켜 이해하고 데이비드 흄과 루소와 들라크루아를 연결시켜야 이해되는 예술의 이념은 모두의 것은 아니다.

진실은 사장과 청중 사이의 어디엔가 있다. 내가 써야 하는 것은 이것이었다. 나는 톰슨홀의 간행물에 이 년째 미술사를 연재하고 있었고 사장은 이 글에 비교적 호의적이었다. 해롤드가 내게 전화를 한 것은 이것이 이유였다. 날리는 원고에 더 이상 얼굴을 얻어맞기는 싫단다. 청탁을 받아들였다. 그 대신 원고료 말고 〈지젤〉 티켓 두 장을 요구했다. 이 전화 통화를 나스타샤는 주의 깊게 듣고 있었다. 보고 싶어 한다. 거기에는 그녀가 지금보다 젊었던 좋은 시절과 보리스와의 행복했던 결혼 생활이 들어 있다.

그녀에게 있어 나는 미래이고 보리스는 과거이다. 〈피가로의 결혼〉은 미래를 향한 것이고 〈지젤〉은 과거에 속해 있다. 나는 꼭 구해주고 싶었다. 나는 과거의 부정으로 미래가 아름다워질 것을 믿지 않는 만큼, 보리스의 부정에 의해 내가 나스타샤에게 의미를 지닌다고는 생각하지 않았다. 나는 과거가 부정되기보다는 극복되기를 원했다. 만약 그것이 극복되지 않는다면 나는 허깨비와 살고 있는 것이 된다. 보리스가 살아 있다면 나스타샤를 되돌려줘야 할지도 모른다. 그것도 나쁜 것은 아니다. 사랑과 절망은 나만 겪는 것은 아니다.

　해롤드는 난색을 표했다. 규정에 어긋난다. 원고에 대한 보상은 원칙적으로 원고료이다. 한 장이라도 구해달라고 했다. 남아 있는 티켓은 R석뿐이었고 그것은 150불이었다. 큰돈이다. 나는 그때 저금을 하려고 애쓰고 있었다. 우선 나스타샤의 골반 수술을 해야 했고, 치과 치료를 해야 했다. 우크라이나의 백정이 나스타샤의 왼쪽 이빨 두 개를 부러뜨렸다. 나스타샤는 부러진 이빨 위에 어설프게 보철을 하고 있었고 거기에 자꾸 음식이 끼어 불편해했다. 치과의사는 이빨을 빼고 결국 임플란트를 해야 한다고 한다. 그 부러진 이빨의 치낭에 이미 치은염이 생기기 시작하고 있었다. 의사는 4,000불의 청구서를 내밀었다. 미루어두었다. 나는 사실 캐나다 의사들을 신뢰하지 않고 있었다. 의료 시스템이 어떻건 모든 외과적 처치는 사람에 의한 것이고 그것도 사람의 손끝에 의한 것이다. 손의 섬세하고 민활한 감각에 관한 한 나는 우리 민족을 신뢰한다. 수술을 받기 위해 우리는 한국에 가야 한다. 여름방학은 3개월이다. 올해 여름은 한국에서 보낼 거라고 하니까 나스타샤는 불안해했다. 캐나다에 다시 못 오면 어쩌냐고 불안해한다. 그녀는 힘들게 난민 자격을 취득했다.

"나스타샤, 당신은 이미 캐나다인이야. 영주권을 취득했잖아. 당신은 캐나다인이 누리는 모든 권리를 누릴 자격이 있어. 자국민의 입국을 막는 나라는 나라가 아니야. 그리고 한국도 살기에 좋은 나라야. 거기에서 사는 것도 좋아. 내 조국이야. 엄청난 속도로 발전하고 있는 나라지. 그곳은 활기 있고 재미있는 데야."

한국에 나가는 것이 수술 때문이라는 것을 나스타샤는 모른다. 나는 치은염이 생긴 이빨 두 개를 뽑도록 했다. 상처가 빨리 아물고 잇몸이 자리를 잡아야 임플란트가 가능하다고 한다. 동생이 올봄에 개업할 예정이다.

해롤드는 공연장에 나와 있으라고 한다. 예약이 취소될 경우 그 자리는 결국 비게 되고 주최측이 이 자리에는 신경을 안 쓴다. 그러한 경우가 종종 발생하니 공연 시각에 맞추어 로비에서 기다려보라는 것이다. 나는 기뻤다.

"해롤드, 꼭 구해봐. 내가 이번에 너를 구원해주니까 공연 날에는 네가 나를 구해줘."

나는 〈피가로의 결혼〉의 그날을 잊지 못한다. 우리는 칼턴

(Carleton)가에 있는 한 커피숍에서 만나기로 했다. 조금 일찍 만나서 커피도 마시고 샌드위치도 먹기로 했다. 계절은 봄에 접근하고 있었다. 제법 햇볕이 내리쬐고 있었고 나뭇잎들도 조금씩 나오고 있었다. 캐나다의 봄은 4월 중순이나 되어야 간신히 시작된다. 아직 2주 정도 남았다. 그러나 사람들은 이미 봄옷을 입기 시작하고 있다. 동부의 겨울은 추위보다도 길다는 사실 때문에 괴롭다. 11월 초에 내린 눈이 3월 말까지 간다. 5월에도 폭설이 내리는 경우가 있다. 메이플라워호를 타고 온 최초의 이민자들에게는 이 긴 겨울이 정말 끔찍했을 것 같다. 그들은 이 신대륙에 봄이 오기는 올까 하고 걱정했을 것이다. 우중충한 6개월의 하늘은 사람을 힘들게 한다. 하늘은 검은 구름에 덮여 있고 이것이 사람의 마음을 무겁게 누른다.

3월 중순이 되면 사람들의 마음은 초조해진다. 빨리 봄이 안 오면 미칠 것 같은 심정이 된다. 그들이 추운 날씨에도 불구하고 봄옷을 성급히 꺼내 입는 것은 아마도 그 오랜 주술, 표상은 실재를 부른다는 구석기의 주술을 암시적으로 믿기 때문일지도 모르겠다. 봄옷의 색깔은 화려하다. 화려하고 표현적으로 생긴 앵글로색슨족들에게는 이 화사한 색조가 잘 어울린다. 금발과 푸른 눈과 하얀 피부는 붉고 노란색의 의상과 어울려 매우 화려해진다. 가까이 다가가 봤을 때의 표현적 투박함과 멀리서 봤을 때의 다채로운 아름다움이 이 인종의 특징이다.

나는 행복한 희망에 젖는다. 조금 있으면 커피숍과 레스토랑들은 옥외 테이블을 설치하고 데크를 꽃으로 에워싼다. 화원과 과일가게는 꽃과 과일을 노천에 내놓는다. 꽃은 보도 위에 지천으로 널리게 되고 꽃바구니가 가로수들에 매달리게 된다. 찬바람이 맴돌던 눈의 거리는 과일 향과 꽃향기와 속삭임과 미소로 가득 차게 된다. 그때부터 거리는 다시 한 번 생명을 얻게 되고 삶은 점차로 풍부하고 소란스러워진다. 로즈데일 언덕을 올라서는 순간 꽃과 연인들로 덮인 아름다운 도시가 나타난다. 삶의 환상이 만들어지는 아름다운 도시가.

나는 옥외 테이블에 샐러드와 프렌치프라이와 과일을 산처럼 쌓아놓고 나스타샤와 함께 새로운 봄을 즐길 꿈에 젖어 있다. 나스타샤는 힘든 몇 년을 보냈다. 그러나 기회는 많다. 그녀는 젊고 아름답다. 짧은 스커트와 파인 블라우스가 어울릴 만큼 젊다. 봄날의 도심에서 열기와 환희를 즐길 만큼 충분히 젊다. 우리는 흥청거리는 금요일 저녁에 다운타운의 밤을 같이 즐길 것이다. 지금껏 한 번도 나의 것이 되어본 적이 없었던 거리의 밤을. 축제에 물든 도시의 밤을. 아름다운 오월에. 봄의 절정에.

나는 창밖으로 건널목을 바라보고 있다. 보행자 신호로 바뀔 때마다 화려한 옷들이 길을 건넌다. 나는 생각에 잠겨 눈만 밖을 향해 있다. 책을 쓰는 사람들의 눈은 때때로 열린 채 잠든다. 항상 마음이 글에 가 있다. 사물들이 모네의 그림처럼 보인다. 이때 나의 눈이 무엇인가를 발견했다. 한 행성을 발견했다.

이 행성은 길을 잃지는 않았다. 목적지가 있다. 발끝이 어딘가 분명한 곳을 향하고 있다. 나스타샤가 길을 건너려 하고 있다. 그녀는 조금 늦었다. 초조해한다. 이마를 찌푸린다. 신호가 바뀌었는데도 차량들이 꼬리를 문다. 그러나 그녀는 짜증을 내지 않는다. 짜증을 내기에는 그녀는 귀족적이다. 단지 운전자를 흘끔 보았을 뿐이다.

나스타샤는 길을 건너기 시작한다. 곱슬거리는 단발머리를 바람에 찰랑거리며. 스커트를 입었다 해도 어딘가 나이 어린 소년 같은 분위기이다. 봄의 전령으로는 그녀가 헤르메스보다 어울린다. 가볍고 가뜬하게 걷고 있다. 땅 대신 공기를 딛는 것처럼. 커피숍의 대리석 기둥에 무엇인가 반사되더니 그리스의 여신이 창에 나타난다. 흰색의 투피스를 입은, 아름답고 풍부한 갈색머리와 따뜻하고 깊은 눈을 가진 품위 있는 여신이. 가뜬한 발걸음으로 걷고 있는 그리스 여신이.

신은 아름답고 연약한 피조물을 창조했다. 저 귀하고 아름다운 것도 소멸할까? 그럴 것이다. 먼지가 모두의 결론이다. 자연은 무심하다. 안타까움을 느끼는 것은 영혼뿐이다.

공기가 시원하게 느껴지는 듯하더니 아테나 여신이 내 앞에 앉는다. 나는 화사한 번쩍임에 눈이 부시다. 내가 잠깐 졸았던 것일까? 그녀의 옷은 흰색이 아니라 옅은 푸른색이었다. 눈부신 태양이 색깔을 바꾼 것일까? 우리는 몰을 두 바퀴 돌아서 간신히 그 옷을 샀었다. 보람이 있었다. 그녀는 아름다운 사람이었다. 조국에서의 혹독한 시련과 가족과 헤어진 고통도 그녀의 발걸음을 꺾지는 못했다. 가볍고 요정과 같은 그녀의 발걸음을.

그녀는 팸플릿에 내 글과 사진이 나와 있는 것을 보고는 신기해했다.

"조지, 이렇게 보니까 당신 잘생긴 사람인데."

"나스타샤, 사진보다는 글을 읽어."

그 고료가 자신의 수술비를 위해 저축되었다는 사실을 알았다면 마음이 편치 않았을 것이다. 나스타샤는 일을 하겠다고 했다. 쪼들리고 있는 상황을 전혀 드러내지 않았지만 나스타샤는 내가 절약하고 있다는 사실을 알았다. "당신 참 알뜰한 사람이야" 하고는 큰 소리로 웃곤 했으니까.

나스타샤는 아직 일을 해서는 안 된다. 지금 배우지 않으면 앞으로의 삶이 고달파질 것이다. 나는 나스타샤가 ESL 고급 과정만 마치면 지역 대학의 회계학과에 입학해야 한다고 못 박아 두었다. 거기를 졸업하면 은행 창구에서 일할 수 있다. 캐나다의 창구 직원은 서서 일한다. 그렇다 해도 커피를 파는 것보다는 낫다. 신세계에서의 삶은 여기에서의 학위를 가져야 무언가를 해볼 수 있는 생활이다. 그러나 그러기에는 나스타샤의 나이가 너무 많다. 이 년제 대학이 적절하다.

〈피가로의 결혼〉을 보면서 깔깔대는 사람은 거의 없다. 다들 지나치게 진지하다. 보마르셰는 웃기 위해 이 드라마를 썼고 모차르트도 재미있는 오페라를 겨냥해서 작곡했다. 두 예술가는 청중이 많이 웃어주기를 바랐을 것이다. 그러나 이 위대한 오페라에는 그것 이상의 모든 것이 다 들어 있다. 인생의 희로애락이 깊이 있고 품위 있는 선율에 실린다. 그러나 스잔나의 오해와 피가로의 곤혹스러움은 출연자들이 동시에 연극적이라면 매우 코믹할 수 있다. 청중들이 리브레토를 완전히 장악하고 있다면 이제 공연장은 감동과 웃음의 도가니가 될 수 있다. 이 조건이 맞는 경우가 드물 뿐이다. 빈 국립극장이나 암스테르담의 콘서트헤보우도 그런 분위기에서 〈피가로의 결혼〉을 공연한 적은 없을 것이다. 그러나 나스타샤는 울고 웃었다. 백작부인이 비통에 잠겨 아리아를 부를 때는 눈물을 훔쳤고, 스잔나가 피가로의 뺨을 칠 때는 자지러지듯이 웃었다. 그녀는 이 오페라에 완전히 몰입해 있었다. 이 어른이며 어린애이고, 여신이며 요정인 나스타샤는.

공연이 끝나니 이미 열한 시였다. 그녀는 끝난 것이 아쉽다. 한 시간도 안 지난 것 같다고 기쁨에 상기된 그녀가 말한다. 나는 차를 학교에 주차해놓았다. 거기까지 삼십 분은 걸어야 한다. 밤이 되자 다시 기온이 떨어진다. 춥다. 우리는 잠시 펍(pub)에 들렀다. 음주 운전이라고 나스타샤는 걱정한다. 나는 한 잔은 괜찮다고 우기고. 펍은 오페라를 보고 나온 사람들로 북적거린다.

나스타샤와 나는 그냥 선 채로 마시고 있다. 나스타샤는 등을 내 옆구리에 기댄 채 창문 밖을 바라본다. 다운타운의 상가와 사무실은 24시간 불을 켜놓는다. 방범 효과가 있다고 한다.

등을 마주 댄 연인들은 소유권을 자신하는 사람들이다. 초연함과 무관심을 가장하지만 마음은 계속 상대편에 있다. 내가 이렇게 등을 돌리고 있어도 당신은 내 거라는 자신감이다. 나스타샤는 자신하고 있나 보다. 그녀는 생각에 잠겨서 맥주를 홀짝거리고 있다. 건너편 사무실의 불빛이 나스타샤의 얼굴에 쏟아지고 있다. 사랑스러운 콧날과 주근깨 위에. 나는 눈치를 보며 슬며시 빈 잔을 카운터에 내민다. 나스타샤는 나를 노려보지만 소용없다. 바텐더는 이미 따르기 시작했다.

눈발이 조금씩 비치기 시작했다. 사람들이 모두 밖으로 쏟아져 나왔다. 바람은 전혀 없다. 눈은 어디에도 방해받지 않고 조용히 내리고 있다. 눈은 소리를 흡수한다. 귀가 멍멍하다. 연인들의 속삭임이 그들 세계에만 갇힌다. 그들은 모두 먼 세계의 요정이 된다. 침묵 속에서 눈만 천천히 내리고 있다. 멀고 먼 하늘의 어둠 속에서 하얀 눈뭉치들이 거리의 불빛을 받으며 불현듯이 실재가 된다. 나스타샤와 나는 둘만의 세계 속에 잠겨 있는 듯하다. 모든 것이 정지해 있다. 움직임도 시간도. 침묵과 고요함 속에 나스타샤와 나만 세계의 전부가 된다. 사람들 모두가 각자 하나씩의 세계를 가진 채로 우리와는 격리된다. 꿈과 환각 속에 잠겨든다.

"조지, 나는 무엇도 견딜 수 있어. 조지, 나를 사랑해줘. 사랑만 있으면 나는 어떤 것도 두려워하지 않을 거야. 사랑해."

나는 꿈에 잠겨 있고, 나스타샤는 꿈속에서 말하고 있다. 조금 취한 듯하다.

음식

"나스타샤, 한국이란 나라가 궁금하지 않아? 당신네 나라만큼이나 고통을 많이 겪은 나라인데, 이제는 자동차와 배도 만드는 나라야. 당신네 나라보다 훨씬 작지만 인구는 더 많지. 당신이 키에프 출신이니까 몽고족에 대해서는 잘 알 거야. 저 칭기즈칸의 민족 말이야. 당신네 도시에 공국을 건설했었어. 당신의 피부가 러시아인처럼 희지 않은 건 어쩌면 당신에게 몽고족의 피가 섞여서일지도 몰라. 한국은 그 몽고족의 나라야. 나는 몽고족이란 말이지."

그러나 나스타샤의 반응은 시큰둥하다.

"그 몽고인들이 슬라브인들을 학살했어. 잔인하고 사나운 민족이었다던데."

나는 할 말을 잃었다.

"내 조국이야. 그런데 관심 없어?"

나스타샤는 그래도 관심 없다.

"하고 싶은 말이 뭐야?"

"나스타샤, 김치 먹는 걸 시도해봐. 나는 당신네 음식을 먹잖아. 그런데 당신은 우리 음식에 관심이 없어. 이건 사실 불공평해."

나는 오늘 언쟁이 좀 있더라도 '공평성'을 찾을 것이다.

"조지, 당신은 우크라이나 음식을 먹은 적 없어. 당신이 먹은 건 사이비 우크라이나 음식이야."

이건 약간 충격이다. 나스타샤는 우크라이나 식품점에 가면 안 된다. 이민국은 분명히 동족살인을 조심하라고 나스타샤에게 경고했다. 나는 나스타샤가 고국의 음식을 그리워할 거라고 생각했다. 퇴근길에 우크라이나 식품점에 들러 이상한 러시아 정교회 십자가를 걸고 있는 아가씨들에게 물어가며 쇼핑을 해왔다. 그런데 가만 있다가 왜 지금 와서 엉뚱한 소리를 하는가.

"조지, 우크라이나 전통음식도 한국 음식만큼 개성이 강해. 우크라이나의 역사도 아주 길어. 모든 러시아인이 우크라이나에서 기원했지. 역사가 긴 나라는 발효식품을 많이 먹어. 우크라이나에도 온갖 종류의 발효식품이 많이 있다고. 하지만 당신은 한 번도 그런 걸 사온 적이 없어. 싫었지? 이상한 냄새가 나니까."

그녀는 이제 '발효된(leavened)'이라는 단어도 익혔다. 미치겠다. 사랑은 오류다.

그건 내 탓이 아니다. 나는 그래도 최소한의 성의는 다했다. 내가 머뭇거리자 나스타샤는 내처 말한다. 영어가 늘자 시끄러워졌다.

"조지, 당신은 한 번도 김치나 된장을 권한 적 없어. 당신 혼자 식탁 구석에서 먹었어. 나한테 성의 있게 권해봐. 다른 것들은 잘 가르치면서 한국 문화를 가르치는 데는 자신감이 없어. 당신 조국에 대해 열등감이 있는 게 틀림없어."

나스타샤는 여우다. 눈치 빠르고 통찰력 있는 여우다.

음식은 문화이다. 그러나 그것이 문화인 건 음식이 생활양식이기 때문만은 아니다. 음식에 대한 태도에는 문화적 자신감, 문화적 열등감, 선진국에 대한 선망, 후진국에 대한 멸시 등의 모든 것이 담겨 있다. 열등한 음식이란 없다. 단지 가난한 국가의 음식만이 있을 뿐이다. 경제적 가난과 열등한 음식은 관련이 없다.

미국의 햄버거 체인이 미국 대사관보다도 더 그 나라를 대표하며 이 나라 저 나라에 싸구려 문화를 전파할 수 있는 것은 그 나라가 부자 나라이기 때문이다. 그러나 누구도 햄버거의 전파가 그 음식의 우수성 때문이라고 생각하지는 않을 것이다. 사실상 미국의 햄버거 체인점이나 프라이드치킨 체인점이나 패밀리 레스토랑은 싸구려 식당에 지나지 않는다. 이러한 것들이 자국의 부와 받아들이는 나라의 선망에 힘입어 여러 나라에 전파되고 있다.

가난한 나라 사람들은 이 부자 나라의 음식을 소비함에 의
해 스스로가 부자 문화에 편입되고 있다고 느낀다. 그 식당들이
고급 음식과 세련된 문화를 파는 양 위장되어 수입된다. 그러
나 그것들은 단지 싸구려일 뿐만 아니라 WHO에 의해 위험성
이 경고되는 위험한 식품을 파는 부도덕한 식당이기도 하다. 적
당히 거친 음식이 더 좋은 음식이다. 달콤함과 부드러움은 사랑
에서만 위험하지 않다. 전쟁에서 죽은 사람보다도 더 많은 사람
들이 소련의 라드에 의해 죽었을 것이고, 미국의 햄버거에 의해
죽었을 것이고, 이탈리아의 피자에 의해 죽었을 것이다.

일본인들은 날 생선을 먹는 그들의 음식 문화를 부끄러워했
다. 그러나 그들이 기술과 부를 쌓아 나감에 따라 스스로의 문
화에 대한 자부심이 생겼고 또한 다른 나라 사람들도 그 부자가
된 나라의 음식에 대해 호의적이 되기 시작했다. 음식에 대한
선호는 경험과 습관에 의해 결정된다. 이제 날 생선에 대한 경
험이 많아지게 됨에 따라 그것을 맛있는 것으로 느끼게 되었다.
여러 나라가 스스로의 오랜 역사 가운데 독자적인 음식을 개발
하게 되었다. 모든 음식은 나름대로의 가치를 지닌다. 중요한 것
은 그 음식 문화를 가진 나라의 부와 문화적 세련도와 그 음식
에 대한 경험이다. 오랜 전통을 가진 음식 가운데 가치 없는 음
식은 없다.

수학적 정리(theorem)나 과학의 가설조차도 가치중립적이지

않다는 사실이 계속 알려져 왔다. 하물며 음식에 있어서의 우열을 판별하는 가치중립적 기준이 있을 수는 없다. 나는 한국인이고 한국 음식에 대한 오랜 경험을 가지고 자랐다. 동시에 오랜 외국 생활을 통해 외국 음식에 대한 경험도 동시에 지니게 되었다. 나는 내 조상들에게 감사했다. 조상들이 못난 짓을 하여 우리 후손들을 힘들게 했다 해도 나는 그것을 용서했다. 단지 김치나 된장이나 청국장 등의 매우 중독성이 강한 멋진 음식을 남겨주었다는 사실만으로도.

나는 나스타샤가 으레 김치나 된장의 냄새를 싫어할 것으로 생각했다. 그렉이나 베시도 처음에는 코를 움켜쥐었다. 그러나 그렉은 낚시 여행을 같이 다니면서, 베시는 그렉과 같이 살고 있다는 이유로 한국 음식을 먹게 되었다. 재미있는 것은 먹기 시작하자마자 김치와 청국장의 열렬한 애호가가 되었다는 사실이다. 김칫국에 순대를 넣어 먹는 것을 본 나는 기절할 뻔했다.

내가 조국에 대해 열등감을 가지고 있었을까? 그랬을지도 모르겠다. 왜냐하면 그렉이 한국 음식을 먹게 된 것은 내가 권해서가 아니라 스스로 시도함에 의해서였기 때문이다. 어쩌면 나는 한국 음식의 보편적 장래성을 믿지 않았나 보다. 그렉과 베시와 몇 명의 친구들은 한국 음식의 우수한 맛을 열렬히 칭찬했다. 그럼에도 불구하고 나는 한국 음식을 사람들에게 권하지는 않았다.

나는 프랑스에서 지독한 카망베르 치즈에 걸려든 적이 있다.

한 입 베어 물고는 거의 미칠 듯한 심정이 되었다. 뱉어낼 수도 없고 삼킬 수도 없었다. 여러 명과 같이 식사 중이었다. 그러나 그 후 곧 치즈를 살 때는 카망베르만 골라 샀다. 음식이란 경험의 문제이다. 권하기보다는 내버려두는 게 낫다. 한국이 탁월한 국가가 되면 한식은 저절로 유행될 것이다. 그렇게 되어가고 있다.

나는 나스타샤에게 약이 올랐다.

"좋아, 나스타샤, 나도 당신이 말하는 당신네 전통음식을 먹겠어. 그러니 당신도 한국 음식을 먹도록 해. 그런데 그 비율은 열량을 따져서 정하도록 해. 지금 당신 살이 찌고 있어. 한국 음식이 열량이 낮아. 그러니 한국 음식의 비중을 좀 더 높게 하는 게 합리적이야. 어떻게 생각해?"

나스타샤는 거침이 없다.

"좋아, 매일 한국 음식을 먹고 주말에만 우리 음식을 먹어."

나스타샤가 지금 꾀를 부리고 있다.

"나스타샤, 불공평해. 주말은 여섯 끼나 되잖아. 토요일 아침, 점심, 일요일 아침, 점심을 당신네 음식으로 하면 나는 찬성하겠어."

나스타샤는 거침이 없다. "좋아" 하고는 그 빤히 쳐다보며 빙글거리는 웃음을 웃는다.

보르쉬나 살로(Salo)는 만만한 음식이 아니다. 나는 몇 번을 토했다. 엄청나게 느끼했고 역겨웠다. 우크라이나 음식은 일단 기름이 많다. 보르쉬는 일종의 수프인데 수프 위에 기름이 한 겹 있다. 차라리 짜거나 맵거나 하면 어떻게 해볼 텐데 그냥 느끼하고 밋밋하다. 살로는 아예 돼지비계이다. 결국 라드의 기원은 살로이다. 돼지비계를 소금에 절여 발효시킨 것이다. 그 단백질을 태우는 듯한 매캐한 냄새의 정체는 이것이다. 나스타샤에게서 나는 그 냄새의 기원이 무엇인지 알았다. 사랑하지 않았다면 나는 그 냄새에 도망갔을 것이다. 사랑하면 냄새도 좋아진다는 건 거짓말이다. 사랑은 장님일지 모르지만 축농증은 아니다. 사랑하기 때문에 참을 뿐이다. 그러나 깨끗이 씻고 화장품을 바르면 이 냄새는 서로 섞여 야릇하게 매력적인 냄새가 난다.

나스타샤의 적응력은 놀랍다. 김치를 쉽게 먹는다. 처음에는 눈을 감고 각오를 단단히 한 후 입속에 구겨 넣었다. 화장실에 몇 번을 다녀오며 입을 헹군다. 눈물이 그렁그렁해질 때까지 기침을 해대며. 맵다. 그러나 단 하루 만에 물을 마셔가며 먹기 시작했다. 나스타샤는 빵 사이에 김치를 썰어 넣고 햄을 집어넣어 샌드위치를 만들었다. 그러고는 한 입 베어 물고 물 한 모금 마시고를 해가며 그럭저럭 다 해치웠다. 용기가 놀랍다. 언젠가 나스타샤는 한국 음식을 먹기 시작한 날에 감사할 터이다. 이 자극적이고 강렬하고 개성이 강한 음식에 중독되면 빠져나올 길이 없다.

나스타샤가 한국 음식을 먹게 된 것에 대해 메리 브라운 군단(軍團)은 대환영이다. 그 집은 한국 음식만 먹는다. 선배는 자기 아이들에게 한국 음식이 세계에서 가장 우수한 건강식이라고 세뇌한다.

"캐나다 놈들 뚱뚱하지. 한국 사람들 어때? 날씬하지. 음식 때문이야. 이놈들 음식은 쓰레기야. 음식이라고 할 수도 없어. 그거 먹으면 건강도 상하고 일찍 죽어. 비만, 고혈압, 고지혈증, 당뇨……."

선배 말대로라면 캐나다인은 모두 병에 걸려 단명해야 한다. 그러나 캐나다인의 평균 수명이 더 긴 건 어떻게 설명할 수 있을지 모르겠다. 기실 선배 자신이 당뇨에 걸려 고생하고 있다. 질병은 음식 이상으로 유전인자의 문제이다. 음식은 단지 그 가능성을 촉발할 뿐이다. 어쨌건 그 집안이 나스타샤를 한국인의 일원으로 받아들이게 된 건 다행이다.

나는 선배네 가족들이 좋았다. 그 똑똑한 아이들도 좋았다. 이 집 식구들은 모두 낙천적이고 명랑하고 유쾌하다. 걱정이 없는 사람들이다. 아이들은 메리 브라운에서 매일 혹사당하면서도 우등상을 놓치지 않는다. 꼬마까지도 형들을 따라 열두 시까지 공부하고 잔다. 선배는 아이들이 내일 시험이 있다 해도 오늘 일을 시켰다. 공부는 평소에 열심히 하는 거라고 주장하며. 그 집 아이들은 순진했다. 선배의 억지가 언제고 먹혔다. 어찌 보면 아들들이 아빠를 재밌고 애교 있는 사람으로 보는 듯했다.

그리고 누구도 멋을 부릴 줄 몰랐다. 여름엔 샌들 하나면 됐고 겨울엔 운동화 하나로 충분했다. 나는 선배의 교육지침이 홀

룸해서 아이들이 이렇게 대견하게 성장하고 있다고는 생각하지 않았다. 보통 아이들이 그렇게 허구한 날 두들겨 맞았더라면 반항했거나 가출했을 것이다. 사람의 행운이란 모를 노릇이다. 그 선배는 장남의 죽음이라는 극한 고통 속에서 두 명의 수재라는 보상을 얻을 수 있었으니.

그 선배의 극단적인 민족주의도 이해한다. 자신의 방랑벽이 아니었다면 조용하고 유능한 회사원으로서의 삶을 살았을 터이다. 그러나 마음속에서 자라는 벌레―마음을 뒤흔들어 어디론가 뛰쳐나가게 만드는 그 벌레―때문에 그는 온갖 나라를 유랑했다. 민족적 자부심과 우월감이 없었더라면 어떻게 버텼겠는가. 강렬한 태양과 차가운 바람이 교차하는 고산의 도시에서 그는 낯설고 외로웠을 것이다. 자기를 밀어붙인 그 정열의 정체가 궁금하고 또 밉기도 했을 것이다.

그는 지금도 밴쿠버를 노래 부르고 있다. 아직도 어디론가 가고 싶다. 그러나 그는 늙어가고 있고 병이 있다. 사랑하는 사람들도 늘어났다. 그는 진지하게 말했다.

"어이, 우리 밴쿠버 가세. 거기 스쾀미시라는 인디언 마을이 있는데 말이야, 정말 굉장하대. 썰물 때는 강이었다가 밀물 때는 바닷물이 밀려온대. 물고기가 무진장 많은 거지. 고래도 나온대. 자네 UBC나 사이먼 프레이저 대학으로는 못 가나? 나스타샤는 토론토가 안 춥대? 거기는 기후도 좋잖아. 거기 가세."

고래는 잡고 싶지 않다. 고래가 오히려 나를 잡을 것이다. 그리고 나스타샤는 제법 추운 도시에서 온 여자이다. 키에프의 가옥은 난방 시설이 매우 취약하단다. 나는 집 안 온도를 올리고 그녀는 내린다. 토론토의 추위쯤 문제도 아니다. 집에 들어오면 일단 바지부터 벗어 던진다. 가슴에 상처가 없었다면 스웨터도 벗어 던졌을 것이다.

나스타샤는 일주일에 두 번씩 뉴마켓에 치료받으러 간다. 통증은 없어진 것 같다. 아프지 않으니 이제 상처에 신경 쓴다. 뜸자리가 자꾸 마음에 걸린다. 선배는 염증이 모두 치료되었다고 말한다. 그래도 계속 와야 한단다. 선배는 나스타샤에게 침을 꽂아대는 것이 삶의 즐거움 중 하나인 듯하다. 그리고 나도 때때로 눕혀져서 이리저리 침을 맞는다. 한번은 뒤통수에 침을 맞았는데 그가 뽑는 걸 잊어버렸다. 집에 가는 길에 좌석에 등을 기댈 때마다 뒤통수가 따끔거렸다. 손을 돌려 만져보니 철사 같은 것이 손에 잡혔다. 나스타샤가 크게 웃었다. 침을 꽂아놓고 잊어버렸다. 이 정신없는 양반!

나는 나스타샤를 위로한다.

"나스타샤, 거기가 당신의 허리와 엉덩이의 경계야. 손이 뜸자국 아래로 내려가면 내가 나스타샤의 엉덩이를 만지고 싶다는 신호야. 엉덩이를 만지고 나면 이제 무얼 더 원할지 나스타샤도 알지?"

나스타샤는 깔깔거리며 웃는다.

"표지(indicator)!"

그녀는 수줍음도 부끄러움도 없다. 모든 것이 자연스럽다. 아마도 모든 남녀 간의 일들을 당연히 있어야 하는 삶의 일부로 받아들이는 것 같다. 나는 그렇지 못하다. 아직도 때때로 어색하다. 그녀가 운명에 대해 겸허하다면 나는 아직도 오만하다. 나스타샤는 성적 욕구와 사랑을 구분하지 않는다. 그리고 사랑과 생식도 구분하지 않는다. 그녀가 아기에 대해 말한 이후로 나는 자꾸 그녀의 사랑이 의심스럽다.

뉴마켓에 가면 선배는 반드시 식사를 함께하고자 한다. 손수 음식을 차린다. 그러면 우리 둘도 같이 부엌에 들러붙어 이것저것을 한다. 전에는 나스타샤는 따로 샌드위치나 카넬로니를 먹었다. 아니면 냉동식품을 사서 오븐에 익혀 먹거나 파이를 먹었다. 그런데 이제 나스타샤는 젓가락질도 제법 한다. 나스타샤가 포크 대신 젓가락을 집자 선배의 눈은 기쁨과 자부심으로 빛났다.

"젓가락질, 그거 좋은 거야. 머리를 좋게 한다고. 나스타샤는 요새 학교 다니지. 음, 열심히 젓가락질을 배워. 영어가 금방 늘 거야."

나는 이 선배가 나스타샤를 우리 한국인의 일원으로, 한국인에게 시집온 한국 며느리로 보아주는 것이 고맙고 기뻤다. 그는 나스타샤에게 한국 규수에 대하여도 한참 교육을 하고 있는 중이다.

"남편 뒤에 그 가족이 있다는 것을 언제나 생각해야 돼. 남편을 낳고 키운 부모 말이야."

그러나 그가 얘기하는 한국은 아직 산업화 이전 한국이다.

웰드릭에는 포트럭(pot luck) 파티가 있다. 각자가 자기의 음식을 싸와서 상공회의소의 회의장 탁자 위에 놓는다. 그러면 거기는 뷔페 식당이 된다. 나는 한 달에 한 번 있는 이 파티에 멜리사와 같이 간 적이 있다. 그때 멜리사는 우리 두 사람 몫으로 파스타를 만들었다. 우리 둘이 탁자를 돌며 음식을 담자 어르신 몇 분이 우리 등을 쓰다듬으며 축하해주었다. 우선 아이들을 많이 낳으라고. 우리가 마침내 결혼했다고 생각했던 것 같다. 아니면 누군가가 유언비어를 퍼뜨렸거나. 나와 멜리사는 마주 보며 크게 웃었다. 멜리사는 눈치가 빠르고 세심한 여자다. 스스로는 호방한 척했지만 아니었다. 매우 꼼꼼하고 세밀했다. 멜리사는 그때 내 웃음의 의미를 알고 있었다. 마주보고 웃긴 했지만 아마도 멜리사는 고통스러웠을 것이다. 그러고는 그 다음 날 나와 결말을 지으려고 했다. 나는 그때 멜리사와 결혼을 안 하겠다는 것이 아니고 결혼 그 자체를 안 하겠다고 말했었다.

나는 지금 나스타샤와 살고 있다. 나 자신에 대하여도 나는 몰랐었다. 나스타샤는 멜리사를 의식하고 있다. 웰드릭에서 찍은 여러 사진에 멜리사의 모습이 보이고, 더구나 몇몇 사진에서는 그녀는 나와 팔짱을 끼거나 머리를 맞대고 있었다. 나는 멜리사에게 오누이 같은 감정을 느꼈었다. 다정한 멜리사가 불편하지도 어색하지도 않았다. 그것은 사랑은 아니었다. 사랑은 세월일 뿐만 아니라 마술이기 때문이다. 그러나 그 세월조차도 마술이 숨을 불어넣어 줘야 생명을 얻을 수 있다. 나스탸샤를 사랑하는 지금 나는 그것을 확실히 알겠다. 나스탸샤는 퀘벡이나 몬트리올이라는 도시만 나오면 신경을 곤두세웠다. 자기가 아는 바 멜리사는 거기에 있다. 나는 멜리사와 나의 관계에 대해 어떤 말도 하지 않았다. 단지 둘 사이는 좋은 친구였다는 사실만 빼고는. 그러나 이 자연의 딸은 남녀 사이에 다정함과 친구는 공존할 수 없다는 사실을 직관적으로 알고 있다. 사실 멜리사의 표정 속에 그것이 나타나 있기도 하다. 멜리사에게는 사랑의 세월이었다.

나스탸샤와 나는 포트럭 파티에 가기로 했다. 내가 그 파티를 기피했던 이유는 헌트 씨가 거기에 단골로 참여했기 때문이었다. 블리자드가 불던 날의 사건 이후로는 그 사람을 상상조차하기 싫었다. 이웃 사이의 갈등은 매우 불편하다. 더구나 그 이웃은 거실의 창을 열고 대화가 가능할 정도로 가깝게 사는 이웃이다. 헌트 씨는 화해를 청했지만 나는 받아들이지 않았다. 그는 매우 격식을 갖춘 편지를 보내왔다. 빅토리아조의 장엄한 문체로 두 장에 걸쳐 자기 술주정과 인종적 편견에 대해 사과했다. 나는 찢어서 변기에 넣었다. 그는 앞으로의 삶을 뼈저린 교훈과 더불어 살아야 한다. 그런 쓰레기 때문에 불쌍하고 가난한 소수민족이 큰 고통을 겪어왔다.

나는 여태까지 그가 마음속에 그러한 차별적 생각을 담고 나를 태연히 대했고 나와 카드를 했다는 사실이 기분 나빴다. 그는 파탄 상태에 다다르고 있다. 폐업을 했고 집 안에 갇혀서 지냈다. 가끔 그의 아일랜드 친구들이 집을 드나들었지만 웰드릭 주민들은 그 집 앞을 지나가는 것조차 꺼렸다. 조만간 그의 잔디밭에 집을 팔겠다는 광고판이 세워질 것이고 여기를 뜰 것이다. 인종차별은 시대착오이다. 어느 인종이 다른 인종을 차별할 수 있을 정도로 우리 의식이 미개하지 않다. 웰드릭은 헌트 씨를 용서하지 않는다.

내게는 그때 한국에서 부쳐온 배 한 상자가 있었다. 우리나라의 과일들이 외국의 어떤 과일에 비한다 해도 맛에 있어서 뒤떨어지지 않지만 특히 배는 대단히 경쟁력 있는 과일이다. 북미에는 이와 유사한 과일이 없다. 그들이 배라고 하는 것은 조그마한 표주박처럼 생긴 푸석푸석한 것으로 먹을 만한 것이 못 된다. 나스타샤는 그것을 하루에 하나씩 먹었다. 그녀는 과일을 제대로 깎을 줄 모른다. 배를 깎으라고 하면 완전히 난도질을 해놓는다. 손의 세밀함이 요구될 때 이 우크라이나 아가씨는 쓸모가 없다.

그녀가 배를 지하실에서 가져온다. 그러고는 슬며시 내 앞에 내려 놓는다. 나스타샤는 감탄한다. 어떻게 그렇게 빠르고 얇게 껍질을 벗겨내냐고. 모든 한국 여자들에게 가능한 것이라고 하자 금세 싸늘해진다.

"조지, 당신 한국 여자하고 결혼할 걸 그랬어."

나스타샤는 아직도 자기 자신에 대해 모르고 있다. 아무것도 못한다 해도 그 존재만으로 옆의 사람을 행복하게 만드는 스스로의 가치에 대해 잘 모르고 있다. 나는 마음속으로 말한다. '나스타샤, 나는 당신이 벙어리이고 장님이라고 해도 사랑했을 거야.'

우리는 주먹밥을 만들기로 했다. 불고기 양념을 한 쇠고기를 주먹밥 안에 다져 넣고 호일에 싸서 오븐에 익힌다. 그러면 밥의 표면이 누룽지가 되고 안의 불고기는 기름을 내놓으며 익는다. 이 기름이 밥에 스며서 밥은 촉촉해지고 표면의 누룽지는 바삭거리고 고소해진다. 이것은 내가 낚시 갈 때 가끔 도시락으로 해가던 요리였다. 그리고 김치를 한 사발 가져가고 배를 몇 개 썰어 가기로 했다. 이번에는 한국식으로 하고 다음에는 보르쉬와 살로를 가져가기로 약속했다. 그러나 나는 마음속으로 정했다. '나는 다음번 포트럭에는 안 갈 거야. 갈 테면 나스타샤 당신이나 가라. 거기까지 우크라이나의 돼지비계를 들고 가긴 싫다.' 그러나 이것은 절대 입 밖에 내면 안 된다. 생리가 시작됐고 지금 나스타샤의 신경이 날카롭다.

다케우치 부부가 초밥을 가져왔고 노인이 케밥을 가져왔다. 다른 사람들은 양고기 바비큐, 딸기, 탠저린, 라자냐 등등을 가져왔다. 우리 음식 주변이 시끄러웠다. 호기심들이 대단했다. 과감한 사람들은 김치에 도전했다. 배는 이날 가장 인기 있었다.

다들 궁금해했다. 내가 배라고 하니까 머리를 갸웃거렸다. 마지막 남은 한 조각을 놓고 경쟁이 벌어졌다. 세 토막으로 나뉘어져 사라졌다.

조국

    그녀는 눈이 부어서 나왔다. 많이 운 것 같았다. 해롤드가 구한 티켓은 한 장이었다. 나스타샤에게 양보했다. 공연이 끝날 시각에 맞추어 나는 그녀를 데리러 갔다. 그녀는 마치 던져진 듯이 옆자리에 털썩 앉는다. 그러고는 "좋았어?" 하는 내 물음에 답변도 안 한 채로 멍하니 앞만 바라본다.

    내버려두었다. 많이 슬펐을 것이다. 보리스는 그녀에게 십 년의 행복과 아이를 주었다. 오데사에서의 방학은 재미있고 행복했다. 그것들이 모두 사라져버렸다. 나스타샤는 심지어 동족들과의 접촉도 피하고 있다. 능란하게 사용할 수 있는 언어는 그녀에게 죽은말이 되어가고 있고 문법도 엉망이고 발음도 이상한 새로운 언어를 배워서 쓰고 있다. 오데사에서의 모든 것들이 참으로 그리울 것이다. 나스타샤는 보리스를 원망하지 않는다.

그녀는 보리스를 이해한다.

〈지젤〉은 슬픈 발레이다. 기만당한 지젤의 광란과 죽음은 충격적이다. 지젤은 하늘을 가리키고 땅에 선을 긋는다. 당신은 하늘과 땅에 사랑을 맹세하지 않았냐고. 배반당한 지젤은 그러나 자기를 죽음으로 몰고 간 그 사람을 구한다. 영혼으로 변하여. 전편을 통해 흐르는 아당(Adolphe Adam)의 음악은 이 고귀한 드라마에 커다란 슬픔과 품격을 부여한다.

아마도 나스타샤의 눈물은 고국과 남편과 아이에 대한 그리움, 그리고 지젤이 겪은 슬픈 운명과 자기희생에 대하여일 것이다. 나스타샤는 물론 말하지 않는다. 단지 "당신이 나를 배반하면 나는 죽지 않아. 오히려 당신을 죽일 거야"라고 말하지만 이것은 사실도 아니고 또 그것밖에 느낀 것이 없지 않다는 것을 나는 안다. 나스타샤의 남편은 어떻게 된 걸까? 그리고 아니카는? 나는 조만간 매튜를 만날 것이다. 어쨌건 보리스와 아니카를 추적해봐야 한다.

집을 매각하기로 결정했다. 우습게도 내가 헌트보다 먼저 이사를 가게 될 것 같다. 집의 매입과 매각은 우리 삶에 있어서 가장 중요한 사건들 중 하나일 것이다. 집은 유일하게 영혼이 있는 무기물이다. 자기 집을 가져보지 않은 사람들은 집의 의미를 잘 모른다. 자주 이사하는 것이 불편하고 고생스럽기 때문에 집을 마련해야겠다고 생각할 뿐이다. 그러나 자기 집을 갖고 살아보면 세월이 집에 여러 가지를 보태준다는 사실을 알게 된다.

생존경쟁이 삶의 피치 못할 국면이고 일터는 우리 활동의 주된 경연장이다. 자기 집은 휴식과 평온과 안락함을 준다. 이를테면 어머니의 품이다. 우리는 매일 여기를 드나들고 여기에서 삶을 꾸려 나감에 의해 우리 삶에서 가장 익숙하고 중요한 장소가 된다. 어찌 되건 나는 앉아서 휴식하고 누워서 잠을 청할 나의 집이 있는 것이다. 내 집이 위치한 마을과 그 마을의 술집과 가게들도 나에게 다정한 미소를 보낸다. 그리고 아침이면 서로 인사를 나누는 이웃도 다정한 미소를 보낸다. 이제 더 이상 떠돌이는 아니다. 텃새가 된다.

언제라도 이사를 갈 수 있는 사람들이 있다. 더 좋은 집에 대한 선망, 재산을 늘리려는 욕망, 아이들을 위한 좋은 환경 등이 이유이다. 이들은 진취적이고 용감한 사람들이고 대체로 그들의 목적을 달성한다. 그러나 정서적 안정을 잃는다. 아이들은 이사가 잦은 부모를 원망한다. 새로운 환경에서 새로운 친구를 사귀는 것, 익숙하고 다정한 친구와 헤어지는 것 등은 아이들에게 쉽지 않다. 삶의 여러 측면이 선택이듯이 이것도 선택이다.

집이 없기 때문에 이사가 잦은 경우는 힘들고 슬프다. 안정이 없다. 부유하는 삶이다. 자기 집에서 사는 것은 기본권 가운데 하나이다. 공동체는 구성원 모두가 자기 집을 갖게 해주어야 한다. 좋은 집이 아니어도 된다. 마치 전기나 수도가 누구에게나 공급되듯 집도 모두에게 공급되어야 한다. 죽을 때 반납받을지언정 모든 사람에게 그들의 둥지를 갖게 해주어야 한다. 공동체는 개인의 많은 자유를 양도받는다. 초라한 집 한 채는 주어야 하지 않는가.

나는 아직 젊었고 아이도 없었다. 돈도 많이 필요했다. 올 여름방학에는 나스타샤가 수술을 받을 예정이다. 골반 수술을 받아야 하고, 가슴의 상처를 성형해야 하고, 또 동생에게 부탁하여 이빨 치료를 받아야 한다. 항공료와 체류비와 수술 비용과 입원 비용을 합치면 4만 불에 가깝다. 집은 다시 사면 되고 돈은 계속 벌면 될 터이다. 그러나 공부와 치료는 때를 놓치면 안 된다. 거기에 더해 차를 사야 했다. 내 차는 이미 십삼 년이나 묵었고 25만 킬로미터를 주행했다. 트렁크에 구멍이 나서 눈이나 비가 오면 온통 물 바닥이 되었다. 또 휠이 기울어져 있어 주행 중에 스티어링 휠을 자꾸 왼쪽으로 돌려줘야 했다. 이 차가 지금까지 버텨준 것이 고마울 뿐이다. 나는 이 차로 뱁티스트 레이크에 가고, 수세인트마리에도 가고, 나스타샤도 태워 왔다. 그러나 이제 헤어질 때가 되었다.

캐나다는 일단 필기시험을 치러서 합격하면 G1면허를 준다. 그러나 이 면허는 독자적으로 운전하는 것을 허용하지 않는다. 삼 년 이상의 경력자가 옆에 있어야 운전할 수 있다. 그나마도 고속도로 주행은 안 된다. 일 년이 지나면 비로소 실기시험을 볼 수 있고 이때 합격하면 G2면허를 준다. 수험자는 자기 차를 몰고 나가 경찰관을 옆에 태우고 경찰관의 지시에 따라 도로를 주행하기도 하고 주차 시연을 하기도 한다. G2면허를 따면 이제 어디고 혼자 다닐 수 있다.

북미인들은 운전과 승용차에 매우 익숙해 있다. 자기 차가 없으면 그 불편은 이루 말할 수 없다. 이 불편이 캐나다에서는 미국에서보다 더 크다. 대중교통은 없는 거나 마찬가지이다. 부모들은 아이가 어릴 때부터 자기 무릎에 앉히고 운전을 가르친다. 17세부터 공식적으로 면허를 가질 수 있지만 아이들은 대부분 이미 운전을 할 수 있다. 11학년 여름방학이 되면 학생들은 단체로 운전교습소에 등록하고 안전과 기술에 대한 교육을 받는다. 캐나다에서는 운전면허 없이 살다가 불현듯 면허를 따겠다고 나서는 어른은 없다. 면허가 없으면 살 수 없기 때문이다. 이민자들만이 나이 들어 면허를 따게 된다.

나스타샤는 G1면허에도 불구하고 운전 연습을 못하고 있다. 나는 차의 운전대에는 손도 못 대게 한다. 차가 너무 낡아서 세게 브레이크를 밟으면 파열될 수도 있다. 그리고 차가 한쪽으로 계속 기울기 때문에 거기에 익숙해 있지 않으면 사고 나기 십상이다. 그렉조차도 내 차 운전을 어려워했다. 차가 아직 굴러다니고 있을 때 처분해야 한다. 완전히 멈추면 폐차 비용이 더 든다.

지금은 4월이고 이제 집을 내놓으면 5월 중순까지는 클로징(closing)될 수 있다. 지금 캐나다 주택 경기는 호황이다. 언제라도 팔 수 있다고 했다. 나는 에이전트로 크리스틴을 지목했다. 그녀는 내가 이 집을 살 때도 나의 에이전트였다. 성실하고 정직하고 꼼꼼한 여자이다.

내 집 앞에 'FOR SALE'이라는 표지판이 붙은 날 아침, 주위 사람들이 거기에 모여 웅성거렸다. 나는 창문을 열고 소리쳤다.

"동네를 뜨는 게 아니고 집만 파는 거예요."

웰드릭에서 집을 파는 것은 사건이다. 일 년에 한 번 있기도 어려운 사건이다. 나는 지역 대학에서 강의를 하고 웰드릭의 컬링 대표 선수가 됨에 따라 제법 유명인사가 되어 있었다. 나의 이사는 화젯거리가 되기에 충분하다. 몇 번의 오픈 하우스 끝에 매각이 결정되었다. 5월 13일이 클로징이니까 그 이전에 짐을 처리해야 하고, 8월 20일경에 이사 가게 될 셋집을 계약해야 한다. 그 사이에는 한국에 있게 될 것이다. 나는 다음에 어디서 살 것인가에 대해 마음을 정하지 못하고 있다. 콘도미니엄은 세가 싸고 편하긴 하지만 갑갑하다. 단독주택은 관리하기가 힘들고 지나치게 거창하다. 지금과 같은 연립주택이 좋지만 현재 월세로 나온 매물이 없다.

새가 울기 시작한다. 봄이 왔다. 북미에서의 열한 번째 봄이다. 나스타샤는 ESL과정을 마쳤다. 출국하기 전에 세네카 컬리지와 조지 브라운에 입학지원서를 제출해야 한다. 나는 회계학과가 어떠냐고 했고 그녀는 의상 디자인을 원하고 있다. 그녀는 자영업에 관심이 있다. 졸업하고 수선점을 하겠단다. 내가 보기에도 그녀는 은행원에 맞지는 않다. 세밀하고 꼼꼼하지 못하다. 자기 종족의 이름이 노예(slave)라는 보통명사가 될 만큼 수천 년 전부터 고통을 겪어온 슬라브족들은 아직도 계획이나 치밀함이나 조직적 사고와는 거리가 멀다.

계획을 꼼꼼히 세우고 그것을 실행하는 것은 게르만이나 앵글로색슨족과 관련 있다. 서부 유럽인들은 민족국가를 일찍 구성했고 합리적 사고를 발달시켰다. 그러나 슬라브인들은 아직도 부족적이고, 이성보다는 직관에 많이 의존한다. 과학 기술과 국가적 부는 이성에 의존한다. 여기에 기초해서 서부 유럽인들은 세계를 제패해 나갔다. 직관조차도 굳건한 이성적 토대를 갖지 않으면 무의미한 신비주의나 감상주의가 되고 만다. 결국 문명과 문화적 성취는 먼저 지적 기반을 가져야 한다. 슬라브인들에게는 이것이 부족했다.

전공과 관련해서 나는 나스타샤에게 양보할 것이다. 자영업을 하면 많이 힘들고 또 파산의 위험도 있다. 그러나 직업은 본인의 영역이다. 나스타샤가 나에게 사업을 권하면 나는 당장 거절할 터이다. 마찬가지로 나스타샤에게도 본인이 원하지 않는 은행원을 강제할 수는 없다. 하지만 아침 여덟 시에 출근해서 저녁 여섯 시에 퇴근하는 나스타샤의 삶은 나도 힘들게 할 것이다. 퇴근해서 집에 오면 곯아떨어질 것이다. 주말 외에는 같이할 시간이 별로 없게 될 것이고.

그러나 나스타샤도 자립해야 한다. 나스타샤가 현재 나에게 의존하고 있지만 이것은 그녀를 위해서 바람직하지 않다. 경제적으로 자립하지 않는 한 진정한 자립은 없다. 자립은 사람을 가치 있고 고결하게 만드는 하나의 전제조건이다. 경제적 자립 없는 사회적 평등은 없다.

유진은 넓은 집을 샀다. 메이저 매켄지에 50만 불짜리 대저택을 사서 완전히 현대식으로 리모델링을 했다고 나는 베시에게 들었다. 그 부부는 내게 전화조차 하지 않는다. 유진의 아내는 내가 자신을 싫어한다는 것을 알고 있었다. 그러나 나는 혐오를 드러낸 적도 없었고 누구에게 말한 적도 없었다. 그녀는 단지 분위기로 그것을 포착했다. 베시 역시도 그녀를 싫어한다. 그녀는 이제 토론토에 자기 혼자밖에 잘난 사람이 없는 양 나댄다. 심지어 메리 브라운 선배조차도 유진의 아내를 알고 있다. 모든 교민들의 모임에 나가고 모든 교회의 모임에 참석하면서 가난한 교민들을 가슴 아프게 하고 있다. 넓은 집과 벤츠와 보석은 일반적인 사람들에게 가슴 아픈 질투의 대상이다.

이 세상에 감춰져야 하는 것이 몇 개 있다면 무식과 부가 거기에 속한다. 특히 부는 되도록 감춰지는 것이 좋다. 돈은 필요의 문제이지 과시의 문제는 아니다. 돈을 허영의 충족을 위한 도구로 삼을 때 그것은 악마의 얼굴을 한다. 그리고 돈에 그러한 의미를 부여하는 사람은 이 세상에 악마를 불러들이는 사람이다.

나는 유진에게 전화했다. 우리 살림살이를 몇 개월간 맡기고자 했다. 나는 이러한 부탁쯤은 쉽게 들어줄 줄 알았다. 그 정도의 넓은 집이면 집 안에 창고가 몇 개는 된다. 그는 머뭇거린다. 그의 아내와 의논한 후 전화하겠다고 말한다. 북미 여자들의 입김이 세긴 하지만 유진 부부의 역학관계가 완전히 북미화되었다는 사실이 좀 우스웠다. 며칠이 지나도 전화가 없다. 나는 마음이 급해지기 시작했다. 이제 보름 후면 짐을 빼야 한다. 그렉은 콘도미니엄에 살고 있기 때문에 짐을 맡을 수 없었다. 나는 다시 전화했다. 전화를 받은 그의 아내는 거절했다. 복잡해지는 것이 싫다고. 결국 나의 짐은 뉴마켓으로 가게 되었다. 선배는 선선히 응할 뿐만 아니라 기뻐하기도 한다.

"그럼 낚싯대나 웨이더 좀 써도 되지?"

나스타샤와 나는 포장 박스를 사기 위해 이케아(Ikea)에 갔다. 햇빛이 강렬하고 공기가 따스했다. 우리가 차를 주차시키고 걸어 나오는데 어떤 할머니가 오픈카를 멋지게 주차시킨다. 라디오에서 〈피가로의 결혼〉 아리아가 흘러나오고 있었다. 나스타샤는 나를 보며 웃는다. 나는 그녀의 머리를 안아주었다. 이제 수술을 받아야 한다. 많이 아플 것이다.

비틀린 채 붙은 뼈가 신경을 누르고 있는 것이 통증과 염증의 원인이다. 일단 붙은 뼈를 다시 떼어내고 정상적으로 맞춘 다음 안쪽 뼈를 잇는 쇠못을 박으면 수술은 끝난다. 수술 자체는 단순하다. 문제는 수술을 받은 환자가 통증 때문에 고생하고 회복 기간이 최소한 8주나 걸린다는 점이다. 우리는 임플란트와 기타 이빨 치료를 먼저 하기로 했다. 나 역시도 십 년 동안에 두 번밖에는 치과에 가지 않았다. 북미의 치과 치료는 엄청나게 비용이 높다. 보험도 안 된다. 신경 치료만으로 1,000불이 넘는다. 한국에서는 1만 원의 비용으로 충분하다. 100분의 1의 비용이다. 그리고 예후는 한국 쪽이 훨씬 좋다. 교민들은 이빨 치료를 많이 받아야 할 경우 차라리 한국에 들어간다. 항공료와 체재비를 고려하고도 한국이 저렴하다. 의료적 처치를 값싸게 누린다는 점에 있어서 한국은 환자들의 천국이다. 여기서 희생당하는 것은 의사이다. 전체의 평균 소득대비 의사 소득이 한국이 가장 낮은 나라 중 하나이다. 물론 사회주의 국가들이 더 낮긴 하지만 그곳은 의사와 의료 서비스의 질이 형편없다.

나도 신경 치료를 받고 보철을 해야 할 이빨이 두세 개 된다. 동생이 강원도 춘천에서 개업하고 있었다. 그는 번잡함과 소음을 싫어한다. 서울에서 나고 자랐고 대학도 서울에서 다녔는데도 이제 다시 서울에서는 살지 않겠다고 한다. 십 년 만에 다시 본 서울이 많이 복잡해지고 시끄러워진 건 사실이다. 내가 자란 서울은 이제는 문화유산으로 지정되었다. 그 서울이 내가 친근한 서울이다. 차도 못 들어갈 정도로 좁고 복잡하게 엉킨 마을 길. 골목길에서 나는 연탄 냄새, 얼기설기 얽힌 이웃집들의 담장, 초라하고 탈색된 기와지붕 등. 내가 그리워한 서울은 이러한 서울이었다. 그러나 이제 부모님들도 아파트에 산다. 나는 공항에서부터 어리둥절했다. 아파트가 많이 들어서고 있고 도로가 넓어졌다. 한 달 후면 하계 올림픽이 서울에서 개최된다. 전쟁 속에 국토가 참화에 휩싸였고 지구상에서 가장 가난하고 초라했던 조국이 이제 도약을 준비하고 있다.

돌아오고 싶다. 우리말로 글을 쓰고 우리말로 학생을 가르치고 싶다. 가장 미묘하고 섬세한 표현마저도 가능한 나의 모국어로. 그러나 여기에 나의 일자리는 없다. 여러 번 지원했지만 회신조차 없다. 결국 원하지 않는 외국 생활을 계속해 나가야 한다.

부모님들도 당황해한다. 나는 대학 재학 중에 유학을 갔다. 어머니는 그때 '독한 놈'이라고 나를 원망했다. 그러나 언젠가는 돌아와 같이 지낼 수 있으리라는 믿음으로 참고 견뎠다. 그런데 아들에게 주어지는 한국의 일자리가 없다. 기껏 나는 '제가 부족해서'라고 위안 아닌 위안을 해드린다. 더구나 서양 여자를 데리고 나타나자 어머니는 내가 인생의 실패자라고 생각한다. 나스타샤는 인사를 드리겠다고 한다. 나는 어떻게 해야 할지 몰랐지만 나스타샤의 요구를 따르기로 한다. 어머니는 건너방으로 가서 울고 있다. 아들이 유학을 떠난 건 큰 실수이다. 그리고 그 실수를 말리지 못한 자기 자신이 원망스럽다.

동생은 무심과 초연을 가장하고 있다. 나스타샤에 대하여도 우리 관계에 대하여도 묻지 않는다. 단지 '형수'라고 부를 뿐이다. 나는 내버려두었다. 상황이 어찌 되는지 나도 모르겠다. 그러나 나의 동생들은 형수에 대한 관심이 지극하다. 얼핏 보면 우크라이나 지도를 펼쳐놓고 있다.

나스탸샤는 신속하게 임플란트를 받았다. 시술 자체는 매우 간단했다. 잇몸에 기둥을 박아둔다. 이제 두 달 후에 그 기둥 위에 이빨을 얹는다. 우리는 그 후로 춘천에 서너 번 갔다. 소독도 하고 실밥도 뽑고. 나는 신경 치료를 받고 보철 두 개를 했다. 우리는 동생과 함께 점심식사를 했다. 동생은 나스탸샤가 김치도 잘 먹고 젓가락질도 잘 하는 것에 대하여도 무심하다. 마치 나스탸샤가 한국인인 것처럼 태연하게 한국말로 말을 붙인다. 개성 있는 동생이다. 그러나 그의 눈은 감춰진 기쁨을 드러내고 있다. 이 호방하고 시원시원한 형수가 좋은 듯하다.

골반 수술을 받으러 들어가며 나스탸샤는 운다. 계속 '고맙다'고 하면서. 무엇이 고마운가. 그 돈은 지렁이를 팔아 번 돈이다. 이를테면 불로소득이다. 나스탸샤는 우리의 지렁이 사업에 대해 손뼉을 치며 깔깔댔다. "조지, 당신은 교수보다는 사업을 했어야 해"하며. 그러나 나는 글을 읽는 게 좋았고 책을 쓰는 게 좋았고 학생들을 가르치는 것이 좋았다. 사업은 나의 영역이 아니고 내 희망도 아니었다. 그러나 내 책을 쓰는 것은 내가 수십 년간 희망하고 계획했던 꿈의 실현이다. 단지 외국어로 쓰게 될 줄은 몰랐었다.

나는 나스탸샤를 바라보며 계속 불안해했다. 언제고 그 지독했던 그날의 통증이 다시 그녀를 엄습할지 모른다는 불안에 떨었다. 의사들은 걱정 말라고 한다. 위험하지도 시간이 많이 걸리지도 않는 수술이라고 나와 나스타샤를 안심시킨다. 나는 마음속으로 말한다. '나스타샤, 이제 우크라이나의 그 악몽은 끝나가고 있어. 수술 후에 통증 때문에 고생은 하겠지만 말이야. 이제 흉터를 성형하면 당신의 몸은 다시 건강하고 아름다웠던 시절로 되돌아갈 수 있어. 당신 마음도 건강해지도록 노력해야 돼. 그러나 거기에는 보리스와 아니카의 문제도 있어. 그건 당신이 할 수 있는 문제가 아니야. 나와 매튜의 문제가 될 거야.' 나스타샤는 사흘을 앓았다. 지독한 통증이 엄습한다. 말 그대로 나스타샤는 뼈를 깎았다. 이제 8주간 누워 있어야 한다. 그리고 3주간 재활 치료를 받고 퇴원이다. 재활 치료 중에 성형 수술이 예정되어 있다.

서울의 여름은 지독히 더웠다. 나는 십 년 만에 서울의 더위와 부딪친 셈이다. 북미의 겨울은 혹독하지만 여름은 쾌적하다. 서울의 겨울은 견딜 만하지만 더위가 지독하다. 차라리 병실 안이 있을 만했다. 나스타샤는 허리부터 허벅지에 이르기까지 캐스팅을 하고 있다. 안고 화장실에 가야 한다. 자리를 뜰 수 없다. 나스타샤는 미안하다며 물도 안 마시려 한다. 그러나 이것은 나의 행복이다.

완전히 무력한 나스타샤는 가끔 짜증을 낸다. 선혀 짜증을 안 내던 그녀가 신경이 날카롭다. 캐스팅한 곳에서는 땀띠가 생기고 냄새도 심하게 난다. 그것을 나스타샤 자신이 못 참는다. 며느리이며 형수인 자신이 좀 더 아름답게 보이고 싶을 것이다.

한국 여자들의 아름다움도 그녀 짜증의 동기이다.

"다들 예쁘네. 다들 날씬하고. 간호사들도 전부 미인이야."

물론 아름답다. 경쟁력 있는 여성들이다. 미모에는 문제없다.

어머니가 당황해한다. 남녀가 결혼도 안 하고 한집에서 산다는 것은 도대체 말이 안 되는 사실이다. 어머니는 나를 구석으로 끌고 가서 묻는다.

"너 어떻게 할 거냐. 남의 집 아가씨를 데리고 살면 결혼식을 해줘야 하지 않니? 저 아가씨는 부모 형제도 없니? 가만히 두고 보니?"

나는 고개를 숙이고 못 들은 척한다. 빨리 나가야겠다. 어머니는 내가 결혼식을 안 올려줘서 나스타샤가 짜증을 낸다고 생각한다. 버르장머리 없는 나스타샤.

나스타샤의 관심은 골반 수술보다는 성형수술에 있다. 그녀는 예쁜 가슴을 가지고 있다. 적당한 크기의 탄탄하고 봉긋한 그녀의 가슴은 나이를 무색하게 할 정도로 조형적 미가 뛰어나다. 그러나 그 가슴과 옆구리가 온통 상처투성이다. 검고 길게 파인 메스와 실밥 자국은 그녀에 대한 나의 사랑으로만 무시될 수 있을 정도이다. 나스타샤는 불빛 아래에서는 옷을 갈아입지 않는다. 그리고 목욕탕에서도 거울을 보지 않으려 애쓴다. 스스로도 익숙지 않은 모습이다. 그녀는 말했다.

"낯설어."

이것은 하나의 낯섦이다. 어느 순간 잠이 깨어, 사실은 자기가 완전한 무의미와 진공 속에 있다는 사실을 발견했을 때의 낯섦. 나스타샤의 낯섦도 여기에서 멀지 않다. 사랑하는 남자를 위해 그녀는 스스로의 육체가 전부라고 생각하고 있다. 젊을 때의 그녀의 몸은 티 없는 아름다움을 가지고 있었다. 그녀는 나를 위하여는 예비되지 않은 그 아름다움이 안타까울 것이다. 그리고 자기 몸이 낯설 것이다. 이제 골반의 커다란 수술 자국과 세 군데의 뜸자국이 가슴의 상처에 더해졌다. 그러나 이 남자에게 하나라도 좋은 선물을 하고 싶다. 이것은 조지를 위한 수술이다. 이 남자 앞에서 스스럼없이 가슴을 보여주고 싶다. 그러나 나는 나스타샤를 위해 이 수술을 권했다. 나는 가슴이 없었다고 해도 나스타샤를 사랑했을 것이다. 나에게 있어 그녀의 의미는 육체적 의미를 훨씬 넘어서 있다.

"나스타샤여, 멜리사와 경쟁하려 말라. 멜리사는 내게 마술이었던 적이 없다. 그러나 그대는 내게 모든 것이다. 그대는 나의 아침이고 저녁이고 숲이고 호수이다. 대지의 여신이고 미의 여신이다. 내가 쉴 곳이고 내가 기댈 곳이다. 나스타샤여, 나는 단지 그대가 용기 있고 자신 있게 삶을 대하기를 바랄 뿐이다. 매끈한 가슴이 그대에게 자신감을 준다면 그것도 좋다. 아름다운 가슴을 갖도록 해보자."

가치 있는 여성이라면 미의 전성기는 30대에 온다. 아름다움은 여러 차원에서 존재한다. 어떤 여성인가가 지성과 교양에 가치를 부여하고 스스로를 그 가치에 맞추어 훈련한다면 그녀는 초췌하고 두드러지지 않은 20대를 보내게 된다. 무언가를 알기엔 20대는 아직 어린 나이이다. 그녀에게 삶과 세상은 당연하고 단순한 어떤 것이기보다는 두렵고 낯선 혼란이다.

20대의 미는 세상에 대한 긍정과 행복에 대한 요구로부터 온다. 가볍고 유쾌하고 애교스러운 아양은 20대 여성의 아름다움에 무엇인가를 보태준다. 사슴의 눈같이 순수하고 장난스러운 젊음은 20대 여성의 전유물이다. 그러나 이 아름다움은 곧 끝난다. 세월은 많은 것들을 소멸시키듯이 그녀들의 아름다움도 소멸시킨다. 그것도 극적으로 소멸시킨다. 한때 아름다웠던 여성들이 평범하고 흔한 중년 여성으로 변해가는 것은 순식간이다.

우리는 놀란다. 이 여자가 그렇게도 아름다웠던 소녀였다. 눈의 아름다운 반짝거림은 더 이상 없다. 빛이 사라졌다. 젊음을 두드러지게 하던 그 빛, 한때 그녀에게 눈길을 주었던 남성들을 고통스럽게 하고 혼란스럽게 하던 그 빛은. 이것이 공허한 삶을 사는 아름다운 여성들의 운명이다. 그 여자들은 세월을 두려워한다. 자연이 부여한 미는 우연의 소산이다. 지상의 모든 것은 우연이다. 여기에 대해 우리가 할 수 있는 것은 없다. 그러나 자연만의 미가 있는 것은 아니다.

방황하고 고통스러워했던 여성의 운명은 이와는 다르게 전개된다. 힘겨운 의문으로 그녀들의 20대는 지옥이었다. 삶의 무의미가 주는 덧없음으로, 스스로의 존재에 대한 의문으로. 20대의 그녀들의 눈은 투명한 아름다움보다 겁먹은 동요였다. 그러나 이 여성들은 지성과 지혜를 갖추어 나가고 이제 통찰력 넘치는 중년을 맞게 된다. 그녀들의 눈은 동요로부터 깊이 있는 자애로움으로 바뀌어 나간다. 이해와 관용과 포기와 조용함이 그러한 여성들의 특징이다. 그녀들은 30대에 전성기의 아름다움을 갖게 된다. 30대의 캐더린 맨스필드나 버지니아 울프의 모습은 여성적 아름다움의 가능성을 보여준다. 여성들이 저렇게까지도 아름다울 수 있구나. 자연은 그것을 주지 않았다. 스스로 가꾸어 왔다.

놀라운 사실은, 이것은 단순히 관념상의 문제만은 아니라는 것이다. 이러한 30대의 아름다움은 성적 매력에까지 걸쳐진다. 그러한 여성들은 남성에게 끊임없는 성적 즐거움을 준다. 단순한 여성적 아름다움은 권태를 준다. 그러나 이제 파이기 시작하는 주름살마다 아름다움을 담아 나가는 30대 여성은 싫증나지 않는 성적 매력의 원천이다. 끊임없는 갈구에도 불구하고 언제나 새롭게 원하게 되는 어떤 매력인가를 이런 여성들은 지닌다. 이러한 여성들은 돌아가고자 하지 않는다. 20대는 고통과 동요의 세월이었다. 어찌어찌 기듯이 빠져나온 세월이었다. 이들은 다가오는 세월을 기쁘게 맞는다. 세월은 노년뿐만 아니라 지혜도 가져다 줄 터이다.

나스타샤가 가지고 있는 것은 이러한 30대의 아름다움이었다. 그녀가 말하는 바 자신의 20대는 혼란과 고통이었다. 자신이 이해하고 있는 것은 아무것도 없다는 생각이 들었고 온통 좌절감에 휩싸여 살았다고 한다. 여성적 미에 대하여는 생각조차 떠오르지 않았다고 한다. 자신은 아마도 깃털 빠진 새와 같았을 거라고 말한다. 그녀는 아직도 마치 남자처럼 웃고 남자처럼 행동한다. 언제나 동작이 크다. 그 동작이 마치 날개를 펼친 앨버트로스처럼 가뜬하고 우아하다.

우리가 보통 관능적 아름다움이라고 말할 때의 그 아름다움을 나스탸샤는 가지고 있지 않다. 나스탸샤는 미인은 아니다. 스스로도 그렇게 말한다. 그러나 그녀는 30대의 그 원숙하고 의젓하고 대범한 아름다움을 가지고 있다. 이것은 매우 드문 아름다움이다. 눈을 내리뜨고 생각에 잠겨 있을 때의 나스탸샤는 마치 인간의 숙명과 고통에 대하여 숙고하는 성모의 모습을 연상시키고, 보석을 고르고 있는 묘비의 헤게소를 떠올리게 한다. 그녀는 성스럽고 품격 있는 귀족적 아름다움을 지니고 있다. 나는 이 여자에게서 무한한 매력을 느끼고 있다. 여성적 매력뿐만 아니라 그것을 넘어서는 무한한 매력을.

"완전히 없애지는 못합니다. 결국 성형은 가능성의 예술입니다. 복원이란 없습니다. 가급적 보기가 낫게 해보는 것이지요."

의사는 아마도 이 말을 모든 환자에게 해왔을 것이다. 내가 원하는 것은 의사가 최선을 다하는 것이다. 누군들 그 이상의 것을 바랄 수 있겠는가. 나는 나스탸샤에게 상황을 설명한다. 나스타샤는 낙담했다. 그녀는 아마도 상처 입기 전의 모습으로 돌아갈 수 있다고 생각했나 보다.

"나스타샤, 당신은 아름다워. 많이 아름다워. 가슴이 어떻든 아름다운 사람이야. 나는 나스타샤의 가슴에 두 배쯤 더 큰 상처가 있었다고 해도 지금처럼 똑같이 당신을 사랑했을 거야. 나는 가슴에 입 맞추고 싶었지만 당신은 이리저리 피했어. 나스타샤, 아름다움은 당신의 몸에도 있겠지만 내 눈에 더 많이 있어. 바라볼 때 내가 느끼는 아름다움 말이야. 나스타샤, 이 수술은 당신을 위한 거야. 당신의 마음을 위한 거지. 나는 상관없어. 그러니 수술을 하도록 해. 의사들이 최선을 다할 거야. 나스타샤, 치료될 수 없으면 견디는 수밖에 없어. 수술 결과가 어떻든 스스로에 대하여 자신감을 가져. 나는 이제 집 안에서는 나스타샤의 옷을 모두 벗겨놓을 거야."

나스타샤는 다시 웃었다.

그 수술은 제법 큰 수술이 되었다. 어떤 면에서는 골반 수술보다도 더 크다. 수술 시간이 네 시간이나 걸렸다. 나스타샤는 두 달 사이에 전신마취를 두 번이나 받게 되었다. 지금 목발을 짚고 내게 기댄 채로 다니지만 곧 걸을 수 있다. 이제 출국할 시간이 다가오고 있다.

이빨에 레진을 박기 위해 마지막으로 춘천에 가는 길이었다. 나는 한국 면허증 없이 아버지의 차를 몰고 다녔다. 사실상 무면허이다. 가족이나 나스타샤 누구도 그 사실을 캐묻지 않아 다행이다. 춘천 가는 길은 공사 중이다. 도로를 넓히고 있다. 이 아름다운 드라이브 길은 본격적인 관광 도로가 될 것이다. 나는 가는 길에 휴게소에 들러 우동을 사고 김밥을 사서 점심을 해결했다. 아마도 한국 음식을 시도하는 외국인들이 마지막으로 먹게 될 음식이 김밥일 것이다. 그것을 가장 먹기 힘들어 한다. 비린내 나는 까만 종이라고 생각하는 것 같다.

나스타샤는 병원에 입원해 있으면서 김밥도 먹게 되었다. 어머니가 며느리를 위해 손수 김밥을 말아 왔다. 싫다고 하면 눈총을 받을 것이다. 나스타샤는 꾸역꾸역 먹었고 나는 화장실에 가서 웃었다. 나스타샤는 북한강을 바라보며 말한다.

"당신 나라도 아름다워. 이 강은 드니에프르 강과 비슷하게 생겼어."

그녀는 경복궁을 좋아했다. 이 아름다운 건물에 왕이 거처했다고 하자 한국은 왕국이었냐고 묻는다. 100여 년 전까지도 그랬다고 하자 자기 나라도 마찬가지였다고 한다. 당신네 나라는 부족국가 연합이었지 않냐고 하니까 당신 교수 맞냐고 한다. 우크라이나도 왕국이었나 보다.

동생은 우리들에게 봉투를 각각 하나씩 내밀었다. 결혼 선물이란다. 나는 약간 당황했다. 동생에게 무엇을 받는다는 것은 우리 정서에 맞지 않는다. 베푸는 건 형이 해야 한다.

"뭔데?"

기분이 이상해졌다. 동생이 이미 이렇게 어른으로서 살아가고 있구나 하는 생각이 들었다. 자라면서 항상 귀엽고 사랑스러운 아이였을 뿐인데. 3,000불씩이 들어 있었다. 나스타샤는 더욱 당황했다. 선물로 돈을 주고받는 것은 자기 나라에는 없는 풍습이란다. 그리고 선물이 지나치게 큰돈이 아니냐고 걱정이다. 큰돈이다. 3,000불은 나의 한 달 급료가 넘는다. 동생이 웃으며 말한다.

"치과의사는 좀 벌어."

이사

공항으로 그렉이 나와주었다. 그렉은 딸을 낳았다.

"울고 냄새나고 칭얼거리고 밤에 못 자게 하고……."

그러나 그렉은 지금 행복해한다. 차분하고 안정되어 보인다. 우리는 일단 그렉의 집으로 갔다. 그는 콘도미니엄에서 나와 연립주택으로 들어갔다. 나는 존 스트리트를 지나칠 때마다 감탄하곤 했었다. 북미 동부는 대평원이다. 모든 곳이 평평하고 굴곡이 없다. 산이라고 할 만한 것이 없다. 이곳 사람들의 지명 가운데는 언덕(hill)이나 능선(ridge)이라는 단어가 들어가는 곳이 있는데 그곳도 기껏해야 해발 100미터이다. 그러나 존 스트리트는 달랐다. 그곳에는 깊게 파인 협곡을 따라 도로가 있고 협곡 반대편에 연립주택과 콘도미니엄이 줄지어 있다. 그 동네는 유서 깊은 곳이다. 오래전부터 사람들이 정착하여 농사를 지었다.

대체로 공동묘지가 있는 마을은 오래된 곳이다. 그렉은 거기에 연립주택을 샀다. 그는 이제 상당한 부자가 되었다. 그의 얼굴에서는 부자가 되고 있는 사람 고유의 자신감과 만족감이 묻어나고 있었다.

그렉이 알고 있는 바 여덟 군데의 지렁이 농장이 생겼다고 한다. 특히 중국인 한 명이 거대한 규모로 시작했다고 한다. 이것은 불길한 이야기이다. 중국인들은 노동을 아끼지 않는다. 매우 거칠고 열심히 일하는 우악스러운 민족이다. 그들은 궁핍한 나라 출신이다. 잘살 수 있다면 어떤 노고도 마다 않는다. 중국인과 경쟁하는 업종에 종사하는 많은 사람들이 몰락했다. 중국인의 원칙은 박리다매이다. 더구나 거래처를 확보하기 위해서라면 엄청나게 낮은 가격을 제시한다. 지금 베시는 새로운 수요를 창출하지 못하면서 기존 거래처의 상당 부분을 빼앗겼다. 캐나다인들은 거래처를 잘 바꾸지 않는다. 그러나 이것은 적당한 가격 경쟁력이 있었을 때의 얘기이다. 중국인들은 저렴한 가격을 무기로 들고 나왔을 것이다. 베시 쪽은 계약 기간이 끝남과 동시에 농장을 접어야 할 것이다. 그래도 괜찮다. 이미 모두 부자다.

심지어는 리배런 사장이 이쪽과 계약을 어기며 중국인으로부터 지렁이를 공급받았다. 베시는 소송을 걸었고 리배런 측 역시도 변호사를 고용하여 대응했다. 리배런 측의 주장은 이쪽이 독점적인 지위를 이용해서 장기 계약을 강제했다는 것이다. 그러나 베시가 이겼다. 지렁이의 공급이 독점적이지는 않았다는 것이 승소의 이유였다. 지렁이 밭에서 채취한 공급도 있었기 때문이다. 리배런 측은 손해배상을 해야 했고 소송 비용까지도 물어내게 되었다. 이것은 모두에게 중요한 판례이다. P&G와 디트록스와 리배런은 계약을 충실히 이행하는 것 외엔 대안이 없다.

그렉은 내가 같이 일하기를 바란다. 그러나 나는 그럴 뜻이 없다. 내게는 집을 판 돈이 있다. 그 돈이면 충분하다. 나는 연구하고 집필하고 또 테뉴어를 연장하는 데 관심이 있다. 언젠가나도 부자가 되고 싶은 열망을 가질지도 모르겠다. 그러나 지금은 아니다.

연립주택이 이렇게 넓을 수도 있구나 하는 생각이 들었다. 세개 층 모두를 합하면 무려 3천 스퀘어미터였다. 이 정도면 웬만한 단독 주택보다도 넓다. 나는 베시와 그렉에게 축하를 보냈다. 진심으로 기뻤다. 자부심 외에는 별로 가진 것이 없었던 그렉이이제 부자가 되었다. 그것도 스스로의 힘으로.

그렉은 커티지에 가서 다시 발전소를 가동시켜 놓았고 보트도 다시 계류시켜 놓았다. 내 귀환을 대비해서였다. 그러나 커티지는 과거의 삶이 되었다. 베시가 그렉을 놔주려 하지 않는다. 임신한 이후로 강화된 베시의 권력은 출산 이후에 정점에 이르러 있다.

그렉은 나도 존 스트리트에 살기를 원한다. 그러나 나는 소박한 삶이 좋다. 여기는 월세도 1,300불이 넘는다. 나는 600불 정도에 맞추어 집을 구하고자 한다. 나도 아이가 생긴다면 어떻게 될지 모르겠지만.

나는 웰드릭을 떠나기 싫다. 그곳은 내가 캐나다에 와서 처음으로 정착한 곳이다. 내가 캐나다에서 알고 있는 대부분의 다정한 사람들이 그곳에 살고 있고 그들 모두가 백스탑에 모인다. 낯선 곳에서 살 자신이 없다. 그리고 이렇게 넓은 집은 청소가 문제이다. 아마도 몇 시간은 걸려야 전체 청소를 할 수 있을 것이다. 그렉은 필리핀 가정부를 고용했다. 캐나다 집에는 대부분 카펫이 깔려 있고 이것은 자주 클리닝을 해주지 않으면 냄새도 나고 먼지도 심해진다. 나는 우리 시간이 청소나 음식 준비 등에 소모되는 것이 싫었다. 차라리 작은 집에서 간결하고 간소하게 사는 편이 낫다. 우리 부모는 방 두 칸짜리 아파트에서 막내 여동생과 살고 있다. 별로 불편 없이 산다. 공간도 습관의 문제이다.

우리는 바로 다음 날 자동차를 사러 갔다. 피커링까지 그렉이 태워다주고 출근했다. 시운전용 차를 할인받았다. 앞으로 십 년간은 자동차에 대한 걱정 없이 살게 될 것이다. 오늘은 크리스틴도 만나야 한다. 집을 보러 가기로 약속이 되어 있다. 새 차를 몰고 새로운 집을 보러 간다. 나는 나스타샤도 차량 보험에 집어넣었다. 나스타샤는 이제 2개월 후면 G2면허를 받게 된다. 차가 한 대 더 있어야 할 것이다. 나스타샤는 생전 처음 운전을 하게 된다. 그녀는 운전을 두려워한다. 그러나 캐나다에서는 운전이 자립의 첫 번째 조건이다.

우리는 리치먼드 힐의 오크리지(Oak Ridge)에 집을 마련했다. 그곳에는 연립주택이 없었다. 이 단독주택은 크기가 적당했고 또 마당에 나무가 많았다. 오데사의 공원에는 사과나무가 많았다고 한다. 아니카와 보리스는 사과꽃 향기를 좋아했다고 나스타샤는 중얼거린다. 그 집으로 정했다. 사과나무가 두 그루, 참나무가 몇 그루 있었고 주차도 두 대가 가능한 집이다. 가을이 오면 떨어지는 사과를 청소하느라 힘이 좀 들 것이다.

닉스는 내 이사를 섭섭해한다. 한숨을 다 쉰다. 우직하고 정이 많은 사람이다. 그러나 나는 웰드릭 주민으로 계속 살 작정이다. 호스트 임무도 계속할 것이고, 백스탑에도 갈 것이고, 컬링도 계속할 것이다. 헌트 씨는 아직도 버티고 있다. 그러나 웰드릭 주민들은 그 사건을 잊지도 않을 것이고 그를 용서하지도 않을 것이다. 캐나다인들은 의사 결정이 느리고 신중하다. 그러나 결정된 사항은 예외 없이 준수된다. 잊지도 않는다. 이것이 앵글로색슨족의 기질이다.

나스타샤는 세네카 컬리지의 의상 디자인 전공에 합격했다. 조지 브라운은 '유감'이라는 회신을 보내왔다. 나는 조지 브라운 쪽을 더 원했다. 조지 브라운은 다운타운에 있고 토론토 대학 부설의 시각 예술대학에 가깝다. 나스타샤가 이곳에 다니게 되면 내가 출근길에 데려다주고 퇴근길에 데려올 수 있다. 그러나 세네카 컬리지는 시외버스를 타고 핀치에 가서 시내버스로 갈아탄 뒤 한참 내려가서 다시 동쪽으로 가는 시내버스를 타야 한다. 불편하고 시간도 많이 걸린다. 나스타샤는 그래도 신이 났다. 캐나다에서는 직업 대학 입학이 정규대학 입학보다 더 어렵다. 학사 과정도 컬리지가 더 힘들다. 실습과 이론 모두를 해야 하기 때문이다. 두 군데에서 모두 낙방할까봐 걱정했던 나스타샤는 안심했다. 겉으로는 태연한 척했지만 이 겁 없는 아가씨도 걱정은 했나 보다.

막연했던 계획들이 그럭저럭 현실화되고 있었다. 나스타샤는 수술도 무사히 받았고 대학에도 입학하게 되었다. 그리고 차도 새로 샀고 이사 문제도 해결되었다. 참나무가 아름답게 심긴 아늑하고 조용한 남향의 마을로. 이제는 가구도 사야 한다. 그동안 나스타샤는 식탁에서 공부했었다. 그녀의 방에 책상과 침대를 넣어줄 작정이다. 그녀는 내키는 대로 선택하여 잘 수 있다. 자기 방에서 자든지 아니면 내 방에서 자든지. 이 계획에 그녀의 눈이 의문으로 동그래졌다. 나는 웃으며 말했다.

"당신은 어디서든 잘 수 있어."

그러나 나스타샤는 자기 침대는 돈 낭비라고 우긴다.

개학이 3주 남았고, 이사까지는 12일 남았다. 그동안에는 커티지에 가 있기로 했다. 나스타샤는 그곳을 궁금해했었다. 나는 아름다운 곳이라고만 말했었다. 그러나 내게 있어 커티지는 아름다운 곳일 뿐만 아니라 모든 우주이기도 한 곳이다. 세상의 모든 재화와 사치가 어디엔가 있다 해도 커티지가 가지는 의미를 갖지는 못한다. 나는 그곳에서 그렉과 다정한 시간을 보냈다.

그 시절이 그렉에게도 가장 좋은 시간이었다. 우리는 그 커티지를 살 만한 곳으로 만들기 위해 무던히 애썼다. 아예 새로 지었고, 가구를 들여놓았으며, 발전소도 설치했고, 화장실도 만들었다. 문명의 힘을 빌렸다 해도 우리의 힘만으로 건설을 해나갔다. 우리는 그곳에 가기 위해 보트를 샀다. 그렉은 개에 물렸을 때 오히려 기뻐했다. 300불을 아낄 수 있었으니까. 가난이 두렵지도 않았고 그것이 주는 불편이 크게 느껴지지도 않았다. 나는 그렉과 베시와 멜리사와 어울려 행복했었다. 그렉은 지금이 더 행복할까?

커티지가 갖는 의미는 나스타샤와 관련하여 더욱 크다. 그곳에 오가는 중에 우크라이나의 벙어리 아가씨를 만났다. 겁에 질리고 육체는 피폐해진 이 아름다운 아가씨를. 그녀를 두 번째 보았을 때 이미 매혹되었고 그녀를 집에 데리고 올 때 그녀는 나의 온 우주가 되어 있었다. 나의 가슴은 뛰었고 나의 마음은 안절부절했다. 손에 소중한 보석이 쥐어졌다. 언제라도 부서질 것 같은 소중한 보석이.

그녀가 통증으로 비명을 지를 때 나의 마음은 안타까움으로 같이 소리쳤고, 그녀가 고향에 대한 그리움으로 눈물지을 때 내 마음에는 아득한 어둠이 가득 찼다. 그녀가 고통에서 벗어날 수 있다면 나는 어떤 신과도 타협할 수 있었다. 수상한 부두(Voodoo)의 신뿐만 아니라 아프리카의 어떤 잔인한 정령과도. 그녀는 나의 행복, 나의 두려움, 나의 오늘, 나의 미래가 되었다.

그녀가 더 이상 고통받느니 차라리 태양이 없어지고 바다가 사라지고 숲이 폐허가 되는 것이 낫겠다. 나의 나스타샤. 사랑스러운 나의 나스타샤.

커티지에 가는 길에 메리 브라운에 들렀다. 나는 한국에서 마른 오징어와 쥐치포와 녹차를 가져왔다. 선배는 기뻐했다. 나스타샤의 수술이 무사히 끝난 것을 기뻐했고, 내가 뉴마켓에 조금 더 가까이 이사하게 된 것을 기뻐했고, 다시 낚시 친구를 만난 것을 기뻐했다. 크고 예쁜 새 차에 대하여도 기뻐했다. 마른 오징어를 바라보며 그는 말했다.

"요즘 일 크릭(Eel Creek)에 뱀장어가 많이 나와. 어때, 내일 출발할까? 방학이라 애들이 전부 가게에 나와 일하고 있어. 내가 자유롭다고. 어때? 내일 갈까?"

뱀장어를 잡으러 가기로 했다. 나스타샤가 여름 낚시에 가는 것은 이번이 처음이다. 먼저 낚시 허가증을 사야 한다. 우리는 시끄럽게 떠들며 리배런으로 갔다. 여기에서 낚시 허가증을 대행 판매한다. 나는 자동판매기에 들어 있는 지렁이를 보고 웃음 지었다. 저것은 유진이 기른 것이다. 우리는 그 지독한 유태인을 꼼짝 못하게 했다. 베시는 그의 탐욕에 재갈을 채웠다. 브라보, 베시!

뱀장어 미끼로는 민물가재가 최고다. 마른 오징어 다리를 돌에 받쳐놓으면 가재들이 떼로 매달린다. 그러나 사람이 가까이 다가가면 일제히 덤벼든다. 살며시 다가가서 뜰채로 들어내야 한다. 북미의 가재는 드세다. 우리나라의 가재는 수줍어한다. 으슥한 돌 밑에 숨어 있고 돌을 들추면 꼼짝 않는다. 그러나 북미의 가재는 숨어 있지 않는다. 그것들은 마치 자기네가 물고기인 것처럼 이리저리 유영한다. 잡으려고 손을 뻗치면 도망가기는커녕 집게발을 치켜들고 일전불사의 태도를 취한다. 가소로워서 웃음이 다 나온다. 나는 이 가재를 잡으려다 손가락이 몇 번 찢어진 적이 있다. 그 집게발은 아주 날카롭고 무는 힘도 제법이다. 우리는 수백 마리의 가재를 잡았다.

가재 꼬리를 낚싯바늘에 꿰어 강에 던져놓는다. 뱀장어는 먹성이 좋다. 사리는 게 없고 망설이는 게 없다. 덥석 문다. 그러나 이때부터가 중요하다. 북미의 뱀장어에 비하면 우리나라의 뱀장어는 미꾸라지 수준이다. 북미의 뱀장어는 여자 종아리만큼 굵고 힘도 엄청나게 세다. 무지막지하다는 느낌이 든다. 이 뱀장어가 낚싯줄을 끌고 바위 밑으로 들어가면 끝이다. 낚싯줄을 끊는 수밖에 없다. 도저히 잡아내지 못한다. 뱀장어가 미끼를 무는 동시에 힘껏 잡아채는 것이 중요하다. 그러면 뱀장어는 얼떨결에 끌려 나온다. 공중을 한 바퀴 돌아 우리 뒤켠으로 털썩하며 떨어진다. 이때를 놓치면 낚싯줄이 끊어지거나 낚싯대가 부러지거나 둘 중 하나이다. 나스타샤는 두 번이나 낚싯줄을 끊어줘야 했다. 뱀장어는 낮에는 잘 잡히지 않는다. 밤낚시가 유효하다. 랜턴 하나만 켜 있는 어두운 밤에, 번들거리며 등 뒤에 떨어지는 뱀장어는 지옥에서 온 괴물 같다. 섬뜩하고 기분 나쁘다.

나와 그렉이 뱀장어 낚시를 기피하는 이유이다.

때때로 메기가 미끼를 물기도 한다. 캐나다의 메기는 이를테면 괴물이다. 채널 메기(channel catfish)는 보통 10파운드가 넘는다. 힘도 좋다. 이때는 기분 나쁜 실랑이가 벌어진다. 줄을 끊기가 싫으니까 잡아내기는 해야 한다. 그러나 힘이 다 탕진될 정도가 되어야 간신히 잡을 수 있다. 긴 수염을 이리저리 나풀거리며 입을 크게 벌리고 나오는 메기는 징그럽다. 너무 크니까 먹고 싶은 생각도 없다. 낚싯바늘을 빼는 것도 고역이다. 그 거대한 입 안에 손을 집어넣기는 정말 싫다. 롱 노우즈 플라이어(long nose pliers)로 낚싯바늘을 이리저리 비틀어 꺼낸 다음 얼른 강으로 되돌려 보낸다. 어떤 경우에는 바로 그 메기가 다시 무는 경우도 있다. 물고기의 기억력은 아마도 몇 초에 지나지 않을 것이다. 놔주면 되돌아서 문다. 그때는 정말 울고 싶다.

우리는 몇십 마리의 뱀장어를 잡았다. 선배는 모두 다 가져갈 작정이다. 그는 구워도 먹고 찜도 해 먹고 심지어는 달여서도 먹는다. 아마도 우리에게 권할 것이다. 나는 도망갈 것이고. 우리는 완전히 지쳐서 새벽 네 시에 철수했다. 돌아오는 길에 모두가 잠들었다. 선배는 그의 아들과 머리를 맞대고 코를 골며 자고 있다. 나스타샤 역시도 숨을 쌔근거리며 자고 있다.

행복했다. 삶이 이대로 영원하기를 바랐다. 이 사람들 전부를 책임지라 해도 질 수 있었다. 부담이 오히려 행복일 터이다. 나스타샤의 골반은 완전히 나았다. 고통스러운 수술과 재활도 잘 이겨냈다. 가슴 성형도 그럭저럭 만족스럽게 되었다. 나스타샤는 아무나 붙잡고 임플란트를 권한다. 나스타샤는 뒤척인다. 무엇인가 잠꼬대를 한다. 러시아어이다. 오랜만에 나스타샤가 러시아어를 하는 것을 들었다. 낯설었다. 마음이 섬뜩했다.

그녀는 나에게 속한 이상으로 보리스와 아니카에게 속해 있다. 나스타샤는 어떻게 생각할까? 내가 자기에게 속한 이상으로 다른 어디에도 속한 사람이라고 생각할까? 그녀는 한국 여자들의 아름다움에 속을 태웠다. 간호사와 내가 마주 보며 웃는 것도 참지 못했다. 내게 그런 솔직함이라도 있었으면 좋겠다. 나는 두려움에 빠져 있을 뿐이다.

케빈은 나스타샤의 아름다움과 영어 솜씨에 깜짝 놀란다. 10개월 만에 만난 그 러시아 아가씨가 이제 세련된 북미 여자가 되어서 나타났다. 우리는 한국에서 옷을 많이 사왔다. 옷감의 고급스러움과 디자인의 탁월함에 있어서 한국 옷은 세계 최고이다. 값도 저렴하다. 나스타샤는 백화점의 호사스러움과 옷과 장신구의 세련됨에 매우 놀랐다. 그중 자기 옷을 살 수 있다는 사실에 황홀해했다. 숨을 헐떡이며 말했다.

"조지, 여기서 고르는 거야?"

물론 그렇다. 나스타샤가 원한다면 방직회사 전체를 털 것이다. 나는 카메오도 하나 샀다. 푸르고 아름다운 그 브로치는 나스타샤에게 어울렸다.

보리스는 왜 한눈을 팔았을까. 더 아름다운 여자가 있을까. 나스타샤는 나이에 비해 어려 보인다. 그래도 정장을 입으면 품위 있는 중년 부인의 모습이 된다. 내게 때때로 철이 없는 행동을 하지만. 그것은 아양과 애교이다. 일종의 생존전략이다. 저 먼 이브의 시대부터 여성들이 사용했음 직한.

케빈을 찾아간 날 그녀는 갈색 바지와 흰색 블라우스를 입고 있었다. 가슴에는 그 브로치를 달고. 케빈은 아름다움을 아는 사람이고 그것을 숭배하는 사람이다. 갑자기 "미스 가일로프"라고 부른다. 나스타샤는 당황하고 있다. 그러나 그녀는 그런 대접을 받아 마땅하다. 그녀는 자애롭고 지혜롭고 관용적이고 영리하다. 이러한 미덕이 높게 평가되지 않는다면 어떤 다른 이유로도 존경받지 않는 편이 낫다.

케빈의 커피숍은 한결 커졌고 고급스러워졌다. 뒤켠으로 살림집을 하나 지었다. 케빈의 가족은 그곳에 산다. 종업원의 침실도 별도로 있다. 침실이 일찍 있었더라면 나스타샤의 고생이 덜했을 것이다. 그러나 나는 케빈이 고맙다. 영어로는 자기 이름조차 힘들게 쓰는 우크라이나 여성을 채용했다. 그 덕에 나는 나스타샤를 만날 수 있었다. 나는 케빈과 그의 아내를 위해 가죽 장갑을 하나씩 샀다. 케빈은 감동한다. 우리 셋은 한참 동안을 떠들었다. 커피숍의 장래와 할리버튼의 미래와 나스타샤의 전공과 그 미래의 사업에 대해. 케빈은 적극적으로 자영업(small business)을 권한다. 옷 수선점보다는 종업원을 채용하여 세탁소를 운영하는 편이 나을 거 같다고 말한다. 그리고 거기서 옷

수선을 겸하면 된다는 것이다. 나스타샤의 눈이 반짝거린다. 돈을 벌고 싶다.

센코비치와 제인은 더욱 놀란다. 그렉 대신에 아가씨가 나타났다. 나는 "미스 가일로프"라고 소개한다. 나는 제인이 그녀를 이름으로 부르는 것이 싫었다. 그러고 보면 나는 그녀를 제인이라고 불러준 적이 없다. 그냥 "헤이" 하거나 "헬로" 했을 뿐이다. 센코비치는 부두로 안내한다. 보트가 깨끗이 청소되어 있었다. 배짱 좋은 나스타샤는 내 쪽을 향해 뱃머리에 주저앉아 무어라고 떠들어댄다. 모터 소리가 요란하다. 멀리서 물고기가 뛰어오르고 주변에 동그라미가 생긴다. 아마도 머스키가 베스를 추적하다 실패했을 것이다.

나스타샤는 거의 기절할 지경이다. 이 외진 곳에 그럴듯한 나무 집이 있고 전기도 들어오고 따뜻한 물도 나온다는 사실이 믿기지 않는 모양이다. 화장실을 보고는 배를 잡고 깔깔댄다. 그러나 발전소를 본 그녀는 놀라고 숙연해진다. 나와 그렉과 베시가 그 거창한 공사를 했다는 사실에 놀란다. "당신들 정말 대단한 사람들이야" 하며 머리를 흔든다.

그렉이 더욱 그립다. 여기에 그렉까지 있다면 더 바랄 것이 없다. 시간이 멈추기를 바랄 것이다. 다시 한 번 시도해볼 양이다. 베시와 그렉을 다시 한 번 끌어내 볼 것이다.

"그렉, 이 한심한 놈아. 부자가 되는 것도 좋고 애를 키우는 것도 좋아. 하지만 친구도 그에 못지않게 중요해. 우리가 지냈던 세월과 같이 저질렀던 일들을 생각해봐. 우리가 같이 쇼핑했던 캐네디언 타이어를 생각해봐. 이 보트와 커티지는 다 네 거야. 이 수력발전소도 네 거고. 그렉, 다시 한 번 엉덩이를 햇빛에 번쩍여가며 변기로 기어 올라가 봐. 이 바보 같은 놈아."

나스타샤가 커티지를 좋아하니 다행이다. 그녀는 커티지 옆의 바위에 누워 나보코프를 읽고 있다. 땅콩을 하나씩 입 안에 까 넣으며. 그녀는 어젯밤에 좀 심하게 덤벼들었다. 이 정열적인 슬라브 여성은 침대가 삐걱거리자 깔깔거리며 웃어댔다. 주변에 아무도 없으니 거리낄 것이 없다며. 그러나 부엉이가 커티지를 내려다보고 있고, 호수에는 물새들이 떠 있고, 수달은 물에서 텀벙거리고 있다. 우리는 그들의 밤을 방해하고 있다. 커티지는 피어오르는 물안개에 아득히 감겨 있고, 멀리서 늑대 우는 소리가 들리고, 나스타샤는 숙면을 취한다. 나스타샤가 밤에 깨지 않게 된 것은 한국에 갔다 오고부터이다. 그녀는 가끔 숨이 막힌다며 숨을 크게 내쉬곤 했다. 그러나 그런 증세가 모두 사라졌다.

이 사랑스럽고 건강한 여성이 나의 가슴에 머리를 묻고 자고 있다. 기적이다. 어딘지도 모르는 낯선 도시에서 그녀는 이리로 흘러왔고 나 역시 그녀가 전혀 모르는 도시에서 캐나다로 흘러왔다. 그 두 개의 떠돌이별이 만났다. 이 광막한 우주에서. 그리고 서로의 숨소리를 듣고 서로의 냄새를 맡아가며 한 침대에서 잠들어 있다. 1인용 침대가 좁은 줄도 모르고 꼭 붙어서 안심하고 자고 있다. 그녀는 말했다.

"나는 당신이 죽을 때가 되거나 내가 죽을 때가 되면 같이 동굴로 들어갈 거야. 거기서 꼭 안고 죽음을 기다릴 거야. 세월이 흐르면, 세월이 수천 년 수만 년 흐르면, 우리 둘의 살과 뼈는 섞이게 될 거야. 어느 것이 누구 것인지도 모르게 섞일 거야. 나는 그렇게 영원히 당신과 함께할 거야."

내가 자연사박물관에서 하는 일은 그런 뼈의 분류이다. 어느 것이 누구의 것인지는 금방 판명 난다.

"이 어리석은 슬라브 아가씨야. 너희들이 그렇게 낭만적인 생각에 잠겨 있을 때 서부 유럽인들은 유전자 식별법과 동위원소 판별법을 만들었어."

지성은 전진하고 감성은 머무른다. 지성이 끝없는 탐구로 지적 영역을 넓히고자 할 때, 감성은 조용히 바라보며 자연에 동화된다. 지성이 자연을 장악할 때 감성은 자연의 일부가 된다. 슬라브인들은 감성적이다. 머무르고 조용히 바라본다. 운명에 순응하고 운명에 희생당한다. 그들에게 운명은 어머니이다. 어머니 품에서 조용히 슬픔을 맞는다. 폴란드나 체코나 우크라이나의 역사는 비극적이다. 끊임없는 외세의 침략과 무력에 의해 점령당하고 학살당해왔다. 감성적인 민족이 겪는 비극이다. 인간과 지성은 잔인하다. 그들은 공존과 사랑은 중요하지 않다고 생각한다. 지배와 학살과 수탈이 그들의 목적이다.

한국도 역시 일본의 잔인함에 고통받았다. 그들은 지적이고 우리는 감성적이었다. 그러나 운명의 추는 어디로 향할지 모른다. 감성적인 민족이 어느 날 지성적이 되고자 했을 때, 메마른 지성은 감성에 의해 화약을 공급받는 새로운 지성의 폭발을 견뎌낼 수 없다. 서구의 지성은 메말라가고 있다. 그들의 잠재력은 탕진되었다. 신은 이제 누구에게 고통을 줄지 모른다. 슬라브인들은 게르만인과 앵글로색슨족과 프랑크족에게 복수할지 모른다. 정열이 중요하다. 그 정열 위에 지성이 실릴 때 그것처럼 파괴력 있는 것도 없다.

돌이켜보았을 때 나스타샤와 나의 가장 행복했던 순간은 커티지에서의 열이틀이었던 것 같다. 나스타샤는 이곳을 좋아했다. 그녀는 호수의 건너편을 바라보며 "아름답다"고 중얼거렸다. 호수의 중간에 섬이 있고 그 너머 건너편에 절벽이 있다. 우리는 그 절벽 밑에 보트를 계류시키고 여기서 점심을 먹고 낚시를 하고 저녁이 되면 철수했다. 저녁에는 나스타샤와 한국의 역사 영문판을 읽었다. 그녀는 중얼거렸다.

"한국도 우크라이나만큼이나 고통을 겪었네."

그녀는 월아이의 껍질을 벗기고 내장과 머리를 떼어낸다. 이제 소금을 뿌려가며 굽게 된다. 나는 타이어 휠을 커티지 옆의 잔디밭에 가져다 놓았다. 주변의 나무를 꺾어다 거기에서 불을 피우면 훌륭한 화로가 된다. 캐나다의 8월 저녁은 이미 춥다. 우리는 돌 위에 앉아 월아이를 구웠다. 나무랄 데 없는 저녁식사이다. 그녀는 식사가 끝나자마자 들어가고 싶어 한다. 나스타샤는 나와의 하루가 행복하면 다정한 밤을 보내기 원한다. 벌써 눈이 반짝거린다. 어젯밤에도 물새들을 잠 못 들게 했는데.

민족마다 선호하는 직종이 있다. 인디아인들과 파키스탄인들은 택시 운전을 많이 하고, 중국인들은 요식업을 많이 하고, 한국인들은 편의점을 많이 한다. 필리핀인들은 가사와 관련된 일에 많이 종사한다. 필리핀 출신 가정부들은 북미에서는 내니(Nanny)라고 불리는데 이 사람들은 타고난 유모이다. 아이들을 잘 키우고 집 안을 항상 깨끗이 유지한다. 그리고 필리핀인들은 영어를 잘한다. 웰드릭 식료품의 코니는 필리핀에서 시집왔다. 그녀의 남편은 캐나다 국적만으로 놀고먹는 셈이다. 코니가 모든 것을 한다. 아이를 돌보고 청소를 하고 가게를 운영한다. 스티브는 가끔 가게에서 게으름을 피우고 있을 뿐이다. 우리 모두는 스티브를 못마땅해했다. 머트 씨는 대놓고 게으름뱅이라고 비난한다. 스티브는 졸고 있고 그 옆에서 코니는 채소를 다듬는다. 코니는 캐나다에서의 삶에 회의적이다. 남편이 그 모양이고 자기는 격무에 시달리고 또 겨울이 너무 길고 춥다.

다른 필리핀인 앤디는 웰드릭의 몰에서 중고품 가게를 운영하고 있다. 그는 남들이 버리는 것을 모아다가 쓸모 있는 것으로 만들어 판다. 나는 오디오세트도 거기에서 마련했다. 이 직종은 부지런하고 정리 정돈을 잘하는 필리핀인의 기질에 맞다. 캐나다에서의 청소대행업은 거의 필리핀인이 독점하고 있다.

나는 앤디에게 부탁해서 이사 들어갈 집의 청소를 할 대행업체를 구했다. 두 명의 직원이 파견되어 지하실과 주차장과 잔디밭까지 모든 것을 정리해주었다. 이사 들어가던 날 나스타샤는 들떠 있었다.

"헌트 씨가 눈에 안 띄니 좋아요. 그리고 나무도 많고. 햇빛도 잘 들고."

그 집은 매우 오래된 집이다. 옆집 할머니가 삼십 년 전에 이사 왔다고 한다. 그때도 이 집이 있었다고 하니 최소 삼십 년이 넘은 집이다. 그러나 잘 지어진 집은 세월에 의해 손상되는 것 이상으로 무엇인가 거기에 보태지는 것이 있다. 옛날 사람들은 집을 소모품으로 보지 않은 것 같다. 영원히 거기에 살 작정으로 지은 듯하다.

이 집은 목조 주택이다. 두껍고 견고한 참나무를 사용하여 골조를 세우고 벽은 벽돌과 나무로 이어 나갔다. 바닥도 두껍게 자른 널빤지로 깔았다. 이를테면 우리나라의 대청마루 같은 것이 거실과 계단에 깔려 있다. 그리고 나무 바닥 위에 카펫을 덮었다. 방은 두 개지만 위쪽으로 넓은 다락방이 하나 있다. 나무와 벽돌이 세월에 의해 색이 바랬고 창문도 삐걱거리며 열리지만 전체적으로 다정한 느낌과 품격이 있다. 무엇보다 침실로 올라가는 계단이 넓고 환한 것이 좋았다. 2층으로 올라가는 통로가 유리로 되어 있어서 집 안 전체가 환한 느낌을 준다.

리치먼드 힐 중앙도서관(Richmond Hill Central Library)이 걸어서 오 분 거리이다. 나는 그 도서관의 동양관 자문위원이다. 나는 사양했다. 당시 많이 바빴다. 그런데 내가 맡을 수밖에 없는 양상이었다. 내가 사양하면 다케우치 부인이 맡게 된다. 그 부부는 다운타운의 자비스(Javis) 가에서 스시집을 한다. 마르고 날카로운 눈매의 다케우치 부인은 공손하고 예의 바른 사람이다. 일본인의 상냥함은 조건적이다. 자기네가 더 약하고 아쉽다는 전제에서다. 이것이 '섬나라 근성(insularity)'이다. 나스타샤는 그 부부에 대한 나의 경계심을 이해 못한다. 오히려 닉스는 이해했다. 미국인을 싫어하기 때문이다. 그리고 그는 내 편이다. 우리는 이를테면 컬링에서의 전우이다. 다케우치 부부는 대부분의 일본인이 그렇듯이 이상한 발음의 엉터리 영어를 했다.

내가 웰드릭으로 이사했을 때 다케우치 부부가 방문했었다. 연어 초밥 한 상자를 들고 왔다. 같은 아시아인이니 잘 지내자는 것이 그들의 메시지였다. 나는 간신히 알아들었다. 전대미문의 그 희한한 영어를 알아들으려 애쓰느라고 아마 내가 오만상을 찌푸렸을 것이다. 그 숫기 없는 일본인들은 자못 당황했다.

어쨌든 같은 아시아인도 나름이다. 일본인과 같이 웃기는 싫었다. 나는 그렇게 속이 좋은 사람이 아니다. 같이 웃기를 원했다면 일본은 먼저 우리 국민에게 진심에서 우러나는 사과부터 했어야 한다. 필리핀 사람이었다면 얼마든지 웃어주었을 터이다. 나는 차갑고 사무적인 태도로 얼른 배웅했다.

일본인에게 한국관을 넘겨주긴 싫었다. 사실 이것은 형식적인 직함이다. 하는 일은 거의 없고 따라서 보수도 없다. 단지 오래된 자료의 폐기와 갱신된 자료의 구입 요청이 할 일의 전부이다.

이 도서관은 돌과 유리와 철근으로 지어진 멋진 건물이다. 건축가는 인위적으로 다듬은 돌이 아니라 자연석을 그대로 가져다가 이 건물의 계단과 통로를 만들었다. 골조는 철근으로만 되어 있으며 이 거대한 4층 건물이 전체적으로 유리에 덮여 있다. 자연과 인간, 자연과 인공의 조화가 이 건물을 특색 있는 것으로 만들고 있다.

캐나다에서 도서관은 주민들에게 중요하고 친근한 장소이다. 모든 것이 무료이다. 주민들은 거기에서 책과 비디오테이프와 음악 CD를 빌릴 수 있다. 1층은 어린이관으로 엄마들이 아이들을 데려와서 그림책도 들여다보고 만화영화도 보고 간다. 2층에는 컴퓨터실과 복사실과 각국을 소개하는 방들이 있다.

한국과 일본과 중국에는 하나의 방이 배정되어 있다. 이 도서관은 자문위원의 요청에 의해 각국 소개 자료를 수집하여 비치한다. 나는 한국에 관련된 자료를 한국의 문화부에 요청하여 이곳에 비치했다. 그러나 중국과 일본에 대하여는 아는 바도 없고 시간도 없고 귀찮기도 해서 그냥 내버려두었다. 어쩌면 내 마음속에 그 두 나라에 대한 미움이 있었는지도 모르겠다.

나는 자문위원의 권한으로 이 두 나라의 많은 자료를 폐기 요청했다. 물론 그럴듯한 이유를 붙여서. 심지어 일본관의 전통가요가 담겨 있는 모든 테이프를 CD로 바꾸어야 한다는 핑계로 한꺼번에 폐기 처리했다. 그러나 CD가 들어오기는 어려울 것이다. 왜냐하면 폐기만 요청했지 구매는 요청하지 않았으니까.

나는 한 개의 테이프만 남겨놓았다. 그것은 엘리 아멜링의 일본 공연 실황 녹음이었다. 거기에는 〈가라다치 노 하나〉라는 아름다운 일본 민요가 이 네덜란드 여가수의 선심으로 추가되어 있었다. 내가 가끔 들었다. 폐기가 요청되면 자료들은 일반에게 매각된다. 1층의 테이블 위에 가격이 붙은 채로 놓여진다. 다케우치 부인이 많이 사갔다. 나를 노려보는 것을 잊지 않으며. 그러나 나는 눈조차 마주치지 않았다. 오만한 태도로 그들을 무시하는 건 언제라도 할 수 있다. 그들은 한국인의 미소에 대한 자격이 없다.

나스타샤가 집에서 빈둥거리면 나는 그녀를 이 도서관으로 쫓아낼 작정이다. 가서 뭐라도 읽으라고. 도서관은 일종의 놀이터이다. 책을 들여다보기가 따분하면 소파에 앉아 생각에 잠길 수도 있고, 내려가서 영화를 볼 수도 있고 음악을 들을 수도 있다.

나스타샤는 요사이 일자리를 구하러 다니고 있다. 나스타샤 입장에서는 고객과 수준 높은 영어로 이야기하는 일자리가 좋다. 그러나 그녀는 자격이 안 된다. 그녀는 기껏 맥도날드나 커피숍의 캐셔 혹은 스위스 샬레(Swiss Chalet)의 웨이트리스가 어떠냐고 내게 묻는다. 나는 독재자가 되기는 싫다. 그래도 그런 일자리는 안 된다. 캐셔는 단순직이면서 급료도 낮고 영어를 익힐 기회도 없다. 웨이트리스 자리는 소득은 높다 해도 사람을 이상하게 만든다. 웨이트리스는 팁을 받는다. 적지 않은 돈이다.

그러나 이러한 불로소득에 익숙해지면 나중에 성실하게 일하기가 힘들어진다. 그리고 손님을 팁에 따라 차별하게 된다. 돈에 너무 민감해진다. 근로와 보상이 노골적으로 연결되어 있는 직종은 종사자에게 거지 근성을 주고 사람을 인색하게 만든다. 근로와 돈이 직접적으로 연결되기 때문에 돈에 대한 직접성이 즉물적인 것으로서 다가오게 된다.

나는 결국 멜리사의 아버지를 만났다. 그는 화이트 로즈(White Rose)의 가드너 일을 해보는 것이 어떠냐고 권한다. 화이트 로즈는 캐나다의 커다란 화원 체인이다. 정원과 관련된 모든 것이 거기에 있다. 학교 운동장만 한 부지를 차지하고서 실내에서는 구근이나 씨앗이나 정원 도구들을 팔고 실외에서는 주목들을 판다. 그러나 나스타샤는 가드닝(gardening)과 관련하여 경험도 없고 아는 것도 없다. 일단은 캐셔로 시작하여 배워 나가는 것이 어떠냐는 머트 씨의 견해에 나는 찬성했다. 나스타샤도 동의했다. 그녀는 어쨌든 일을 하고 싶어 했다. 화이트 로즈는 웰드릭 몰에 접하고 있다. 집에서 십오 분 정도 걸어가야 한다. 그녀는 신이 나서 다닐 것이다. 가뜬하고 나는 듯한 발걸음으로. 그리고 영어가 많이 늘 것이다. 화이트 로즈쯤에 올 정도면 대체로 교육을 잘 받은 사람들이다.

나는 그럴듯한 오디오 세트를 갖는 것이 꿈이었다. 앤디는 낡은 오디오가 나올 때마다 내게 전화했다. 그러나 쓸 수 없는 것이 대부분이었다. 내가 원하는 것은 진공관 증폭 방식의 오디오였다. 진공관 오디오는 1940년대와 1950년대에 전성기를 이루었다. 오디오 애호가들은 당시의 걸작들을 빈티지 오디오라고 부른다. 이 진공관 방식의 오디오들이 60년대와 70년대 들어 질이 저하되다가 반도체가 나오게 됨에 따라 반도체 증폭 방식으로 바뀌게 된다. 나는 반도체 방식에는 관심 없었다. 진공관 방식은 부드럽고 힘이 있고 아날로그적이다. 반도체 방식은 선명하고 깨끗하고 디지털적이다. 나는 진공관의 인간적이고 아날로그적인 특성이 좋았다. 문제는 40년대와 50년대의 오디오들은 상태가 좋은 것이 드물고, 또 상태가 좋을 경우에는 가격이 비싸다는 것이다.

오디오는, 우선 카트리지가 LP의 소리골을 읽고 그것을 포노 승압 트랜스에 넘겨준다. 포노 승압 트랜스는 다시 이 음성신호를 포노 스테이지에 넘겨준다. 포노 스테이지는 이 신호를 정돈하여 라인 스테이지에 넘겨준다. 라인 스테이지에서 일차로 증폭된 소리는 라인 스테이지의 출력 트랜스포머를 통해 파워 앰프의 입력 트랜스포머에 넘겨지고, 이 신호는 여기서 완전히 증폭되어 파워 앰프의 출력 트랜스를 통해 스피커로 연결, 우리가 들을 수 있는 소리를 내도록 구성되어 있다. 이 과정은 더욱 분화될 수도 있고 간소하게 뭉뚱그려질 수도 있다. 많이 분화된 오디오일수록 소리가 선명하고 가격이 비싸다.

나스타샤도 음악 듣기를 좋아한다. 제대로 된 오디오가 있어야 하는 것은 분명했지만 문제는 어느 가격대의 오디오를 마련하느냐는 것이었다. 나스타샤는 말이 없다. 우리의 재정과 관련하여 그녀는 어떠한 권리도 갖고 있지 않다. 안타까웠지만 이것은 내가 어떻게 해볼 수 있는 문제가 아니다. 나스타샤 역시도 살아가는 비용과 관련하여 자기 역할을 하고자 한다. 그러나 아직 능력이 안 된다. 나는 기껏해야 "나스타샤, 나는 앞으로 이십 년 후에는 완전히 은퇴하여 커티지에서 놀고먹을 거야. 책이나 읽고 음악이나 들으면서 빈둥거릴 거라고. 그때부터는 나스타샤가 완전히 먹여 살려"라고 말한다. 이것도 위안이랍시고 하는 내 자신이 한심했다. 나스타샤는 자부심이 강한 여자이다. 이렇게 절박한 상황이 아니었다면 나의 도움에 무기력하게 대응하지는 않았을 것이다. 그러나 현실은 현실이다.

여러 나라의 이민자들이 자국에서의 지위와 학벌에도 불구하고 노동자로서 신세계에서의 삶을 시작한다. 그들은 닦아오고 갖추어 온 모든 것들을 자국에 놓고 오게 된다. 전문직 종사자들이 막노동꾼이 된다. 만약 노동자의 운명을 거부한다면 그의 운명은 신세계에서 그냥 시들어가는 것이 된다.

나는 나스타샤를 막노동꾼으로 만들고 싶지도 않았고 무기력하게 놀고먹으며 시들어가게 하고 싶지도 않았다. 자기 역량에 맞는 적당한 노동은 행복의 요건 중 하나이다. 신세계에서 이것이 가능하기 위해서는 여기에서 요구하는 자격을 갖추어야 한다. 그것은 이곳 대학에서 실용적인 학위를 하나 갖게 되면 해결된다. 삶에 환상은 없다. 아니, 있다 해도 물질적 기반 위에서 가능하다. 환상을 품고 살아도 파멸되지 않기 위해서는 물질적 기반을 가져야 한다. 나는 나스타샤가 음악과 미술을 애호하고 문학을 즐기기를 바랐다. 그러나 그것을 굳건한 경제적 자립 위에서 하기를 바랐다. 나스타샤는 서른두 살이나 되어서야 신세계로 오게 되었다. 남들은 나머지 인생에 대한 예비적 준비가 모두 끝났을 나이에 그녀는 새로운 삶을 시작하게 된 것이다. 도와주는 수밖에는 없다. 그러나 이것은 앞으로 이 년간이다. 그 후에는 그녀도 독립할 수 있을 것이다.

집을 매각한 돈 중 아직 12만 불이 남아 있다. 큰돈이다. 나스타샤는 동생에게 받은 돈으로 첫 학기를 등록하려 했다. 나는 말렸다.

"나스타샤, 자기 계좌에 돈이 있어야 해. 자기 돈이란 것은 자기 자부심의 근거야. 그러니 계좌에 보관해. 나스타샤가 화이트 로즈에서 일하게 되면 돈이 생길 거야. 그 돈도 저축해. 앞으로 이 년간의 비용까지는 내가 델게. 나스타샤는 졸업하고 개업하려 하고 있잖아. 그때 돈이 많이 필요해. 내가 꿔주겠지만 나스타샤의 돈도 거기에 보태지면 좋지. 그때부터는 우리 사이에 재정적 평등이 오는 거야. 누가 알아? 나스타샤의 사업이 엄청난 성공을 거둘지. 만약 지나치게 성공했다 싶으면 나에게 돈을 갚아. 나는 주저 않고 받을게."

나스타샤의 얼굴이 밝아진다. 일찌감치 이렇게 정리했어야 했다. 내 돈은 대출이고 갚을 수 있다는 사실이 나스타샤의 자존심을 조금은 보호해줄 터이다.

먹고살 수 있다면 돈은 큰 문제가 아니다. 삶에 필요한 비용이 부족할 때 돈이 없다는 사실이 고통을 준다. 자기 삶을 그럭저럭 유지할 수 있다면 더 많은 돈은 그렇게 큰 의미를 지니는 것은 아니다. 한계효용은 체감하니까. 나는 직업이 있다. 일하면 먹고살 수 있다. 돈에 욕심은 없다. 나스타샤의 자존심과 의연함이 중요하다.

나는 5,000불의 한도를 정했다. 이 경우 포노단과 라인단이 같이 있는 오디오가 될 것이다. 스피커는 비교적 괜찮은 것으로 할 수 있다. 턴테이블과 톤암과 카트리지는 현재 내가 쓰고 있는 것을 그대로 쓸 수 있다. 빈티지 오디오 숍은 던다스(Dundas)에 있다. 거기에 들어서자 온갖 낡은 오디오들이 선반과 랙을 꽉 채우고 있었다. 빈티지에 관심 없는 사람들은 이것을 쓰레기라 할 것이다. 그러나 그 사람들은 자기 영혼이 쓰레기인지 아닌지를 먼저 살펴야 할 노릇이다. 이것들은 보석의 진열이다.

내가 강의하는 지역 대학의 주요 학생들은 노인들이었다. 미국과 캐나다에는 '지역 대학(community college)'이라는 교육기관이 조그마한 소도시에 소재해 있다. 그것은 이를테면 직업학교이고 평생교육원이다. 각 지역 대학에는 나름대로 특색 있는 강좌들이 개설되어 있다. 어떤 경우에는 강사 스스로가 강의 개설을 신청하기도 한다.

많은 사람들이 예술에 대해 관심을 가지고 있다. 누구나 라파엘로의 〈성모〉와 뭉크의 〈절규〉에 감탄하고 모차르트의 협주곡이나 브람스의 교향곡에 감동한다. 그들은 자기들에게 파편적으로 존재하는 예술에 일관된 통일성을 부여하기를 원하고, 감동뿐만 아니라 이해도 원한다. 깊이 있는 고전적 예술은 훈련과 경험을 요구한다. 미분 방정식을 풀기 위해 수학적 연산의 훈련이 필요하듯, 수준 높은 예술의 감상을 위해서는 예술에 대한 상당한 감상의 경험과 지적 이해가 필요하다. 예술이 저절로 감상되는 것은 아니다. 저절로 감상되는 것은 통속적 멜로드라마뿐이다.

나는 이들을 위한 강좌에 나가고 있었다. 처음에는 단지 돈이 필요해서였다. 집을 판 지금, 이제 돈은 필요하지 않지만 즐거움으로 출강하고 있다. 은퇴한 노인들은 그들의 여생을 좀 더 풍요롭게 만들기를 원한다. 그들은 배움이 삶을 부자로 만든다고 생각하고는 내 강좌를 신청해서 듣는다. 노인들이 젊은이들보다 교육받기에 부적절한 사람들이라고 누군가가 생각한다면 그 사람은 노인들을 가르친 경험이 없어서 그런 주장을 하고 있다. 어쩌면 수학이나 과학에 있어서 노인들은 무능할지 모른다. 그러나 심미적 아름다움에 대한 감수성이나 삶의 고뇌에 대한 깊이 있는 이해에 있어서는 매우 탁월하고 통찰력 넘친다. 특히 젊은 시절에 좋은 교육을 받은 경험이 있는 노인들은 배우는 데 열성일 뿐만 아니라 통찰력도 탁월하다. 내 강좌의 정원은 서른 명인데 등록 첫날이면 이미 마감이 되었다. 웰드릭의 노인들은 때때로 내게 로비를 한다. 어떻게 안 되겠냐고. 그러나 이것은 나도 어떻게 해볼 수 없다. 대신 그분들에게는 미술이 아닌 음악을 가르쳐준다. 내 집에서.

먼저 양식을 가른다. 중세음악, 바로크시대, 로코코시대, 낭만주의, 신고전주의, 현대. 그리고 각 양식을 규정짓는 대체적인 성격을 설명해준다. 그 다음으로는 각 양식의 대표적인 곡의 악보를 나눠준다. 악보를 보며 그 음악을 듣는다. 각 악장별로 화성과 대위법이 어떻게 전개되고 주제와 변주가 어떻게 얽히고 있는가를 가르친다. 그리고 전체적으로 다시 듣는다. 이것을 세 번쯤 되풀이하면 두 시간이 금방 지나간다. 새로 마련한 오디오가 기능을 발휘하게 된다.

수업이 끝나면 각자가 가지고 온 다과를 나눠 먹기도 하고, 일주일 만에 만난 친구들이 그간의 이야기를 하기도 하고, 심지어 어떤 부부는 묵혀둔 부부싸움을 하기도 했다. 나는 이 수업을 무료로 진행했다. 그러나 큰 문제가 발생했다. 지역 대학의 내 학생들이 막무가내로 들어왔다. 나는 이 사안을 엄중하게 처리했다. 내 집은 여덟 명 이상을 수용하기는 무리다, 지금 벌써 열 명을 넘어섰다, 내 미술 감상 학생들은 학교에서의 수업에 만족하기를 바란다, 여기에서 음악을 듣는 학생들은 미술 수업의 기회를 놓친 사람들이다 등등.

나 자신이 이 두 수업을 즐겼다는 사실을 고백하겠다. 노인들은 진지하고 열성적이었다. 숙제를 내주면 성실히 해왔다. 그들의 리포트를 읽는 것은 즐거움이었다. 이탈리아 르네상스에 관한 숙제를 내주면 어떤 노인들은 자기 옆집의 이탈리아 이민자에 관한 온갖 험담을 써오기도 했고, 바로크 미술에 대한 숙제를 내주면 베르메르가 묘사한 여성이 자기가 한때 사랑했던 네덜란드 여인을 닮았다고 써온 노인도 있었다. 백미는 〈우르비노의 비너스〉에 대한 어떤 장난꾸러기 노인의 묘사이다.

"나는 여자에 대해 제법 경험이 있다. 내가 여성과 즐거움을 처음 나눈 건 이미 열일곱 살 때였다. 그때 이후로 나는 서른 명쯤 되는 여성을 사랑했다. 나의 젊은 시절은 여성을 빼놓고는 회상조차 할 수 없다. 여성이란 계속 퍼내도 마르지 않는 샘과 같다. 절대로 싫증나지 않는 장난감이다. 여자가 없었더라면 내 삶은 아무것도 아니었을 것이다. 나는 여성을 한 번 보기만 해도 그 여성의 모든 것을 알 수가 있다. 내가 보건대 이 비너스는 여간이 아닐 것 같다. 이런 눈을 가진 여자는 남자를 잠들도록 내버려두지 않는다. 내가 스물두 살 때 이런 눈을 가진 여자를 사귄 적이 있다. 그러나 도망갔다. 한숨도 안 자고 살 수는 없었기 때문이다……."

나스타샤는 미술감상 시간에는 제일 뒷자리에 앉아 조용히 수업을 들었고 음악 수업에는 침실로 올라가는 계단에 걸터앉아 수업을 들었다. 음악 수업에는 30대 여성 두 명이 정기적으로 수업을 들으러 왔고 나스탸샤와 잘 지냈다. 그 두 명은 서로 친구였다. 한 사람은 오크리지에 살고 있었지만 다른 여성은 온 더 레이크(On the Lake)에 살고 있었다. 거기는 나이아가라 가까이 있는, 오크리지에서 두 시간 떨어진 곳이다. 나는 항상 이 사람에게 신경 썼다. 그녀는 거기에서 체리 농장을 하고 있었다. 수업을 들으러 올 때는 체리를 두 바구니 가져와서 한 바구니는 같이 나눠 먹었고 한 바구니는 놓고 갔다. 이 여성과 관련하여 중요한 사실은 이 사람과 나스탸샤가 친구가 되었다는 것이다. 나스탸샤가 캐나다에서 처음으로 친구를 사귀게 된 것이다.

나는 나스탸샤가 친구를 사귈 날을 이제나저제나 기다렸다. 나스탸샤는 자기의 모든 것을 나에게 걸고 있었다. 학교가 끝나면 일주일에 세 번은 화이트 로즈에서 여덟 시까지 일했다. 나머지 나흘은 그냥 집에 있었다. TV도 보고 음악도 듣고 했지만 주로는 나를 기다리며 망연히 앉아 있었다. 그녀는 낯선 이 나라를 어느 정도 두려워하고 있었다. 나스탸샤의 외로움이 안타까웠다. 나는 집에 오면 책을 들여다보면서 강의 준비를 하거나 글을 썼다. 나스탸샤의 수업은 주로 실습이었기 때문에 복습할 것이 별로 없었다. 나스탸샤는 침실과 거실을 오가며 내가 상대해주기만을 기다렸다. 그러한 나스탸샤가 내게 즐거움이긴 했지만 불쌍했다. ESL스쿨에 다닐 때는 숙제도 많았고 수업 시간도 많았기 때문에 정신없이 바빴다. 그러나 이제는 일주일에 스무 시간의 수업밖에 없다. 시간이 남는다.

친구를 사귀게 되자 활기가 있었다. 가끔 전화가 오기도 했다. 그러나 아이를 가진 여자들의 주요 관심사는 아이들이고 또 대화도 거기에 집중된다. 나스타샤는 그 주제를 기피했다. 그리고 그에 따라 새로 사귄 친구도 기피하기 시작했다. 그 친구가 아이들을 언급할 때마다 나스타샤는 입을 다물었을 것이다. 나스타샤는 우크라이나에서의 과거는 덮여 있기를 바랐다. 그녀는 그 과거를 나에게 말함과 동시에 과거가 주는 공포로부터는 해방되어 있었다. 그러나 보리스와 아니카의 문제는 해소되지 않고 있었다. 이 문제는 해결을 기다리고 있었다.

밴쿠버

연어가 올라오는 시즌이 되었다. 올해는 짝수 해이다. 짝수 해의 밴쿠버는 연어 떼의 장관을 볼 수 있는 곳이다. 캐나다의 강을 거슬러 오르는 대부분의 연어는 최초의 인공부화(artificial hatchery)에 의해 시작된 것이다. 원래 캐나다 강에는 연어가 없었다. 연어는 유럽과 캄차카 반도와 북극에만 있던 물고기이다. 유럽인들이 북미와 오세아니아에 정착하게 됨에 따라 유럽에서 연어 알을 가져와 냉수대의 강 상류에서 인공부화를 시켜주었다. 그러면 그 강은 연어가 올라오는 강이 된다. 연어는 강에서 부화되어 그 겨울을 강에서 난 다음 봄이 되면 바다로 나간다. 그리고 바다에서 한껏 자란 다음 부화된 지 이 년 후 산란을 위해 강을 거슬러 오르게 된다. 이 역사는 길게는 백 년, 짧게는 오십 년이 될 것이다. 밴쿠버 지역의 강에는 먼 옛날 짝수 해에 일제히 인공부화를 해주었다. 그래서 짝수 해마다 연어가 올라오게 된다. 물론 홀수 해에도 연어가 올라온다. 그러나 그 수는 짝수 해에 비하면 반도 안 된다.

밴쿠버와 알래스카의 야생 연어는 그 크기와 맛과 힘으로 정평이 있다. 10파운드는 보통이고 큰 것은 30파운드에 이른다. 30파운드 정도 되는 연어는 힘이 좋다는 블루 핀 튜나(Blue Fin Tuna)보다도 훨씬 힘이 좋다.

밴쿠버가 낚시에 좋은 이유는 이것 말고도 많다. 밴쿠버 해안은 다양한 물고기들이 한없이 나오는 곳이다. 가장 유명한 것으로는 광어가 있다. 광어는 끝없이 자라는 물고기이다. 광어는 어릴 때는 얕은 곳에 서식하다가 자람에 따라 점점 깊은 물속으로 들어간다. 1미터가 넘게 자란 광어는 수심 50미터와 100미터 사이에 주로 서식한다. 광어는 캐나다인들도 즐겨 먹는 물고기이다. 심해낚시(deep sea fishing)에서는 1미터 50센티가 넘고 30킬로그램에 이르는 광어가 잡히는 것은 아주 흔한 일이다. 우리는 이렇게 큰 광어를 레바이어던(Leviathan)이라고 불렀다. 광어는 단지 먹기 위해 잡는 물고기이다. 그것은 둔하고 느리고 근성이 없다.

광어를 잡기 위해서는 우선 보트가 있어야 한다. 다음으로, 낚싯줄을 심해로 내리기 위해 다운리거(down rigger)를 써야 한다. 거기에 더해 100미터에 이르는 낚싯줄을 심해에서 걷어 올리기 위해 주로 소형 모터를 사용한다. 중무장이다. 이것은 기계가 물고기를 잡는 것이지 사람이 잡는 것은 아니다. 나와 그렉은 밴쿠버 UBC의 학회에 참석한 적이 있다. 사실은 그렉의 학술회의였는데, 같이 가고 싶은 내가 이리저리 말도 안 되는 이유를 학교 당국에 제출해서 같이 갈 수 있었다. 학술회의는 월요일과 수요일에 있었는데 우리는 일요일 낮에 도착하여 일주일간을 밴쿠버에서 보내게 되었다.

그 일주일간 그렉과 나는 계속 바다와 산에서 살았다. 그때 처음으로 심해낚시를 경험했다. 커다란 보트에 일곱 명 정도의 낚시꾼이 탄다. 기억하기로는 1인당 10불을 냈던 것 같다. 그러면 배의 선장이 적절한 곳에 배를 정박시키고 낚시를 하게 된다. 이때 나와 그렉은 네 마리의 광어와 서너 마리의 독 피시 (dog fish)와 몇 마리의 도미를 잡았다. 광어는 저항이 별로 없었다. 무엇인가 무거운 통나무를 들어 올리는 느낌으로 끝이었다. 우리는 마주 보며 웃었다. 2파운드의 낚싯줄로 10파운드의 연어를 낚아 올리는 그러한 다이내믹함이 전혀 없었다. 이것은 낚시라기보다는 포획이었다.

그렉은 물고기를 먹는 것을 별로 좋아하지 않았다. 그의 할아버지는 어부였다. 캐나다 동부 해안은 한때 대구로 넘쳐났다.

"아무튼 온 천지에 대구하고 바닷가재였어. 지겨울 정도로 많았지. 할아버지가 바다에 나갔다가 들어올 때는 우리 집에 들러서 대구하고 바닷가재를 한 상자씩 주고 가셨어. 그러면 매일 그것만 먹는 거지. 학교에서 돌아오면 집 안에 벌써 대구튀김

냄새가 나는 거야. 지겨웠어."

캐나다의 대구가 고갈되기 시작한다. 정부는 보조금을 주고 상업적 어업을 중지시켰다. 그의 할아버지는 농사짓는 그렉의 집에 얹혀 살게 되었다. 일도 없어졌고 나이도 들었다.

"나는 연어를 잡아도 먹지는 않았어. 전부 돌려보냈지. 낚시는 이미 그때도 스포츠와 유희였어."

그렉의 부모는 밀 농사와 감자 농사를 지었다. 그렉은 농사를 도운 적은 없다고 한다. 부모와 지역사회의 기대를 한껏 받은 그렉은 트랙터를 모는 고역에서는 해방되어 있었다. 그는 열심히 공부했다. 그리고 장학금을 받고 MIT에 입학하게 되었고 여기까지 온 것이었다.

그렉과 지낸 밴쿠버에서의 일주일이 준 추억 중 가장 즐겁게 기억되는 것은 로키 산에서의 암벽등반이었다. 나는 토론토에서 꾸준히 인공 암벽을 즐겼다. 특히 첫해 겨울에는 거기에서 살다시피 했다. 수업과 수업 사이의 비는 시간이면 무조건 그리로 뛰어갔다. 토론토의 인공 암벽등반장은 블로어 이스트(Bloor East)에 있었는데 빨리 뛰어가면 이십 분이면 닿았다. 그 인공 암벽은 무려 30미터로 10층 건물의 높이였다. 나는 외로움과 공허함을 이 암벽을 몇 번씩 오르내리며 해소했다. 피로해야 잠들 수 있었다. 암벽등반은 근력의 문제이긴 하지만 그것 이상으로 타이밍과 밸런스와 유연성이 중요하다. 암벽등반에 소질이 있었던 것 같지는 않다. 단지 운동과 스트레스 해소의 방편으로 가까이 있는 암벽등반장을 찾았을 뿐이다. 체력을 단련하는 데는 관심이 없었다. 그저 병들지 않고 건강하게 지내는 것만으로 만족했다. 암벽등반도 잘하겠다는 욕심은 없었다. 그것이 최소한의 운동 효과를 주는 것으로 충분했다.

그렉과 나는 밴쿠버 여행이 계획되자 암벽등반의 계획을 세웠다. 그렉은 아무 연습 없이도 인공 암벽을 나보다 빨리 올라갔다. 그는 호리호리하고 가냘프게 생겼지만 사실은 강인하고 날렵한 사람이다. 힘뿐만 아니라 지구력과 순발력에 있어서도 누구에게 뒤지지 않았다. 그는 3인용 소파를 번쩍 들 정도로 힘이 좋았다. 거기에다 몸의 근육이 부드러웠고 반사 신경이 뛰어나서 어떤 운동이고 금방 배웠으며 곧 능숙해졌다. 내가 로키의 캐슬 마운틴(Castle Mountain)에 오르자고 하자 그는 생각도 안 해보고 고개를 끄덕거렸다.

"그래, 한번 해보지."

우리는 밴쿠버에서 차를 렌트하여 먼저 재스퍼로 갔다. 밴쿠버에서 재스퍼까지는 열두 시간 거리이다. 나는 그때 왜 그랬는지 모르겠지만 그렉이 운전을 쉬기 위해 잠시 멈출 때를 제외하고는 내처 잤다. 아마도 새롭게 시작한 캐니디에시의 생활이 큰 긴장이었던 것 같다. 토론토를 벗어나 여행길에 오르자 그 긴장이 풀리며 잠이 쏟아졌었나 보다. 나는 재스퍼의 모텔에서 그렉이 코를 심하게 곤다는 것을 처음으로 알게 되었다. 나는 베개로 귀를 막고 힘들게 잤다. 그리고 다음 날 아침 다섯 시에 아이스필드 파크웨이로 접어들었다. 재스퍼에서 캐슬 마운틴까지는 한 시간 이십 분 거리이다. 그 드라이브 웨이는 로키산맥 사이를 지난다. 좌우로 펼쳐지는 로키 산의 모습은 장엄하고 아름다웠다.

우리가 로키 산을 걸어 올라가 캐슬 마운틴의 암벽 밑에 도착한 것은 아침 여덟 시가 지나서였다. 우리는 그 크기와 높이에 일단 기가 질렸다. 깎아지른 암벽이 무려 2킬로미터에 이른다. 그 산의 이름이 왜 성채가 되었는지 알 수 있을 것 같았다. 산의 5부 능선에서부터 정상까지는 완전히 암벽이었는데 이 암벽이 둥그렇게 산의 정상을 형성하고 있었다. 마치 마을을 둘러친 성채처럼. 우리는 2킬로미터에 이르는 그 성채를 올라가야 하는 것이었다. 나는 그렉을 앞세웠다. 내가 먼저 올라갈 자신이 없었다. 보통 100미터의 암벽을 오르는 데 빠르면 이십 분 늦으면 삼십 분 정도가 걸린다. 이때 중요한 것은 선등자의 속도이다. 그가 민첩하게 오르게 되면 시간상의 문제는 없다. 일몰 시각은 여섯 시이다. 그러므로 다섯 시까지는 내려와야 하고 정상에는 세 시까지는 올라가야 한다. 일곱 시간 남았다. 나는 그렉을 독촉했다. 그렉은 자일을 둘러매고 출발했다.

이날 우리는 엄청난 곤욕을 치렀다. 다른 곳에서의 평균 등반 속도를 로키에서도 유지한다는 것은 불가능했다. 우선 바람이 심하게 부는 데다 몹시 추웠다. 우리가 갔을 때가 5월 말이었는데 아직도 정상에는 눈이 쌓여 있었고 바위에 손을 대면 뼛속까지 시린 추위가 느껴졌다. 우리는 출발한 지 세 시간 만에 포기했다. 자일에 매달린 우리가 이리저리 바람에 밀려다니는 상황이었다. 그렉이 단호하게 철수를 주장했고 나도 결국 동의했다. 콜롬비아 빙하 건너편의 식당에서 밥을 먹으며 우리는 서로를 위로했다. 다음에는 성공하자고. 그해 7월에 우리는 다시 밴쿠버에 가게 된다. 베시의 아버지가 밴쿠버의 몰에 투자를 결정했고 그것을 그렉에게 대행시켰다. 우리 셋은 다시 밴쿠버로 몰려갔다. 그러나 나도 그렉도 캐슬 마운틴에 대하여는 언급도 하지 않았다.

우리는 그해 9월이 되어서야 캐슬 마운틴을 오른다. 세 번째 시도에서 간신히 성공한다. 결국 바위에 들러붙어 자일에 묶인 채로 비부악(bivouac)을 해서야 성공한다. 이날은 고맙게도 바람이 전혀 없었다.

캐나다에서 가장 아름다운 곳은 밴쿠버와 그 주변 지역이다. 우선 밴쿠버에는 멕시코 난류가 올라오는 바다가 있고 가까이에 로키산맥이 있으며, 사시사철 꽃이 만발한 밴쿠버 아일랜드가 있다. 한 가지 나쁜 점은 겨울 내내 비가 온다는 것이다. 일주일이면 평균 닷새는 이슬비가 온다. 겨울에는 살 만한 곳이 못된다. 사람들은 겨울이 되면 겁부터 먹는다. 엄습해오는 우울증을 견디며 비가 추적거리는 5개월을 견뎌야 하기 때문이다. 그러나 봄부터 가을까지는 천국이다. 세상의 모든 아름다운 것들이 여기에 다 모여 있다.

밴쿠버에서는 10월 말이 송어와 연어 시즌의 절정이다. 나는 다시 한 번 그렉과 밴쿠버에 가고 싶었다. 10월 셋째 주는 롱 위크엔드(long weekend)이다. 금요일부터 다음 주 월요일까지 쉰다. 그렉은 월요일과 목요일에 수업이 있고 나는 월요일과 금요일에 수업이 있다. 만약 수요일에 출발하면 각각 한 번씩의 수업만 휴강시키면 된다. 베시는 아기 때문에 갈 수 없을 것이고 나스타샤는 이틀의 수업만 빼먹으면 된다.

그렉은 난처해하며 대답을 피했다. 나는 계속 쫓아다니며 결정을 촉구했다. 아침 아홉 시에 그렉에게 말했는데 "생각해보고"가 이미 저녁에까지 이르고 있다. 베시에게 전화했다. 베시는 망설임 끝에 "예스"라고 말했다. "그렉, 베시는 허락했어. 내가 전화했다고" 하자 그렉의 얼굴이 환해진다. 공처가 녀석.

나스타샤는 오 분여를 이리저리 뛰어다니며 기뻐한다. 그녀는 밴쿠버에 가고 싶어 했다. TV에 밴쿠버가 나오면 눈을 가느스름하게 뜨고 유심히 바라보았다. 특히 휘슬러(Whistler)에 가보고 싶어 했다. 그 스키마을의 건물과 숙소는 인형의 집과 같이 지어졌고 벽도 화려하게 채색되어 있다. 그러나 BC주의 아름다운 곳은 그곳만이 아니다. 대부분의 도시가 그림같이 아름답다.

우리는 아예 월요일 저녁에 출발하기로 했다. 나스타샤가 한 시에 수업이 끝나고, 내가 세 시에, 그렉이 네 시에 끝난다. 다섯 시 비행기를 예약하면 열 시에 밴쿠버에 닿는다. 한 국가를 횡단하는 데 무려 다섯 시간이 걸린다. 사실 대륙을 건너지르는 셈이다. 나는 바빠졌다. 항공편을 예약하고 밴쿠버의 호텔도 예약해야 한다. 우리는 밴쿠버 공항에서 차를 렌트하여 호텔로 간 뒤 다음 날 아침에 낚시터로 출발할 계획이다. 거기서 사흘을 묵고 다시 휘스퍼를 거쳐 재스퍼로 가기로 했다.

짐이 많았다. 나는 리배런에 가서 나스타샤의 낚시용품을 사고 웨이더를 샀다. 이번에는 나스타샤에게 플라이 피싱을 가르칠 작정이다. 사실 캐스팅 연습을 몇 번 시켜보았는데 의욕에 비해 실력은 늘지 않았다. 소질이 없는 것 같다. 그러나 물에서는 다를 수 있다. 눈 앞에 붉은 연어가 떼를 지어 나타나면 없는 소질이 나올 수도 있다. 나스타샤는 자기 낚시용품들을 흐뭇한 표정으로 내려다보았다.

"나스타샤, 사람이 누릴 수 있는 최고의 호사 중 하나가 플라이 피싱이야. 거기에는 모든 것이 있어. 태곳적의 자연, 힘차고 아름다운 연어, 곡선을 그리며 날아가는 낚싯줄, 스트라이크 때의 두근거림과 떨림, 실랑이할 때의 아슬아슬한 곡예, 발밑까지 끌려온 연어의 펄떡거림, 놓아줄 때의 자부심과 흐뭇함 등. 플라이 피싱을 해본 적이 없는 사람은 인생의 향락을 얘기할 수 없어. 여기에 비하면 골프는 죽은 오락이야. 그것은 유치하고 경쟁적인 아이들의 놀이야. 그냥 유희일 뿐이라고. 그러나 플라이 피싱은 자연과의 조화야. 그리고 삶의 활력이지. 놀랍게도 플라이 피싱의 교본을 제일 먼저 쓴 사람은 여성이야. 한 영국 여성이 플라이 피싱 매뉴얼을 쓰며 남성들에게 이 도락을 권하고 있지. 이 유서 깊고 우아한 낚시를. 이 낚시는 고대 마케도니아에서 이미 시작됐어. 필립과 알렉산더의 나라 마케도니아에서 말이야. 그들은 말총으로 낚싯줄을 삼아서 플라이 피싱을 했지."

들뜬 사람은 나였다.

내가 생각하고 있는 낚시터는 보통의 낚시꾼들은 접근을 안 하는 곳이었다. 나는 월라스톤 레이크의 낚시터에서 우연히 포르투갈 출신의 한 남자를 알게 된다. 지금은 이름도 잊었다. 그는 밴쿠버에서 이십 년을 살다가 토론토로 이사해서 과일 도매업을 하고 있었다. 나는 그와 배스를 같이 잡으며 친구가 되었다. 그가 비밀스런 낚시터의 약도를 그려주었다. 그리즐리를 조심하라는 충고와 함께.

밴쿠버에서 휘슬러를 향해 한 시간쯤 가면 프레이저 강으로 흘러드는 한 지류와 만난다. 이 지류는 산골짜기를 흐른다. 좌우의 산은 가장 높은 곳이 해발 2,500미터이다. 그리고 이 산을 넘어가고자 하면 가장 낮은 곳이 해발 1,700미터이다. 우리는 이 산을 넘어가야 한다. 이 여행은 힘들 것이다. 헬리콥터를 대여하면 문제가 없지만 나도 그렉도 내키지 않아 한다. 강인한 두 남자는 문제없다. 문제는 나스타샤이다. 나스타샤가 수술받은 지이제 5개월이 다 되어간다. 나스타샤는 재활에 열심이었고 운동도 꾸준히 했다. 그녀는 산책을 좋아하고 조깅도 좋아한다. 자기는 문제없다고 한다.

제일 큰 문제는 짐이다. 산을 넘을 때의 짐은 평지에서보다 두 배는 무겁게 느껴진다. 10킬로그램까지는 문제없다. 평지를 갈 때 배낭의 무게는 체중의 4분의 1 이하가 바람직하다. 여성의 경우는 6분의 1이 된다. 단위 체중당 쓸 수 있는 힘에 있어서 여성은 남성보다 많이 적다. 그러나 산을 오를 때는 문제가 달라진다. 각각 체중의 6분의 1, 8분의 1이 적절해진다. 내 경우는 11킬로그램 정도, 그렉의 경우는 15킬로그램 정도, 나스타샤의 경우에는 7킬로그램 정도가 최대 중량이다. 그러나 우리 짐의 총중량은 이미 50킬로그램을 넘어 서고 있었다. 무게를 줄이기 위해 누룽지를 만들어 왔다. 많이 걸어야 하는 낚시 여행에서는 누룽지가 아주 좋다. 콩과 기타 잡곡을 섞어서 만든 누룽지는 영양도 풍부하고 무게도 가볍다. 그렉은 베이컨과 기타 통조림을 가져왔다. 이번에는 연어를 먹자고 권했다. 그렉도 동의했고 우선 1킬로그램의 짐을 줄일 수 있었다. 다음으로 나스타샤에게는 잠옷을 빼라고 했다. 거기까지 와서 잠옷을 입고 잘 수는 없다. 나는 위스키를 뺐다. 그리고 부탄가스와 버너도 뺐다. 주변의 마른 나뭇가지를 모아서 취사를 하기로 했다. 그래도 나와 그렉은 15킬로그램이 넘는 짐을 져야 했다. 나스타샤는 7킬로그램 정도를 책임졌다.

산은 해발고도만의 문제는 아니다. 같은 고도라 해도 거친 산을 오르기는 훨씬 힘들다. 적당한 산의 경우, 1,700미터의 산을 오를 때는 네 시간 정도면 충분하다. 그러나 로키산맥의 산은 엄청나게 거칠다. 우선 바위가 많다. 그리고 위에서 돌이 굴러 떨어진다. 경사도 날카롭다. 가장 힘든 것은 사실상 길이 없는 거나 마찬가지라는 사실이다. 대부분의 로키 산에는 인적이 없다. 지도는 길이 있다는 전제하에 쓸모가 있다. 전연 길이 없는 곳에서는 나침반과 지도를 같이 사용해야 하지만 길을 잘못 드는 경우는 부지기수이다. 우리는 때때로 쉬면서 선발대를 내보냈다. 나나 그렉이 배낭을 벗어두고 먼저 가본다. 길이라고 생각되는 곳을 이리저리 다니다 보면 어디엔가 아주 조그마한 단서로 사람이 지나간 흔적을 찾을 수 있다. 흙이 밟힌 자국이 있거나 나뭇가지가 꺾인 흔적이 있거나 음식물이 말라붙은 흔적이 있다면 거기는 언제인지 모르지만 사람이 지나간 자리이다. 그리로 가다 보면 운이 좋을 경우 드물게 있는 표지판이 발견되기도 한다. 이제 확신을 갖게 되고 잠시 동안은 안심하고 길을 갈 수 있다.

로키산맥에 나침반 없이 들어간다는 것은 자살하겠다는 얘기와 같다. 누군가 로키산맥 부근에서 실종되면 경찰은 먼저 그의 나침반 소지 여부를 알아본다. 나침반이 있다면 살아 나올 확률이 훨씬 높아진다. 로키산맥을 드나드는 사람들은 모두 나침반을 소지한다. 주로 자동차 키와 같이 키 홀더에 끼워놓고 다닌다. 나와 그렉은 알곤킨 공원에서 길을 잃은 적이 있다. 꼬박 나흘을 굶고 헤맨 끝에 간신히 도로를 만날 수 있었다. 살아 나갈 거라는 기대를 거의 잃었을 때 도로를 만났다. 그때 우리는 나침반을 깜빡 잊었었다. 그렉도 길을 잃은 것은 그때가 처음이었다고 한다. 우리의 문명은 우리의 생존과 생각보다 더 결정적으로 얽혀 있다. 문명을 벗어나면 곧 죽음이 온다.

아침 여섯 시에 출발했는데 정상에는 오후 한 시가 되어서야 가까스로 도착했다. 모두 탈진된 상태였다. 나도 나지만 그렉이 그렇게까지 힘들어 하는 것은 처음 보았다. 나스타샤는 계속 토했다. 우리는 체력의 극한까지 소모했다. 15킬로그램의 짐은 등반에서 정말 무거운 것이었다. 배낭 끈이 어깨를 파고들면서 어깨가 온통 엉망이었다. 어깨끈에 달고 다니던 네오프렌이 어디론가 사라졌다. 어깨가 몹시 쓰렸다. 귀환할 때는 거기에 수건이라도 묶어야 한다. 그렉은 요사이 너무 운동을 안 했다. 날씬했던 사람이 조금씩 살이 붙고 있었다. 이 경우가 제일 힘들다. 운동은 하지 않고 체중까지 불어나면 등반에는 부적격이다. 그러나 어쨌든 올라왔다.

배낭에서 점심으로 마련해둔 베이글과 치즈를 꺼냈다. 올라올 때 각자가 2리터들이 물병을 하나씩 가지고 있었는데 이제는 4분의 1도 안 남은 것 같았다. 그래도 정상이니 문제없다. 내려가는 건 굴러서라도 갈 수 있다. 내려다보니 로키 산의 안쪽이 절경이다. 이러한 절경은 처음이었다. 산과 산이 마주 보고 있고 그 사이에 협곡이 넓게 펼쳐져 있다. 협곡은 의외로 넓었다. 2킬로미터쯤 될까. 그 협곡에 얕은 계류가 하얀 포말을 일으키며 흐르고 있었다. 정오의 강한 태양빛 아래서 계곡은 황금빛에 싸여 있었고 숲은 깊은 어둠 속에 잠겨 있었다. 협곡은 주로 자갈과 바위와 모래로 이루어져 있었다. 이러한 강에만 연어가 서식할 수 있다. 하상에 흙이 깔린 강에는 연어가 서식할 수 없다.

여러 마리의 곰이 여기저기 띄엄띄엄 흩어져서 연어 사냥을 하고 있었다. 로키 산에는 어디에나 곰이 있다. 도로에서 곰을 만나기도 한다. 연어 산란기에는 깊은 계곡이면 어디에나 곰이 있다고 보면 된다. 모든 곰이 위험하지는 않다. 문제는 그리즐리다. 흑곰은 사람을 보면 도망간다. 사실 대부분의 그리즐리도 사람을 피한다. 문제는 새끼를 데리고 있는 그리즐리다. 이러한 그리즐리와 부딪치면 위험해진다. 로키에서 가끔 일어나는 사고는 모두 새끼를 데리고 있는 그리즐리에 의해서이다. 매년 몇 건의 사고가 일어난다.

나와 그렉은 긴장했다. 새끼가 있는가를 살펴야 한다. 그러나 그것을 알아보기에는 너무 멀었다. 망원경을 차에 두고 왔다. 짐을 줄여야 했으니까. 나스타샤는 언제 토했냐는 듯이 신이 났다. 이 놀라운 곳에 야생동물들이 있다. 빨리 내려가 보자고 한다. 물론 빨리 내려가야 한다. 잘 곳을 정하고 바닥을 고르고 텐트를 쳐야 한다. 저기에 새끼를 데리고 있는 그리즐리가 있다면 그것을 먼저 쫓아야 한다. 폭죽을 가지고 왔다. 구조 요청을 위한 것이었다. 내려가서 골짜기에 도달한 다음 계류를 향해 터뜨리면 된다. 공중을 향해 터뜨리면 구조 헬리콥터가 뜬다.

정상에서 바라보는 로키는 내려가기가 아쉬울 정도로 아름다웠다. 아이스필드 파크웨이에서 보는 로키와는 비교가 안 될 정도로 장엄하고 신비스러웠다. 자연은 본래 이렇게 아름다웠다. 그러나 자연은 문명과의 싸움에서 패했다. 문명은 오히려 자연을 보호해주어야 한다. 인간은 이제 하나의 행성을 떠맡았다.

우리가 골짜기에 다다른 것은 다섯 시가 다 되어서였다. 계류에서는 곰들이 이리저리 뛰어다니며 연어를 잡고 있었다. 다행히 여울이 얕았다. 깊은 곳이 기껏해야 허리 정도였다. 플라이 피싱에는 좋은 장소이다. 수심이 깊고 강폭이 좁을 경우가 최악이다. 이 경우는 물속으로 연어를 따라다닐 수도 없고 또 플라이 낚싯줄을 뒤로 젖혔을 때 낚싯바늘이 나무 등에 걸리게 된다. 이때는 롤 캐스팅을 해야 하는데 캐스팅 거리가 많이 제한된다. 여기는 계류의 너비만도 1킬로미터는 되었다. 계곡 전체는 2킬로미터도 넘을 것 같다. 건너편이 까마득하게 보인다. 그리고 곰이 뛰어다닐 정도로 여울이 얕다.

가장 중요한 것은 두 가지이다. 하나는 잠자리를 빨리 잡아야 한다는 것. 두 번째는 땔나무를 마련해놓아야 한다는 것. 잠자리로는 바닥이 건조한 모래로 덮여 있는 곳이 좋다. 그리고 곰을 대비해 텐트 주위에 불을 피워야 한다. 캐나다는 땔나무 벌채가 자유롭다. 우리는 작은 톱을 들고 다녔다. 나무는 두꺼울수록 좋다. 직경 50센티미터 정도의 나무는 밤새 탄다. 잔 나무는 불똥을 이리저리 날리지만 통나무는 조용히 탄다. 그렇다 해도 바람이 심한 경우에는 불 피우는 것을 포기해야 한다. 날리는 불

똥이 텐트를 태워먹을 수가 있다. 이럴 경우에는 아마도 교대로 잠을 자야 할 것이다. 곰이 접근할 수 있기 때문이다. 곰은 지금 상류로 쫓겨나 있지만 언제라도 다시 올 수 있다. 우리는 뱁티스트 레이크에서 곰과 여러 번 부딪친 적이 있다. 그러나 그 곰들은 작은 흑곰들이었다. 곰들은 밤에 활동성이 매우 높다. 이미 날이 저물고 있다. 식사와 텐트와 나무. 앞으로 한 시간밖에는 여유가 없다. 그렉과 나는 번갈아 톱질을 했다. 우리는 여기서 사흘을 자야 한다.

결국 랜턴을 켜고 식사를 해야 했다. 이미 일곱 시가 넘고 있었다. 우리는 또다시 베이글과 치즈를 먹었다. 그러나 불만은 없었다. 그렉은 완전히 들떠 있었다. 헐떡거리며 부지런히 나무를 나른다. 나는 그가 학자나 가장으로서 맞지 않는다고 생각한다. 그는 자연을 사랑했다. 사실 나보다 훨씬 더 사랑했다. 나는 휴식과 즐거움을 찾아 자연에 오지만 그는 자연과 하나가 되기 위해 자연을 찾았다. 그는 자연 속에 있으면 다시 문명으로 되돌아가고자 하기보다는 자연에 문명을 끌어들이려 애썼다. 자연을 살 만한 곳으로 만들려 한다. 그리고 말이 없어졌다. 차에서 내릴 때 크게 심호흡을 하여 자연의 공기를 빨아들인 다음부터는 조용해지고 온순해지고 만족스러워했다.

그는 농사나 화원 가꾸기에도 명수였다. 분재는 키우기 어렵다. 나는 그에게 분재를 선물한 적이 있다. 그의 생일 선물이었을 것이다. 그는 그것을 옥상에서 잘 키웠다. 심지어 분갈이를 해주면서 무사히 키워냈다. 실버 스트림의 농장은 그의 도움과 조언 없이는 유지조차 되지 않는다. 그는 밭을 갈아주어야 할 시점, 파종을 해야 할 시점, 시비를 해주어야 할 시점, 밭을 쉬게 해주어야 할 시점들을 본능적으로 알고 있었다. 나는 며칠간 뱁티스트 레이크에 있으면 다운타운과 웰드릭이 그리웠다. 그러나 그는 도심의 모든 것을 잊고 있었다. 다시 나갈 때가 되면 언제나 아쉬워했다. 그에게는 도심과는 어울리지 않는 무엇인가가 있다. 거기에서는 모든 행동이 굼뜨고 어색하다. 자연에서와 같이 날렵하고 신속한 맛이 없다.

나는 한참 후에 그가 이혼했다는 소식을 들었을 때 결국 올 것이 왔다는 생각으로 크게 놀라지 않았다. 그가 사라졌다는 소식에도 놀라지 않았다. 그는 이십 년간 베시와 살았고 열다섯 살이 된 아이를 길러냈다. 수많은 학생을 가르쳤고 세 권의 책을 썼으며 열다섯 편의 논문을 기고했다. 문명에 진 빚을 다 갚았다. 고홈 레이크에서 사라진 그 사람처럼 그도 차만 로키 산중의 한적한 길에 남겨놓은 채 연기처럼 사라졌다. 그가 인디언 마을에서 인디언 여자와 살고 있다는 소식을 들었을 때 나는 그의 행복을 진심으로 기원했다.

"그렉, 마침내 너는 네 행복을 찾았구나. 천재라는 헛된 올가미에 걸려들어 자신을 버린 채로 살았던 네 인생이 마침내 네 스스로의 것이 되었구나. 그렉, 나도 조만간 거기에 가겠다. 우리는 다시 우리의 삶을 살 수 있다. 젊었던 시절에 그랬던 것처럼. 다시 한 번 숲과 호수를 헤집고 다녀보자. 그렉, 나는 계속 거기에 살지는 못할 것이다. 그러나 잠시 살아보고 싶다. 너와 함께."

나는 행복한 삶을 살았다. 다시 산다고 해도 똑같은 인생을 살기 바란다. 무지에서 오는 혼란과 무의미에서 오는 불안이 젊은 나를 이리저리 휘둘렀고, 나이 든 지금 내게 남은 것은 아무것도 없다. 내게 남은 유형의 것은 없다. 모두가 사라졌다. 이루고자 하는 꿈도 남아 있지 않다. 이루었기 때문이 아니다. 그것은 품기 위한 것이었지 이루기 위한 것은 아니었다. 꿈을 위한 꿈이란 젊은이의 것이다. 더 이상 나를 위한 것은 아니다. 많은 부질없는 꿈들이 나를 물들였었다. 이제 나는 꿈 없이 살 수 있게 되었다. 아마 기쁨 없이도 살 수 있을 것이다.

그러나 추억은 남아 있다. 나란 무엇인가? 내가 태어난 이래의 나의 추억, 나의 역사 이외에 무엇이겠는가? 그것만으로 부족하다면, 내가 태어나기 이전의 역사, 나의 조상의 영혼 속에 쌓여 유전인자라고 불리며 내게 맡겨진 추억들 외에 무엇이겠는가? 그것들이 나를 앞으로 밀고 나가고 있다. 언덕의 눈뭉치가 스스로의 무게로 굴러 내리듯이.

유학을 떠날 때의 불안, 나를 휩싸고 있던 외로움과 동요, 삶과 마음을 부자로 만들었던 데카르트와 바흐와 모차르트와 홀바인, 향기를 남겨주고 있는 자작나무와 삼나무, 생의 약동을 보여준 송어들, 친구란 또 다른 나라는 것을 가르쳐준 그렉, 나를 친구로 맞아준 웰드릭의 주민들, 나의 눈을 열렬히 바라보던 학생들, 내가 기대고 울었던 멜리사의 어깨, 그리고 무엇보다도 사랑을 가르쳐준 나의 나스타샤……

나스타샤는 멀리서 씻고 있다. 그녀는 추위를 모른다. 저 아래 하류 쪽에서 옷을 모두 벗은 채로 몸에 비누칠을 하고 있다. 그렉은 그쪽을 보지 않으려 애쓰고 있다. 그러나 나스타샤, 그 자연의 딸은 그렉이 본다 해도 부끄러워하지 않을 것이다. 그녀에게 나체는 매우 자연스러운 것이다. 나는 두 사람에게 구박을 주었다. 내 몸에서도 그렇게 땀 냄새가 많이 나냐고. 그랬더니 그렉은 고지식하게 "안 나는데"라고 말하고, 나스타샤는 나를 한 번 노려본 뒤 타월을 들고 하류로 내려갔다.

이 코카서스 인종들은 땀이 날 경우에는 참기 어려운 냄새를 풍긴다. 한여름의 강의실 안은 때때로 숨이 막힐 정도다. 그러나 그렉과 나스타샤와 같이 지내고부터는 사실 난 그 냄새까지도 사랑하게 되었다. 이상한 생각이 들지 모르지만 한국인은 대체로 체취가 없거나 아주 약하다. 일본인이나 중국인만 해도 체취가 심하다. 내 뒤로 지나가는 인종을 나는 냄새만으로도 짐작할 수 있었다. 많은 주변 사람들에게 물어보았다. 나는 너희들에게 너희 민족 고유의 냄새를 맡는다, 내게서도 한국인 고유의 냄새가 나느냐고. 그들은 머리를 저었다. 내가 후각이 좀 예민한가 보다.

결국 우리 둘도 옷을 벗고 물속에 들어갔다. 그렉은 본래 수줍어하던 사람인데 많이 망가졌다. 이제 벗고 설친다. 빙하가 녹은 물은 오싹할 정도로 시리다. 온몸이 오그라든다. 몸도 마음도 상쾌해진다. 주변에선 코호 연어(coho salmon)들이 물을 차며 상류로 향하고 있다. 저 아래에서는 나스타샤가 쪼그리고 앉아 있다. 소변을 누는 것 같다. 여기 이 태곳적의 자연에서 문명이 규정한 여러 금기가 빛을 잃는다. 우리가 좀 더 동물에 가까워지고 있다. 아니, 우리 스스로가 동물이 되었다.

불을 피우고 그 주변에 둘러앉았다. 얼굴이 물결에 반사되는 것처럼 이리저리 이지러진다. 불빛이 어른거리며 만들어내는 형상은 만화경적이다. 플라톤은 이것을 환각과 미망이라고 이야기했다. 그러나 내게는 이 얼굴 역시도 그들 표정의 일부분이다. 실재도 없고 미망도 없다. 아니면 모든 것이 실재이고 모든 것이 미망이든지. 의미 있는 진실은 단 하나이다. 사랑하는 두 사람이 여기 있고 그 두 사람 사이에 행복을 누리는 내가 있다는 것.

모든 짐을 텐트 밖에 내놓아야 한다. 음식 냄새가 나는 것을 텐트 안에 두는 것은 위험하다. 배낭은 가까이 있는 나무에 매달아두는 것이 좋다. 그리고 가장 굵은 통나무를 불 위에 올려놓는다. 내일 아침까지 계속 모닥불이 살아 있어야 한다. 우리는 마무리를 하면서 이미 졸고 있었다. 새벽 네 시에 일어났고 지금은 이미 아홉 시가 넘었다. 그렉의 코 고는 소리를 들으며 나스타샤는 키득거린다. 바깥 기온이 떨어지고 있다. 싸늘한 느낌이 코끝을 통해 느껴진다. 나는 침낭 속으로 깊이 들어갔다.

나와 나스타샤는 아침 일곱 시에 일어났다. 열 시간이나 잤다. 일어나 보니 이미 그렉은 없었다. 그는 꺼져가는 나무 위에 불을 지피고 있었다. 이제 큰 돌을 주워 와서 화덕을 만들어야 한다. 그렉은 대단한 사람이다. 큰 나무 뭉치들을 대강 다듬어서 통나무 의자를 만들었다. 이제 급할 것이 없다. 게으르게 하면 된다. 얼굴에 대강 물만 찍어 바르고 코펠에 물을 담아 누룽지를 끓이기 시작했다. 그렉은 결국 베이컨 한 봉지를 감춰 왔다. 우리는 웃으며 그것을 달궈진 돌멩이 위에 올려놓았다. 멀리서 곰 한 마리가 이쪽을 유심히 바라보고 있다. 신기한 동물들이 이상한 것을 하고 있다고 생각할 것이다. 나는 김치 두 봉지를 짊어지고 산을 넘느라고 죽을 고생을 다했다. 김치가 캠핑 음식으로서 가진 큰 문제점은 무게가 무겁다는 것이다. 이번처럼 산을 넘어야 할 경우에는 특히 그 문제점이 크게 느껴진다. 그러나 먹을 때의 즐거움은 그 노고를 잊게 한다. 나는 그렉과 나스타샤가 김치 한 조각을 입에 가져갈 때마다 "내 땀 10온스"라며 공치사를 했다.

그렉은 자기의 제자가 이제 새로운 제자를 맞았다는 사실에 흐뭇해했다. 나스타샤를 계속 '훌륭한 낚시꾼(great angler)'이라고 치켜 세운다. 그러나 나스타샤는 훌륭한 낚시꾼은 아니었다. 전부 힘으로 해결하려고 한다. 나스타샤는 초조해한다. 나는 계속 "침착하게! 쉽게!"를 외친다. 점심시간이 가까워오자 나스타샤는 간신히 제대로 된 캐스팅을 했다. 그런데 이게 화근이었다. 어떤 눈먼 연어가 그것을 물었다. 그 후다닥거리는 연어에 나스타샤는 크게 놀랐다. 낚싯대를 놓치고 말았다. 나는 결사적으로 쫓아갔다. 그 연어는 방향을 틀어 하류로 향했다. 낚싯대가 바위에 걸리는 바람에 간신히 잡아내긴 했지만 나스타샤는 의욕을 잃었다. 점심식사나 하겠단다.

나는 다시 꼬드겼다. 이번에는 스트라이크된 연어를 나스타샤에게 넘겨주고 내가 뒤에서 잡아주며 어떻게 마무리 짓는가를 가르쳐 주었다. 나스타샤는 땀으로 흠뻑 젖었다. 땀으로 젖은 머리카락이 이마 위로 흘러내렸고 뺨으로도 땀이 흘렀다. 겨드랑이에서 나스타샤 특유의 그 머스크 향이 맡아졌다. 사랑스러운 나스타샤, 마땅히 입을 맞추어야지 연어잡이를 가르칠 것은 아니다. 그러나 나스타샤는 이제 캐나다에서 계속 살아 나갈 사람이다. 플라이 피싱을 배워 둬야 한다. 나스타샤는 숨을 헐떡거리며 텐트 옆의 모래밭에 길게 누웠다. 나스타샤에게 잡힌 연어는 운이 없었다. 우리는 그것을 점심식사로 하기로 했다. 그날 잡혀 올라온 것 중 제일 작았다. 그놈은 이제 카레 속에 들어가게 된다. 연어카레. 이 세상에서 가장 맛있는 음식 중 하나.

강한 오후의 햇빛이 수직으로 내리쬐자 계류 속까지 환히 들여다 보였다. 물은 온통 핏빛 물감을 뿌려놓은 것처럼 붉다. 오후에 접어 들어 코호 연어가 본격적으로 진입하기 시작했다. 이제 그 연어들은 두 시간 정도의 여행이면 산란지에 도착하게 되고 그들의 긴 여행이 거기서 끝나게 된다. 우리는 이 장관을 구경만 하기로 했다. 이곳은 약 400만 마리의 연어가 산란을 하는 곳이다. 엄청난 숫자이다. 이 연어들은 강 하구에 모여 있다가 오후의 강한 햇살이 비치면 한꺼번에 몰려 올라온다. 오전에 우리가 잡은 것은 띄엄띄엄 올라오는 선발대이다. 일단 연어 떼가 몰려오게 되면 낚시는 무의미해진다. 연어가 물기 이전에 낚싯바늘이 여기저기 흘러 다니다 아가미나 지느러미에 박히게 된다. 연어 떼가 강을 완전히 메우기 때문이다. 이것은 낚시꾼들이 몹시 부끄럽게 생각하는 상황이다. 우리는 낚싯대를 접고 모래밭에 누웠다. 그러고는 모두 잠이 들었다.

시끄러운 소리에 잠이 깬 나는 끔찍한 상황에 부딪히게 되었다. 우리가 낚시하던 곳에는 여섯 마리의 새끼를 포함한 열 마리 이상의 그리즐리가 연어 사냥을 하고 있었고, 우리가 자고 있는 모래밭 주변에는 곰들이 뜯어 먹다 버린 연어들이 피투성이가 되어 버려져 있었다. 눈을 뜬 바로 그 순간 거대한 그리즐리 한 마리가 연어를 물고 우리 쪽으로 기어오고 있었다. 나는 죽을 수도 있겠다는 생각이 들었다. 가까이 다가오는 그 회색 곰은 정말 컸다. 곰과 싸우다 죽었다는 얘기는 거짓말이다. 곰과 싸울 수는 없다. 곰과 부딪친 누구라도 전의를 상실할 것이다. 이 동물은 싸움의 대상이 아니다. 그냥 괴물일 뿐이다. 역한 노린내를 풍기며 침을 흘리는 이 괴물은 악몽이다. 나는 손 하나도 까딱할 수 없었다. 우리 쪽으로 다가오던 그리즐리가 방향을 틀었다. 왼쪽으로 5미터쯤 떨어진 곳에 자리를 잡고 발로 연어를 누르며 뜯어 먹기 시작했다. 연어의 살 찢기는 소리가 날카롭게 들렸다.

나는 그렉을 조용히 깨웠다. 그렉의 얼굴이 공포로 일그러졌다. 나스타샤는 아예 도로 눈을 감아버렸다. 텐트까지는 2미터 정도이다. 거기 배낭에 폭죽이 들어 있다. 그렉이 텐트 쪽에 누워 있었다. 나는 그렉에게 텐트를 가리키며 폭죽의 도화선을 잡아당기는 시늉을 했다. 고개를 끄덕거린 그렉은 조용히 기어가기 시작했다. 사형수들에 대한 가장 잔인한 형벌은 죽음 그 자체보다도 죽음을 기다리는 시간일 터이다. 그때는 일 분이 한 시간처럼 늘어날 것이다. 우리 모두가 죽음을 향해 가고 있다는 것은 사실이다. 그것이 정해진 것도 아니고 또 가까이 있는 것도 아니기 때문에 잊고 살 뿐이다. 그러나 예정된 죽음은 공포이다. 공포 속에서 시간은 고무줄처럼 늘어난다. 나는 그렉이 기어가는 2미터가 영원처럼 먼 거리로 느껴졌다.

그렉은 배낭의 지퍼를 열고 폭죽을 끄집어냈다. 세 개가 남아 있다. 그는 폭죽의 안전핀을 벗겨내고 그것을 계류 쪽으로 향한 채 힘차게 잡아챘다. 어스름할 때 폭죽이 주는 효과는 엄청나게 크다. 폭죽은 이를테면 커다란 섬광을 내는 작은 폭발이다. 큰 소리를 내며 커다란 불덩어리가 계류를 향해 날아갔다. 곰들이 일제히 뛰기 시작했다. 우리 옆에서 연어를 뜯어 먹던 곰은 우리 쪽을 향했다. 우리는 계류 쪽으로 뛰기 시작했다. 곰들이 산으로 도망가고 있기 때문이었다. 우리와 곰은 서로 지나쳐 갔다. 살아났다. 그리즐리의 떼에 둘러싸여 잠을 자다가 우리는 살아났다.

그렉은 불을 피운다. 나는 아직도 손이 덜덜 떨리고 나스타샤는 거의 졸도 직전이다. 나는 오금이 저려왔다. 온몸에 힘이 빠지고 정신이 아득해졌다. 나는 내일 아침 철수하는 것이 어떻겠느냐고 그렉과 나스타샤에게 물었다. 둘은 의외로 거절한다. 나스타샤는 입을 오므리며 말한다.

"말했잖아, 당신과 같이 죽는 것이 꿈이라고."

결국 예정대로 이틀 밤을 더 자기로 했다. 둘 모두 타협을 모른다. 겁도 없다.

그렉은 발을 떼지 못한다. 우리는 기력이 거의 탕진된 상태로 렌터카에 탔다. 원래는 휘스퍼를 지나 밤 운전을 할 작정이었지만 자신이 없었다. 우리는 가장 가까운 모텔로 들어가기로 했다. Sea to Sky Highway는 아름다운 길이다. 바다에서 로키 산에 이르는 길이기 때문에 이리한 우아한 이름으로 불린다. 거기까지 가는 도중에는 아름다운 산과 호수들이 많다. 나는 이것을 나스타샤에게 구경시켜 주고 싶었고 그러자면 낮에 가야 한다.

나스타샤는 오늘은 그렉과 따로 자고 싶다고 한다. 나는 발끈했다.

"왜, 그렉이 코 골아서?"

그게 아니라 본인이 배란기인 것 같단다. 요새 나스타샤는 아이 문제로 나를 압박한다. 나를 종돈(種豚) 취급한다. 자기의 성적 매력을 이용해서 애를 만들려 한다. 달력에 배란기를 빨간 펜으로 표시 해놓았다. 이날엔 일찍 퇴근해야 한다. 나는 아직도 마음을 정하지 못했다. 그러나 실랑이하기에는 피곤했고 나스타샤는 너무 매력적이었다.

나스타샤의 눈이 피로를 잊고 반짝거린다. 나스타샤는 두 번이나 덤벼들었다. 결사적으로 임신하려 한다. 보리스와 아니카가 어딘가에 살아 있을 것 같다.

우리는 재스퍼에서 밴프를 지나고 요호 국립공원을 거쳐 밴쿠버로 되돌아왔다. 계곡에서의 낚시가 주는 흥분과 위험과 고생이 너무 컸다. 모두들 멍한 상태에서 졸며 운전하며 밴쿠버로 되돌아왔다. 그렉의 얼굴이 어두워진다. 돌아가기 싫다. 그렉과 베시는 아슬아슬한 균형을 이루고 살아왔다. 그러나 아이가 생긴 지금 추가 기울었다. 그렉은 이것을 어떻게 견뎌 나갈 것인가. 그러나 이것은 나의 기우였다. 그렉은 그 후로도 십오 년간 충실한 남편이며 아빠 노릇을 하게 된다.

첫 시도

동유럽의 정세가 급격히 변하고 있었다. 소련은 미국이나 나토와의 군비 경쟁을 포기했고, 볼셰비키 혁명과 레닌주의가 궁극적으로 실패했음을 자인하고 있었다. 소련은 공산주의 이념 하에 합중국을 이루어왔다. 공산주의 이념의 포기는 결국 소련 내의 여러 민족이 독립을 추구하게 되는 결과를 불러왔다. 사회주의를 민족주의가 대체할 것이다. 인간은 아직도 야만적이라는 증거의 그 어리석은 이념이. 발트 3국은 실질적으로 독립국가가 되었디. 고르바초프는 진 세계적 관점에서 러시아의 운명을 생각하고 있었다. 기존 체제로는 자멸 외에 다른 돌파구가 없다. 그는 시장경제의 도입과 사유재산 제도의 도입, 자유 경쟁의 원칙을 천명했다.

우크라이나가 소련에서 벗어나는 것은 시간문제로 보인다.

이때가 위험한 순간이다. 소련의 관료와 군부와 정보기관은 구체제하에서 이득을 누려왔다. 이들의 반동은 무서운 결과를 불러올 수 있다. KGB의 탄압은 노골적인 데에서 내밀한 곳으로 옮겨가게 된다. 구체제하에서는 사형당할 수 있지만 신체제하에서는 암살당할 수 있다. 내가 보리스와 아니카에 대해 어떠한 조치를 취할 수 없었던 것은 이것이 이유였다. 그러나 더는 미룰 수 없었다. 보리스는 이미 마흔이다. 그리고 아니카는 여덟 살이다. 아니카가 더 이상 방치된다면 그의 인생은 돌이킬 수 없이 망가질 것이다. 이 년을 엄마 없이 살았다. 아이에게는 어른의 십 년만큼 긴 세월이다. 그들이 살아 있다면 어쩌면 자유로워졌을지도 모른다.

매튜를 만났다. 매튜는 결국 새로운 테뉴어를 받지 못했다. 변호사 사무실을 내고 있지만 일은 거의 안 하고 있었다. 기껏해야 자기 사업과 부동산과 관련된 일이나 처리하고 있었다. 매튜는 나스타샤에 대해 모르고 있다. 나는 매튜의 참견을 봉쇄하기 위해 "네가 동유럽 사람에 대해 어떻게 생각하건 이 여자는 내게 생명이나 다름없다"라고 말했다. 매튜는 좀 놀란 듯하다. 얼이 나가서 나를 물끄러미 바라본다. 그에게 생명은 있겠지만 '생명이나 다름없는 것'은 없을 터이다. 내가 나스타샤의 문제를 매튜에게 부탁한 사실을 알면 그렉은 아마 기절했을 것이다. 이 경박하고 건방진 유태인에 대한 그렉의 혐오는 이해할 수 없을 정도로 깊었다. 그러나 매튜는 인정도 있고 순진한 데도 있다. 매튜와 그렉은 기질이 서로 안 맞을 뿐이다.

매튜는 동유럽 사람들을 경멸한다. 그는 그의 장인도 러시아 출신이란 사실을 먼저 말한다. 그는 아마도 메첸체바라는 이름을 가진 이 우크라이나 난민의 애칭이 나스타샤라는 사실을 알면 놀랄 것이다. 그는 장인을 싫어한다. 러시아인들은 미련하고 거칠다는 것이다. 그러나 내가 보기에 그의 아내는 미련하기보다는 영악하다고 해야 옳다. 이야기를 할 때는 상대편 눈을 진지하게 바라보지 않는다. 눈이 이리저리 굴러다닌다. 어떻게 하면 더 잘난 사람으로 보일까에 몰두하며 얕은꾀에 빠져 있다. 더 나쁜 것은 자기가 매우 관대하고 의젓한 사람인 척한다는 것이다. 솔직한 매튜가 오만과 경박에도 불구하고 차라리 낫다.

"매튜, 다른 것은 생각하지 말게. 내가 사랑하고 있는 여자는 그녀의 남편과 아이를 우크라이나에서 잃은 사람일세. 내가 궁금한 것은 먼저 그들의 생사이고 그 다음으로 살아 있다면 어디에 있는가이네. 그 사람들은 어쩌면 미국이나 캐나다에 있을 가능성도 있네. 결론은 그녀가 사실을 알아야 한다는 거네."

매튜는 엉뚱한 답변을 한다.

"법적으로 그녀는 자네와 결혼할 수 있네. 난민 지위를 단독으로 취득하면 과거의 혼인으로부터는 자유로워지네."

나는 당황했다. 어이없는 답변이다.

"매튜, 내 말은 그게 아닐세. 우리가 결혼할 수 있느냐 없느냐의 문제는 이 문제와 전혀 상관없네. 매튜, 나는 이 여자를 사랑하네. 깊이 사랑하지. 나는 그녀의 행복을 바라네. 그런데 행복의 조건은 일단 사실을 정확히 아는 것이네. 그녀와 남편은 이야기한 대로 반체제 운동 중 헤어졌네. 서로 미워해서 헤어진 것이 아닐세. 그들은 다시 만나야 하네. 만약 그들의 과거가 오늘에까지 미친다면 그들은 다시 결합해야 하네. 그렇지 않고 그들의 과거가 그렇게 큰 것이 아니라면 그들은 헤어질 걸세. 그들의 문제이네. 내 문제가 아닐세. 나는 그들의 삶에 개입할 수 없네. 나는 그녀의 결정이 나와 관계없이 이루어져야 한다고 생각하네. 요점은 그녀의 합법적 결혼이 아닐세."

매튜는 생각에 잠겨 있다. 나는 매튜가 단지 이민 변호사로서 이 문제를 다뤄주기를 바라고 있다. 매튜는 입을 연다.

"그녀의 남편과 아들이 캐나다나 미국에 있는지에 대하여는 조회가 가능하네. 그 여자를 대행해서 미국 이민국과 캐나다 이민국에 신분 확인을 요청할 수 있지. 그러나 그를 만날 수 있느냐 없느냐의 문제는 각각의 자율권에 달려 있네. 한쪽이 거부하면 만날 수 없네. 심지어는 주소도 확인해줄 수 없네. 서로에게 생사를 알려주는 것만 가능하네. 본국에서 헤어진 부부들이 만나길 거부하는 경우는 종종 있는 일일세. 일단 그녀를 이리로 데려오게."

일주일 후로 약속을 잡았다. 그동안 나스타샤와 이야기를 나눠야 한다. 나는 나스타샤가 보리스와 아니카에 대해 어떤 생각을 품고 있는지 모른다. 그녀는 캐나다에서의 삶에 완전히 적응했다. 보리스와 아니카에게 어떤 불상사가 생겼다 해도 이겨낼 수 있을 것 같다. 나스타샤는 최악의 경우도 상상했을 것이다.

그들이 살아 있다면 이것은 기쁜 일이다. 나스타샤를 위해 다행이다. 나는 그녀가 행복하다는 사실만으로 만족해야 한다. 그녀는 그들의 것이다. 그들은 같은 민족이고 같이 십여 년을 살아왔다. 나의 문제는 나의 문제이지 그들의 문제가 아니다. 내가 나스타샤를 데리고 집에 온 그 순간 나는 그녀의 삶에 개입했고 책임을 지게 되었다. 그러나 사랑하는 사람을 책임지는 것은 행복한 일이다. 그 행복이 어떤 고통을 주게 될지 모르지만, 나는 지나간 행복만으로 고통을 이겨내야 한다. 고통도 내가 떠맡아야 하는 나의 책임이다.

혼란스럽다. 나는 나스타샤가 나에게 무엇을 촉구하는가를 알고 있다. 그녀는 아이를 만들고자 한다.

"좋은 일이다, 나스타샤. 당신이 내 아이를 낳는다면 나는 이 삶을 제대로 살아왔다고 생각할 것이다. 사랑하는 사람에게서 결실을 얻는다면 그것보다 더 큰 축복이 어디에 있겠는가. 그러나 나스타샤, 나는 당신이 무엇을 원하는지 알고 있다. 당신이 낳아서 오 년을 키우며 정든 당신의 아니카를 얼마나 원하는지 알고 있다. 그 아이를 먼저 찾아보는 것이 더 옳다는 것도 당신은 알고 있다. 다만 당신이 할 수 있는 일이 없고 또 내게 도움을 요청할 수도 없다는 것을 나는 알고 있다. 왜냐하면 거기에는 보리스의 문제가 있기 때문에. 그러나 나스타샤, 나는 괜찮다. 보리스가 당신에게 무엇이고 내가 당신에게 무엇인지는 중요하지 않다. 중요한 것은 내가 당신을 사랑한다는 것, 그리고 내가 당신의 행복을 원한다는 것, 눈에 덮인 어둠과 머리 위의 구름을 걷어내고자 한다는 것이다. 나스타샤, 사랑한다. 나는 이 사실만으로도 내 삶이 꽉 찬다. 내가 사랑하는 사람이 이 하늘 아래 어딘가에 살아 있다는 것, 그리고 나의 삶이 그 행복했던 기억으로 엮여져 있다는 것, 나의 오늘도 미래도 당신과의 인연으로 의미 있다는 것—이것으로 충분하다. 이것이 전부이다."

나는 공허 속에 있다. 마음을 굳히고자 하지만 무엇인가 차가운 바람이 불어 생명력 전부를 쓸어간 듯하다. 아무런 기운도 없고 내 마음의 공허한 진공 외에는 무엇도 발견할 수 없다. 나는 처음으로 나스타샤와 헤어질 수도 있다는 생각을 하고 있다. 그녀가 갑자기 낯선 사람인 듯하다. 내가 그것을 견뎌낼 수 있을까? 폐허를 딛고 다시 살아 나갈 수 있을까?

나스타샤가 견뎌낼 수 있는 사실은 어디까지일까? 만약 보리스와 아니카가 이미 사망했다고 하면 나스타샤는 그것을 견뎌낼 수 있을까? 겉으로 보기에 나스타샤는 안정되어 있다. 학교도 열심히 다니고 실습도 열심히 하고 있다. 집 안을 온통 헝겊 조각으로 뒤범벅을 만들며. 그러나 그녀의 마음 깊은 곳에는 조국과 남편과 아이에 대한 그리움이 잠복해 있을 것이다. 그런데 그들이 사망했다고 하면? 나는 나스타샤가 이겨낼 수 있을 거라고 믿지만 실제로 그럴까? 나스타샤는 첫 학기를 잘 마쳤다. 일곱 과목 중 네 과목에서 A를 받았다. 지금은 화이트 로즈에서 부인들에게 나무나 꽃을 팔고 있을 시간이다. 나스타샤는 그 일이 자기의 기질에 맞는다고 한다. 그러나 아이와 같이 온 가족들은 나스타샤에게 괴로움일 수 있다. 나는 그녀가 어두운 얼굴로 퇴근한 날이 꽤 있는 것으로 기억한다. 아마도 아니카와 비슷한 나이의 아이를 보았을 것이다.

퇴근한 나스타샤를 식탁에 앉혔다. 이제 화이트 로즈가 바쁜 계절에 접어들었다. 캐나다의 5월은 가드닝의 계절이다. 나도 야생화 씨 몇 봉지를 마당에 뿌려두었고 몇 개의 구근을 잔디밭 사이에 심었다. 옥상에도 간단한 나무 화분을 만들었다. 보름 후면 하얀 안개꽃들이 피어날 것이다. 나스타샤는 나름대로 전문가가 되어 있었다. 화이트 로즈에 근무한 지 9개월이 되었다. 사장은 그녀에게 전일 근무를 요청했지만 나는 반대했다. 아직 두 학기를 더 다녀야 한다. 그녀는 다른 이민자들보다 영어를 잘한다. 나스타샤는 사교적이고 언어 감각이 있다. 학교만 마치면 더 좋은 기회가 많을 것이다. 일은 그 후에 열심히 하면 된다.

"나스타샤, 난 오늘 매튜를 만났어. 내가 말한 적이 있는 변호사 출신 교수 말이야. 이민법 전문가라고 말한 적이 있지. 기억하고 있어?"

나스타샤는 무심한 표정으로 고개를 끄덕거린다.

그녀는 눈치가 빠른 사람은 아니다. 무엇인가 예측하는 사람도 아니다. 닥쳐드는 사건을 무심코 앉아서 맞는 사람이다. 나는 잠시 말문이 막혔다. 도대체 어떻게, 어디에서 시작해야 하나. 나스타샤의 무심함이 나의 마음을 아프게 한다. 이러한 사람들은 운명에 희생당한다. 닥쳐드는 불운을 아무 대비 없이 맞는다. 경비견과 같은 사람들이 있다. 이러한 사람들은 모든 신경을 열어두고 있다. 이익이 되는 상황과 불리할 수도 있는 상황을 면밀히 주시하고 계산하고 대비한다. 이들의 삶은 안전하다. 이러한 사람들이 성공하고 오래 산다. 나스타샤와 같은 사람들은 생존경쟁의 패자가 되기 쉽다. 왜 자신의 신념이 아닌 일을 했는가? 왜 남편의 요구에 수동적으로 따랐는가? 닥쳐올 수도 있는 비극을 예측했어야 하지 않는가?

"나스타샤, 나는 보리스와 아니카를 찾아야 한다고 생각해."

나스타샤가 고개를 번쩍 든다. 이제 시작되었다. 끝까지 가는 것 외에 다른 대안은 없다. 지금 나스타샤는 어안이 벙벙해 있고 나는 내버려두고 있다. 스스로 상황을 짐작해야 한다. 암담한 구름이 우리 지붕을 덮을 것이다. 내 인생 전체도 이 구름으로 덮일지 모른다. 나스타샤는 한쪽을 잃을 수밖에 없다.

"나는 보리스가 망명했을 수도 있다고 생각해. 당신처럼 난민 지위를 얻었을 수도 있어. 본국 내에서의 정치적 갈등의 이유로 탈출한 사람들에게는 난민 심사를 받을 권리가 주어져. 피해자라고 생각되면 난민 지위를 획득하고 원하는 나라에 정착할 수 있지. 당신도 잘 알고 있듯이 말이야. 문제는 동족살인을 우려하는 정부 당국과 이민국이 신원을 바꾸어 입국시키는 거야. 만약 보리스와 아니카가 북미나 유럽 어딘가에 살아 있다면 당신이 알고 있는 이름으로는 아닐 거야. 그게 어려운 점이야. 지난 이 년간 우크라이나에서 서방 사회로 탈출한 이민자들이 1만7천7백 명 정도야. 매튜는 각국에 협조 전문을 보낼 거야. 당신을 대신해서 말이야. 당신이 매튜의 사무실로 가서 서류 몇 개에 서명을 해야 해. 우크라이나 당국과 직접 접촉하면 가장 쉽겠지만 내가 걱정하는 것은 그것이 오히려 보리스를 위험하게 할지도 모른다는 거야. KGB는 당신이 실종되었다고 생각하고 있을 거야. 우크라이나 정부는 아직은 러시아의 개들 손에 있어. 드러내 놓고 보리스와 아니카를 찾는 건 위험해. 어때, 당신도 이 방식에 동의해?"

나스타샤는 고개를 끄덕거리더니 몸을 떨기 시작한다. 공포와 동요와 불안과 걱정의 표정들이 그녀의 얼굴을 사로잡는다.

"나스타샤, 두려워하지 마. 마음을 굳게 먹어. 보리스와 아니카는 살아 있을 거야. 적어도 아니카는 살아 있어. 나는 아니카의 할아버지와 접촉할 길을 찾고 있어. 나스타샤, 내게는 어느 정도 돈이 있어. 헤쳐 볼 수 있을 거야. 지금은 기다려야 할 때야. 알고 있지, 나스타샤? 나는 시작하면 끝을 보는 거."

나스타샤는 울기 시작한다. 어깨를 들썩거리며 마구 울기 시작한다. 아니카를 속삭이며 얼굴을 손에 묻고 흐느긴다.

"나스타샤, 나스타샤가 우는 건 오늘이 마지막이야. 나는 최선을 다할 거야. 나를 의지해. 죽었다면 시체라도 찾아줄 거야. 울면 안 돼."

나 자신도 울고 있었다. 그녀가 겪은 고통, 그녀가 겪고 있는 아픔 등이 내 마음을 쓸고 지나가며 안타까운 슬픔을 자아냈다. 나스타샤는 이미 늙어가고 있다. 그러나 앞으로 닥칠 슬픔은 그녀를 할머니로 만들지도 모른다. 아름다운 나스타샤가 고통과 슬픔 속에서 쇠락해갈 것이다. 그러나 병든 행복보다는 진실한 불행이 낫다. 나스타샤, 용기를 내자.

매튜는 진지해져 있었다. 그의 얼굴에는 긴장과 결의가 스며 있었다. 이 유태인이 마침내 일거리를 찾았다. 유태인들은 공과 사를 잘 구분한다. 차가울 정도로 잘 구분한다. 매튜는 엄정하고 사무적인 변호사로서 나를 대하고 있다. 나스타샤는 매튜가 내미는 서류에 인적 사항을 적어 넣고 서명을 했다. 매튜는 열일곱 나라에 협조 공문을 보낼 작정이다. 서류를 채워 넣고 서명을 하고 나니 이미 두 시간이 지나 있었다. 나스타샤는 쉬어가며 서류를 작성했다. 손이 부들부들 떨리고 있었다. 눈을 감고 안정을 취한 다음 다시 적어 넣곤 했다.

매튜는 나스타샤에게 말한다.

"미스 가일로프, 나는 당신과 같은 비극을 겪은 사람 몇 명의 일을 대행한 적이 있습니다. 나는 지금도 그 일의 결과가 좋지 않았다는 사실을 마음 아프게 생각하고 있습니다. 이러한 일은 변호사들이 대체로 기피하는 종류의 일입니다. 누구나 슬픈 일을 감당하기 싫어하기 때문입니다. 유태인과 동유럽 사람들은 압제와 폭력에 의해 동일한 희생을 겪은 사람들입니다. 내가 이 일을 맡은 이유는 첫째로 내가 유태인이라는 사실, 두 번째로는 조지가 내 친구라는 사실 때문입니다. 나는 최선을 다할 것입니다. 그러나 미스 가일로프도 해야할 일이 있습니다. 사실을 감당할 마음의 준비를 해야 합니다. 말씀드린 바와 같이 이러한 일은 종종 비극적 결말에 부딪힙니다. 마음을 굳게 먹어야 합니다. 감사합니다."

나는 나스타샤를 대기실로 내보냈다.

"매튜, 이제 내가 할 일이 남았네. 청구서를 주기 바라네."

진지한 변호사가 본래의 경박한 매튜로 되돌아와 있었다. 빙글빙글 웃으며 내 얼굴을 빤히 바라보더니 "10만 불!"이라고 소리친다. 나는 잘못 들었겠지 생각하며 재차 물었다.

"얼마라고?"

매튜는 큰 소리로 웃는다.

"조지, 정부 비용만 내게. 내 비용은 없네."

나는 이마를 찌푸렸다. 적절한 비용을 내고 싶었다. 내가가 없는 노동은 소홀이 수행된다. 이것이 나의 원칙이다.

"매튜, 받게. 우정은 우정이고 돈은 돈일세. 집을 팔았네. 쓸 수 있는 돈이 있네."

매튜는 더욱 큰 소리로 웃는다.

"사랑의 힘이 무섭군그래. 집을 팔다니. 나는 나스타샤 때문에 집을 팔지는 않을 걸세. 조지, 나는 자네가 우정을 말해준 것만으로도 충분하네. 나는 가난한 교수 돈은 안 받아도 될 만큼 부자일세."

여기서의 나스타샤는 그의 아내를 가리킨다. 가난한 교수라는 말에 나는 얼굴이 화끈거린다. 좀 더 부자였다면 좋았을 텐데.

매튜는 다시 진지해진다. 나를 가까이 끌어와 앉힌다.

"조지, 동구권과 관련된 일은 원칙과 법에 의해 진행되지 않네. 거기는 썩은 사회이네. 정의와 인권은 결과일세. 그것을 구호로 시작한 사회는 곧 부패할 사회네. 사회주의 국가가 모두 그렇네. KGB가 가장 원하는 것이 뭔지 아나? 공산주의 이념? 인민의 행복? 인민의 평등? 권력? 아닐세. 그들이 원하는 것은 돈일세. 나는 매수한 경험도 있네.

보리스가 자유세계에 없다면 우크라이나나 시베리아에 있을 걸세. 일단 소련 주재 캐나다 대사관과 우크라이나 주재 캐나다 영사관에 협조를 요청할 걸세. 기대는 하지 말게. 그냥 해보는 걸세. 그들이 할 수 있는 일은 사실상 없네. 다른 길을 택해야 하네. 모든 공산주의 사회는 지하 시장을 갖고 있네. 공식적인 경제 외에 또 하나의 경제가 있는 거지. 신원을 확인하고 사람을 찾는 일은 지금 지하경제의 일부분이네. 무슨 말인지 알겠지? 그때 돈이 필요할 걸세. 자네 집 판 돈은 그때 쓰도록 하게."

대기실의 나스타샤는 아직도 안정이 안 되어 있었다. 얼이 나간 듯하다. 나는 그녀의 머리를 안았다. 열이 있다.

"매튜는 유능한 변호사야. 내가 만나본 가장 철저하고 영리한 변호사지. 그리고 이민법 전문이고. 잘 해낼 거야. 고맙게도 모든 비용을 무료로 해준다고 하네. 자, 나스타샤, 저녁식사를 하러 가야지. 어디로 갈까?"

그녀의 몸이 떨리는 것이 느껴졌다. 비둘기 같다. 나는 그녀의 등을 쓰다듬으며 계속 말한다.

"나스타샤, 진정해. 모든 게 잘 될 거야."

낮이 길어지고 있다. 작년 이맘때는 나스타샤의 한국행이 예정되어 있었다. 나의 조국이 그녀에게 건강한 골반과 이빨을 선물했고 가슴의 흉터를 없애주었다. 그녀는 한국의 의료에 감탄하고 있다.

"당신네 나라는 정말 대단해. 불과 사십 년 전에 내전을 겪었다니. 똑똑하고 열정적인 사람들이야. 대단한 의사들이야."

작년에는 그 수술들이 큰 부담이었다. 올해는 더욱 큰 부담을 짊어지게 되었다. 동유럽의 정세와 고르바초프가 뉴스 때마다 나를 TV 앞에 묶어놓는다. 나와는 전혀 상관없는 줄 알았었다. 거기는 내게 먼 은하계와 같은 곳이었다. 나스타샤는 동유럽 뉴스에서 의식적으로 고개를 돌렸다. 가슴 아팠다.

사무실 밖의 창으로 나뭇가지가 흔들거리고 꽃향기가 들어온다. 라일락이다. 향기처럼 우리 일도 잘 되기를. 누군가가 대기실로 들어왔다. 매튜의 비서는 사건을 접수한다.

"나스타샤, 나가자. 무엇이든 먹자."

허드슨 만

나스타샤와 나는 두 시가 되어서야 가까스로 잠들었다. 나스타샤는 겨우 안정을 찾았다. 우리는 큰 컵으로 위스키 한 잔씩을 마셨다. 아침에 일어나니 머리가 무겁고 어깨가 욱신거렸다. 어제 긴장했던 모양이다.

내 책이 서점에 배포되었다. 나스타샤는 굳이 챕터스(Chapters)에 가서 그것을 확인했다. 게다가 디스플레이어에게 항의도 하고 왔다. 좀 더 눈에 잘 띄는 곳으로 옮겨달라고. 부질없는 일이다. 어차피 2판을 찍지 못할 것이다. 절판이니 안 되면 다행이다. 집필은 자기만족이다.

나는 오늘 도서 심사에 출두해야 한다. 심사를 통과하면 그 책은 도서관에 배포되게 된다. 의무적으로 비치해야 하는 장서가 된다. 나는 이것이 싫었다. 그러나 출판사 입장에서는 중요한 문제이다. 심사를 통과하면 적어도 7판 이상을 찍을 수 있다. 캐나다 전역의 도서관은 2만여 곳에 있다. 이것은 매우 어려운 일이다. 전문 서적이 그 심사를 통과하기는 힘들다. 그러나 출두해야 한다. 안 그러면 출판사 사장과 편집자는 내 비협조에 화를 낼 것이다. 다행히 내 책 심사가 두 번째로 잡혀 있다. 아홉 시 반에 시작하니 열 시면 끝날 것이다.

오늘은 목요일이다. 나스타샤의 수업이 없는 날이다.

"나스타샤, 이따 열 시쯤 대학 주차장에서 만나. 차를 가지고 와. 나아아가라에 가지. 온더 레이크의 친구에게도 들르고. 그 친구에게 전화해봐."

나스타샤는 이미 두 번이나 사고를 냈다. 한번은 우회전 중에 핸들을 너무 꺾어 보도블록 위에 올라가서 가로수를 들이받았다. 다른 한번은 웨스턴 프로듀스에서 장을 보고 나오다 쇼핑 카트를 받았다. 일렬로 배열된 카트는 상당히 무겁다. 그것을 10미터 정도 밀고 나갔다. 다행히 다치지는 않았다. 두 사고 모두 경미한 것이었다. 나스타샤는 운동신경이 둔하고 좀 부주의한 성격이다. 운전 중에 생각에 잠기곤 한다. 나스타샤의 차는 삼 년 된 중고 세단이다. 벌써 두 번이나 사고를 당했다. 나는 범퍼가 우그러진 채로 다니도록 내버려두었다. 보면서 계속 주의하라고. 어차피 이 차는 팔아야겠다. 애초에 잘못된 차를 샀는지 고장도 잦다. 나스타샤가 다운타운으로 차를 몰고 내려오면 항상 걱정이다. 그녀가 운전하는 차를 타면 아슬아슬한 느낌을 준다. 내 차에 옮겨 타고 짧은 여행을 할 것이다. 나이아가라까지는 두 시간 반이 걸린다.

나스타샤는 기분이 좀 나아진 듯하다. 얼굴이 다시 평온해졌고 다시 웃는다. QEW(Queen Elizabeth Way)는 나이아가라 다리를 건너 미국의 버팔로에 이르는 고속도로이다. 나는 무심히 물었다.

"나스타샤, 미국에 가보고 싶지 않아? 세계에서 제일 강한 나라고, 제일 부자 나라지."

나스타샤의 눈이 다시 반짝거린다.

"당신과 함께라면 어디든 가고 싶지. 미국이든 북극이든."

무엇인가가 번쩍하며 나의 머리를 치고 간다.

"허드슨 만에 가봐야겠다. 거기에 한번 가보고 싶었는데, 잘됐다. 이제 열흘 후면 방학이다. 나스타샤와 단둘이 가자. 이번에도 그렉을 데려가면 베시가 분통을 터뜨릴 테니까."

우리는 나이아가라 난간에 배를 대고 폭포를 건너다보았다. 피자 한 조각과 콜라를 들고. 어디선가 바비큐 냄새가 났다. 나이아가라 한쪽 잔디밭에는 바비큐 시설이 있다. 관람객이 거기서 스테이크를 굽고 있는 듯하다. 웃음소리가 폭포 소리에 섞여 아련하게 들린다. 불현듯이 가족을 갖고 싶은 충동이 인다. 서너 명의 아이를 데리고 저렇게 떠들썩한 식사를 하고 싶다. 학문이 내게 부과한 짐을 내려놓고 싶다. 대신 가족 부양의 짐을 지는 것도 좋을 것 같다. 내 마음이 흔들린다. 나스타샤가 내 아이를 낳게 될까? 우린 가족이 될 수 있을까? 진짜 가족. 그럴듯한 진짜 가족.

나스타샤와의 첫 식사 때 내가 무엇을 먹었는지 기억이 나지 않는다. 그러나 나스타샤가 스테이크를 먹었던 것은 기억난다. 음식을 주문할 때 한참 걸렸다. 그때는 나스타샤가 영어를 거의 못했다. 그래도 어쨌든 그녀가 튀긴 감자보다는 구운 감자를 원한 것은 알아들었다. 그런데 고민할 필요가 없었다. 어차피 감자는 안 먹었으니까. 그녀는 감자에는 손도 못 대고 스테이크도 반을 못 먹었다. 샐러드만 몇 번 먹었을 뿐이다. 그리고 지나가는 아이를 뚫어지게 바라보았다. 할리버튼에 있는, 그녀가 일하던 커피숍에서 가장 가까운 네덜란드 마을에서다. 벌써 이 년여가 흘렀다.

나스타샤는 무던하고 지혜로운 여인이다. 나는 그녀에게 많은 의무를 부과했다. 수술도 받고 공부도 하고 일도 하도록 했다. 그녀는 잘 따라주었다. 짜증 하나 없이 자기 일을 해나갔다. 그녀는 짜증을 내느니 차라리 화를 냈다. 주로 내 과음과 음주운전 때문이었다. 그럴 때면 그녀는 자기 방에 들어가서 나오지 않았다. 식음을 전폐했다. 타협이 없었다. 처음에는 견디기 어려웠다. 혼자 살 때는 모든 것이 자유였다. 나스타샤의 참견이 싫었다. 내가 졌다. 요즘은 거의 안 마신다. 그 외의 다른 문제는 나스타샤가 많이 참았다. 이 자연의 딸은 운명에 복종한다. 모든 것을 팔자소관이라고 생각한다. 까다로운 나를 잘 참아준다. 집필에 들어가면 나는 날카로워졌고 말이 없어졌다. 그녀는 많이 신경 써주었다. 술만 안 마시고 음주 운전만 안 하면 싸울 일이 없었다.

나는 과로에 지치거나 몸이 아프면 구석에 숨었다. 누구에게 고통을 호소하기 싫어서였다. 병역을 마친 이후로 계속 외국에 살고 있다. 구원의 호소 없이 굳세게 살아야 했다. 마음이 약해지면 자기 연민에 빠지게 되고 폭음을 했다. 술이 깨고 나면 그럭저럭 또다시 열흘쯤은 살아갈 수 있었다. 그러나 이제는 이 여자에게 모든 것을 호소한다. 동료 교수, 학장, 비서, 학생들, 논문 등등이 주는 모든 스트레스를 다 털어놓는다. 더 이상 숨지도 않고 폭음도 안 한다. 나는 많이 부드러워졌고 밝아졌다. 나 자신이 행복하다는 것을 시시각각 느끼고 산다. 이 삶이 언제까지 가능한 것일까?

돌아오는 길에 온더 레이크에 들렀다. 거기 여주인은 나의 음악사 제자이자 나스타샤의 친구이다. 남편은 키가 크고 체격이 좋은 사람이다. 사람 좋은 웃음을 지었고 스스럼없는 친근감을 보였다. 그는 큰 와이너리 농장과 체리 농장을 경영하고 있었다. 창고에는 수많은 오크통과 버치통이 쌓여 있었다. 빈티지 와인이다. 우리는 모두 한 잔씩 했다. 그는 작년 블리자드가 너무 일찍 와서 아이스 와인을 망쳤다는 이야기를 한다. 올해 몇 병을 보내주겠단다.

나스타샤와 주인 여자는 창고의 한쪽 구석 소파에 앉아 이야기 중이다. 분위기가 조금씩 심각해져 가고 있다. 나스타샤가 자기 얘기를 하고 있는 듯하다. 주인 여자가 울고 있는 나스타샤를 껴안는다. 나스타샤는 그녀와 진정한 친구가 되고 싶나 보다. 자신의 모든 것을 털어놓아야 친구가 될 수 있다. 나는 기뻤다. 상처는 오히려 드러내는 편이 낫다. 그것이 치유에 도움이 된다.

허드슨 만으로의 카누 여행은 시간 여유가 있는 모험가들에게 인기 있다. 특정한 볼거리나 목적지를 향하는 것이 아니라 카누를 타고 흐르는 것이 이 여행의 목적이다. 프레이저데일이 출발점인 이유는 그보다 상류에는 여러 개의 폭포가 있고 물살이 거세지만 프레이저데일부터는 폭포가 없고 물이 천천히 흐르기 때문이다. 캐나다의 북부에는 도로가 거의 없다. 유일한 교통수단은 경비행기다. 경비행기와 카누를 적절히 이용하면 북부 여행이 가능하다. 유일한 위험은 북극곰이다. 그러나 카누 여행객은 총기를 소지할 수 있다. 코크레인에서는 공포탄을 장착한 장총을 대여한다. 아비티비 강에서는 모든 종류의 한류성 어종이 잡히지만 특히 연어과의 곤들매기(Arctic Char)는 유명하다.

나스타샤는 요즘 데카당(décadent)해졌다. 우울한 분위기는 사라졌고 웃음도 되찾았지만 그것이 단지 행복하기 때문만은 아닌 것 같았다. 죽음에 대한 이야기도 자주 한다. 나는 이 여행은 상당히 위험하다고 말했다. 그러나 나와 함께 죽는 것이 소원이라는 이 여자는 여행에 동의했다. 나는 이 여행을 열이틀로 잡았다. 카누를 천천히 저어 나갈 작정이다. 우리 미래의 삶이 어떻든 이러한 여행을 두 번 하기는 어렵다. 북쪽의 여름은 6월과 7월이다. 8월이면 이미 추워진다. 6월 7일에 출발하여 6월 19일에 귀환한다. 나는 지역 대학에 휴가를 신청했고 나스타샤 역시도 화이트 로즈에 휴가원을 제출했다.

이 여행은 짐의 무게를 걱정하지 않아도 되는 것이 좋았다. 짊어지고 가야 하는 길은 없다. 차와 경비행기와 카누가 실어 나른다. 그러나 큰 문제가 있었다. 거기에는 땔나무가 없다. 이 경우 자는 동안에 곰의 접근을 막을 길이 없다. 북극곰은 여름에 굶주리게 된다. 북극곰은 얼음이 있을 때 얼음 구멍으로 나오는 물개를 잡아먹고 산다. 얼음이 없는 여름이 이들에게는 이를테면 춘궁기이다. 굶주린 동물은 위험하다. 매우 공격적이 된다. 고민에 빠진 끝에 결국 지역 환경국에 질의를 했다. 지역 환경국의 해결책은 의외로 간단했다. 안에 자갈을 집어넣은 깡통을 열서너 개 가져가서 텐트 주위에 뿌려 놓고 자라는 것이다. 그렇게 되면 곰들은 먹을 것이라고 생각하고 깡통을 건드리게 된다. 이때 장총의 공포탄을 쏠 시간을 벌 수 있다는 것이다. 이 것도 해결책이라고 내놓는 당국이 한심했지만 그렇다고 내가 별다른 해결책을 가진 것도 아니었다. 우리는 깡통을 열 서너 개 챙겨 넣었다.

나스타샤는 여행보다는 나와 24시간 함께 있을 수 있다는 사실에 의미를 두고 있다. 그녀는 함께 지내는 시간이 부족하다고 불평했다. 내가 항상 바빴다. 강의 준비를 해야 하고, 논문을 써야 하고, 지역 대학에서 강의를 해야 하며 집필도 해야 했다. 내가 준비하고 있는 다음 저술은 현대미술과 관련된 것이었다. 그것은 인상주의로부터 추상화에 이르는 방대한 양이었다. 나는 자료 준비와 개요 작성에 사로잡혀 있었다. 나스타샤와 함께 있는 저녁시간에도 나는 책상에 코를 박고 이리저리 자료를 훑어보고 있었다. 대화 중에도 눈은 나스타샤를 멍하니 바라보지만 생각은 그곳으로 가 있었다. 나스타샤는 이해했다. 그녀는 내가 하는 일이 가치 있는 일이라고 생각했다.

그녀에게는 이번 여행이 지난번의 커티지 여행과 다를 바 없었다. 어떤 방해물도 없이 그 원시의 세계에서 둘만 있을 수 있다는 사실에 황홀해했다. 그녀는 동굴 속에서 둘이만 사는 것이 소원이란다. 그러면 조지는 온전히 자기 것이 된단다. 그러나 나는 눅눅한 곳이 싫다. 동굴에 들어갈 일은 없을 것이다. 대신 둘이서 강을 따라 흐르는 것은 좋을 터이다. 나스타샤는 야심만만한 눈초리로 말한다.

"조지, 이제 당신은 내 소유가 되는 거야."

나는 대답한다.

"글쎄, 당신 소유가 될지 곰 소유가 될지 아무도 모르지."

연인들의 여행은 서로 간의 배타적 소유의 의미가 있는 것 같다.

커티지를 경유하기로 했다. 짐은 모두 차에 둔 채로 커티지에 일찍 들어가서 쉬고 다음 날 아침 출발하기로 했다. 우리 커티지에서 100미터쯤 떨어진 곳에서 누군가가 커티지 공사를 하고 있었다. 나이가 60세쯤 되어 보였다. 아마도 은퇴한 사람일 것이다. 곁에는 그의 부인으로 보이는 사람이 무엇인가 계속 잔소리를 해대고 있었다. 우리 보트가 다가가자 그는 손을 흔든다. 보트를 묶고 있는데 그가 다가왔다.

"저 발전기는 당신이 만든 겁니까?"

나는 고개를 끄덕거렸다.

"대단하군요. 시간도 돈도 많이 들었을 것 같습니다. 저건 어디서 사셨습니까?"

귀찮았다.

"캐네디언 타이어입니다. 저건 제 친구와 같이 만들었습니다. 비용은 1,200불 정도였습니다. 세 명이 꼬박 3주를 일했습니다."

그가 요구하는 정보를 주었다. 사라져주기를 바라며. 그러나 그는 예의가 없는 사람이다.

"나는 그냥 석유 발전기를 쓸 겁니다. 신기해서 물었습니다."

시끄러운 소리에 시달리겠구나, 라고 생각하며 나는 얼른 돌아섰다. 석유 발전기의 낮게 웅웅거리는 소리는 귀에 환청이 생길 정도로 기분 나쁘다.

나스타샤가 돌아서는 그를 유심히 보고 있다. 나스타샤는 계속 보고 있었던 것 같다. 그 사람도 역시 나스타샤를 어디선가 본 듯하다고 느낀 것 같다. 이마를 찌푸리며 한참을 바라보다 돌아섰다.

"저 사람은 이민국 직원이야. 이민국의 동유럽 담당 직원이지. 나는 이민국 사무실에 세 번이나 출두했었어. 확실히 그 사람이야."

나는 이것이 의미하는 바가 무엇인지 몰랐다. 물끄러미 나스타샤의 얼굴을 바라봤다.

"저 사람은 아니카가 캐나다에 있는지 없는지 알 거야."

나는 그의 뒤를 쫓아갔다. "저는 조지라고 합니다. 정식으로 인사 드리겠습니다"라고 말하며 명함을 빼 들었다. 그는 흙과 나무껍질이 묻은 손을 바지에 이리저리 닦더니 뒷주머니의 지갑을 꺼내서 명함을 찾았다. 우리는 명함을 교환했다. 이민국 직원이 맞았다. 레이 허클(Ray Huckle), 이민국 직원(immigration officer)이었다.

"석유 발전기는 몹시 시끄럽습니다. 조용한 이곳에서는 더 시끄럽게 느껴지지요. 또 석유를 계속 운반해야 하는 것도 큰 부담입니다. 게다가 용량이 커야 300와트입니다. 오븐 하나도 켜지 못하지요. 제 발전기를 쓰십시오. 저는 주말에만 가끔 옵니다."

그는 이 친절에 약간 놀란다.

나는 손짓해서 나스타샤를 불렀다. 나스타샤가 다가서서 자기소개를 하자 그는 고개를 끄덕거린다.

"당신이 기억납니다. 이민국에 보름간 대기했었지요. 이제 영어를 잘하시는군요. 제 마음이 기쁩니다."

우리는 커티지로 들어갔다. 나는 커피를 준비하며 아니카에 대해 물었다. 그는 종이와 펜을 요구했다.

"저는 내년 4월에 은퇴입니다. 지금은 더 이상 동유럽 이민국 직원이 아닙니다. 저는 동북아시아 이민국으로 옮겼습니다. 하지만 동료에게 물어볼 수는 있습니다. 신속하게 알려드리겠습니다. 큰 비극이 있었다는 사실은 알고 있습니다. 찾아보겠습니다."

캐나다인들은 대체로 신사이다.

그와 헤어진 다음 나는 주섬주섬 낚시도구를 준비해서 송어 낚시에 나섰다. 나스타샤는 이제 낚시에도 생선 손질에도 능숙하다. 커티지에서 보트로 이십 분 정도 가면 호수로 흘러드는 계류가 있고 거기에 갈색 송어(Brown Trout)가 서식한다. 우리는 세 마리를 잡고 즉시 철수했다. 레이는 아직도 아내 잔소리를 들어가며 널빤지로 벽을 치고 있었다. 나는 보트를 레이에게 가까이 댔다.

"송어 한 마리 드릴까요?"

그의 아내가 반색을 한다. 두 마리를 주었다. 우리는 한 마리면 충분하다. 그들의 저녁식사는 송어 스테이크가 될 것이다. 우리는 송어를 호일에 싸서 오븐에 넣었다. 점심식사를 할 시간이다. 오후 두 시가 넘었다.

내가 주섬주섬 쌀을 씻고 있는데 나스타샤가 뒤에서 허리를 안았다.

"조지, 당신은 좋은 사람이야. 부지런한 사람이기도 하고. 당신을 만난 건 큰 행운이야. 나는 당신과 헤어지지 않을 거야."

나는 순간적으로 얼어붙었다. 이 말이 뜻하는 건 무엇일까? 이 말은 보리스와 관련되어 있는 것일까? 머리를 저었다. 모든 것은 보리스가 없는 전제에서이다. 그가 살아 있다면 상황은 달라질 수 있다. 그러나 나스타샤가 계속 나와 함께한다는 가능성만으로도 나의 가슴은 뛰었다.

우리는 모닥불을 피웠다. 나스타샤는 자기 의자를 가져와 내 곁에 놓는다. 그녀는 제법 수다스럽다. 요사이 주제는 화이트 로즈에 오는 고객들과 웰드릭 사람들의 근황이다. 이사한 이후로 나는 계속 바빴다. 컬링 클럽에도 못 나가고 백스탑에도 못 갔다. 나스타샤 역시 일이 많았다. 그녀는 그러나 화이트 로즈에서 대부분의 웰드릭 사람들을 만난다. 꽃이나 나무를 심지 않는 캐나다 사람들은 없다.

"헌트 씨는 아직도 버티고 있어. 버티면 된다고 생각했나 봐. 며칠 전에 화이트 로즈에 온 적이 있어. 내 얼굴을 빤히 쳐다보는 거야. 갑자기 그날 밤이 생각났어. 러시아 창녀에게 하고 싶은 말이 있습니까, 라고 말해줬어. 그랬더니 황급히 나가더라고. 잊어버리고 싶어도 잊을 수가 없어. 한심한 인간이야."

그녀는 성질이 보통이 넘는다. 배짱이 좋고 근성이 있는 여자이다. 거기에다 이제 영어를 능란하게 구사한다. 나스타샤에게 는 언어 감각이 있다. 나는 웃으며 말한다.

"용서하고 잊어. 마음에 담아둘 가치도 없는 인간이야."

그녀는 계속해서 데이비드가 고등학교 동창과 데이트 중이라 는 둥, 마크가 요새 술을 지나치게 마신다는 둥, 백스탑의 노인 은 아무래도 이혼할 거 같다는 둥의 이야기를 하더니 한참 동안 말이 없었다. 나는 계속 이야기하라는 표정으로 그녀의 얼굴을 빤히 바라보았다. 그녀는 머뭇거리며 무엇인가를 망설였다.

"조지, 내가 당신한테 잘못한 거 같아. 사실은 멜리사를 만났 는데 당신한테 말 안 했어."

나는 불에 덴 거 같았다.

"멜리사를? 어디서?"

나는 두 사람이 의도적으로 만난 것으로 착각했다. 나스타샤 가 의문스럽다는 듯이 나의 얼굴을 바라봤다.

"어디서는, 화이트 로즈에서지."

나는 가슴을 쓸어내렸다. 나는 멜리사가 일부러 나스타샤를 만난 것으로 착각했다. 멜리사는 어쩌면 나에 대한 미련이 있을 지 모른다. 질투가 나스타샤에게 상처를 입힌 줄 알았다.

"멜리사는 내 얘기를 누구에겐가 듣고 왔어. 악수를 청하더라 고. 당신 책의 출판을 축하한다고 전해달랬어. 잘 읽었다고. 당 신 책에 대하여 무슨 독점적 특권이 있다는 듯한 말투였어. 아 마도 우크라이나인인 나는 읽지 못할 거라고 생각했나 봐."

멜리사를 이해해줘야 한다. 그녀에게는 이 정도가 질투와 복수의 표현이다. 나는 우울해졌다. 나스타샤에게 화가 났다. 왜 멜리사에 대해 나쁘게 말하는지 이해할 수 없었다. 멜리사는 단지 친구였다고 몇 번이나 말하지 않았는가. 멜리사도 이제 스물일곱이다. 남자와 데이트도 하고 결혼도 해야 한다. 멜리사가 결혼한다는 소식이었다면 기뻤을 것이다.

캐나다의 모기는 해가 질 무렵에 극성이다. 밤에는 기온이 급격히 내려가기 때문에 활동을 못한다.

"나스타샤, 들어가자. 모기가 많다. 이따 다시 나오더라도."

커티지 안으로 들어온 우리는 페타취니를 끓였다. 우리는 페타취니와 김치를 같이 먹는다. 두 음식이 제법 잘 어울린다. 나스타샤는 고추 장아찌도 한 조각 베어 문다. 언제부터인가 장아찌 통조림도 수입되기 시작했다. 너무 달게 조미된 것이 마음에 안 들었지만 밑반찬으로 가끔 먹는다. 나스타샤는 달기 때문에 오히려 좋아한다.

나는 침대 두 개를 붙였다. 나스타샤는 잠을 얌전히 자지 않는다. 한 침대에서 자면 계속 밀어붙인다. 침대 끝까지 밀려간 나는 베개를 들고 반대편으로 넘어가서 다시 자곤 했다. 나스타샤는 잘 잤다. 그러나 나는 하룻밤에 두세 번씩 반대편으로 건너가곤 했다. 그렇게 자고 일어나면 피곤했다. 나스타샤는 나를 노려본다.

"알았어, 나스타샤. 잠들면 내 침대로 와. 내가 먼저 잠들면 말이야."

생각보다 훨씬 따뜻했다. 나는 북쪽의 기온은 많이 낮을 거라 생각했으나 20도가 넘어가고 있었다. 현재 무스니는 15도 정도라는 보고가 들어왔다. 밤 기온도 3도까지밖에는 안 떨어진다. 그 정도면 쾌적한 밤이다. 10월에 수세인트마리는 영하 10도까지 떨어진다. 그곳에서도 텐트 안에서 잤다. 가끔 추위 때문에 깨어 몸을 비비고 다시 자곤 했었지만. 우리 침낭은 내한 온도가 영하 15도이다.

카누는 적당한 크기여야 한다. 크면 편안하고 더 안전하긴 하지만 조종이 어렵고 민활성이 떨어진다. 나와 그렉은 가끔 샤디어(Chaudière)에서 카누나 카약을 타곤 했다. 그곳은 엄청난 속도의 급류가 흘렀다. 급류를 따라 카누가 낙하하면 일시적으로 무중력상태가 된다. 아찔하다. 그러나 아비티비 강은 조용히 흐르는 넓은 강이다. 더구나 이 카누에는 엔진이 있다. 만약 필요하다면 모터를 이용해서 빠른 속도로 귀환하면 된다.

카누를 대여한 나는 조금 놀랐다. 이렇게 아름답게 만들어진 카누는 처음이었다. 이 카누는 5센티미터 너비의 삼나무를 촘촘히 이어 붙여서 만든 것이었다. 반짝이는 니스칠 밑으로 삼나무의 아름다운 무늬가 그대로 드러나 있었다. 이러한 카누는 인디언들이 처음부터 끝까지 수작업으로 만든다. 인디언들의 주요 소득원 중 하나이다. 잘 만들어진 수공품은 자체가 예술이다.

나는 총과 공포탄을 수령해서 카누에 실었다. 프레이저데일의 보안관은 무전기 지참을 권했다. 그러나 무전기가 너무 컸고 사용법도 몰랐기 때문에 무전기 없이 간다고 통보했다. 이제 카누를 타고 나가는 순간 앞으로 6일간은 문명 세계로부터 두절된다. 보안관은 걱정스러운 표정으로 나와 나스타샤의 서명을 받고 출발을 허락했다.

프레이저데일의 아비티비 강은 너비가 50미터 정도밖에 안된다. 이것이 허드슨 만에 가까워질수록 넓어져 무스니에서는 10킬로미터에 이른다. 나는 문제가 생길 경우 약 100킬로미터를 주행할 수 있는 기름을 실었다. 곰만 조심하면 큰 문제는 없을 것이다. 이 지역의 백곰은 드물게 발견되는 야생동물이 아니다. 여름에는 민가의 쓰레기통을 뒤질 정도로 흔하다. 굶주릴 경우 언제든지 야수로 변할 수 있다. 출발해서 한 시간 정도가 지났을 때 우리는 이미 두 마리의 백곰을 발견할 수 있었다. 나스타샤는 손가락으로 가리키며 좋아한다. 백곰이 생각보다 누런 색깔이라고 말하며. 그녀는 위험이 닥쳐서야 그것을 감지한다. 일단 잠이 들면 태평하게 잘 것이다. 나는 좀 예민한 성격이다. 곰에 대한 걱정 때문에 자주 깰 것이다. 우리는 카누를 물살에 맡겨두기로 했다. 강은 천천히 흐른다. 바람은 불지 않고 기온은 15도를 넘는다.

나는 카누에 누웠다. 하늘이 참으로 아름다웠다. 뭉게구름의 가장 자리가 금빛으로 반짝였다. 깜빡 잠이 들었다고 생각한 순간 나스타샤가 얼굴에 무엇인가를 덮어주는 것 같았다. 고맙다고 중얼거리며 내처 잠을 잤다.

"조지, 일어나. 일어나."

나스타샤가 다급히 깨웠다. 나는 깜짝 놀라서 벌떡 일어났다. 눈앞에 펼쳐진 장관에 숨이 막혔다. 곤들매기가 엄청난 떼로 날고 있었다. 곤들매기는 지느러미가 매우 큰 물고기이다. 물고기에게 지느러미는 이를테면 배의 프로펠러이다. 지느러미가 큰 물고기는 속도가 빠르다. 곤들매기는 자기 몸의 몇 배가 되는 등지느러미를 가지고 있다. 그것들은 물을 박차고 4미터 정도를 날다가 다시 물을 박차고 날아올랐다. 당시 캐나다 수산청에는 곤들매기 양식을 연구하고 있었다. 맛이 좋기 때문이다.

낚싯대를 이었다. 그렉과 나는 보통의 경우에는 2단 낚싯대를 쓰지만 여행할 때는 4단을 가지고 다녔다. 4단이 좀 더 비싸기는 하지만 운반이 용이하다. 세 번째 캐스팅에서 곤들매기가 걸려들었다. 보통의 물고기는 낚싯바늘을 물었을 때 물 밑으로 끌고 들어간다. 그러나 연어과의 물고기들은 공중으로 솟구친다. 송어나 연어낚시의 가장 멋진 장면은 미끼를 문 물고기가 공중으로 점프할 때이다. 그러나 곤들매기는 차원이 달랐다. 미끼를 문 곤들매기는 나의 머리 위를 날아 반대편으로 떨어졌다. 거의 3, 4미터 높이로 뛰어올랐다. 물고기가 날 때는 낚시꾼은 몸을 숙여야 한다. 나는 몇 번이나 몸을 숙여서야 간신히 그 물고기를 잡아 올릴 수 있었다. 배에 붉은 핏줄이 선명하게 보이고, 아가미는 반짝이는 스테인리스 색깔을 띤 전형적인 곤들매기였다. 크기는 45센티미터가 넘어 보였다. 바다에서 올라오는 물고기는 살이 단단하고 지방이 많아서 아주 맛이 있다. 먹을 것으로는 이것 한 마리로 충분하다. 참치 통조림들이 초라하게 보였다. 나스타샤는 칼을 들고 덤벼들었다. 기온이 높을 때는 내장과 피를 빨리 제거해주어야 한다. 그래야 상하지 않고 오래간다. 나는 무심코 앉아서 그 장관을 계속 구경했다. 끝이 없을 것 같았다. 캐나다가 주는 최후의 장관일 것이다. 이곳에도 곧 광산 개발이 시작될 예정이다. 곤들매기 낚시는 기록으로나 남을 것이다. 그 장관은 두 시간도 더 계속되었다. 마지막으로 지각생 몇 명이 급히 따라가고 있었다.

우리는 강변에 배를 댔다. 점심식사를 해야 한다. 강변에는 붉은 빛을 띤 자갈과 풀들이 띄엄띄엄 있었고 여기저기에 야생화가 피어 있었다. 반갑게도 관목들이 꽤 많았다. 우리는 오늘 밤을 여기서 보내기로 했다.

나스타샤는 오데사에서 잡은 철갑상어에 대해 가끔 말했었다. 오늘 밤에는 철갑상어 낚시를 시도해보기로 했다. 어차피 백야이다. 사실상 밤낚시라 할 것도 없다. 어슴푸레하게 모든 것이 보일 것이다. 나는 소금에 절인 닭 몸통을 커다란 낚싯바늘에 꿰어 던져놓은 후 줄을 관목에 묶어두었다. 철갑상어는 하상에 있는 찌꺼기를 먹고 사는 물고기이다. 더듬이를 달고 있는 물고기들은 모두 하상에 있는 찌꺼기를 빨아 먹고 산다. 잉어, 메기, 철갑상어, 서커 등. 캐나다 북부의 모든 호수에 한때 철갑상어가 넘쳐났었다고 한다. 그러나 서식지가 줄고 남획이 심해짐에 따라 이제 코크레인 이남의 호수에서는 그 물고기를 거의 찾아볼 수 없게 되었다.

이런 채비를 해놓은 후 나는 관목 중에 좀 굵은 것을 베기 시작했다. 북부의 관목은 태우면 향기가 나고 또 꺾어서 텐트 안에 놓아두면 텐트 안이 향기로 꽉 찬다. 한 시간쯤 나무를 베고 있는데 나스타샤가 다가왔다. 점심식사가 준비되었다.

보리스와 나

　나스타샤는 내게 무엇인가 할 말이 있다. 그러나 두려워하고 있다. 내 눈치를 살피고 있다. 직감으로 느껴진다. 사랑은 이성과 논리로 상대를 파악하지 않는다. 사랑은 분석하지 않는다. 그것은 공감과 일치이다. 나스타샤의 마음이 내 마음을 파고들어서 내 마음에 공감의 반향을 일으킨다. 이때 둘 사이의 거리는 존재하지 않게 되고, 마음의 벽은 일거에 허물어진다. 언어는 마음을 드러내기에는 부적절한 도구이다. 언어가 끝나는 데에서 사랑이 시작된다. 사랑은 보여지는 것이지 말해지는 것이 아니다.

　나는 적어도 나스타샤가 무엇에 대해 말하려 하는지 느끼고 있다. 매튜에게 보리스와 아니카를 부탁한 이후로 나스타샤는 무엇인가 내게 할 말이 있다. 보리스에 대해서일 것이다. 내가 모르는 것은 보리스와 그녀의 과거이고 또 그 과거가 나스타샤의 마음에 대해 갖고 있는 영향력의 정도이다. 나 역시도 두려워하고 있다. 그러나 나의 두려움은 나스타샤를 잃을 가능성에 대한 두려움만은 아니다. 나스타샤가 어떤 선택을 한다 해도, 그리고 내가 그녀에게 어떤 선택을 권유한다고 해도 결국은 고통스러운 나머지 삶이 될 것이라는 두려움이다.

우리는 보리스와 아니카를 찾으려 하고 있다. 해결하지 않으면 안 될 일이다. 그 둘을 묻어놓은 채로 나스타샤가 행복할 수도 없고 또 내가 행복할 수도 없다. 나스타샤의 운명은 참혹한 것이었다. 극복되어야 하는 과거이다. 그 첫걸음은 아이를 찾는 것이다. 아이를 품에 안는 순간 나스타샤는 운명을 원망하기를 그칠 것이다. 누군가를 증오하는 삶은 그 사람의 삶을 망친다. 나스타샤는 KGB와 우크라이나의 개들을 용서해야 한다. 아니면 찾아내서 죽이든지. 해결되지 않은 채로 묻힌 증오심은 그 증오를 품은 사람의 삶을 파괴한다. 나스타샤의 가장 좋은 해결책은 용서이다. 이것은 그 개들을 위한 것이 아니다. 나스타샤 스스로를 위한 것이다. 그러기 위해서도 아니카와 보리스를 찾아야 한다. 나와 나스타샤의 관계는 그 다음이다.

나스타샤는 삶이 얼마만큼 소중할 수 있는가를 내게 가르쳐주었다. 나는 나스타샤를 사랑하게 되면서 삶이 무엇을 줄 수 있는가를 알게 되었다. 거기에는 내가 전혀 경험해보지 못했던, 그렇지만 그것이 없었다면 죽은 삶일 여러 가지가 있었다. 두근거림, 열정, 충족, 안타까움, 위안, 공감, 이해, 존경, 동정. 이러한 것들이 사랑을 통해 나스타샤가 내게 가르쳐준 것이었다. 나는 나스타샤를 통해 비로소 물질에 대한 정신의 우위를 알게 되었다. 우리의 탄생이 진흙으로부터라고 해도 생명과 사랑은 그 위에 불어진 숨결에 의한 것이었다. 나스타샤가 내 뺨에 숨결을 불어넣지 않았더라면 나는 단지 진흙 덩어리였을 것이다. 그 숨결은 기계에 흐르기 시작한 전류였다. 나스타샤를 사랑하게 되면서부터 나는 비로소 나의 무목적적인 발걸음이 생명을 얻는 것을 느끼게 되었다.

삶은 의미 없이 걷는 것이다. 어떤 분투도 무덤 넘어서까지 우리와 함께할 수는 없다. 그러나 나스타샤는 걷는 것 자체가 삶이라는 것, 걷는 순간 자체가 의미이고 행복이라는 것을 가르쳐주었다. 아침이면 내 곁에서 눈을 뜨고, 저녁이면 피로에 지친 얼굴로 나를 맞는 그 여인, 머스크 향을 풍기며 내 가슴에 얼굴을 묻고, 잘 웃고 잘 우는 천진한 요정, 내 마음을 부드러운 따스함으로 채워주는 여인, 내가 어떤 일을 하고 있어도 함께 있다고 느끼게 해주는 그 여인.

"조지, 나는 보리스에 대한 얘기를 하려고 해."

나스타샤는 고개를 숙이고 입을 다물어버린다. 기다리는 건 어렵지 않다. 나는 몇 시간이라도 기다릴 것이다.

"조지, 보리스는 내 첫사랑이었어. 나는 당신도 알다시피 좀 남자 같아. 여자다운 애교도 없었고 여성적인 매력도 없었어.”

나스타샤는 자신에 대해 모르고 있다. 여성적 매력은 여러 차원에서 존재한다. 나스타샤의 20대는 아름다운 30대를 예비하고 있었을 것이다. 불안과 동요에 싸여 있다고는 해도, 그리고 삶에 대한 의문 때문에 여성적 매력을 가꿀 수 없었다고 해도, 그러한 20대는 가장 예쁜 여성의 20대보다 아름답다. 베토벤의 4번 협주곡은 5번 못지않게 장엄하다. 어떤 경우에는 더 매력적으로 느껴진다. 이제 5번에서 터질 꽃망울이 4번에 예비되어 있다. 5번 협주곡은 가끔 식상하지만 4번은 영감의 영원한 원천이다.

“나는 입학하자마자 헤로도토스와 투키디데스를 읽고 싶었어. 고등학교 때부터 읽고 싶었는데 기회가 없었지. 도서관에서 대출 신청을 하고 있는데 누군가가 나를 바라보는 것 같았어. 그날은 그냥 그렇게 지나갔어. 나는 고대사 연구 서클에 가입하고 있었어. 그런데 거기에 나이 많은 한 학생이 새로 가입한 거야. 보리스는 병역을 마치고 학교를 다시 다니는 학생이었어. 그가 나에 대해 알아본 거야. 프랑스어를 전공으로 하고 있었지. 그때부터 보리스는 나와 붙어 다녔어. 내게는 선택의 여지조차 없었지. 보리스는 나보다 일곱 살이 많았고 수염을 깎지 않고 다녔어. 그래서 실제보다 나이가 더 들어 보였어. 별명이 영감이었어. 그런데 나는 그 사람을 사랑했어. 깊이 사랑했어.

조지, 나는 그 사랑의 근거를 이제야 알게 되었어. 우리 아빠는 내가 열한 살 때 돌아가셨어. 당뇨와 암을 같이 앓으셨거든. 마흔넷에 돌아가신 거야. 나는 아빠를 그리워했어. 콧수염을 기르고 금발머리를 하고 있던 아빠를 말이야. 나는 보리스에게서 아빠를 봤던 거야."

나스타샤는 자기가 두서없이 이야기하고 있다고 미안해한다. 나는 대답한다.

"알아듣고 있어."

나스타샤는 내 어깨를 짚으며 미소 짓는다. 그 아름다운 미소를. 관목이 마구 흔들린다. 무엇인가가 닭다리를 물었다. 여기는 물고기가 지천이다. 내버려두었다.

"나는 여섯 학기 만에 학위를 받았어. 열아홉에 입학해서 스물둘에 졸업한 거지. 보리스에게는 아직 한 학기가 남아 있었고. 나는 금방 연수에 들어갔어. 키에프의 여러 학교를 돌며 실습을 하는 거지. 보리스는 그때 자기에 대한 내 사랑의 근거를 알았던 것 같아. 내가 이제야 안 것을 그는 그때 이미 알았던 거지. 같이 실습을 하던 한 남자가 나에게 열을 올렸어. 나는 관심도 없는데 말이야. 어리고 철이 없어서 미덥지가 않았거든. 보리스가 내게 잠시 들렀을 때 교생실에서 그 어린 아이가 내게 차를 타주고 있었어. 보리스는 화가 났었던 것 같아. 나더러 또래의 아이들과 놀라고 말하고는 그냥 가버렸어. 질투와 분노를 사랑으로 오인하는 건 자부심 강한 여자들의 어리석은 자기만족이야. 나는 그날 저녁 보리스를 찾아갔어. 마침 그의 할아버지가 오데사의 아들 집에 가고 없었어.

조지, 그날 밤에 모든 게 결정된 거야. 보리스와의 결혼, 아니카, 자치독립운동, 체포, 망명 등의 모든 것이 그날 밤에 결정된 거지. 나는 순진했어. 보리스와 잤고 이제 나는 보리스와 결혼해야 한다고 생각한 거지. 불안했지만 기뻤어. 보리스를 통해서 새로운 가족이 생기는 것도 기뻤어. 조지, 당신이 홀로 십 년을 살았던 것처럼 나도 그때 십 년을 혼자 살고 있었어. 엄마는 아버지가 죽자 나를 할머니에게 맡기고 재혼했어. 우크라이나에 주재하는 러시아 무관과 결혼했지. 그러고는 모스크바로 가버렸어. 나는 가족이 그리웠어. 보리스가 반대하지 않았더라면 나는 아이를 다섯 명쯤은 낳고 싶었어."

내버려두자니 너무 잔인한 일이 될 것 같았다. 간헐적으로 관목이 흔들렸다. 철갑상어는 거의 죽어갈 지경일 것이다. 우리는 같이 줄을 끌어당겼다. 그러고는 곧 실망했다. 채널 메기였다. 나스타샤는 이 물고기도 먹을 만하다고 말하지만 나는 엄두가 나지 않았다. 이것은 포를 떠서 빵가루를 묻혀 튀겨 먹어야 한다. 그러나 그 괴물에게 손대고 싶지 않았다. 점액질의 그 미끈거리는 감촉이 싫었다. 그 메기는 지옥에 갔다 온 셈이다. 나는 다시 미끼에 덤벼들지 말라고 말하고는 놓아주었다.

"나는 스물넷에 보리스와 결혼했어. 보리스는 서른하나였지. 어느 날부터인가 보리스는 수염을 말끔하게 깎고 다녔어. 나는 부탁했어. 다시 기를 수 없냐고. 수염 없는 그가 너무 볼품없다고 느꼈거든. 그의 수염은 그가 관심을 기울이는 여자에 달려 있었어. 매력적인 어떤 여자가 수염 깎기를 권했을 거야. 그래도 나는 보리스에게 끌린 내 마음의 근거를 몰랐어. 조지, 보리스는 착한 사람이었고 신사였어. 당신처럼 머리가 좋고 유능한 사람은 아니었지만 온순하고 얌전한 사람이었지.

그런데 어느 날 그가 분리독립운동을 시작한 거야. 그는 낭만적인 사람이고 공상적인 사람이야. 누군가가 그에게 낭만적인 혁명 이념을 주입한 순간 도취되고 만 거지. 나와 아니카는 더이상 그의 관심사가 되지 못했어. 마치 열병에 걸린 듯이 들떠서 다니는 거야. 심지어는 새벽 두 시에 들어와서 잠깐 잔 뒤 다시 나가곤 했어. 그런데 그의 혁명에는 꼭 여자가 있는 거야. 어리고 철없는 아이들이 항상 보리스의 주변에 있었어. 나는 계속 불안해했고 둘 사이에 싸움이 잦아지기 시작했지. 어느 날 그가 크게 화를 내며 집을 나가겠다고 선언했어. 나는 매달렸어. 잘못했다고 빌었고 그가 하는 일에 협조하기로 했어. 그는 아니카를 데리고 나가겠다고 했고 나는 그 상황을 상상조차 할 수 없었던 거지. 나는 유인물의 인쇄를 맡았어. 그때부터 나도 분리주의자로 알려지기 시작한 거야.

돌이켜 생각하면 보리스에 대한 나의 사랑은 그때 완전히 파괴되었던 것 같아. 보리스에 대한 내 마음이 전과 같지 않았어. 보리스의 사랑은 훨씬 이전에 사라졌지만. 보리스는 여자들에게 인기가 많았어. 그는 잘생기고 낭만적이고 유약한 사람이야.

적당히 지적인 사람이고. 여자들은 지나치게 지적인 남자를 좋아하지 않아. 보리스 정도의 분별 있는 지성을 좋아하지. 보리스에게 나는 여러 여자 중 하나였을 뿐이야. 인기 있는 남자에게 소중한 여자란 없어. 나는 외롭게 컸고 가족을 유지하고 싶었어. 외로움이 기만보다 더 무서웠던 거야. 보리스에 대한 실망을 억눌렀지. 아니카는 부모 없이 키워서는 안 된다고 생각했고. 보리스의 바람기에 진저리가 났지만 난 그래도 보리스를 사랑한다고 믿었어."

"당신은 보리스와는 많이 다른 사람이야. 당신은 보리스보다 다섯 살이 어려. 그런데 오히려 당신이 보리스보다 열 살쯤 많은 느낌을 줘. 조지, 당신은 강인한 사람이야. 지적인 사람이고. 당신이 이끄는 삶이나 당신이 제시하는 세계는 어떤 여자에게라도 진실이라는 선물이 될 거야. 그러나 당신은 까다롭고 날카로운 사람이야. 당신의 지성은 매서워. 우리가 이런 식으로 만나지 않았다면 나는 당신에게 접근하지 않았을 거야. 당신을 만나기 전엔 지성이 무엇인지 몰랐으니까. 그것은 차갑게 느껴지는 세계였어. 나는 당신을 만나기 전까지는 어둠 속에서 살았던 거나 마찬가지야. 차가움과 뜨거움이 같다는 것을 몰랐어. 포기와 열망이 같다는 것을.

나는 삶과 세상에서 무엇인가를 구했어. 나의 젊음은 온통 방황이었어. 다른 많은 사람들이 의심 없이 그들의 삶을 살아갈 때 나는 내 영혼의 충족을 원했어. 문제는 내가 무엇을 구하고 있는지 몰랐고 내 영혼이 무엇으로 충족될 수 있는지를 몰랐던 거야. 보리스와 아니카가 나의 방황을 덮고 있었지만 그 불꽃이 사라진 적은 없었어. 당신은 내가 무엇을 구하고 있었는지를 보여줬어. 가르쳐준 게 아니라 보여줬어. 그 출발점이 자기 포기였던 거야. 삶에 대한 열망이 동시에 절망이야. 당신의 열망이 삶의 본질을 절망으로 만든 거야. 내가 당신을 몰랐더라면 나는 당신의 삶을 폐허라고 했을 거야. 당신은 삶을 위한 삶을 살고 있으니까."

나스타샤는 오래 준비해온 얘기를 하는 듯하다. 마음먹고 얘기하고 있다. 내 가슴은 떨리기 시작했다. 손끝도 가늘게 떨렸다. 나스타샤는 무슨 얘기를 하기 위해 보리스와 나의 얘기를 하는 걸까. 나는 진지함이 두려웠다. 진지함 끝에 멜리사는 떠났다.

"나는 그 삶 외에 다른 삶은 없다는 사실을 몰랐던 거지. 조지, 삶에는 구현해야 할 어떤 목표나 이상이 있다는 믿음은 어리석은 사람들의 신앙이야. 나는 당신을 통해 그것을 알았어. 당신에게 바흐나 모차르트는 단지 즐기기 위한 거야. 현실도피인 거지. 다른 사람에게는 교양이고 의미이고 센티멘털리즘이고. 우크라이나에서의 그 고통을 겪지 않았더라면, 그리고 당신을 만나지 않았더라면 나는 아직도 예술이 성스러운 거라고 믿고 있을 거야. 그리고 이상과 꿈이 영원할 거라고 생각했을 거야.

당신이 열심히 살고 있고 또 나를 올바르게 인도하려 애써왔다는 사실을 알고 있어. 그런데 당신은 어떤 목적지를 향해서 열심히 사는 것이 아니야. 단지 내일의 옳음을 위해서 오늘을 사는 거지. 당신에게는 오늘과 내일을 넘어선 영원이란 것은 없어. 당신은 안식처를 가지고 있지 않아. 단지 방향만 있는 거지. 걷고 있는 당신이 있는 것이고. 조지, 나는 삶을 두려워했었어. 그런데 당신을 만나고 나서 내 두려움의 근거를 알았고 그것을 이겨낼 수 있게 되었어. 내 두려움의 근거는 삶에 대한 거짓 환상이야. 이 삶에서 얻을 수 있는 것이 있다는 내 환상이 두려움의 근거였어. 그것을 망칠까 봐 두려워했던 거지.

당신은 그러한 것이 없다는 전제하에 삶을 살고 있어. 당신은 나를 만난 그 순간부터, 당신이 나를 보살피고 사랑하는 매 순간마다, 나와 헤어져도 살아갈 수밖에 없다고 당신 마음을 준비시키는 거야. 당신에게도 절망은 있지. 그러나 당신은 인생은 본래 절망이라고 말하며 살아 나갈 거야. 조지, 당신은 나와 헤어지려 하고 있어. 절망을 미리 준비하고 있는 거지. 나의 결정에 의해 당신이 절망하기를 바라는 거야.

조지, 그건 아니야. 사랑에는 분별과 배려가 있어야 한다는 건 사실이야. 그렇지만 사랑이 분별과 배려에 희생되어서는 안 돼. 분별과 지혜는 사랑 옆에 있는 어떤 거야. 사랑 위에 있는 어떤 것은 아니야. 조지, 자기 자신에게 정직해봐. 나는 당신을 위해서라면, 당신과의 삶을 계속하기 위해서라면, 어떤 것도 희생할 수 있어. 나는 보리스를 위해 어떤 것도 해줄 수 있어. 그러나 당신과 헤어지는 대가를 치르고는 아니야. 그것은 나의 죽음이야. 조지, 당신은 착한 사람이야. 나는 그것을 알고 있어. 그것이 당신의 가치와 매력이야. 그러나 이번만은 다른 사람의 행복보다 스스로의 행복을 고려해줘. 이기적인 사람이 되어줘."

나는 자신에 대해 말한 적이 없다. 젊은 시절의 나는 내 안타까움에 대해 아무 답변도 듣지 못했고 공감과 이해의 호소 없이 살겠다고 결심했었다. 구원을 구걸하지 않겠다고 결심했었다. 그때 이래 내가 말한 것은 명제뿐이었다. 사실 외에 말할 것은 없었다. 해명이란 구걸 외에 무엇이겠는가.

나스타샤는 어떻게 알았을까? 나는 내 마음을 중얼거린 적조차 없었다. 내 영혼도 내 육체와 같이 사라질 것이었고 그것으로 충분했다. 내가 남길 것은 없었다. 나는 삶에서 얻을 수 있는 어떤 것도 포기했었다. 이 포기가 겨울조차 춥지 않게 해주었다. 누구도 모르는 나를 그녀는 어떻게 알았을까? 사랑이었을까?

나는 사랑이 마술일 뿐만 아니라 세월이라고도 생각하고 있었다. 나스타샤가 보리스와 알고 지낸 십 년의 두께는 내게는 매우 견고하게 생각되었다. 그러나 슬라브 여인에게 사랑은 세월이기보다는 마술이었다.

"조지, 우리의 아이를 낳자. 그 애가 많은 것을 해결해줄 거야. 우리는 보리스 때문에 헤어지지는 않아. 그러나 둘 사이에 아이가 없다면 위험해. 우리가 다른 모든 것을 극복한다 해도 당신의 절망과 내 공허를 극복하기는 어려워. 그러나 아이는 그것을 해결해줄 수 있어. 조지, 당신은 신이 아니야. 인간이야. 그리고 동물이고."

이것은 자연의 딸다운 주장이다. 그러나 아이가 많은 것을 해결해 주는 이상으로 많은 집착과 탐욕의 근원이지 않은가? 삶이 우리에게 많은 고통이고 아쉬움이고 불안이라고 한다면 그 아이가 우리와 똑같이 고통스러운 동요의 젊음을 보내야 하지 않는가. 우리가 낳은, 내가 사랑할 그 아이가. 나는 어찌어찌 힘들게 어린 시절을 빠져 나왔다. 그 시절로 되돌아가고 싶지 않다. 빨리 늙기를 바라고 있다. 내게 이제 지치고 생명력이 말라붙은 육체만 남는다면 더 이상 꿈과 정념에 기만당하지 않을 것이다. 절망과 불안과 무지 때문에 더 이상 고통받지 않을 것이다. 평화와 평온과 안식이 나를 기다리고 있을 것이다. 나 자신이 노년을 재촉하고 있으면서 새로운 젊음을 불러들인다면 그것은 온당한 노릇인가? 이 덧없고 무의미한 지상 세계에.

만약 나의 아이가, 동물적 본능으로 나와 엮어진 나의 아이가 나와 같지 않은 젊음이라 한다면 내가 그를 용서할 수 있을까? 나는 그의 행복을 축복할 수는 없을 터이다. 냉담한 우주와 마주 서지 않는 젊음이라면 내가 그를 용서할 수 있을까? 타협과 자기기만에 안주한다면 그 아이를 용서할 수 있을까? 또 하나의 문제가 있다. 나의 절망과 공허를 묻어버리기 위해 새로운 생명을 창조한다면 그는 무엇이란 말인가? 목적을 위한 생명이란 무엇이란 말인가?

그녀는 이미 세 시간이 넘게 이야기하고 있었다. 빨리 늘고 있다 해도 영어가 그녀의 모국어는 아니다. 많이 준비했을 것이다. 나스타샤는 상기되어 있었다. 많이 숙고했고 많이 고민했던 것 같다. 모든 말을 쏟아낸 나스타샤는 멍한 표정으로 강을 바라보고 있었다. 무엇인가가 강에서 튀어 올랐다가 물소리를 내며 다시 물속으로 떨어졌다.

"나스타샤, 낚싯대를 들어. 물고기의 식사시간이야. 무엇이든 잡아보자."

우리는 아무 말 없이 캐스팅을 계속했다.

둘 다 물고기에는 관심이 없었다. 생각에 잠겨 있었다. 나의 모든 생각은 나스타샤가 고백한 그녀의 사랑과 그 사랑에 닥칠지도 모르는 곤경에 대해 집중되어 있었다. 사랑은 두근거림이었고 불안이었다. 나는 두려웠다. 막연히 두려웠다.

나의 생각은 다음으로 아기에 집중되고 있었다. 피임과 관련해서 우리 둘은 계속 충돌하고 있다. 나스타샤는 결판을 낼 기세다. 사랑의 결실이라는 그녀의 주장은 거의 이념에 가깝다. 아이가 있어야 할 것 같다. 그것이 나스타샤의 행복이라면 다른 조건은 설 자리가 없다. 내게는 부모 형제가 있지만 나스타샤는 사고무친이다. 외로운 여자이다. 홀로 늙어가게 할 수는 없다. 그러나 그녀는 기혼자다. 보리스와 아니카는 어찌해야 하는가. 나스타샤는 행동이 먼저이다. 나는 숙고가 먼저이고. 어쨌든 아니카를 못 찾는다면 무조건 낳아야 할 터이다. 나스타샤를 위해.

저녁이 다가오자 바람이 불기 시작하고 기온이 급격히 떨어져 갔다. 우리는 스웨터를 껴입었다. 나는 거의 와들와들 떨고 있었다. 빨리 텐트를 쳐야 한다. 혹시라도 땅이 얼면 폴을 박기가 힘들다. GTS상으로 우리는 겨우 10킬로미터 정도를 이동했다. 무스니까지는 180킬로미터이다. 앞으로 8일간 25킬로미터씩 이동하면 된다. 여유 있는 운행이 될 것이다. 더구나 무스니에 가까워지면 모터를 이용할 작정이었다. 그렇게 되면 또 하루를 버는 셈이 된다. 일정에는 여유가 있다.

바람이 심하게 불면 텐트에서 자는 것이 고역이다. 바람이 텐트를 치고 지나가는 소리는 몹시 시끄럽다. 자주 잠이 깨고 깊은 잠을 자기도 힘들다. 나는 평소에도 잠을 깊게 자지 않는다. 더구나 생각할 것도 많다. 나는 나스타샤에게 거의 폭격을 당한 느낌이었다. 나스타샤는 잘 잘 것이다. 항상 잘 잤으니까. 그녀는 내가 화났다고 생각하고 있다. 텐트를 치며 내 눈치를 살핀다. 나는 그녀를 보고 웃는다. 마음속으로 말하며.

'나스타샤, 잘 밀해줬어. 우리는 솔직한 사람들이야. 거리낄 것이 없지. 어차피 포기를 운명으로 알고 살고 있는데 위장할 것도 지킬 것도 없어. 우리 둘 사이에 말이야.'

나스타샤는 마주 보고 미소 짓는다. 자애롭고 슬프고 쓸쓸한 미소. 불쌍히 여기는 듯한 미소. 슬픔과 연민을 나에 대하여뿐만 아니라 스스로에 대하여도 품고 있음 직한 미소.

나스타샤와 나는 자갈밭에서 샤워를 했다. 코펠로 물을 퍼서 서로의 몸에 뿌려주며 깔깔거렸다. 온몸이 오그라드는 듯한 한기가 뼛속까지 파고들었다. 그러나 나스타샤는 별로 추워하지 않는다. 그녀가 붙어서 자고 싶을 때의 이유는 '추워서'이다. 그러나 나는 그녀가 추워하지 않는다는 것을 알고 있다. 코카서스 인종은 강인하다. 특히 추위에 강하다. 하지만 오늘 밤 그녀는 내 침낭 안에서 움직이지 않을 것이다. 지금도 옷 입을 필요가 없다는 듯이 벗은 채로 있다. 4도의 날씨에서.

"나스타샤, 알았어. 안아줄게. 빨리 옷 입어. 감기 들어."

나스타샤는 목적을 달성했다. 콧노래를 부르며 바지를 주섬주섬 입는다. 그녀의 구부린 등이 아름다운 곡선을 그리고 있다. 백야의 검푸른 빛에 싸여. 아름답고 몽환적인 그 푸르름 가운데서.

나는 텐트 밖에 깡통을 뿌려두고는 망원경으로 주위를 점검했다. 멀리서 무엇인가 움직이는 듯했다. 배율을 조종하고 시선을 집중하니 큰 관목 더미가 바람에 흔들리고 있는 것이 눈에 띄었다. 다행히 곰은 아니었다. 나는 꺾어놓았던 관목 더미를 텐트 안에 집어넣고는 침낭 안으로 들어갔다. 나스타샤는 이미 잠들어 있었다. 어젯밤에 그녀가 잠을 몇 번인가 깬 것 같았다. 나는 그녀가 일어나 있을 때마다 같이 잠이 깼고 그때마다 그녀는 이마를 만지며 눈을 덮어주었다. 다시 자라는 손짓이다. 마법적인 손이다. 나는 다시 조용히 잠들곤 했었다. 아마도 그녀는 고민하고 두려워했던 것 같다. 오늘 쏟아낼 말들을 정리했을 것이고 용기를 낼 필요가 있었을 것이다. 나는 그녀의 머리에 입을 가까이 댔다. 그녀는 뭐라고 중얼거리며 머리를 숙이고 가슴으로 파고든다. 잘 자라는 얘기 같다. 아니면 내일 보자는 얘기든지.

아침에 밝은 햇살 아래 보는 풍경은 아름다웠다. 하얗고 노란 꽃들이 일제히 피어나고 있었다. 여기의 여름은 짧다. 생명을 찾고, 새순을 틔우고 꽃이 피고 열매를 맺는 일을 두 달 이내에 해치워야 한다. 그렇지 못한 식물은 여기서는 생존할 수 없다. 여름 두 달 동안에 모든 것이 완결되어야 한다. 진행이 빨라야 한다. 여기 식물들은 두 달간 깨어 있기 위해 10개월을 잠들어 있다. 생명의 극적인 개화를 위해 일 년의 대부분을 잠자는 것으로 보낸다. 생명은 6월과 7월에만 피어날 수 있다. 그것들이 지금 피어나고 있었다. 나스타샤는 코를 킁킁거리며 놀라고 있다.

이 황량한 곳에 지금 꽃의 물결이 일어났다. 그녀는 공기 중에 꽃의 향기가 펴져 있다고 말한다. 나는 이것이 꽃의 향기인지는 몰랐다. 꽃향기라기에는 약간 진한 냄새 같았다. 나는 나스타샤의 몸에서 나는 냄새로 생각했었다. 꽃의 향기가 맞았다. 꽃들은 가능한 모든 수단을 다 쓰고 있다. 벌과 나비를 불러 모으고 있다. 북극의 꽃들에게는 기회가 많지 않다. 조금의 가능성도 놓쳐서는 안 된다. 오전은 여기에 머물기로 했다. 다시는 보지 못할 장관일 것이다. 붉은색이 도는 흙과 회색 자갈 사이에서 꽃들이 지천으로 피고 있었다. 어제 오후에는 꽃들이 띄엄띄엄 있었다. 단 하룻밤 사이에 북극이 일제히 깨어나고 있다.

철갑상어 낚시는 허탕이었다. 밤새 아무것도 안 물었다. 나는 닭고기를 떼어버리고 낚싯줄을 챙겨 넣었다. 오늘 밤에 다시 시도해볼 작정이다. 열한 시다. 출발해야 한다. 우리는 천천히 흐르는 물살에 배를 맡겨두었다. 노를 사용하는 것은 기껏해야 배의 방향을 잡아줄 때뿐이었다. 카누는 앞뒤로 밀려드는 파도에는 잘 견딘다. 그러나 물살이 옆면을 때릴 때는 아주 취약해진다. 카누의 선수가 물이 흐르는 방향을 취하도록 해야 한다.

두 시간쯤 흘러갔을 때 오른쪽에서 계류가 흘러들고 있었다. 두 개의 물이 합류하는 곳에는 물고기가 많다. 우리는 배를 강변에 댔다. 무엇이든지 한 마리는 잡아야 한다. 점심과 저녁식사에 필요하다. 나는 흘러드는 계류의 상류를 향해 캐스팅을 했다. 무엇인가가 있었다. 비늘이 햇빛을 반사했다. 낚시꾼의 눈은 날카롭다. 순간적인 번뜩임을 감지한다. 그러나 쉽게 물지는 않는다. 수십 번의 캐스팅은 보통이다. 나스타샤는 카누에 길게 누워 햇볕을 쬐고 있다. 그녀는 주근깨가 많다. 아마도 북극의 강한 자외선 아래 그 주근깨들은 완전히 얼굴을 덮을 정도로 커질 것이다. 그녀는 개의치 않는다. 나는 개의치 않는 그녀를 사랑한다.

물었다. 이것은 보통 물고기가 아니라고 생각하는 순간 거대한 은빛 물고기가 공중을 향해 날았다. 점박이 송어(Speckled Trout)다. 이것은 대단한 물고기다. 힘이 좋고 아름답다. 나는 어류 도감에서 사진만 봤었다. 나스타샤도 긴장한다. 한순간에 서너 번의 점핑을 한다. 그때마다 요란한 물소리를 내며 강으로 떨어졌다. 나는 카누 안에 갇혀 있다. 물고기의 점프에 나의 타이밍을 맞추어야 한다. 다행히 이놈은 상류로 향한다. 상류로 가는 물고기는 상대적으로 잡기 쉽다. 물살에 밀리기 때문이다. 이놈은 자기에게 익숙한 곳으로 가려는 것이다. 스핀들이 끽끽 소리를 내며 계속 풀려 나간다. 나는 드랙을 조였다. 더 이상 풀려 나가면 여유가 없어진다. 5미터도 안 남았을 것이다. 이쯤에서 승부를 걸어야 한다. 몇 초간의 팽팽한 긴장 상태가 지속된다.

물고기가 지쳤다. 낚시꾼은 아주 미세한 느낌만으로 그것을 눈치 챘다. 일단 두 번을 감았다. 송어가 더 이상 전진을 못하고 있다. 이제 잡은 것이나 마찬가지다. 줄이 끊어지지 않았고 물고기는 더 이상 점프를 못한다. 무지개 송어는 삼 분의 실랑이도 필요 없다. 그러나 이놈은 지금 십 분 이상을 버텼다. 송어는 지치면 물밑으로 파고 든다. 힘이 남아 있을 때는 공중을 향한다. 이제 물 밖으로 얼굴을 내밀게 하면 우리는 정찬을 즐길 수 있다. 좌우로 이동하며 마지막 저항을 하던 송어는 마침내 물 밖으로 얼굴을 내밀었다. 송어는 힘이 남아 있는 한 저항한다. 이놈은 배가 하늘을 향한 채로 끌려오고 있다. 완전히 탈진한 듯하다. 멋진 놈이다. 길이가 아마도 70센티미터는 넘을 것 같다.

무게는 10파운드도 넘을 것이다.

고마움과 경의를 표해야 한다. 문명은 포획물에 경의를 표할 줄 모른다. 문명은 오만하다. 그러나 최선을 다한 적수는 존경받아 마땅하다. 나는 뱃전에 몸을 숙이고 꼬리를 잡아 올리며 감탄과 경의를 표한다.

"너는 용감했고 강인했다."

나스타샤는 탄성을 지른다.

"조지, 잘했어."

여자의 칭찬이 많은 남자들을 사냥으로 내몰았을 것이다.

자연은 우리를 침묵하게 한다. 태곳적의 자연에 속해 있으면서 시끄러운 사람은 몸만 자연에 나와 있는 셈이다. 이것은 자연의 신비와 장엄함에 입을 다문다는 이야기가 아니다. 왜냐하면 자연의 장엄함보다도 더한 장엄함이 인간에 의해 만들어지고 있기 때문이다. 만리장성이나 피라미드 역시 장엄하다. 그러나 이 장엄함은 우리를 침묵하게 하지는 않는다. 자연만이 우리로 하여금 입을 닫게 한다.

우리의 문명은 언어에 기초하고 있다. 언어는 개념이고 기호이고 기하학이다. 자연은 본능이고 직관이고 생명이다. 자연에는 언어와 지성이 필요 없다. 언어는 자연과의 유리를 상징한다. 우리의 삶이 언어에 의해 지배받게 되었을 때 우리는 본능과 자연에 동시에 작별 인사를 했다. 우리는 자신에만 의존하기로 결정했고 나름의 행운을 찾아 자신의 운명을 개척했다. 언어는 이를테면 자연에 대한 인간의 작별 인사인 셈이다. 여자는 자연이다. 여자는 남자에 이끌려 문명에 속하게 되었다. 모든 것이 아이의 생존을 위해 진화한 여자는 직관과 본능을 잃지 않고 있다. 아이의 생존은 여자의 직관에 의존한다. 아이는 아직 동물이기 때문이다.

우리는 점점 말을 잃어가고 있었다. 말은 유기적인 협조를 위해 요구된다. 그것이 문명을 가능하게 만든다. 여자들은 대화를 요구한다. 그러나 이것은 그 외에 다른 소통 수단이 없기 때문이다. 여자들이 대화를 통해 요구하는 것은 어떤 목적의 달성은 아니다. 단지 소외와 무관심에 대한 두려움 때문이다. 여자의 대화는 언어를 위한 언어일 뿐이다. 그녀들은 명제를 말하지 않는다. 그러나 이제 나스타샤와 나 사이에는 대화를 위한 대화조차도 필요 없어져 가고 있다.

여기 둘만의 세계에서 우리는 전적으로 서로에게 속해 있다. 눈을 뜨는 순간 서로 바라보게 되고, 하루 종일 어깨와 등을 맞대고 있고, 머리를 맞대고 잠을 청하는 우리에게 언어는 필요 없는 것이 된다. 나는 이 침묵이 편하다. 둘 사이에는 어떠한 소외도 없고 어떠한 섭섭함도 남아 있지 않다. 미소와 침묵과 솔직함이 모든 단어를 대신하게 된다. 서로가 서로에게 전체 세계이다. 나스타샤는 내게 전체 우주이다.

일주일이 흘러갔고 결국 우리는 철갑상어를 잡는 데 실패했다. 무스니가 55킬로미터 남았다. 강은 이제 바다처럼 넓어져 있었다. 피시 파인더는 지금 강의 깊이가 47미터임을 가리키고 있다. 나는 나스타샤에게 묻는다.

"나스타샤, 여기는 광어로 유명한 곳이야. 겨울에 얼음낚시로 잡는 광어가 인디언들의 주요 소득이지. 나스타샤는 바다 생선을 좋아해?"

나스타샤는 인디언이 다 되어 있었다. 얼굴은 구리빛이 되었고 주근깨는 얼굴을 완전히 덮었다. 그리고 이 여행 중에 약간 야위어 있었다. 나도 마찬가지일 것이다. 손에 만져지는 수염이 제법 자라 있었고 손과 발등이 새카맣게 탔다.

"안 먹어봤어. 우크라이나에서는 기껏 정어리가 바다 생선의 전부야. 내가 고등어나 꽁치(saury)를 먹게 된 것도 당신과 살게 되면서부터야."

나는 엔진을 점화시켰다. 무스니 가까이에 가면 광어를 잡을 수 있을 것이다. 거기서부터는 바다이다. 민물과 바다가 교차하는 곳에는 물고기가 지천이다.

광어와 가자미와 대구는 심해낚시의 대표 어종이다. 그리고 맛이 좋은 바다 생선의 대표일 것이다. 무스니 근처의 바다는 수심이 70미터에 이르렀다. 바닥까지 낚시를 내리려면 최소한 200그램의 추가 필요하다. 플라이 피싱의 낚싯대와 줄은 여기에는 쓸모없다. 팔뚝에 낚싯줄을 감고 장갑을 낀 손으로 낚싯줄을 감아올려야 한다. 나는 심해낚시용 줄을 아예 한 롤 가져왔다. 미끼를 마련하는 것이 문제다. 조개나 오징어가 있다면 가장 좋을 텐데. 이리저리 궁리를 하고 있는 중에 멀리에서 배가 다가오고 있었다.

무스니 반대편 해안에는 무스 처리 공장이 있다. 무스는 거의 말만큼 큰 사슴이다. 이곳에서 무스를 도살한 뒤 가죽과 살코기를 분리해서 판다. 무스 고기는 쇠고기만큼 인기 있었지만 나는 새로운 음식을 시도해보는 데는 별로 관심이 없었다. 다들 맛있다고 권했지만 먹어본 적은 없었다. 사실 나는 양고기도 먹어본 적이 없었다. 그리스 음식점(Taverna)에서는 수블라키라는 꼬치구이를 판다. 그곳에서는 고기를 선택할 수 있다. 대부분의 사람들은 양고기를 선택했지만 나는 닭고기나 쇠고기를 먹었다. 쇠고기나 닭고기도 충분히 맛있는데 새로운 음식을 굳이 시도하고 싶지 않았다. 나는 새로운 음식에 대한 호기심은 별로 없다.

나는 손짓해서 배를 불렀다. 그 배는 무스 고기 운반선인 듯했다.

"광어를 잡으려 합니다. 미끼로는 어떤 것이 좋죠?"

선장은 웃으면서 무엇인가를 한 봉지 담아준다. 그도 말이 없나. 손을 흔들고 가버린다. 열어보니 무스 고기인 듯하다. 잘게 썰린 붉은 고기가 3파운드쯤 들어 있었다. 여기 사람들에게 낚시는 일상생활이다. 미끼와 낚시도구를 항상 지참하고 다닌다. 그들에게 낚시는 도락이 아니다. 생계이다. 나는 다시 피시 파인더를 켜고 하상을 유심히 살피며 카누를 이리저리 몰고 다녔다.

광어나 가자미는 바닥에 붙어 있기 때문에 피시 파인더에 포착되지 않는다. 그러나 피시 파인더는 바닥의 굴곡과 깊이를 그대로 보여준다. 바닥에 어딘가 솟은 부분이 있다면 그곳이 포인트이다.

우리는 두 시간여 동안에 스무 마리의 광어와 일곱 마리의 가자미를 잡았다. 일단 소금에 절였다가 말려두면 한참 동안은 맛있게 먹을 수 있다. 여기 광어는 맛이 좋을 것이다. 물이 차면 성장은 더디지만 고기는 더 단단하고 맛있다.

무스니에 가까워지자 이미 인디언이 나와 있었다. 그는 이 카누를 몰고 다시 프레이저데일로 갈 것이다. 모터를 사용하면 프레이저데일까지 일곱 시간이면 충분하다. 나는 칼을 꺼내 생선을 다듬고 소금을 쳐서 비닐봉지에 싸두었다. 그리고 한 마리를 프라이팬에 구웠다. 그러나 나스타샤는 이 생선이 별로 마음에 들지 않는 듯하다. 이마를 찌푸리고 곧 먹기를 그친다.

멀리서 세스나가 나타났다. 하늘에 긴 비행구름을 만들며 날아온 비행기는 곧 무스니 청사 앞의 바다에 착륙했다. 우리는 몹시 피곤했다. 비행기 안은 추웠지만 둘 다 어깨를 맞대고 잠들고 말았다. 둘 다 지쳐 있었고 수면이 많이 부족한 상태였다. 이대로는 도저히 자동차 여행을 할 수 없다. 우리는 모텔을 찾아 들어갔다. 그러고는 다음 날 네 시까지 잤다. 열한 시간도 잘 수 있다. 우리는 욕조에 들어가서 서로 등을 밀어줬다. 나스타샤는 때수건을 신기해한다. 나는 여행 갈 때는 이것을 챙겨 갔다.

여행 중에는 한가한 시간이 많다. 그때는 욕조에서 몸을 불리고 때를 밀면 상쾌한 하루를 맞을 수 있다. 때가 많이 나오면 하수구가 막힐 수 있다는 말은 과장만은 아닌 듯하다. 엄청난 때가 나왔다. 우리는 서로의 등을 두들기며 웃어댔다. 나스탸샤는 부끄러움도 모른다.

컬링

    메시지를 확인할 때마다 내가 세상과 맺고 있는 관계가 퍽 복잡하구나, 하는 생각이 든다. 그리고 쓸모없는 관계 때문에 우리의 삶이 얼마나 번거로운가도. 내 앞으로 수십 개의 메시지와 나스타샤 앞으로 열서너 개의 메시지가 와 있었다. 필요한 메시지만 남겨두고 차례로 지워 나갔다. 주로는 판촉 전화와 간단한 안부 전화였다.

    뉴마켓의 선배가 얼마나 정신이 없고 산만한 사람인가를 알려주는 메시지도 와 있었다.

    "집에 없어? 이따 들어오면 전화해. 나스타샤에게도 안부 전하고. 가만 있자. 북쪽으로 카누 타러 간다고 말했던가. 아이고, 내 정신 좀 봐. 깜빡 잊었네. 별일 아니야. 집에 도착하면 전화해. 잉어낚시나 가지. 벌리폴(Burleigh Fall)에 엄청난 놈들이 나오고 있어."

그렉은 방금 전화했다.

"조지, 아직 도착 안 했어? 오늘 온다고 했지. 좀 늦어지네. 도착하면 전화해. 어땠는지 이야기나 하세. 자네가 와도 좋고 내가 가도 좋고."

출판사에서도 전화가 와 있었다.

"이러한 소식을 전하게 되어 유감입니다. 귀하의 책이 심사에서 탈락했습니다. 귀하의 수고와 노력에 감사드립니다."

전혀 실망하지 않았다. 당연한 결과이다. 단지 쓸데없이 출두해서 내가 내 자신을 설명해야 했던 것이 기분 나빴을 뿐이다.

웰드릭 상공회의소에서 다음 주의 한국인 이민자들에 대한 호스트로 내가 지목되었다는 것을 알려온 메시지가 있었고, 닉스의 메시지가 있었다.

"이 나쁜 인간, 우리는 지금까지 매켄지에 두 번, 오로라에 한 번, 로얄 코브넌트에 두 번 졌어. 우리는 아마 주니어팀에도 이기지 못할 거야. 데이비드는 리드로는 꽝이야. 여덟 번 공격 중에 일곱 번이나 하우스를 지나쳤어. 버튼이 아니라 하우스를 지나쳤다고! 조지, 부탁히네. 더 이상 망신당하기 싫어. 작년에는 우리가 준우승했잖아. 내가 송아지 고기를 준비해뒀네. 달콤하고 부드러워. 먹고 싶지 않나? 이번 주말에 꼭 나오게. 토요일 세 시야. 토요일 세 시에 매켄지와 붙는다고. 부탁하네. 제발 나와주게."

분통을 터뜨리며 시작한 넋두리가 애원으로 바뀌어 있었다. 매켄지의 스킵은 닉스의 경쟁업체 지배인이다. 닉스는 매켄지의 육류 상권을 놓고 그곳과 피 말리는 경쟁을 십일 년째 해오고 있다. 그 팀을 대할 때마다 닉스의 눈은 불꽃같은 투지로 불타올랐다. 작년에는 일곱 번을 붙어서 우리가 여섯 번 이겼다.

결정이 요구되는 중요한 메시지도 와 있었다. 나는 작년 겨울에 뉴질랜드에 교환 교수 신청을 해놓았다. 오클랜드 대학과 토론토 대학은 정기적으로 연구 교수를 교환한다. 겨울이 너무 길고 춥다 보니 나도 모르게 충동적으로 따뜻한 곳에 가고 싶었다. 나스타샤도 좋다고 했다. 그러나 보리스와 아니카를 찾아야 한다. 그때는 그것이 막연한 사실이었는데 이제 현실적인 문제가 되어 있었다. 내일 전화해서 신청을 취소해야 한다. 뉴질랜드는 지원자가 많은 나라이다. 대학 당국은 나의 신청이 아직도 유효한가를 묻고 있다. 지원자가 없는 나라라면 아마도 묻지 않고 무조건 취소 불가를 통보했을 것이다.

멜리사의 작별 인사가 있었다. 방학 중에 스코틀랜드의 이모 집을 방문할 예정이라 출국한다고 한다. 크리스마스 방학에는 볼 수 있을지 모르겠다고. 멜리사는 이제 친구가 되려는 노력을 하고 있는 것 같다. 친근하고 다정하지만 초연하려 애쓰는 것 같다. 사실 이번 방학에도 원했다면 볼 수 있었다. 벌써 이 년이 흘렀다. 나도 친구로서 보기를 원한다. 그러나 나스타샤가 그 메시지에 신경을 곤두세우고 있다.

막상 중요한 메시지는 나스타샤에게 와 있었다. 매튜가 서류를 처리한 사람 중에 우크라이나 출신의 이민자가 있는데 그는 본국과 연락이 가능하다고 한다. 혹시 이 사람을 통하면 오데사의 시집에 연락을 할 수 있을지도 모른다는 매튜의 메시지가 와 있었다. 나는 즉시 매튜에게 전화했다.

"매튜, 반갑네. 그 사람 전화번호를 알 수 있나?"

매튜는 그 사람에게 전화해서 내게 전화하도록 하겠다고 말한다. 나는 기다리겠다고 말하고 전화를 끊었다.

언제까지 기다려야 하나. 답답했다. 나는 지갑에서 레이의 명함을 꺼냈다. 그의 아내인 듯하다.

"미시즈 허클이신가요? 저는 뱁티스트에서 뵌 조지입니다. 미스터 허클 씨와 통화할 수 있을까요?"

아마도 레이는 졸고 있었나 보다. 쉰 목소리로 간신히 전화를 받는다.

"안녕하세요? 조지입니다. 뱁티스트에서 뵈었지요."

그는 반색을 한다.

"발전기를 잘 쓰고 있습니다. 정말 고맙습니다. 겨울을 날 수도 있겠습니다."

왜들 이렇게 생각이 없을까. 전기만 들어오면 다들 월동할 수 있다고 생각한다. 문명이 없다면 꼼짝도 못할 사람들이 호기를 부린다. 사회와 문명의 위력을 우습게 생각하는 사람들이다. 그는 내가 전화한 목적을 안다.

"유감스럽게도 제가 알아본 바로는 아니카와 그의 아버지는 캐나다에 입국하지 않았습니다. 지난 이 년간 다섯 살부터 일곱 살 사이의 우크라이나 사내아이가 캐나다에 세 명 입국했습니다만 모두 그들의 생모와 함께였습니다. 현재 캐나다에는 없다고 봐야 할 것 같습니다. 유감입니다."

나스타샤는 전화 내용을 짐작하고 있다. 뿐만 아니라 결과가 그렇게 될 거라는 것도 짐작한 듯하다. 소파에 앉아 단호한 표정으로 고개를 끄덕거리고 있다. 아마 나스타샤는 어떠한 상황에 대하여도 각오를 하고 있을 것이다. 그러나 아니카의 이름이 나왔다는 사실만으로도 나스타샤의 가슴은 떨리고 있을 것이다.

나스타샤는 무엇인가를 생각하고 있다. 나스타샤가 눈을 가늘게 뜨고 눈살을 찌푸리고 있다.

"조지, 매튜는 멍청한 변호사야. 진짜 이상한 바보야. 나는 그에게 내 상황을 자세히 얘기했어. 만약 우크라이나 출신의 캐나다 이민자를 만날 거라면 미시사가(Mississauga)로 가면 돼. 그곳에 가면 수백 명이 있어. 내가 왜 안 가는지는 당신도 알잖아. 위험하기 때문이야. 내가 위험한 것 이상으로 아니카와 보리스가 위험해져.

여기 캐나다에 누가 이민 온다고 생각해? 공산당원들이야. 한 가족이 캐나다에 이민 오려면 수만 불이 들어. 먼저 터키나 그리스나 오스트리아로 탈출해야 돼. 그 다음에 이민 신청을 하는 거지. 보통 신분이라면 일가족 탈출은 불가능해. 그들은 우크라이나 사회의 기득권자들이야. 탈출하려면 국경마다 돈을 지불해야 돼. 돈을 받고 그 일만 전문적으로 해주는 사람들이 있어. 그 다음에 이민 신청 비용으로 변호사에게 가는 돈이 수만 불이야. 그리고 비행기 삯이 들어. 우크라이나의 공산당 기득권자들은 지금 배가 침몰하고 있다는 것을 아는 거야. 탈출하는 거지. 신분을 세탁하는 것쯤은 식은 죽 먹기야. 우크라이나 사회에서 신분증 위조쯤은 어려운 일이 아니니까. 난민으로 여기에 오는 우크라이나 사람은 거의 없어. 모두 이민으로 오는 거지. 그런 사람들에게 내 신분을 밝히고 남편과 아이를 찾는다고? KGB가 남편과 아이를 더욱 강력하게 억류할 이유가 되지. KGB나 우크라이나 보안국은 내가 실종되었다고 생각하고 있어. 만약 아니카를 볼모로 잡고 귀국을 강요한다면 어떻게 해야 하지? 난 갈 수밖에 없어. 그리고 다시 갈비뼈와 골반이 부러질 거야. 조지, 그 변호사를 해고해. 아무 생각도 없는 변호사야."

나는 곧바로 매튜에게 전화했다.

"매튜, 가일로프 양은 자기 신원이 밝혀졌을까 봐 몹시 걱정하고 있어. 우크라이나에 있을지도 모르는 남편과 아이에게 해가 될 것을 우려하고 있네."

나는 자초지종을 설명했다. 매튜는 깊이 있는 생각을 하는 사람은 아니다. 그제야 자기가 무슨 바보짓을 하려 했는지를 알았다.

"조지, 가일로프 양에게 미안하다고 말해주게. 나는 가일로프 양의 신원을 그 망명자에게 밝히지는 않았네. 안심하라고 말해주게. 내 마음도 급했나 보네. 멀리까지 생각을 못했네."

내가 너무 긴장했던 것 같다. 순간적으로 아찔한 느낌이 들었고 정신을 차려보니 거실 바닥이었다. 옆구리가 몹시 아팠다. 졸도였다. 넘어지며 옆구리를 의자 모서리에 부딪혔다. 나스타샤는 나를 마구 흔들고 있었다.

"조지, 안 돼, 안 돼."

나는 손을 들고 나스타샤를 제지시켰다.

"괜찮아, 잠깐 어지러웠어. 소파에 앉혀줘."

나스타샤는 냉장고에서 오렌지 주스를 꺼내 왔다. 나스타샤는 정색을 하고 말했다.

"조지, 서둘지 말고 속상해하지도 마. 지금은 기다려야 할 때라고 당신이 말했잖아. 모든 게 운명이야. 시간을 두고 해결해나가. 당신이 큰일 나겠어."

나는 나스타샤가 우크라이나로 되돌아간다는 가능성만으로도 큰 충격을 받은 것 같았다. 손이 덜덜 떨리고 이빨이 마구 부딪쳤다.

"나스타샤, 이불 좀 갖다 줘. 몹시 춥네."

나는 이불을 덮고도 벌벌 떨었다. 나는 다시 전기 히터를 갖다 달라고 했다. 그래도 떨렸다.

몸살을 앓은 것은 외국에 나온 이래로 처음이었다. 한국에 있을 때는 감기 몸살도 자주 걸렸고 빈혈로도 고생했다. 외국에 나와서는 건강했다. 외국 생활의 긴장이 병을 막았던 것 같다. 그러나 이번 몸살은 생전 처음으로 겪는 심한 종류였다. 온몸이 쑤셨고 비명 소리가 저절로 나왔다. 심지어는 잇몸도 아팠고 이빨까지 흔들렸다. 나는 거의 혼수상태였다. 열이 심하게 올랐다. 화장실 가는 것도 부축을 받아야 할 정도였다. 다시 일어난 것은 나흘 만이었다.

그동안 여러 사람이 오갔던 것 같다. 그렉, 베시, 닉스, 데이비드, 메리 브라운 가족 등. 전화 올 때마다 나스타샤가 내 상황을 얘기했을 것이고 그들은 걱정되는 마음에 급히 달려왔을 것이다. 나는 고열로 시달렸고 계속 약에 취해 있었다. 누군가가 나를 내려다보기도 하고, 이불을 덮어주기도 하고, 이마를 만져주기도 했던 것 같다. 그럴 때마다 나는 일어나려 애썼지만 눈앞이 아득해져서 도로 눕곤 했다. 십일 년 만의 몸살은 정말 지독한 것이었다. 나는 나스타샤가 걱정되었다. 나스타샤에게 내가 문제없다는 것을 알리기 위해 애써 웃음 지어 보였다. 나는 내 옆구리의 얼음주머니가 나스타샤라고도 생각했던 것 같다. 나스타샤의 몸은 차갑고 매끈했었다. 다정한 마음으로 만져보니 얼음주머니였다.

나흘을 앓고 나서야 간신히 침대 모서리에 걸터앉을 수 있었다. 나는 벽을 짚고 일어섰다. 이빨을 닦고 싶었다. 나스타샤의 부축을 받으며 화장실로 가니 내가 마치 어린애가 된 것 같았다. 나는 약한 모습을 보이지 않으려 애쓰며 살아왔다. 부축을 받고 있는 나 자신을 받아들이기 힘들었다. 그러면서 자기 연민이 밀려왔다. 경계했던 것이다. 막아보려 애썼다. 그러나 눈물이 핑 돌았다. 얼른 화장실로 들어가서 욕조에 걸터앉았다. 나스타샤에게 눈물을 보이면 안 된다. 정작 힘든 사람은 내가 아니고 그녀다. 내가 먼저 이런 모습을 보인다면 도리가 아니다. 나는 손을 들어 화장실 문을 가리켰다.

"나스타샤, 나는 괜찮아. 나가서 기다려."

이렇게 말하는 순간 갑자기 눈물이 쏟아졌다. 나는 얼른 고개를 숙였다. 그러나 나스타샤는 이미 내 어깨를 안고 있었다. 나는 조용히 울었다. 다시는 약해지지 않겠다고 생각하며 울었다. 시작했으니 내가 죽지 않는 한 보리스와 아니카를 찾아주겠다고 결심하며 울었다. 나스타샤에게 그녀의 아이를 안을 수 있도록 해줘야 한다고 생각하며 울었다.

"나스타샤, 이빨을 닦아야겠어. 당신에게 입 맞추고 싶어."

컬링 장비를 챙기는 나를 보고 나스타샤가 걱정한다. 어제서야 겨우 일어났다. 다리가 후들거리고 약간 어지럽다. 나는 젊다. 회복이 빠르다. 내 역할은 체력이 요구되지 않는다. 냉정한 계산과 손끝의 감각만 있으면 된다. 자신감과 투지가 필요하다. 매켄지의 그 건방진 놈들을 이기고 싶다. 웰드릭과 매켄지는 동네가 생긴 이후로 라이벌이다.

메이저 매켄지는 매우 유서 깊은 동네이다. 미국에 있는 영국

왕실을 옹호하는 왕당파들이 영국과의 전쟁을 반대했다. 그러나 보스턴에서부터 시작된 저항과 분노는 이미 어찌해볼 수 없는 것이었다. 영국과의 전쟁은 불가피했다. 이 전쟁에 반대하여 영국 왕 조지를 옹호하던 보수파들은 캐나다로의 이민을 결정했고 그들 중 일부가 메이저 매켄지에 자리 잡았다. 그 동네는 인위적인 위엄과 권위가 얼마나 우스꽝스러운 것인가를 보여주는 표본이다. 일단 집들이 지나치게 컸다. 1 에이커가 넘는 부지 위에 방이 열서너 개가 넘는 빅토리아조의 집을 지었다. 거기에다 벽은 화강암과 검은 빛이 도는 붉은 벽돌로 마감했다. 현관은 더욱 가관이었다. 주두에 이오니아식 장식이 있는 기둥을 박아놓았다. 그 정도 기둥이면 커다란 신전을 받쳐야 균형이 맞는다. 그런데 그 기둥들이 받치고 있는 것은 얇고 좁은 처마에 지나지 않았다.

그들은 대규모 농장을 경영하던 사람들이었다. 그러나 이제 더 이상 대규모 자영농의 시대가 아니었다. 제조업과 서비스업의 생산성이 훨씬 높아졌다. 농사에서 나오는 소득으로는 산업사회가 요구하는 사치를 누릴 수 없었다. 그들은 근세에 토시 귀족들이 밍해 나가는 전철을 그대로 밟았다. 넓은 집의 관리비는커녕 재산세조차 낼 수 없게 되었다. 많은 사람들이 집과 땅을 팔고 사라져 갔다. 이 와중에 우스운 행운이 매켄지에 내렸다. 그 지역의 땅값이 폭등했고, 밭이 택지로 새롭게 조닝(zoning)되었다. 지금 남아 있는 작자들은 땅을 팔아 그 돈으로 연금 생활을 하는 준 건달들이다. 자부심과 오만함은 복잡하지만, 지적 능력은 단순한 기득권 계층의 후예들이다.

웰드릭은 매켄지와 달랐다. 여기는 주로 소규모 자영업자와 건실한 직장인들의 동네였다. 웰드릭 주민들은 대체로 맨주먹으로 이민와서 육체노동으로부터 출발한 사람들이다. 그들은 매켄지의 무식과 허풍을 비웃었다. 경기장에서는 이 갈등이 야유와 분노로 표출되곤 했다.

"나스타샤, 웰드릭까지 좀 태워다줘."

나스타샤는 나를 흘겨본다. 이 여자가 이제는 제법 반항한다. 언제고 한번은 따져야겠다고 생각하는 순간 무릎이 꺾이고 말았다. 계단에서 잔디밭으로 고꾸라졌다. 나스타샤는 컬링 장비를 들고 다시 집 안으로 들어가려 한다.

"나스타샤, 다시 가져오지 못해!"

옆집의 할머니가 깜짝 놀랄 정도로 소리를 지르고 말았다. 나스타샤는 나의 짜증이 섭섭했나 보다. 운전을 하며 눈물을 훔친다.

"나스타샤, 미안해. 내가 잘못했어. 울지 마. 내가 심했어. 매켄지 일당들을 생각하면서 화가 나 있었나 봐. 제발, 나스타샤. 우리는 이겨야 해. 나스타샤, 당신도 응원해. 세 번씩이나 질 수는 없잖아. 나스타샤, 다시 웃어. 오늘 시합 끝나고 미스터 그릭(Mr. Greek)에 가자. 당신은 그 집 샐러드 좋아하잖아."

어르고 달래고 해서 간신히 나스타샤를 데리고 빙상장으로 들어갔다. 나스타샤가 억지로 웃는다. 모두가 와 있었다. 긴장이 흐르고 있었다. 탈의실에서 옷을 입어보니 허리가 반 뼘이나 남는다. 앓는 동안에 체중이 꽤 빠진 것 같다.

시합은 처음부터 대접전이었다. 승리를 한 차례씩 나눠 가졌다. 매켄지가 많이 늘었다. 이것들이 어디서 프로에게 훈련을 좀 받은 것 같다. 매켄지쯤은 가볍게 이겨 왔다. 그러나 이제 만만치 않다. 자꾸 자신감이 없어진다. 나는 쉬는 시간에 데이비드를 불러서 화장실로 데리고 들어갔다.

"데이비드, 내 말 잘 들어. 내가 지금 지쳐가고 있어. 우리 팀이 진 것은 내가 없어서가 아니었어. 저것들이 실력이 많이 늘었어. 우리는 이 상태로는 버틸 수 없어. 자네가 쟤네들 신경을 건드려야 돼. 호그라인을 넘어서도 스톤을 잡고 있었다고 심판에게 강력히 항의하는 거야. 그러면 심판은 자네에게 화를 낼거야. 그러면 자네는 심판에게 큰 소리로 따져. 왜 비신사적인 상대 팀에는 관대하냐고. 큰 소리로 계속 따져. 그러면 심판은 자네를 퇴장시킬 거야. 자네는 퇴장 당하면서 상대편 스킵에게 얼굴을 바짝 들이대고 욕을 해줘. 더러운 왕당파의 졸병들이라고. 알았지?"

세 번째 엔드가 시작되었다.

내가 공격수(lead)로 나섰다. 내가 투구를 하고 다시 매켄지가 투구한다. 이때 데이비드가 펄쩍펄쩍 뛰며 난리가 났다.

"잡고 있었어. 계속 잡고 있었어. 심판 못 봤어? 야, 아예 버튼에 갖다 놔라. 그냥 집어서 갖다 놔."

영문을 모르는 닉스와 헨리가 뛰어온다. 데이비드가 퇴장당할까봐 걱정이다. 그러나 우리는 예비선수가 한 명 있다. 닉스가 말리자 데이비드는 더 펄펄 뛴다.

"아주 비신사적인 놈들이야. 학교로 다시 가서 스포츠맨십부터 배워 와라. 이 야비한 놈들아."

'야비한'이라는 말이 나오자마자 심판은 데이비드와 경기장 밖을 차례로 가리킨다. 퇴장이다. 닉스와 헨리가 하얗게 질린다. 나도 나서서 심판에게 항의한다. 그러나 점잖게 항의한다.

"나도 보았습니다. 저 팀의 리드가 손을 떼지 않았습니다."

심판은 자기 눈을 의심하기 시작한다. 웰드릭에서의 내 별명이 '젠틀맨 조지'이다. 심판이 상대 팀 리드를 노려본다. 데이비드는 스킵에게 얼굴을 바싹 들이대고 가르쳐준 대로 욕을 한바탕 퍼붓는다. 그러고는 브러시를 내던지고 나가버렸다. 미안하지만 어쩔 수 없었다. 오늘까지 질 수는 없다. 웰드릭의 사기 문제다.

심판은 우리에게 미안한 감정이 있고 상대 팀은 손을 일찍 떼려고 지나치게 서둔다. 그들은 마치 심판에게 감시당하면서 시합을 하는 느낌이었을 것이다. 됐다. 이겼다. 승부는 결정되었다. 극약 처방이었고 두 번 써먹을 수는 없는 전술이었지만 어쨌든 오늘은 이겼다. 다른 팀들도 매켄지를 의심할 것이다. 매켄지는 탈락이다.

우리는 백스탑으로 몰려갔다. 머리가 어질어질하고 정신이 없었지만 닉스가 무등을 태워서 강제로 데리고 갔다. 노인은 바에서 뛰쳐나온다.

"만세. 만세."

그는 우리가 이긴 것을 안다. 분위기만으로 눈치 챘다. 나스타샤는 한심하다는 듯이 우리를 쳐다본다. 닉스는 데이비드에게 전화했다.

"데이비드, 이겼네. 백스탑이야. 빨리 오게."

나는 몇 달 만에 여기에 다시 왔다. 웰드릭 사람들은 이상하다. 상공회의소에 멋진 회의실이 있는데 회의를 꼭 백스탑에서 한다. 나는 멜리사의 아버지를 불러냈다.

"이 상태로는 웰드릭은 우승할 수 없습니다. 거의 꼴찌라고 하는 편이 낫습니다. 우리도 코치를 써야 합니다. 매주 한 번씩 프로선수를 불러야 합니다. 이제 이 경기도 단순한 친선 경기를 넘어섰습니다. 매켄지 선수들이 스톤을 던지는 솜씨는 확실히 전문가에게 배운 겁니다."

웰드릭이 고민에 빠졌다. 전국대회 출전은 일단 토론토 광역시에서 7위 안에 들어야 가능하다. 컬링 팀이 무려 2백 개가 넘는다. 리치먼드 힐과 손힐에만 스무 개가 넘는다. 이 스무 개 팀이 단위대회를 갖고 있는 것이다.

문제는 누구를 코치로 데려오느냐이다. 웰드릭은 자부심도 강하고 욕심도 많은 동네이다. 웰드릭은 상공회의소를 중심으로 한 이민자의 마을이다. 결속하지 않으면 곧 외로움에 빠진다는 사실을 뼈저리게 느낀 사람들이다. 그러므로 웰드릭의 결속력은 의도적이기도 하다.

데이비드가 도착했다. 그가 문제를 해결했다.

"제가 국가대표 선수를 한 명 알고 있습니다. 주니어 시절에 같이 대표로 원정 합숙을 한 적이 있습니다. 지금 배리(Barrie)에 살고 있습니다. 제가 부탁해보겠습니다."

이것은 신나는 이야기이다. 더구나 그는 주장이란다. 그렇다면 지도력이 남다를 것이다. 나도 컬링을 정식으로 배우고 싶었다. 사실 닉스는 사이비 주장이다. 그 사이비 주장이 오늘 기분이 좋다.

"지금까지 마신 건 제가 내겠습니다. 노인, 얼마인가?"

나는 나가며 데이비드를 불렀다.

"데이비드, 내일 몇 시 퇴근인가? 내가 광어를 잡아왔네. 어머니와 같이 맛있게 먹게. 내일 갖다 주지. 오늘 정말 수고 많았네. 자네 덕분에 이겼어."

붙들고 늘어지는 닉스를 간신히 떼버리고 나스타샤와 나는 미스터 그릭으로 갔다. 저녁식사를 그곳에서 하기로 우는 나스타샤를 달래며 약속했었다. 손힐의 미스터 그릭은 꼬치를 숯불에 구워 낸다. 그 집의 독특하고 시큼한 맛이 나는 치즈를 얹은 샐러드와 피타 브레드(pita bread)는 맛있기로 정평 있다. 나스타샤는 양고기를 좋아한다. 나는 가끔 나스타샤의 양고기를 한 조각 맛보았는데 기름이 많고 노린내가 나는 것이 별로였다. 그러나 쇠고기 수블라키는 최고다. 올리브기름을 발라가며 구운 쇠고기에 블루치즈 소스를 곁들여 내놓은 수블라키는 값은 싸고 맛은 최고였다. 나스타샤는 그리스식 샐러드를 특히 좋아했다. 나는 회복되고 있었다. 경기에는 이겼고 맥주까지 몇 잔 마셨다. 우리는 며칠간 심각하고 우울했었다. 불행으로 이길 수 있는 고초는 없다. 행복한 마음으로 문제를 해결해 나가겠다고 생각하고 있었다.

토마스는 숯불 앞에 서서 꼬치를 구워 내고 있다. 그는 네모나고 땅땅한 체격을 가지고 있는 사람으로 몇 년 전에 그리스에서 이민했다. 한때 발칸반도와 소아시아를 호령했던 헬라스 족은 이제는 초라해졌고, 그의 아들은 테미스토클레스나 에파미논다스가 누구인지조차 모른다. 나는 토마스를 바라보며, '저런 체격의 병사들이 밀집 중장비 보병대를 구성했으면 정말 막강했겠다'라는 생각을 한다.

그리스인과 이탈리아인들은 별로 평판이 좋지 않다. 시끄럽고 허풍이 세고 신의가 없다는 악평을 받는다. 고대의 위대한 민족의 후예들이 한결같이 신의와 신용이 없다는 평기를 듣는 것은 단지 우연만은 아닐 것이다. 그리스인, 이탈리아인, 이란인, 이라크인 등은 모두 고대에 위대한 제국을 건설한 민족이었다. 그러나 이제는 모두 몰락했다. 몰락한 부잣집의 도련님들이 집안을 일으켜 세우려고 애쓰기보다는 요령과 게으름으로 세상을 어찌해서 쉽게 살아보겠다는 마음을 품는 것처럼 위대했던 민족의 후예들은 적당히 세상을 살아보려 하고 있다. 그러나 두 번 속지는 않는다. 그들을 상대해본 많은 사람들이 분통을 터뜨리며 그들과의 거래를 끊는다. 모든 사람들이 그렇지는 않지만 그들 민족의 많은 사람들이 상대하기에 불안한 것은 사실이다. 프랑스인들도 이 위대했던 민족 클럽에 곧 가입하게 될 것 같다.

나스타샤는 내가 말이 없는 것이 불만이다. 그녀는 우리 둘 사이에 대화가 부족하다고 불평을 늘어놓는다. 그녀가 식당에서 식사를 하거나 커피숍에서 차 마시기를 좋아하는 이유는 내가 말 상대를 해주기 때문이다. 집에 있을 때는 생각에 잠겨 있거나 음악을 듣는다. 방에서 무엇인가를 쓰고 있거나 생각에 잠겨 있으면 나스타샤는 계속 눈치를 본다. 이제나저제나 내가 거실로 내려올 때를 기다린다.

"당신은 말하자면 고양잇과에 속하는 사람이야. 혼자 있기를 좋아하고, 거만하고 도도하게 생각에 잠겨 있는 사람이지. 나는 이를테면 갯과에 속하는 사람이야. 어울리는 게 좋아. 당신의 감촉도 좋아하고, 당신과 이야기하는 것도 좋아하고."

이것은 부당한 평가이다. 나는 거만하거나 도도한 사람은 아니다. 단지 나의 마음이 강의와 집필과 관련된 의무에 묶일 뿐이다.

"나스타샤, 나도 갯과야. 당신과 같지. 나도 당신과 붙어 지내고 싶어 하잖아."

나스타샤는 만족해한다. 듣고 싶은 답변을 얻었다.

교수라는 직업이 재미없는 이유 중 하나는 상대하는 사람들이 내 직업을 아는 순간 나를 늙은이로 취급한다는 것이다. 늙은이는 아닐지라도 적어도 내 나이에 십여 년을 더해버린다. 캐나다는 보수적인 사회이다. 이 사회는 아직도 교수라는 직업에 권위를 부여하고 있다. 나는 말한다.

"그냥 하나의 직업인 겁니다. 당신의 직업이 수블라키를 기술적으로 구워 내는 것인 것처럼 내 직업은 학생들에게 지식을 기술적으로 가르치는 것이지요. 차이는 당신의 직업이 나의 직업조다 더 수지가 맞는다는 것이지요. 바꿀까요? 나는 불만 없어요."

그렉은 캐나다의 이러한 분위기에 편승해버렸다. 처음 만났을 때의 그는 자못 권위적인 사람이었다. 나는 본래 부질없는 권위를 못 참는 사람이다. 나는 교수가 존경받을 이유가 없다고 생각했다. 나는 소박함과 솔직함을 좋아한다. 권위보다는 차라리 경박함이 낫다. 그렉의 권위주의를 아예 분쇄했다. "권위와 우정은 양립할 수 없다"라는 장엄한 선언을 해버렸다. 그 승부에서 내가 이겼다. 그렉은 조금씩 변했고 이제는 스스로가 별로 잘났다는 생각을 하고 살지는 않는 것 같다.

본래 이 식당은 그렉과 베시와 내가 함께 저녁식사를 하던 곳이다. 그리스인들은 시끄럽고 재미있다. 여기 웨이터들은 항상 밝았고 낙천적이었다. 식사가 끝나고 나갈 때면 문까지 열어주며 허리를 숙인다. 나는 웨이터들과의 농담을 즐겼다. 식당 웨이터들은 대체로 친절하려 애쓴다. 팁이 걸려 있기 때문이다. 물론 그들은 팁과 친절이 연결되어 있지 않다는 듯한 태도를 취하지만 팁을 받는 식당의 종업원들이 더 친절한 것은 사실이다. 여기에서 손님이 오만한 태도로 웨이터나 웨이트리스를 대하는 것은 그들에게 잔인한 행동이다. 그들은 팁과 관련 없이 친절하다는 인상을 주려고 애쓰고 있는데, 이쪽에서는 팁을 주니 내 오만을 참고 내게 친절하라고 명령하는 것이 된다. 그렉은 오만한 태도는 아닐지라도 차갑고 쌀쌀한 태도를 취한다. 나는 그렉을 빤히 보며 비꼬아주곤 했다.

"찬바람이 부는군."

권위를 위해 즐거움을 희생하고 싶지 않다. 친근감과 농담과 따스함은 식당 종업원들에게서 미소와 재미를 끌어낼 수 있다. 그들은 많은 사람을 상대하고 많은 경험을 쌓은 사람들이다. 잠깐의 대화에도 재치 있는 답변을 할 줄 안다. 좋은 대화는 인생의 사치 중 하나다. 나는 웰드릭의 치킨 바비큐 집의 레슬리와 친하게 지냈다. 그녀는 키가 훌쩍 크고 깨끗한 피부를 하고 있는 아름다운 웨이트리스이다. 그녀는 재기발랄한 농담을 잘했다. 멜리사와 나는 거기에 몇 번인가 갔다. 그리고 곧 친구가 되었다. 그러나 그녀는 내 직업이 교수라는 사실을 알게 되었고 곧 주춤거리게 되었다. 멜리사는 레슬리에게 말하지 말았어야 했다. 그럴 때는 멜리사도 부족한 점이 있다. 레슬리도 이제 내 나이에 최소한 십 년을 더했다.

나는 가끔 토마스의 아들을 우리 테이블로 불러 그들의 조상에 대한 얘기를 해주었다. 그 아들은 캐나다 사회에서 좌절감에 휩싸여 있다. 공부는 공부대로 하기 싫고 학교 생활은 재미없고 새로운 친구들도 잘 사귀지 못하고 있다. 그는 식당 귀퉁이에 하릴없이 앉아 아빠의 눈총이나 받고 있다. 나는 그에게 플라톤과 페리클레스와 소포클레스와 호메로스의 이야기를 해준다. 그러면 이 헬라스의 후손은 눈을 반짝이며 흥분한다. 언젠가는 '헬라스'라고 새긴 티셔츠를 입고 있었다. 이 열다섯 살짜리 꼬마가 이제 자신감에 휩싸였다.

"마이클, 인류사의 가장 위대한 인물 오십 명을 꼽는다면 그중 최소한 열 명은 헬라스인일 거야. 그리고 인류의 언어 중 가장 과학적이고 논리적인 언어는 고대 그리스어야. 그뿐 아니야. 그리스인들은 자기네보다 서른 배나 많은 병력을 격파하고 독립을 유지했어. 위대한 민족이지. 철학이나 예술을 만든 민족이야. 수학도 만들었고 정치도 만들었어."

마이클의 엄마는 슬픈 눈으로 아들을 바라보곤 했다. 이민을 후회했을 것이다. 모성의 유일무이한 관심사는 자식의 행복이다. 나는 마이클에게 너희 민족은 캐나다인들보다 백배쯤은 위대했다고 말해주곤 했다. 언젠가는 마이클의 엄마가 나와 나스타샤가 앉아 있는 테이블에 와인 한 병을 가지고 왔다.

"선생님, 고맙습니다. 마이클이 밝아졌어요. 그리스 역사를 혼자 공부하네요. 정말 고맙습니다. 은혜를 잊지 않겠습니다."

눈물을 훔친다. 나는 당황했다. 마이클과 이야기하며 즐긴 것은 나 자신이다. 나는 고대 그리스인들에게 많은 것을 빚지고 있다. 내 삶은 그들 덕분에 얼마나 풍요로워졌는가. 《일리아스》의 한 페이지 한 페이지는 나의 가슴을 조이며 육박하는 향락이었고 핀다로스의 한 구절 한 구절은 호쾌함과 인간다움이 무엇인가를 나에게 가르쳐준 교훈이었다. 그리스 이민자들에 대한 나의 존중은 수천 년 전의 그들의 조상에 대한 나의 헌사이다.

식당이 몹시 북적대고 시끄러워졌다. 그리스 관광객들이 식당을 가득 메우고 있다. 그들은 들떠 있었다. 우리가 들어올 때 그들이 있었더라면 우리는 돌아섰을 것이다. 우리가 막 샐러드에 포크를 박았을 때 그들이 한꺼번에 몰려들었다. 아마도 그들은 아크로폴리스에서 시끄러웠던 그들 조상을 재현하고 있을 터이다. 고대에도 시끄럽기는 했을 것이다. 민주주의는 시끄러움을 요구한다. 플라톤의 귀족주의는 그가 소란스러움을 못 참았기 때문일지도 모르겠다. 나스타샤가 나를 바라보며 빙긋이 웃는다. 시끄러운 것을 못 참는 나의 곤혹스러움에 대한 그녀의 야유이다. 오늘은 토요일이다. 모든 사람들이 들떠 있는 날이다. 당신도 좀 들뜨라는 그녀의 권유이기도 하다.

"나스타샤, 식사하고 다운타운에 갈까? 아니면 온타리오 호수에 가든지?"

그녀의 얼굴은 즐거움으로 가득 찼다. 어떻게 저렇게 티 없이 좋아할 수 있을까? 나는 그 미소와 주근깨에 반했었다. 그 사랑이 오늘에는 이해와 친근감 속에 더욱 커져 있다.

호수 주변도 흥청거리고 있었다. 불이 환하게 켜진 레스토랑과 술집에는 사람들이 꽉 차 있었다. 우리는 팔짱을 끼고 호수변을 산책했다. 그녀는 바짝 붙어 서며 속삭인다.

"사람들이 다들 행복해 보이네."

우리는 식빵을 샀다. 물새들이 잠 못 이루고 떠다닌다. 빵조각을 던져주자 한꺼번에 몰려든다. 노천의 술집에서 크게 웃는 소리가 들린다. 누군가가 일어서며 건배를 제안한다. 그가 무어라고 말하자 다시 한 번 웃음소리가 크게 일어난다.

나스타샤는 차로 달려간다. 그녀는 폴라로이드 사진기를 가지고 있다. 폴라로이드 사진기는 필름 값이 비싸다. 나스타샤는 아주 가끔 중요한 순간이다 생각되면 그 사진기를 꺼내 든다. 나스타샤에게 오늘 밤은 매우 의미 있는 시간인가 보다.

세 장의 사진이 아직 나에게 있다. 폴라로이드 사진은 의외로 색상이 변하지 않는다. 수십 년이 지난 오늘까지도 찍을 때의 색상을 선명하게 유지하고 있나. 우리는 지나가는 연인들에게 부탁해서 사진을 찍었다. 한 장은 펍을 배경으로 하고 있다. 노천의 손님들이 일제히 일어나서 우리를 향해 만세를 부르고 있다. 즐거운 장난꾼들이다. 나스타샤는 슬라브 여인의 독특하고 당당한 태도를 취하고 있다. 턱을 내밀고 허리에 손을 대고 자못 연극적인 포즈를 취하고 있다. 나이보다 퍽 어려 보이게 나온 사진이다. 희고 얇은 블라우스를 입고 있고 가슴을 쭉 펴고 있다. 나스타샤의 가슴이 아름답게 두드러져 보인다. 나는 당황하고 수줍어하고 있다. 멋쩍은 미소를 띠고 있다. 나스타샤는 허리에 손을 짚은 채로 내게 기대어 있다. 내가 살짝 비키면 넘어질 것 같다.

다른 한 장은 벤치에 앉아서 찍은 사진이다. 뒤의 호수가 검게 나왔다. 물새들이 검은 물 위에 떠 있다. 둘 다 무슨 생각에 잠겨 있다. 나는 아마도 밤이 깊었구나, 라고 생각했던 것 같다. 약간 피로한 기색이 있다. 이 사진은 어딘가 쓸쓸하고 슬프고 몽환적이다. 비현실적인 느낌도 준다. 레스토랑의 창으로 아득한 빛이 나오고 있고 가로등 불빛이 창백하다. 둘은 이 세상 사람이 아닌 것 같다. 불길한 느낌을 준다. 나스타샤는 무엇을 생각하고 있었을까?

다른 한 장은 퀸 스트리트의 앤티크 숍을 배경으로 하고 있다. 밝은 조명 아래 둘 다 환한 표정을 짓고 있다. 숍 안은 손님들로 북적거리고 있다. 나스타샤는 손을 들어 내 어깨를 짚고 있다. 자신감 넘치고 여유 있는 표정이다. 사진만으로는 걱정 없는 30대 초반의 가정 주부 같다. 내가 가장 좋아하는 사진 중 하나다.

라스키

보리스와 아니카가 서방세계에 없는 것은 분명해졌다. 열일곱 국가 중 열다섯 나라에서 회신이 왔다. 나는 그들이 아직 우크라이나에 있다는 전제하에 추적을 하기로 결정했다. 상황은 분명해졌고 우리가 어디에 초점을 맞춰야 하는가도 분명해졌다. 매튜는 동료 변호사들에게 우크라이나 이민자들과 관련해서 바터(barter)를 요청해놓았다. 각 국가의 이민자들에 대한 지역적 전문화를 제의해놓은 것이다. 현재 체코와 폴란드의 이민이 가장 많다. 매튜는 체코와 폴란드 이민 서류를 동료들에게 넘겨주고 우크라이나와 루마니아 이민만을 처리하기로 결정했다.

매튜는 이민 업무에서는 사실상 손을 떼고 있었다. 그에게 돈은 넘쳐났다. 매튜는 농담 삼아 말하곤 했다.

"조지, 내 두 달 수입이면 침실 세 개짜리 집을 살 수 있네."

매튜는 유태인 사회에서 여러 직함을 갖고 있었고 이제 동유럽에 거주하는 유태인들을 캐나다나 미국으로 이민시키는 업무도 떠맡았다. 그는 이 일을 추진하며 동유럽과 소련의 상황과 거기에 거주하는 유태인들의 실상에 분노했다.

"나폴레옹 돼지 같은 것들이야. 모든 동물은 평등하다. 그러나 어떤 동물은 더 평등하다. 모든 인민은 평등하다. 그러나 어떤 인민은 더 평등하다. 그 어떤 인민이 공산당의 기득권자들이야. 압제와 착취와 폭력이 그들에 의해 자행되고 있어. 레닌은 숭고한 사람이었을지 몰라. 그러나 볼셰비키 혁명은 잘못된 판단이었어. 사회주의라는 건 인간이 신이라는 가정에 기초하는 거지. 인간 본성에 대한 잘못된 판단에 기초해서 건설된 사회가 소연방이야. 잘못된 판단에 기초한 숭고함보다는 올바른 판단에 기초한 교활함이 인민을 위해서는 더 좋아."

매튜의 소개에 의해 나는 한 우크라이나 남자를 만나게 되었다. 그는 우크라이나에 거주하던 유태인이었다. 라스키라는 이름으로 불리는 그 남자는 마흔다섯이었고 현재 단독으로 캐나다에 거주하며 우크라이나에 있는 그의 가족을 캐나다로 이민시키기 위해 매튜를 찾아왔었다. 그는 우크라이나에서 무역업을 했다고 한다. 그 무역은 밀무역과 공적 무역이 결합된 희한한 것이었다. 일단 터키에서 공산품과 의류를 싣고 오데사 근방의 항구로 간다. 그리고 거기서 돈을 받고 물건을 넘겨준다. 다시 그 돈으로 우크라이나의 농산물을 사서 그리스에 수출한다.

그리스에서는 달러로 결제받는다. 그 돈으로 다시 가전제품과 의류를 사서 오데사로 보낸다. 여기서 오데사로 가는 상품 중 일부는 밀수이다. 오데사의 세관원과는 뇌물로 결합되어 있다.

오데사의 세관원이 뇌물 수수로 적발된 것이 사고의 시작이었다. 그의 집과 차와 별장이 수색당했고 한 장부에서 라스키의 이름이 나왔다. 라스키는 터키에서 이민 신청을 했고 일 년의 수속 끝에 캐나다로 오게 되었다. 그는 두려워했고 불안해했다. 나스타샤와는 다른 동기 때문이라 해도 그가 두려워하는 이유는 나스타샤가 두려워하는 이유와 같았다. 가족에 대한 걱정이 컸다. 캐나다에서의 자기 신원에 대해서도 불안해했다. 그는 난민 자격으로 캐나다에 온 것이 아니었고 세탁된 신분을 부여받지 못했다.

"라스키라는 이름은 제 본명이 아닙니다."

그 민족 특유의 쉰 듯한 목소리로 그는 영어를 간신히 말한다. 그는 아마도 매우 거친 사람이었을 것 같다. 눈은 날카롭고 말소리는 낮고 체격은 당당했다. 이 사람이 나스타샤와 같은 민족이라는 사실을 믿기가 어려울 정도였다.

나스타샤에게 그가 중요한 이유는 그가 오데사의 밀무역자들과 끈이 닿기 때문이었다. 그는 지금 오데사의 그의 가족을 그리스로 탈출시키려 하고 있었다. 그는 이 탈출을 밀무역자들을 통해 해결하려고 한다.

"제 가족은 감시받고 있습니다. 지금은 기다려야 할 때지요.

제 가족은 조만간 탈출하게 될 거란 사실을 알고 있습니다. 그 희망으로 참고 기다리는 것입니다. 저는 잠을 잘 못 잡니다. 안절부절못하고 있습니다. 문제는 소련만이 아닙니다. 터키는 우크라이나 탈출자들을 본국으로 소환해버립니다. 그런데 헬레스폰트 해협은 터키가 장악하고 있습니다. 우크라이나를 탈출하기보다는 헬레스폰트 해협을 무사히 빠져나오는 것이 더 어려운 문제입니다. 검문이 매우 심하지요. 막내가 다섯 살입니다. 그 아이가 일곱 살만 되었다 해도 체코를 통해 오스트리아로 가는 편이 낫지요. 배보다는 육로가 훨씬 안전합니다."

매튜가 이 사람을 소개한 것은 그가 이자의 신분을 확실히 파악하고 있다는 안전판이 있기 때문이었다. 매튜가 나선다.

"라스키, 우리는 서로 믿어야 합니다. 당신 가족이 그리스에 닿거나 오스트리아에 닿는다면 내가 직접 가도록 하겠습니다. 그곳 주재 캐나다 공관에 내가 직접 이민 신청 서류를 접수시킬 것입니다. 가장 신속하고 안전하게 처리하도록 하겠습니다. 거기에 따르는 추가 비용은 없습니다. 대신 당신은 이 신사분의 요구를 고려하시기 바랍니다."

매튜는 나를 가리켰다. 그 사람은 일어서서 인사를 하며 감사해한다. 나는 다시 만날 약속을 했다. 목요일에 나스타샤의 근무가 없다. 우리는 목요일 오후 세 시에 켄싱턴(Kensington)의 한 커피숍에서 만나기로 했다.

"중요한 것은 우크라이나에 있는 라스키의 동업자가 얼마만큼 믿을 수 있는 사람인가야. 라스키는 믿을 수 있을 것 같아. 그의 입장에서 현재 매튜의 도움이 필요하기 때문이지. 라스키의 동업자가 어떤 사람인가를 알아봐야 해."

우리는 두 시 반에 이미 도착해 있었다. 나스타샤는 주문한 커피를 한 모금도 마시지 않고 있다. 나도 초조했다. 그러나 현재로서 보리스와 아니카의 거처를 알아낼 다른 대안도 없었다. 아직까지 라스키에게는 나스타샤 신분에 대하여 말하지 않았다. 오늘 얘기해야 한다.

라스키는 주위를 불안한 눈초리로 둘러보고 자리에 앉는다. 커피숍 안이나 주변에 수상한 사람은 없다. 나는 물었다.

"우크라이나에 있는 당신의 동업자는 믿을 수 있는 사람입니까?"

그는 자신 있게 답했다.

"그렇습니다. 우리는 칠 년을 같이 일했습니다. 내가 우크라이나 경찰에 한마디만 하면 그의 인생은 끝납니다. 그리고 더욱 중요한 문제는 그 사람 역시 캐나다 이민을 결정했다는 것입니다. 그는 내 가족을 그리스에 데려다 놓는 책임을 맡고, 나는 그의 가족을 캐나다로 이주시키는 책임을 맡고 있습니다."

나는 다시 물었다.

"그 사람 역시 유태인입니까?"

그러나 그는 유태인이 아니었다. 슬라브인이었다.

나스타샤가 이야기를 시작했다. 나는 물론 그들의 언어를 이해하지 못한다. 나스타샤의 이야기를 듣고 있는 그의 표정을 살폈다. 그의 표정은 불안에서 시작하여 공포, 그리고 분노로 차차 바뀌어 갔다. 그가 무어라고 말하자 나스타샤가 내게 통역해 준다.

"이 사람은 내가 몰도바와 헝가리를 거쳐 탈출했다고 하니까 그 가능성에 대해 묻네요."

다시 나스타샤가 그에게 무어라고 말하자 그는 고개를 끄덕이며 생각에 잠긴다.

"지금 체코 쪽은 경비가 삼엄해요. 차라리 몰도바와 루마니아나 헝가리를 거치는 게 낫지요. 그쪽은 뇌물이 통해요. 이 사람은 그 가능성에 대해서도 생각한 거예요."

그는 영어를 잘 못 알아듣는다. 나스타샤의 통역에 크게 고개를 끄덕인다. 헬레스폰트 해협이 문제이다.

나스타샤는 그에게 시집 주소를 건넨다. 주소를 건네는 나스타샤의 손이 가늘게 떨리고 있다. 나는 그에게 말했다.

"돈이 필요하면 얘기하십시오."

그는 정색을 하고 내게 말한다.

"미스터 모얄은 우리가 서로 믿어야 한다고 말했습니다. 그는 제 모든 인적 사항을 알고 있고 제 가족에 대하여도 알고 있습니다. 저는 오늘 이 숙녀분에 대해 알게 되었습니다. 이제 나는 당신들을 믿을 수 있게 되었습니다. 그것으로 충분합니다. 돈은 필요하지 않습니다."

모얄은 매튜의 성이다.

우리는 자리에서 일어나 악수를 하고 헤어졌다. 그는 우리더러 먼저 나가라고 한다. 누군가가 우리를 미행할까 봐 두려워하고 있다. 이제 서로 보호해야 할 때가 왔다. 어느 한쪽을 캐도 다른 한쪽의 신원이 파악될 가능성이 있다.

나는 주차장에 세워둔 차에 한참을 앉아 있었다. 그의 말대로라면 소련의 첩보망은 무섭다. 우리가 차에 앉아 있는 동안 누구도 주차장에 접근하지 않았다.

"나스타샤, 그에게 무엇을 부탁했어?"

나스타샤는 백미러를 살피며 엉뚱한 대답을 한다.

"미행은 없는 것 같아."

나는 다시 묻는다.

"나스타샤, 구체적으로 무엇을 부탁했냐고 내가 묻잖아."

"먼저 내가 서방세계 어딘가에 살아 있다는 것을 알려주라고 했어. 그리고 보리스와 아니카에 대하여 아는 바가 있냐고 물어보라고 했어. 내가 현재 어디에 있다는 것을 말하면 안 된다고 했어."

나는 안심했다. 특히 궁금했던 것은 마지막으로 말한 사항이었다. 그것을 꼭 라스키에게 언질을 받아두라고 신신부탁했었다. 나는 나스타샤의 왼손을 꼭 쥐었다.

나스타샤는 다시 평온을 되찾았다.

"조지, 우리 지금 최선을 다하고 있지? 정말 고마워. 나는 어젯밤에 아니카를 만나는 꿈을 꿨어. 우리 집 마당에 서 있는 거야. 그냥 물끄러미 서 있는 거야. 나는 기쁜 마음으로 뛰어나갔어. 그런데 보리스가 나타났어. 나더러 나쁜 엄마라고 하는 거야. 그러더니 아니카를 안고 있는 내 손을 떼어버리는 거야. 나는 흐느꼈어. 그러다가 잠에서 깼지. 조지, 내가 나쁜 엄마야?"

나는 절대 아니라고 했다. 나쁜 엄마라는 것은 그녀가 스스로에게 품고 있는 마음일 뿐이라고 얘기했다.

"나스타샤, 꿈은 판단이 아니야. 당신 무의식에 아니카에 대한 죄책감이 있는 거야. 당신이 아니카에게 잘못한 것은 없어. 그냥 운명일 뿐이야. 당신이 아니카를 추적하기를 포기한다면 아니카에게 잘못하고 있는 거고 좋은 엄마는 아니지. 그러나 애쓰고 있잖아."

아비티비 강에서 나스타샤는 보리스와 우리 관계와는 아무 상관이 없다고 말했다. 그 이후로는 보리스를 찾는 문제에 대하여 거리낌 없이 나선다. 우리 아이의 가능성에 대하여도 노골적으로 말한다. 그 뒤로 우리는 피임을 안 하고 있다. 생기면 낳을 작정이다. 그녀는 전보다 더욱 살가운 태도를 보이고 있고 안정된 마음 상태를 유지하고 있다. 심지어 한국의 우리 가족에 대하여도 묻는다. 그녀는 어디선가 한국의 부모들은 자식의 결혼에 상당한 지분을 가지고 있다는 사실을 들은 것 같다. 나는 우리 어머니가 한 말을 결국 통역해주었다. "남의 집 아가씨를 데리고 살면서 혼인을 안 하면 당신의 아빠나 오빠들이 나를 죽일 거다"라는 말이었다고 하자 그녀는 손뼉을 치며 웃는다. 우크라이나에서도 그렇다고 말하며.

"당신네 나라나 우리나라나 그 문제는 비슷하네. 친구 중에, 남자와 하룻밤 자고 들어와서 결혼은 생각 안 하고 있다고 아빠한테 말한 아이가 있어. 그런데 정작 혼이 난 것은 그 친구가 아니라 그 친구와 같이 잔 남자였어. 오빠와 아빠가 망치와 도끼를 가지고 그 남자에게 간 거야. 집을 다 때려 부쉈지. 이유조차 말 안 하고 다짜고짜 부수기 시작한 거야. 우크라이나 남자들은 좀 거칠고 성급해. 행동부터 하고 보는 사람들이야. 그 불쌍한 남자가 소리쳤어. 나는 결혼하고 싶은데 당신 딸이 싫다고 한다고. 그제야 도끼질을 멈췄는데 이미 집은 다 부서진 뒤였지. 창문과 문이 다 달아나고 소파는 너덜너덜해지고 식탁과 침대는 주저앉았어. 그 친구는 남자에게 너무 미안하고 또 불쌍하기도 해서 그냥 결혼해주었지. 그 다음에 그 오빠와 아빠가 와서 집을 다시 지어줬어. 세간도 다시 사주고."

나는 정말 많이 웃었다. 결국 손해 본 것은 그 집 딸이었다. 그녀는 아마 재미나 보고 말 작정이었을 것이다. 그녀는 매우 진보적이었고 그 집안의 남자들은 보수적인 사람들이었나. 혼인 문제와 관련해서는 여자들이 대체로 진보적이다. 결혼을 통한 남자의 압제는 사유재산제도와 상속과 관련되어 있다. 이것은 사회학자들을 통해 잘 알려진 사실이다. 여기서 여자는 도구화된다. 상속받을 유전인자를 복제해내는 기계여야 한다. 그 유전인자가 남의 것이어서는 곤란하다. 순결에 대한 강조와 압제의 기원은 여기이다. 그러나 어떤 여성들은 반항한다. 자유로운 연애와 자발적인 성적 관계는 문란이나 방종이 아니다. 남녀의 관계를 사유재산제도로부터 상호 간의 성적 환상으로 옮기려는 시도이다. 우크라이나의 그 여성은 그러나 동정심 때문에 벽에 부딪히고 말았다.

바보짓

돌아오는 길에 그렉에게 들렀다. 못 본 지 한참 되었다. 방학한 이후로는 못 만났다. 그렉은 지쳐 있었다. 그는 올해 테뉴어를 새로 신청해야 한다. 베시는 산후 우울증에 시달렸다. 베시는 아이를 낳은 이후로 그렉을 더욱 붙들고 늘어진다. 베시가 좀 더 지혜로웠더라면 그 집안의 파국을 막을 수 있었을지도 모른다. 그렉을 가장 모르고 있는 사람이 베시였다. 그러나 그렉은 그 후로도 십사 년을 버텼다. 아마도 아이가 성인식을 치를 때까지 참았을 것이다.

나는 조심스럽게 베시의 허락을 구했다. 그렉과 뱁티스트에 가서 며칠 있겠다고. 나스타샤는 모르는 척하고 아이를 들여다보고 있고, 그렉은 고개를 숙인 채로 처분을 기다리고 있다. 한참의 침묵이 흘렀다. 나는 생각했다.

'베시와 나의 관계도 나빠지겠구나.'

베시는 망설이다 간신히 허락한다. 그러나 1박 2일이다. 그래도 그렉은 좋아서 어쩔 줄 모른다. 구걸하듯이 얻어낸 휴가인 셈이다. 나와 그렉은 다음 날 새벽 세 시에 우리 집 앞에서 만나기로 했다. 뱁티스트 레이크는 하이웨이 세븐을 타면 되고 그 도로는 우리 집과 가깝다. 이번 주 토요일에는 새로 오는 컬링 코치를 처음 만나는 날이다. 그러나 물 건너갔다. 나는 토요일 늦은 밤에나 올 것이다. 난리 치는 닉스가 눈에 선하다.

"베시는 내가 자기만큼 아이에게 관심을 갖지 않는다고 비난이네. 심지어는 죄의식을 심어주지. 나는 궁금하네. 남자들 모두가 베시처럼 아이만을 생각하고 사는지. 안 그런 내가 잘못된 건지. 나도 아이가 예뻐. 그런데 베시는 내가 24시간 아이만 생각하고 살지 않는 것이 불만인가 봐. 자기는 아이만 생각하고 있다는 거야."

이 말을 듣는 순간 베시에게 분노가 일었다. 아이에 대한 베시의 마음은 사랑이 아니라 집착이다. 아이를 대하는 남녀의 마음에는 차이가 있을 수밖에 없다는 사실을 베시는 알고 있으면서도 그렉을 비난하고 있다. 베시가 그것을 모를 리 없다. 이러한 여자들이 왕왕 아이를 과보호하면서 응석받이로 키우게 되고, 아이의 성공과 실패에 자기 자신의 감정을 이입하게 된다. 심리적 문제를 안고 있는 학생들이 있다. 가장 심각한 부류는 의존적이고 독선적인 아이들이다. 이들의 문제는 대체로 과보호하는 엄마로부터 온 것이다.

아이들의 권리는 보호받고 자라는 데보다 모범을 보고 자라나는 데 있다. 엄마들은 아이에게 무엇인가를 해주는 것보다 스스로가 지혜롭고 자애롭고 의연한 사람이 되는 것에 의해 아이들을 훨씬 잘 키울 수 있다. 아이의 문제는 결국 엄마 스스로에게 수렴된다. 아이에게 잘해주는 것보다 스스로에게 잘하는 것이 중요하다. 그러나 스스로의 수양은 남을 수양시키는 것보다 어렵다. 엄마들은 어려운 길보다 안일한 길을 택한다. 마땅히 자기 자신에게 쏟아야 할 노력을 아이에게 퍼붓는다. 그 노력은 진정으로 아이의 삶을 위하는 것이 아니라 자신의 성취 욕구와 허영의 충족을 위한 것이다. 베시는 지금 그런 엄마의 길을 밟고 있다. 베시는 착하고 지혜로운 여자였다. 축복이 오히려 그녀를 망치고 있다.

"베시는 교육을 잘 받은 똑똑한 여자이네. 지금 베시도 혼란스러울 거야. 기다리게. 기다리면 나아질 거야."

이렇게 말하면서도 나는 내 말을 믿지 않고 있었다. 그렉은 지금 베시의 안중에 없다. 아이가 생긴 것에 의해 그렉은 주인님으로부터 종의 지위로 전락했다. 이제 아이가 베시 인생의 선부이고 그렉은 그 모녀에게 부록처럼 딸린 사람이 되었다. 그렉은 혼란으로부터 환멸로 옮겨 갈 것이다. 만약 그 가족의 생계가 그렉은 노동으로부터 나온다면 문제는 다를 수 있다. 사실 그렉과 베시가 맞벌이를 해나가며 아이를 얻었다고 해도 문제는 다를 수 있다. 그러나 베시는 부자이다. 베시의 아버지는 딸에게 지렁이 양식의 지분을 모두 넘겨주었다. 거기에 더해 조만간 베시는 아버지의 유산까지도 받을 것이다. 아이가 생긴 것에 의해 베시의 부친은 이 부부를 항구적인 관계로 보게 되었다. 거기서 오는 유산도 상당할 것이다.

부자 장인을 원하는 남자들은 야비한 사람일 뿐만 아니라 어리석은 사람들이다. 이 세상에 자부심보다 더 소중한 것은 없다. 그러나 가난한 사위는 사랑받기보다는 멸시를 당하기가 쉽다. 그렉과 베시가 결혼한 지도 칠 년이 되었다. 그렉의 푸른 눈도 효력을 잃었다. 유효기간이 지났다. 내 마음이 암담하다. 그렉이 불쌍하다. 그렉은 어깨가 처져 있고 당황스러워하고 있다. 베시는 가정과 아이를 들어 그렉을 압제하고 있다. 이 나라의 가족적 이념은 '신성 가족(holy family)'이다. 모든 교의가 가족의 신성함과 우월권, 그리고 고귀함에 맞춰져 있다. 어려서부터 거기에 세뇌된 그렉은 가족이 신성시되지 않는 자기 자신에게 원죄의식을 부여하고 있다. 그러나 구성원이 행복하지 않은 신성 가족은 의미 없다. 내가 무엇을 해줄 수 있는가. 사실을 말해주고 그렉이 거기에 따른다면 그렉의 가정은 파국이다. 사실을 덮어두고 그렉에게 기다리라고 한다면 그렉의 괴로움과 혼란은 한참을 지속할 것이다.

커티지에 도착하자 그렉이 생기를 되찾는다. 지난번 나와 나스타샤가 커티지를 사용하고 청소나 정돈을 하지 않고 떠났었다. 그렉은 순식간에 청소와 정돈을 하더니 나무 한 그루에 덤벼들었다. 땔나무를 장만한단다.

"그렉, 오븐이 있는데 나무가 왜 필요해?"

"응, 오늘 밤에 모닥불 좀 피우려고."

그렉이 애처롭다. 여기 원시의 숲에서 그는 능란하고 민첩하다. 그렉은 여기에 속한 사람이다.

그는 한 시간도 안 걸려서 이 모든 것을 해치우더니 벌써 낚싯대를 들고 보트로 달려갔다. 그런데 이것이 화근이었다. 우리는 커티지에 들어온 이래 가장 큰 곤란에 부딪히게 된다. 어쨌든 우리는 이곳저곳을 훑으며 낚시에 열중했다. 그렉은 뱁티스트 레이크의 모든 물고기를 다 건드려볼 작정인 것 같았다. 빠른 속도로 캐스팅을 해댔고 잡는 대로 멀리 던지고는 다시 잡아들이고를 계속했다. 이러는 와중에 우리 배는 이리저리 바람에 밀려서 거의 호수 반대편까지 이르게 되었다. 우리는 다시 보트의 엔진을 점화시켜 이번에는 인접에 있는 엘레펀트 레이크로 옮겨 갈 작정이었다. 그런데 무엇인가 이상했다. 찜찜했다. 휘발유를 안 실었다!

정말 큰일 났다. 보트에는 반드시 여분의 휘발유와 리퀴드 오일이 있어야 한다. 우리 싸구려 고물 보트에는 연료 게이지가 없다. 기름이 언제 다 될지 알 수가 없다. 그래서 오는 길에 주유소에 들러 기름을 한 통 산 뒤 보트에 옮겨놓는다. 이번에도 사오긴 분명히 사왔는데 보트에 옮겨 싣는 걸 깜박했다. 이 일의 담당은 그렉이다. 들뜬 그렉이 잊어버렸다. 더욱 비극적인 것은 우리 배에는 노가 하나밖에 없었다는 사실이다. 규약으로는 두 개의 노가 있어야 하지만 언젠가 고속으로 보트를 몰고 갈 때 그중 하나가 바람에 날려서 어디론가 사라져버렸다.

나는 엔진을 점화시켜서 방향을 커티지로 잡고는 천천히 몰고 갔다. 그런데 세 번째의 결정적인 비극이 닥쳤다. 출발한 지 오 분도 안 되어 엔진이 꺼졌다. 커티지까지는 최소한 10킬로미터이다. 한 개의 노를 저어서 거기까지 간다는 것은 말이 안 된다. 그러나 방법이 없었다. 그렉이 내게 노를 챙겨놓으라고 말한 적이 있다. 그렉은 무엇이든 규칙대로 해야 직성이 풀리는 사람이다. 나는 시간도 없고 자꾸 잊어버리고 해서 미처 챙겨놓지 못했다. 그렉은 나를 흘겨보며 불평을 해댄다. 할 말이 없다.

이날의 고생은 이루 말할 수 없었다. 바람이 역풍이었다. 그때가 오전 열한 시였다. 우리는 보트 안에서 뛰어다니며 노를 저었다. 좌우로 뛰어다니며. 보트는 지그재그로 정말 조금씩 나아갔다. 바람은 계속 맞바람이었고. 커티지에 도착했을 때는 새벽세 시가 지나서였다. 그나마 커티지에 전등을 켜둔 것이 다행이었다. 수력발전소를 설치한 이후로는 24시간 전등을 켜두었다. 뱀이나 도마뱀이 들어오지 못하도록. 그 불빛이 없었더라면 방향을 알 수 없었을 것이고 우리는 그날 밤을 배 안에서 보내야 했을 것이다.

우리의 양손에는 물집이 잡혔다. 우리는 물집을 터뜨리며 비명을 질렀다. 따갑고 아팠다. 잠이 깨니 이미 정오였다. 그렉은 허탈해했다. 그렉은 밤 열 시까지는 귀가해야 한다. 배가 고팠지만 먹을 것이 없었다. 원래는 물고기를 튀겨 먹을 작정이었다. 그러나 손바닥에 피가 말라붙어 있었다. 이래서는 낚시는커녕 운전이나마 할까 싶었다. 우리는 철수하기로 했다. 일단 케빈에게 들러서 샌드위치를 먹고 커피를 마시고 우리 집으로 가기로 했다. 그렉과 나는 손에 수건을 말고 한 시간씩 교대로 운전을 했다.

케빈은 웃지 않으려 애쓰고 있다. 나는 그렉에게 말했다.

"그렉, 나는 자네를 원망 안 해. 기억하지? 자네가 스컹크를 두들겨서 우리가 고생했던 거. 나는 그때 사흘 동안 출근을 못 했네. 그때도 나는 자네를 원망 안 했어. 그런데 이번에는 솔직히 원망스럽네. 어쩌자고 기름을 잊은 건가?"

그렉은 커피 잔에 코를 박은 채 묵묵부답이다. 케빈은 웃음을 터뜨리고 말았다. 그렉은 그를 노려본다.

대범한 나스타샤도 이 두 명의 부상병에 깜짝 놀란다. 이야기를 나 듣고서야 안심한다. 커티시에 화재라도 난 줄 알았나. 우리는 쇠고기 1킬로그램과 빵 서너 쪽과 과일 한 바구니를 해치웠다.

생존

최악의 소식을 받았다. 보리스의 어머니가 전해준 소식은 다음과 같은 것이었다. 보리스는 십오 년 형을 언도받아서 모스크바의 정치범 수용소에 갇혀 있고, 아니카는 국가 아동보호소(고아원)에 있다는 것이었다. 더구나 그 보호소는 우크라이나에 있는 것이 아니라 모스크바에 있는 것이었다. 그러나 나스타샤가 흘린 것은 안도의 눈물이었다. 어쨌든 아니카가 살아 있다.

나는 두 사람이 생존해 있다고 믿었다. 왜냐하면 첫 번째로는 보리스는 아니카와 함께 체포되었기 때문이다. 비밀경찰이 아무리 악질이라 해도 아이와 함께 있는 아빠를 따로 격리시켜 고문할 것 같지는 않았다. 보리스는 고문당할 이유보다는 재판받을 이유가 더 컸다. 그는 이를테면 거물이었고 비밀경찰은 자신들의 공로를 인정받고 싶었을 것이다. 보리스에게는 명백한 범죄의 혐의가 있다. 그는 모스크바의 입장에서 보았을 때 국가반 역죄와 내란음모죄를 저지른 것이다. 이것이 내가 보리스의 생존을 추론한 두 번째 이유였다. 그러나 나스타샤에게는 내 낙관적 견해를 말할 수 없었다. 만약 내 추론이 틀리다면 나스타샤는 더욱 절망할 터였다. 내게 이 소식이 최악이었던 이유는 나는 아니카가 그의 조부모와 함께 살고 있기를 바랐기 때문이다. 그의 조부모는 세 번에 걸쳐 우크라이나 지방정부에 아이의 소재지와 신원 인도를 호소하는 탄원서를 제출했다. 그러나 모스크바로부터는 '아니카는 국가의 보호하에 아동보호소에 있다'는 통보 외에 다른 어떤 회신도 받을 수 없었다.

매튜는 UN 인권위에 호소하자고 한다. 그러나 나는 매튜의 방법을 따를 수 없다. 만약 다른 어떤 수단에 의해 아이의 소재지를 파악하고 빼낼 수만 있다면 그것이 낫다. 문제를 크게 만들어 모스크바의 분노를 살 필요는 없다. 나스타샤에게는 명분보다는 아이가 훨씬 소중하다. 모스크바를 잘못 건드리면 아이는 영원히 사라질 수도 있다. 소련의 법률은 부모가 범죄로 기소될 경우 아이는 국가의 보호하에 들어가도록 규정하고 있다. 조부모보다는 국가가 우선권을 갖고 있다. 아니카가 법의 보호를 받지 못하고 있는 것이 아니라 오히려 법에 의해 정해진 바와 같이 처리되었다. 주권은 최고권이다. 소련의 법률 자체에 대해 인권위가 할 수 있는 것은 없다. 지금은 아니카와 보리스를 빼내는 것이 중요하다. 만약 모든 노력이 수포로 돌아간다면 이제 UN과 국제 여론에 호소할 차례다. 그러나 지금은 아니다.

현재 보리스는 형을 언도받고 복역 중이고 나스타샤는 실종으로 기소 중지된 상태일 것이다. 중요한 문제는 아니카의 소재지와 상태를 파악하는 일이다. 이것은 막막하고 어려운 일이다. 아니카는 여덟 살이다. 고아원에서 지낸 지 이미 이 년이 되었다. 앞으로 몇 년이 더 경과하면 아니카의 상태가 어떻게 될지 누구도 모른다. 그 나이 때의 하루는 어른의 닷새만큼 중요하다. 소련의 고아원이 아이를 잘 키울 것 같지는 않다. 매튜는 어제 내게 전화해서 오늘 만나자고 했다. 그러나 매튜는 또 UN이나 사면위원회나 국제 인권위원회에 청원하자는 쓸데없는 이야기나 할 것이다. 나스타샤는 현재로서는 둘이 살아 있다는 사실에 일단 만족하고 있다. 그러나 최초의 안도가 지나면 이제 마음이 조급해질 것이다.

매튜는 의외의 대안을 들고 나왔다.

"우리가 서둘러서 처리해야 할 문제는 아니카의 구출은 아닐세. 그건 불가능하네. 구출했다 해도 보호자가 없는 상태에서 이민의 절차는 매우 복잡하네. 보리스의 석방이 먼저네. 보리스가 석방되면 보리스는 아니카에 대해 친권을 주장할 수 있고 당연히 아이는 빼내올 수 있네. 그렇게 해서 둘을 한꺼번에 탈출시키는 게 가장 좋은 방법이네."

보리스는 십오 년 형을 언도받았고 이제 겨우 이 년을 복역했을 뿐이다. 나는 하릴없이 매튜의 얼굴을 쳐다볼 따름이었다. 매튜가 바싹 다가앉았다.

"조지, 끈이 있네. 크레믈린의 실력자와 끈이 있어. 사실 보리스가 모스크바에 있다면 차라리 일이 더 쉬워. 누군지, 직위가 무엇인지는 묻지 말게. 단지 사법부에 영향력 있는 한 인사야. 그는 적당히 부패한 사람이네. 그는 소련의 체제가 곧 붕괴될 거라고 생각하고 있지. 지금 그의 아들이 미국에 있네. 신분이 세탁된 채로 말이야. 그는 프랑스에 유학하고 있다가 실종되었고 사망처리 되었어. 그러나 그것은 크레믈린이 알고 있는 사실이네. 사실은 프랑스에서 가짜 신분증을 만들었고 내가 그를 미국으로 이민시켰네. 오 년 전에 말이야. 내게는 매월 미국 달러로 1,000불을 갖다 주는 사람이 있네. 러시아인이지. 나는 그 돈을 보스턴의 친구에게 전달하네. 그러면 그 친구가 그의 아들에게 그 돈을 전해주지. 내가 동구권 사람들을 어떻게 쉽게 이민시켰다고 생각하나? 그가 도와줬네. 내가 그의 아들을 도와주는 조건으로 말이야. 그의 아들은 생활이 어렵네. 그 돈은 학비로도 턱없이 부족하지. 나는 그가 한 건을 도와줄 때마다 5퍼센트의 커미션을 그의 아들에게 주었네. 내가 이민 업무에서 손을 떼자 그의 아들이 어려워졌네. 뇌물을 주기가 좋은 상황이지. 내가 보리스에 대해 그와 이야기하겠네."

나는 눈앞이 환해지는 느낌이었다. 내가 묻고 싶은 것은 단 하나밖에 없었다.

"가일로프 양의 신분이 드러나나?"

매튜는 크게 웃는다.

"조지, 내가 바보인 줄 아나? 그쪽도 보리스의 연고에 대하여는 알고자 하지 않을 걸세."

나는 소련의 사법 체계에 대하여는 전혀 모르고 있었다. 그러나 부패한 사회라면 어디든 뇌물이 통한다는 사실은 알고 있었다.

"매튜, 내가 쓸 수 있는 돈은 10만 불 정도네. 그 한도 내에서 해결이 될까?"

만약 부족하다면 신용 융자를 받을 작정이었다.

"걱정 말게. 내 생각으로는 그것보다 훨씬 적은 돈으로 해결될 것이네. 3만 불 정도면 충분할 걸세. 자네가 할 일은 그 돈을 그의 아들에게 전달하는 일일세. 문제는 1만 불을 넘게 소지하면 세관에 신고해야 한다는 것일세. 나스타샤와 내 비서와 같이 가게. 각자가 9,900불씩 소지하고 보스톤으로 가게. 거기서 그에게 돈을 전달하면 끝이네. 나머지 300불은 자네가 나중에 자네 학생 중의 한 명에게 머니 오더(money order)를 발행시켜서 그의 주소로 송부하면 되네. 나는 3만 불과 보리스의 석방을 교환하는 조건을 오늘 당장 모스크바의 그자에게 제시하겠네. 기다리게."

생각을 정리해보았다. 상황이 전개되는 양상을 어떤 순서로 나스타샤에게 말해야 하나를 곰곰이 생각하고 있다. 나스타샤는 보리스와 아니카가 살아 있다는 사실만으로 요사이 행복하

다. 지금도 콧노래를 부르며 저녁식사를 준비하고 있다. 된장 냄
새가 난다. 된장찌개가 오늘 저녁 메뉴인가 보다. 모를 노릇이
다. 나는 보리스가 모스크바에 있다는 사실을 확인하고는 절망
적이었다. 그것이 오히려 상황을 반전시켰다. 행운과 불운은 우
리를 희롱한다. 나스타샤는 눈치챘다. 무엇인가 좋은 일이 있다
고 생각하고 있다.

"그래도 다행이야. 나는 그들이 살아 있다는 사실만으로도 기
뻐. 아니카가 몸이 약한 게 걱정이지만."

이야기를 꺼낼 기회를 잡았다.

"나스타샤, 어쩌면 당신은 곧 아니카를 안을 수 있게 될 거
야."

나는 이렇게 시작했고 매튜가 제시한 가능성을 말해주었다.
그녀는 마음을 진정시키려고 애썼다. 너무도 비극적인 일을 겪
었고 너무도 바라던 일이기 때문에 그 희망을 품는 것조차도 두
려웠던 것이다. 나스타샤는 가만히 고개를 숙이고 생각에 잠겨
있다. 나는 말했다.

"중요한 문제 중 하나는 석방된 보리스가 아니카를 찾는 문
제야. 가장 바람직한 것은 먼저 아니카의 소재를 알아내는 것이
지. 매튜가 크레믈린의 실력자와 통화할 거야. 엄밀히 말하면 매
튜가 직접 통화하는 것이 아니고 미국에 거주하는 어떤 러시아
인과 통화하는 거지. 그 러시아인이 내일 새벽에 모스크바에 연
락을 하는 거고. 사실 이것은 내가 모르고 있는 방법에 의해서

야."

나스타샤는 조용히 일어나서 식기세척기에 접시와 그릇을 챙겨넣는다. 안정을 취하려 한다. 그러나 쨍그랑 소리와 함께 컵하나가 미끄러져 바닥에 떨어진다. 깨지지는 않았다. 코렐은 잘깨지지 않는 컵을 팔고 있다. 나스타샤의 손이 가늘게 떨리고있다.

고르바초프는 독립국가연합(CIS)의 가능성에 대해 말하고 있다. 연방이 민족국가들로 해체되는 것은 시간문제로 보인다. 보리스의 희망이 실현되고 있다. 나는 이해할 수 없었다. 러시아인과 우크라이나인은 같은 민족이다. 모든 러시아인들의 기원이우크라이나의 키에프이고 2차 세계대전 때는 우크라이나의 스탈린그라드가 최대 격전지였다. 우크라이나는 왜 독립하려 했을까? 제주도나 경상도가 독립국가가 되기를 원할 수 있을까? 더구나 우크라이나는 러시아와 같은 종교를 가지고 있다. 동일한 조상, 동일한 역사적 배경, 거의 동일한 언어, 피를 나눈 동맹이 굳이 분리독립을 하려는 이유를 이해할 수 없었다. 독립이우크라이나의 어떤 자부심을 충족시켜 주는 것이고 어떤 경제적·정치적 이익을 가져다 주는 것일까? 나스타샤도 설명을 못한다. 하와이나 괌의 원주민들은 오히려 미국의 일부가 되기를원했다. 그들이라고 민족적 자부심이 없고 고유의 역사가 없겠는가?

퀘벡 주는 캐나다로부터 분리독립을 하려 한다. 그들의 조상은 프랑스 이주자들이다. 영국과 프랑스는 북미에서 격전을 치렀고 프랑스가 패배했다. 프랑스 영토는 퀘벡 주로 한정되게 되었다. 나중에 미국의 위협이 있게 되자 캐나다의 각 주는 연합하여 하나의 국가를 형성시켰다. 미국의 위협이 없어진 지금 퀘벡 주의 많은 주민들이 독립을 원하고 있다. 자신들이 프랑스에서 왔기 때문에 나머지 캐나다인들과는 다르다는 것이다.

퀘벡 주는 대서양을 사이에 두고 유럽과 마주 보고 있다. 유럽의 많은 나라들이 가까운 퀘벡 주에 투자하고 공장을 지었다. 그러나 분리독립을 주장하는 퀘벡은 더 이상 안전하고 효율적인 투자처가 되지 못한다. 많은 공장이 퀘벡을 떠나 온타리오로 오고 있고 외국인 투자는 날로 감소하고 있다. 캐나다의 신문은 퀘벡 주의 경기 하강에 대해 자주 보도하고 있다. 캐나다는 퀘벡의 분리를 하나의 내란으로 간주할 작정이다. 분리독립운동에 의해 퀘벡 주민들이 얻은 것은 무엇인가? 퀘벡 주의 프랑스인들은 캐나다 내에서 우월적인 특혜를 누려왔다. 더 적은 세금, 더 많은 연방 지원, 불어의 공용화 등. 단지 정치적 이유만으로 일부 퀘벡 주민들은 어리석은 결의를 하려 한다.

나와 나스타샤와 매튜의 비서는 보스턴 국제공항에 내렸다. 내겐 익숙한 공항이다. 그러나 친근하지는 않다. 아마도 많은 한국인들이 여기서 그들의 유학 생활을 시작했을 것이다. 미국엔

정이 안 간다. 나는 십 년 전에 여기에 발을 디뎠고 불안과 두려움에 싸인 미국 생활이 여기에서 시작되었다. 그 후로 몇 번인가 이 공항을 이용했다. 여기에서 두 차례의 학회도 있었다. 어쩔 수 없이 참석해야 하는 학회였다. 마지못해 왔었다.

미국은 1만 불이 넘는 현금을 무조건 세관에 신고하도록 규정하고 있다. 각자가 9,900불씩의 미국 달러를 소지하고 세관을 나서는 중에 나스타샤가 세관원에게 저지당했다. 나는 일행이라며 옆에 같이 섰다. 세관원은 돈을 일일이 셌다. 나는 극도로 짜증이 나고 있었지만 나스타샤가 불안해할까 봐 참고 있었다. 그러나 결국 터지고 말았다.

"왜 이렇게 현금이 많은 거요?"

얼굴이 넓적하고 몸은 비만인 세관원이 오만한 태도로 물었다. 나는 똑같이 오만한 태도로 대답했다.

"우린 부자요."

세관원이 분노했다. 백변증에 걸린 듯한 허연 얼굴이 마치 불붙듯이 붉어졌다. 자리를 박차고 일어난 세관원은 내게 모든 소지품을 내놓고 신발을 벗으라고 명령했다. 그의 주위로 다른 세관원들과 이민국 직원들이 모여들었다. 나는 시키는 대로 했고 그는 이번에는 내 돈을 세기 시작했다. 역시 9,900불인 것을 확인한 세관원은 왜 두 명 모두 9,900불이냐고 물었다. 나는 지갑을 열어 70불을 꺼냈다.

"정확히 9,970불이요. 그리고 왜 9,900불인가는 당신네 연방

은행에 물어보시오. 그것을 개인이 신고 안 해도 되는 최고 금액으로 정한 건 당신네 준비 은행장이오."

세관원은 거의 분별을 잃었다. "나는 당신들을 되돌려 보낼 권한이 있어"라고 짖어댄다. 나는 어이가 없었다. "할 수 있는 일을 하시오"라고 말하며 냉소적인 웃음을 지었다. 그러나 되돌려 보낼 명분이 없다. 우리에게도 우리를 보호하는 국가가 있다. 우리는 쿠르드 민족이 아니다. 세관원은 이민국 사무실로 우리를 끌고 갔다. 다른 트집거리를 찾으려고 한다.

공항을 나서며 나스타샤는 분노로 몸을 떨었다. 그녀 역시 사무실에 끌려 들어가서 신발과 옷이 벗겨진 채로 수색을 당했다. 미국은 모든 외국인을 잠재적인 범죄자로 취급한다. 미국을 드나들며 모욕감을 느껴보지 않은 외국인은 없을 것이다. 미국 당국은, 모든 외국인이 미국에 불법체류하기를 원한다고 생각하고, 미국에서 돈 벌기를 원한다고 생각하고, 외국인의 모든 현금은 마약 거래를 위한 것으로 간주한다. 그리고 자존심은 미국 국민만을 위한 것이라고 생각한다.

미국의 가장 큰 문제점은 스스로는 무오류이며 자신들이 세계의 모든 정의를 독점하고 있다고 생각하는 것이다. 미국만이 자유와 정의와 인권의 옹호자라고 스스로 생각한다. 나는 대학원 시절에, 미국 역시도 아메리카 인디언을 대량 학살해서 이 땅을 차지했고, 아프리카인을 노예로 부려 남부의 번성을 이룩했다고 말했다가 학생들 전체의 공적이 되었다. 정의와 인권을 떠들어대는 그들이 아니꼬워서였다.

모든 개인이 과오를 저지르듯이 모든 국가도 과오를 저지른다. 문제는 과오에 있지 않다. 스스로는 과오가 없다는 오만에 더 큰 문제가 있다. 이런 국가는 앞으로도 과오를 저지를 소지가 많다. 만약 차지하고 싶은 땅이 있다면 미국이나 일본은 언제라도 대량 학살의 수단을 사용할 것이다. 다른 나라가 그렇지 않을 것이라고 말하고 싶지는 않다. 모든 나라가 그러할 개연성이 있다. 그 다음에 스스로를 정당화할 것이다. 어차피 '정의는 강자의 이익'이니까. 그러나 힘과 정의에 관한 솔직한 인정과 위선적인 부정에는 커다란 차이가 있다. 전자에는 과오와 잔인함과 역겨움의 여지가 없지만 후자에는 모든 악덕이 두 손 들어 환영할 여지가 있다.

그 실력자의 아들은 마약을 하고 있는 것이 틀림없었다. 내 전공은 미술사이고 이것은 날카로운 시각적 훈련을 요구한다. 나는 심지어 마리화나를 하는 학생도 구분한다. 그는 들뜬 눈과 멍한 표정, 안절부절못하는 태도와 불안한 분위기를 가지고 있었다. 옷을 걷어 올리고 팔목을 보고 싶었다. 그러나 지금 나는 학생을 대하고 있는 것이 아니다. 우리는 지금 나긋나긋하고 부드러운 사람들이 되려고 노력하고 있다. 미국은 2만 불 이상의 예금은 자동적으로 세무당국에 통보된다. 나는 1만 9,900불은 예금하고 나머지 돈은 소지하고 있으라고 권고했다. 그리고 자리를 폈다. 보리스는 이제 재심을 청구할 것이고 그것이 받아들여지면 아마도 한 달 이내에 사면될 것이다. 이것이 그 '실력자'가 매튜에게 통보해준 내용이었다.

나스타샤의 표정이 어둡다.

"조지, 미안해. 나 때문에."

곤혹스럽다. 나스타샤는 지금 자존심이 몹시 손상되어 있다. 스스로의 문제 때문에 나의 돈과 나의 노동이 들어가고 있다는 사실이 견디기 어려울 것이다. 곤란은 내가 겪고 있는 것이 아니라 나스타샤가 겪고 있다.

"나스타샤, 내가 간곡히 말할게. 제발 내게 그런 마음을 품지 말아 줘. 나는 당신을 사랑해. 당신 덕분에 삶이 달라졌어. 지난 수십 년보다 당신과 함께한 이 년이 내게는 훨씬 소중해. 당신은 내게 생명이야. 내 생명 말이야. 나는 당신에게 고마워하고 있어. 내 노동이나 돈은 아무것도 아니야. 그 돈은 내가 번 것이 아니고 저절로 들어온 거야. 제 발로 들어온 돈 말이야. 아까울 것이 없어. 다시는 이 문제를 거론하지 말자. 돈은 쓰기 위해 있는 거야. 잘 쓰여지면 제 소임을 다하는 거지."

캐나다 영공에 진입하사 우리의 표정은 나시 밝아셨다. 노틀 노릇이다. 나이아가라 다리를 건너가거나 비행기로 가거나 아무튼 미국으로의 출발 이후에 가장 기쁜 때는 캐나다에 다시 돌아올 때이다. 이 촌스럽고 둔하고 고지식한 나라가 사람의 마음을 편안하고 행복하게 해준다. 나이아가라 폭포가 포말을 일으키며 안개 속에 싸여 있는 것이 보이고 QEW(Queen Elizabeth Way)가 깨끗하고 선명하게 토론토를 향하고 있는 것이 보인다.

구출

나는 세 학교에 테뉴어를 신청해두었다. 밴쿠버의 UBC, 밴쿠버 아일랜드의 빅토리아 대학, 현재의 토론토 대학. 사실 내가 근무하기를 원했던 대학은 이 순서였다. UBC에서는 이미 서한을 통해 테뉴어를 수락한다는 통보가 와 있었다. 답신을 미뤄두었다. 토론토 대학을 못 떠날 것 같았다. 웰드릭을 떠나기에는 너무 많은 사람을 사귀게 되었고 너무 많은 곳에 정을 붙였다. 나스타샤도 토론토 생활에 익숙하게 되었고 친구를 사귀게 되었다. 그녀는 나보다 더 자수 더 오래 전화통에 붙어 있는다. 이제 캐나다의 전형적인 여성이 되어가고 있다. 고맙고 다행인 노릇이다.

"나스타샤, 나는 지금 있는 대학에 계속 있었으면 해. 전에 우리가 밴쿠버에 대해 이야기했었지. 나는 거기에 가고 싶다고 말했었고. 어때 나스타샤는 여기 계속 있는 것에 동의해?"

나스타샤는 펄쩍 뛰며 기뻐한다.

"조지, 다행이야. 나는 이곳이 좋아. 나는 개업할 곳도 봐두었어. 블로어 유클리드의 한국인 거리야. 당신네 나라말을 배울 작정이야."

더 생각할 여지가 없다. 나스타샤는 토론토를 뜨는 것이 불안했지만 내 결정에 맡길 생각이었나 보다.

학장을 만나는 날이다. 내가 신청해놓은 테뉴어를 수락한다는 전화를 며칠 전에 받았다. 학장은 "당신은 두 편의 논문과 한권의 책을 집필했습니다. 우리 대학에 들인 노력과 공로에 감사드립니다. 대학 평가위원회는 귀하에게 다음 오 년간의 테뉴어를 수락하기로 하였습니다"라는 매우 공식적인 말투로 반가운 소식을 전해왔다. 학장을 만나고 몇 개의 서류에 서명하고 마지막으로 내게 제안된 급료의 수락 여부를 결정해야 한다. 이번에는 대폭적인 인상이 있기를 바랐다. 지난 테뉴어는 학위를 받은 첫 번째 근무였고 대학이 제시하는 급료를 협의 없이 수락했다. 그때는 될 대로 되라는 마음 상태였다. 언젠가 그렉의 급료와 나의 급료를 비교하고는 깜짝 놀랐다. 그렉의 급료는 내 급료의 거의 두 배에 이르고 있었다. 사실 자존심이 조금 상했다.

대학 이사진은 급료의 바운더리를 정해놓았을 것이고 그것을 이미 학장에게 통보했을 것이다. 나는 학장에게 100퍼센트 오른 급료를 요구했다. 돈은 역시 큰 문제이다. 학장이 흠칫하고 놀랐다. 나는 다시 태연하게 내가 요구하는 급료를 말했다. 학장은 솔직함이 최선의 정책이라고 생각한 것 같다.

"선생님, 우리 대학이 지급할 수 있는 급료는 거기에 미치지 못합니다. 대학 당국은 선생님의 급료로 4만 7,000불을 책정했습니다."

그는 서류를 꺼내어 내게 보여주었다. 캐나다인들은 거짓말을 잘 안 한다. 아마 사실일 것이다. 그러나 나는 6만 4,000불을 요구하고 있다. UBC는 5만 8,000불을 제안했다. 나는 자리에서 일어섰다. 이 정도의 차이라면 차라리 요크 대학이나 지역 대학에 새롭게 지원하는 것이 낫다. 그렉의 급료가 자꾸 떠올랐고 자존심이 상했다. "저는 UBC에서 5만 8,000불을 제안받았습니다"라고 말하고는 문을 열고 나왔다. 학장이 다급하게 따라 나왔다.

"다시 한 번 이사회에 이야기를 해보겠습니다. 선생님이 받아들일 수 있는 최저선이 혹시 있습니까?"

나는 5만 5,000불을 제시했다.

"제가 양보할 수 있는 마지막입니다."

학장은 악수를 청하며 고개를 끄덕거렸다. 아마 이 급료는 수락될 것이다. 이사회는 학장에 의해 좌지우지된다. 그는 그 사실을 숨기고 있지만.

"나스타샤, 우리는 계속 여기에 머무르게 될 거야. 내 급료도 대폭 인상될 거고. 대학과의 협상은 잘 진행되었어. 축하해줘."

나스타샤는 온몸으로 기쁨을 드러냈다. 그녀의 과거의 고통은 이제 끝나가고 있다. 그녀는 요즘 한층 밝아졌으며 많이 예뻐졌다. 눈은 더욱 반짝거리고 뺨은 생생한 빛을 발한다. 이렇게 빛나는 여인이 지금껏 어디에 숨어 있었던 것일까.

그녀는 화이트 로즈에서 서 있을 시간이 거의 없다. 고객들에게 가장 인기 있는 조언자이고 가장 친절한 조력자이다. 그녀는 수십 페이지의 정원 모델을 스스로 만들었다. 집과 마당과 방향에 따라 가능한 식수에 대한 다양한 일람표인 셈이다. 그녀는 이것을 일일이 컴퓨터로 그렸다. 그녀는 실제적이고 구체적인 문제에 대해 능란하다.

"조지, 나는 어떤 것이건 간에 그것이 눈에 보여지고 만져지는 사물에 대해 예민하게 반응하는 것 같아. 당신은 추상적인 개념에 능숙한 것 같고."

확실히 그녀는 그렇다. 내가 그녀를 자연의 딸이라고 일컫는 것은 그 이유이다. 그녀는 철학이나 수학에는 취약했을 것이다. 역사가 그녀의 전공이었던 것은 스스로의 적성을 잘 찾아갔기 때문이다.

나는 가끔 그녀의 어린 시절을 상상한다. 병들고 지친 아버지와 매정한(나스타샤의 표현이다) 어머니 사이에서 힘들었을 것이다. 그녀는 사랑받고 보호받을 소지가 많은 아이였을 것이다. 나스타샤는 지금 이 나이에도 귀엽고 천진하다. 그러나 사랑받고 싶었던 욕구가 충족되지 않은 채로 어린 시절을 보냈다. 어린아이가 누려야 할 최소한의 권리조차도 누리지 못했다. 그리고 결혼하고 비극을 맞았다. 모든 인생이 쉽지 않다. 그러나 그녀의 인생은 더욱 쉽지 않았다. 이제 그녀는 과거의 모든 비극을 벗어버리려 하고 있다. 망가졌던 몸은 복구되었고, 피폐해졌던 영혼은 캐나다의 삶이 고쳐주었으며, 이제 헤어졌던 아이를 만날 수 있게 되었다. 그녀처럼 사물에 직접 닿는 영혼들은 큰일을 할 수 없다. 그러나 그 영혼들은 작은 일에 만족할 줄 안다. 나스타샤의 삶은 행복해질 것이다. 내가 내 사랑에 대해 할 수 있는 모든 일을 했다.

보리스와 아니카가 오데사의 집에 도착했다는 소식을 들은 건 우리가 보스턴에 가서 돈을 전달한 지 정확히 5주 만이었다. 길었던 5주였다. 나스타샤는 수건이 다 젖도록 울었다. 그녀는 기쁨의 환성을 지르며 울었다.

"조지, 고마워. 정말 고마워. 미스터 모얄에게도 고맙고. 나는 이제 구원받았어. 나는 신에게 감사해. 나의 아니카. 나의 아니카."

보름이 시나 보리스의 편지와 보리스와 아니카가 같이 찍은 사진이 매튜를 통해 전달되었다. 오데사의 밀무역자가 전달해 준 것이었다. 아니카는 많이 자라 있었다. 약간 무표정하고 생기가 없었지만 눈매와 코는 나스타샤의 아들이 틀림없음을 보여주고 있다. 많이 닮았다. 나스타샤는 아니카의 얼굴에 수십 번

입을 맞춘다.

보리스는 뭔가 이상했다. 매우 야위어 있었다. 수염은 말끔히 깎고 있었고 머리도 단정하게 잘랐다. 그러나 그 표정에서 구원의 기쁨은 찾아볼 수 없었다. 불만스러워하는 표정이 있는 것도 아니었다. 무표정하고 멍한 표정이 살아 있는 사람이 아닌 듯한 느낌을 주었다. 눈은 카메라를 향해 있지만 그 사진을 볼 사람을 의식하지 않은 채로 어딘가 카메라 너머의 세계를 보는 듯한 분위기를 풍기고 있었다. 나는 보리스가 아노미 상태에 있는 것이 아닌가 하는 생각이 들었다. 힘든 강제 노동과 구금 생활 끝에 갑자기 석방되었고 그것이 그에게는 실감되지 않으리라는 것이 나의 추측이었다. 나스타샤도 이상해했다. 보리스를 바라보며 고개를 갸웃거린다.

"보리스의 표정이 원래 저런가?"

나스타샤는 고개를 저었다.

"잘 웃는 사람은 아니지만 저렇게 이상한 표정을 짓지는 않아."

보리스의 편지에도 별 내용이 없었다.

라스키를 통해 전해진 두 번째 소식은 불길하고 기분 나쁜 것이었다. 예감이 좋지 않았다. 보리스는 심각한 신경증을 앓고 있었다. 라스키의 친구가 본 바로는 매우 심각했다. 자신의 구두끈을 매지 못할 정도로 심리적 무능을 겪고 있고 거의 약에 취한 상태로 지낸다는 것이었다. 이제야 사진의 표정이 설명되었다.

약에 취해 있었다.

"불쌍한 보리스. 그 사람은 강인한 사람도 아니고 의지가 강한 사람도 아니에요. 고문이나 구금 생활을 견딜 수 있는 사람이 아니에요. 낭만적이고 유약한 사람이지요. 체포와 공포가 그를 그렇게 만들었을 거예요."

나스타샤는 눈물을 흘린다.

보리스는 자기가 감당할 수 없는 일을 저질렀다. 자기가 하고 있는 일과 자기 자신에 대해 상상력이 부족했다. 반체제 운동은 자신의 목숨이 언제든지 달아날 수도 있다는 전제하에 시작해야 하고, 자기가 감당해야 할 고통이 어떤 것이 될 것인가와 자신이 그것을 어떻게 견뎌 나갈지에 대한 각오가 전제되어야 한다. 보리스를 충동질한 것은 프랑스 혁명의 낭만적 이념이었다. '목마른 신'들의 형이상학적 환상에 도취되었다. 지구의 다른 쪽에서는 사회주의에 대한 환상 때문에 소요가 있고 보리스는 자본주의에 대한 환상 때문에 자신을 망쳤다.

권력에의 의지를 배제하고는 어떤 정치적 행위도 성립하지 않는다. 신성한 정치적 운동은 존재하지 않는다. 투쟁하고 있는 양자는 모두 정의와 보편적 원칙을 부르짖지만 모든 관념이 인간에 의해 만들어진 것처럼 정치 이념도 신성불가침한 것은 아니다. 인간은 때때로 고귀하려 노력하지만 본래 고귀한 존재는 아니다. 기득권자들이 정당하고 반체제 인사들이 부당한 것이 아닌 것처럼 그 역도 사실이다. 단지 권력에의 요구가 스스로가 정의롭다는 환상을 갖게 만든다.

반체제 운동이 성공하여 그 인사들이 권력을 쥐게 되면 종종 이중의 악덕을 보이게 된다. 본래의 기득권자들이 가진 악덕에 더해 스스로는 정의롭고 지혜롭다는 오만의 악덕을 보인다. 정치 투쟁은 권력이 이득을 주지 않을 때까지 지속된다. 권력이 이익일 때는 언제라도 정의와 원칙의 가면을 덮어쓴 각각의 파당들이 미친개처럼 날뛴다. 기득권을 유지하려는 사람들도 미쳐서 날뛰며, 권력을 탈취하려는 반체제 운동의 기수들도 미쳐 날뛴다. 어리석은 사람들은 그들이 주장하는 이념들이 이익과 관계없는 이상적 원칙이라는 허구에 속고는 정치 투쟁의 도구가 되어간다. 감상적 낭만주의에 젖어서.

나는 매튜의 사무실을 찾아갔다.

"이민에는 문제가 없네. 전염병이 아닌 한 원칙적으로 이민은 가능하네. 단지 그 상태로 서방세계로 탈출할 수 있느냐가 문제네. 그리고 그 상태로 캐나다에서의 새로운 생활을 감당해낼 수 있느냐도 문제네. 영어는 가능한가?"

나는 보리스가 영어를 할 수 있는지 없는지에 대해 잘 모른다. 그 사실은 확인하지 않았다.

"그 사람은 프랑스어를 가르쳤네. 기본적으로 프랑스어를 말하는 사람들은 영어를 쉽게 배우네. 영어를 말할 수 없다 해도 금방 배울 걸세. 슬라브인들은 뻔뻔스러운 기질을 갖고 있네. 엉터리 영어라도 용기 있게 쓸 걸세."

보리스와 아니카는 단독으로 탈출하기는 힘들다. 매튜의 도움이 필요하다.

"매튜, 자네가 그 유태인 고객에게 부탁을 하게. 보리스와 같이 헬레스폰트를 지나라고. 그 사람 이름이 아마 라스키라고 했지. 라스키의 가족과 같이 탈출시켜야 하네. 매수가 필요하다면 매수하도록 하세."

매튜는 잠시 생각에 잠겨 있다가 비서를 불러 무슨 쪽지를 건네준다.

"조지, 내일 오전 열한 시에 여기로 오게. 점심식사나 같이하세."

불길하고 어두운 느낌은 보리스의 병 그 자체에서 오는 것이 아니다. 그것은 무능력에 처한 보리스가 나스타샤와 나의 관계에 미칠 어떤 영향에 대한 예감으로부터 온 것이다. 나는 지금 보리스에 대하여 분노를 품고 있다. 서른여덟이나 먹은 사람이 헛된 이념 때문에 스스로와 가족에게 엄청난 고통을 안겨준 것에 분통이 터졌고 또 자기가 저지른 일에 대해 기껏해야 신경증으로 대응한 그의 유약함에도 분통이 터졌다. 강인하고 악질적인 인간들이 사회에 적극적인 해악을 끼치는 것 이상으로 유약하고 낭만적인 사람들이 사회에 소극적인 해악을 끼친다. 착하고 유약한 사람들은 스스로를 자포자기적으로 희생시키고 만다. 그가 진공 속에서 혼자만 존재한다면 그것도 괜찮다. 문제는 그를 사랑하는 사람들이 있다는 것이다. 그는 스스로의 무기력으로 자기 주변 사람들을 불안과 고통 속에 몰아넣는다. 내가 보리스에 대해 품고 있는 분노는 여기에서 온 것이었다. 그는 매우 아름다운 용모를 하고 있다. 아름다운 푸른 눈과 곱슬머리, 매끈한 곡선을 그리고 있는 뺨, 늘씬하게 큰 키와 균형 잡힌 몸매 등은 아마도 신이 그의 무기력에 대한 보상으로 그에게 부여한 외연적 아름다움일 것이다. 그러나 내가 나스타샤였다면 그를 선택하지는 않았을 것이다. 어떤 외연적 아름다움도 내면적 지혜와 용기를 보상할 수는 없다.

집으로 들어가기에 앞서 차 안에서 몇 번이고 심호흡을 하며 마음을 안정시키려 애썼다. 지금 보리스와 우리 상황에 대해 극도로 짜증이 나 있다. 나스타샤는 내게 미안해하고 있다. 나스타샤는 내 분노를 오해할 것이다. 나는 지쳐가고 있긴 하다. 그러나 못 견딜 정도는 아니다. 나스타샤는 화가 난 나를 보고는 스스로에 대한 자책감과 나에 대한 미안함 때문에 몸 둘 바를 모를 것이다. 그러나 이 모든 것이 둘 사이의 사랑이 불러온 일이다. 사랑에 부수하는 결과물 때문에 사랑을 손상시켜서는 안 된다. 발에 밟힌 낙엽이 초라하다고 해서 여름날의 영광과 빛나는 과실을 부정할 수는 없지 않은가. 파도에 밀려온 조약돌이 보잘 것없다고 해서 바다의 영광을 부정할 수는 없지 않은가.

나는 그렇게 한참을 차 안에 앉아 있었다. 누군가가 창을 두드렸다. 나스타샤다.

"분명히 당신 차가 들어오는 것을 보았는데 당신이 안 들어와서."

나스타샤는 내 눈치를 살짝 살핀다. 나는 나스타샤의 허리를 잡고 집 안으로 들어섰다. 우리는 부부 사이가 좋은 집으로 주위에 알려져 있다. 내가 혼자 집을 나서면 옆집 노인네는 "당신 아내는? 집에 있어? 당신이 없는 사이에 내가 유혹할 건데. 괜찮아? 같이 나가지"하고 비꼰다. 나는 "사랑 때문에 남의 부부관계를 파탄으로 몰고 가면 곤란하지요. 사랑이 중요하긴 하지만"하고 대꾸했다.

나스타샤를 침실로 데리고 들어갔다. 그녀의 향기를 맡고 싶다. 나스타샤는 의아해하더니 기쁨의 미소를 흘리며 깔깔거린다. 순식간에 앞치마를 벗어 던진다. 육체는 가끔 정신적 불안에 대한 치유책이다. 침실 문을 다시 열고 나갈 때는 우리 둘은 본래의 허물없는 사이가 될 것이다.

내가 매튜의 사무실에 갔을 때 매튜는 아직 출근하지 않고 있었다. 매튜의 비서는 유태인이다. 우아함과 고상함에 과도하게 신경 쓰는 여자이다. 그녀는 일본인과 한국인을 혼동한다. 엄밀히 말하면 일본과 한국을 혼동한다. 그녀는 최근에 혼다를 샀다.

"조지, 당신네 나라는 대단해요. 기름을 채우면 다시 기름 넣는 걸 잊을 정도로 효율이 좋아요. 승차감도 좋고 오디오도 좋아요."

나는 그럴 때마다 신경질이 난다.

"알리사, 혼다는 한국 차가 아니라 일본 차요. 한국 차는 현대요."

알리사는 의문스런 표정으로 나를 바라본다.

"그게 그거 아니에요?"

내 신경질이 점점 고조된다.

"알리사, 내가 느브갓네살을 당신네 조상이라고 하면 당신 기분이 어떨 것 같소? 이스라엘과 레바논이 같은 나라라고 해도 괜찮소?"

그녀는 샐쭉해져서는 돌아서고 우리의 대화 아닌 대화는 여기에서 끝난다. 그녀의 고상함이 손상받았다.

어떤 여자들은 자신들의 무지조차도 여성에게 합당한 존중심으로 대접받아야 된다고 생각한다. 알리사는 아마 마음속으로 다음과 같이 생각할 것이다.

'당신은 내 무식을 탓하며 내게 면박을 주고 있다. 나같이 아름답고 우아하고 고상한 여자에게. 네 학문 따위는 중요하지 않다. 무미건조하고 말라비틀어진 지식은 쓸모없는 것이다. 얼마나 많은 그럴듯한 남자들이 나의 아름다움과 우아함에 감탄하는지 알고나 있는 거냐? 얼마나 많은 노고와 돈이 나의 미소에 쏟아지는지 알고나 있냐? 인생의 진정한 가치는 그러한 매력에 있는 거다.'

몸을 파는 여자만 창녀가 아니다. 성적 매력에 대한 보상이 물질적 성공이라고 생각하는 여자들이 창녀다. 어떤 여성들은 여성적 매력에 과도하게 집착한다. 스스로가 되기보다는 자기 자신의 육체적·여성적 매력에 대한 남성들의 시각과 본능에만 스스로를 맞추려는 여자들이 있다. 이러한 여성들은 그들이 어떤 고상함에 싸여 살아간다 해도 본질적으로 몸을 팔고 살아가는 것이다. 이 고급 창녀들은 혼인과 관련해 법률적 구속을 원한다. 자신들의 육체에 유효기간이 있다는 것을 알고 있기 때문이다. 그녀들은 한때 화사하게 피어났던 스스로의 육체에 대한 보상을 평생을 통해 청구하고 싶어 한다. 그리고 그것을 사랑이라 부른다.

그녀들은 생물적 생존 양식에 고상함을 덧붙이고 있다. 창녀가 아닌 체해야 비싸게 팔 수 있다. 고귀해 보이려는 여성들의 헛된 시도는 단지 스스로를 비싸게 팔려는 시도일 뿐이다. 고귀함은 의도적 노력으로는 얻어지지 않는다. 고귀함은 그것 자체가 목적일 때에만 얻어진다. 목적이 있는 고귀함은 고귀함이 아니다. 좋은 장사꾼의 첫 번째 요건은 정직이다. 없는 실력을 거드름으로 덧씌우는 교수가 가련한 사람이고 나쁜 장사꾼인 것처럼, 없는 고귀함을 위장하는 여성들도 부정직한 장사꾼이다. 도스토예프스키의 소냐는 창녀 일을 한다. 그러나 그녀는 고귀한 창녀이다. 오히려 고결이라는 수식어는 그녀를 위해 예비해 두어야 한다. 그녀에 대한 애처로움은 싸구려로 자신을 파는 자기희생 때문이다. 몸을 파는 그녀의 행위는 스스로를 태우는 것이다. 자기희생이고 자기 포기이다.

몸을 파는 것이 윤리적 비난을 받아야 할 이유는 없다. 모든 사람들이 무엇인가를 판다. 엔지니어는 기술을 팔고, 교수는 지식을 팔고, 정치가는 기만을 팔고, 목사는 구원을 판다. 사랑이라고 보통 말해지는 것은 단지 이 교환 행위가 좀 더 영속적으로 남녀 간에 행해지는 것을 일컬을 뿐이다. 여자는 육체적 향락을 팔고 남자는 항구적 보살핌과 위안을 판다. 여기에 계약서까지 첨부되면 그것이 결혼이다. 교환이 물질적 생존의 전제 조건이다. 어떤 여자들은 날품팔이로서 몸을 팔 뿐이다. 그 여자들이 창녀라고 불린다. 여기에 어떤 윤리적 문제는 없다. 날품팔이가 죄는 아니다. 단지 좀 더 고된 일일 뿐이다.

판매에 지나지 않는 자기 행위에 사랑이나 학문이나 자선 따위의 어마어마한 수식어를 붙여야 만족하는 사람들이 있다. 가치보다 비싸게 팔려는 목적이다. 부도덕은 여기에 있다. 이것은 사기일 뿐만 아니라 자기기만이다. 상대뿐만 아니라 스스로도 속인다. 비난의 여지는 여기에 있는 것이지 판매 자체에 있는 것은 아니다. 불행한 창녀들이 행복한 많은 부인네들보다 더 윤리적이다. 창녀는 남녀 간의 성적 교환에 있어 매우 정직한 거래를 한다. 제값만 받으면 만족한다. 많은 여자들이 기만적인 그부분에서 창녀는 정직하다. 알리사의 문제는 창녀가 아닌 체하는 그 기만에 있다. 똑똑하고 잘 교육받은 여자들이 자기 지식을 팔고 살아가듯 머리가 빈 예쁜 여자들은 몸을 팔고 살아가면된다. 거기에 거짓 환상만 덧붙이지 않으면 된다. 알리사의 거짓은 자기 고객을 속이려는 시도이다. 일종의 과대포장이다. 그것은 심지어 스스로도 속이는 기만이다.

재미있게도 매튜는 알리사를 싫어한다. 매튜는 단지 여성적 매력이라는 이유만으로 나스타샤와 결혼했다. 그런데 알리사를 '공주마마(Her Excellency)'라고 부르며 경멸한다. 알리사는 매튜의 사촌 동생이다. 그렇지 않았더라면 일찌감치 해고되었을 것이다. 매튜는 심지어는 알리사와 눈을 마주치려 하지 않는다. 나는 이것이 이해되지 않았다. 아마 창녀에도 수준이 있는 것이고 매튜는 자기 마누라를 고급으로 분류하고 알리사를 저급으로 분류한 것 같다.

알리사가 매튜의 전화를 바꿔준다. 매튜는 식당으로 직접 갔다. 아스트리아는 매튜의 소유인 몰의 한쪽 구석을 모두 차지하고 있는 고급 식당이다. 도착하니 라스키가 나와 있었다. 라스키는 매튜의 사무실에 오기를 꺼린다. 위험하다고 생각한다.

"비용은 1인당 1만불입니다. 그러나 보리스의 상태를 본다면 그들이 일을 안 하려 할 것 같습니다."

나는 물었다.

"무잇이 문세지요?"

나는 보리스가 육체적으로는 멀쩡하지 않냐고 말했다.

"문제는 검문입니다. 경비병의 검문이 있습니다. 우리는 탈출자들을 화물로 위장하고 보스포루스 해협과 헬레스폰트 해협을 통과합니다. 보스포루스는 문제가 없습니다. 거기는 경비가 삼엄하지 않으니까요. 문제는 헬레스폰트입니다. 컨테이너의 한쪽 면을 벽으로 치고 그 안에 있어야 하지요. 현재 보리스와 그의 아이를 포함하여 아홉 명이 탈출할 예정입니다. 헬레스폰트의 터키 지역을 통과하는 데는 일곱 시간이 걸립니다. 긴 시간입니다. 가일로프 씨가 그 시간을 견뎌줄지 그게 걱정입니다."

문제가 이것뿐이라면 크게 곤란할 것은 없다.

"재우면 됩니다. 보리스에게 수면제를 투여해서 계속 재우면 될 것 같은데요."

라스키는 생각에 잠긴다. 그의 가족의 운명이 걸려 있는 문제이다. 나는 다시 제안했다.

"브로커에게 5,000불을 더 지불한다고 하시오."

매튜가 고개를 끄덕인다. 이제 기다릴 일만 남았다. 나는 상황을 나스타샤에게 말하지 않았다. 단지 라스키를 통해 5,000불을 보리스의 부모에게 전달시켰다는 사실만을 말했다. 초조감에 휩싸여 지내는 것은 나 혼자로도 충분하다.

우리는 백스탑에서 새해를 맞이하기로 했다. 오늘 백스탑은 모든 의자와 테이블을 밖에 내놓을 것이다. 그곳에 적어도 수백 명은 모일 것이다. 웰드릭의 주민은 7백 명이 조금 넘었다. 오늘 웰드릭의 성인 남녀 대부분이 여기를 다녀갈 것이다. 노인은 수십 명의 오달리스크들을 웨이트리스로 채용했다. 여기는 마치 터키의 하렘 같아질 터이다. 10불을 내고 티켓을 사면 맥주를 무한정 마실 수 있다. 티켓에는 소유자의 이름이 적혀 있다. 나는 누가 이날을 제일 기다리는지 안다. 그들은 수십 잔을 계속 마실 수 있는 사람들이다. 웰드릭에는 그런 주당들이 수십 명 있다. 주로 아일랜드인들이다. 결국 실내 공간이 부족했다. 백여 명이 통로에서 웅성거리며 맥주를 홀짝거리고 있다. 영하 17도의 혹한에서.

나스타샤는 이제 웰드릭에 모르는 사람이 없다. 많은 웰드릭 사람들이 화이트 로즈에 간다. 나스타샤는 이 사람 저 사람과 나무의 월동에 대해 이야기하고 있다. 나는 곧 나스타샤를 놓쳤다. 이리저리 밀려서 이쪽 구석에서 저쪽 구석으로 저절로 떠다니다가 마침내는 주방 앞에 있는 나 자신을 발견했다. 웨이트리스들이 노인의 지시에 따라 주방을 바삐 들락거린다. 노인은 아예 의자 위에 서서 웨이트리스들을 지휘하고 있다.

누군가가 다가와 내 팔꿈치를 잡고 인사를 한다. 지역 대학의 내 학생 중 한 명이다. 항상 양복을 단정하게 입고 다니던 그 노인네가 털 코트에 붉은 머플러를 두르고 있다. 나는 술이 취해 있었고 그는 파격적인 복장을 하고 있었다. 내가 못 알아봤다. 그러나 그가 사기 소개를 하기 직선에 알아냈다.

"미스터 요르달 씨, 여기서 뵙게 되는군요."

그는 노르웨이 이민자다. 사실 영어식으로는 '조달'이라고 불려야 할 이름이지만 스스로가 '요르달'이라고 소개했다. 젊었을 때 노스 베이(North Bay)의 광산에서 일했다. 그는 노르웨이의 군인이었으나 제2차 세계대전이 끝나고 곧 실직했다. 그러고는 직업을 구해 캐나다로 왔다. 삼십칠 년을 철광석을 캤다고 한다. 이제 일흔세 살이 되었지만 아직까지 정정하고 귀도 밝다. 그도 약간 취했다. 내 팔짱을 끼고는 아예 화장실 옆의 구석으로 끌고 갔다.

그는 렘브란트를 좋아한다. 나는 최근에 렘브란트의 〈자화상〉 시리즈를 강의한 적이 있다. 슬라이드를 보여주며 그림에 대한 설명을 해나가는 식이다. 그때 다음과 같이 말했던 것 같다.

"여러분, 렘브란트는 평생에 걸쳐 약 100장의 자화상을 그렸습니다. 그 그림들은 대부분이 사라지거나 개인의 소장품으로 비밀리에 관람되고 있습니다. 기껏해야 약 30점만이 현재 일반에게 공개되고 있습니다. 그러나 그 그림만으로도 렘브란트가 얼마나 탁월한 천재였는가를 알기에 충분합니다. 그 자화상들은 화가가 각각의 나이에 이르러 삶을 어떻게 보고 있는가를 드러내고 있습니다. 즉 각각의 나이에 있어서 렘브란트의 모습이 아니라 그 나이 때의 그의 세계관이 초상화 시리즈의 중요한 측면입니다. 운운."

내가 렘브란트의 켄우드 자화상을 보여줬을 때 요르달 씨는 마치 전기에 감전된 듯한 표정을 지었다. 자신과 같이 늙은 렘브란트의 모습에서 화가의 날카로운 개성을 포착했던 것 같다. 그는 손을 들어 질문했다.

"나는 저 그림이 아름답게 느껴집니다. 그렇게 느껴도 됩니까?"

그렇다고 대답했다. 아름다움과 그것에 대한 느낌은 여러 차원에서 존재한다고 설명하면서.

나는 그가 수업에 대한 얘기를 시작할까 봐 겁이 났다. 지금 취해 있고 그림에 대한 얘기는 수업 시간만으로 충분하다. 그가 막 렘브란트의 '렘'을 꺼냈을 때 얼른 물었다.

"미시즈 요르달은 잘 계십니까? 아직도 잘 못 걸으시나요?"

요르달 씨의 아내는 아름다운 눈과 귀여운 미소를 가진 북구의 미인이다. 젊었을 때는 대단했을 것이다. 그녀와 나는 우연히 노천 카페에서 한참을 얘기한 적이 있다. 주로 살아온 사연이었다. 우리는 서로 마주 보며 쓸쓸히 웃었다. 결국 모두가 조국을 그리워한다. 그녀는 류마티즘성 관절염을 앓고 있다. 관절염은 겨울에 더 심해지는 것 같다. 11월경부터는 아예 바깥 출입을 못한다고 한다.

"할망구는 자고 있을 거야. 자기는 일찍 잘 테니 나보고 빨리 나가라고 하더군."

이때 누군가가 나의 다른 쪽 팔에 팔짱을 낀다. 나스타샤다.

"당신 여기 있었어? 당신을 찾아 아예 플로어를 가로질러 왔어."

나는 구원받았다. 얼른 요르달 씨에게 작별 인사를 하고 사람들의 무리 속으로 뛰어 들어갔다. 초조감에 휩싸여 있는 나는 누구와도 심각한 대화를 하고 싶지 않다.

나는 백스탑에 들어서자마자 세 잔의 맥주를 연거푸 마셨다. 릭커즈 레드(Rickard's Red)는 독하고 진한 맥주이다. 취해서 정신이 어질어질했다. 빨리 취해야 했다. 지금 보리스와 아니카가 컨테이너 속에서 헬레스폰트 해협을 건너고 있다. 그들은 흥청망청하는 제야에 헬레스폰트를 지나기로 결정했다. 보리스를 실은 배는 11월 29일에 세바스토폴항을 출발했고, 지금 이 시간에 헬레스폰트 해협을 건너고 있으며, 현지 시각으로 내일 새벽 다섯 시에 그리스에 도착하기로 되어 있다. 캐나다 동부 시간으로 두 시에 그리스 아테네에 도착이다. 나는 그때까지 백스탑에 있을 것이다.

내게 그리스 아테네의 전화번호가 한 개 있다. 아테네의 피라이오스항이 최종적인 목적지이다. 앞으로 두 시간 삼십 분 후에 백스탑을 나서서 집에 도착하자마자 아테네에 전화할 것이다. 나스타샤는 샤워를 하러 들어갈 것이고 그 틈에 전화하면 된다. 술이 아니면 그 초조함을 견딜 수 없다. 나스타샤는 집에 가자고 조르고 있다. 나는 여기에 계속 있을 것이다. 구원투수가 나타났다. 데이비드와 그의 여자 친구가 보인다.

데이비드는 서로를 소개시킨다. 그녀는 좋게 말하면 발랄한 여성이고 나쁘게 말하면 푼수 같은 여성이었다. 그녀의 말은 웃음이 반이었다. 스스로의 이야기에 깔깔거리느라고 숨이 막혀 했다. 나는 초조하고 불안한 마음을 농담으로 해소하려 한다.

"데이비드, 이번에 몇 번째 결혼이지? 네 번째인가? 다섯 번째인가? 나는 세 번까지 세다가 포기했네. 이제 제발 정착하게. 캐나다 여자들과 다 한 번씩 결혼할 작정인가?"

그녀는 이런 시시한 농담에도 자지러지게 웃는다.

그녀는 고등학교 시절에 이미 데이비드를 흠모했다. 데이비드가 상대편 선수에게 태클을 걸어 쓰러뜨릴 때마다 거의 광적인 상태에서 몸을 흔들어댔다. 그녀는 치어리더였다. 데이비드는 모든 여학생들의 흠모의 대상이었다. 그 사실을 모르는 사람은 데이비드 혼자였다. 데이비드는 여자에게 별로 관심이 없는 사람이다. 데이비드의 관심은 오로지 MVP 타이틀과 프로팀 입단이었다. 그 여학생에게 기회가 생긴 것은 고등학교를 졸업하고 삼 년 만이었다.

데이비드가 좌절감으로 웰드릭의 모든 유리창을 부수고 다닐 때 그녀의 오빠는 하이웨이 세븐에서 동물병원을 운영하고 있었다. 술에 취한 데이비드가 그의 가게에 들어가 두 마리의 허스키와 한 마리의 리트리버를 반 죽을 정도로 잡아 팼다. 자기에게 짖었다는 것이다. 개가 짖지 않고 웃어야 했나 보다. 그때 그녀는 그곳에서 오빠 일을 돕고 있었다. 소심하고 겁이 많은 그녀의 오빠는 도망가 버렸고 그녀가 지역 보안관에게 전화했다. 보안관과 그의 조수는 개집에 길게 누워 잠든 데이비드를 일단 파출소 유치장에 구금했다.

그녀는 그때 매우 슬펐다고 한다. 한때 여학생들의 흠모의 대상이었고, 자기의 짝사랑 상대였으며, 웰드릭 주민들과 캐나다인의 영웅이었던 인물이 부상에 의한 좌절감에 시달리는 것이 가슴 아팠던 것이다. 그녀는 보안관에게 찾아가 선처를 호소했다. 피해자가 선처를 호소하니 보안관은 더 이상 그를 구금할 이유가 없었다. 풀려난 그는 그녀가 누구인지도 몰랐다. 그녀는 한갓 치어리더였던 것이다. 그 둘은 다시 헤어졌고 데이비드의 행패는 한참을 끌었다.

그러던 중 데이비드가 큰 사고를 저질렀다. 손힐의 중국 뷔페 집을 난장판을 만들어놓았다. 구속과 재판은 불가피해졌다. 이 때 구명 서명운동을 벌인 것이 그녀였다. 그녀는 가정으로 방문하여 주민들의 서명을 받고 청원을 넣었다. 데이비드는 단지 두 달의 구금과 백 시간의 사회봉사 명령을 받았을 뿐이었다. 그에게 내린 사회봉사 명령은 손힐을 통과하는 하수구의 청소였다. 이 청소를 하던 중에 그의 허리가 다시 문제를 일으켰고 수술을 받게 된다. 데이비드는 이때 정신을 차린다. 전문대학에 입학하게 되고 이 년 후 카이로프랙터가 된다. 데이비드는 그녀를 만나고 싶었지만 개업해서 자리를 잡을 때까지 참았다고 한다.

어린 시절의 흠모의 대상은 왕왕 실망스러울 때가 있다. 어린 시절의 눈과 성인이 되었을 때의 눈이 달라지고, 어린 시절에 보았던 그 영웅이 어른의 눈으로 보았을 때는 아닌 것으로 드러나기 때문이다. 이 경우는 아니었다. 데이비드의 두꺼운 팔에 매달린 그녀는 행복해 보였다. 그녀에게 나와 데이비드가 어떤 음모를 꾸며 매켄지를 이겼는가를 얘기해주었다. 그녀는 이제 쓰러지기 직전의 상태가 되었다. 그렇게 웃음이 많은 여자는 처음 보았다. 데이비드는 덤덤하고 웃음이 없는 사람이다. 대조적인 부부가 될 양이다.

시계는 한 시를 넘어가고 있었고 그동안 세 잔의 맥주를 더 마셨다. 정신이 어질어질하고 몸을 가누기가 힘들었다. 나스타샤도 두 잔을 마셨다. 그녀는 술만 마시면 내게 등을 기댄다. 완전히 취한 그녀는 음악 소리에 맞추어 머리와 어깨를 이러저리 흔든다. 밖에 있던 사람들이 몰려 들어온다. 새해는 눈과 함께 시작될 모양이다. 제법 강한 눈보라가 친다. 나는 혼잣말로 중얼거린다.

"이제 한 시간이다. 한 시간 후면 운명이 결정된다."

아니카와 보리스의 운명과 나스타샤와 나의 운명이 결정된다. 입술이 타들어간다. 다리가 후들거리고 심장이 쿵쿵거렸다. 머리를 저었다. 아직 멀었다. 한 시간 남았고 그것을 그 삼십 분 후에 확인할 것이다.

나스타샤는 내 어깨에 기대어 잠들어 있다. 시계는 두 시 십 분을 가리키고 있다. 나갈 시간이나. 나스타샤는 정신을 잃었다. 차에 타자마자 그대로 잠든다. 나는 정신이 어질어질하고 눈이 잘 안 보인다. 이러저리 간신히 키를 꽂고 시동을 걸었다.

누군가가 다가와 운전석의 창문을 두드린다. 보안관 조수 제임스이다. 멍청하고 거만한 놈이다. 웰드릭에서 헌트 씨 다음으로 기분 나쁜 놈일 것이다. 제임스가 플래시로 내 얼굴을 비춘다.

"조지, 내려요."

제임스는 음주운전을 허용할 수 없다고 말한다. 주차장 구석 어디에 숨어 있다 나온 것 같다. 여기서 집까지는 오 분 거리이다. 나는 갈 수 있다고 우긴다.

"조지, 나는 지금 농담하는 게 아니에요. 내려요. 명령이에요. 내려요."

제임스는 나를 화단의 벽돌 위로 올린다.

"자, 거기서부터 저 끝까지 걸어봐요."

이것은 빌어먹을 명령이다. 멀쩡한 정신에도 걷기 힘들 것이다. 붉은 벽돌 한 장으로 이어진 화단 경계석이다. 나는 분통을 터뜨렸다.

"야, 이 빌어먹을 놈아. 운전할 수 있다잖아!"

제임스는 배운 대로 하는 놈이다. 그리고 그는 지금 화가 났다. 그는 수갑을 빼 든다.

"조지, 돌아서요."

살다 보니 이런 경험도 다 한다. 새해를 나스타샤와 같이 유치장에서 맞았다. 보안관 헤이든은 출근하자마자 자기 눈을 의심한다. 제임스는 "음주 운전을 시도했고 제게 욕을 했습니다"라고 고자질이다. 하긴 구금의 이유가 있어야 할 것이다.

"헤이든, 저 숙녀분은 풀어주게. 나스타샤는 잘못한 게 없네."

나스타샤는 맞은편의 여자 유치장에서 이제 막 잠이 깼다. 어안이 벙벙한 표정으로 두리번거리고 있다. 우리가 무슨 큰 죄를 지었다고 생각하고 있는 것 같다.

헤이든은 곤혹스러워한다. 많은 얌전한 주민들이 가끔 사고를 일으키지만 아마도 조지가 그러리라고는 상상도 못했을 것이다. 헤이든은 제임스에게 묻는다.

"제임스, 기소할 텐가?"

애송이 놈이 망설이기까지 한다. 나는 어이가 없어 웃음이 나온다. 하지만 캐나다에서 공권력에 대한 도발은 죄가 크다. 저 애송이가 나를 기소한다면 최소한 사회봉사 스무 시간이다. 그렇지만 닉스는 저놈 대갈통을 컬링 스톤으로 부숴놓을 것이다. 그의 집은 닉스의 옆집이다.

"헤이든, 나는 지금 급한 일이 있네. 기소를 하든 안 하든 일단 내보내주게. 그리고 제임스, 기소할 테면 기소하게. 나는 자네에게 빌어먹을 놈이라고 말한 사실을 인정하네."

제임스는 이제 스물한 살이다. 이 년 전에 고등학교를 졸업하고 경찰학교에 들어가서 교육받고 나왔다. 그러고는 보안관보로 인생을 시작했나. 그는 권력을 쥔 자기 자신이 대견하고 신기할 것이다.

"제임스, 서류 가져오게. 서명해주겠네."

제임스는 망설이고 헤이든은 딴청을 부린다.

"음주 운전은 매우 위험합니다. 당신뿐만 아니라 다른 사람에게도 큰 위험이 됩니다."

제임스는 기소를 하지 않을 작정인가 보다. 어쨌든 망신은 당했다. 스물한 살짜리 애송이에게 훈계를 받았다. 웰드릭의 모든 사람들이 이 이야기를 하며 즐거워할 것이다.

"당신 어젯밤에 음주 운전했어?"

나스타샤는 내 음주 운전을 지긋지긋해한다. 그러나 그 거리는 백스탑에서 집까지의 오 분 거리이다. 사실 웰드릭의 모든 사람들이 음주 운전을 한다. 집에까지 걸어서 갈 수는 없다. 택시를 부를 수도 없다. 만약 그래야 한다면 매일 밤 백스탑 앞은 택시가 진을 쳐야 할 것이다. 우리는 적당히 양심과 타협한다.

"짧은 거리니까."

나스타샤는 이것을 몹시 못마땅해한다. 걸어가야 한다. 그러나 내가 알기로 웰드릭에서 음주 운전 때문에 사고가 난 적은 없다. 가끔 보도블록을 들이받거나 잔디밭 위에 차를 주차시키기도 하지만 그것을 사고라고 할 수는 없다.

"운전을 하지는 않았어. 시동만 걸었을 뿐이야."

나스타샤는 곧바로 되받는다.

"시동은 왜 걸었어?"

끈질기다.

"당신이 추울까 봐."

나스타샤는 어이없어 한다. 그러나 웃는다. 오늘은 이것으로 끝이다.

"나스타샤, 당신 샤워해야겠어. 나도 좀 씻어야겠고."

안방에 딸린 화장실이 나스타샤가 사용하는 것이고 거실에 있는 것이 내가 사용하는 목욕탕이다. 나스타샤는 주섬주섬 옷을 벗는다. 그녀는 항상 옷을 다 벗고 화장실에 들어간다. 나스타샤는 나체촌에 산다 해도 좋아했을 것이다. 약간 이상한 마음이 든다. 보리스도 저 아름다운 몸을 즐겼겠구나. 이것은 질투인가? 여태까지 한 번도 그런 생각이 든 적이 없었다. 화장실에서 물소리가 나자마자 나는 지갑에서 전화번호를 꺼내 전화기를 집어 들었다.

가슴이 마구 뛰고 숨이 막혀오고 온몸이 오그라드는 느낌이다.

"여보세요. 여기는 캐나다입니다만."

어떤 여자가 받았다. 그녀는 누군가를 소리쳐 부른다. 시끄럽다. 나는 다시 말한다.

"여기는 캐나다입니다. 보리스의 보호자입니다."

굵고 쉰 듯한 목소리의 남자가 천천히 말한다.

"그렇습니다. 아이와 함께 여기 있습니다."

나는 화장실로 뛰어 들어갔나.

"나스타샤, 우리 모두 살았어. 보리스가, 보리스가."

나스타샤는 물을 끄고 샤워 커튼을 연다. 못 알아들었다.

"나스타샤, 보리스와 아니카가 지금 아테네에 있어. 당신 아들이 지금 자유세계에 있다고. 어젯밤에 아테네에 도착했어. 당신은 여행을 해야 해. 오늘 그리스로 출발해야 한다고. 오늘 당신은 아니카를 만날 수 있어."

나스타샤는 자기 귀를 의심한다.

"나스타샤, 당장 나와. 빨리 옷 입어."

나는 다시 아테네로 전화했다.

"아이의 엄마가 아이와 통화를 원합니다."

그쪽에서 무어라고 중얼거린다. 나는 다시 천천히 말했다.

"보리스의 아내가 아이와 통화를 원합니다."

아이가 자고 있다고 말한다. 나는 삼 분 후에 다시 전화할 테니 아이를 깨워놓으라고 말했다. 나스타샤는 멍한 표정으로 전화기 앞으로 다가온다. 나스타샤는 자꾸 모국어를 잊어버린다고 한탄이었다. 그러나 지금은 모국어를 써야 한다. 너무도 그리워서 가끔 뜬눈으로 밤을 새우게 했던 자기의 아이와.

아이도 울었고 나스타샤도 울었다. 나는 화장실로 들어가서 코를 풀었다. 신이 존재하는 것이 틀림없다는 생각이 들었다. 아니카가 없다면 나스타샤의 인생은 껍데기만 존재하는 것이다. 어머니와 아이의 연은 인간의 연 중 가장 질기고 근본적인 것이다. 아이를 잃은 엄마의 삶은 단지 걷기 때문에 걷는 것이 된다. 그녀는 목적도 의미도 없이 이 삶을 살아가게 된다. 밭을 가는 소처럼. 자기의 자궁 속에서 최초의 그 배아를 키우고, 자기 젖을 물려고 키우고, 매일 그 미소와 감촉을 즐겼을 아이는 엄마에게 인생의 목적이고 세계의 전부이다. 나스타샤는 쓰러지려

했고 절망조차도 느끼지 못했다. 불현듯 아이의 생존과 고통에 대한 생각이 엄습하면 나스타샤의 밤은 암흑과 지옥으로 변했다. 나스타샤는 이제 오렌지의 낙원을 가지게 되었다. 어머니와 아들은 다시 자신들의 짝을 맞추게 되었다. 오늘은 1990년 1월 1일이다. 나스타샤는 새해 첫날에 인생을 되돌려 받았다.

1월 1일이다. 부모님께 전화해야 한다. 어머니는 내 유학을 애초부터 못마땅해했다. 병역을 마친 뒤 대학을 중퇴하고 유학 길에 올랐다. 어머니는 하늘이 무너지는 것 같았다고 했다. 대학을 중퇴한다는 것이 충격이었고 앞으로 몇 년간 장남을 못 본다는 것이 두 번째 충격이었다. 유학을 마치고 돌아올 것이라는 믿음으로 기다렸다. 그러나 그렇게 시작된 나의 외국 생활이 이미 십일 년째로 접어들고 있다.

나스타샤는 어머니에게 다음으로 가해진 충격이었다. 말이 통하지 않는 이국의 며느리는 어머니로서는 상상도 할 수 없는 일이었다. 어머니는 아버지에게 미안해했다.

"내가 당신 자식을 잘못 키워서······."

그러나 한국에서 시낸 3개월 동안 어머니와 나스타샤는 좋은 사이를 유지했다. 나스타샤는 허물없이 밝은 성격이고 어머니는 자식의 뜻을 존중하는 분이다. 결국 모든 게 팔자라고 했다. 단지 빨리 정식 혼례식을 치르기를 바랐다. 내가 나스타샤의 가족에게 맞아 죽는다는 것이다.

어머니는 나스타샤의 안부를 묻는다. 나스타샤는 기껏해야 안 되는 발음으로 "어머니, 안녕하세요? 건강하세요"하고는 그냥 웃음으로 대신하곤 했다. 웃음이 그녀의 한국어이다.

"여행 갔습니다. 일 때문에 유럽에 갔어요."

어머니는 나스타샤가 유럽 출신인 것은 안다.

"친정 갔니? 왜 너도 같이 가지 그랬니?"

어머니는 나와 나스타샤가 얼마나 사랑하는가를 알고 있다. 나스타샤가 입원해 있을 때 나는 매일 24시간을 나스타샤 곁에서 간호했다. 곁을 떠날 수가 없었다. 안고 화장실에 가야 했다. 당신이 할 테니 "너는 좀 쉬어라"고 말했지만 나는 머리를 저었다. 수고를 끼쳐드리고 싶지 않았고 또 말도 안 통하는 두 사람 사이에는 내가 필요했다. 나스타샤가 점점 나아지자 어머니의 궁금증은 마침내 폭발했다. 주민등록이 궁금하신 것이다. 나이는? 가족은? 고향은? 직업은? 등등. 나는 대충만 통역했다. 그렇게 얼버무리고 끝냈다. "결혼식은 내년에 할게요"라고 말하고.

나스타샤는 우리 가족에게 고마워하고 있다. 자신을 며느리로 받아준 어머니에게 고마워했고 형수로 맞아준 동생들에게 고마워했다. 그리고 한국에 고마워했다. 이 조그맣고 부지런한 민족의 역량은 그녀에겐 경이로운 것이었다. 토론토 다운타운과 비교하여 한국의 테헤란로는 엄청나게 규모가 큰 곳이다. 그녀는 벌린 입을 다물지 못했다. "당신네 나라가 한국보다 세 배가 크다"라고 내가 말하자 믿지 않았다. 테헤란로의 한 커피숍에서 그녀는 심지어 말을 더듬거렸다.

"믿을 수 없어. 진짜 믿을 수 없어. 오십 년 전에 내란을 겪었
다고?"

조국에 대해 진정으로 고마워해야 할 사람은 나다. 그녀의 골
반은 말끔히 나아서 이제 화이트 로즈의 넓은 정원을 이리저리
뛰어다닌다. 나스타샤는 새로운 이빨로 소의 연골까지 먹을 수
있다고 대견해한다. 가슴의 상처도 갈수록 작아지고 있다. 나의
나라는 상처 입은 그녀의 몸을 고쳐주었다. 그녀의 건강한 몸을
한껏 즐기는 사람은 나다. 나는 그녀의 매끈한 골반을 만지며,
가슴에 얼굴을 묻으며 산뜻하고 깨끗하게 느껴지는 그 감촉에
즐거워했다. 자기 육체에 대한 안도감과 자신감으로 행복해하
는 나스타샤가 보기에 좋았다.

나스타샤는 나의 가족 가운데서 행복해했다. 따스하고 조용
한 미소를 품는 나의 아버지는 단정한 분이었다. 그는 나스타샤
가 예쁘고 귀여워서 어쩔 줄 몰라 하셨다. 그때 짓는 그의 미소
는 천상적인 아름다움이었다. 동생들은 우크라이나의 지도를
가져와서 키에프와 드니에프르 강에 줄을 그었고 그 나라의 역
사와 민족과 풍습에 대한 자료를 수집했다. 우리 집은 새로운
가족을 맞을 준비를 하고 있었다.

나스타샤는 외롭게 컸다. 그녀는 보리스의 가족 가운데서 행
복했었다. 보리스의 부모님은 좋은 분들이었다고 말한다. "나한
텐 시집 복이 있나 봐"하며 깔깔거리고 웃었다. 그녀는 좋은 운

을 가질 자격이 있다. 그녀는 고결한 사람이다. 태생이나 교육에 의해서가 아니라 성품과 뜻에 있어서 고결했다. 그녀는 항상 잘 배우려고 애썼고 문화적 소양에 높은 가치를 부여했다.

동생은 우리를 위해 〈라보엠〉 공연 티켓을 네 장 마련했다. 두 동생과 나와 나스타샤는 부지런하게도 공연 시작 한 시간 전에 이미 세종문화회관에 도착했다. 나스타샤는 그 공연을 위해 붉은 블라우스와 회색 스커트를 마련했다. 두 동생은 찬사와 아부를 적당히 버무릴 줄 안다. 능청스런 놈들이니까. 나스타샤는 눈에 두드러지는 미인은 아니다. 그러나 이날 저녁 나스타샤는 구름을 타고 하늘 끝까지 올라갔다. 두 녀석은 온갖 찬사를 바치며 나스타샤와 팔짱을 끼겠다고 서로 밀쳐댔다. 나스타샤는 두 동생과 양팔로 팔짱을 끼고 오만한 표정을 지었다. 여왕폐하라고 불러달라고 했다.

그 여왕폐하가 공연이 끝날 즈음에 눈물로 범벅이 되고 말았다. 한 녀석은 눈물을 닦아주고 다른 한 녀석은 손을 만져준다. 나는 "손 떼"라고 소리쳤다. 그 형수가 사실은 기혼자이고 지금 남편과 아이를 만나기 위해 그리스로 날아갔다. 이 사실은 결국 나 혼자만의 비밀이 될 것이다. 매튜와 나만의 비밀. 변호사와 의사에 대해서 요구되는 직무상의 윤리 강령은 중요한 문제이다. 고객의 사적 문제에 대해 침묵해야 한다. 나는 이 사실을 누구도 알기를 원치 않았다. 사람들은 극단적인 고통을 겪은 사람에게서 동정받아야 할 한 인간을 보기보다는 고통의 참담함을 먼저 본다. 나스타샤의 앞날이 계속 나와 함께할 것이라면 나는 웰드릭 주민들이 그녀를 평범하고 굴곡 없는 삶을 살아온 한 여인으로 보기를 바란다.

나스타샤는 음악을 좋아했다. 그녀는 피아노도 제법 쳤다. 자유세계의 아이들이 의무로 부과되는 피아노를 지독히 싫어하는 데 반해서, 공산국가의 아이들은 유희와 장난감의 결여를 악기 연주로 해소하는 것 같다고 나스타샤는 말했다. 내가 중고 피아노를 사 들여왔을 때 그녀는 어린아이처럼 좋아했다. 한 늙은 노인이 자기에게 더 이상 필요 없는 낡은 피아노를 단돈 100불에 내놓았다. 웨스턴 프로듀스의 중고 물품 알림난에 붙은 그 광고를 보고는 나는 장도 안 보고 그 자리에서 전화했다. 사실 많이 낡은 것이었다. 그 노인네가 1963년도에 오스트리아에서 이민 올 때 가져온 것이었다. 보관 상태도 별로 안 좋았다. 조율사를 초빙했고 나와 나스타샤는 팔을 걷어 붙이고 먼지를 닦아내고 녹을 긁어냈다. 얼마나 낡았는지 상판이 덜거덕거리는 소리를 냈고 건반 몇 개는 지저분한 잔향 소리를 냈다.

손을 보고 나니 제법 피아노 소리가 났다. 그런데 이 피아노가 아주 독특하고 매력적인 소리를 냈다. 아득한 홀에서 울려 나오는 것과 같은 소리, 어찌 들으면 고풍스럽고 격조가 있고 어찌 들으면 촌스럽고 둔탁한 소리가 났다. 전체적으로는 어둡고 무거운 듯하면서 깊게 울려주는 소리였다. 그러나 소리는 선명하고 우아했다. 나스타샤는, "이 피아노는 연주자의 솜씨를 돋보이게 해줘. 적당히 쳐도 잘 치는 것 같은 소리를 내준다니까. 고급 피아노였던 거 같아"라고 말한다. 좋은 연주는 작곡가를 돋보이게 하고, 좋은 악기는 연주자의 솜씨를 돋보이게 한다.

어느 날 나스타샤가 연습을 하던 중에 콘솔 안에서 무엇인가가 쨍그랑거리며 떨어졌다. 그것이 지저분한 잔향의 정체였다. 'Steinway & Sons 1961'이라고 새겨진 주물 상표였다. 그것이 본래의 자리에서 떨어져 나와 어딘가에 박혀서 공명을 일으켰던 것 같다. 나와 나스타샤는 그것을 들고는 마주 보면서 어이없어 했다. 1961년도에 슈타인웨이는 이미 업라이트 피아노를 만들었던 것이다. 나는 슈타인웨이는 그랜드피아노만 만들었는 줄 알았다. 이제 비밀이 밝혀졌다. 구할 수 있는 최고의 피아노였다. 나스타샤는 아까워했다.

"좀 더 상태만 좋았다면 얼마나 좋았을까."

그러나 상태가 좋았더라면 그것이 나스타샤의 것이 되지는 않았을 터이다.

나는 나스타샤의 피아노 연습을 즐겼다. 내가 침실에서 뭔가를 끄적거리고 있으면 그녀는 거실에서 피아노를 쳤다. 싫증을 잘 내는 이 나이 든 아가씨는 절대 한 시간 이상 연습을 하지 않았다. 저녁식사 준비하기 전에 삼십 분이나 사십 분 정도만 쳤다. 그래도 늘고 있었다. 슬라브인들은 예술에 있어 독특한 감각을 지니고 있는 것 같다. 어떤 계획이나 고려에 의해 음악을 연

주하기보다는 직관과 순수 감각에 의존한다. 나스타샤는 피아
노를 칠 때는 몰입하여 스스로를 즐겼다.

"나스타샤, 자기만족을 위해서만 치지 말고 언젠가는 청중 앞
에서 연주할 계획으로 쳐봐. 그래서야 어디 한 곡이나마 완성을
보겠어?"

그녀는 무시한다. 한 곡을 꾸준히 연습해서 완성도를 높이기
보다는 약간은 엉성하게 이 곡 저 곡을 마구잡이로 연습한다.
내가 노려보지만 소용없다.

한국인은 업적과 성취를 좋아한다. 다른 악보를 감추고 바흐
의 조곡집만 남겨놓았다. 그리고 눈에 힘을 주고 나스타샤가 나
타나기를 기다렸다.

"나스타샤, 나는 완성된 곡 전체를 듣고 싶어. 결론까지 듣고
싶다고. 가보트나 미뉴에트만 듣고 싶은 것이 아니야. 알망드에
서 지그까지 다 듣고 싶어."

나스타샤는 내 결의가 굳다는 것을 눈치 챘다. 나는 양보 안
할 작정이었다. 나스타샤는 마지못해 동의했다. 그러나 그녀는
기뻐했다. 내가 자신의 피아노에 관심을 가져주는 것을 기뻐했
다. 그리고 내 칭찬과 비판에 예민했다. 거실로 내려온 내가 "마
구잡이였어"라고 하면 그날은 접시와 컵이 이러저리 날아다녔
다. "늘었는데. 리가토가 많이 매끈해졌어" 하면 큰 입이 더 크
게 찢어졌다. 나는 그녀의 영웅이었다. 아니, 그녀만의 영웅이었
다. 나의 나스타샤. 사랑스런 나의 나스타샤. 내가 그대의 영웅

이 아니라 그대가 나의 여신이다, 나스타샤.

나는 새학기 들어 예술의 인식론과 비트겐슈타인으로 강의실 안을 온통 공포로 몰아넣고 있었다. 강의를 하다 보면 학생들의 눈이 곤혹과 고통의 표정을 보이다가 흐리멍덩해지곤 했다. 내 관심사는 무엇을 가르치느냐보다 어떻게 학생들을 이해시키느냐에 집중되어 있었다. 예술에 있어서 '안다'는 것이 무엇인가를 어떻게 설명해야 하는가를 이리저리 생각하고 있는데 거실에서 피아노 뚜껑이 열리고 의자를 잡아끄는 소리가 들렸다. 나스타샤가 피아노를 치려나 보다. 선율 고를 소리가 들리기 시작한다.

나는 연필을 내려놓고 방문을 열었다. 창문 틈으로 제법 차가운 바람이 들어온다. 사과나무 가지가 앙상하다. 그 가지들은 열매와 새들로 여름 내내 처져 있었다. 열매들은 사과의 향기를 마당에 남겨놓은 채로 이제는 모두 떨어졌다. 사과나무는 어떤 새가 오갔는지 알까? 모를 것이다. 가지가 전보다 가벼워진 것은 알 것이다. 여름의 노래는 끝났다. 길고 혹독한 눈의 겨울을 견뎌야 한다.

영국 모음곡이다. 나는 기대에 찬다. 나스타샤는 천천히 연주하기 시작한다. 음악 소리는 계단을 타고 방 안으로 울린다. 집 전체가 악기가 된 듯하다. 피아노 소리에 맞춰 집 전체가 같이 춤춘다. 집은 나스타샤와 나를 싣고 느리고 예스럽고 우아한 춤을 추고 있고 나는 음의 물결 속에 잠겨 있다. 내가 꿈속에 잠겨 있는 것이 틀림없다. 글렌굴드홀에서 이런 소리를 들었었다. 나스타샤는 세련되고 자신 있게 아름다운 연주를 하고 있다. 가보트(Gavotte)에 이르고 있다. 매혹적인 가보트의 선율이 파고들듯이 방 안으로 스며들어 온다. 간소하면서도 아름다운 선율이. 영원히 끝나지 않을 듯이 이어지는 옛 시절의 아름다움이. 커다란 위안이.

나는 일어섰고 이끌리듯이 걸어 나갔다. 그리고 계단에 앉아서 얼굴을 무릎에 묻었다. 낭랑하지만 가슴을 파고드는 느리고 슬픈 선율들이 계단을 채우고 2층으로 올라오고 있었다. 초연하지만 서정적이고, 잔잔한 기쁨이지만 다시 슬픔이 되는 그 선율들이. 나는 눈을 감고 모든 생각을 몰아냈다. 가슴이 조여지는 감동이 나를 어디론가 데려가고 있었다.

이 삶이 무의미하고 덧없다 해도 이것 하나만으로도 살아갈 가치가 있게 만들어주는 기쁨, 흘러간 시간과 앞으로 올 모든 시간이 마치 이 순간을 위해 존재한다는 듯한 그 설렘, 영원조차도 순간에 고정시키는 감동, 인간인 나에 대한 감사와 헌사, 운명이 주었던 외로움과 고투에 대한 보람. 이것들이 거실에서 울리고 있었다.

나는 행복했다. 행복감으로 가슴이 조여왔다. 나스타샤가 내게 무엇이고 우리의 운명이 어떻게 된다 한들 지금 이 순간이면 족했다. 지금 이 한순간만으로도 운명과 신에 대해 감사할 이유가 충분했다. 나의 과거의 인생이 지옥이었고 미래의 삶이 어떠한 것이 된다 해도 이 순간은 영원이었다. 공간에 응축된 모든 시간들이었다.

나스타샤에게는 관능과 음악이 본질적으로 다르지 않은 것이었다. 그녀는 예술이 본능에 속하는 것이라고 우겼다. 그녀는 지적 고투가 예술적 창조의 조건이라는 것을 인정하지 않았다. 예술은 자연스러움이며 본능이라는 것이다. 그녀의 미학관은 이를테면 매우 낭만적인 것이었다. 자신과 상반되는 사람에게 끌린다는 것은 사실인 것 같다. 나는 매우 고전적인 고집을 가지고 있었으니까.

그녀에게 예술적 즐거움은 관능적 환희로부터 멀리 떨어진 것이 아니었다. 오히려 동일한 성격을 가진 다른 행위일 뿐이었다. 나스타샤는 관능적 요구에 있어 허심탄회했고 적극적이었다. 그러나 신선하고 깨끗했다. "나스타샤, 그건 좀 감춰져야 더 좋은 것 아냐?"하면 그녀는 "충분히 감추고 있어"라고 대꾸했다.

그녀가 정한 규칙은 일주일에 토요일을 포함해서 적어도 세 번이었다. 나는 즐겼다는 것을 고백하겠다. 그리고 그것은 어떤 여자에게도 수락하지 않았을 조건이었다는 것도 고백하겠다. 횟수의 문제가 아니었다. 흠뻑 즐기는 여자였다. 나는 그녀의 매캐한 향기와 등과 엉덩이의 매끈한 감촉을 즐겼다. 얼음처럼 차게 느껴져서 내가 수없이 문질렀던 그 대리석 같았던 피부. 나는 많은 밤 그것을 따뜻하게 만들었다. 그 다음 날 오전에 피곤해하면서.

내가 멜리사를 거절했던 동기를 이제야 알겠다. 그녀는 매력적인 여자였다. 안정되고 따스한 여자였다. 이를테면 화로의 여신이었고, 가정생활의 여신이었다. 전형적인 앵글로색슨의 개성을 가진 그녀는 가정적 따스함과 편안함의 상징이었다. 그러나 그녀는 세계 전체라는 느낌을 주지 못했다. 그녀에게 모든 것이 있고, 그녀와의 삶을 위해서라면 어떠한 것도 희생시킬 수 있게 만드는 그 전체가.

나스타샤는 그러나 지성을 존중했다. 많이 알려고 노력했고 잘 생각하려고 노력했다. 유감이었던 것은 지성에 대한 그녀의 존중에도 불구하고 거기에 있어 유능하지는 않았다는 것이다. 언어에 대한 그녀의 유능성과 논리적 치밀성에 있어서의 무능성은 재미있는 대조였다. 나스타샤는 웃으며 말하곤 했다.

"원래 수학은 못했어. 나는 논리에 약해."

그녀는 지성에조차도 미적 견지에서 접근하곤 했다. ESL 스쿨의 상독 시간 중에는 아마도 과학이나 철학적 수제도 있었던 것 같다. 그녀는 엘리엇의 에세이에 대하여도 '아름답다'고 말하고 칼 세이건의 《코스모스》에 대하여도 아름답다고 말했다. 그녀가 사물을 보는 양식은 심미적 태도였다. 그녀와 나는 결국 《로미오와 줄리엣》을 읽었고 스트래드 본 에이븐에서 그 연극을 관람했다. 나스타샤는 뜻을 새기는 것 이상으로 그 대사의 음률에 매료되었다. "영어는 참 아름다운 데가 있는 언어야"라고 감탄하며.

나는 그녀에게 언어 철학에 대해 말해준 적이 있었다.

"나스타샤, 현대의 어떤 철학자들은 말이야, 그들의 전체 세계를 언어의 테두리 내로 한정시켜야 한다고 주장하고 있어. 이를테면 객관적인 엄밀성을 갖는 언어적 명제 이외에 다른 인식은 없다고 주장하는 거지. 다른 말로 하면 지성의 한계는 언어에 의해 정해진다는 거야. 언어의 세계가 전체의 인식 가능한 세계라는 거지."

이에 대한 그녀의 반박은 간단했다.

"오만하네. 그럼 그 사람들은 자기가 어떻게 해서 태어났다고 생각하는 거야? 언어에 의해 태어났다고 생각하는 거야? 조지, 당신과 내가 정말 행복할 때 말이야, 그때 우리는 말을 안 하잖아. 그럼 그 세계는 존재하지 않는 거야?"

나는 알아듣지 못했다.

"행복은 말로 표현하잖아?"

나스타샤는 응큼한 웃음을 웃는다.

"조지, 당신은 언제가 제일 행복해? 나는 당신 품에 안겨서 아이를 만들려고 노력할 때가 제일 행복해."

나스타샤는 억지를 쓰고 있다. 그녀와 나의 그러한 행복의 순간은 우리 인식이 멈추는 때이다. 그런데 그녀에게는 그때조차도 다른 순간과 다를 게 없는 순간이다. 이 자연의 딸에게 관능의 의미는 아이를 만드는 것이다. 그녀는 관능에서 그 실천적 요구를 분리해내지 않는다. 오히려 관능적 즐거움은 본래의 실천적 요구에 부수하는 보너스인 셈이다. 그녀가 피임을 싫어한 것은 이러한 이유였다. 그녀는 생기는 대로 아이를 낳아야 한다고 생각한다. 책임은 그 다음 문제다. 많은 아이와 더 많은 손자들에게 둘러싸이기를 원한다.

그녀의 이러한 기질과 태도는 허영과 허위의식을 모면하게 만들었다. 인간 악덕의 가장 역겨운 국면을. 나스타샤는 물은 적이 있다.

"당신은 왜 나를 선택했지? 젊고 예쁜 멜리사도 있었잖아."

나는 이 질문에 대해 진지하게 답변했다.

"나스타샤, 나는 당신의 어떤 매력 때문에 당신에게 끌린 것은 아니야. 당신에게 끌린 것은 당신이 어떤 종류의 내가 싫어하는 악덕을 모면하고 있기 때문이야. 당신은 허영이나 오만이나 기만은 없어. 아니, 있다 해도 다른 사람에 비해 거의 없다고 할 수 있지."

나는 나스타샤가 원하는 답변을 안다. 그녀의 성석 매력에 슬렸다고 한다면 매우 흐뭇해했을 것이다. 그녀는 스스로가 여성적 매력이 결여되어 있다고 생각하고 있다. 정직하게 말하면, 나는 그녀의 성적 매력에 끌렸다. 내가 그녀와 할리버튼의 앤티크 숍에 들어갔을 때 나는 그녀의 어깨와 허리를 안고 싶은 충동이 일었었다. 나는 자꾸 그녀에게 다가가려 했고 그 살 냄새를 맡으려 했고 가슴의 곡선을 훔쳐보곤 했다. 남녀 간에 성적 이끌림이 없다면 사랑은 시작되지 않는다. 물론 사랑의 유지는 관능만으로는 불가능하다. 이제 미덕과 악덕이라는 문제가 대두된다. 그러나 짝짓기는 성적인 문제다. 그 이후의 삶이 그것만으로는 부족하다 해도.

나스타샤는 자꾸 유치해진다.

"그러면 멜리사는 허영이 있었어?"

내가 답변하고 싶지 않은 질문이다. 멜리사는 내게 소중한 사람이다. 나스타샤가 나의 사랑이라 해도 멜리사가 이렇게 취급되어서는 안 된다.

"나스타샤, 나는 당신을 사랑해. 그것만으로 충분하지 않아?"

나의 약간은 매서운 태도에 나스타샤는 입을 다문다. 멜리사와 관련하여 그녀는 좀 더 의연할 필요가 있다.

멜리사는 나의 은인이다. 그녀가 없었더라면 나는 캐나다에서의 삶을 살아갈 수 없었을 것이다. 그녀는 캐나다에서 나의 최초의 친구였고 나를 가족과 공동사회로 인도한 사람이었다. 그녀는 자신이 살고 교육받은 바 최선을 다한 사람이다. 멜리사에게 어떤 한계가 있었다면 그것은 그녀의 상황 때문이었다. 오로지 행복했기만 했던 그녀의 상황이 그녀의 한계였을 뿐이다. 멜리사와 나의 관계는 서로가 다른 성에 속해 있다는 사실만 아니었다면 지금까지도 행복한 것이었을 터이다. 멜리사는 친구를 넘어서는 관계로 뛰어 들어갔고 나는 그녀에게서 성적 매력을 발견하지 못했다. 이것이 나와 그녀의 관계였다.

"어릴 때부터도 여성적이지는 않았어. 나는 인형 놀이를 싫어했어. 아이들이 인형 머리를 이리저리 들볶고, 여러 가지 옷을 입히는 놀이를 할 때 나는 딴생각에 잠겨 멍하니 있었던 것 같아. 할머니가 치마를 처음으로 입히던 날 나는 울면서 학교에 갔어. 정말 싫었어. 내가 다시 치마를 입은 건 보리스와 연애할 때야. 당신은 어느 쪽이 좋아?"

나는 둘 다 좋다고 말했다. 사실 그녀에겐 바지가 더 어울린다. 그러나 그렇게 대답하면 나스타샤는 자신이 아직도 여자답지 않다고 자책할 것이다.

스커트를 입은 나스타샤는 때때로 그녀의 부주의 때문에 주위 사람을 당황케 한다. 그녀가 퇴원하고 재활 훈련을 받을 때 그녀는 치마를 입고 우리 집을 방문했다. 우리 집은 가난했다. 소파를 들여놓을 공간이 없을 정도로 거실이 좁았다. 바닥에 앉아야 했다. 그녀에게는 당황스런 상황이다. 그녀는 바닥에 앉는 습관이 안 되어 있다. 그녀는 그냥 털썩 주저앉는다. 스커트 밑으로 팬티 색깔까지도 보였을 것이다. 동생들은 고개를 돌렸고, 어머니는 방석을 밀어주었다. 가리라는 것이었지만 그녀는 영문을 몰랐다. 이중으로 방석을 깔고 앉았다. 어머니는 다시 방석을 빼내어 그녀의 무릎을 덮어주었다. 그녀는 너털웃음을 웃었다. 예의 그 깔깔거리는 호방한 웃음을. 동생들은 눈을 반짝이며 좋아했다. 이 호쾌하고 개성 있는 형수가 재미있는 것이다.

나는 왜 나스타샤에게서 강렬한 성적 매력을 느꼈을까? 설명할 수 없는 노릇이다. 누군들 설명할 수 있겠는가? 나는 단지 그녀의 육체적 측면에 있어서의 개방성과 성적 문제에 대한 허심탄외함을 좋아했다. 그녀는 자기의 욕망을 드러내는 데 있어 스스럼없었다. 그러나 그녀는 순결한 여자였다. 자기의 성적 욕망에 향락과 생식 이외의 다른 의미를 두지 않았다. 그것을 삶의 다른 어떤 목적이나 의도와도 연계시키지 않았다.

유태교

"조지, 엘리니콘(Hellinikon)이야. 지금 도착했어."

나는 얼핏 잠이 들었었다. 그녀의 목소리는 별로 밝지 않다.

"조지, 지금 거긴 몇 시야?"

시계를 보니 새벽 세 시다. 여행이 피곤했나 보다.

"나스타샤, 목소리가 안 좋아. 피곤했지?"

주변이 몹시 시끄럽다. 지중해 유역 사람들은 말이 많고 시끄 럽다.

"아니야, 낭신이 보고 싶어서 그래. 조지, 동전이 한없이 늘어 가. 끊어야겠어. 다시 전화할게."

나스타샤가 이제 그리스 아테네에 도착했구나. 엘리니콘에서 피라이우스까지는 삼십 분 거리다. 이제 반 시간 후면 2년 6개 월간의 고통이 끝난다. 나는 카디건을 걸치고 거실로 내려왔다.

다시 잠들기는 힘들 것 같다. 나는 머리를 흔들며 나스타샤와 아니카의 만남의 장면을 생각하지 않으려 애썼다. 나는 그 만남에서 기쁨과 행복보다는 안타까움과 가슴 아픔을 느꼈다. 지난 이 년간의 나스타샤의 그리움과 고통이 내 마음을 아프게 한다. 나는 그것을 옆에서 보아왔다. 그 고통은 폐부를 찌르는 것이었다. 그녀는 갑자기 잠에서 깨어 소리를 죽여가며 울곤 했다. 그녀는 심지어 새로운 아이를 만들어 그 그리움을 이겨내려 했다. 그때는 아니카가 아마도 죽었을 거라고 생각했을 무렵이었다. 그녀의 배란기 때가 되면 나는 몹시 시달렸다. 여기에서 비협조적인 태도는 용납되지 않았다. 그녀는 우리가 다시 한국에 들어가야 한다고 말했다.

"당신네 나라에 가야겠어. 아이가 안 생기는 이유를 알아야겠어."

아니카가 살아 있다는 소식을 들은 후부터는 그녀의 삶은 거리낄 것 없는 행복의 향유였다. 콧노래와 웃음으로 집 안을 가득 채웠다. 최초의 소식으로부터 5개월 만에 이제 그녀는 자유세계에서 자식을 만나게 되었다. 다시는 헤어지지 않아도 된다. 캐나다에서 같이 사는 것이 힘들다면 프랑스나 독일이나 미국에서라도 살 수 있다. 이제 나스타샤는 원하는 만큼 아니카를 안을 수 있고 원하는 만큼 아이의 웃음과 투정을 즐길 수 있다.

오늘은 매튜를 만나기로 약속이 되어 있다. 그의 큰딸이 대학에 지원서를 낸다. 추천서를 써주고 개인 진술(personal statements)을 도와주기로 했다. 무엇이라도 해줄 수 있다. 나는 매튜를 존재하게 해준 그들의 신에게 감사할 수도 있다.

사람들은 왜 매튜를 싫어했을까? 매튜는 성실한 사람이었다. 교수 시절의 매튜는 항상 늦게까지 연구실에 남아 책을 들여다보고 무엇인가를 정리하는 사람이었다. 그가 새로운 테뉴어를 받지 못했던 것은 그의 불성실이 이유는 아니었다. 탈락의 명분은 그의 연구가 창조적이고 깊이 있는 내용이 아니었기 때문이다. 심사위원들은 그의 연구 계획에서 독창성의 결여를 알아챘다. 그들은 그 분야의 전문가들이었고 매튜의 계획서에서 구태의연함과 고루함밖에는 발견하지 못했다. 그러나 생각건대 그의 경박함과 오만함에 교수들이 반감을 가지고 있었던 것이 더 큰 이유였을 것이다. 왜냐하면 다른 사람들의 연구 계획서가 더 나을 것도 없었으니까. 그는 말을 너무 쉽게 했고 권위와 학식을 야유했다. 이 점에 있어 그는 경박하고 오만한 데가 있긴 했다.

매튜는 자신이 스스로에 대하여 생각하는 바의 유물론자는 아니었다. 그는 그냥 물질주의자였다. 그가 유물론자였다면 다른 사람들이 그 이유로 그를 싫어하시는 않았을 것이나. 유물론자들은, 만약 그들이 진정한 유물론자라면 고상하고 지적이고 솔직한 사람들이다. 이념과 존재의 근원을 물질에 두는 데에 있어서 그들의 세계관은 물질주의자들의 세계관과 같다. 차이는, 유물론자들은 스스로의 물질적 한계를 벗어나기 위해 문화 구조물의 물적 근거를 통찰하는 데 반해 물질주의자들은 물질 그 자체에 머무르기 위해 모든 삶을 물질로 환원시켜 버린다는 데 있다.

다윈은 인간의 기원을 태초의 단세포에 놓고 프로이트는 의식의 기원을 무의식에 놓는다. 마찬가지로 유물론자들은 문화와 문명의 기원을 물질에 놓는다. 그러나 다윈이 인간의 생물적 한계에 머무르기 위해《종의 기원》을 저술하지는 않았고, 프로이트 역시도 무의식과 성적 욕구에 의해 인간을 한정시키기 위해《꿈의 해석》을 저술한 것은 아니다. 우리의 기원이 이와 같기 때문에 이 한계를 극복하기 위해서는 우리에게 그러한 한계가 없다는 기만보다는 그 한계에 대한 정직하고 날카로운 인식이 필요하다. 유물론자들의 이념과 의미는 아마도 이와 같을 것이다. 그들의 고투와 통찰은 안타까울 정도로 솔직한 자기 고백이며 자기 폭로이다.

가장 큰 오류는 언제나 자신은 무오류라는 오만에서 나온다. 오류를 피할 수 있는 유일한 처방은 스스로가 오류를 저지르기 쉬운 어리석고 취약한 존재임을 인식하는 것이다. 진실과 개선은 겸허로부터 시작된다. 인간의 존엄성은 스스로가 신의 자부심 넘치는 피조물이라는 인식에서보다는 끊임없이 그 동물적 한계를 벗어나려는 자기 인식적 시도에 있다. 지금 현재 시도하고 있다는 것만이 인간의 존엄성을 보장하는 유일한 근거이다. 그것도 매우 한시적이고 잠정적으로. 우리는 언제라도 작별을 고하고 떠나온 기원에 다시 매몰될 수가 있다. 분투 끝에 간척한 대지가 언제라도 밀려온 바닷물에 침식될 수 있듯이. 바닷물과의 끊임없는 투쟁만이 바다의 심연으로부터 우리의 대지를 지켜준다.

대지와 바다의 경계가 겸허의 출발점이다. 가까스로 바닷물을 밀어내고 있지만 우리의 기원은 바닷물에 덮여 있었던 것이라는 인식, 태만과 부주의는 언제라도 다시 영토를 잃게 만든다는 인식, 그러한 자기 인식이 우리 겸허의 기원이다. 자기는 본래 대지의 자식이었다는 인식이 오만이다. 이 오만의 대가로 그는 다시 바닷물에 잠기게 된다. 스스로는 자신의 몸이 이미 젖어 있다는 사실을 모르고 있거나, 안다 해도 인정하지 않을 뿐이다.

이러한 점에서 보면 매튜는 오만한 사람은 아니었다. 매튜는 인간의 고상함과 우월성을 인정하지 않았다. 그는 자기 자신이 품위 있는 사람이라거나 도덕적인 사람이라고 말하지 않았다. 그의 야유는 고상한 척하는 인간의 허위의식에 집중되었다. 그의 냉소적인 눈은 "너희는 그래 봤자 동물에 지나지 않지. 굵고는 못 사는 짐승이야"라고 말하고 있었다. 알리사나 가브리엘라나 사뮤엘은 특히 매튜의 먹이였다. 이 사람들이 허위의식을 가지고 있었던 것은 사실이다. 문제는 매튜가 매우 가혹했다는 것이다.

가브리엘라가 고전음악을 듣고 있거나 사뮤엘이 소설이라도 읽고 있을라 치면 가브리엘라에게는 "그런 거 듣고 있으면 돈 좀 있는 사람에게 시집갈 확률이 커지지"라고 말하고, 사뮤엘에게는 "여자 꼬시는 데에는 문학이 최고야"라고 빈정거리곤 했다. 나는 언젠가 "매튜, 당신은 돈 있는 사람과 결혼할 필요가 없어서 고전음악 안 듣고, 여자 꼬실 필요가 없어서 소설은 안 읽는가 보지?"라고 비꼰 적이 있다. 매튜는 옹졸한 사람은 아니다. 씩 웃고 말았다. 아마 속으로는 "나는 돈이 있으니까"라고 생각했을 것이다.

매튜의 오만은, 모든 사람들이 동물에 지나지 않으면서 고상한 척한다고 생각하는 바로 거기에 있었다. 그는 한계를 벗어나고자 하는 어떤 가련한 시도도 인정하지 않았다. 모든 사람을 끌어내려서 자기와 같은 물질론자로 만들고자 하는 그의 천박함과 경박함이 바로 그의 오만이었고, 우리의 삶은 물질만으로 충분하다고 생각하는 자체가 오만이었다. 그렉이 "나는 저 유태인만 상대하면 기분이 나빠져"라고 말할 때에는 자신에게서 동물적 측면만을 보는 매튜에 대한 역겨움을 드러내고 있는 것이다. 인간은 물론 신도 아니고 아마도 신의 특권적인 피조물도 아닐 것이다. 그러나 인간의 가치는 신에 다가가려는 그의 분투에 있다. 매튜는 이 가능성을 애초부터 무시했다.

물질이 벽의 못이라면 우리의 영혼은 거기에 걸린 옷이다. 못이 떨어지면 옷도 떨어진다. 그러나 못이 옷은 아니다. 위선자들의 문제는 옷이 못 없이 벽에 걸려 있다고 믿는 데 있었고 매튜의 문제는 옷이 못 그 자체라고 생각하는 데 있었다. 그의 이러한 인식과 태도가 사람들에게 불쾌감을 자아내는 동기였다. 매튜는 모든 물질주의자들이 그러하듯이 매우 현세적이었다. 그에게 영원이나 보편이나 이상은 빌어먹을 개소리였다. 그는 이런 종류의 어휘를 지독히 싫어했다. 허위의식을 가지지 않았다는 측면에서 그는 겸허했다. 그러나 모든 인간이 구원의 호소 없이 살 수 있다는 그의 인식은 오만이었다. 그는 오만한 겸허를 가지고 있었다. 매튜는 거기에서 겸허만을 보았고 사람들은 거기에서 오만만을 보았다. 아마도 이것이 사람들과 매튜 사이의 긴장의 이유였을 것이다.

매튜는 곧 그리스로 가야 한다. 아홉 명을 한꺼번에 이민시키는 것이고 또 라스키와 약속도 했었다. 자신이 직접 가서 서류 작성과 신체검사 서류 접수를 도와준다고 했었다. 매튜는 잘할 것이다. 그는 실무에 유능하고 일 처리에 있어서 성실한 사람이다. 매튜는 만면에 웃음을 띠고 문까지 걸어 나와 나의 손을 끌고 자기 의자 옆에 앉혔다.

"소지, 모든 게 잘 됐네. 이제 아홉 명의 캐나다인이 더 생기게 되고 우리 일은 끝나네."

"매튜, 정말 고맙네. 나는 어떤 식으로든 은혜를 갚고 싶네. 자넨 정말 능력 있는 변호사일세. 자네는 한 가족을 구원했네. 고맙네."

매튜는 고개를 끄덕거리며 나스타샤의 서류를 이리저리 넘긴다.

"가일로프 양의 가족은 쉽게 캐나다에 올 수 있네. 그녀는 난민으로 캐나다 영주권을 받았네. 이 경우는 가족의 초청이 쉽지. 가족 관계라는 입증하는 서류를 우크라이나 정부에 요청해야 하지만 우크라이나 관리는 거기에 협조 안 할 걸세. 일단 세 명이 모두 탈주한 것으로 간주할 테니 말일세. 아이와 친부모의 관계는 유전자 검사로 쉽게 입증되네. 캐나다 이민국이 지정하는 아테네의 병원에서 그 검사를 받게 되고 그 결과는 캐나다에 1개월 이내에 통보되네. 그때 이민 심사 신청 서류를 접수시키면 인터뷰 날짜를 정해줄 걸세. 캐나다에 랜딩(landing)하기까지에는 지금부터 빨라도 3개월은 걸리지. 급한가?"

전혀 급할 것 없다. 나스타샤는 아이와 함께 있고 이제 3개월이 아니라 삼 년이라도 괜찮다.

"아니, 급하지 않네. 나스타샤가 한 학기 남았는데 아무래도 잠시 휴학을 해야 할 거 같네."

매튜는 잠시 생각에 잠긴다.

"조지, 궁금한 게 있네. 곤란하면 대답 안 해도 되네. 자네는 왜 보리스와 아니카를 구출하려고 애를 썼나? 자네는 사랑 때문이라고 했네. 그런데 지금 가일로프 양은 아니카를 만나러 갔네. 보리스와 함께 있는 것이지. 자네 사랑이 위험해지는 것은 아닌가?"

생각해본 적이 없었다. 단지 매튜의 질문이 유치하다는 생각은 들었다. 나스타샤에 대한 사랑은 매튜가 말하는 사랑은 아니다. 이것은 마치 유태인에 대한 기독교도의 관계와 같다. 내게 있어서는 나의 사랑이 나스타샤를 품에 안을 수 있다는 것을 의미하지는 않는다. 유태의 신은 인간과 조건적 관계를 맺지만 기독교의 신은 정언적 관계를 맺는다. 유태인들은 신과 계약을 맺었다. 복종과 번영을 교환하는. 그러나 기독교의 신과 인간의 관계는 믿음과 사랑에 기초하고 이것은 계약이 아니고 당위이다. 예수의 죽음은 신의 무조건적 사랑을 의미했다. 신은 자신에 대한 믿음을 자기희생의 전제로 삼지는 않았다. 기독교의 신에 비하면 유태교의 신은 졸렬하다. 새로운 신에 의하여 왕위가 교체되어야 마땅하다. 사랑과 믿음은 무목적적이어야 하고 무상적이어야 한다. 그러나 유태의 신은 시장의 신이다. 번영을 팔고 복종을 사들이는.

매튜와 친구가 되고 싶었다. 그것은 내가 그렉과 친구가 되고 싶었던 것과 같다. 매튜는 나보다 열 살이나 많다. 그러나 매튜는 그가 가진 본래의 경박함으로 나를 허물없이 대한다. 나는 매튜가 허영과 허위의식이나 자기기만이 없는 사람이라는 것을 높이 샀다. 매튜는 천하고 야비한 측면이 있을지언정 허위의식은 가지고 있지 않고 가식적이지도 않다. 나는 간단히 대답했다.

"나는 그녀의 행복을 바라네."

매튜는 눈을 가느스름하게 뜨고 비웃듯이 나를 바라본다. 이 계기에서 사람들은 매튜를 기분 나쁘게 생각한다. 그러나 나는 매튜를 안다. 그의 야유와 비웃음의 근거를 안다. 우리의 혐오와 적대감에는 상대편의 입장에 대한 이해의 결여에서 오는 부분이 많다. 그러나 나는 매튜의 입장을 알고 있다. 물질주의자로서의 매튜의 입장을.

"매튜, 나는 그냥 내가 할 일만 했네. 나머지는 어떻게든 되겠지. 그것만큼은 내 영역이 아닐세. 결과에 대한 고려는 없네."

매튜는 중얼거린다.

"행복, 행복이라⋯⋯."

"매튜, 자네의 전공은 철학일세. 물론 법학이 본래 전공이지만 내가 알기론 자네는 철학적 개념을 능란하게 사용하네. 그렇다면 내가 유태교에 대한 기독교의 관계는 탈레스에 대한 플라톤의 관계와 같다고 하면 동의하겠나?"

매튜는 생각에 잠긴다. 눈살을 찌푸리고 탁자 위의 손만 내려다보며 생각에 잠겨 있다.

"자네는 어떤 견지에서 그렇게 말하나?"

"매튜, 나는 기독교도가 아닐세. 자네도 그 사실을 잘 아네. 나는 이를테면 무신론자지. 나는 기독교가 유태교보다 우월하다고 말하려는 것은 절대 아닐세. 플라톤이 탈레스보다 더 진실한 철학을 고안해냈다고도 생각 안 하네. 나는 유일신을 불러들였다는 점에 있어서 자네 민족이 고대의 가장 위대한 사람들이었다고 생각하네. 뉴턴이 단일한 원칙하에 모든 지저분한 천문학을 통일시켰듯이 자네네 민족은 단일한 신 아래 모든 지저분한 잡신들을 구축한 걸세. 대단한 업적이지."

매튜는 다시 비웃듯이 나를 바라본다.

"조지, 사물의 본질로 들어가세. 자네는 기독교가 유태의 유물론적 신을 영혼의 신으로 교체했다고 말하고 있는 건가?"

나는 매튜의 통찰력에 놀랐다.

"나는 그렇게 생각하고 있네. 탈레스가 세계의 물적 토대를 구한 것처럼 자네네 민족도 존재의 물적 토대를 구했다고 생각하네. 그리고 그것을 신과의 계약으로 천명한 것이라고 생각하네. 플라톤은 무엇을 한 걸까? 플라톤은 세계의 혼란스런 변천을 견딜 수 없었던 것일세. 그는 단일하고 항구적인 세계를 원했던 것이지. 그것은 물적 토대를 가질 수 없는 것일세. 물질은 언제나 영고성쇠를 겪으니까. 그가 고안해낸 세계는 물질에 대응하는 우리 감각에 의해 포착되는 세계가 아니라, 추상에 대응하는 우리 이성에 의해 포착되는 이데아의 세계일세. 경험의 눈이 아니라 수학의 눈으로 보아야 하는 세계 말일세. 투명하고 영원하고 보편적인 세계이지.

어떤 유태인들은 신의 변덕에 의해 좌우되는 삶을 받아들일 수 없었네. 그들은 보편적 원리에 입각한 신, 영혼과 관련된 신을 구했던 것일세. 말씀으로서의 신 말일세. 감각의 신이 아니라 이성의 신이고 질료의 신이 아니라 형상의 신 말일세. 원리와 영혼은 공유되는 것일세. 누구나 참여할 수 있는 것이지. 기독교의 보편성은 기독교도와 신과의 배타적인 계약이 없었기 때문은 아니네. 계약은 언제고 맺으면 되는 것이네. 기독교의 보편성은 플라톤의 철학이 보편적인 것과 같네. 누구나 이성을 정련하면 이데아의 세계를 인식하고 그 세계에 참여할 수 있는 것처럼 누구라도 영혼을 깨끗이 하여 신과의 소통을 원한다면 거기에 참여할 수 있다는 점에서 기독교의 보편성이 있네.

기독교가 유태교를 넘어서 보편 종교가 된 것은 예수가 말한 사랑 때문은 아닐세. 사랑은 보편 종교의 결과물이지 원인은 아니네. 기독교가 보편 종교가 될 수 있었던 것은 바울과 교부들의 보편적 이념 때문이었네. 측량을 위한 과학이었던 수학이 그 자체 내의 목적 때문에 추구되는 순수 학문이 되듯이, 생존과 번영을 위해 존재했던 신이 이제 그 신이 지닌 내재적 속성 때문에 존재하게 된 것이지. 이제 신과 인간의 관계는 개인적 관계를 넘어선 것일세. 이를테면 관습적 사회가 입헌적 사회로 바뀐 것과 같지. 성문화된 법률을 이해하면 누구라도 그의 사회적 삶의 메커니즘을 이해할 수 있는 것과 마찬가지로 신의 항구적이고 일관된 원리를 이해하고 그것을 믿으면 그의 영혼이 구원받게 되는 것이지. 이제 박애와 자기희생이 의의를 갖게 되네. 이를테면 뉴턴이 자연법을 불러들였듯이 바울이 보편 종교를 불러들인 것일세. 교환으로서의 박애와 자기희생이 아니라 보편적 원칙으로서의 박애와 자기희생이지."

매튜는 날카로운 눈매를 하고 나를 쳐다본다.

"그럼 자네는 기독교의 박애와 자기희생은 무조건적이라는 것인가?"

이것은 매튜가 물을 만한 질문이다. 그는 인간성의 저열함을 그의 세계관의 기초로 삼고 사는 사람이다.

"매튜, 내가 무조건적이란 것은 이 세상 내에서를 말하는 것일세. 이 세상 내에서는 무조건적이네. 그러나 기독교인들이 영혼의 구원을 그 대가로 가정하고 있다는 것을 생각하면 그들의 청구서는 더 끔찍한 것이지."

매튜는 본래의 야유조의 표정을 다시 찾는다. 결국 유물론과 관념론의 대비는 유태교와 기독교에까지 이른다. '황금의 영혼을 가진 사람이 세속의 황금을 탐내서는 안 된다'라고 말하는 플라톤과 '나의 세계는 하늘나라에 있다'라고 말하는 예수는 결국 동일한 이념을 말하고 있다.

"매튜, 내가 말하는 것은 이걸세. 자네는 교수진과 자주 갈등을 일으켰네. 그것은 기독교도들이 유태교도와 잘 지내지 못하는 것과 동일한 이유에서네. 사실 기독교는 유태교와의 연속성이나, 혁신된 유태교나, 다윗에서 예수에 이르는 계보 등을 주장하기보다는 새로운 종교를 하나 만드는 편이 나았네. 예수를 신으로 모시면서 모세나 여호와와는 완전히 단절된 새로운 종교 말일세. 그런데 새로운 종교는 신성의 권위가 필요했네. 그것을 유서 깊은 유태교에서 차용한 것이지. 논리적 구조는 플라톤에서 가져왔고 신성함은 유태교에서 가져온 것이지. 사실 기독교도들이 예수 그리스도와 신약 성경에 입각할 때 구약은 당혹스럽네. 거기에 나오는 신과 예수가 이야기하는 신은 동일한 신이 아니네. 성격이 완전히 다르지. 구약은 잔인하고 관능적이고 심미적인 이야기들로 넘쳐나네. 신약은 엄격하고 신성하고 투명하지."

매튜는 이제 큰 소리로 웃는다.

"자네는 불경스러운 이야기를 마구 하는군그래. 바티칸에서 그 말을 들으면 자네를 화형시키고 싶을 걸세. 청구서라."

나는 다시 말한다.

"매튜, 내가 말하고자 하는 것은 이걸세. 자네는 사람들의 위선을 경멸하네. 사람들은 자네의 물질주의적 세계관을 경멸하고. 자네 민족은 냉소적인 사람들이네. 알고 있네. 자네의 신은 유물론적이고 직접적인 신이네. 기독교의 신은 공허하고 형이상학적인 신이지. 그런데 자네의 신은 하나의 절망일세. 오만한 절망이고 만연해 있는 절망이고 파국적인 절망이지. 자네의 자신감이 어디서 나온다고 생각하나? 자네의 절망에서 나오고 있네. 구원과 영혼과 관련하여 자네는 잃을 것이 없네. 현실적 삶 이외의 모든 것을 포기했으니까. 그러나 그것은 오만한 절망일세. 영원이나 구원 없이 살 수 있다고 말하는 것이 오만 아니면 무엇인가?

자네는 입을 좀 닫고 살면 안 되나? 나는 어느 쪽이 그르다는 얘기를 하려는 게 아닐세. 왜 자꾸 사람들에게 송곳을 찔러대나? 대부분의 사람들은 어리석고 약하네. 자네네 민족만큼 고난을 겪지 않았네. 자네네 민족만큼 절망하고 있지도 않고. 그 사람들은 환상에 잠겨 있네. 신이 죽은 사실을 모르고 있네. 좀 더 관용적이 되도록 하게. 나도 어떤 기독교도에게 역겨움을 느낄 때가 있고 어떤 유태인에게 짜증이 날 때가 있네. 나는 그냥 참아버리네. 어쨌든 이 세상을 살아야 할 것 아닌가? 자네는 신앙을 위해 목숨을 바친 사람들을 비웃지만 자네의 세계관에 입각하여 자네도 지금 순교당하고 있네."

매튜는 이 부분에서 명확히 알아들었다.

"자네는 지금 교수 임용에서 탈락한 일에 대해 말하고 있는 건가?"

나는 고개를 끄덕거렸다. 매튜는 교수가 되고 싶어 대학원에서 법철학을 공부했다. 벼락부자가 된 사람들은 다시 품격을 사려는 시도를 한다. 물질주의로 성공한 사람들은 고상함과 품위도 물질로 환원시킨다. 품위는 교수라는 명함으로 환원되는 것이다. 그러나 교수가 명함도 아니고 더구나 품위는 아니다. 어쨌든 그것이 지금 소용없다. 다른 사람들과 자꾸 마찰을 일으키는 사람을 대학 당국이 계속 임용시킬 수는 없기 때문이다.

"매튜, 자네는 부자네. 많이 부자지. 그것만으로도 자네는 동경과 질시의 대상일세. 우리 시대, 우리 사회에 돈보다 더 영향력 있는 건 없네. 삶의 양식이나 세계관은 사람 머릿수만큼 많네. 관용하게. 물론 도저히 견딜 수 없는 위선이 있긴 하네. 그때도 자네는 조용하고 부드러운 조언으로도 얼마든지 사람을 변화시킬 수 있네. 자네는 성공한 사람이고 영향력 있는 사람이니까. 매튜, 나는 자네가 좋은 사람인 걸 아네. 왜 나쁜 척하면서 살려 하나?"

매튜가 진지해진다. 한참을 침묵에 잠긴다.

"조지, 나는 오늘 생각해볼 거리가 많이 생겼네. 어쨌든 나는 내가 사람들과 겪는 갈등의 원인을 알았네. 자네가 무엇을 얘기했고, 무엇을 권하고 있는가도 알겠고. 모든 것이 정리되네. 자네는 날카로운 사람일세. 점심식사하러 갈 텐가?"

우리는 그날 술을 여러 잔 마셨다. 그는 식당에서 물었다.

"나치가 유태인을 살해한 동기도 그것인가?"

유태인은 이 대량 학살로부터 자유롭지 않다. 그들에게는 뼈 아픈 역사이다.

"매튜, 나치는 미친놈들이었어. 그들은 유태인이 아니었더라도 폴란드나 체코 민족 하나쯤은 몰살시켰을 거야. 누구에겐가 스스로의 분노를 투사해야 했던 거야. 사실 독일 민족의 문제는 그들의 시대착오에 있었네. 서부 유럽이 민족국가를 만들어 나갈 때 그들은 아직도 봉건영주의 시대에 있었네. 독일의 비극은 거기서 기원하지. 모든 문제는 자신에게 있었네. 그런데 그들은 스스로의 과오를 유태인에게 돌린 거지. 나치의 학살보다는 그 학살이 동조자를 구할 수 있었고 또 최소한 묵과됐던 것이 문제지. 궁극적으로는 그것이 맞을 거네. 자네가 다른 사람들과 갈등이 있듯이, 유태인들의 세계관과 그들의 세계관 사이에는 긴장이 있었을 거야. 물론 어떤 동기로도 학살이 정당화될 수는 없지만."

매튜는 또다시 깊은 생각에 잠긴다.

"조지, 나는 궁금했네. 민간인을 수백만 명이나 살해했어. 그런데 그들의 살해 동기는 어이없는 거야. 한마디로 말하면 그냥 싫었다는 거지. 그게 그들의 이유였어. 이제 그 아리안 족들은 정당화되는 건가? 미친놈의 범주는 벗어나게 되겠군. 세계관이 다르다는 그럴듯한 이유가 있으니까."

유태인들은 이 문제에 이르면 이런 식으로 판단력이 마비되고 만다.

"매튜, 그건 아닐세. 세계관은 자유지만 살인은 자유가 아닐세."

매튜는 고개를 끄덕인다. 그러나 기계적으로만 끄덕인다. 그 모습이 어딘가 위축되고 쓸쓸해 보인다.

이 변호사도 외로운 사람이다. 황제폐하도 외롭다. 그가 아무리 센터 포인트 몰과 타이거 주유소의 왕이라 해도. 결국 인간은 본래 외로울 수밖에 없듯이 그도 외롭다. 그는 친구를 구하고 있다. 냉정하고 사무적이고 냉소적인 껍질 안에는 외로워하는 영혼, 상처받기 쉬운 영혼이 존재하고 있다.

매튜는 생각난 듯이 고개를 들고 다시 물었다.

"자네는 내 애초의 질문에 명확한 답변을 안 했네. 왜 자네는 가일로프 양의 남편과 아이를 구해내려고 그렇게 애썼나?"

그는 답변을 원하고 있다. 한마디 한마디를 또박또박 말한다.

"매튜, 나도 답해주고 싶네. 뭔가 명확하고 분명한 이유를 설명해주고 싶네. 그런데 생각나는 이유가 없네. 글쎄, 자네는 자네 딸의 행복을 바라겠지. 딸의 행복이 자네 행복의 한 조건일 걸세. 나도 그것이네. 가일로프 양의 행복을 바라네. 그것뿐일세."

그러나 나스타샤가 나의 딸은 아니다. 동생도 아니다. 내가 말한 동기는 부적절한 비유에 기초했다. 그러나 나는 나스타샤를 그렇게 느꼈다. 나의 친족인 것처럼 느꼈다. 유대의 왕이 '나의 누이여, 나의 신부여' 했던 것처럼. 나는 나스타샤의 품 안에서 관능적 즐거움을 누렸던 것 이상으로 친족의 따스함을 느꼈다. 내가 나스타샤의 고통에 가슴 아파하고 그녀의 아들을 찾아주고자 했을 때에 나는 그녀의 오빠였다. 나는 누이의 행복을 빌었다. 누군들 누이가 아니겠는가? 누군들 나의 친족이 아니겠는가? 우리는 어차피 한 줄기로부터 나온 여러 가지가 아닌가! 나의 생명의 한 줄기가 행복한 것이 아닌가.

"매튜, 자네 딸의 지원서(application form)를 주게. 인적 사항도 알아야 하네. 내 연구실에 자네 딸을 보내주기 바라네. 그녀와의 대화가 필요하네."

매튜와 그의 딸은 욕심이 많다. 열네 개 대학에 지원하려 한다. 전형료와 레퍼런스 비용이 많이 들 텐데. 나는 아마도 꼬박 보름쯤은 그녀와 함께 에세이를 써나가야 할 것이다. 크리스마스 휴가가 끝나는 대로 학교로 보내달라고 부탁하고 자리를 떴다. 오늘 저녁에는 컬링 연습이 있다. 늦었다. 음주 운전이다. 낮에는 음주 검문이 없다. 나스타샤가 있었더라면 한차례 실랑이가 있었을 것이다.

레이첼

"조지, 아니카와 보리스를 만났어. 근방의 모텔로 옮겼고. 부엌이 딸려 있어서 조리를 할 수 있어. 아니카는 건강한 편이야. 보리스에 대해서는 나중에 말할게. 조지, 당신은 건강하지? 보고 싶어."

나스타샤의 메시지이다. 나는 수화기를 내려놓고 멍하니 앉아 있다. 목소리가 어둡다. 허탈감일까? 아니카와의 최초의 흥분이 지나가고 이제 맥이 빠진 것일까? 어쩌면 그럴 수도 있다. 오랫동안 간절히 바라던 일이다. 당연히 허탈감도 동반될 것이다. 많이 긴장했을 터이니. 그렇다고 해도 지나치게 의기소침한 목소리이다. 평소의 나스타샤는 슬퍼하고 눈물을 흘릴지언정 저렇게까지 의기소침하지는 않다. 나스타샤는 용감한 여자다. 그녀는 격무에 시달려도 항상 밝았다.

보리스의 상태가 심란한가 보다. 그의 몸이 많이 상했을 것이다. 이미 마흔인 보리스는 그러나 사진 상으로는 거의 쉰이 다 되어 보였다. 그는 이를테면 도련님이다. 그의 조건이 도련님이어서가 아니라 타고난 기질이 도련님이다. 그는 낭만적이고 우아한 문학청년이었다. 그의 조부는 우크라이나에서 잘사는 사람이었고 그 덕분에 가정교사로부터 불어를 배웠다. 이것은 굉장한 특혜였다고 한다. 이렇게 자란 그가 체포와 구금과 고문과 강제 노동을 당했다. 그들의 폭력과 고문에는 피감자의 상태나 기질에 대한 어떠한 고려도 없었을 것이고 그의 정신은 순식간에 붕괴했을 것이다. 그들은 강인하고 용감한 사람들도 견디기 어려운 고문을 자행한다. 보리스와 같이 약한 사람은 신경증으로밖에 대응할 수가 없었을 것이다.

신경증은 견딜 수 없는 현실을 가공적 사실로 대체한다. 이것이 환자를 현실 생활의 무능력자로 만들어버린다. 어디까지일까? 보리스가 앓고 있는 신경증의 정도는 어디까지일까? 이 질병이 자기 자신과 주위 사람들에게 가하는 고통 중 가장 큰 것은 치유가 어렵다는 것이다. 완전한 치유는 없다고 한다. 환자는 병을 완화시켜 가며 병과 더불어 사는 법을 익히는 수밖에 없다. 보리스는 이미 치유 불가능할 정도에까지 이른 것일까? 아니면 보살핌과 사랑에 의해 차도가 있을 수 있을까?

내가 보리스의 질병에 대하여 가지고 있는 분노와 짜증의 근거는 폭력적인 KGB와 보리스의 유약함에 대해서인가? 나는 눈을 감고 가만히 나의 마음을 들여다보았다. 나의 심리적 근저에는 그보다 더욱 커다란 무엇인가가 있었다. 나는 이미 그것을 알고 있을지 모른다. 자기 자신에 대해 정직해야 한다. 그렇지 않으면 궁극적인 해결이란 없다. 나는 그것을 안다. 단지 두려워하고 있을 뿐이다. 무지의 동기는 어리석음 이상으로 비겁이다.

나는 나스타샤와 헤어져야 할지 모른다고 생각하고 있다. 보리스의 질병에 대한 최초의 소식이 내게 들려왔을 때 나는 이미 그 두려움에 몸을 떨었다. 단지 그것을 있을 수 없는 사실로 내 마음 어딘가에 묻어버렸을 뿐이다. 묻어놓은 우려는 언제나 현실화된다. 피할 길이 없어서 묻어놓기 때문이다. 신경증의 유일하고 근본적인 해결책은 사랑과 보살핌 외에는 없다고 한다. 누가 이것을 해줄 수 있겠는가. 아직은 보리스의 질환의 정도에 대해 정확히 알고 있지 않다. 다음 주에 매튜가 출국한다. 매튜는 신체검사 서류를 접수시킬 것이다. 보리스의 질병은 그에게도 큰 관심사이다.

닉스와 데이비드는 토드를 오고초려 끝에 모셔왔다. 국가대표 선수인 토드는 배리에서 자동차 정비 공장을 운영하고 있다. 온타리오의 지하자원은 토론토로부터 다섯 시간 정도 거리인 노스베이와 그보다 한 시간을 더 가는 서드베리(Sudbury)에 집중되어 있다. 배리는 토론토에서 한 시간 거리에 있으면서 토론토의 베드타운 역할을 하기도 하고, 토론토와 북부 온타리오를 잇는 중간지 역할도 한다. 국가대표는 국제 경기가 열리기 한 달 전에 소집된다. 토드는 그때 외에는 정비 공장에서 일한다. 그는 바쁜 사람이었다. 닉스는 자기 집의 세단 세 대와 고기 운반 차량 두 대의 오일 교환과 정비를 모두 거기에서 하겠다고 그를 설득했으나 그는 대답을 안 했다고 한다. 국가대표가 아마추어 동네 팀을 지도하기는 싫었을 것이다. 그리고 그의 정비 공장을 비우고 매주 네 시간씩을 할애해서 지역 팀을 지도한다는 것이 우습기도 했을 것이다. 그러나 닉스는 열광적인 컬링 선수이며 끈질긴 사람이다. 다섯 번째 방문에서 승낙을 얻어냈다. 그는 아예 양을 한 마리 가져갔다고 한다. 토드가 양고기를 좋아한다는 소리를 듣고 양 한 마리를 먹을 수 있도록 손보아서 가져갔다.

토드는 자상하고 친절한 선생은 아니었다. 그러나 그의 시범은 우리에게 많은 도움이 되었다. 스로 때의 집중력과 정신력은 놀라웠다. 그는 높은 정신적 긴장을 주문했다. 우리는 뜻하지 않게 명상도 배워야 했다. 토요일에 수업이 시작하기 두 시간 전에 마크함의 요가 교실에 가서 명상을 하고 왔다. 시끄러웠던 닉스도 조용했다. 우리는 침묵에 진지함을 더해서 열심히 배웠다.

작년은 완전히 망신이었다. 우리는 1승 7패로 지역 예선에서 꼴찌를 했다. 웰드릭 컬링팀이 유사 이래 처음 꼴찌를 했다. 내가 나스타샤에게 빠져 있었던 것도 한 이유였다. 그러나 나는 컬링을 못하는 한이 있어도 나스타샤와 함께 있기를 바랐을 것이다. 아무튼 우리는 동네에서 고개도 못 들고 다녔다. 컬링은 캐나다에서 가장 인기 있는 스포츠 중 하나이다. 홈 경기가 있는 날이면 빙상장에는 수백 명의 관람객이 들어찼다. 원정 팀에도 응원단이 동반했다. 여기서 우리는 연전연패했다. 매켄지를 억지로 이긴 경기를 빼고는. 4엔드나 5엔드가 끝날 즈음이면 웰드릭 주민들은 나가버렸다.

우리는 코치가 없는 것이 이유라고 말했고 상공회의소는 자기 비용으로 코치를 초빙했다. 이래도 진다면 닉스는 고깃집 문을 닫아야 하고 데이비드는 다운타운에서 새롭게 개업해야 한다. 나는 더 북쪽으로 이사 가야 할 것이다. 사람 좋은 닉스도 빙상장에만 들어서면 날카로워지기 시작했고 둔한 데이비드도 제법 신경질을 냈다. 상황은 사람을 이렇게 변화시킨다. 다들 압박감 속에 있다. 코치는 그래야 한다고 말한다. 일단 시합에서 이길 작정이라면 더 이상 컬링을 놀이로 보아서는 안 된다는 것이다. 심지어 전쟁이라고까지 표현했다.

즐거웠던 컬링이 이제 의무가 되기 시작하고 있었다. 우리의 긴장이 조금이라도 풀린 눈치가 보이면 토드는 우리를 얼음판 위에 모아 놓고는 마구 혼냈다. 한 동작 한 동작에 정성이 들어가야 하고 군더더기가 없어야 했다. 그렇게 초긴장 상태에서 두시간을 연습하고 나면 완전히 뻗을 지경이었다. 다음 날 아침이면 손과 종아리가 붓고 비명 소리가 저절로 나왔다. 토드는 스톤을 머리 위에 들고 오 분씩 서 있는 벌을 주기도 했다. 그리고 그렇게 서 있는 사람의 귀에 대고 엄청나게 소리를 질러댔다. 스톤은 20킬로그램이다. 우리는 반항도 못했다. 토드가 그만둘까 봐 겁났기 때문이다. 우리는 심지어 토드를 '선생님(Sir)'이라고 불렀다. 나는 학교 총장도 그렇게 부른 적이 없었다. 웰드릭 주민들의 눈초리가 그 정도로 무서웠다.

웰드릭의 컬링팀 역사는 무려 삼십오 년이다. 최초의 선수들은 이제 일흔 살 정도의 노인네가 되었다. 웰드릭은 1967년 전국대회에서 동메달을 딴 적도 있었다. 닉스는 지금 십오 년째 컬링팀의 주장을 맡고 있다. 닉스는 불평을 토한다. 친선으로 열리는 경기가 이제 투쟁이 되었다는 것이다. 도대체 동네 친선 경기를 위해 코치까지 초빙해서 배워야 한다는 것이 말이 되냐는 것이다. 지금껏 그런 적이 없었다는 것이다. 좋은 시절은 다 갔다고 시끄럽게 떠들어댄다. 나 자신도 컬링 경기가 이러한 식으로 흐를 것을 알았더라면 컬링팀에 가입하지 않았을 것이다.

컬링을 정식으로 배우고 싶었지만 피 말리는 경쟁에서 이기기 위해서는 아니었다. 모든 운동은 거기에 준하는 완결성이 있다. 부드러움, 우아함, 아름다움 등. 내가 원했던 것은 이것이었다. 그러나 다른 동네 팀들이 코치를 초빙해서 전문적으로 배우고 있었다. 경쟁하든지 도태되든지 둘 중의 하나이다. 웰드릭은 경쟁을 원하고 있었다. 포기하기에는 거기에 얽힌 추억이 너무 많기 때문이다.

닉스는 윌리와 사이가 안 좋다. 토론토 시의원이며 웰드릭에 살고 있는 월리는 뛰어난 컬링 선수이다. 그러나 그는 팀에 합류하기를 거부했다. 바쁘다는 핑계였다. 닉스는 월리에게는 인사도 안 한다. 백스탑에서 닉스는 그에게 냉랭하게 대한다. 월리의 탈퇴와 함께 팀이 위기에 처했기 때문이다. 월리의 탈퇴가 이해된다. 컬링 경기가 더 이상 웃음과 친선을 위한 것이 아니기 때문이다.

컬링 경기는 매년 9월에 지구대회를 시작으로 12월 크리스마스에 맞춰 전국대회가 열리게 된다. 우리는 1990년 시즌에 결국 본선에 진출한다. 토론토 시는 일곱 개의 팀을 전국대회에 내보낼 수 있다. 우리는 5위를 차지했고 서른두 개 팀이 경합하는 전국대회에 나가게 되었다. 나는 이 대회를 끝으로 컬링팀을 나온다. 여기에서까지 전쟁을 치르고 살기는 싫었다. 또 그 긴장도를 더 이상 감당할 수도 없었다. 나는 그때 알코올 중독에 걸려 있었다. 억지로 억지로 게임을 해나가고 있었다. 엔드가 끝날 때마다 찬물에 머리를 적셔야 했다. 그 이후로 나는 빙상장엔 발도 들여놓지 않았다. 데이비드도 그만두게 되었고 닉스도 현역에서 물러나 고문 노릇만 하게 되었다. 웰드릭의 컬링팀은 이제 좀 더 젊고 좀 더 야심적인 사람들로 채워졌다. 시대가 변하고 있었고 세대도 변하고 있었다.

레이첼의 개인 진술서는 엉망이었다. 공허하고 구태의연했다. 그녀가 획득한 높은 SAT와 GPA 점수와 형편없는 에세이는 극적인 대비였다. 그녀는 의학 대학원을 원하고 있었고 학부는 화학과를 지원하고 있었다. 자신이 가장 좋아하는 과목으로 수학을 꼽은 이유에 대하여 '의대를 가려면 수학을 잘해야 하기 때문'이라고 썼다. 이 아가씨는 심지어 '좋아하는 것'과 '필요한 것'을 혼동하고 있었다. 왜 이 특정 대학을 지원했느냐는 질문에는 '어려서부터 가고 싶었던 명문 대학이기 때문'이라는 한심한 진술을 내놓았다. 그녀는 지금 미국의 아이비리그를 원하고 있다. 무엇보다 글에 진심과 성의가 없었다. 그러나 입학사정관들은 바보가 아니다. 대학은 가장 유능하고 날카로운 사람들을 거기에 배치한다.

"레이첼, 그들은 지금 네게 수학을 좋아하는 이유에 대하여 묻고 있어. 그런데 너는 거기에 대한 답변은 안 하고 있어. 너는 필요해서 잘했다는 말을 하고 있지, 좋아하는 이유에 대하여는 말하고 있지 않아."

그녀는 미분 선행 과정에서 A플러스를 받았고 SAT 수학과 Math IIC에서는 거의 만점을 받았다. 매튜의 아내는 자녀 교육에 엄청난 노력과 돈을 들였다.

레이첼은 그녀의 엄마를 그대로 닮았다. 나는 레이첼을 처음 보는 순간 웃음이 터져버렸다. 공장과 그 제품이 많이도 닮았구나 하는 생각이 들었다. 매튜의 아내는 매튜가 가장 싫어하는 고상한 척하는 여자였다. 매튜가 그것을 용서하는 것이 신기했다. 레이첼도 매우 고상하게 대학에 입학할 것이고 고상한 대학

생활 끝에 고상한 의사가 되고 고상한 결혼을 할 것이다. 매튜는 외로울 것이다. 허영과 허위의식은 인간의 숙명이다. 누구도 여기로부터 자유로울 수 없다. 문제는 자발적으로 여기에 젖어 사는 사람들이 있다는 것이다.

레이첼은 내 눈을 빤히 바라본다. 그녀의 아버지는 황제폐하의 위치에 있지만 그 지위를 누리지는 않았다. 그는 솔직하고 경박하다. 그러나 그의 아내는 근엄하고 거만하다. 레이첼은 계속 잘났다는 소리만 듣고 살아왔을 것이고 또 거기에 합당한 자격이 있다고 스스로 생각했을 것이다. 엄마를 닮아 매우 두드러진 용모를 하고 있고 공부를 탁월하게 해왔으니까. 거만은 자기 개선보다는 자기 자부심의 보존이 더 중요하다는 생각에서 나온다. 그렇기 때문에 거만한 사람의 미래는 한심해진다.

탁월한 지능이 타고나는 것이듯이 오만이나 자부심도 타고난다. 지금 오만한 사람은 아마 오만한 아기로 태어났을 것이다. 저 태초의 우주가 대폭발을 일으킨 이래로 어떤 유전인자가 축적되어 오만한 아기를 만들었을 것이다. 동일한 상황에서 자란 두 사람이 완전히 상반된 성향을 보일 때가 있다. 염색체에 얹혀진 DNA의 영향력은 돌 위에 새겨진 비문보다 더욱 굳세다. 우리는 이것을 운명이라고 부르지만, 결국 인간 성격이 그 운명이다.

레이첼은 오히려 되묻는다.

"수학을 좋아하는 사람도 있어요?"

그녀는 지금 두 가지 측면에서 실수를 하고 있다. 그녀는 자기의 선호 과목(subject of preference)으로 수학을 꼽았다. 그런데 자기는 수학을 좋아하지 않는다고 말하고 있다. 많은 사람들이 수학을 좋아한다. 그러나 그녀는 자기 자신과 자기 주변의 한심한 친구들에 대한 경험으로 쉽게 일반화를 해버렸다. 나는 이 거만한 어린 학생과 논리를 논하고 싶지는 않다. 그녀가 나를 논문 지도 교수로 신청한 학생이었다면 거절했을 것이다. 그러나 이 일은 매튜의 노고에 대한 사례의 표시다. 보름이면 끝난다. 내가 매튜였더라면 모녀를 죽여버렸거나 도망가거나 했을 것이다.

"레이첼, 네가 수학을 좋아하는 과목으로 꼽은 이유에 대해서는 수학이라는 과목이 지닌 어떤 내재적인(intrinsic) 동기를 말해야 하는 거야. 수학은 우리 경험보다는 개념과 상상력에 의존하잖아. 그러한 차가움과 선명함이 좋다거나 아니면 수학이 지닌 논리적 일관성이 좋다거나 말이야. 자, 다시 써보자."

레이첼은 지금 짜증이 나고 있다. 이맛살을 찌푸린 채 손으로 얼굴을 문지르고 있다.

"좋아, 레이첼. 집에 가도 좋아. 네 아빠와 통화하지."

나는 매튜에게 전화해서 부조리를 제안했다. 차라리 내가 전부 써버리겠다고. 레이첼을 열서너 번이나 만나서 이런저런 마음고생을 하느니 차라리 내가 쓰는 게 낫다. 교수로서 내가 지도하고 싶은 이상적인 학생 하나를 가공적으로 만들면 된다.

"매튜, 그런 식으로 쓰면 입학 허가서를 받기 힘드네. 적당한 대학이라면 모르겠네. 그러나 하버드나 존스 홉킨스는 다르네. 내가 쓰는 게 낫겠네. 문제는 인터뷰일세. 내가 써준 원고를 여러 번 읽어야 하네. 그 다음에는 모르는 내용이 있으면 내게 전화로 물으면 되네. 인터뷰 날짜가 정해지면 알려주게. 전날 교육을 좀 시키지."

매튜는 오히려 좋아한다. 현실적 업적과 성취를 중요한 것으로 생각하는 그들 민족은 일단 좋은 목적이라면 나쁜 수단과도 잘 타협한다. 덕분에 보리스와 아니카도 지금 그리스에 와 있다.

수요일이다. 수요일과 금요일에는 퇴근길에 나스타샤를 데리러 세네카 컬리지로 가곤 했었다. 오늘은 새벽의 바깥 기온이 영하 23도까지 떨어질 정도로 추웠다. 그리스에는 비가 오고 있다고 날씨 채널에서 말했다. 날씨가 좋았더라면 아크로폴리스에라도 갈 수 있었을 텐데. 그녀의 가족이 몇 년 전에 우크라이나에서 그러했듯이 이제 다시 그들은 완결된 가정이 되었다.

나는 소외되고 있다는 느낌이 들었고 조국이 그리웠다. 나는 이를테면 외국에 유폐된 것이다. 유학은 잘못된 결정이었다. 그 사실은 세월이 흘러갈수록 분명해지고 있다. 조국에서의 경쟁에서 이겨 나갈 자신이 없었던 것일까? 그것은 아니었다. 단지 돌파구가 필요했었다. 무의미와 덧없음을 벗어나기 위해 무엇인가에 매달리기를 원했던 것 같다. 그것은 아마도 학문이나 예술 따위였던 것 같다. 조국에서도 얼마든지 공부할 수 있었는데 왜 뛰쳐나왔을까?

나는 자꾸 우리말을 잊어가고 있다. 애매하고 무뚝뚝한 언어지만 품위 있고 개성 있는 이 언어를. 나는 영한사전을 사용하고 있다. 어떻게든 우리말을 내 영혼 속에 간직하려는 시도이다. 때때로 영어문장들을 우리말로 번역하는 연습도 해보았다. 그러나 한국에 갔을 때 나는 많이 당황했다. 생각보다 한국어를 많이 잊어버리고 있었다. 단어도 생각나지 않는 때가 많았고 발음도 어딘가 어눌했다. 내가 바보라는 생각이 들었고 나 자신에게 화가 났다. 두려웠다. 이런 식으로 계속 살게 되면 뿌리 뽑힌 존재가 된다. 나는 어쨌든 가족도 있고 조국도 있는 사람이다. 내 서류상의 국적이 어디든 영원히 그들 세계의 일원이 되기는 싫다. 덧없는 삶이 싫고 부평초 같은 신세가 싫다. 행이든 불행이든 운명을 내 민족 가운데서 맞고 싶다. 거기에는 다정스러움이 있다. 내가 어떤 좋은 일을 한다 해도 내 민족 가운데서 해야 할 터이고 어떤 과오를 저지른다 해도 내 민족 가운데서 해야 할 터이다.

외국에서 산다는 것은 무엇을 의미하는가? 그것은 영혼 없는 육체와 같은 것이고 소금이 안 들어간 음식과 같은 것이다. 있어야 할 어떤 것이 빠져 있는 삶이고 충족감이 결여된 삶이다. 허전하고 공허한 삶이다. 나의 언어, 나의 표정, 나의 웃음, 나의 눈물—이러한 것들은 그들에게 어떤 의미도 없다. 이것들은 고유의 것이고 동족만이 이해하는 것이다. 나는 외국인들 사이에서 한 명의 낯선 사람일 뿐이다. 사람들에게 떠밀려 다니던 명동거리, 친구들과 같이 시끄러웠던 목로주점, 집으로 구부러진 골목길—이러한 것들은 나를 이해하는 것들이고 나의 소유이고 내 영혼에 새겨진 것들이다. 이러한 것들, 여기에 얽힌 사람들 사이에서 내 삶은 소외가 없고 빗겨가는 것이 없고 스쳐 지나가는 것이 없다. 모든 것이 나의 충족감을 위해 봉사해준다. 내가 지낸 세월, 내게 익숙한 것들, 내게 친근한 사람—내 영혼이 이것들을 느끼는 것이 아니다. 오히려 그것들이 스며서 나의 영혼을 완성했다.

외국은 여행할 곳이지 거처를 정하고 살 곳은 아니다. 적어도 내게는 그렇게 생각된다. 소크라테스는 추방보다 죽음을 택했다. 나는 어리석게도 죽음보다 더한 것을 선택했나 보다. 그것도 자발적으로. 미국에서의 나의 삶은 되새기기조차 싫다. 친구도 만들지 않았다. 스스로를 최고라고 생각하는 사람들과 내면을 공유하기는 불가능하다. 그들에게 내면이라는 것이 있기나 했을까? 캐나다에서의 삶은 어떠한가? 나는 좋았다고 생각한다. 자연을 즐겼고 친구들을 즐겼고 공동사회 속에서 행복했다. 그리고 무엇보다도 나스타샤를 만났다. 그러나 조국이었더라면 더 좋았을 것이다.

중독

지금 우크라이나의 세 가족은 피라이오스의 한 모텔에 단체 투숙하고 있다. 그곳엔 작은 부엌이 딸려 있다고 한다. 이 경우 체재 비용도 줄일 수 있고 생활의 편의성도 높다. 자기네의 전통적인 식사를 할 수 있다는 것은 장기 체재의 경우 중요한 일이다. 그들은 아마도 우크라이나식의 식사를 할 것이다. 나는 캐나다에 온 이래 대체로 하루 한 끼는 한식을 먹었다. 김치나 된장 중 하나만 있어도 나는 그것을 한식이라고 불렀다. 바쁠 때는 빵 사이에 김치와 햄을 넣어서 우유와 먹었다. 사람은 생각보다 생리적인 동물인 것 같다. 그런 식사를 하고 나면 행복했다. 된장이나 김치는 내게 이를테면 항우울제였다. 그들도 아마 야채와 양고기를 넣고 끓인 수프를 먹으며 만족해하고 있을 것이다. 그 부엌은 이 고깃국 냄새와 살로의 노린내로 가득 차 있을 것이다.

매튜는 지금 아테네에 있다. 그가 현지에 직접 가는 것은 대단한 일이다. 보통은 그의 요청에 의해 송부된 서류만으로 일을 한다. 그는 보리스와 아니카를 탈출시키는 것을 조건으로 라스키와 약속했었다. 현지에서 일을 처리해주기로. 캐나다와 미국은 변호사의 천국이다. 변호사가 직접 나서면 일이 신속하게 처리되고 안전하게 처리된다. 매튜는 종교에 대한 대화 이후로 아주 곰살맞은 사람이 되었다. 현실주의자들은 이상주의자들을 공허하고 어리석은 사람들로 치부한다. 매튜는 이상주의자들에 대한 오만한 우월감을 가지고 있다. 이상주의자들은 대체로 실제적인 문제에 있어서 무능하다. 산초판차가 돈키호테를 얕보는 것도 이러한 이유에서다. 매튜와 나는 그날 솔직했었다. 매튜는 아마도 나를 자기와 동류의 현실적인 사람으로 치부하는 것 같다. 그러나 내가 솔직한 것은 내가 현실주의자이기 때문은 아니다. 위선적인 현실주의자가 있는 것처럼 솔직한 이상주의자도 있을 뿐이다.

"조지, 아테네일세. 오늘 아침에 모텔에 가서 가일로프 가족을 만나 서류를 건네주었네. 이민 신청 서류와 신체검사 신청 서류일세. 가일로프 씨는 건강 상태는 좋지 않네. 내가 보기에는 단순한 신경증의 단계는 이미 지난 것 같네. 일종의 공황 장애가 있는 것 같네. 사람을 무서워하고 항상 손을 떨고 있네. 가늘게 떠는 게 아닐세. 심하게 덜덜 떠네. 나와 눈을 안 마주치려 하고 고개를 숙이고 있네. 심각하네. 가일로프 부인이 한시도 자리를 뜰 수 없네. 혼자 할 수 있는 일은 거의 없네. 아이는 괜찮네. 발육 상태가 좀 나쁘기는 하지만 곧 좋아질 테니까. 내일 다시 가서 서류 작성을 도와줄 걸세. 아마 내일은 하루 종일 거기에 있어야 할 것 같네. 아홉 명이나 되니 말이야."

나는 가장 듣고 싶지 않은 소식을 듣고 말았다. 도대체 어떤 종류의 폭력이 사람을 그 지경으로 만들 수 있는 걸까. 그들은 한 부부를 붕괴시켰다. 한 명은 육체적으로 다른 한 명은 정신적으로.

"매튜, 정말 수고가 많네. 고맙네. 가일로프 부인은 어떤가?"

매튜는 잠깐 조용하다.

"조지, 나는 자네가 무엇을 묻는지 잘 모르겠네. 그 가족은 행복을 되찾은 느낌을 주지는 않네. 우울하네."

나스타샤는 지금 불행하구나. 내 마음에서 가장 먼저 떠오르는 좌절감은 나스타샤의 고통이었다.

나스타샤에 대한 나의 관념은 내가 그녀를 집으로 데려오던 날 내 차의 뒷자석에 웅크린 채로 누워 고통스러워하던 그 모습과 맞어져 있다. 나는 그 고통을 없애줄 수만 있다면 무엇이라도 할 수 있었다. 그런데 이제 또 다른 고통이 그녀를 누르고 있다. 그녀는 자기 육체의 치유를 위해 많은 고생을 겪었다. 결의와 용기와 인내로 고통을 이겨내고 간신히 자신의 육체를 복구했다. 그런데 불행한 한 시기를 마무리할 수 있다고 믿은 지금 또 다른 고통에 직면해 있다. 그녀의 고통은 끝이 없는 걸까. 보리스의 질환은 치료가 가능한 걸까? 가능하다면 언제까지일까?

내 마음에는 분노가 솟구치고 있었다. 그들에 대한 증오감이 걷잡을 수 없을 정도로 부풀어 오르고 있었다. 그들은 나스타샤를 죽일 작정이었다. 죽을 것이라고 믿고 나스타샤를 드니에프르 강변에 던졌다. 왜 보리스에게는 그러한 시도를 안 했을까. 질환으로 지옥 같은 하루하루를 사느니 차라리 죽는 것이 더 낫지 않은가. 나는 보리스와 아니카를 구해내면 나스타샤의 분노와 증오감은 사라질 것이라고 믿었다. 나는 나스타샤가 증오 때문에 스스로를 망치기를 원치 않았다.

우리가 삶에서 구하는 커다란 동기는 그것이 살 만한 것이고 거기에서 행복을 찾을 수 있다는 느낌이고 신념이다. 이것이 우리가 인생에서 가장 먼저 배워야 할 것이다. 이것이 없다면 우리의 삶이 행복할 수도 없고 가치 있을 수도 없고 또 거기에서 무엇인가를 이룰 수도 없다. 절망과 증오는 우리를 바보로 만든다. 사랑받은 사람만이 사랑을 할 수 있다. 삶이 그에게 미소 지어줄 때에만 그도 삶에 미소 짓는다. 그러나 삶이 그에게 고통만을 줄 때 그는 증오심을 품고 그의 인생을 망쳐 나간다. 증오심은 우리에게서 분별을 앗아가고 그 자리에 복수심만을 가져다 놓는다. 영혼은 복수심으로 마비된다. 나는 나스타샤에게 용서해야 한다고 말해왔다. 그것은 그들을 위해서가 아니라 자신을 위해서라고 말했다. 아니카와 보리스만 고통 속에서 빠져나올 수 있다면 용서할 수 있을 것 같다고 나스타샤는 말했다. 그러나 이 모든 것이 부질없는 것이 되어버렸다.

맑고 착하고 연약한 나스타샤. 그녀가 지금 감당할 수 없는 불행에 직면해 있다. 그녀는 충분히 고통받은 것이 아니었던가? 정신 질환은 가족의 끊임없는 인내와 사랑을 요구하는 병이고 어느 경우에는 주변 사람들의 삶마저 파탄으로 몰고 가는 무서운 병이다. 이 질환은 치유가 없다. 금 간 영혼을 테이프로 붙이고 살아야 한다. 금 간 유리잔처럼. 환자 자신이 겪는 고통은 이루 말할 수 없이 크다. 그에게 세상은 지옥이다. 아니, 세상이 지옥이라면 차라리 낫다. 그의 정신이 지옥이고 심연이다. 그는 끊임없이 자살의 유혹에 시달리며 산다. 약물은 그를 흐리멍덩한 사람으로 만들고 입술을 타게 만든다. 단 한순간의 명징함도 없는 삶이란 살 가치가 없는 삶이다. 보리스가 살아야 할 삶은 그러한 것이다.

나스타샤는 악질적인 운명이 걸어놓은 고리에 걸려들었다. 보리스와 같이 걸려들었다. 나스타샤는 벗어나지 못할 것이다. 나스타샤의 삶이 그러한 고통이라면 나는 살아갈 수 없을 것 같다. 소중한 나스타샤, 너는 나 자신보다도 더 소중한 사람이다. 고통이 네 운명이라면 죽음이 내 운명인 것이 차라리 낫다. 나스타샤, 나는 애써왔다. 젊음의 불안과 동요가 나를 한없이 괴롭히고, 혼란과 괴로움이 나를 아무리 괴롭혔어도 삶은 살 만한 가치가 있는 것이라고 애써 나를 설득해왔다. 완전한 무의미와 덧없음 속에서도 바흐의 아리아 하나와 모차르트 한 소절만으로도 행복하려 애써왔다. 그러나 네가 고통받는다면 이 모든 것은 무의미하다. 네가 행복할 수 있다면 나는 어떤 신과도 타협할 수 있다. 그러나 네가 고통받는다면 내가 축복할 수 있는 것은 없다. 우주 전체를 저주하며 죽는 게 나을 것 같다. 나스타샤, 너는 내게 모든 것이니까. 우주 전체보다도 소중한 것이니까. 가냘프고 불쌍한 행성, 다시 한 번 길을 잃고만 불쌍한 행성이니까.

나는 냉장고와 창고에 있는 모든 술을 끄집어냈다. 크라운 로얄의 첫 잔이 식도를 태우는 듯한 느낌으로 넘어갔을 때 나는 이미 분별을 잃고 있었다. 나는 수십 년이 지난 지금 이 순간을 그림을 보듯이 기억할 수 있다. 왜인지 모르겠지만. 나는 왼손으로 식탁의 모서리를 짚고 오른손으로 술병의 허리를 잡고는 목구멍 안으로 들이부었다. 그 다음으로 한 다스의 맥주를 마셨다. 나는 병따개를 찾으며 찬장 서랍을 다 엎어놓았다. 그리고 다시 비어 스토어(beer store)로 술을 사러 나갔다. 여기저기서 수군거리는 소리가 들렸다. 누군가 내 이름을 부르며 손목을 잡은 것 같다. 나는 똑바로 그의 얼굴을 쳐다보며 말했다.

"닥쳐."

나는 다시 크라운 로얄을 몇 병 샀다. 집으로 운전하고 오는 길에 포플러 나무들이 엄청난 괴물들처럼 크게 보였다. 그 뒤는 기억나는 것이 없다.

누군가 나를 들어서 소파로 옮겼다. 수군거리는 소리가 들렸다. 그렉과 베시였다. 나는 가벼웠다. 평소의 체중에서 많이 빠져 있었다. 나스타샤에 대한 걱정으로 며칠간 전혀 먹지를 못했다. 출근도 안 하고 전화도 안 받는 친구를 걱정한 그렉은 학교에서 베시에게 전화했다. 베시가 와서 발견한 것은 거실의 폐허와 조지의 폐허였다. 베시의 전화를 받은 그렉이 반 미쳐서 달려왔다. 내가 죽어가고 있다고 생각했단다.

이날이 나의 인생에 있어 비극으로 진행되는 첫 사건이 발생한 날이다. 알코올 중독에 걸려들었다. 이 중독은 이날 이후로 삼 년을 끌었고 결국 병원에 수용되는 것으로 끝을 보게 된다. 그동안 나 자신의 고통 이상으로 주위 사람들의 고통이 컸다. 나는 보리스보다 나을 게 없는 사람이었다. 내가 사랑했던 모든 사람들을 슬프게 했고 힘들게 했다. 그러나 이것을 이겨낼 수 없었다. 아니, 이겨내고 싶지 않았던 것 같다.

처음 일 년간은 습관적으로 술을 마시는 정도였다. 백스탑에서 마셨다면 심각해지지는 않았을 것 같다. 집에서 혼자 마셨다. 연구 과제와 집필에서는 완전히 손을 떼고 있었다. 강의 시간이 끝나면 연구실의 서랍에 숨겨둔 위스키를 한 모금씩 마셨다. 차에도 술을 감춰놓았다. 운전하면서도 한 모금씩 마셨다. 삼 년 동안 음주 운전으로 네 번 적발되었다. 네 번째에는 면허증을 박탈당했다. 토론토 경찰청은 총장에게 서한을 보냈다. 나의 음주 운전에 대한 학교 당국의 처분을 촉구하고 있었다. 대학 고문 변호사와 학장과 총장과 내가 출석한 가운데 회의가 열렸고 총장은 중독 치료를 위한 입원을 권고했다. 나는 수락했다. 치료를 위해서 수락한 것은 아니었다. 이래도 좋고 저래도 좋았기 때문에 수락했다.

그렉은 수건을 물에 적셔 내 얼굴을 닦았다. 참담했나 보다. 별로 많이 토하지는 않았다. 먹은 것이 없었다. 그러나 냄새는 지독했다. 베시는 걸레를 찾았다. 나는 걸레가 어디에 있는지 모른다. 나스타샤 소관이다. 베시는 화장지 한 롤을 가져와서 부엌 바닥을 닦아냈다. 온몸이 쑤셨고 눈자위가 몹시 아팠다. 머리가 깨질 것 같은 두통이 엄습했고 구토증이 났다.

"그렉, 지금 몇 시인가?"

오후 한 시였다. 그렉은 오늘 오후 수업이 있다. 그러나 그렉은 가브리엘라에게 전화를 하고 있다. 내가 알기로 그렉과 나는 밴쿠버에 낚시하러 간 날 외에 휴강이나 결근은 없었다. 우리 둘은 유난하다 할 정도로 강의에 열성이었다. 학생들이나 동료 교수들로부터 강의 평점에서 만점을 받고 있었다. 그런데 나는 한심한 꼴을 하고 있고 그렉은 나 때문에 피해를 입고 있다. 그렉은 나중에 "이날 몹시 불길했다"고 고백했다. 그렉과 나는 술을 좋아했다. 나스타샤를 만나기 전에는 일주일이면 서너 번은 마셨다. 나스타샤를 만난 이후에는 그녀와 같이 마시는 외에는 별로 마시지 않았다. 나스타샤는 술을 그다지 즐기지 않았기 때문에 나도 역시 술을 거의 끊게 되었다. 기껏해야 와인 한두 잔이었다. 그러나 그렉은 술에 대한 내 감춰진 욕망을 알고 있었다. 그것이 폭발적으로 나타났다.

"조지, 치킨 수프 좀 먹겠어?"

베시가 묻는다. 나는 고개를 저었다.

"그러 초우메인이나 원튼 수프는?"

원튼 수프는 좋을 것 같다. 그것은 이를테면 만둣국 비슷한 것이다. 웨스턴 프로듀스의 델리에서 판다.

"원튼."

베시가 나갔다. 그렉은 조심스럽게 묻는다.

"조지, 무슨 일 있어? 자네 너무 마셨네. 이렇게 마셨다면 데이비드도 못 견뎠을 거네."

나는 정리가 되지 않는다. 그렉에게는 사실을 말하고 싶다. 그렉은 자기의 모든 사실을 내게 얘기하고 있다. 특히 회의적인 결혼 생활에 대해. 나는 이리저리 생각을 정리하려 애썼다.

"그렉, 베시를 보내게. 자네에게 얘기하고 싶네."

"그렉, 자네는 내가 그리스를 좋아하는 것 알지? 고대 그리스 문명 말이야. 나는 아테네 국립 박물관에서 행복했네. 태양이 밝고 건조한 나라지. 사람들이 좀 수선스럽고 시끄럽긴 하지만. 그렉, 그곳이 이제 암흑이 되고 있네. 나스타샤와 내게 말일세. 그곳에서 들려오는 소식은 끔찍하네."

그렉은 고개를 숙이고 듣고 있다. 이야기가 진행될수록 그의 머리는 점점 더 아래로 내려갔다. 그렉은 나스타샤에 대한 나의 사랑이 어느 정도인지 안다. 그는 내 감춰진 정열에 놀라곤 했다. 그렉은 몇 번인가 한숨을 내쉬었다. 그렉은 고지식하고 요령부득인 사람이다. 그가 어떤 조언이나 해결책을 제시하리라곤 기대 안 했다. 단지 그렉이 자신의 모든 것을 내게 얘기하는 만큼 나도 얘기해야 할 것 같았고 또 그에게 하소연을 하고 싶었다. 그 외에 다른 목적은 없었던 것 같다. 왜냐하면 그렉이 자기 의견을 말할 때 나는 약간 당황했으니까.

"조지, 내 의견을 말하겠네. 내 의견이란 별거 아닐세. 단지 내가 자네라면 어떻게 할 건가를 생각해보았을 뿐이네. 나스타샤는 좋은 여자네. 자네의 사랑을 받을 가치가 있는 여자지. 지금 자네가 당면해 있는 문제는 보리스와 나스타샤의 문제는 아닐세. 이것은 자네와 나스타샤의 문제일세. 자네는 보리스의 질환에 대해 어떤 책임도 없네. 따라서 의무도 없지. 중요한 것은 나스타샤의 생각일세. 나스타샤가 자네를 택한다면 보리스를 병원에 보내게. 자네는 아니카에 대해 부양 의무를 지도록 하게. 자네는 할 수 있는 것을 했네. 질 수 없는 것을 지려고 시도하지 말게. 자네는 나스타샤와 헤어져서 살아갈 수는 없을 것 같네. 마음을 강하게 먹도록 하게. 나스타샤의 소유권은 자네에게 있네."

사실 나는 그렉이 이렇게 말했는지 아닌지를 잘 모르겠다. 나는 여태까지 그렉이 그렇게 말했다고 생각해왔다. 그러나 가만히 회상하면 이것은 당시 내게 있는 두 명의 조지 중에 한 명이 말한 것 같다. 내가 당시 갈등을 겪고 있었던 것은 확실하다. 그의 질병과 불행에 대해 눈을 감고자 했다. 그를 병원에 보낸다는 것은 한 인간을 포기한다는 것을 의미한다. 나는 보리스를 한 번도 본 적조차 없다. 그의 불행이 나와 상관이 있을 이유가 없다. 나는 포기하는 것이 아니라 본래 모르는 것이다. 보리스가 병원으로 간다면 어쩌면 그는 영원히 질환을 치료하지는 못할 것이다. 우리는 그를 버리는 것이다. 그러나 세상에는 수없는 불행이 있다. 나까지 불행해야 할 이유가 있는가? 내가 보리스의 불행 때문에 내 행복을 포기해야 한다면 소말리아 내전의 희생자 때문에도 내 행복을 포기해야 할 것이다.

전화벨이 울린다. 가브리엘라이다.

"선생님, 집에 계셨습니까? 오전 중에 전화를 안 받아서 걱정했습니다. 어디 아프신가요?"

가브리엘라는 대학원생들과 내 면담 일정을 조정하려 한다.

"괜찮네. 내일 출근할 걸세. 내일 보세."

그렉은 내 얼굴을 빤히 보고 있다. 나는 다시 졸음이 쏟아지기 시작했다.

"그렉, 걱정 말고 가보게. 나는 좀 자야겠네."

나는 욕조에 몸을 담갔다. 눈이 자꾸 감긴다.

나는 평소에 전화를 잘 안 받는다. 보통은 전화 벨소리를 죽여놓고 불만 깜박거리게 해놓는다. 급한 사람들은 메시지를 남긴다. 나스타샤는 나의 이런 습관을 이상해했다.

"궁금하지 않아?"

궁금하지 않다. 여기 이 외국에서 내게 궁금할 것은 없다. 한국에서라면 궁금했을 것이다. 그러나 지금 전화벨의 음량을 최대한 높여 놓았다. 나스타샤의 전화를 제때에 받아야 한다. 나스타샤에게 전화카드를 사라고 했다. 선불 카드는 요금이 저렴하고 동전이 없어도 된다. 공중전화를 이용하게 되면 단 몇 분만 통화하려 해도 한 주먹씩의 동전이 필요하게 된다. 요금도 엄청나게 비싸다. 카드 전화는 번거롭다. 일단 시내 전화요금을 내고 카드 회사가 지정하는 번호로 연결한 다음 카드 번호를 누르고 다시 캐나다로 연결시켜야 한다. 제법 복잡하고 번거롭다. 나스타샤는 번잡한 것을 싫어하고 복잡한 과정을 잘 이행하지 못한다. 꼼꼼한 성격이 아니다.

아래층에서 전화가 계속 울리고 있다. 나는 간신히 털고 일어났다. 어젯밤에 부엌 바닥에서 그냥 자서인지 어깨가 몹시 시렸다. 전화는 이미 자동응답기로 넘어가고 있었다.

"조지, 집에 있어?"

나는 뛰어 내려갔다.

"나스타샤, 집에 있었어. 자고 있었어."

지금 몇 시인가? 나는 두리번거렸다. 일곱 시다. 나스타샤는 별 말이 없다. 지금 당황하고 있다. 일곱 시에 잠을 자다니.

"나스타샤, 낮잠을 잠깐 잔 거야. 당신이 없으니 잠을 많이 자게 되네. 나는 문제없어. 걱정하지 마. 거기는 지금 몇 시야?"

나스타샤는 잠깐 말이 없다.

"조지, 여긴 새벽 두 시야. 보리스가 지금 막 간신히 잠들었어."

보리스가 불면에 시달리나 보다. 신경증은 보통 불면증을 동반한다. 이 경우 불면은 커다란 고통이다. 신경증 환자의 호전은 먼저 숙면으로 나타난다. 숙면은 운명의 축복이다. 나는 왜 할 말이 없는지 모르겠다. 나스타샤는 내가 무슨 말이든지 하기를 기다리고 있다. 그러나 나는 할 말이 없다.

"조지, 우크라이나는 지옥이래. KGB는 더욱 극성을 떨고 있고 식량이 부족하대. 우크라이나와 같은 곡창이 식량이 부족하대. 우크라이나 사람들은 굶고 살지는 않았는데."

생산성이 고려되지 않는 경제는 몰락할 수밖에 없다. 토양이 아무리 비옥하고 자원이 아무리 풍부해도 몰락한다. 땅에서 매일 석유와 황금이 나온다 해도 소용없다.

"나스타샤, 거긴 어때? 장 보기는 편해? 날씨는 좋아?"

내가 묻는 것은 고작 이런 것이었다. 할 말이 많을 것 같고 전화를 많이 기다렸는데도 이 모양의 질문밖에 못하고 있다. 나스타샤는 딴 소리를 한다.

"조지, 당신이 보고 싶어. 매튜는 신체검사 때까지 여기 있기를 권하고 있어. 보리스와 아니카의 신체검사 말이야. 그런데 어제 접수했어. 앞으로 한 달은 기다려야 한대. 나는 아테네가 싫어. 너무 복잡하고 시끄러워."

내가 왜 묻고 싶은 말이 없는가가 불현듯 생각났다. 보리스에 대해 묻기가 두려운 것이다. 그러나 내가 묻고 싶은 것은 보리스에 집중되어 있다.

"나스타샤, 보리스가 전혀 외출을 못해? 아크로폴리스에 가보고 아테네 국립 박물관에도 가봐. 보리스가 못 나가면 당신하고 아니카하고 같이 가. 피라이오스에서 아크로폴리스까지는 아주 가까워. 심심하면 투키디데스를 다시 읽어. 당신 그 책 가져갔잖아."

나스타샤는 대답이 없다. 아마도 그런 것을 생각하기 어려운 상황인 듯싶다.

"나스타샤, 나도 보고 싶어. 당신이 간 지 2주일이 지났지만 나는 이 년쯤 된 것 같아. 당신이 없으니 자꾸 술을 마시게 돼. 당신이 있어야 해."

나스타샤는 듣고 싶은 말을 들었다. 그녀는 단순하다.

"조지, 또 전화할게. 카드 샀어. 돈 아껴 쓰려고 노력하고 있어. 안녕, 조지."

귀환

공항에 나가며 이런저런 생각에 잠긴다. 나는 정말 정신을 못 차리고 사는 것 같다. 내 자동차 열쇠를 어디에 두었는지 찾을 수 없었다. 나스타샤의 차 열쇠는 부엌 서랍에 있었다. 나는 나스타샤의 차로 공항에 가고 있다. 이 차는 결국 팔아야 할 것 같다. 사흘에 한 번 꼴로 고장이 나고 벌써 두 번이나 사고를 겪었다. 많은 것들이 인연에 의해 결정된다. 이 차는 우리와 인연이 아닌가 보다.

매튜는 보리스에 대해 머리를 흔들었다.

"난 비관적이네. 증세가 아주 심해. 식사하는 데 한 시간이 걸리네. 음식을 이리저리 흘리며 먹네. 손이 와들와들 떨려. 수면제가 안 들을 정도의 불면증이야. 망가진 사람이야."

나스타샤가 고생이 심했겠다. 나스타샤는 가족과 6주간 함께 있었다. 환자를 간호하기에는 긴 시간이다. 귀국 날짜가 다가오자 나스타샤는 매일 전화했다. 아마 하루하루가 지겨웠을 것이다. 아니카를 만났을 때는 어떤 느낌이었을까? 서먹서먹하지는 않았을까?

주차장에서 나오는 길에 바람이 엄청나게 불어댔다. 공항 온도계가 영하 17도를 가리키고 있다. 추운 날씨다. 나스타샤는 다행히 옷을 든든하게 입고 출국했다. 비행기가 삼십 분 연착이다. 나는 〈토론토 스타〉지를 사서 맥도날드에서 펼쳐 들었다. 결국 고르바초프는 독립 국가연합을 허용하기로 결정했다. 소련은 실패로 끝난 실험장이 되고 말았다. 그 실험에서 많은 사람들이 희생당했다. 나스타샤와 그 가족도 희생당했다. '실패한 실험'은 단순한 수사(修辭)가 아니다. 거기에는 많은 사람들의 비극적인 파국이 동반된다.

성장과 몰락은 모든 국가의 운명이다. 아테네 제국도 몰락했고 로마도 몰락했다. 미국도 결국 몰락할 것이다. 중요한 것은 몰락이 아니다. 중요한 것은 무엇을 남긴 채로 몰락하는가이다. 소련은 아무것도 남겨놓지 못한 채로 몰락하고 있다. 미국은 아마도 과학 기술과 정치체제와 금융 기법 등을 남겨놓고 몰락할 것이다. 소련은 라드로 인해 비만에 시달리는 국민만 유산으로 물려주고 몰락하고 있다. 러시아는 연방을 거느릴 힘이 없다. 자기 자신이나마 추스를 수 있을지 모르겠다. 혼란과 치안 부재와 가난과 인플레가 앞으로 올 수십 년간 그들의 운명이 될 것이다. 그 후에 어떤 국가로 다시 태어나게 될지는 알 수 없다. 7월 혁명과 2월 혁명은 먹고살 만한 중산층의 반대 때문에 실패로 끝난 실험이었다. 볼셰비키 혁명은 혁명으로서는 성공했다. 그러나 항구적이고 유의미한 정치 체계의 정립에는 실패하고 말았다. 러시아 국민들은 몇 명의 몽상가와 거기에 동의한 군부의 힘으로 왕정을 타파했다. 그리고 사회주의 국가로의 길을 걸었다. 왕정을 타파한 프랑스가 자본주의의 길을 걸은 것과는 반대로. 애초에 러시아 혁명 자체가 사회주의 국가 체제를 염두에 둔 것이었다. 그러나 결국 러시아식 사회주의는 사망 선고를 받았다.

지친 나스타샤가 웃으려고 애쓰고 있다. 나스타샤는 지치면 얼굴이 짙은 색으로 변하고 주근깨가 두드려져 보인다. 감출 수가 없다. 나스타샤는 쓰러지듯이 내게 안긴다.

"조지, 조지. 보고 싶었어. 지난 사흘간은 시간이 정지한 것 같았어."

나는 속으로 말했다.

'나스타샤, 나는 6주간을 그렇게 보냈어.'

나스타샤의 짐은 아주 간소하다. 트렁크 하나이다.

"조지, 캐나다는 많이 추워. 바람도 많이 불고. 그래도 나는 캐나다가 더 좋아. 아테네는 공기 오염이 아주 심해. 차도 너무 많고 사람도 너무 많고 물가도 아주 비싸. 식료품 값이 캐나다보다 두 배는 될 거야. 장 보기가 무서워."

나스타샤는 런던이나 취리히에 갔더라면 큰일 날 뻔했다. 거기는 아테네보다 두 배는 더 비싸다. 차에 탄 나스타샤는 얼굴 좀 보자고 한다. "당신 많이 야위었네. 식사는 제대로 한 거야?"라며 얼굴을 만진다. 나는 좀 서먹서먹하다. 겨우 6주 떨어져 있었는데 벌써 낯설어지다니.

"요새 술을 좀 마셨어. 저녁식사를 자주 걸렀지. 당신이 왔으니 다시 살이 붙겠지. 혼자 밥 먹기가 귀찮았어. 샌드위치로 때우거나 맥주 한 잔 마시고 그냥 자거나."

나스타샤는 걱정스러운 표정을 짓는다. 이러면 안 된다. 나스타샤를 힘들게 하는 것은 보리스 하나로 충분하다. 그녀에게 걱정을 끼치면 안 된다.

"나스타샤, 아니카는 어땠어? 이미 아홉 살이지? 반가워해?"

나스타샤는 말이 없다. 웃음을 머금고는 있지만 아무 말도 안 한다. 나는 그녀의 대답을 기다린다. 교수라는 직업에도 불구하고 나는 누구 말을 가로채거나 질문을 연거푸 해대는 버릇은 없다. 남의 말을 가로채는 사람들은 자신이 매우 똑똑하거나 남의 말은 들을 가치가 없다고 생각하는 사람들이다. 남의 말을 잘 들어주는 교수는 드물다. 자기가 얼마나 많은 것을 알고 있는가를 말하고 싶어 안달이기 때문이다.

"조지, 아니카와 나는 많은 시간이 필요해. 아니카는 아무도 안 믿어. 어린애의 2년 6개월은 우리의 이십육 년만큼이나 긴 시간이야. 아니카가 그들에게 있었을 때에는 시간이 우리 편이 아니었어. 그때는 시간이 흐르는 게 무서웠지만 지금은 시간이 빨리 흘렀으면 좋겠어. 아니카가 대학생이라면 더욱 좋겠어."

마지막 말을 듣는 순간 나는 섬뜩했다. 보리스의 문제보다 더 큰 문제가 있다! 나스타샤는 지금 아니카가 어리다는 사실을 걱정하고 있다. 나스타샤는 지금 나와 그녀의 관계로 인해서 발생할 수 있는 아니카의 심리적 타격에 대해 걱정하고 있다. 보리스만 저버리는 것이 아니다. 아니카도 저버리는 것이다. 아니카는 나스타샤에게 딸린 아이일 뿐 아니라 보리스의 아이이기도 하다. 이것 역시 나의 무의식에 있었던 생각이다. 단지 드러나기 전까지는 실재화시키지 않으려는 작정이었다. 이것이 나스타샤의 언급에 의해 드러나고 말았다.

"조지, 당신이 운전하는 차를 타고 앉아 있으니까 이제 집에 가는 게 실감 나. 아테네에서는 방 세 개에 아홉 명이 있었어. 나중에 라스키까지 와서 열 명이었지. 개인에게는 일정 면적의 공간이 필요해. 좁은 공간에 사람들이 많으니까 온몸이 간지러운 느낌이 들었어. 무언가 답답하고, 숨이 막힐 것 같고. 오븐이 하나밖에 없으니까 여자들은 하루 종일 음식을 하게 되는 거야. 차례로 밥을 먹어야 하니까."

나는 쌓인 눈도 치우지 않았다. 드라이브웨이만 간신히 눈을 밀어 놓았다. 나스타샤는 어이없다는 표정을 지었다.

"당신, 집에서 자긴 한 거야? 아예 눈에 묻혀 살았네."

나는 게으르게 지냈다. 아니다. 게으르게 지냈다기보다는 무기력하게 지냈다. 그래도 술병은 다 치웠다. 나스타샤는 내 과음을 싫어한다. 학자답지 않다는 면박을 준다. 나는 자신이 학자라는 생각은 해본 적도 없는데. 나스타샤는 거실에 커튼도 치지 않은 채로 옷을 벗어젖힌다.

"내 몸에 손대지 마. 먼저 씻어야겠어. 비행기 안은 먼지가 많아."

나스타샤가 집에 온 것이 실감 난다. 내가 허둥지둥 커튼을 치는 걸로 봐서는. 나는 나스타샤의 샤워 소리를 좋아했다. 물소리가 들리면 나스타샤가 따뜻한 욕조 속에서 편안히 누워 있는 광경이 떠올랐다.

나스타샤가 집에 돌아오니 집 안의 모든 것들이 생명을 얻는 것 같다. 그녀가 집에 없었을 때는 모든 것이 죽어 있었다. 차갑고 싸늘한 무생물들이었다. 그것들이 갑자기 그 위에 부유하는 어떤 따스한 색조에 싸인 것 같다. 마치 선율이 배음에 의해 두터워지듯이, 소묘만 있던 그림들이 그 위에 색의 향연을 만나서 두텁고 따스한 분위기를 연출하고 있다. 욕조 안에서 콧노래를 부르며 종아리를 씻고 있을 주근깨투성이의 한 여자에 의해.

나스타샤는 지쳐 있다. 지금 자고 있다. 그녀는 내일부터 화이트 로즈에 출근하겠다고 말했지만 내가 보기엔 힘들 것 같다. 나스타샤는 원래의 생활로 돌아오고 싶을 것이다. 그러나 그것은 불가능한 일이다. 모든 것이 변했다. 나스타샤와 나는 보리스에 대해 이야기하기를 두려워하고 있다. 그러나 닥쳐드는 사실에 눈을 감을 수는 없다. 그것은 미래가 아니다. 눈앞에 있는 현실이다. 이제 두 달 후면 보리스와 아니카는 피어슨 공항에 착륙한다. 캐나다인으로서의 그들의 생활을 시작하는 것이다. 이 광활하고 쓸쓸한 나라에서.

지금 보리스는 아니카의 보살핌을 받고 있다. 아니카는 부모를 보살필 나이가 아니다. 어린 시절의 삶도 삶이다. 아이의 삶도 어른들의 보살핌 아래 행복해야 한다. 아이의 운명은 아이가 만든 것이 아니다. 나스타샤와 보리스가 그에 대해 책임이 있다. 아이의 삶이 주장하는 권리를 충족시켜 줄 의무가 있다. 아이는 2년 6개월간의 불행한 삶을 살았다. 범죄자로 취급되는 부모의 아이로서 고아원에 수용되어 있었다. 우크라이나의 행복했던 아이가 낯선 러시아의 불행 속에서 2년 6개월을 지낸 것이다. 아니카를 생각할 때마다 나는 억지로 눈물을 참았다. 그 아이는 나스타샤를 닮았다. 나스타샤는 태어나면서부터 행복한 아이였을 것이다.

행복은 요청에 의해 존재하는 것이지 조건에 의해 주어지는 것이 아니다. 행복에 대한 요구를 유난히 많이 가진 아이가 있다. 이러한 아이에게 삶은 유쾌한 것이고 주위의 모든 것들은 자신의 행복을 위해 봉사하는 것이고 불행한 상황은 극복될 수 있는 것이다. 이러한 기질을 가진 아이는 불요불굴의 정신력을 갖춘 어른으로 자라난다. 행복할 줄 아는 아이만이 행복을 구해

나갈 수 있는 어른으로 성장한다. 이러한 아이는 웬만해서는 불행에 의해 꺾이지 않는다. 타고난 낙천적 기질이 불행에 대한 가장 좋은 해결책이다.

그러나 이것은 한계가 있다. 아니카는 자기에게 닥친 불행을 견디기 위해 정신력을 팽팽한 긴장 상태로 유지해왔을 것이다. 그랬기 때문에 지금 보리스를 보살필 수 있다. 보리스가 꺾인 그 시점에서 아니카는 이겨냈다. 나스타샤를 닮았다면 그는 호쾌하고 시원시원하게 자랄 것이다. 아마도 유머러스하고 관용적이고 경쾌하고 가뜬한 기질을 가지고 있을 것이다. 그리고 용감할 것이다. 그 용기로 어려움을 헤쳐왔다. 아이는 이제 많이 지쳐 있을 것이다. 팽팽하게 유지되던 긴장이 서서히 풀려 나가야 한다. 응석과 요구가 있어야 한다. 그리고 부모 속을 썩이면서 사춘기를 맞아야 한다. 젊음의 방황과 불안도 있어야 한다. 나 자신이 부모의 보살핌으로 누렸던 모든 것을 아이도 누려야 한다. 세상의 주인공으로 살아야 한다. 아니카에게는 그럴 권리가 있다.

나스타샤는 잠이 깼다. 한 시간도 못 자고 일어났다. 지금 계단을 내려오고 있다. 우리는 아침을 항상 이렇게 맞았었다. 그녀는 깨우기 전에는 못 일어난다. 바쁘게 살기도 했다. 보통 내가 먼저 일어나서 아침식사와 커피를 준비했다. 그러고 나서 2층에 대고 소리쳤다. "나스타샤, 일어나. 지각이야." 그러면 그녀는 구르듯이 계단을 내려왔다. 그런데 지금은 천천히 내려오고 있다.

아마도 온몸이 쑤실 것이다. 환자의 간호는 긴장의 연속이다.

그녀는 소파 위에 털썩 주저앉았다. 멍한 표정이다.

"나스타샤, 뭐 좀 먹을까?"

이미 오후 두 시이다. 나스타샤는 머리를 젓는다.

"당신은 먹어. 나는 비행기에서 먹었어."

나는 종이컵에 들어 있는 인스턴트 미소 된장국에 뜨거운 물을 부었다. 나스타샤는 이 된장국을 좋아한다. 컵을 받아 든 나스타샤는 웃는다. 집에 온 것이 실감 나는 듯하다. 표정이 환해지고 느긋해진다. 나스타샤는 내 얼굴을 유심히 바라본다.

"당신 무슨 일이 있었던 거야? 왜 이렇게 말랐어? 매일 술 마신 거 아니야? 조지, 당신 매일 술 마신 거야. 틀림없어."

나스타샤는 직관이 뛰어난 여자다. 나스타샤는 내가 술을 마시면 보통 식사는 안 한다는 것을 안다.

내 유학 생활은 몸무게와의 전쟁이기도 했다. 유학 첫해에 이미 4킬로그램이 빠져 있었다. 체중이 줄면 힘을 못 쓴다. 항상 나른하고 피곤하다. 어떤 경우에는 하루 종일 우유 한 잔과 샌드위치 한 조각만 먹은 적도 있었다. 먹는 것을 별로 좋아하지 않았고 공부의 부담감이 지나치게 컸다. 무엇이든 먹어보려 애를 썼다. 주머니에 항상 초콜릿을 넣고 다녔고 틈날 때마다 시리얼과 우유를 먹었다. 그래도 체중을 유지하기가 힘들었다. 내가 체중이 다시 붙은 것은 캐나다에 와서이다. 백스탑의 핫윙과 블루치즈의 덕이 컸다.

나는 할 말이 없다. 나스타샤가 싫어하는 모든 것을 했다. 끼니를 걸렀고 매일 밤 술을 마셨고 계속 음주 운전을 했다.

"조지, 나는 힘들었어. 이제 당신마저 나를 힘들게 하는 거야? 조지, 나는 당신이 어른이라고 생각했어. 의지가 강한 사람이라고 생각했어. 조지, 솔직히 말해봐. 일주일에 몇 번 마셨어?"

나는 또다시 할 말이 없다. 최초의 폭주 이후에 술을 안 마신 날이 없다. 팽팽한 침묵이 흐른다.

"조지, 이제 내가 왔어. 당신은 더 이상 술을 마시면 안 돼. 당신은 믿음직한 사람이 되어야 해. 내가 의지할 수 있는 사람 말이야."

잔소리가 끝났다. 그러나 나는 그때 이미 알았다. 어떻다 해도 내가 술을 끊지 못할 거라는 사실을. 그리고 내가 몰락해갈 것이라는 사실도 알았다. 나는 이미 패배하고 있었고 굴복하고 있었다. 내 연구실의 서랍에는 보드카가 몇 병, 위스키가 몇 병이 있고 책꽂이의 한쪽 구석에는 서너 병의 와인이 있다. 나스타샤에게 들키지 않으려는 시도를 할 뿐이지 술을 끊으려는 시도는 안 하리라는 것을 알고 있었다. 보리스가 패배한 것처럼 나도 패배하고 있었다. 보리스가 나스타샤의 짐인 것처럼 나도 짐이 될 수 있었다. 그러나 나는 홀로 몰락할 것이다.

"아니카에게 전화번호를 가르쳐주었고 카드를 두 장 샀어."

나는 무슨 말인지 안다. 어차피 나는 전화를 안 받는다. 이 말은 할 필요도 없었다. 나는 고개를 끄덕거리고 나스타샤는 자기 의도를 내가 이해했는지 살핀다.

"나스타샤, 알고 있어. 어차피 전화는 당신이 받잖아."

나스타샤도 힘들고 나도 힘들다. 이러한 상황 자체가 싫다. 보리스와 아니카에게 집중되었던 관심이 이제 우리와 그들 사이의 문제로 변하고 있다.

나스타샤는 벌떡 일어나서 부엌으로 간다. 나스타샤의 동작이 하도 급작스러워 나는 흠칫 놀랐다. 나는 그때 음주에 대한 어떤 원죄 의식을 가지고 있었던 것 같다. 겁을 먹고 있었고 잘 놀랐다. 나스타샤는 냉장고를 열어 김치를 꺼내고 빵과 햄을 꺼낸다. 그러고는 모두 쓰레기통에 버린다.

"조지, 내가 갈 때 그대로야. 당신 정말 식사를 안 했네."

나는 음식을 조리하기 위해 냉장고 문을 열지는 않았던 것 같다. 나스타샤가 그리스로 출국하던 날 그대로의 냉장고이다. 그녀는 다시 냉동실을 열고는 스테이크를 꺼낸다. 나는 억지로 몇 조각의 스테이크를 먹었다. 원래 육류를 좋아하지 않았는데 이제는 더욱 못 먹겠다. 보리스와 아니카의 문제와 관련하여 내가 먼저 무너지고 있었다.

"조지, 오늘 저녁에 할리버튼에 가자. 노던 익스포저에 가자. 당신과 내가 거기서 처음으로 식사를 했지."

물론 기억하고 있다. 나는 그 식당에 대한 기억을 무덤에까지 가지고 갈 것이다. 그때 나스타샤는 자기 몸조차 지탱하기 힘들었다. 이제는 남편이 자신의 몸을 지탱 못한다. 지금이 더 힘든 경우이다. 육체의 병은 어떻게 해볼 수 있다. 그러나 정신의 질환은 불가능에 가까운 노력을 쏟아야 한다. 나스타샤의 앞날은 얼마나 더 긴 불행에 싸여 있는 것인가. 나는 나의 절망의 근원을 안다. 그것은 나스타샤의 고통이다. 그녀의 행복을 위해서라면 죽을 수도 있었다. 그녀를 영원히 다시 볼 수 없어도 괜찮았다. 그녀가 고통받지 않는다면 다시는 만날 수 없다 해도 좋았다. 이 세상 어딘가에서 고통 없이 살고 있을 거란 믿음 하나로 충분했다. 그러나 내게는 출구가 없었다. 내가 할 수 있는 일은 아무것도 없었다. 알코올로 나의 의식을 잠재우는 해결책 외에 다른 출구는 없었다. 나는 그 정도밖에 안 되는 사람이었다.

'마음의 상처에는 시간이 의사'라고 말한 사람은 고대 그리스의 한 시인이다. 그럴지도 모른다. 그러나 내게는 그렇지 않았다. 지금 와서 돌이켜보면 나의 기억은, 시간은 내 마음에서 일어나는 고통을 조금도 경감시켜 주지 못했다는 사실을 확인해준다. 궁극적으로 나를 알코올 중독에서 구원해준 것은 시간이 아니었다. 나는 우연히 보리스가 나았다는 사실을 확인하게 된다. 그리고 자발적으로 AA(Alcoholic Anonymous)에 가입한다. 여기서 나는 치유책을 얻었고 나의 끈질겼던 중독을 고쳐 나가게 된다. 그러나 AA는 단지 수단이었을 뿐이다. 이겨내야겠다는 각오와 결의를 내 마음속에서 불러 일으켰던 것은 보리스의 건강과 나스타샤의 행복이었다. 그러나 나스타샤가 행복하지 않왔다는 사실을 다시 알게 되었을 때 그리고 그 잔해를 발견했을 때 나는 더욱 끔찍한 일을 저지르게 된다. 이것은 먼 훗날의 이야기이다.

나스타샤는 차 안의 발치에서 다시 두 개의 술병을 집어 들었다. 스미르노프 보드카다. 한 병은 완전히 비었고 다른 한 병은 반쯤 남아 있었다. 나스타샤는 창문을 열고 있는 힘을 다해서 병을 도로로 내던졌다. 그러고는 통곡을 하기 시작했다. 나는 도로변에 차를 세웠다. 나스타샤는 내 어깨와 얼굴과 머리를 마구 때리며 울었다. 나는 나스타샤의 손이 차라리 예리한 창이기를 바랐다. 그것들이 내 어깨와 얼굴과 목에 박혀서 내 숨이 끊어지면 편할 것 같았다. '이제는 편히 자고 쉴 수 있을 것' 같았다. 이 슬라브 여인의 격정이 칼날처럼 나를 쪼개면 나을 것 같았다. 나스타샤는 얼굴을 묻고는 한참을 더 울었다.

"조지, 나는 당신이 큰일을 할 거라고 생각했어. 내게 당신은 우주보다 큰 사람이야. 그렉도 당신이 대단한 사람이라고 말했어. 나는 당신이 내 소유라고 생각해본 적이 없어. 나는 심지어 누군가 당신을 더 잘 이해하면 내가 물러나야 한다고까지 생각했어. 당신은 자신을 망치고 있어. 하잘것없는 우크라이나의 한 가족 때문에 스스로를 망치고 있어. 내가 죽어야 해. 그래야 당신이 짐을 벗어."

나스타샤는 어떻게 이런 말을 할까. 어떻게 죽는다는 말을 할 수 있을까.

"나스타샤, 미안해. 끊어볼게. 내가 당신에게 많은 고통을 주고 있어. 그러지 말아야 할 내가. 힘들면 상담을 받아볼게. 월요일에 진료 예약을 해놓을게."

캐나다에는 알코올 중독이 만연해 있다. 캐나다는 외로운 사회이다. 개인주의적이고 선진적인 사회지만 우리나라와 같은 인간적 유대는 없다. 캐나다는 가족 외에 같이 살아 나갈 사람이 별로 없다. 웰드릭의 '웰컴 왜건' 프로그램은 캐나다적 삶의 외로움이 얼마나 치명적인 것인가를 반증하는 것이다. 캐나다에서의 절망은 구원의 길이 없을 때가 많다.

우리나라에서는 친구들과 친척들의 모임이 잦다. 누구를 만나고 같이 모임을 갖고 술자리를 갖는 것이 매우 일상화되어 있다. 그러나 캐나다에는 이러한 것이 없다. 사람끼리 부대끼지 않는다는 것은 편한 것이긴 하지만 그것은 삶이 견딜 만한 때의 얘기이다. 일단 절망에 빠져들게 되면 우리나라와 같은 사회구조가 훨씬 큰 도움이 된다. 외로운 사람들은 이 거대하고 춥고 차가운 나라에서 상습적인 음주를 하게 된다. 문제는 혼자 마시게 된다는 것이다. 웰드릭의 백스탑과 같은 곳은 예외적인 곳이다. 술집에서 혼자 술을 마시다가 집에 들어갈 때도 비어 스토어에 들러 다시 술을 산다. 그러고는 집에 가서 다시 혼자 마시는 것이다. 따라서 알코올 중독 프로그램도 매우 유기적으로 작동된다. 누구라도 당국에 손을 내밀면 당장 치료에 들어가게 된다. 내가 말하는 상담 프로그램은 거기를 말하는 것이었다. 나의 약속이 나스타샤를 진정시켰다. 그러나 술을 끊겠다는 결의를 나 자신이 믿지 못했다. 단지 그 자리를 모면하려는 것이었다. 상담을 받기는 할 것이다. 약속했고 나스타샤가 들볶을 테니까. 그러나 스스로 돕지 않는 사람을 누가 돕겠는가.

캐나다의 겨울 밤은 빨리 온다. 네 시에 벌써 어스름해지기 시작한다. 헤드라이트의 불빛 속에 눈발이 날리는 것이 보였다. 캐나다의 초저녁은 푸른 색깔을 띤다. 그냥 푸르기보다는 검푸르다. 거기에 눈이 내리면 약간 밝은 듯한 느낌을 주며 몽환적인 광경을 연출한다. 나는 언제나 이 광경에 매료되었다. 침묵을 깨고 나스타샤가 다시 확인한다.

"조지, 상담받을 거지? 약속을 지켜. 당신은 해낼 수 있어. 기껏해야 6주 된 거야. 이겨내야 해."

나는 성의 없이 대답했다.

"알았어."

나스타샤는 내 얼굴을 훔쳐본다. 확인하고 있다. 나는 다시 대답했다.

"알았어, 나스타샤. 걱정하지 마."

비로소 나스타샤의 얼굴이 밝아진다. 다시 미소를 띤다. 나를 매혹했던 그 미소를.

홀랜드 랜딩은 점점 더 번화해지고 있었다. 캐나다는 자원 개발에 열을 올리고 있었고 온타리오 주의 북부는 융성해져 가고 있었다. 우리는 2년 4개월 만에 여기에 다시 왔다. 레스토랑은 리모델링을 했다. 좀 더 자연친화적인 분위기를 풍긴다. 탁자도 원목의 무늬가 그냥 드러나도록 했고 식당 주위로는 나무 데크를 둘러쳤다. '사냥꾼의 푸른색(Hunter's Green)' 문과 데크 담장은 이곳 분위기에 품격을 더해주고 있다. 나스타샤는 나는 듯한 발걸음으로 거칠 것 없이 문을 열고 들어선다. 나는 기뻤다. 예전의 나스타샤는 쭈뼛거렸었다. 그녀는 캐나다에서 자신감 있는 여성으로 변화했다. 몸도 건강해졌고 영어도 능숙해졌다. 손님다운 태도를 지니고 레스토랑 문을 들어선다. 의연하고 당당하다. 그때 그녀는 기운 없고 위축되어 있었다. 지금 그녀의 모습에서 그때의 초라함을 되새길 수는 없다. 캐나다는 이민자의 나라이다. 이민자는 누구라도 이 나라의 주인이다. 그것이 미국과의 차이이다. 이제 나스타샤도 자기 몫의 주인이 된 것이다.

자리에 앉은 나스타샤는 앤티크 숍을 가리키며 웃는다. 우리는 저 집에서 스웨터 두 벌을 샀다. 나스타샤는 팬티 위에 그 옷만 걸친 채로 거실과 침실을 오르내리며 나를 어지럽게 했었다. 나는 그녀의 배에 얼굴을 갖다 대고 그 차갑고 산뜻한 감촉을 즐겼었다. 스웨터를 들추고 얼굴을 집어넣고는. 그녀는 깔깔대면서 말했었다.

"조지, 이러지 마. 자꾸 기대하게 돼."

나도 미소 짓고 있다. 누군가가 개를 끌고 산책하고 있다. 지금은 아마 영하 20도 정도일 것이다. 차의 온도계가 영하 18도를 가리키고 있었다. 개도 한 명의 가족이다. 이 활력 있는 동물을 하루 종일 집 안에 가둬두는 것은 부당하다. 나는 나스타샤에게 말했다.

"나스타샤, 아니카에게 강아지를 한 마리 사주도록 해. 아이들의 정서 안정에 아주 좋아. 자기 보호하에 어떤 생명이 있다는 것을 느끼며 자라는 것은 중요해. 사랑받고 사랑한다는 것. 알겠지? 리트리버나 스파니엘이 좋을 거야. 온순하고 명랑하니까."

생명을 대하는 것 외에 어디에서 사랑을 배우겠는가. 나는 사랑과 보호와 죽음을 모두 병아리 장수에게서 배웠다. 봄이면 학교 앞에서 병아리를 파는 아저씨에게서. 우리는 사랑과 보호를 베풀며 처음으로 사랑한다는 것이 주는 기쁨을 알게 되고 그 죽음에 의해 최초로 공포와 심연에 대해 배우게 된다. 설렘과 두려움 모두를 배운다. 병아리의 죽음 이후로 밤이면 자고 있는 부모의 생사를 확인하곤 했다. 죽음이 존재한다는 것을 알았고 혼자 남는 것이 무서웠다.

나스타샤는 고개를 끄덕인다. 왜 그랬는지 모르겠다. 나는 이 순간 하지 말아야 할 말을 하고 있다.

"동생을 하나 낳아주면 더 좋겠지만."

나스타샤는 순간적으로 흠칫하며 나의 얼굴을 노려본다. 나는 눈을 피했다. 다행히 나스타샤는 그냥 지나치기로 한다. 그러나 이것은 묻힐 만한 권고가 아니다. 그녀의 마음속에 새겨졌을 것이다.

앤티크 숍이 이제 더 이상 앤티크만을 팔지는 않는다. 호사스럽지만 조잡하게 만들어진 액세서리들을 곁들여 판다. 나스타샤는 LP 디스크들을 이리저리 살펴본다. 아마도 차이코프스키나 라흐마니노프를 찾고 있을 것이다. 나는 그 작곡가들을 별로 좋아하지 않았다.

"나스타샤, 나는 슬라브 작곡가들을 별로 좋아하지 않아. 심오하고 지성적인 느낌을 안 줘. 전부 민요 수준이야. 감상적이고 유치해. 감정 과잉이랄까."

나스타샤는 입을 삐죽거리곤 했다. 그렇지만 취미 판단에는 구속력이 없다. 나는 어디서건 원하는 디스크가 있으면 사오라고 했다. 벌써 차이코프스키의 6번 교향곡은 세 종이나 사다 놨다. 그녀가 원하는 것은 므라빈스키 지휘이다. 이상하게 구하기가 어려운 디스크이다. 아마도 그녀는 한번 뒤져보고 있는 중일 것이다. 우리는 브로치와 팔찌 세트를 샀다. 주석과 무리나(murrina)로 만들어진, 약간은 예스럽고 약간은 동방풍의 분위기가 풍기는 장식품이다. 나스타샤에게는 표현적인 장신구가 어울린다. 세련되고 깔끔한 것은 그녀를 평범하게 만든다. 개성 있고 강렬한 느낌이 드는 숄이나 재킷이 그녀에게 어울린다. 이것은 단순히 나의 느낌일지도 모른다. 나는 그녀에게서 정열을 발견하곤 하니까.

"당신이 그날 나를 데리고 나와주었을 때 많이 기뻤어. 그 커피숍은 내게 지옥이 되어가고 있었거든. 하루 종일 갇혀 있는 거였지. 낮에 자는 잠은 꿈을 많이 가져와. 온갖 꿈을 다 꾸지. 악몽에 시달리곤 했어. 잠에서 깨면 할 일도 없었고 갈 데도 없었어. 그 소파에 앉아서 트렌트 강을 내려다보는 게 할 수 있는 일의 전부였지. 내려다보고 있으면 드니에프르 강이 생각나고 내가 그 강변에서 발견된 것, 병원에서 탈출한 것, 그리고 마지막으로 보리스와 아니카가 생각났어. 왼쪽 다리에 마비가 오곤 했지. 골반과 허리의 통증은 점점 심해지고. 나의 삶은 모두 과거에 묻혀 있었어. 내게 미래는 없을 거 같았어. 내가 살아온 삼십이 년이 나의 모든 삶이었구나, 라고 생각했어.

당신을 처음 본 날 나는 많이 당황했어. 당신이 내가 영어를 할 거라고 생각하고 있는 것이 당황스러웠어. 당신은 친절한 사람이야. 나를 구했고 보리스와 아니카를 구했어. 당신과 지낸 이 년이 내게는 마치 전 생애인 것 같아. 어쩌면 당신과 함께하지 않았던 나머지 삶 전체보다도 그 이 년이 더 길지 몰라. 당신은 내게 삶을 줬어. 내 부모가 생명을 주었지만 삶을 준 건 당신이야.

그런데 커피숍에서의 그때에는 아무 생각 없이 당신이 좋았어. 당신이 내 눈을 가만히 들여다볼 때는 가슴이 마구 뛰었지. 조지, 당신은 내 눈을 들여다보는 걸 좋아했잖아. 당신은 사려 깊고 다정한 눈을 가지고 있어. 아주 깊은 눈을 말이야. 당신이 내 눈을 들여다볼 때는 마음속의 모든 고통을 어루만져주는 느낌이 들었어. 그때 사준 스웨터와 브로치는 내게 보물이었어. 나는 그 스웨터를 입고 있으면서 평생 낡지 않기를 바랐지. 벗기조차 싫었어. 조지, 내가 죽는다면 그 옷을 같이 묻어줘. 당신과 같이 묻힌다고 생각할 테니까. 조지, 삼십이 년간이나 어디에 있었던 거야? 왜 나는 서른두 살이나 돼서 당신을 만난 거야?"

나스타샤는 또 울고 만다. 어느 쪽이 기적일까? 우리 한 쌍이 삼십이 년이나 만나지 못한 것이 기적일까, 아니면 이제라도 만난 것이 기적일까?

돌아오는 길에 나스타샤는 잠이 들었다. 나는 개인적 영혼의 불멸을 믿지 않고 살아왔다. 어떤 우연인가에 의해 내가 태어났고 동일한 우연으로 소멸될 것으로 믿었다. 그러나 나는 그 순간 내가 얼마나 오만한 자기 포기 속에 살아왔는가를 알게 되었다. 불쌍한 영혼들이 영원 속에 던져놓은 그 희망을 몰랐다. 이루지 못한 꿈들을 저 먼 영원 속에 던져놓은 그 안타까움에 대해서도 몰랐다. 영혼 불멸은 부차적인 문제였다. 일차적인 것은 거기에 거는 우리의 희망이었다.

모든 것을 포기할 수 있다고 믿었던 나는 어리석었다. 단지 내게는 포기할 수 없는 소중한 것이 없었을 뿐이었다. 영혼으로나마 이루고자 했던 절실한 소망이 없었다. 육체는 죽어간다 해도 무엇인가가 남기를 바라는 간절함을 나는 몰랐다. 모든 것을 영원의 빛에 비추고자 하는 그 호소에 대해 나는 몰랐다.

나스타샤의 숨소리가 커진다. 깊이 잠들었다. 나는 나스타샤의 입김에서 나오는 냄새를 맡을 수 있다. 내가 입 맞출 때마다 맡았던 다정하고 친근한 그 냄새를. 나스타샤는 이마를 찌푸리며 무엇인가를 말하려 한다. 나는 손을 들어 그녀의 얼굴을 쓰다듬는다. 나스타샤는 응석을 부린다.

"나스타샤, 집에 다 왔어."

심연(深淵)

나스타샤는 12학점을 남겨놓고 휴학 중이다. 언제고 한 학기만 더 다니면 학위를 받는다. 화이트 로즈는 나스타샤에게 많이 의지하고 있다. 지금은 나스타샤를 매니저로 채용하고 있다. 그녀는 서비스업에 맞는다. 지치지도 않고 사람들을 응대한다. 나는 그녀로부터 웰드릭의 모든 사람들에 대한 소식을 듣고 있다.

지금 날씨는 최악이다. 연일 강추위다. 눈보라가 맹위를 떨치고 있다. 캐나다의 3월은 아직도 겨울의 한가운데에 있다. 이제 1개월 후면 보리스와 아니카가 피어슨 공항에 내린다. 더는 미룰 수 없는 상황이다. 준비해야 한다. 나스타샤는 혼란스러워하고 있고 초조해하고 있다. 퇴근길에 화이트 로즈에 들를 것이다. 집에서 단둘이 얘기하기에는 부담이 크다. 이것은 우리 둘만의 공간 속에서 얘기하기에는 두려운 주제이다. 집에는 지난 2년

6개월간의 우리의 삶의 흔적이 있다. 나스타샤는 이 모든 것을 포기해야 한다. 나는 차라리 레스토랑을 택했다.

"나스타샤, 얼마나 기다려야 하지?"

나스타샤는 약간 지친 표정이다. 하지만 눈과 입은 어느새 웃고 있다.

"오 분. 옷만 갈아입으면 돼."

나스타샤는 오늘 자기에게 어떤 일이 기다리고 있는지 모른다. 저 미소와 기쁨이 탄식과 눈물로 바뀔 것이다. 불쌍한 나스타샤. 나는 이 상황에서 도망가고 싶다.

"나스타샤, 오늘은 밖에서 식사하지. 가고 싶은 곳을 말해. 당신이 원하는 곳으로 가지."

단호한 나스타샤가 이럴 때는 우유부단해진다. 기껏해야 "맛있는 거" 한다.

"옷 갈아입으며 생각해볼게. 기다려."

그녀는 탈의실로 들어간다. 화이트 로즈의 유니폼은 옅은 보라색 스커트와 흰색 블라우스이다. 저 공기의 요정에게는 잘 어울리는 색이다. 마치 그리스의 처녀 같은 느낌을 준다. 신비스러우면서도 순결한.

나는 지난 이십여 년간 이날을 기억하지 않으려 애써왔다. 나의 기억이 이곳저곳을 더듬다가 이날로 이르려 하면 필사적으로 막아냈다. 밤이 이슥해지면 나의 가슴에서 온갖 새들이 내려

앉았다. 두려움 속에 내렸던 보스턴 공항, 쓸쓸함과 외로움 속에 내디뎠던 캐나다에서의 첫걸음, 멜리사의 목과 어깨와 미소, 쓸쓸한 미소를 띠고 있는 그렉의 푸른 눈, 그리고 내게 모든 것이었던 나스타샤. 나는 아침의 첫 햇살이 비쳐야 이 기억들로부터 놓여났다. 우리 집의 사과나무가 아침이 되어서야 이름 모를 새들로부터 놓여나듯이. 온갖 새가 거기에서 잠을 청했다. 나의 잠은 그 새들의 날갯짓으로 소란스러웠다. 그리고 아침의 첫 햇살에 나의 기억은 모든 것을 양보하고는 사라져 갔다. 나무 위의 새들이 첫 햇살에 불현듯 사라지듯이. 내가 또 하루를 살 수 있도록.

그러나 나스타샤와의 이날의 기억만은 필사적으로 막아왔다. '필사적'이라고 말하는 것은 과장이 아니다. 잊은 것을 기억하려 애쓰는 것 이상으로 기억 속의 영상을 구축하는 건 힘들다. 그날은 선명하게 나의 기억 속에 맺혀 있기 때문이다. 그날의 영상은 검은 피가 되어 나의 심장 속에 웅크리고 있다. 언제라도 터져 나와 나의 피를 검게 물들이고, 나를 죽음과 같은 고통속에 몰아넣을 준비를 하고서. 내가 죽고 모든 신경이 소멸하고 피가 식는다 해도 이 검은 피는 나를 물들일 것이다. 어떤 저항도 받지 않고 안심하고 나의 영혼을 점령할 것이다. 그때는 나는 동의서에 서명해줄 것이다. 더 이상 내일이 없다면 나는 언제라도 동의했을 것이다. 내일이 나에게 의미 있어서가 아니라 죽지 않는 한 내일이 오기 때문에.

"첼시!"

그녀는 또다시 스테이크 하우스에 가고자 한다. 앵글로색슨
족은 취향이 담백하고 덤덤하다. 그들의 음식도 그렇다. 영국인
에게 그들의 전통 음식을 물으면 당황해한다. 고개를 갸웃거리
다가 기껏해야 "피시 앤드 칩스"라고 말한다. 그러고는 같이 웃
음을 터뜨리게 된다. 영국에는 전통 음식이랄 것이 없다. 스테이
크와 피시 앤드 칩스가 전부이다. 이 나라 사람들은 소스도 없
이 음식을 먹는다. 기껏해야 후추와 소금이 전부이다. 감각적 향
락에 있어 가장 초연한 사람들이 전통적인 영국인일 것이다. 존
다울랜드나 헨리 퍼셀의 음악도 매혹적이라기보다는 호방하고
간결하고 단순하다. 기교적 변주도 없을뿐더러 장식음도 없다.
영국의 매력은 여기에 있다. 그들은 허식적 기교를 싫어한다. 그
리고 그것을 구사할 줄도 모른다. 소박하고 단순하다. 세상에는
기교가 부족하지 않다. 여기저기에서 넘쳐난다. 천하고 싸구려
인 기교와 취향이 우리 주위를 에워싸고 있다. 지친 나는 퍼셀
과 프레이저에게서 위안을 구했다.

성인용은 우리에게 지나치게 양이 많다. 우리는 언제나 '어린
이 몫(children's portion)'을 주문했다. 그래도 감자는 남았다.
노스요크의 첼시는 우리가 다녀본 지점 중에서 가장 깨끗하고
조용한 곳이다. 나는 두 조각을 먹었다. 더 먹을 수가 없었다. 먹
으려고 애썼다. 나스타샤는 식욕이 왕성한 나를 좋아한다. 그러
나 더 먹으면 토할 것 같다.

"천천히 먹을게."

접시를 밀어놓으며 나는 말한다. 나스타샤는 고개를 안 든다. 불길한 예감에 사로잡혀 있다. 포크를 내려놓는다. 운명이 선고를 내리기 위해 다가오고 있다. 나스타샤를 데리고 어딘가로 도망치고 싶다. 알곤킨의 숲이나 밴쿠버 연안의 외딴 섬으로. 우리에게 아무 책임도 없는 곳으로.

"나스타샤, 당신이 원하면 당신은 새로운 직장으로 옮길 수 있어. 리즈 클레어본의 디자이너야. 아직 수습 사원이지만. 급료는 화이트 로즈와 비슷하지만 정식 사원이 되면 세 배쯤 많아지게 돼. 단 학위를 받아야 정식 사원이 될 수 있어. 당신은 한 학기만 더 다니면 되니까 문제없을 거야. 화이트 로즈에는 미래가 없어. 옮겼으면 해."

나는 화이트 로즈에는 미래가 없다고 말했다. 그러나 나와 나스타샤의 삶 어디에 미래가 있는가? 숨이 붙어 있을 미래, 간신히 목숨을 이어갈 미래는 있겠다.

나스타샤는 웰드릭을 떠나야 한다. 보리스와 같이 살며 웰드릭에 계속 머무를 수는 없다. 나는 나스타샤의 서류를 만들고 이력서와 개인 진술을 써서 여기저기의 의류 회사에 디자이너 지원을 해놓았다. 리즈 클레어본에는 내가 가르쳤던 학생이 세 명이나 취직해 있다. 그리고 거기의 디렉터가 정원 외 학생으로 내 미술사 강좌를 수강했었다. 나는 나스타샤를 추천하는 두 번의 전화를 했고 취업이 수락되었다. 나는 누구의 취업 부탁을 해본 적이 없었다. 디렉터는 반가운 마음으로 나스타샤의 지원을 환영했다. 이 회사의 디자이너실은 본사 건물에 있다. 나스타샤는 다운타운에서 일하게 된다.

나스타샤는 고개를 들어 나를 멍하니 바라보고 있다. 내가 미리 말해주었어야 했나 보다. 그러나 취업은 오늘 승낙되었다. 내가 서류를 접수시키고 있다는 사실은 말했어야 했다. 나는 당시에 알코올 중독이 점점 심해지고 있었다. 술은 주로 연구실에서 마셨다. 수업시간이 끝나기를 조바심 나게 참고 있다가 점심을 술로 대신했다. 그러고는 연구실에 계속 머무르며 술이 깨기를 기다렸다. 그랬다가 다시 한 모금을 마시고 집으로 출발했다. 나스타샤는 일곱 시나 되어야 퇴근했다. 내가 술을 마신다는 사실은 눈치 채고 있었지만 그녀도 내 음주에 지쳐가고 있었다. 나는 한편으론 술을 마신다는 죄의식으로 다른 한편으로 혹시 취업에 실패할까 봐 나스타샤에게 말을 안 하고 있었던 것 같다.

"나스타샤, 오늘 우리는 각오를 해야 해. 나스타샤, 울지 말고 내 말을 들어. 당신이 울고 슬퍼한다면 나는 온타리오 호수에 투신할 거야. 우리가 사진 찍었던 그 장소에서. 그러니 제발 울지 마. 당신의 슬픔을 나는 감당할 수 없어. 나스타샤, 당신은 병원 옆에 새로운 집을 구해야 해. 내가 크리스틴에게 부탁해두었어. 콘도미니엄이 좋아. 당신은 이제 할 일이 많아. 보리스와 아니카를 보살펴야 하고 직장 생활을 해야 돼. 단독주택은 집안일이 많아. 콘도가 낫지. 자, 나스타샤, 내가 계획을 말해줄게. 일단은 클레어본에 출근해. 아니카가 학교에서 돌아올 때까지는 보리스는 혼자 있어야 할 거야. 당신이 퇴근하면 보리스를 보살피고 아니카를 다시 YMCA의 ESL 스쿨에 보내. 거기는 무료야. 아이들은 영어가 빨리 늘어. 아마 일 년만 지나도 적어도 회화는 아니카가 당신보다 잘할 거야. 나스타샤, 울지 마. 우리는 강한 사람이 되어야 해. 나는 죽지 않으려는 노력을 해야 돼. 당신이 행복하지 않다면 나는 죽고 말 거야. 제발 눈물을 그쳐. 당신에겐 세 명의 인생이 매달려 있어. 당신은 굳세져야 해."

식탁보 위에 떨어진 와인 방울이 헝겊을 보라색으로 물들이며 번져 나간다. 나스타샤는 떨리는 손으로 와인을 마시고 있다. 나스타샤가 전화벨 소리에 놀라던 그날, 케빈네 커피숍에서의 그날 나는 나스타샤에게 맥주를 권했다. 그때도 나스타샤는 손을 떨며 맥주를 마셨었다. 반쯤은 바닥에 흘리며. 나는 그때 사랑의 눈으로 나스타샤를 바라보지는 않았었다. 의문과 동정으로 보았었다. 지금은 사랑에 나 자신의 고통을 더해 그녀를 바라보고 있다.

"나스타샤, 아니카는 일 년쯤 지나면 캐나다 생활에 익숙해질 거야. 그때 당신이 복학해야 해. 당신은 일주일에 사흘 오전만 수업을 들으면 되고. 클레어본엔 내가 말해두었어. 당신은 계속 직장 생활을 할 수 있어. 당신과 클레어본이 맺은 계약 조건에 들어 있어. 내가 서명하긴 했지만. 중요한 건 보리스의 병을 고치는 거니까. 나스타샤, 나는 알고 있어. 노이로제의 신경증이 얼마나 끈질기고 악질적인 질환인지. 나스타샤, 불쌍한 나스타샤, 당신은 고생할 거야. 힘들 거야."

나는 참으려고 애썼다. 이를 물고 버텼다. 그러나 눈물이 흘러내렸다.

"나스타샤, 무신경해져야 돼. 모든 것에 예민하게 반응하면 견디기 어려워. '이것도 지나간다'는 유태인 격언이야. 모든 것에는 끝이 있어. 안 끝난다면 운명이 우리를 끝내줄 거야. 운명의 그날에 말이야. 우린 눈꺼풀이 닫히는 그날 말이야. 나는 그렇게 견딜게. 나스타샤도 그렇게 견뎌줘.

나스타샤, 침실 두 개짜리 콘도미니엄은 렌트가 500불이야. 일 년이면 6,000불이지. 내가 지급일 수표로 준비해놓았어. 그리고 당신이 피아노와 오디오와 내 차를 가져가. 지금 그렉네 차가 한 대 놀고 있어. 그렉이 빌려준다고 했어. 나스타샤, 나는 학교 기숙사로 이사갈 거야. 당신과 함께 지냈던 그 집에서 계속 살기는 싫어. 모든 것이 시체로 변할 거야. 당신이 기억나서 미치게 될 거야. 나스타샤, 슬플 때에는 슬픈 음악을 들어야 해. d단조나 e단조 말이야. 우리 무의식은 기만적 위안을 용납하지 않아. 우울증 환자들은 우울한 상태에서는 자살하지 않아. 조증 상태에서 투신하지. 슬플 때 기쁜 음악은 위험해."

나스타샤의 얼굴이 하얗게 질려 있었던 것 같다. 그러고는 갑자기 눈앞에서 사라졌다. 그녀는 옆으로 쓰러졌다. 웨이터가 뛰어왔다. 나스타샤는 얼굴을 식탁에 부딪치며 쓰러졌다. 입술에서 피가 났고 신음을 하고 있었다. 나는 나스타샤를 안았다. 나는 레스토랑 바닥에서 그녀를 안고 있었다. 한참을 안고 있었다. 나는 지갑을 열고 손에 잡히는 지폐를 몇 장 꺼내 웨이터에게 주며 키를 건네주고 차 문을 열어달라고 부탁했다. 나스타샤를 안아서 뒷자석에 태웠다. 그녀는 여전히 가벼웠다. 그리스에 있는 동안에 많이 야위었다. 무게가 전혀 느껴지지 않았다. 공기를 드는 것 같았다. 할리버튼에서의 그날처럼.

나스타샤는 혼이 나간 표정을 하고 있다. 나는 룸 미러로 계속 그녀를 살피며 운전을 하고 있다. 어떤 트럭이 내 차를 받는다면 나는 축복하겠다. 같이 죽는 운명이 나을 것 같다. 그녀는 멍한 눈으로 차창을 응시하고 있다. 나스타샤는 이 차의 뒷자석에는 처음 앉아볼 것이다. 우리는 뒷자석이 필요 없었다. 거기에는 내가 아무렇게나 던져놓은 책들과 서류와 복사지와 빈 담뱃갑들이 어지럽게 널려 있었다. 그녀는 이제 이 거리를 떠난다. 좀 더 복잡하고 시끄러운 곳에서 살게 될 것이다. 나 역시 이 거리를 떠난다. 마리화나 냄새와 땀냄새가 진동하는 교수 기숙사로 옮기게 될 것이다.

"조지, 나는 슬픈 음악만 듣게 될 거야. 〈엘레지〉나 〈비창〉만 듣게 될 거야. 그렇게 해서 견딜 수 있다면 그것들만 듣게 될 거야. 조지, 당신은 아니카가 축복이라고 말해왔어. 나는 축복이 무엇인지 모르겠어."

나스타샤는 머리를 흔들며 혼잣말하듯이 조용히 말했다. 아이는 존재의 결여를 보여준다. 영원히 산다면 아이를 낳을 이유가 없을 것이다. 우리는 우리의 결여를 시간적 영속성으로 보완한다. 그렇게 태어난 아이는 축복이다. 나의 영혼은 아이에게 남겨진 채로 이 지상에 영속하게 된다. 아직 태어나지 않는 아이는 예정된 축복은 아니다. 그러나 일단 태어난 아이는 축복이다. 아이는 하나의 결단이다. 그것도 용기 있는 결단이다. 그 용기는 축복받아야 한다.

"조지, 뭐 좀 마시겠어?"

나스타샤는 냉장고 문을 열고 주스를 꺼낸다.

나도 목이 탔다.

"나도 한 잔 줘."

우리는 식탁에 마주앉았다.

"조지, 분명히 알아둬. 나는 당신이 말한 대로 할 거야. 당신이 옳다거나 내가 보리스를 사랑해서는 아니야. 나는 당신의 양심을 먼저 생각하고 있는 거야. 당신은 보리스와 아니카를 버려두면 살 수 없는 사람이야. 당신은 양심이 떳떳하기를 바라고 있어. 그리고 나는 아니카와 보리스에 대한 책임을 생각하고 있어. 만약 보리스가 낫는다면 그리고 아니카가 충분히 자란다면 이제 누구도 내게 무엇을 강요할 수 없어. 나는 자유로워지는 거야. 당신조차도 내게 뭐라 말할 수 없어.

조지, 당신은 결혼해야 돼. 나는 당신이 하라는 대로 하고 있어. 당신도 내 말을 하나만 들어줘. 계속 혼자 살게 되면 알코올에서 벗어날 수 없어. 결국 교통사고로 죽거나 알코올 병동에서 죽을 거야. 조지, 당신은 해야 할 일이 많아. 나는 당신이 학생 시절부터 무엇을 원해왔는지 알아. 스스로를 망치면 안 돼. 멜리사에게 전화해. 나는 화이트 로즈에서 당신과 멜리사에 대해서 들었어. 둘이 어떤 사이였는지 알아. 결혼할 사이로 알려져 있던 것도 알아. 멜리사가 좋은 여자였다는 것도. 그러니 조지, 그녀에게 전화해. 만약 당신이 결혼한다면 나는 당신을 잊을 수 있을 거야. 부탁해."

나는 고개를 끄덕거렸다. 그러나 이것은 승낙의 표시는 아니었다. 나의 결혼은 프라이팬에서 불 속으로 뛰어드는 격이 될 것이다. 멜리사는 좋은 여자다. 나는 나스타샤의 행복을 바라듯이 그녀의 행복도 바란다. 나와의 결혼은 그녀를 망치는 것이다. 사랑이 없는 결혼생활을 어떻게 견디겠는가? 이날 나스타샤의 말 중에서 중요한 것을 나는 정작 놓치고 말았다. 나스타샤는 자신의 자유에 대해 말했다. 나는 그녀의 자유와 나의 결혼은 서로 모순이라고 생각했다. 나는 그 말을 나스타샤가 다시 내게 오겠다는 말로 알아들었다. 그러면서 내게 결혼을 권유하는 것은 이상하다고 생각했다. 나는 나스타샤가 말한 자유의 의미를 그로부터 사 년이 지난 어느 날 충격 속에서 이해하게 된다. 나스타샤가 스스로의 구속에 대해 엄청나게 크게 느끼고 있었다는 것도. 그녀에게는 선택의 여지가 없었다. 내게 너무 많은 짐을 지우고 있다고 생각했던 것이다.

그로부터 보름 후, 나스타샤는 이사하게 된다. 토론토 대학 부속 병원의 정신병동 옆에 있는 콘도로. 거기는 내가 근무하고 있는 곳에서는 꽤 먼 곳이었다. 지은 지가 오래된 콘도는 침실 수에 비해 전체 면적이 넓다. 거실에 피아노와 오디오가 들어가도 아직 소파와 TV를 놓을 공간이 충분히 남았다. 그 공간에서 아니카가 공부하고 잘 것이다. 보리스가 건강했다면 내가 키울 아이였다. 침실도 넓었다. 세탁기와 오븐과 냉장고는 딸려 있었다. 새로 사야 할 필요가 있는 것은 침대와 매트리스와 아니카가 쓸 책걸상 정도였다. 나는 나스타샤에게 지급일 수표를 건네주었다.

"나스타샤, 당신이 이제 혼자 힘으로 살아가야 한다는 게 유감이야. 세 식구가 살아가는 데에는 비용이 꽤 많이 들어. 내가 당신 계좌에 2만 불을 넣어놓았어. 앞으로 이 년은 버틸 수 있을 거야. 그 안에 나스타샤는 자리를 잡을 수 있어. 마음을 굳게 먹어. 이제 나스타샤가 집안을 책임져야 해."

나스타샤는 아노미 상태에 있다. 무기력하게 고개만 끄덕거린다. 그러나 나는 나스타샤가 새겨들어야 할 중요한 얘기를 아직 가지고 있다.

"나스타샤, 지금부터 내가 하는 말을 잘 들어. 이건 아주 중요한 얘기야. 나스타샤, 어느 나라에나 좋은 사립학교가 있어. 유럽도 마찬가지고 미국도 마찬가지야. 거기를 졸업한 아이들이 성인이 될 때 일종의 신디케이트를 구성하지. 그 사회의 상층계급을 구성하는 거야. 아니카는 이제 몇 년만 지나면 완전히 캐나다 아이가 될 거야. 당신은 아니카에게 좋은 기회를 주어야 해. 아니카가 열세 살이 되면 내게 보내줘. 추천서를 쓰고 장학금을 신청해줄 테니까. 어퍼 캐나다(Upper Canada) 하이스쿨에 들어가야 해. 거기 아이들은 보통 미국의 아이비리그나 캐나다의 워털루 공대에 진학해. 물론 상층계급이 좋은 점만 있는 것은 아니야. 그러나 능력이 있으면 선택의 기회가 많아져. 어퍼 캐나다에서 토론토 대학에 매년 약 스무 명을 진학시켜. 거기 교장도 토론토 출신이고, 이사진 열 명 중 네 명이 토론토 대학 출신이야. 내가 할 수 있는 일이야. 그러니 꼭 보내줘."

아니카와 나는 서로 다른 인종이기 때문에 그들은 내 추천서에 어떤 사심이 들어 있다는 생각을 하지는 않을 것이다. 나는 아니카를 개인적으로 가르쳤다고 쓸 작정이었다. 물론 잠시 동안 가르칠 작정이기도 했다. 그때쯤 되면 나스타샤와 나는 서로 마음을 비우게 될 것이 아니겠는가.

나는 마음이 떠난 사람과 살아간다는 것이 어떤 것인지 모른다. 그렇게 살아본 적이 없다. 나는 사랑하는 사람들과 살거나 혼자 살거나 했다. 외로움 때문에 고통받았을지언정 싫은 사람과 몸을 섞으며 살아가는 것이 어떤 것인지에 대하여는 전혀 모른다. 나는 심지어 아이를 하나 더 낳으라고 권하기도 했다. 나스타샤는 내게 결혼을 권했다. 내가 결혼을 생각 안 했던 것은 누군가 내키지 않는 사람과 살아야 한다는 이유 때문이 아니라 내 외로움을 해소하고 알코올 중독을 이겨내기 위해 누군가를 이용한다는 것이 싫었기 때문이다.

나는 독신 생활을 계속해 나가게 된다. 나스타샤가 이사 나가던 날 나의 인생은 그렇게 암흑 속으로 들어가고 있었다. 외로움과 알코올 중독과 자기 포기로. 그러나 나스타샤가 걸어 들어간 심연은 더욱 어둡고 깊은 것이었다. 나스타샤 자신은 그것을 알고 있었다. 자기 삶이 어떠한 암흑이 될 것인가를. 나스타샤가 그리움 때문에 얼마나 많이 고통받았는가를 생각하면 내 마음은 슬픔과 탄식으로 가득 찬다.

희망과 절망

한 달간 입원 치료를 받았다. 나의 인생은 파탄에 이르고 있었고 연구 업적은 하나도 내지 못하고 있었다. 삼 년간 내가 주위 사람들에게 끼친 걱정은 이루 말할 수 없었다. 그러나 모든 것이 소용없었다. 알코올의 유혹은 의외로 컸다. 그렉과 매튜는 두 번이나 토론토 경찰국에 출두하여 내 신원보증을 섰다. 음주 운전 때문이었다. 나스타샤와 나의 운명이 알코올 중독의 직접적 원인이긴 했지만 일단 거기에 빠져든 후부터는 단지 마시기 위해 마시는 꼴이 되었다. 자연사박물관의 회의에서는 졸기 일쑤였고 수업조차도 엉망이 되어가고 있었다.

나는 당시에 학장이 보낸 서한을 아직 가지고 있다. 학장은 핸드 라이팅으로 무려 3페이지에 걸치는 호소의 편지를 썼다. 자기는 지금 '촉망받던 한 학자의 죽음을 보고 있다'는 것이 결론이었다. 나는 알코올의 유혹을 이겨낼 수 없었다. 사실 이겨낼 필요도 못 느꼈고 이겨낼 의지도 없었다. 음주 운전과 교통사고와 입원 치료로 이어지는 일련의 과정 속에서도 나는 상황에 내 자신을 맡겼을 뿐이었다. 한 달 동안의 치료는 힘든 과정이었다. 환각과 갈증과 불안이 매일 밤 엄습했다. 그 복잡하고 기억하기 어려운 꿈속에서도 언제나 나스타샤는 존재했다. 내가 그녀를 꿈속에서나마 본 날은 앉아서 눈물을 훌쩍이곤 했다. 알코올 중독은 자기 연민을 불렀다.

퇴원하면서도 나는 자신할 수 없었다. 언제 또다시 음주의 유혹이 나를 압도할지 몰랐다. 의사와 경찰청은 AA출석을 조건으로 나를 석방했다. 나는 일주일에 한 번씩 거기에 나가 내가 알코올 중독에 빠져든 동기와 극복하기 위해 어떤 노력을 했는가를 같은 중독자들 앞에서 구술해야 했다. 그러나 이런저런 핑계로 출석을 안 하고 있었고 경찰청에서는 계속 경고장이 날아오고 있었다. 나는 경고 서한을 박박 찢어서 변기에 집어넣곤 했다. 언제고 다시금 절망에 빠져들면 또다시 폭주를 시작으로 중독에 빠져들 것이다. 강의실에서 학생들을 가르치다 보면 학생들이 전부 술병으로 보이곤 했다. 나는 전혀 중독을 극복한 것이 아니었다. 극복은 마음의 문제이지 상황의 문제는 아니었다. 낫겠다는 의지가 생겨나지 않는 것이 가장 큰 문제였다.

나스타샤에 대한 그리움은 2차적인 문제였다. 나를 좌절감 속에 가둔 것은 나스타샤가 고통을 겪고 있다는 사실이었다. 희망이 생겨나지 않았다. 나는 도서관에서 신경증과 관련한 모든 도서를 대여했고 전부 읽어보았다. 내가 얻은 결론은 신경증은 낫기가 매우 힘든 병이라는 사실뿐이었다. 프로이트조차도 신경증은 불치라고 선언하고 있었다. 이 상황에서 내가 바란 유일한 것은 죽음이었다. 언제고 죽게 될 것 같았다. 체중은 더욱 줄어들고 있었고 구토증은 갈수록 심해지고 있었다. 나는 모든 사람들과 절연하고 지냈다. 만난다 해도 낯선 느낌이 들었고 나 혼자만의 세계로 들어가고 싶어 조바심이 났다. 그렉과 베시도 멀어져 갔다. 메리 브라운의 선배는 인간적인 사람이었다. 내게 결혼을 권했다. 결혼하고 애를 낳으면 결국 잊을 수 있다고 설득했다. 교회에 다녀보는 것이 어떻겠냐고 설득하기도 했고 아가씨를 소개해보려고도 했다.

대학 건물의 보수공사가 곧 시작된다. 내 살림살이는 대부분 학교에 있었다. 책이 많은 편이었지만 새로 마련한 오디오 한 세트, 전기 난로, 장식품 몇 점 정도가 전부였다. 나는 그때 차도 없이 지냈다. 기숙사에 있으니까 특별히 운전할 일도 없었다. 보수공사 중에 임시로 사용할 연구실로 짐을 옮겨야 했지만 막막했다. 결국 이삿짐 차를 불러야 할 것 같았다. 나는 전화번호부의 옐로 페이지를 넘겨 이삿짐센터를 찾았다. 가까운 곳에서 부르는 게 낫다. 지역번호가 416이면 가까운 곳이다.

페이지를 넘기며 번호를 찾다가 어느 한 곳에 못 박혔다. '보리스와 스티프, 이삿짐센터(Borris & Stiff, Relocation Center)'라는 한 단짜리 광고였다. 그 보리스일 리는 없다. 이름으로 보아서는 러시아계인 듯하다. 보리스는 환자다. 그리고 그 고귀한 도련님이 이삿짐을 나르며 살아갈 사람이라는 생각도 안 들었다. 나는 마음속으로 보리스를 원망하고 있었다. 다음 페이지로 넘겼다가 되돌아왔다. 전화를 해보자. 그 보리스가 아닐 것이다. 그러나 어쨌든 짐을 옮겨야 한다. 이 보리스가 러시아인인 것은 맞다. 영어의 R 발음을 분명히 하고 거친 듯한 음색의 발음이면 러시아인이다.

"짐을 옮겨야 합니다. 짐은 대부분 책입니다. 책과 책꽂이와 책상과 의자가 나머지 전부입니다. 언제 오실 수 있겠습니까?"

그는 내일이면 좋다고 한다. 우리는 열한 시에 만나기로 약속을 정했다. 그 보리스는 아닌 듯했다. 좀 더 젊은 사람인 듯하다. 목소리가 젊다.

나는 눈을 의심했다. 눈을 의심한다는 것이 실제로 있을 수 있는 일이다. 보리스였다! 아니카의 아버지, 나스타샤의 남편 보리스였다. 그는 사신에 있던 그 보리스였다. 사진에서보다 훨씬 젊어 보였다. 이제 살도 좀 붙었다. 고수머리에 콧수염을 하고 있는 푸른 눈의 그 보리스였다. 그는 불어 선생같이 생겼다. 살이 좀 붙었다 해도 호리호리한 편이고 늘씬하고 예쁘장하게 생긴 중년의 남자였다. 이제 나이가 마흔셋이다. 그러나 서른다섯 이상으로는 안 보였다. 보리스의 파트너 역시 우크라이나인인 듯했다. 그는 보리스와는 대조적으로 작고 다부진 체격이었다. 나는 한참 동안 멍해 있었다. 기쁨이 감당하기 어려울 정도면 처음에는 기쁘게 느껴지지 않는다. 아무 생각도 안 들고 아찔한 느낌만 들 뿐이다. 기쁨이나 슬픔이나 그 강도가 지나치게 클 경우에는 동일한 느낌을 준다. 돌이켜보니 지난 삼 년간 이날처럼 기쁜 날이 없었다. '나스타샤, 너는 구원받았구나. 이제 보리스가 나왔구나.'

"어느 쪽이 보리스?"

알면서도 물어야 했다.

"언제 이민 오셨지요?"

그는 약간 수줍어한다. 그러나 슬라브인들은 내성적이지는 않다.

"삼 년쯤 된 거 같습니다."

묻고 있으면서 나는 기뻐서 어쩔 줄을 몰랐다. 기분은 물론 전염된다. 보리스와 스티프에게도 뭔가 좋은 기분이 드는 듯하다. 나는 보리스의 손을 잡아끌었다.

"보리스, 점심식사하고 시작합시다. 그 시간도 비용으로 계산하겠습니다."

나는 앞서서 푸드 코트로 들어가야 했다. 눈물이 볼을 타고 흘렀기 때문이다. 나스타샤가 살았으니 이제 나도 살 수 있다. 아니, 살아야 했다. 검은 구름이 걷혔다. 보리스가 고맙기 그지 없었다. 이렇게 나아서 일을 하고 있다니.

'보리스, 너의 고통스러운 과거도 이제 보상받고 있구나.'

그가 자신의 노동력으로 가족을 부양하고 아니카를 키우고 있다. 나스탸샤는 이제 힘겹지 않을 것이다.

"캐나다에서 살아보니 어떻습니까? 소련보다 나은가요?"

보리스에게 물었는데 스티프가 나서서 대신한다. 확신에 찬 어조로 "좋습니다. 자기가 일한 만큼 벌 수 있으니까요"라고 대답한다. 나는 보리스를 바라보며 다시 물었다.

"캐나다가 어떤가요? 소련보다 나은가요?"

보리스는 갸웃거린다. 그러고는 애매하게 눈을 내리깐다. 대답이 없다. 그는 캐나다가 별로 마음에 들지 않는가 보다. 인텔리겐챠가 이삿짐을 옮기며 만족하기는 어려울 것이다. 어설프게 배운 사람들이 자부심이 더 강하다. 아마도 그는 나스탸샤에 대하여도 위축되어 있을 것이다. 우크라이나에서는 나스탸샤에게 마음껏 잘난 체를 했겠지만 여기는 여권이 강한 캐나다이고 더구나 영어도 나스탸샤가 훨씬 잘할 것이다. 나는 그의 가족에 대하여는 어떤 것도 묻지 않았다. 만약 보리스가 오늘 일을 나스탸샤에게 말한다면 나스탸샤의 마음을 아프게 할 수 있다. 나는 나스탸샤에게 잊혀진 과거가 되어야 한다. 나도 나스탸샤를 잊을 수 있을 것이다. 어느 곳에서고 잘 살기만 하면 된다.

이것이 내가 술을 끊은 계기이다. 나는 AA에 꾸준히 출석했다. 그리고 어떤 여자에 대한 고통스러운 안타까움이 중독의 원인이라고 고백했다. 그녀는 지금 행복하고 그녀의 행복이 나를 구원하고 있다고 말했다. 나는 진지하게 상담에 응했다. 이겨내고 싶었고 이겨낼 수 있다는 자신감도 생겨났다. AA에서 만난 사람들의 근본적인 중독 이유는 절망이었다. 절망적인 사람들이 모두 술에 의존하지는 않지만 절망하지 않았다면 중독 상태까지 가지는 않을 사람들이 대부분이었다. 이 사람들은 술에 취한 상태에서만 자신의 비극적 상황을 잊고 지낼 수가 있었다. 술이 절망적인 상황을 교정할 수는 없지만 적어도 절망을 잊게 할수는 있었다. 나와 이 사람들은 용기와 결의가 없었다는 점에서는 변명의 여지가 없었다. 우리 모두는 비겁한 사람들이었다. 현실을 직시하기를 두려워한 것이다. 정상적인 불행보다는 병적행복을 택한 사람들이었다. 나는 이 사람들과 더불어 환상이 현실을 교정할 수 없다는 사실을 뼈저리게 깨달아가고 있었다.

나는 논문과 집필에 다시 착수했다. 하루에 열서너 시간씩을 책상에 들러붙어 있었다. 내게 그러한 폭발력이 있었는지는 나자신도 몰랐다. 나는 단지 세 달 만에 현대 예술사를 탈고할 수 있었다. 토론토 대학에 미술사 교재를 하나 제시하게 된 것이고 이것은 작지 않은 사건이었다. 내가 아는 모든 사람들에게 서명과 더불어 한 권씩을 선물했다. 나스타샤의 고통 가운데 의미를 잃었던 모든 친구들이 그들의 의미를 새롭게 찾아가고 있었다. 나는 많이 웃었고 많이 행복해했다. 나는 심지어 걷기보다는 뛰어다녔다. 할 일이 많았고 만나고 싶은 사람들도 많았다.

현대 예술사를 탈고하자마자 출판사로부터 새로운 제의를 받았다. 고딕 건조물의 구조와 이념에 관한 집필 의뢰가 들어왔다. 즉시 착수했다. 학교에 출장원을 제출하고 대학원생 두 명과 매튜를 동반해서 프랑스로 출발했다. 샤르트르와 노트르담을 다시 봐야 했다. 그 아름다운 건조물의 꿈같은 장엄함을 현장에서 다시 느껴야 했다.

매튜를 유혹했다. 그와 같이 프랑스와 로마와 독일을 다녀보고 싶었다. 누구보다 매튜가 고마웠다. 매튜는 내가 폐인이 되어가고 있었을 때 나에 대한 희망을 버리지 않았다. 이 유태인은 내 절망의 동기를 누구보다 잘 알고 있었다. 그는 나 때문에 두 번이나 경찰청을 방문해야 했고 세 번이나 법정에 출두해야 했다. 내가 형사처벌을 면한 건 그 덕분이었다. 내가 서명하며 책을 내밀자 이 냉혹한 유태인은 눈물을 글썽거렸다. 그는 말을 잇지 못했다. 단지 "조지, 잘했어, 잘했어"라고 할 뿐이었다. 내가 이 갑부에게 해줄 수 있는 것은 예술에 대한 설명 이외에 아무것도 없었다.

나는 유럽을 네 번째 방문하고 있다. 학생 시절에 세 번, 그리고 매튜와 더불어 네 번째로. 그중 이 여행이 가장 즐거웠다. 우리는 시내 중심가에 호텔을 잡고 매일 루브르와 노트르담에 갔다. 나는 학생들과 매튜에게 끝없이 설명했다. 앙투안느 와토, 랑크레, 루벤스, 렘브란트, 레오나르도 다 빈치, 파르미자니노

등에 대해. 우리는 루브르 지하의 식당에서 간단히 끼니를 때우며 하루 종일 루브르를 휩쓸고 다녔다.

매튜는 부자지만 사치에 젖은 사람은 아니었다. 자수성가한 많은 사람들이 그렇듯 근검과 절약이 몸에 밴 사람이었다. 싸구려 호텔과 조악한 식사도 그에게는 문제되지 않았다. 매튜의 이러한 생활양식이 나의 부담을 덜어주었다. 나는 이 여행의 출장비로 7,000불을 신청했다. 만약 매튜가 자기 부에 맞는 사치를 하자고 들면 나와 학생들은 당황했을 것이다. 그러나 매튜가 오히려 더 소박했다. 빵과 감자튀김과 음료수로 끼니를 때우면서도 만족해했고, 한 방에서 네 명이 같이 자는 것에도 불평 한 마디 없었다.

그렇게 피렌체와 로마와 뮌헨과 암스테르담을 돌아다녔다. 우리는 마지막으로 암스테르담에서 모두 감동에 젖어 있었다. 릭스 박물관에는 렘브란트와 할스와 베르메르의 그림들이 있다. 매튜의 성장배경은 가난이었다. 네덜란드의 시민계급에게는 허장성세가 없다. 솔직하고 진실하고 소박하다. 이 그림들이 그의 기질에 잘 맞았던 것 같다. 할스 앞에서 걸음을 떼지 못했다. 그는 모든 복사품을 다 샀다. 거기에서는 돈을 아끼지 않았다.

모든 행복은 나스타샤로부터 온 것이었다. 나는 사랑을 후회하지 않았다. 나는 나스타샤를 통해 삶에 대해 느낄 수 있게 되었다. 나의 호흡, 나의 약동, 나의 행복, 나의 절망, 나의 재기, 나의 꿈, 나의 삶, 나의 죽음—이 모든 것들이 나스타샤에 대한 사랑을 통해 내게 강렬하게 인식되었다. 사랑은 주권의 포기와 권력의 양도였다. 나스타샤가 나에 대한 권력을 쥐게 되었다. 그리고 그녀의 행복과 불행을 매개로 그 권력은 힘을 행사했다. 나는 어리석었을지 모른다. 그러나 내가 나의 주인이 아니었다. 나의 주인은 나스타샤였고 그녀에 대한 나의 사랑이었다. 나스타샤가 같은 하늘 아래 같은 공기를 행복으로 호흡하고 있다는 사실만으로 모든 것이 충분했다. 착하고 순박하고 연약한 나의 나스타샤. 나는 열심히 살아야 했다.

우리는 한 달 만에 지칠 대로 지쳐 캐나다로 돌아왔다. 매튜는 비행기 안에서 계속 잤다. 식사시간에만 잠시 일어났다가 식사가 끝나면 곧장 잠들었다. 나는 열심히 사진 자료를 정리하고 있었다. 책에 대한 구상은 이미 머릿속에서 진행되고 있었다. 위대한 오컴(Ockham)의 유명론과 고딕의 건조물을 같이 묶을 예정이었다. 지금은 9월이다. 올해 내로 탈고해야 한다. 기껏해야 150페이지 정도의 소책자이다.

겨울에는 크리스마스 휴가 때 한국에 다녀와야 한다. 어머니는 나스타샤와의 이별을 안타까워했다. "자식 이혼처럼 힘든 일도 없다더니. 이 일을 어찌해야 좋으냐. 너는 어찌 살래?" 하며 탄식에 탄식을 거듭했다. 어머니는 아마도 열 군데쯤 혼사 자리를 알아보았을 것이다. 아무튼 선은 봐야 한다. 안 그러면 어머니는 돌아가실 것이다. 나는 아가씨들을 모두 만나겠다고 어머니를 안심시켰다.

나는 한국 아가씨들에게 약간의 겁을 먹고 있었다. 낯설었다. 나는 한국에서는 여자를 사귀어본 경험이 없었다. 내 운명은 묘하게 전개된 것이었다. 외국에 나와 있으면서 동포 여성과의 교류가 전혀 없었기 때문이다. 한국 여자와의 경험은 대학 입학 후 한 번의 커피숍 미팅뿐이었다. 너무 수줍어한 나는 담배를 거꾸로 물었었다. 황금빛에 싸인 아름다운 아가씨였다는 것 외엔 기억나는 것이 별로 없다. 나는 핫초코를 마셨던 것 같다. 벌써 십오 년이 흘렀다.

내가 한국의 아가씨들에게 겁을 먹은 또 다른 이유는 유학이나 어학연수로 나와 있는 한국 여학생들의 태도와 생활 때문이었다. 그들은 남자에게 책임을 떠넘기며 자신들의 자발적 몫을 하지는 않는 것 같았다. 여성들의 요구는 가부장적 전통의 이면인 듯했다. 나는 사실 가부장적이지 않았다. 이러한 나의 입장에서 그들과의 드문 대화는 오히려 그들을 기피하게 만들었다. 기분이 나빠지기 때문이었다.

여기에 더해 많은 유학생들이 성실하지 않은 생활 태도를 가지고 있었다는 점도 내 기피의 원인이었다. 조기 유학을 나와서 체류하는 학생들은 그 정도가 더욱 심했다. 그렇지 않은 학생들도 있었을 것이다. 그러나 나는 이들과 관련해서 기분 좋은 경험을 한 경우가 한 번도 없었다. 조기 유학은 이를테면 게으른 패배자들의 도피처인 셈이다.

한국은 엄청난 속도로 발전하고 있었다. 동서고금을 통틀어

가장 비약적인 발전을 하고 있었던 것이다. 이런 나라에서 왜 조기 유학을 나가는지 이해할 수 없었다. 배울 필요가 있는 모든 것을 한국에서 배울 수 있었다. 이미 미국제(Made in USA) 중 탐나는 물건이 없는 상황이 되어가고 있었다. 기껏해야 금융 기법과 장치 산업에서나 미국이 앞서 있었다. 세계화가 필요하다면 대학 재학 중이나 졸업 후의 유학으로 충분하다. 미국이나 캐나다를 방탕한 자식들의 쓰레기통으로 생각하는 한국 부모들을 이해할 수 없었다. 더구나 그 방탕아들에게는 큰 비용이 든다. 새는 바가지는 어디서나 샌다. 캐나다인들은 유흥가를 쏠고 다니는 조기 유학생들을 역겨운 눈으로 바라본다.

한국 부모들은 미국 대학을 엄청난 것으로 보고 있지만 한국에서 적당한 정도의 학습 능력이 있는 학생이면 미국에 입학 못할 대학은 없다. 어느 나라의 학생도 그 역량과 성실성에 있어 한국의 우수한 학생들을 이길 수 없다. 그만큼 한국의 학습 경쟁력이 뛰어나다. 학생들을 강력하게 교육시키는 데 있어서 한국의 중등 교육과정은 세계 최고 수준이다. 이것은 미국 고등학생들이 얼마나 한심한가를 보면 곧 알 수 있다. 내가 개인적으로 경험해본 바로는 적당한 정도의 한국 대학생들이 하버드나 예일 대학생보다 우수하고, 적당한 여대의 학생들이 웰슬리나 래드클리프의 여학생보다 우수하다. 조기 유학의 이유가 없다. 한국인의 자기비하적 사대주의는 이해 불가능하다. 한국인이 지난 수십 년간 이룬 일이 얼마나 대단한 것인가를 모르는 사람들은 그들 자신이다.

내가 도서관에서 오전의 일을 마치고 연구실로 돌아오자 가브리엘라가 학생의 방문을 알려주었다. 논문 지도겠구나, 라고 생각하며 연구실로 들여보내라고 한 뒤 문을 열어두었다. 노크 소리가 듣기 싫었다. 딱딱거리며 문을 두드리는 소리는 신경에 거슬렸다. 문을 열어두면 '선생님(Sir)'이라고 부른다. 타악기 소리보다는 사람의 목소리가 낫다. 잠시 후 누군가가 문을 기웃거리기는 하는데 말소리가 없었다. 귀찮기도 하고 생각에 잠겨 있었기 때문에 내버려두었다. 집필에 착수하면 혼이 반쯤은 나간다. 온통 거기에만 정신을 쏟는다. 시간이 얼마나 지났는지도 잊고 계속 생각에 잠겨 도판을 바라보고 있었다.

밖에서 두런거리는 소리가 들리더니 캐롤이 누군가를 데리고 들어왔다. "이 신사분께서 문밖에서 머뭇거리기에"라고 캐롤은 농담을 던져놓고 나갔다. 어린아이였다. 이건 예상 밖이네, 라고 생각하며 앉기를 권했다. 창으로 햇빛이 쏟아져 들어오고 있었고 눈이 부셔 얼굴을 잘 볼 수가 없었다. 학생이 앉자 비로소 얼굴이 자세히 보였다.

"미안하게 됐구나. 들어오지 그랬니?"

여기까지가 내가 정신을 차리고 한 말의 전부였다.

꿈을 꾸고 있다고 생각했다. 그것도 아득한 꿈을. 이 어린 학생은 얼굴에 안개를 덮고 있는 게 분명하다. 얼굴이 애매하다.

이 얼굴은 현실에서 볼 수 있는 얼굴이 아니다. 다시 볼 수 있으리라고 기대했던 얼굴이 아니다. 나는 눈을 감고 머리를 흔들었다. 꿈이라면 깨어나야겠다고 생각하며. 나는 일어나서 문을 닫았다.

내 인생 전체를 물들이고 있는 그림이 거기 있었다. 얼굴 전체가 희미한 안개에 싸인 채로. 나의 가슴은 뛰었다. 숨이 막혀서 질식할 것 같았다. 하나의 영상이 거기 있었다. 너무도 아름다운 영상이. 눈을 뜰 때부터 감을 때까지로도 부족해서 꿈속에까지 쫓아다니던 영상이. 어슴푸레한 방 안에서 그 얼굴만이 빛나고 있었다. 황금빛의 희끄무레한 안개에 싸인 채로. 지난 육년간 내 인생 전체였고, 앞으로도 그 추억이 나와 함께할 어떤 얼굴이 거기에 하나의 영상으로 존재하고 있었다. 나는 후들거리는 다리를 안정시키려 애썼다.

"무얼 좀 마시겠니?"

컵에 물을 따르며 물었다.

"괜찮습니다, 선생님."

목소리도 닮을 수 있구나.

"이름 좀 말해줄래?"

"조지 가일로프입니다. 선생님."

나는 정신이 아득해지며 순간적으로 현기증이 났다.

"다시 한 번 말해주겠니?"

학생은 비로소 나의 눈을 마주 보며 또박또박 말한다.

"조지 가일로프입니다. 원래 이름은 아니키에비치 가일로프입니다. 어머니가 영어 이름을 새로 만들어주셨습니다."

태연하려 애썼다. 어금니를 깨물며 눈을 감았다. 눈물을 보이면 안 된다. 웃어야 한다. 나스타샤는 나와 생일이 같다. 이제 그녀의 아들은 나와 같은 이름을 쓰고 있다. 아니카는 나스타샤를 많이 닮았다. 약간 무심한 듯하지만 예쁘고 표현적인 표정을 하고 있고 귀여운 주근깨가 얼굴을 덮고 있다. 슬라브인 같지 않은 엷은 갈색이 도는 피부도 엄마를 닮았다. 키는 이미 엄마보다 클 것 같다.

"그래, 조지, 용무를 말해주겠니?"

나는 가까스로 정신을 추스르며 말했다. 학생은 가방에서 주섬주섬 무엇인가를 꺼낸다. 밀봉된 봉투이다. 나는 종이칼을 가져와 봉투를 열었다. 손이 떨렸다. 거기에는 서류 외에는 아무것도 없었다. 아니카의 사회보장 카드와 기타 학점 이수 카드가 들어 있었다. 내가 서류를 확인하는 것을 보며 아니카는 말했다.

"어머니가 9월에 아무 때나 선생님을 찾아가 보라고 하셨습니다."

아니카는 내년에 하이스쿨에 간다. 나는 가만히 아니카의 얼굴을 쳐다보았다.

'나스타샤, 정말 애썼다. 잘 키웠다. 네 희생이 보답을 받았다. 보리스도 나았고 아니카는 어느덧 하이스쿨에 가는구나. 모든 것엔 정말 끝이 있구나.'

아니카에게 스커트와 블라우스를 입힌다면 그대로 나스타샤일 것 같았다. 둘은 정말 똑같이 생겼다. 저 아이가 자라면 이제 남자 나스타샤가 될 터이다.

우리는 행복할 때 시간이 정지하기를 바란다. 시간을 독촉하는 것은 현실이 참기 어려울 때이다. 고대의 노예들은 시간이 빨리 가기를 바랐다. 시간은 그들의 육체를 소멸시킬 것이고 이제 영혼이 구원받을 차례가 오기 때문이다. 아니카를 바라보는 순간 나는 시간이 정지하기를 바랐다. 아이는 시원시원하고 대담하고 고지식하게 자랄 것이다. 나스타샤의 기질이 그렇다. 그러나 저 아이도 콧수염을 기를지도 모르고 구레나룻을 기를지도 모른다. 지금과는 다른 모습이 될 것이다. 나스타샤는 아이가 빨리 성장하기를 바라고 있을까? 어린 시절은 두 번 오지 않는다. 인생에서 더 좋은 시기란 없다. 지금은 지금대로 아름답다. 아니카여, 천천히 자라라. 주위를 네 아름다움으로 비춰라.

하마터면 아니카라고 부를 뻔했다.

"조지, 우리는 이름이 같아. 좋아. 아주 좋아. 너처럼 잘생긴 아이하고 이름이 같다니 매우 기분이 좋다."

아이는 미소 짓는다. 그 미소. 얼굴뿐만 아니라 온몸이 미소 짓고 주위 전체를 환한 기운으로 물들이는 나스타샤의 미소다. 내가 케빈의 커피숍에서 그녀를 처음 데리고 나올 때 나스타샤가 저런 미소를 지었다. 수줍어하고 머뭇거리지만 결국은 기쁨을 환히 드러내는 미소. 내가 매혹되었던 그 미소.

"조지, 어떤 과목을 제일 좋아하지?"

아니카는 긴장이 좀 풀렸다.

"음악을 좋아합니다, 선생님. 미술도 좋아하고요. 수학이 자신 없습니다."

이 아이는 진짜 엄마를 많이 닮았다. 나스타샤는 자신이 논리에 약하다고 탄식했었다.

"조지, 수학은 중요한 과목이야. 수학을 못해서는 좋은 대학에 갈 수 없어. 혹시 피아노나 미술을 전공할 생각이 있니?"

조지는 머리를 가로젓는다. 그럼 장차 무엇을 공부하기를 원할까? 묻고 싶었지만 전공에 대해 묻기에는 아직 어렸다. 자기 자신에 대하여도 잘 모를 나이이다.

나는 이 아이를 마음속에 품고 있었다. 나스타샤의 아이이다. 이 아이는 2년 6개월간의 모진 고생을 했고 또 몇 년간 아버지를 보살폈다. 아이가 감당하기에는 쉽지 않은 역경이다. 이른 나이에 겪는 고생은 아이를 위축시킨다. 그러나 아니카는 지금 안정되고 의연한 청소년의 모습을 보인다. 아니카는 조숙한 분위기를 지녔다. 용기 있는 영혼은 고통을 통해 스스로를 성숙시킨다. 대견했다. 안아주고 싶을 만큼 대견했다.

"좋아, 조지. 내가 어퍼 캐나다와 애플비에 입학원서를 신청할게. 그 입학원서는 내게 올거야. 에세이도 몇 편을 써야 할 거야. 이를테면 조지에게 가장 인상적이었던 하루는 어떤 날이었는지, 외계인을 만난다면 가장 먼저 어디로 데려가고 싶은지 등등. 이 에세이는 우리가 같이 쓰도록 하자. 조지는 내년에 SSAT 를 치러야 해. 내게 와서 교재를 받아가도록 해. 몇 권 주문해놓을 테니까. 우선 단어를 많이 외워야 해. 리딩도 많이 해야 할 거야. 어쨌든 입학은 가능할 거야. 조지는 좋은 학생일 것 같아. 장학금을 신청하도록 할게. 조지, 오늘 반가웠어. 궁금한 사항이 있으면 언제라도 들러. 전화를 하면 내가 미리 기다리도록 하지. 아래층에 가브리엘라에게 들러서 명함을 받아가도록 하렴."

조지는 일어섰다. 헤어지는 게 아쉬웠다. 나는 마지막으로 일렀다.

"조지, 어머니께는 모든 것이 잘 되었다고 말씀드려. 걱정할 것이 하나도 없다고. 그럼 다음에 보자."

아니카는 나를 가만히 쳐다본다. 의혹에 찬 표정이다.

"선생님, 어머니는 돌아가셨습니다."

미래

나스타샤는 온타리오 호수에 투신했다. 우리가 같이 앉아서 사진 찍었던 벤치에서 몸을 던졌다. 나는, 나스타샤가 보리스의 병이 낫고 아니카가 자랐을 때 자기에겐 모든 것을 할 수 있는 자유가 있다고 말한 것을 기억한다. 나는 그 말의 의미를 전혀 이해하지 못하고 있었다. 나스타샤는 죽을 자유가 있다는 것을 암시한 것이었다. 나스타샤는 고지식하고 강직한 데가 있었다. 내가 나스타샤를 안타깝게 여기고 불쌍히 여겼던 이유 중 하나 는 나스타샤의 용기가 이러한 자기 포기로부터 나오기 때문이 었다. 그녀는 우크라이나 고문자들의 면전에 대고 죽여달라고 소리쳤다고 내게 말한 적이 있다. 나스타샤는 때때로 말했었다.

"죽기는 쉬워. 고통 속에서 사는 것이 어려워. 당신과 헤어지 면 나는 아마 죽을 거야. 보고 싶어서 죽을 거야."

나는 웃으며 되받았다.

"나스타샤, 보고 싶어서 죽은 사람 이야기는 들어본 적이 없어. 쓸데없는 소리 하지 마. 우리는 헤어지지도 않을 거고 당신은 죽지도 않을 거야. 절대로 있을 수 없는 일이야."

그 절대로 있을 수 없는 일이 일어났다. 내가 무엇을 해야 할지도 분명했다. 주변을 정리해야 했다.

나는 어퍼 캐나다의 교장을 두 번 만났고 입학 사정관을 한 번 만났다. 아니카는 이제 캐나다 최고의 명문 사립학교에 다닐수 있게 되었다. 온타리오 주의 중·고등학교는 칠 년 과정이다. 마지막 일 년은 대학 과정을 미리 배운다. 대신 대학이 삼 년 과정이다. 나는 칠 년간의 장학금을 신청했고, 학교 발전 기금으로3만 불을 내놓았다. 그리고 아니카의 계좌에 내가 가진 나머지돈을 입금시켰다. 나는 나스타샤가 이 지상에서 무엇을 가장 소중히 여길까만을 생각했다. 아마도 나스타샤는 아니카가 이 지상에서 영원히 번성하기를 바랄 것이다.

나는 아니카의 학교로 아니카를 찾아가서 그에게 입학 허가서를 건네주고 계좌번호와 카드를 주었다. 그리고 몇 번을 다짐했다.

"나도 이곳을 떠날 거야, 조지. 그러니 네 일은 네 스스로 알아서 해야 돼. 너는 어퍼 캐나다에 상당한 기부금을 냈어. 그러니까 당당하게 다니도록 해. 그리고 여기 네 계좌에 돈이 좀 들어 있어. 네가 영 앤드 핀치의 CIBC 은행에 한 번은 가야 해. 가서 서명하고 네 계좌를 확인해야 하니까. 키이스라는 직원이 도와줄 거야. 그래야 돈을 찾아 쓸 수 있어. 아버지께 부탁해서 같이 가도록 하렴."

나스타샤는 오크빌의 그리스정교 교회 묘지에 묻혀 있다. 나는 보드카와 꽃을 샀다. 그리고 리배런에서 나이프를 샀다. 브라운은 사냥꾼 사이에서 가장 인기 있는 칼이다. 한 번의 손놀림만으로 사슴의 가죽이 벗겨진다. 가방은 내가 캐나다에 발을 디딜 때 디트로이트의 면세점에서 산 것이 있다. 나스타샤는 그 가방을 좋아했었다. 거기에 모든 것을 집어넣었다. 칼과 보드카와 우리의 사진 등을. 그렉에게 편지를 한 통 썼다. 아니카를 부탁했다. 이제 나스타샤와 함께 있을 수 있다는 설렘 외에는 아무 생각도 들지 않았다. 우리의 소원이 그 끝을 본다. 빨리 죽어야 한다. 세월이 더 흐르면 나스타샤가 나를 못 알아볼지도 모른다.

일곱 시에 택시를 탔다. 다운타운에서 그곳까지는 삼십 분 거리다. 그때쯤이면 경비원이 퇴근할 것이다. 나스타샤의 무덤을 찾았다. 저기 있다. 갈리나 가일로프. 날은 어두워져 가고 있었고 공동묘지 주변은 고요했다. 교회도 불을 켜지 않았고 주변에는 서서히 암흑이 내리고 있었다. 그리고 나의 눈에도 암흑이 내리고 있었다.

나는 술을 완전히 들이켜고 오 분쯤 기다렸다. 나스타샤의 옷음과 슬픔이 교차하며 뇌리를 스쳐갔다. 술기운이 돌자 온몸이 마비되는 느낌이 들었다. 나는 나스타샤의 묘비에 등을 기댔다. 힘껏 목을 찔렀다. 깊이 박혔다. 칼날이 잘 빠지지가 않았다. 나는 한 번 더 찌를 작정이었다. 칼날이 목뼈 사이에 낀 것 같았다. 칼날을 뽑으려는 시도가 허공을 갈랐다. 너무 취했다. 칼의 손잡이가 손에서 미끄러졌다. 두세 번쯤 시도했던 것 같다. 눈앞에 검은 점들이 퍼졌다. 나는 서서히 정신을 잃어갔다.

나스타샤를 본 것 같다. 나스타샤는 건널목을 건너오고 있다. 이른 봄에 입었던 푸른색 투피스를 입고 나는 듯이 가볍게 길을 건너오고 있다. 그녀는 길을 건넜지만 내게 오지는 않을 작정인가 보다. 왼쪽으로 방향을 틀어 가벼운 걸음걸이로 빨리 사라지고 말았다. 나와는 눈도 마주치지 않은 채로. 나스타샤는 어딜 가는 걸까? 우리는 오늘 〈피가로의 결혼〉을 보기로 했는데.

찌르는 듯한 통증에 비명이 저절로 나왔다. 마치 온몸에 불이 난 것 같았다. 정신을 잃을 정도의 통증이 엄습했고 나는 다시 기절했다. 나는 죽었다고 생각했다. 그러나 나를 들여다보고 있는 것은 의사였다.

"정신이 듭니까?"

젊은 의사다. 나보다 어릴 것 같다.

"출혈이 심했습니다."

의사는 이 한마디를 더 하고는 나가버렸다. 그 방에는 남자

간호사가 의자에 앉아 나를 지켜보고 있었다.

"나흘간 누워 계셨습니다. 수술은 성공했다고 합니다."

보름쯤 흐른 것 같다. 그렉이 아니카를 데리고 왔다. 아니카는 영문을 몰라 어리둥절하고 있다. 겁먹은 표정이다.

"학교로 자네를 찾아왔네."

나는 앉아보려 애썼다. 칼은 쇄골과 목뼈 사이에 박혔다. 칼이 들어가는 순간 근육이 수축했다고 한다. 그래서 칼을 다시 뽑을 수 없었나 보다. 어지러웠고 구토증이 났다. 무슨 일로 온 것일까?

"조지, 무슨 일이지?"

그렉은 의자를 침대 앞으로 가지고 와 아니카를 앉힌다.

"SSAT 시험 신청을 부탁드리려 했습니다."

이건 내가 할 일이다. 부모가 없거나 이민자인 경우에는 아이에게 여러 가지로 불리하다. 사소하게 보여도 준비시켜줘야 할 일이 많다. 이 아이는 불행한 운명을 겪고 있다.

"좋아, 언제까지 접수지?"

아니카는 주머니에서 종이를 꺼낸다.

"내년 1월 시험이 있고, 6월과 9월에 있습니다."

내년 1월 시험이라면 11월에는 접수가 되어야 한다. 6월 시험은 너무 늦다. 시험 치고 결과가 나오고 다시 그 점수를 학교로 보내기에는 시간이 촉박하다. 지금은 10월이다. 무조건 1월 시험을 보아야 한다.

"조지, 집에 가서 기다리렴. 전화할게. 퇴원하는 대로 즉시 신청하자."

나는 다시 살게 되었다. 나스타샤가 나를 살게 했듯이 아니카가 나를 살게 했다. 아니카는 아직 보살핌을 받을 나이이다. 나는 그의 눈 속에서 나스타샤를 보았다. 애처롭고 불쌍한 나스타샤를. 그리움 때문에 죽은 나스타샤를. 그녀는 나에게 삶과 아이를 주고 스스로는 죽었다. 어리석은 나스타샤. 죽음 외에 방법이 없었을까. 나는 이 아이의 운명은 행복이기를 바랐다.

아니카의 미소, 아니카의 슬픔은 모두 나스타샤의 그것이었다. 영혼이 소멸되지 않는다면 영원히 이 우주를 떠돌며 나와 함께할 그것이었다. 영혼이 소멸된다면 그래도 내 가슴속에서 무덤까지 함께할 그것이었다.

그 이후의 나의 삶의 중심은 연구와 아니카의 교육과 성장에 맞춰진다. 보리스는 금방 재혼했고 곧 새로운 아이를 얻었다. 듣기로는 프랑스 이민자라고 한다. 어떤 사람에겐 여자와 결혼이 쉬운 문제다. 그러나 그것은 나의 관심사가 아니었다. 심지어 나는 그의 존재조차도 잊었다.

나의 관심사는 온통 아니카였다. 아니카는 많은 시간을 나의 연구실에서 보냈다. 아니카는 머리가 좋은 아이는 아니었다. 그러나 성실하고 순박하고 열심이었다. 나는 보리스를 서너 번 만난 것 같다. 보리스는 아니카에 대한 보살핌이 어머니가 없는 이민자 자녀에게 베푸는 대학 당국의 선의라고 생각하고 있다. 내가 그런 식으로 어물쩍 넘어간 것 같다.

아니카와 나는 칠 년을 함께 지냈다. 아니카는 다행히 나를 따랐다. 나는 하교 시간에 맞춰 아니카를 태우러 다녔다. 우리 둘은 연구실에서 즐거운 시간을 보냈고, 세인트 조지의 식당과 토론토 블루제이스의 돔구장을 열심히 드나들었다. 거기서 우리는 토론토의 선전을 맘껏 축하했다. 나는 서너 잔의 맥주로 얼큰해 있었고 아니카는 계속 핫도그와 아이스크림을 먹어댔던 거 같다. 아니카는 야구와 아이스하키 관람을 좋아했다.

보리스는 운동 경기를 좋아하지 않았다. 그리고 새로 얻은 여자와 아이에게 마음을 빼앗겼다. 나는 아니카가 아빠의 사랑을 받으려고 많이 애쓴 것을 알고 있다. 나스타샤나 아니카나 사랑 없으면 살 수 없는 사람들이다. 모든 사람이 그렇긴 하겠지만. 보리스 역시도 아빠 노릇을 해보려 나름대로 애썼다. 그러나 보리스와 아니카는 취미가 안 맞았다. 보리스는 내성적이고 깔끔한 사람이었다. 그는 운동이나 야외 활동보다는 독서나 영화 보기를 더 좋아했다. 덕분에 아니카는 내 차지였다.

아니카는 보리스를 BF(biological father)라고 불렀고, 나를 AF(artificial father)라고 불렀다. 아니카는 AF와 훨씬 많은 시간을 보냈다. 내가 학회에 갈 때나 로키에 갈 때는 학교를 결석시키고 데리고 다니곤 했다. 이것은 메리 브라운의 선배에게 배운 것이다. 아니카는 또래 아이들과도 잘 지냈지만 나와의 여행도 행복해했다. 우리는 모텔에서 베개를 던지며 장난치다 유리창을 깨먹기도 했고, 낚시하다 물에 빠져 이빨을 덜그덕거리며 떨기도 했다. 그는 많이 웃는 아이였고 시끄러운 아이였다. 시끄러운 것도 자기 엄마를 닮았다. 행복할 때 터뜨리는 아니카의 웃음은 내 삶의 하나의 이유였다. 나스타샤는 그의 웃음과 미소 속에 살아 있었다. 웃는 그를 바라보며 나는 나스타샤와의 아득한 추억에 젖곤 했다.

아니카는 수학을 계속 어려워했다. 특히 방정식과 함수 부분을 어려워했다. 아니카는 좀 덜렁거렸고 깊이 생각하기를 싫어했다. 지성적 기질보다는 예술적 성향을 가진 아이였다.

나는 공부해야 했다. 아니카를 가르치려면 내가 먼저 예습을 해두어야 했다. 나는 북맨(the Bookman)을 부지런히 드나들었다. 거기만이 유일하게 토론토에서 중등 교육과정(Secondary School Course)의 참고 서적을 파는 곳이다. 우리 둘은 그럭저럭 해나갔다. 아니카는 매학기 최소한 세 과목에서는 A를 받았다. 수학도 어쨌든 B는 맞았다. 아니카는 경영학을 원하고 있었고, 미·적분 선행과정을 공부해야 했다. 우리 둘은 열심히 해나갔다. 미·적분을 만든 라이프니츠를 원망하며. 내 강의 노트는 반은 예술사에 대한 메모로, 반은 삼각함수의 미분 공식 등으로 차 있었다. 강의 중에는 때때로 극한값에 대한 명상으로 나의 학생들에게 피해를 끼치기도 했다.

나는 즐거웠고 행복했다. 아니카는 밝고 열성적이었지만 내 꼼꼼함이 가끔 그를 힘들게 했던 것 같다. 나는 좀 지나치게 공부를 강요했다. 그는 공부하기로 약속하고는 친구들과 도망가곤 했고, 숙제를 안 해오기도 했다. 또 한 번씩 말대답을 하며 내 속을 뒤집어놓기도 했다. 혼을 내주긴 했지만 나는 결국 마음속으로 웃었다. 정상적인 아이는 속을 썩인다. 모범적이었으면 오히려 불안했을 것이다. 나는 순응적인 아이가 반드시 바람직하다고는 생각하지 않았다.

그래도 아니카는 열심인 편이었다. 아니카와 나는 종종 아홉 시나 열 시까지 같이 공부하곤 했다. 공부하다 따분하면 나는 아니카의 옆구리를 찔렀다. 미안하다는 듯이 쳐다보며. 그러면 아니카는 웃으며 나를 피아노 연습실로 데리고 갔다. 그의 어머니가 해주었던 똑같은 봉사를 아들도 해주었다. 솜씨는 아들이 나았다. 바흐의 단조 조곡들을 연주하는 데 있어서 아니카는 다분히 선명하고 단호했다. 건반의 터치가 확실했고 좀 더 자신감이 있었다. 이 모자는 음악에 소질이 있다. 내 눈이 가끔 시큰거렸던 것은 음악의 아름다움 때문이었는지 나스타샤에 대한 그리움 때문이었는지 모르겠다.

그렉의 가족과 나의 가족은 다시 온타리오의 호수를 휩쓸고 다니기 시작했다. 우리는 우리의 커티지를 계속 보수해 나갔고 그렉은 호사스러운 7인승 보트를 샀다. 그 보트에는 다섯 명이 잘 수 있는 침실 둘이 있었고 냉장고와 발전기도 있었다. 선실

내부는 모두 티크 원목으로 되어 있었다.

그러나 그렉이 이상해져 가고 있었다. 가끔 멍해 있고 베시를 기피하기도 하고 짜증을 내기도 했다. 무던한 그렉은 짜증 내는 법이 없었는데. 그 가족에 대해 암담한 느낌이 들었지만 내가 할 수 있는 것은 없었다. 그렉과 베시의 사이는 점점 불화로 치닫고 있었다. 많은 것이 부족했을 때 서로 사랑했던 부부가 모든 것이 충족되었을 때 가장 중요한 것을 잃어가고 있었다.

이렇게 세월이 흘렀고 내게는 극적인 변화가 일어나려 하고 있었다. 조국에서 일자리가 생길 것 같았다. 나는 아니카가 대학 들어갈 시점을 귀국 시점으로 잡았다. 그렇게 되면 나의 외국 생활은 무려 이십 년에 이르는 것이었다. 아니카는 토론토 대학에서 경영학을 전공하게 되었다. 착했던 아니카가 대학 다니며 속을 약간 썩였다. 마리화나와 헤로인에 가끔 손을 댔다. 그는 나와 계속 이메일을 주고받았다. 아니카는 자기가 부딪쳐 있는 문제를 솔직히 말하곤 했다. 마리화나는 간곡한 충고로 넘어갔다. 그러나 헤로인을 흡입했다는 이메일을 받고는 나는 불같이 화를 내고 말았다. 공포와 분노 때문에 나는 거의 정신을 잃었다. 어린 그를 교육시킬 때 가끔 화를 내긴 했지만 이렇게 크게 화를 낸 것은 처음이었다. 헤로인은 선을 넘은 것이다. 나는 전화기를 삼십 분이나 붙들고 아니카에게 소리쳤다. 약간의 모욕도 가했던 것 같고 고발을 운운했던 것도 같다. 그 후로 한참 동안 아니카는 이메일 답신도 안 하고 전화도 안 했다.

아니카는 섭섭했던 것 같다. 사실 아니카의 인생도 평탄한 것은 아니었다. 내가 좀 더 온화하고 너그러웠어야 했다. 그러나 내가 사과할 수는 없었다. 이것은 나와 아니카의 우정의 문제가 아니었다. 마약이 걸린 문제였다. 그를 찾아갔다. 그의 인생이 이렇게 시든다면 나와 나스타샤는 그에게 큰 죄를 짓는 것이 된다. 살아 있는 내가 책임을 져야 한다. 그래야 나스타샤를 다시 볼 면목이 있다. 눈물로 호소했다.

"계속해서 헤로인을 한다면 우리 사이는 이제 끝난다. 모든 것을 이해한다 해도 그것을 용인할 수는 없다. 스스로 이겨낼 수 없을 것 같으면 당국에 치료를 요청해라. 네가 어머니 없이 힘들게 성장한 것을 나도 알고 있고 이해하고 있다. 그러나 그런 상황에서도 마약 없이 살아가는 인생이 훨씬 더 많다. 만약 계속 이겨내지 못한다면 너를 수용소에 집어넣을 수밖에 없다."

세월이 많은 것을 해결해준다. 그리고 어떤 경우에는 축복도 준다. 아니카는 지금 몬트리올 은행 유클리드(Euclid) 지점에 근무하고 있다. 나스타샤가 수선점을 내겠다고 했던 바로 그곳이다. 이것도 인연이라면 인연이겠다. 얼마 전에 두 번째 아이를 낳았다. 두 아이 모두 딸이다. 이제 세대가 바뀌고 있다. 나스타샤의 후손이 새로운 아이를 낳았다.

그의 아내 클라리사는 자메이카 출신의 이민자다. 상냥하고 영리한 여자다. 다운타운에 회계사 사무실을 개업했다. 반짝이는 검은 피부의 그녀는 아름답고 명랑하고 유머러스하다. 나는 그녀의 솔직하고 담백한 유머에 많이 웃는다. 매튜도 그녀의 고객이다. 그녀가 매튜 흉내를 내면 매튜 자신이 자지러진다. 눈물을 흘리며 웃는다.

우리가 같이 모이면 다채롭다. 세 인종 모두에 혼혈까지 있으니 지구촌의 축소판이다. 아니카가 헤로인을 벗어난 건 클라리사의 사랑 덕분이다. 아니카는 이제 안정되고 행복한 삶을 살고 있다. 그는 매우 가정적이다. 그는 보리스보다는 나스타샤를 많이 닮았다. 나는 아니카와 관련하여 운명에 감사했다. 그는 부모에게서 얻지 못했던 가정적 행복을 스스로의 가정에서 얻고 있다.

우리는 자주 만났다. 나는 캐나다에 콘도미니엄을 하나 갖고 있다. 다운 페이먼트(down payment)를 아주 조금 하고 나머지는 모두 그의 은행에서 모기지론을 받았다. 우리는 그것을 핑계로 가끔 만난다. 모기지 갱신과 세입자와의 계약 갱신을 이유로 나는 여름을 캐나다에서 보내곤 했다. 아니카는 바빴고 나는 그가 시간 내줄 때를 망연히 기다리며 커피숍에 앉아 있곤 했다. 그의 어머니가 나를 그렇게 기다렸듯이.

아니카는 언젠가 나와 그의 어머니의 관계에 대해 물은 적이 있다. 그러나 나는 말해주지 않았다. 이민자 프로그램의 일부라고 말하며 넘어갔다. 그러나 아니카는 그것이 거짓말인 것을 안다. "그런 종류의 프로그램이 어디 있어요?" 하며 웃는다. 그러나 호기심이 고양이를 죽인다. 나는 기억 속의 그의 어머니가 그의 BF와 결혼 상태에서 나와 동거했다는 사실을 그가 모르는 것이 낫다고 생각했다.

그렉과 베시는 결국 이혼했다. 그렉은 지금 밴쿠버 아일랜드 켐벨의 한 인디언 마을에서 인디언 여자와 살고 있다. 그는 연어 양식장에서 일하고 있다. 어촌에서 자란 그렉은 결국 어촌에서 생을 마감할 것이다. 나 역시도 그곳으로 은퇴하려 한다. 연어 양식장에는 일자리가 많다고 한다. 노동 강도도 그리 세지 않단다. 물고기와 관련된 일은 잘할 수 있을 것 같다. 그렉과 노년을 보내려 한다. 우리는 말없이 통했다. 나는 머리가 센 두 늙은 이가 보트를 타고 가두리 양식장을 점검하는 광경을 꿈꾼다. 내년에는 내가 그곳에 아니카와 함께 가기로 약속을 정해놓았다.

메리 브라운의 선배는 그 방랑의 영역을 중앙아시아로 넓혔다. 타시켄트, 아르메니아, 아제르바이잔 등이 그가 요즘 돌아다니는 나라이다. 이제 혼자 다니지는 못한다. 여행사의 패키지로 다닌다. 그와 나는 한국에서 세 번인가 네 번인가 만났다. 그는 당뇨 때문에 고생하고 있다. 온갖 보신 식품이 모두 소용없는 것이 되고 말았다. 내가 걱정하면, "이렇게 늙고 병들고 하는 게 인생이야. 이러다 가는 거지"라며 초연하다. 그에게 어울리는 생사관이다. 그래도 그는 한국에 나오면 추어탕이나 뱀탕을 먹으러 가자고 한다. 나는 우두커니 앉아만 있다.

그의 세 명의 며느리는 모두 본토 출신이다. 집념이 결실을 봤다. 내가 며느리에 대해 물으면, "아, 예뻐. 아주 예뻐. 예뻐 죽겠어"를 연발한다. 그는 세 아들의 결혼식을 모두 한국에서 치렀다. 나는 장남의 결혼식 때는 캐나다에 있었다. 그러나 나머지 두 아들의 결혼식에는 참석해서 그의 기쁨을 함께했다. 뜻이 있는 곳에 길이 있다.

데이비드는 대머리가 되고 말았다. 그의 나이는 아직 마흔다섯밖에 되지 않았는데 안타까운 노릇이다. 그는 그 치어리더와 결혼했고 세 명의 웰드릭 주민을 증가시켰다. 그의 큰아들은 웰드릭 초등학교의 뛰어난 하키 선수이다. 허리만 조심하면 된다. 어쩌면 아들이 아버지의 꿈을 이뤄줄 것이다. 그의 치료소는 갈수록 번창하고 있다. 이제 두 명의 카이로프랙터를 채용했고 위층까지 쓰고 있다.

매튜는 미술품 경매 시장에서 큰손 중 한 명이다. 미술품 매매와 관련해서 내게 자주 전화하고 이메일을 보낸다. 그는 결국 피카소를 한 점 사고 말았다. 타이거 주유소의 경영권을 양도해서 돈을 마련했다. 삼 년 만에 가격이 두 배가 되었다. 운이 좋은 사람이다. 모두가 잘 살고 있다. 내가 사랑했던 모든 사람들이.

귀국한 지 어느덧 십 년이 흘렀다. 나는 우리말로 강의하고 우리글로 책을 쓰고 있다. 나의 기억 속의 영어는 나스타샤와 그것을 익혀 나갈 때의 기쁨 이외에는 다른 의미가 없어지고 있다. 그 순간만이 그 외국어가 의미 있는 기쁨을 주었었다. 영문학의 모든 보고(寶庫)도 나스탸샤가 재잘거렸던 그 영어만큼 아름답지 않았다.

가끔 캐나다가 그립다. 나의 커티지와 알곤킨 공원과 로키 등이 모두 그립다. 그렉과 내가 거기를 휩쓸고 다닐 때 우리는 젊었고 기운이 넘쳤다. 우리는 거칠 것 없이 소란스러웠다. 이를테면 "내 안에서 여름이 잠시 노래 불렀다(Summer sang in me a little while)." 그러고 다니는 중에 나스탸샤를 만났다. 숲과 강에 싸인 외진 커피숍, 먼 옛날에 숨바꼭질을 하다 숨어버린 듯한 커피숍에서 애처로운 그녀를 만났다. 길을 잃고 헤매던 작고 가냘픈 행성. 고통과 공포 속에서 시들어가던 초라한 난민.

나스탸샤가 없다. 그녀가 없는 캐나다는 내게 의미 없다. 캐나다의 모든 아름다움이 베일을 벗었고 나는 마술에서 풀려났다. 나스탸샤가 있었더라면 나는 도취된 채로 그 아름다움을 누리며 살았을 것이다.

오늘도 나스탸샤를 본다. 그녀는 나를 만나고 오페라를 보기 위해 길을 건넌다. 언제라도 산뜻한 바람을 몰고 내 앞의 의자에 앉을 것 같다. 환한 미소와 더불어. 아득해지는 순간에 나는 언제나 그 영상을 본다.

나스탸샤가 내게 처음 미소 지었던 그날을 기억한다. 그날부터 나의 주인은 내가 아니었다. 설렘과 두근거림이 내 영혼의 주인이었다. 그녀의 미소에는 면역될 수 없었다. 그 미소에 언제나 마음이 떨렸다. 나의 행복은 단순했지만 호사스런 것이었다. 그러나 운명이 그것을 허락하지 않았다. 나의 시간은 나와 나스타샤가 헤어진 그날에 멈추어 있고, 그녀는 내 마음속에 여전히 살아 있다. 그녀는 미소 짓고 말을 건다. R 발음을 명확히 하는 러시아어 특유의 발성으로.

나의 영혼은 그 기억으로 충만하고 내 마음은 그 재잘거림으로 분주하다. 나스타샤는 잠들려 하는 나의 영혼을 깨우고 의기소침해하는 나의 마음을 북돋운다. 그녀가 없었더라면 나의 삶은 물이 말라버린 개울이었을 것이다. 나의 개울에는 많은 물이 흐르고 있고 트렌트 강만큼이나 많은 생명들이 들어차 있다. 내가 눈을 감고 나스타샤의 미소를 떠올리며 그녀의 목소리를 듣는 순간, 나의 개울에는 기적이 발생하고 온갖 생명이 넘쳐나게 된다.

나의 기억은 재화와 보물로 가득하고 나의 마음은 회상으로 바쁘다. 거기에는 황금빛과 에메랄드빛을 내는 웰드릭의 창문들이 있고, 백스탑의 많은 다정한 얼굴들이 있고, 밝고 환한 멜리사의 모습이 있고, 기쁘고 슬프고 쓸쓸한 미소를 짓는 그렉과 나스타샤의 얼굴이 있다. 나는 추억으로 행복하다. 나의 젊은 시절은 좋은 것이었다. 나이 들어가는 지금도 좋다. 나는 많은 봄날을 나스타샤에 대한 기억으로 맞았다. 그리고 많은 가을날을 그렉과 송어 낚시터에 대한 기억으로 맞았다. 기억 속의 모든 사람들은 언제나 아름답고 언제나 젊다. 운명이 우리를 괴롭혔다 해도 내 기억은 운명에 저항하고 있다.

영혼은 불멸하는 것일까? 그렇다면 좋겠다. 그렇다면 나스타
샤를 다시 만날 수 있다. 운명의 그날, 나의 눈꺼풀이 무겁게 닫
히게 되는 운명의 그날에 그녀를 다시 만날 수 있다. 내 마음이
다시 두근거릴 그날에. 세월은 빠르지도 느리지도 않게 그날을
가져올 것이다. 시간은 조용히 나의 그날을 예비해줄 것이다. 육
체에서 해방된 우리 영혼들만의 그날을.

영혼은 결국 소멸하는 것일까? 그렇다면 나도 나스타샤와 더
불어 땅을 덮는 먼지가 될 것이다. 앞서 간 모든 이들과 하나가
될 것이다. 내가 품었던 것과 똑같은 그리움 때문에 고통받고,
내가 지녔던 것과 동일한 연민 때문에 가슴 아파했던, 이제는
사라져간 많은 영혼들처럼 나와 나스타샤도 더불어 땅을 덮는
먼지가 될 것이다. 그 위로 새로운 생명이 자라날 것이다. 세월
은 모든 것을 해줄 것이다. 많은 것을 파괴하고 새로운 것을 탄
생시키는 세월은.

- 끝 -